LA DERNIÈRE PORTE

Du même auteur :

La Nuit des cafards, Hachette Littératures, 1984.
Chasse à mort, Albin Michel, 1988.
Les Etrangers, Albin Michel, 1989.
Les yeux foudroyés, Albin Michel, 1989.
Le Temps paralysé, Albin Michel, 1990.
La Maison interdite, Albin Michel, 1992.
Midnight, Albin Michel, 1992.
Fièvre de glace, Albin Michel, 1993.
La Cache du diable, Albin Michel, 1994.
Mr Murder, Plon, 1995.
Les Larmes du dragon, Plon, 1996.
La Porte rouge, Plon, 1997.
Intensité, Robert Laffont, 1998.
Seule survivante, Robert Laffont, 1999.
Ne crains rien, Robert Laffont, 2000.
Jusqu'au bout de la nuit, Robert Laffont, 2000.
Mémoire truquée, Robert Laffont, 2001.
Regard oblique, Robert Laffont, 2002.

www.editions-jclattes.fr

Dean Koontz

LA DERNIÈRE PORTE

Roman

Traduit de l'américain par Yves Sarda

Le Grand Livre du Mois

Titre de l'édition originale
ONE DOOR AWAY FROM HEAVEN
publiée par Bantam Books

Ce livre est dédié à Irwyn Applebaum qui m'a encouragé à « prendre le train pour aller où les trains ne vont pas d'habitude » et dont la personnalité en tant qu'homme et éditeur m'a fait retrouver la foi que j'avais perdue envers le monde de l'édition, ou des affaires, ou de la folie quel que soit le nom que l'on se plaise à lui donner.

Ainsi qu'à

Tracy Devine, ma directrice de collection, qui ne panique jamais quand, le délai de remise bien dépassé, je réclame encore du temps pour rédiger un énième jet avant de rendre mon manuscrit, dont l'œil éditorial est de vingt sur dix, qui est la bienveillance personnifiée, qui rend délicieuse chaque phase du travail – et qui jugera cette dédicace trop expansive et nécessitant d'être écourtée. Eh bien, pour cette fois, je lui donne tort.

« L'humour, c'est le chaos émotionnel dont on se souvient en toute tranquillité. »

James Thurber

« Le rire ébranle l'univers, le met hors de lui-même, révèle ses entrailles. »

Octavio Paz

« Qu'est-ce qui pousse l'homme à tuer ? Il tue pour manger. Mais pas seulement : souvent, c'est aussi pour boire. »

Woody Allen

« Au final, tout est gag. »

Charlie Chaplin

« Un rire inextinguible secoue les cieux. »

Homère, *Iliade*

« Il vaut mieux que la drôlerie soit triste quelque part. »

Jerry Lewis

1.

Le monde est plein d'êtres détruits. Et, pas plus que le temps, attelles, plâtres ni remèdes miracles ne peuvent réparer les cœurs brisés, les esprits blessés, les âmes déchirées.

Pour Micky Bellsong le soleil se révélait la meilleure cure et le sud de la Californie, un apothicaire bien pourvu pour ce genre d'ordonnance.

Un mardi après-midi, huilée à souhait pour frire, Micky s'installa en bikini sur une chaise longue dans la cour de sa tante Geneva. La toile de nylon, d'un vert à donner la nausée, était distendue ; l'armature en alu grinçait comme si le meuble de jardin était plus vieux que Micky qui, malgré ses vingt-huit ans, se sentait parfois remonter au déluge.

Sa tante, à laquelle le sort avait tout dérobé sauf un solide sens de l'humour, appelait la cour, « le jardin ». À cause du rosier sans doute.

Le terrain, plus large que profond, permettait au mobile home de faire face à la rue sur toute sa longueur. Au lieu d'une pelouse plantée d'arbres, un petit patio couvert abritait l'entrée. Ici, à l'arrière, la bande de gazon, s'étendant d'une extrémité à l'autre, offrait à peine quatre mètres de verdure de la porte à la barrière. L'herbe prospérait car Geneva l'arrosait régulièrement au tuyau.

Le rosier, cependant, réagissait avec perversité aux soins qu'on lui prodiguait. En dépit d'amples provisions de soleil, d'eau et d'engrais, malgré l'aération régulière de ses racines et un traitement périodique de doses mesurées d'insecticide, ledit rosier demeurait aussi rachitique et rouillé qu'un spécimen arrosé de poison et nourri de soufre pur dans les jardins sataniques de l'Enfer.

Le visage exposé au soleil, les yeux clos, tâchant de se vider l'esprit, que troublaient pourtant des souvenirs importuns, Micky rôtissait depuis une bonne demi-heure quand une petite voix douce lui demanda :

— Tu es suicidaire ?

Tournant la tête vers son interlocutrice, elle aperçut une fillette de neuf, dix ans qui se tenait à la barrière branlante, séparant le terrain de caravaning de son voisin, côté ouest. L'éclat du soleil brouillait les traits de l'enfant.

— Le cancer de la peau est mortel, expliqua la fillette.

— Le manque de vitamine D aussi.

— Pas vraiment.

— Ça fragilise les os.

— Le rachitisme, je sais. Mais on trouve de la vitamine D dans le thon, les œufs et les produits laitiers. Ça vaut mieux que de trop s'exposer au soleil.

Micky referma les yeux et, tendant son visage vers l'embrasement meurtrier du ciel, répondit :

— Bah, je ne compte pas vivre éternellement.

— Pourquoi ?

— Tu n'as peut-être pas remarqué, mais c'est le sort commun.

— Moi j'y échapperai probablement, déclara la petite fille.

— Comment ça ?

— Suffit d'un peu d'ADN extraterrestre.

— Ah ouais, bien sûr. Tu es à moitié alien.

— Pas encore. Je dois d'abord entrer en contact avec eux.

Micky rouvrit les yeux et lorgna l'aspirante E.T.

— Tu as trop regardé de redifs de *X Files*, petite.

— Je n'ai que jusqu'à mon prochain anniversaire sinon les carottes sont cuites.

La fillette, longeant la barrière en pâmoison, atteignit l'endroit où elle s'était complètement effondrée. Elle traversa la section de piquets aplatis et s'approcha de Micky.

— Tu crois à la vie après la mort ?

— Je ne suis même pas sûre de croire à la vie *avant* la mort, répliqua Micky.

— Je savais bien que tu étais suicidaire.

— Mais non, je ne suis pas dupe, c'est tout.

La fillette, qui avait enjambé les débris de la clôture, marchait sur le gazon avec difficulté.

— On a loué à côté. On vient de s'installer. Je m'appelle Leilani.

Comme elle s'approchait, Micky remarqua qu'une prothèse complexe épousait sa jambe gauche, de la cheville au dessus du genou.

— C'est un prénom hawaiien non ? demanda Micky.

— Ouais, ma mère est dingue de tout ce qui est hawaiien.

Leilani portait un short kaki. Si la jambe droite était valide, dans son carcan d'acier rembourré la gauche semblait avoir une malformation.

— En fait, continua Leilani, la vieille Sinsemilla – ma mère – est un peu dingue tout court.

— Sinsemilla ? Ça correspond à...

— Une variété de marijuana. Peut-être qu'elle s'appelait Cindy ou Barbara à l'ère préhistorique, mais depuis que je la connais, elle se fait appeler Sinsemilla.

Leilani prit place sur un hideux pliant orange et bleu aussi décrépit que la chaise longue d'un vert jaunâtre de Micky.

— Il craint, ce mobilier de jardin.

— On l'a offert à tante Geneva.

— On aurait dû la payer pour qu'elle accepte. Bref, une fois on a mis la vieille Sinsemilla dans un asile et on lui a balancé cent mille volts dans le cerveau. Peine perdue.

— Tu ne devrais pas raconter des bobards pareils sur ta mère.

Leilani haussa les épaules.

— Mais c'est vrai. J'pourrais pas inventer des trucs aussi bizarres. En fait, on lui a bombardé le cerveau plusieurs fois. Si on l'avait fait une fois de trop, la vieille Sinsemilla aurait probablement pris goût à l'électricité. Elle se fourrerait les doigts dans la prise dix fois par jour. Elle a un tempérament accro. Ce n'est pas de sa faute.

Le ciel avait beau être une fournaise, Micky avait beau être luisante de sueur et de crème parfumée à la noix de coco, elle avait presque oublié le soleil.

— Quel âge tu as, petite ?

— Neuf ans. Mais je suis précoce. Tu t'appelles comment ?

— Micky.

— C'est un nom de garçon ou de souris. Donc, ce doit être Michelle. Toutes les femmes de ton âge s'appellent Michelle, Heather ou Courtney.

— De mon âge ?

— Je voulais pas te vexer.

— C'est Michelina.
Leilani fronça le nez.
— Trop chochotte.
— Michelina Bellsong.
— Pas étonnant que tu sois suicidaire.
— D'où Micky.
— Moi, c'est Klonk.
— C'est quoi ?
— Leilani Klonk.
Micky pencha la tête d'un air sceptique.
— Je me demande si je dois croire un mot de ce que tu racontes.
— Parfois, le nom c'est ta destinée. Regarde, toi par exemple. Deux jolis noms et tu es aussi magnifique qu'un mannequin – enfin, si on oublie la sueur et ton visage bouffi par la gueule de bois.
— Je dois te dire merci, j'suppose.
— Quant à moi – j'ai un joli prénom suivi d'un couac comme Klonk. Je ne suis qu'à moitié jolie.
— Tu es ravissante, lui assura Micky.
C'était la vérité. Des cheveux d'or. Des yeux bleus comme des pétales de gentiane. La pureté de traits de Leilani promettait que sa beauté ne serait pas celle passagère de l'enfance, mais de celles qui durent.
— Une partie de moi pourrait faire tourner les têtes un jour, concéda Leilani, mais c'est contrebalancé par le fait que je suis une mutante.
— Tu n'es pas une mutante.
La fillette frappa le sol du pied gauche, faisant cliqueter doucement la prothèse. Elle leva la main gauche, qui se révéla difforme : l'auriculaire et l'annulaire étaient fondus en un seul doigt contrefait, relié par une épaisse membrane à un majeur contourné et courtaud.
Jusqu'alors, Micky n'avait pas remarqué cette malformation.
— Chacun de nous a ses imperfections, dit-elle.
— C'est pas comme d'avoir un gros pif. Je suis soit une mutante soit une infirme et je refuse d'être une infirme. Les gens ont pitié des infirmes, mais les mutants leur font peur.
— Tu veux que les gens aient peur de toi ?
— La peur inspire le respect, affirma Leilani.
— Jusqu'à maintenant, tu n'as pas fait grimper mon trouillomètre.

— Donne-moi le temps. Tu as un corps canon.

Déconcertée d'entendre une chose pareille dans la bouche d'une enfant, Micky masqua son embarras en se dénigrant.

— Ouais, tu parles. Si je ne faisais pas gaffe, je serais un gros boudin.

— Sûrement pas. Tu es née parfaite avec un de ces métabolismes réglé comme un gyroscope de navette spatiale. Tu pourrais manger comme quatre et boire une caisse de bières chaque jour que ton cul bougerait pas d'un poil.

Micky ne se souvenait plus quand on l'avait rendue muette pour la dernière fois, mais cette fillette lui brouillait les idées quasiment au point de la réduire au silence.

— Comment tu le sais ?

— Je le sais, lui assura Leilani. Tu ne fais pas de jogging ni de marche...

— Mais des exercices de muscu.

— Ah ? Et c'était quand la dernière fois ?

— Hier, mentit Micky.

— Ouais, c'est ça. Et moi j'ai valsé toute la nuit.

Elle tapa du pied gauche à nouveau, sa prothèse cliqueta.

— Y a pas de quoi avoir honte de posséder un super métabolisme. Ça n'a rien à voir avec la paresse ou autre chose.

— Merci de ton approbation.

— Tes lolos, c'est des vrais, hein ?

— Tu es un sacré numéro, ma petite.

— Merci. Ils doivent être vrais. Même les meilleurs implants du monde n'ont pas l'air aussi naturels. À moins d'un super bond en avant de la technologie des implants, mon plus grand espoir c'est que mes lolos poussent bien. On peut être une mutante et attirer quand même les hommes si on a des super nichons. C'est du moins l'observation que j'ai faite. Les hommes peuvent être d'adorables créatures, mais dans certains domaines, ils sont lamentablement prévisibles.

— Tu as neuf ans, c'est bien ça ?

— Mon anniversaire, c'était le 28 février. Ça tombait le Mercredi des Cendres, cette année. Tu crois au jeûne et à la pénitence ?

Micky répondit d'un soupir et d'un sourire :

— Pourquoi ne pas gagner du temps en me disant à quoi tu crois ?

— Pas à grand-chose, probablement, lança Leilani d'un trait. Sauf à m'amuser en attendant que la journée se passe.

Micky resta sans voix, non pas devant la perspicacité de la fillette, mais d'entendre la vérité assenée aussi carrément, d'autant qu'elle s'employait à l'occulter depuis des lustres.

— Y a rien de mal à s'amuser, dit Leilani. Une des choses que je crois, si tu veux le savoir, c'est qu'on est sur terre pour profiter de la vie. – Elle agita la tête. – Stupéfiant. Tous les hommes doivent te courir après.

— Plus du tout, lâcha Micky, la première étonnée d'avoir répondu la vérité.

Un sourire tirailla les lèvres de la fillette, dont les yeux bleus pétillèrent.

— Dis donc, tu n'aurais pas envie de me traiter en mutante maintenant ?

— Pardon ?

— Dans la mesure où tu me considères comme une pauvre petite handicapée, ta pitié t'empêche d'être impolie. Remarque, si tu me voyais comme une mutante bizarre et dangereuse, tu me dirais peut-être que ça ne me regarde pas et tu me renverrais jouer dans ma cour.

— Les trois quarts du temps, tu m'as plutôt l'air d'une mutante.

Leilani battit des mains, aux anges.

— Je savais bien que tu avais de la jugeote, conclut-elle.

Elle se leva difficilement du pliant et pointa un doigt vers l'autre côté du jardin.

— C'est quoi ce machin ?

— Un rosier.

— Non, c'est pas vrai.

— Si.

— Il n'a pas de roses.

— Potentiellement, si.

— Il n'a presque pas de feuilles.

— Alors que les épines ne manquent pas, constata Micky.

— Je parie qu'il se déracine au cœur de la nuit pour rôder dans le voisinage et dévorer les chats de gouttière, dit Leilani avec une grimace.

— Ferme bien ta porte.

— On n'a pas de chat.

Un grand sourire aux lèvres, la petite fille fit un clin d'œil avant d'ajouter :

— Tiens, elle est bien bonne celle-là !

Les doigts de sa main droite repliés à la façon de griffes, elle racla l'air en crachant.

— Qu'est-ce que tu voulais dire par « les carottes sont cuites » ?

— Quand ça ? demanda Leilani, sans trace de naïveté.

— À t'entendre, tu aurais jusqu'à ton prochain anniversaire, ensuite les carottes seraient cuites.

— Ah, le contact avec les aliens.

Bien que ce ne fût pas une réponse, la petite fille se détourna de Micky et traversa la pelouse d'un pas raide, à cause du métal de la prothèse.

Micky se pencha en avant sur sa chaise longue.

— Leilani ?

— Je dis plein de choses. Toutes n'ont pas de sens.

Arrivée à la brèche dans la barrière, la fillette se retourna.

— Dis-moi, Michelina Bellsong, je t'ai demandé si tu croyais à la vie après la mort.

— Et j'ai joué à celle qui n'était pas dupe.

— Ouais, je me rappelle.

— Au fait... et *toi* ? demanda Micky.

— Quoi, moi ?

— Tu y crois ?

Dévisageant Micky avec une solennité qu'elle n'avait pas montrée jusque-là, la fillette finit par répondre :

— J'ai intérêt.

Alors qu'elle franchissait les piquets tombés, puis traversait la pelouse négligée d'à côté, roussie par le soleil, le faible cliquetis de sa prothèse décrut jusqu'à ce qu'on le confonde avec le bourdonnement d'insectes industrieux à l'œuvre dans l'air sec et chaud.

Un moment après l'entrée de la fillette dans le mobile home voisin, Micky resta droite sur la chaise longue à fixer la porte par où elle s'était engouffrée.

Leilani était un beau mélange de charme, d'intelligence et d'effronterie qui masquait une vulnérabilité douloureuse. Au souvenir de certains instants de leur rencontre, Micky sourit sans pouvoir dissiper un vague malaise. Une vérité perturbante à peine entrevue s'était faufilée à la manière d'un poisson frétillant sous la surface de leur conversation, mais elle avait échappé à son filet.

La lourde chaleur, comme liquide, du soleil de la fin août enveloppait Micky. Elle avait l'impression de flotter dans un bain chaud.

L'odeur de l'herbe récemment tondue saturait l'air immobile : l'essence enivrante de l'été.

Au loin, s'élevait la rumeur vibrante de la circulation sur l'autoroute, ronronnement presque agréable qu'on aurait pu confondre avec le murmure de la mer.

Micky aurait dû s'assoupir, être léthargique du moins, or son esprit vombrissait plus activement que la circulation tandis que le soleil n'amollissait pas la tension de son corps.

Bien que sans rapport apparent avec Leilani Klonk, Micky se rappela les propos que sa tante Geneva avait tenus pas plus tard que la veille au soir, pendant le dîner...

— Ce n'est pas facile de changer, Micky. Changer de vie signifie changer de façon de penser. Changer de façon de penser signifie changer sa conception de la vie. C'est dur, ma chérie. Quand on est l'artisan de son malheur, on s'y accroche, parfois même quand on désire le plus changer, parce que le malheur, on connaît. Le malheur, c'est confortable.

À sa grande surprise, attablée dans le coin-cuisine en face de Geneva, Micky s'était mise à pleurer. Pas à gros sanglots. Des pleurs discrets. L'assiettée de lasagnes maison se brouilla devant elle et de chaudes larmes sillonnèrent ses joues. Elle joua de la fourchette pendant ce déluge salé et silencieux, répugnant à reconnaître ce qu'il lui arrivait.

Depuis son enfance elle n'avait pas pleuré. Elle se croyait au-delà des larmes, trop coriace pour s'apitoyer sur son sort, trop endurcie pour être émue par le malheur d'autrui. Avec une sombre détermination, furieuse contre elle-même de cette faiblesse, elle continua de manger même si, étranglée par l'émotion, elle avait du mal à avaler.

Geneva, qui connaissait la nature stoïque de sa nièce, ne parut point trop surprise de ces larmes. Elle s'abstint de tout commentaire parce qu'elle savait sans doute qu'aucune consolation ne serait acceptée.

Une fois que Micky revit clair et qu'elle eut nettoyé son assiette, elle réussit à articuler :

— Je suis capable de faire ce qu'il faut. Je peux aller là où je veux, quelles que soient les difficultés.

Avant de changer de sujet Geneva ajouta :

— Certes, il arrive parfois – rarement –, mais une fois par extraordinaire – que notre vie change en mieux en l'espace d'un instant, c'est une grâce, presque un miracle en un sens. Quelque chose de puissant peut survenir, quelqu'un d'unique surgir, une prise de conscience inattendue advenir au point que cela suffit à nous orienter dans une nouvelle direction et à nous métamorphoser à jamais. Je donnerais tout ce que j'ai pour que ça t'arrive, ma chérie.

Pour conjurer d'autres larmes, Micky déclara :

— C'est gentil, tante Gen, mais tout ce que tu as ou rien...

Geneva éclata de rire et pressa affectueusement la main gauche de Micky.

— C'est vrai, ma chérie. Mais j'ai quand même un demi-rien de plus que *toi*.

Étrangement, ici en plein soleil, moins d'un jour plus tard, Micky ne cessait de penser à cet instant de grâce que Geneva lui avait souhaité et qui la métamorphoserait. Elle ne croyait pas aux miracles. Ni à ceux d'essence surnaturelle englobant anges gardiens et révélant la main de Dieu ni à ceux plus simples du registre des statistiques qui pourraient lui valoir un billet de loto gagnant.

Pourtant, elle avait la sensation curieuse et déstabilisante d'un mouvement intérieur, d'un tournant de son cœur et de son esprit vers un nouveau point cardinal.

— Rien qu'une indigestion, murmura-t-elle avec autodérision, car elle savait être la même femme démunie et paumée que celle qui avait débarqué chez Geneva une semaine plus tôt avec deux valises de vêtements, une Chevrolet Camaro 81 qui soufflait et sifflait pire qu'un cheval asthmatique et un passé qui la ceinturait de chaînes.

Une vie dévoyée ne pouvait être redressée rapidement et sans lutte. Malgré les discours séduisants de Geneva en faveur d'une transformation miraculeuse, rien ne s'était passé pour orienter Micky vers la grâce.

Néanmoins, pour des raisons qui lui restaient incompréhensibles, tous les détails de cette journée – le soleil étincelant, la chaleur, la rumeur lointaine de la circulation sur l'autoroute, l'odeur d'herbe coupée et celle douce-amère de sa crème à la noix de coco, trois papillons jaunes vifs tels des nœuds de paquets cadeaux – lui semblèrent soudain pleins de signification, de mystère et d'importance.

2.

La prairie luxuriante ondule sous la faible brise inconstante. À cette heure solitaire, en cet étrange endroit, il est facile pour un garçon de s'imaginer que des monstres nagent sans trêve dans l'océan d'herbe argentée, baigné de lumière lunaire, qui miroite au loin, au-delà des arbres.

La nuit, la forêt où il se tapit est un royaume menaçant, et peut-être même pendant le jour. La peur lui a tenu compagnie cette dernière heure alors qu'il cheminait le long de pistes serpentant à travers des fourrés d'essences exotiques, sous des branchages entrelacés qui ne laissaient apercevoir qu'à l'occasion le ciel nocturne.

Par les chemins boisés au-dessus de sa tête, des prédateurs le traquent peut-être, sautant gracieusement de branche en branche, aussi silencieux et impitoyables que les froides étoiles sous lesquelles ils maraudent. Ou peut-être, sans prévenir, un affreux machin vorace creusant son terrier, tous crocs dehors, va-t-il exploser du sol de la forêt sous ses pieds et le couper en deux d'un coup de dent ou l'avaler tout entier.

Son imagination fertile lui a toujours servi de refuge. Cette nuit, c'est sa malédiction.

Devant lui, passé la dernière ligne d'arbres, l'attend la prairie. Trop brillante sous l'énorme lune. Paisible de façon trompeuse.

Il soupçonne que c'est un terrain de chasse. Il doute d'atteindre vivant le prochain bouquet d'arbres.

Sous l'abri d'un affleurement de roc effrité, il souhaite désespérément la présence de sa mère à ses côtés. Mais elle ne sera plus jamais près de lui dans cette vie.

Une heure plus tôt, il a été témoin de son assassinat.

Le souvenir vivace de cet acte de violence mettrait en

lambeaux sa santé mentale s'il s'y attardait. Pour sa survie, il doit oublier, du moins pour le moment, cette terreur-là, cette perte insupportable. Blotti dans la nuit hostile, il s'entend émettre des sons de détresse. Sa mère lui disait toujours qu'il était un garçon courageux ; mais aucun garçon courageux ne capitule aussi facilement face à son malheur.

Désirant justifier la fierté que sa mère avait de lui, il lutte pour retrouver son sang-froid. Plus tard, s'il survit, il aura tout le temps pour l'angoisse, le deuil et la solitude. Peu à peu, il puise des forces non dans le souvenir de son assassinat ni dans sa soif de vengeance et de justice, mais dans le souvenir de son amour, de son endurance, de sa résolution inflexible. Ses sanglots cessent.

Silence.

L'obscurité des bois.

La prairie qui attend sous la lune.

Du haut de la canopée filtre un chuchotement menaçant, tamisé par les branches. Peut-être n'est-ce que le souffle de la brise qui a trouvé une porte ouverte dans le grenier de la forêt. En vérité, il a moins à redouter les bêtes sauvages que les assassins de sa mère. Il ne doute pas qu'ils sont encore à ses trousses.

Ils auraient dû le rattraper depuis longtemps. Ce territoire, cependant, leur est aussi inconnu qu'à lui.

Et peut-être l'esprit de sa mère veille-t-il sur lui.

Même si elle est ici dans la nuit, invisible à ses côtés, il ne peut s'en remettre à elle. Il est son seul garant et n'a d'espoir qu'en son intelligence et son courage.

Dans la prairie, à présent, sans tarder plus longtemps, courant des dangers inconnus mais certainement innombrables. La fragrance de l'herbe recouvre l'odeur plus subtile du sol.

Le terrain descend en pente vers l'ouest. La terre est douce et l'herbe facile à fouler. Quand il s'arrête pour regarder derrière lui, la pâle lampe de la lune suffit à éclairer la route qu'il a suivie.

Il n'a pas d'autre choix que de foncer.

S'il lui arrivait de rêver, il pourrait se croire dans un rêve en ce moment, trouver ce paysage étrange parce qu'il n'existe que dans sa tête, savoir que même s'il courait longtemps ou rapidement, il ne parviendrait jamais à destination, mais courrait perpétuellement sur des étendues où des prairies éclaboussées de lune alternent avec des forêts échevelées noyées d'obscurité.

En fait, il ne sait où il va. Cette contrée ne lui est pas familière. La civilisation est peut-être à portée de main, mais il est plus probable qu'il ne fait que s'enfoncer davantage dans un vaste désert sauvage.

Du coin de l'œil, il perçoit des mouvements répétitifs : ceux des fantômes qui le traquent sur ses flancs. Chaque fois qu'il regarde mieux, il ne voit que l'herbe haute qui tremble sous la brise. Pourtant cette escorte spectrale le terrifie et, souffle entrecoupé après souffle entrecoupé, il est de plus en plus convaincu qu'il ne vivra pas pour atteindre le prochain couvert.

À la simple idée de survivre, la culpabilité lui baratte un beurre amer dans le sang. Il n'a pas le droit de vivre quand tout le monde a péri.

La mort de sa mère le hante davantage que le meurtre des autres, en partie parce qu'il l'a vue tomber sous les coups. Il a entendu les cris des autres, mais le temps qu'il les découvre, ils étaient morts et leurs restes fumants étaient si horribles à voir qu'il n'avait pas pu faire le lien, émotionnellement parlant, entre ceux qu'il aimait et ces cadavres hideux.

Maintenant, il passe encore une fois du clair de lune à l'obscur de la forêt, la prairie dans son dos, le labyrinthe entrelacé de fourrés et de ronces devant lui.

En dépit de tout, il est toujours vivant.

Mais il n'a que dix ans, il est sans famille ni amis, seul, effrayé et perdu.

3.

Assis dans sa Chevrolet, Noah Farrel s'occupait des oignons d'autrui, quand le pare-brise explosa.

Il bouffait un gâteau à la crème, plâtrant avec délectation la paroi de ses artères d'une nouvelle couche de graisse, lorsque, saupoudré tout à coup de bris de verre, son dessert entamé devint plus croustillant mais immangeable. Au moment où Noah lâchait son gâteau, un cric fracassa la vitre avant côté passager.

Il gicla de la voiture par la portière du conducteur, regarda par-dessus le toit et fut confronté à une armoire à glace au crâne rasé, avec un anneau dans le nez. La Chevrolet se trouvait à découvert et à mi-chemin de deux lauriers indiens imposants ; sans être dans l'ombre des arbres, elle était à dix, vingt mètres du lampadaire le plus proche et donc dans l'obscurité ; cependant, le plafonnier de la Chevy permit à Noah de voir son briseur de vitres. Le type cligna de l'œil avec un grand sourire.

Du mouvement à sa gauche attira l'attention de Noah. Quelques mètres plus loin, un autre expert en démolition balançait une masse dans un phare.

Ce monsieur gonflé aux anabolisants portait baskets, pantalon de training rose à cordon coulissant et T-shirt noir. L'impressionnante masse osseuse de son front pesait sûrement plus que les deux kilos cinq du marteau qu'il maniait et sa lèvre supérieure était au moins aussi longue que sa queue de cheval.

À peine les derniers éclats de plastique et de verre brisé du phare tintaient-ils et crépitaient-ils sur la chaussée que le Bibendum humain abattit la massue sur le capot de la voiture.

Simultanément, le type au crâne poli et à la narine

décorée se servit de l'autre extrémité du cric pour pulvériser la vitre arrière côté passager, agressé peut-être par son propre reflet.

Le bruit devenait infernal. Sujet ces derniers temps à des migraines, Noah n'aspirait à rien d'autre qu'au calme et à une poignée d'aspirines.

— Pardon, dit-il à ce Dieu Thor de bazar alors que la massue décrivait un nouvel arc de cercle au-dessus du capot.

Il se pencha dans la voiture par la portière ouverte pour attraper les clés de contact, parmi lesquelles se trouvait celle de chez lui. Quand il parviendrait enfin à son bungalow, Dieu sait par quels moyens, il n'avait aucune envie de découvrir que ces deux montagnes de muscles y avaient organisé une bière party de la Fédération de Catch.

Sur le siège du passager était posé l'appareil numérique qui contenait les photos d'un mari cavaleur entrant dans la maison de l'autre côté de la rue, accueilli sur le seuil par sa maîtresse. Si jamais Noah tendait la main vers l'appareil, il ne doutait pas que ses os seraient réduits en miettes comme le pare-brise.

Empochant ses clés, il s'éloigna, passant devant des habitations modestes style ranch aux pelouses et buissons ornementaux très bien entretenus, où les arbres argentés de lune se dressaient sans un murmure dans l'air chaud immobile.

Dans son dos, soulignant le fracas régulier de la masse, le cric adopta un tempo syncopé, tout en tatouant les pare-chocs et le coffre de la Chevy.

Ici, dans ce quartier résidentiel et respectable d'Anaheim, foyer de Disneyland, on ne rejouait pas quotidiennement des scènes dignes d'*Orange Mécanique*. Néanmoins, rendus craintifs par un excès d'infos télévisées, les résidants se révélèrent plus prudents que curieux. Aucun d'eux ne s'aventura à l'extérieur pour découvrir la cause d'un tel fracas.

En passant devant les maisons, Noah n'aperçut que de rares visages perplexes ou prudents collés aux fenêtres éclairées. Nul n'avait la tête de Mickey, Minnie, Donald ou Dingo.

En jetant un œil derrière lui, il remarqua qu'un Lincoln Navigator se détachait du trottoir d'en face, avec sans doute à son bord des associés des deux créateurs qui transformaient son véhicule en œuvre d'art moderne. Tous les dix à quinze pas, il vérifia que le 4 × 4 se trouvait toujours dans son sillage, le suivant en se réglant sur son allure.

Au bout d'un pâté et demi de maisons, il atteignit une artère importante avec des commerces. De nombreux magasins étaient fermés à neuf heures vingt du soir, un mardi.

La destruction de la Chevy poursuivait sans trêve son charivari, mais l'éloignement et l'écran des branches de laurier filtraient la cacophonie, la réduisant à une série de *bam* et *clink* étouffés.

Quand Noah fit halte au carrefour, le Navigator l'imita à un demi-pâté de maisons derrière lui. Le conducteur attendait de voir la direction qu'il prendrait.

Au creux des reins, dans son étui sous sa chemise hawaiienne, Noah portait un revolver. Il ne pensait pas avoir besoin de l'arme. Néanmoins, il n'avait aucun plan pour la recycler en soc de charrue.

Il tourna à droite et, au bout d'un pâté et demi de maisons, atteignit une taverne. Il n'obtiendrait peut-être pas ici d'aspirine, mais une Dos Equis glacée, certainement.

En matière de santé, il n'était pas fanatique de remèdes spécifiques.

Un bar s'étirait en longueur à droite de la porte. Au milieu de la salle, s'alignait une rangée de huit tables en planches portant chacune une bougie sous un globe de verre ambré.

À peine la moitié des tabourets et des chaises étaient occupés. Plusieurs types et une femme étaient coiffés de chapeaux de cowboy, comme si, enlevés par des extraterrestres touche-à-tout, on les avait déplacés dans le temps et l'espace.

Le sol cimenté, peint en rouge rubis, semblait avoir reçu un coup de serpillière une ou deux fois depuis Noël. Un léger relent de désinfectant perçait l'odeur de bière éventée. Si l'endroit était infesté de cafards, ils seraient probablement assez raplapla pour que Noah en vienne à bout.

Le long du mur de gauche, s'alignaient de hauts boxes en bois où l'on voyait des banquettes rembourrées en moleskine rouge. Peu étaient inoccupés. Noah s'installa dans le plus éloigné de la porte. Il commanda une bière à la serveuse tellement boudinée dans son jean délavé et sa chemise à carreaux rouges qu'on aurait dit qu'elle les avait cousus sur elle. Pour peu que ses seins ne soient pas d'origine, le pays allait devoir faire face à une grave pénurie de silicone.

— Vous la voulez dans un verre ?

— La bouteille sera sans doute plus propre.

— Bien obligé, acquiesça-t-elle en se dirigeant vers le bar.

Tandis qu'Alan Jackson emplissait le juke-box d'un lamento sur la solitude, Noah sortit la carte de l'automobile-club de son portefeuille. Il dégrafa son mobile de sa ceinture et appela le numéro de secours joignable vingt-quatre heures sur vingt-quatre.

La femme qui lui fournit de l'aide avait la voix de sa tante Lily, la sœur de son père, qu'il n'avait pas revue depuis quinze ans. Mais cette voix ne provoqua aucune nostalgie : Lily avait collé une balle dans la tête du père de Noah, le tuant sur le coup, et blessé Noah lui-même – à l'épaule gauche et la cuisse droite – quand il avait seize ans, étouffant par là toute affection qu'il aurait pu lui porter.

— On va probablement lacérer les pneus, précisa-t-il à la femme du club auto. Alors envoyez plutôt un camion à plateau qu'une dépanneuse standard.

Il lui donna l'adresse où trouver la voiture et aussi le nom du concessionnaire chez qui la déposer.

— Demain matin, ça suffira. Mieux vaut n'envoyer personne là-bas tant que les Frères Rapetou ne se sont pas assommés d'épuisement.

— Qui ça ?

— Si vous n'avez jamais lu les albums de l'Oncle Picsou, mon allusion littéraire ne vous dira rien.

Surgissant à cet instant avec la Dos Equis, la serveuse cowgirl intervint.

— À dix-sept ans, j'ai postulé pour un boulot de personnage à Disneyland, mais on n'a pas voulu de moi.

Coupant la communication, Noah tiqua.

— Un boulot de personnage ?

— Vous savez bien, se balader costumé dans le parc et se faire prendre en photo avec les gens. Je voulais jouer Minnie Mouse ou au moins Blanche Neige, mais j'avais trop de monde au balcon.

— Minnie est plutôt plate.

— Ouais, ben, c'est une souris.

— Bien vu, fit Noah.

— Et dans leur idée, Blanche Neige devait avoir l'air virginal. Je sais pas pourquoi.

— Peut-être parce que, si Blanche Neige était aussi sexy que vous, les gens commenceraient à se demander ce qu'elle a bien pu fabriquer avec les sept nains – ce qui n'est pas le genre de la maison Disney.

Son visage s'éclaira.

— Eh, vous avez probablement mis le doigt sur un truc, là.

Puis, avec un soupir exprimant une déception abyssalle, elle ajouta :

— J'avais vraiment envie de faire Minnie.

— Les rêves ont du mal à mourir.

— Oui, c'est vrai.

— Vous auriez fait une bonne Minnie.

— Vous croyez ?

Il sourit.

— Veinard de Mickey.

— Z'êtes gentil.

— Ma tante Lily pensait le contraire. Elle m'a tiré dessus.

— Bof, je le prendrais pas mal, dit la serveuse. Ça déjante dans toutes les familles aujourd'hui.

Et elle alla servir ailleurs.

Au juke-box, un Garth Brooks morose succéda à Alan Jackson et tous les Stetson du bar piquèrent du nez de tristesse et de commisération, semblait-il. Quand les Dixie Chicks prirent la place de Brooks, ces mêmes Stetson se redressèrent au comble de la joie.

Noah avait bu la moitié de sa bière à même la bouteille quand un quartier de bœuf – mariné dans la gomina et l'eau de toilette épicée, en jean noir et T-shirt arborant l'inscription L'AMOUR C'EST LA RÉPONSE – se faufila dans le box en face de lui.

— Vous avez envie de mourir ?

— Votre plan c'est de la combler ? demanda Noah.

— Pas moi, je suis pacifiste.

Un tatouage méticuleusement détaillé d'un serpent à sonnettes se lovait autour du bras droit du pacifiste, dénudant ses crocs sur le dos de sa main, les yeux brillants de haine.

— Mais vous devriez comprendre que surveiller un homme aussi puissant que le membre du Congrès Sharmer est idiot en soi.

— Il ne m'a jamais effleuré l'esprit qu'un membre du Congrès aurait à son service une bande de truands.

— *Qui d'autre* aurait-il à son service ?

— Je devine que je ne suis plus au Kansas.

— Et merde, Dorothy, là où tu es, on tue les petits chiens style Toto pour le plaisir. Et les fillettes dans ton genre, elles se font aplatir comme des crêpes si elles s'écartent pas du chemin.

— Les Pères Fondateurs de ce pays en seraient très fiers.

Le regard de l'inconnu, jusque-là aussi vide que le cœur d'un psychopathe, se fit soupçonneux.

— T'es qui, toi ? Un barjo de politique ? Je croyais que t'étais qu'un sale connard de privé qui grappillait une poignée de dollars en jouant les voyeurs de chambres à coucher.

— En ce moment précis, une poignée, ça me suffit pas. Il coûte combien ton Navigator ? demanda Noah.

— Tu pourrais pas te l'offrir.

— J'ai des facilités de crédit.

Le pacifiste rit d'un air entendu. Il renvoya d'un geste la serveuse qui s'approchait avant de sortir un petit sac plastifié qu'il laissa tomber sur la table.

Noah puisa du réconfort dans sa bière.

Fermant et ouvrant à plusieurs reprises sa main droite, comme s'il souffrait de raideur dans les jointures après avoir boxé des heures durant bébés et religieuses, le pacifiste déclara :

— Le membre du Congrès est un être doué de raison. En acceptant sa femme comme cliente, tu t'es déclaré son ennemi. Mais c'est un homme si bon qu'il veut faire de toi son ami.

— Quel bon chrétien !

— Commence pas avec les insultes.

Chaque fois que l'envoyé du politicien détendait le poing, la gueule pleine de crocs du serpent tatoué s'ouvrait en grand.

— Jette au moins un œil sur sa proposition de paix.

Le sac était plié et scellé. Noah ôta le gaffeur, souleva le rabat et en sortit à moitié une liasse de billets de cent dollars.

— T'as là au moins trois fois la valeur de ton tas de ferraille. Plus celle de l'appareil que tu as laissé sur le siège avant.

— C'est toujours pas le prix d'un Navigator, observa Noah.

— On ne marchande pas, Sherlock.

— Tu ne m'as pas mis au parfum quant aux conditions.

— Il n'y en a qu'une. Tu attends quelques jours, puis tu dis à la femme que tu as suivi son mari partout, mais que la seule fois où il a sorti son zizi de son froc, c'était parce qu'il avait envie de pisser.

— Et quand il baisait le pays, j'en fais quoi ?

— Tu m'as pas l'air d'un mec qui veut se faire un ami.

— J'ai jamais été très doué pour ça... mais je veux bien essayer.

— Heureux de te l'entendre dire. Franchement, tu m'as causé du souci. Au cinoche, les privés sont toujours tellement incorruptibles, ils préfèrent qu'on leur fasse sauter les dents que de trahir un client.

— Je vais jamais au cinoche.

Montrant le petit sac dans lequel Noah remettait le liquide, le pacifiste ajouta :

— Tu te rends compte de ce que c'est ?

— Une prime.

— Je te parle du sac. C'est pour le mal de l'air.

Son sourire s'estompa.

— Quoi – t'en avais jamais vu ?

— Je voyage jamais.

— Le membre du Congrès a le sens de l'humour

— C'est un hystérique.

Noah fourra le sac dans une poche de son pantalon.

— Il dit que, pour lui, l'argent c'est rien que du vomi.

— Un vrai philosophe.

— Tu sais ce qu'il a qui vaut mieux que le fric ?

— Certainement pas de l'esprit.

— Du pouvoir. Si tu as assez de pouvoir, tu peux même mettre les plus riches à genoux.

— Qui a dit ça à l'origine ? Thomas Jefferson ? Abraham Lincoln ?

Le convoyeur pencha la tête et agita un doigt vers Noah.

— T'as un problème d'agressivité, toi, pas vrai ?

— Complètement. J'en ai plus assez en réserve.

— Faut que t'adhères au Cercle des Amis.

— On dirait des Quakers.

— C'est une organisation que le membre du Congrès a fondée. C'est là qu'il s'est fait un nom, avant d'entrer en politique – en aidant les jeunes déboussolés à changer de cap dans l'existence.

— J'ai trente-trois ans, dit Noah.

— Le Cercle s'occupe de tous les groupes d'âge maintenant. Ça marche vraiment. On y apprend qu'il y a beau y avoir des millions de questions dans la vie, il n'existe qu'une seule réponse.

— Celle que tu portes, devina Noah, montrant l'inscription L'AMOUR EST LA RÉPONSE du T-shirt.

— L'amour de soi, l'amour du prochain, l'amour de la nature.

— Ce genre de truc commence toujours par « l'amour de soi ».

— Obligé. On peut pas aimer les autres si on s'aime pas soi-même. J'avais seize ans quand j'ai adhéré au Cercle, y a sept ans de ça. J'étais un gamin méchamment perturbé. Je dealais, je me shootais, je kiffais la violence, j'faisais partie d'un gang qu'allait droit dans le mur. Mais j'ai changé de cap.

— Maintenant tu fais partie d'un gang qui a de l'avenir.

Le rictus du reptile tatoué s'élargit sur le battoir du charmeur de serpents qui éclata de rire.

— Je t'aime bien, Farrel.

— Tout le monde m'aime bien.

— Tu trouves à redire aux méthodes du membre du Congrès, mais il a une vision pour ce pays qui pourrait tous nous réconcilier.

— La fin justifie les moyens, c'est ça, hein ?

— Tu vois, tu redeviens agressif.

Noah termina sa bière.

— Les types comme toi et ton congressiste se cachaient derrière Jésus, d'habitude. Maintenant c'est psychologie, respect de soi-même et compagnie.

— Les projets inspirés par Jésus n'obtiennent pas assez de fonds publics pour que ça vaille la peine qu'on feigne la piété.

Il se glissa hors du box et se leva.

— Tu ferais pas la bêtise d'empocher le fric et de pas tenir parole, hein ? Tu vas vraiment bourrer le mou à sa femme ?

Noah haussa les épaules.

— Je l'ai jamais aimée de toute façon.

— Pas bandante la salope, hein ?

— Sèche comme un coup de trique.

— Mais n'empêche qu'elle lui a donné la super classe

et la respectabilité. Bon, maintenant tu vas là-bas et tu te conduis bien, d'acc ?

Noah haussa le sourcil.

— Quoi ? Tu veux dire... tu veux que j'aille remettre cet argent aux flics et porter plainte contre le député ?

Cette fois, le pacifiste ne souriait plus.

— Je vois, j'aurais dû dire *intelligemment*.

— Je clarifiais les choses, c'est tout, lui assura Noah.

— Tu pourrais les clarifier encore mieux dans un cercueil.

Le moindre repli de son âme exposé à la vue de tous, le convoyeur gagna l'entrée de la taverne d'un air fanfaron.

Sur leurs tabourets et leurs chaises, les cowboys pivotèrent et le fusillèrent du regard jusqu'à ce qu'il eût franchi la porte. S'ils avaient été d'authentiques cavaliers de la prairie au lieu de spécialistes en informatique ou encore d'agents immobiliers, l'un d'eux lui aurait fouetté le cul juste par principe.

Une fois la porte refermée derrière le pacifiste, Noah commanda une autre bière à celle qui rêvait d'être Minnie.

En lui rapportant une bouteille de Dos Equis perlée de rosée, la serveuse lui dit :

— Ce mec, c'était une balance ou genre ?

— Genre.

— Et vous, z'êtes flic ?

— Je l'étais. Ça saute pas aux yeux ?

— Ouais. Et vous portez une chemise hawaiienne. Les flics en civil, ils aiment bien ça, les chemises hawaiiennes, parce qu'on peut planquer une arme par en dessous.

— Eh bien, mentit-il, je planque rien sous celle-là sauf un maillot de corps tout jauni que j'aurais dû foutre en l'air depuis cinq ans.

— Mon père aimait les chemises hawaiiennes.

— Il était flic, votre papa ?

— Jusqu'à ce qu'on le tue.

— Désolé d'apprendre ça.

— Je m'appelle Francine à cause de la chanson de ZZ Top.

— Pourquoi un tas de flics d'avant aimaient bien ZZ Top ? s'étonna-t-il à haute voix.

— Peut-être comme antidote à toute cette merde que chantaient les Eagles.

Il lui sourit.

— Je crois que vous avez mis le doigt sur un truc, là, Francine.

— Je finis mon service à onze heures.

— C'est tentant, reconnut-il. Mais je suis marié.

Jetant un coup d'œil à ses mains et n'y voyant pas d'alliance, elle lui dit :

— Marié à quoi ?

— En voilà une question difficile.

— Pas tant que ça si on est honnête avec soi-même.

Noah était tellement sous le charme de son corps et de sa beauté que jusqu'à présent, il n'avait pas vu la gentillesse de ses yeux.

— On pourrait dire à l'apitoiement sur soi-même, suggéra-t-il nommant sa compagne.

— Pas vous, riposta-t-elle, comme si elle le connaissait bien. À l'agressivité, plutôt.

— C'est quoi le nom de ce bar – Eau de Feu et Philosophie ?

— Quand on écoute de la musique country toute la sainte journée, toute la semaine, on commence à se représenter chaque personne comme une chanson de trois minutes.

— Bon sang, vous auriez fait une drôle de Minnie, lui dit-il avec sincérité.

— Vous êtes sans doute comme mon père. Vous avez le même genre de fierté. L'honneur, il appelait ça, lui. Mais à notre époque, l'honneur, c'est bon pour les pigeons et c'est ça qui vous rend agressif.

Il leva les yeux vers elle, cherchant une réponse et n'en trouvant pas. En plus de sa gentillesse, il avait pris conscience chez elle d'un fonds de mélancolie qu'il ne pouvait supporter de voir.

— Le mec là-bas, il réclame une serveuse.

Elle soutint le regard de Noah.

— Bon, si jamais vous divorcez, vous savez où je bosse, lança-t-elle.

Il la regarda s'éloigner. Puis, entre deux gorgées, il contempla sa bière comme si elle avait une quelconque signification.

Plus tard, quand il ne lui resta qu'une bouteille vide sous les yeux, Noah laissa à Francine un pourboire dépassant largement le prix de ses deux bières.

Dehors, une éclaboussure de lueur urbaine tachait de jaune l'obscurité au ras de l'horizon. Une lune d'argent poli, très pure, était accrochée dans le ciel. Au-dessus de la courbe lunaire, les quelques étoiles qui piquetaient le noir d'encre paraissaient propres, si loin de la Terre.

Il se dirigea vers l'est, à travers les bouffées de vent chaud soulevées par la circulation, attentif au moindre signe d'être sous surveillance. Personne ne le suivait même pas à distance.

Il était évident que les bataillons du député ne lui accordaient plus le moindre intérêt. Sa couardise apparente et son empressement à trahir sa cliente leur avaient confirmé qu'il était, selon la définition courante, un bon citoyen.

Il dégrafa son mobile de sa ceinture, appela Bobby Zoon et s'arrangea avec lui pour qu'il le ramène.

Après avoir parcouru un autre kilomètre, il arriva à la supérette ouverte toute la nuit qu'il avait fixée comme lieu de rendez-vous. La Honda de Bobby était garée près d'une caisse de collecte pour les boutiques de l'Armée du Salut.

Quand Noah s'installa sur le siège passager, Bobby – vingt ans, maigre, bouc au vent et regard légèrement vague de l'accro d'Ecstasy de longue date – se curait le nez derrière le volant.

— T'es dégoûtant, fit Noah avec une grimace.

— Quoi ? demanda Bobby, vraiment surpris par cette insulte, même si son index était encore enfilé dans la narine droite.

— Encore heureux que je t'aie pas surpris en train de faire joujou avec ton petit robinet. Tirons-nous de là.

— C'était cool là-bas, dit Bobby en faisant démarrer le moteur. Super cool.

— Cool ? Espèce d'idiot, j'aimais bien cette voiture.

— Ta Chevy ? C'était de la merde.

— Ouais, mais c'était la mienne.

— En tout cas, mec, c'était vachement plus haut en couleur que je m'y attendais. On en a eu plus qu'il n'en fallait.

— Ouais, reconnut Noah sans aucun enthousiasme.

— C'est une biscotte le député, lâcha Bobby tandis qu'ils sortaient du parking.

— Quoi ?

— Il est cuit et recuit.

— Où tu as pêché ça ?

— Ça quoi ? demanda Bobby.

— Cette connerie d'expression.

— J'arrête pas d'écrire un scénario dans ma tête. À l'école de ciné, on nous enseigne que tout est matériau, et ça, c'en est.

— L'Enfer met une éternité comme pour un héros de film de Bobby Zoon.

Sérieux comme ne peut l'être qu'un gamin à bouc clairsemé convaincu que le cinéma c'est la vie, Bobby affirma :

— C'est pas toi le héros. J'tiens le rôle masculin principal. Toi, celui de Sandra Bullock.

4.

Descendant à travers la forêt jusqu'aux terres plus basses, des crêtes embrassées par la nuit aux vallées enveloppées de nuit, hors du couvert des arbres dans un vaste champ cultivé, le garçon sans mère se presse. Il atteint une barrière en suivant les sillons.

Il est stupéfié d'être en vie. Il n'ose espérer avoir semé ses poursuivants. Ils sont là-bas qui le cherchent toujours, rusés et infatigables.

La barrière, vieille, en mal de réparation, grince quand il l'escalade. Une fois sur le chemin, il s'accroupit, immobile jusqu'à ce qu'il soit sûr de ne pas avoir attiré l'attention par le bruit qu'il a fait.

Les nuages laineux comme des moutons, éparpillés auparavant, ont été rassemblés autour de la bergère lune.

Dans cette nuit si noire, des constructions se dressent, à la fois humbles et mystérieuses. Une grange, une étable, des dépendances. Il se faufile parmi elles en hâte.

Le meuglement des vaches et le léger hennissement des chevaux ne sont pas dus à son intrusion. Ils font naturellement partie de la nuit au même titre que l'odeur musquée des bêtes et que celle, somme toute pas désagréable, du fumier bourré de paille.

Une pelouse fraîchement tondue succède au sol de terre battue de la cour de ferme. Il y a une vasque d'oiseaux en ciment. Des massifs de roses. Une bicyclette abandonnée couchée sur le côté. Une treille où des plantes grimpantes s'entrelacent aux feuilles et aux raisins.

Une fois la charmille traversée, il foule à nouveau de l'herbe en s'approchant de la maison. Le perron de brique de la véranda de derrière mène à un vieux plancher qui craque sous ses pas. La porte s'ouvre devant lui. Il hésite sur le seuil, préoccupé à la fois par le risque qu'il prend et le délit qu'il s'apprête à commettre. Sa mère l'a élevé selon des principes rigoureux ; mais s'il doit survivre à cette nuit, il lui faudra voler. En outre, l'idée de mettre ces gens – quels qu'ils soient – en péril lui fait horreur. Si les tueurs le poursuivent jusqu'ici, alors qu'il s'y trouve encore, ils n'épargneront personne. Ils sont impitoyables et n'osent laisser de témoins.

Pourtant s'il ne cherche pas de secours ici, il devra se rendre dans la prochaine ferme ou celle d'après. Il est épuisé, effrayé, toujours perdu et a besoin d'un plan. Il faut qu'il s'arrête de fuir assez longtemps pour réfléchir.

Dans la cuisine, une fois la porte refermée derrière lui, il retient son souffle, aux aguets. La maison est silencieuse. Évidemment, le peu de bruit qu'il a fait n'a réveillé personne.

Placard après placard, tiroir après tiroir, il fouille jusqu'à ce qu'il découvre bougies et allumettes, qu'il écarte après réflexion. Enfin, une torche électrique. Il a besoin de plusieurs articles et un tour rapide et prudent du rez-de-chaussée le convainc qu'il lui faudra monter à l'étage pour trouver certaines choses indispensables.

Au pied des marches, la crainte le paralyse. Peut-être les tueurs sont-ils déjà là. Là-haut. À l'affût dans le noir, attendant qu'il les déniche. *Coucou*. Une idée grotesque. Ce ne sont pas des joueurs. Ils sont affreusement vicieux et efficaces. S'ils étaient ici, il serait déjà mort.

Il se sent petit, faible, seul, condamné. Il se sent idiot aussi de tergiverser, même si la raison lui souffle qu'il n'a rien d'autre à craindre que de se faire surprendre par ceux qui habitent ici. Il entame enfin la montée au premier. L'escalier proteste doucement. Pendant son ascension, il rase le mur, là où ses pas font moins de bruit.

Sur le palier, il y a un petit couloir et quatre portes.

La première ouvre sur une salle de bains, la deuxième sur une chambre ; masquant le faisceau de la torche pour en atténuer la clarté, il entre. Un homme et une femme, couchés dans le lit, dorment à poings fermés. Ils ronflent en contrepoint. Lui émet la mélodie d'un hautbois, elle celle d'une flûte traversière.

De la monnaie et un portefeuille traînent sur un petit plateau posé sur la coiffeuse. Le garçon découvre un billet de dix dollars, deux de cinq, quatre d'un, dans le portefeuille.

Ce ne sont pas des gens riches et il se sent coupable de piquer leur argent. Un jour, s'il vit assez longtemps, il reviendra régler sa dette. Malgré son envie, il ne touche pas aux pièces. Nerveux comme il est, il les ferait tinter ou tomber, et réveillerait le fermier et sa femme. L'homme grommelle, se tourne sur le flanc... mais ne se réveille pas.

Battant en retraite de la chambre, précipitamment, à pas de loup, le garçon perçoit du mouvement dans le couloir, voit briller des yeux et des dents dans le mince faisceau de la lampe. Alarmé, il manque pousser un cri.

C'est un chien. Noir et blanc. Le poil hérissé.

Il sait s'y prendre avec les chiens. Et ça marche avec celui-ci qui vient fourrer son nez contre lui, puis, haletant joyeusement, l'emmène le long du couloir vers une autre porte, entrouverte. C'est peut-être de là qu'est sorti le chien. Le voilà qui tourne la tête vers son nouvel ami, sourit, remue la queue et se glisse dans l'entrebâillement avec l'agilité d'un être surnaturel, familier des lieux, prêt à l'aider par des tours de magie.

Une plaque en inox est collée à la porte. On y a inscrit au laser : CENTRE DE COMMANDEMENT DU VAISSEAU SPATIAL, CAPITAINE CURTIS HAMMOND. L'intrus suit en hésitant le cabot dans le Centre de commandement du vaisseau spatial. C'est une chambre de garçon, tapissée de grandes affiches de monstres de cinéma. Figurines de héros de science-fiction et maquettes de vaisseaux spatiaux extravagants encombrent les étagères. Dans un angle, sur un support métallique, un squelette d'homme en plastique de taille normale sourit comme si la mort était de la rigolade. Un poster de Britney Spears, révélateur peut-être d'une amorce de changement dans les obsessions de l'occupant des lieux, décore un mur. Pour fascinante qu'elle soit avec son décolleté profond, son ventre dénudé, son sourire agressif, étincelant, elle n'en est pas moins presque aussi effrayante que les protagonistes féroces et carnivores de films d'horreur.

Le jeune intrus détourne les yeux de la pop star, troublé par ce qu'il ressent, surpris d'éprouver autre chose que de la peur et du chagrin, étant donné l'épreuve qu'il vient de traverser. Sous le poster de Britney Spears, étalé sur le ventre dans un fouillis de draps, la tête tournée de côté, le commandant de bord Curtis Hammond dort, inconscient que le sanctuaire de son vaisseau spatial vient d'être violé. Il a onze, douze ans peut-être, mais il est plutôt petit pour son âge, à peu près de la même taille que son visiteur nocturne qui se tient au-dessus de lui.

Et ce dernier envie amèrement Curtis Hammond. Non parce qu'il dort d'un sommeil paisible, mais parce que ce n'est pas un orphelin seul au monde. L'espace d'un instant, l'envie du jeune intrus se fige, devient une haine violente, venimeuse, qui le pousse à rouer de coups le garçon endormi pour alléger son intolérable souffrance en la lui faisant partager. Tout tremblant qu'il soit de cette fureur absurde, il ne se défoule pas et laisse Curtis tranquille. L'hostilité disparaît aussi vite qu'elle est venue tandis que le chagrin que cette féroce animosité avait noyé resurgit à la manière d'une plage grise d'hiver, à marée basse.

Sur la table de nuit, devant un radio-réveil, il y a de la menue monnaie et un sparadrap usagé avec du sang séché sur la gaze. Ce n'est qu'un peu de sang, mais l'intrus a assisté récemment à une telle explosion de violence qu'il frissonne. Il ne touche pas aux pièces. Escorté de reniflements canins, de poils hérissés, l'orphelin s'approche sur la pointe des pieds du placard entrebâillé. Il ouvre plus grand la porte. Aidé du faisceau de la torche, il se choisit des habits. À cause de sa fuite à travers bois et champs, il est égratigné, couvert de griffures d'épines et de boue. Il aimerait prendre un bain chaud et avoir le temps de cicatriser, mais il s'en tiendra à des vêtements propres.

Le chien l'observe, tête penchée, l'air perplexe comme il se doit.

Pendant qu'on lui dérobe chemise, jean, chaussettes et souliers, Curtis Hammond dort profondément comme si on lui avait jeté un sort. Serait-il pour de bon capitaine de vaisseau spatial, que son équipage pourrait être la proie d'extraterrestres mangeurs de cerveau ou son vaisseau chuter en spirale dans le vortex gravitationnel d'un trou noir alors qu'il rêve de Britney Spears. Sans être un alien mangeur de cerveau, l'intrus, ayant l'impression d'être catapulté dans un trou noir, regagne tranquillement la porte ouverte de la chambre, le chien toujours à son côté.

La ferme est silencieuse et le faisceau filtré de la torche ne révèle personne en vue dans le couloir du premier. Pourtant, instinctivement, le jeune intrus s'immobilise sur le seuil.

Quelque chose cloche, le silence est *trop* profond. Peut-être les parents de Curtis se sont-ils réveillés.

Pour atteindre l'escalier, il doit passer devant leur porte qu'il a laissée ouverte, par étourderie. Si le fermier et sa femme ont été tirés de leur sommeil, ils se rappelleront sans doute l'avoir fermée en allant se coucher dans leur chambre. Il retourne dans celle où Britney et les monstres montent, férocement, la garde sur les murs. Éteignant la lampe électrique, il retient son souffle. Il met soudain en doute l'instinct qui l'a poussé à battre en retraite. Puis il s'aperçoit que le chien, dont la queue lui cinglait doucement les jambes, est pétrifié. Et qu'il a cessé de haleter.

Des rectangles grisâtres flottent dans le noir : les rideaux de la fenêtre. Il se dirige de leur côté, s'efforçant de se rappeler l'emplacement des meubles dans l'espoir de ne pas faire de raffut. Il pose la torche par terre et tire les rideaux ; les anneaux en plastique de la tringle de cuivre cliquettent comme si le squelette suspendu, animé par un tour de sorcellerie, tirait sur ses phalanges dans la pénombre.

Curtis Hammond marmonne, se débat brièvement avec ses draps mais ne se réveille pas. Un coup de pouce libère le loquet de la fenêtre à guillotine. Prudemment, l'intrus soulève le châssis. Il se faufile hors de la maison en prenant appui sur le toit de la véranda de la façade et jette un coup d'œil derrière lui. Le chien s'encadre dans l'embrasure de la fenêtre, pattes de devant sur le rebord, comme prêt à abandonner son maître pour ce nouvel ami et une nuit d'aventure.

— Reste là, lui chuchote l'orphelin.

Accroupi, il gagne le bord du toit. Quand il regarde à nouveau derrière lui, le cabot geint de façon suppliante, sans le suivre pour autant.

Le garçon est athlétique, agile. Sauter du toit de la véranda est un défi facile à relever. Il atterrit sur la pelouse, genoux pliés, tombe, roule dans la rosée froide, écrasant des brins d'herbe d'où monte une odeur suave et piquante. L'instant d'après, il se relève.

Un chemin de terre, flanqué de prairies clôturées, où l'on a répandu de l'huile pour maintenir la poussière au sol, mène à une route à deux cents mètres à l'ouest. Se dépêchant, il en a couvert à peine cinquante quand il entend le chien aboyer loin derrière lui. Des lumières flamboient, clignotent, flamboient de nouveau aux fenêtres de la ferme Hammond, chaos stroboscopique, comme si la maison était devenue une baraque de foire, envahie de spectres s'embrasant par intermittence.

Des cris accompagnent ces lumières, à fendre l'âme même à cette distance. Il ne s'agit pas de simples cris d'alarme, mais de hurlements de terreur, de gémissements d'angoisse. On dirait que les plus perçants sont poussés non par des êtres humains, mais par des porcs paniqués à la vue de la lame luisante du chef-boucher des abattoirs. En réalité, ce sont les plaintes atroces des Hammond torturés, dans leurs ultimes moments sur terre.

Les tueurs le talonnaient de plus près qu'il ne l'avait craint. La présence qu'il avait devinée dans le couloir à l'étage n'était pas celle du fermier et sa femme, réveillés et soupçonneux, mais celle de ces mêmes chasseurs qui ont sauvagement massacré sa famille ; descendus des montagnes, ils avaient franchi la porte de la ferme Hammond.

Le garçon s'enfuit à toutes jambes dans la nuit, s'efforçant de tenir à distance les cris et la culpabilité qu'ils gravent en lui. Il suffoque et l'air frais lui met la gorge à vif. Son cœur cogne dans sa poitrine, martèle ses côtes à la manière des sabots d'un cheval. La lune prisonnière s'évade du donjon des nuages et le chemin huilé sous les pieds agiles du garçon luit sous son pâle reflet.

À l'approche de la route, il n'entend plus les horribles cris, seulement le soufflet de forge de sa respiration. En se retournant, il s'aperçoit que toutes les fenêtres de la maison sont allumées : à l'évidence les tueurs le cherchent au grenier, dans les placards et à la cave. Plus noir que blanc, son pelage le camouflant parfaitement sur le chemin tacheté de lune, le chien surgit à toute allure de la nuit. Il se refugie auprès du garçon, se presse contre ses jambes, la tête tournée vers la ferme Hammond. Les flancs de l'animal frissonnent, provoquant un élan de sympathie chez le garçon. Des gémissements pitoyables ponctuent son halètement, mais le garçon n'ose pas succomber à son envie de s'asseoir sur le chemin près du chien et de pleurer en chœur avec lui.

En avant, vite ! Sur la route pavée qui mène, au sud comme au nord, vers des destinations inconnues. L'une ou l'autre direction ne le conduira très probablement qu'à la même mort violente. Ni phares ni feux arrière ne trouent l'obscurité rurale du Colorado. S'il retient son souffle, il n'entend que le silence et le halètement du chien, aucun grondement de moteur.

Il s'efforce de chasser le chien, mais ce dernier ne l'entend pas de cette oreille. Il a lié son sort au sien. Malgré sa réticence à prendre la responsabilité – fût-ce d'un animal – il se résigne à sa compagnie et lui en est même reconnaissant. Il bifurque à gauche, vers le sud, parce qu'une colline s'élève au nord et qu'il ne se sent pas l'énergie d'attaquer cette longue montée au pas de charge.

À sa droite, le talus d'une prairie le surplombe de plus en plus, alors que la route à deux voies descend. Sur sa gauche, en revanche, de grands pins se dressent en sentinelle, saluant la lune de leurs plus hautes branches. Le *flap-flap-flap* de ses baskets résonne en écho entre le talus et les arbres, *flap-flap-flap*, une piste sonore qui tôt ou tard attirera ses poursuivants. Il jette un nouveau coup d'œil derrière lui – et un seul – car il aperçoit la lueur de flammes à l'est, palpitant dans le noir ; il sait qu'on a mis le feu à la ferme Hammond. Réduits à des ossements noircis et des cendres, les corps ne livreront que très peu d'indices sur la véritable identité de leurs assassins.

Un tournant et d'autres arbres lui masquent le lieu de l'incendie. Après le virage, il aperçoit un camion arrêté sur le bas-côté de la route. Les phares du véhicule sont en veilleuse, le moteur tourne au ralenti, grondant doucement telle une monture énorme qu'on a menée bon train et qui dort à moitié debout.

Il cesse de courir et adopte une marche rapide, essayant de calmer son allure et sa respiration. Le chien l'imite, ralentit, et, la tête basse, trotte à côté du garçon d'un pas plus félin que canin.

La plate-forme du camion est bâchée. Mais ouverte à l'arrière et barrée d'un hayon bas. Devant le pare-chocs, se sentant dangereusement exposé par la lueur rougeâtre des feux de position, le garçon entend des voix. Des voix d'hommes qui bavardent tranquillement.

Il regarde prudemment vers l'avant, du côté chauffeur, ne voit personne et passe du côté passager. Deux hommes se tiennent devant le camion, tournant le dos à la route, face aux bois. Le chatoiement du clair de lune paillette leur jet d'urine. Le garçon ne veut pas les mettre en danger. S'il reste ici, ils pourraient mourir avant de s'être vidé la vessie : une pause qui s'éterniserait. Pourtant, il n'échappera jamais à ses poursuivants s'il continue à pied.

En bas du hayon, il y a des charnières. Deux loquets le fixent en haut.

Le garçon soulève silencieusement celui de droite, maintient le hayon d'une main tout en tendant le bras pour ouvrir le loquet gauche. Après quoi il baisse le hayon qui, bien huilé, ne grince pas. Il aurait pu monter sur le pare-chocs et sauter par-dessus cette barrière, mais son ami à quatre pattes n'aurait pu l'imiter.

Comprenant l'intention de son nouveau maître, le chien saute sur le plateau du camion, où il atterrit si légèrement parmi le chargement que le sifflement rythmé du ralenti suffit à le masquer. Le garçon suit son agile compagnon dans cette pénombre de toile. Il est difficile de relever le hayon de l'intérieur, il y parvient malgré tout, grâce à sa détermination. Il glisse l'un des loquets dans son moraillon, puis engage l'autre au moment où, dehors, les deux hommes éclatent de rire.

Derrière le camion, la route demeure déserte. Les lignes médianes parallèles, jaunes en plein jour, semblent blanches sous la pâleur gelée de la lune. Et le garçon ne peut s'empêcher de les comparer à deux mèches jumelles le long desquelles la terreur s'avancera, grésillant et fumant, avant d'exploser brusquement.

Vite, admoneste-t-il les hommes, comme si la seule force de sa volonté pouvait les activer. *Vite*.

En tâtonnant, il découvre que le camion est chargé d'un grand nombre de couvertures, certaines roulées et sanglées séparément, d'autres en ballots attachés par des ficelles en sisal. Sa main droite se pose sur du cuir souple, la courbure caractéristique d'un troussequin, le flanc d'un siège, pommeau, fourche et corne : une selle.

Le chauffeur et son collègue regagnent la cabine du camion. Claquements de portières.

D'autres selles sont posées parmi les couvertures, certaines aussi lisses que la première, d'autres rehaussées d'ornements faits main qui, sous les doigts inquisiteurs du garçon, évoquent parades, spectacles équestres et rodéos. Les incrustations, froides au toucher, doivent être en argent, turquoise, cornaline, malachite, onyx.

Le chauffeur ôte le frein à main. Le véhicule quitte le bas-côté, gagne la chaussée et ses pneus font gicler des gravillons qui crépitent comme des dés, jetés dans le noir.

Le camion roule dans la nuit vers le sud-ouest. Les mèches jumelles de l'asphalte se déroulent dans son sillage, on dirait que les poteaux électriques et téléphoniques sont des soldats en marche vers un champ de bataille au-delà de l'horizon.

L'orphelin et le chien bâtard se pelotonnent l'un contre l'autre dans l'amas de couvertures, d'articles de sellerie, environnés par les odeurs plaisantes de feutre, de peau de mouton, de beau cuir, de cire à selle – et de celle, singulièrement rassurante, bien que de seconde main, de cheval.

5.

Mercredi, après une journée de recherches de boulot infructueuses, Micky Bellsong retourna au village de mobile homes, où sous le soleil de plomb, une bonne partie de la maigre végétation penchait la tête avec lassitude, tandis que l'autre semblait définitivement flétrie. Les violentes tornades, qui prenaient régulièrement pour cibles ces installations précaires dans les États des plaines, étaient inconnues en Californie du Sud. En revanche, la chaleur estivale dégradait les rues minables en attendant que le prochain tremblement de terre accomplisse le travail d'une tornade.

Le vieux mobile home de tante Geneva ressemblait à un four géant, conçu pour rôtir des bœufs entiers. Peut-être un malveillant dieu solaire hantait-il ses parois métalliques, car, aux abords immédiats, l'air miroitait comme sous l'action d'une cohorte d'esprits démoniaques qui l'assistaient.

À l'intérieur, le mobilier paraissait prêt à s'enflammer par combustion spontanée. Les fenêtres coulissantes étaient ouvertes, à l'affût du moindre courant d'air, mais la journée d'août déclina cette invitation à la brise.

Dans sa microscopique chambre à coucher, Micky se débarrassa d'un coup de pied de ses escarpins à talons hauts, où ses orteils étaient comprimés. Elle ôta sa robe de cotonnade et son collant. Pour tentante que soit l'idée de prendre une douche, la réalité serait moins plaisante. L'unique fenestron de la salle de bains, minuscule, ne suffirait pas à ventiler la vapeur.

Mickey enfila un short blanc et un chemisier rouge sans manches. Dans la glace accrochée derrière la porte de la chambre, elle se trouva l'air en meilleure forme qu'elle ne se sentait.

À une certaine époque, la jeune femme était fière de sa beauté. À présent, elle se demandait pourquoi elle avait tant prisé quelque chose qui ne requérait aucun effort ni le plus petit sacrifice.

Au cours de l'année écoulée, revoyant sa vie avec l'opiniâtreté d'une mule entêtée, Mickey en avait conclu qu'elle l'avait gâchée et qu'elle était la seule responsable de ce gâchis. Du coup, elle avait retourné contre elle l'agressivité qu'elle dirigeait autrefois contre autrui.

Quel que soit son objet, cependant, une forte agressivité n'est durable que chez les êtres stupides ou irrationnels. Or Micky n'était ni l'un ni l'autre. Avec le temps, ce foyer de dégoût de soi s'était consumé, ne laissant que les cendres du désespoir.

Puis la dépression s'était estompée. Et ces derniers temps, elle vivait au jour le jour dans un curieux état d'espérance fragile.

Le sort n'avait jamais été généreux à son égard, hormis le physique avenant dont il l'avait dotée. Aussi Micky était-elle incapable de mettre le doigt sur une raison valable expliquant ce sentiment d'attente presque agréable. Sur la défensive, elle le tempérait de prudence. Néanmoins, depuis une semaine qu'elle séjournait chez tante Gen, elle se réveillait chaque matin convaincue d'un changement imminent et d'un changement pour le meilleur.

Une autre semaine de recherche de job dénuée de résultat pourrait toutefois ramener la déprime. D'autant qu'un nouvel avatar de son ancienne rage l'avait perturbée plus d'une fois dans la journée. Moins forte que par le passé, cette sourde rancœur était susceptible de s'intensifier. Quoi qu'il en soit, le corps fatigué, l'esprit las à cause des refus qu'on lui avait opposés, elle était terrifiée par son instabilité émotionnelle.

Pieds nus, elle se rendit dans la cuisine, où Geneva préparait le dîner. Le petit ventilateur électrique qui, posé par terre, brassait l'air chaud avait un effet moins rafraîchissant que celui qu'aurait produit une spatule remuant le contenu d'une soupière en ébullition.

À cause d'une stupidité criminelle ou d'une criminalité stupide des élus de Californie, l'État avait subi une pénurie de courant au début de l'été et, par une réaction excessive, les autorités avaient accumulé des réserves d'électricité, acquises à des prix prohibitifs. Aussi les tarifs avaient-ils grimpé en flèche, et Geneva ne pouvait plus se permettre l'air conditionné.

Tante Gen saupoudrait de parmesan un bol de salade de pâtes, arborant un sourire qui aurait rendu le serpent du jardin d'Éden d'une amabilité inoffensive. Les cheveux jadis dorés de Gen s'étaient éclaircis et striés de gris. Grâce aux rondeurs de l'âge, elle avait gardé un visage lisse, dont les taches de rousseur cuivrées et les yeux verts animés témoignaient de la présence de la jeune fille dans la femme de soixante ans.

— Micky, ma chérie, la journée a été bonne ?

— Merdique, tante Gen.

— Je sais jamais si cet adjectif doit me gêner ou pas.

— Je ne croyais pas qu'on puisse être encore gêné par quoi que ce soit. Dans ce cas, ça signifie juste « mauvaise comme un coup de poignard en pleine poitrine ».

— Ah. Alors, ça me gêne pas, ça me donne un peu la nausée. Pourquoi ne te sers-tu pas un verre de limonade bien fraîche, mon chou ? Je viens de la faire.

— Ce dont j'ai vraiment besoin, c'est d'une bière.

— Il y en a aussi. Ton oncle Vernon aimait deux bières glacées plus souvent qu'à son tour le soir.

Tante Gen ne buvait pas de bière. Bien que Vernon soit mort depuis dix-huit ans, Geneva en gardait de sa marque préférée au réfrigérateur et, si personne n'en buvait, elle la remplaçait par de nouvelles bouteilles, une fois la date de péremption dépassée.

Malgré le point qu'elle avait concédé à la mort, Geneva était résolue à ne pas la laisser la priver – en plus du poids de chair qu'elle avait prélevé – de ses chers souvenirs, de vieilles traditions.

Micky s'ouvrit une canette de Budweiser.

— Ils pensent que l'économie se casse la gueule.

— Qui ça, ma chérie ?

— Tous ceux à qui j'ai demandé du boulot.

Ayant posé la salade de pâtes sur la table du coin-cuisine, Geneva se mit à émincer des poitrines de poulet rôti pour en garnir des sandwiches.

— Ces gens-là sont des pessimistes. L'économie se casse toujours la gueule pour certains alors que d'autres barbotent dans un bain chaud. Tu vas trouver du travail, ma douce.

La bière procurait un réconfort glacé.

— Comment tu fais pour rester aussi positive ?

Concentrée sur le poulet, Geneva répondit :

— Facile. Je regarde autour de moi.

Micky jeta un regard alentour.

— Excuse-moi, tante Gen, mais je ne vois qu'un coin-cuisine de caravane si vieux que le brillant du Formica est parti.

— Alors tu n'as pas encore appris à regarder, mon chou. Il y a des cornichons, des olives, de la salade de pommes de terre, un plateau de fromages et d'autres bonnes choses au frigo. Tu veux bien mettre tout ça sur la table ?

En sortant le plateau de fromages du réfrigérateur, Micky demanda :

— Tu as fait la cuisine pour une cellule de condamnés ou quoi ?

Geneva disposa une assiettée de poulet émincé sur la table.

— Tu n'as pas remarqué qu'il y a trois sets de table ce soir ?

— On a un invité ?

Un coup frappé répondit à sa question. La porte de service étant ouverte pour ménager un courant d'air, Leilani Klonk avait gratté le montant.

— Entre, entre vite, ne reste pas dans cette affreuse chaleur, fit Geneva comme si la caravane étouffante était une oasis de fraîcheur.

Éclairée à contre-jour par le soleil couchant, vêtue d'un short kaki et d'un T-shirt blanc avec un petit cœur vert brodé à gauche, Leilani entra avec force cliquetis de sa prothèse métallique, bien qu'elle ait gravi les trois marches sans le moindre bruit.

La journée avait été pire que merdique. Les termes aptes à décrire la recherche de boulot de Micky dans toute son horreur n'auraient pas simplement gêné tante Gen, ils l'auraient choquée et épouvantée. Aussi, à l'arrivée de la fillette handicapée, Micky fut-elle surprise de ressentir la même attente revigorante qui l'avait empêchée de sombrer dans l'apitoiement sur elle-même depuis son installation ici.

— Madame D., votre rosier qui fiche la chair de poule vient de me faire des gestes obscènes, claironna Leilani.

Geneva sourit.

— S'il y a eu altercation, ma chérie, je suis sûre que c'est toi qui l'as déclenchée.

Désignant Geneva avec le pouce de sa main difforme, Leilani lança à Micky :

— C'est une originale. Où tu l'as trouvée ?

— C'est la sœur de mon père, alors je l'ai prise avec le reste.

— Point bonus, fit Leilani. Ton papa doit être super.

— Qu'est-ce qui te fait penser ça ?

— Sa sœur est géniale.

— Il nous a abandonnées, ma mère et moi, quand j'avais trois ans, dit Micky.

— Dur. Enfin, mon *bon à rien* de père à moi s'est tiré le jour de ma naissance.

— Je savais pas qu'on faisait un concours du plus mauvais père.

— Au moins mon vrai père n'est pas un assassin comme mon *pseudo*-père actuel – pas que je sache en tout cas. Et le tien, c'est un assassin ?

— J'ai encore perdu. Ce n'est qu'un sale égoïste.

— Ça vous est égal qu'elle traite votre frère de sale égoïste, madame D. ?

— Même si c'est triste, ma chérie, c'est vrai.

— Alors vous n'êtes pas qu'un point bonus, madame D. Vous êtes comme la super surprise d'une boîte de vieux Cracker Jack rances.

Geneva était radieuse.

— C'est tellement gentil, Leilani. De la limonade bien fraîche, ça te dit ?

Lui montrant la boîte de Budweiser sur la table, la fillette répondit :

— Si la bière est assez bonne pour Micky, elle est assez bonne pour moi.

Geneva lui servit de la limonade.

— Tu n'as qu'à imaginer que c'est de la Bud.

— Elle me prend pour une enfant, lança Leilani à Micky.

— Mais tu en es une.

— Ça dépend de la définition qu'on donne à ce mot.

— Une personne de douze ans ou moins.

— Oh, que c'est triste. Tu as employé un chiffre arbitraire. Voilà qui révèle des moyens limités en matière d'indépendance d'esprit et l'analyse.

— D'accord, fit Micky. Tu es une enfant parce que tu n'as pas encore de nichons, ça te convient ?

Leilani fit la grimace.

— Pas juste. Tu sais que c'est l'un de mes points faibles.

— Pas un point faible, pas de point du tout, constata Micky. Tu es aussi plate que la tranche de gruyère du plateau de fromages.

— Ouais, eh bien, un jour, j'en aurai tellement au balcon qu'il faudra que je me trimbale un sac de ciment sur le dos pour faire contrepoids.

Tante Gen intervint, s'adressant à Micky :

— C'est un phénomène, hein ?

— Nul doute qu'il s'agit d'une jeune mutante.

— Le dîner est prêt, annonça Geneva. Des salades et de quoi se faire des sandwiches. Ce n'est pas très recherché, mais en accord avec le temps.

— Ça vaut mieux que du tofu et des pêches en boîte sur un lit de pousses de haricots, maugréa Leilani en s'asseyant.

— Mais encore ? s'étonna Geneva.

— Oh, il y a l'embarras du choix. La vieille Sinsemilla peut non seulement se targuer d'être une mère déplorable, mais d'être une cuisinière tout aussi déplorable.

Geneva éteignit le plafonnier par mesure d'économie et pour éviter d'ajouter de la chaleur dans la cuisine, en disant :

— On allumera des bougies plus tard.

Il était sept heures. Le soleil couchant de ce soir d'été s'embrasait d'un or rougeoyant. Et il dardait par la fenêtre ouverte des rayons encore si brûlants que l'ombre qui s'épaississait dans la cuisine se teintait de couleurs lavande ou terre de Sienne. Rien de plus foncé.

Assise, tête baissée, Geneva fit une prière succincte mais venant du cœur.

— Merci, mon Dieu, de nous avoir procuré tout ce dont nous avons besoin et de nous avoir accordé la grâce de nous contenter de ce que nous avons.

— J'ai un problème avec la partie *nous contenter*, déclara Leilani.

Micky tendit la main à travers la table, et la fillette réagit sans hésitation. Paume contre paume, elles se congratulèrent.

— C'est ma table, alors je récite le bénédicité à ma façon et je me passe de vos commentaires, protesta Geneva. Et quand je boirai des piña coladas au paradis sur une terrasse à l'ombre des palmiers, qu'est-ce qu'on servira en enfer ?

— Cette limonade, sans doute, répondit Leilani.

— Alors, Leilani, tante Gen et toi, vous avez traîné ensemble ? demanda Micky, en se servant de salade de pâtes.

— Ouais. Une bonne partie de la journée, Mme D. m'apprend tout sur le sexe.

— Ne dis pas des choses pareilles, ma petite, l'admonesta Geneva. Quelqu'un pourrait te croire. On a joué au rami.

— Par courtoisie, eu égard à son grand âge, je l'aurais laissée gagner. Mais elle a gagné en trichant avant que je n'en aie l'occasion.

— Tante Gen triche tout le temps, confirma Micky.

— Heureusement qu'on jouait pas à la roulette russe, fit Leilani. À l'heure qu'il est, ma cervelle serait répandue dans la cuisine.

— Je ne triche pas. (Le regard fourbe de tante Gen valait celui d'un comptable de la Mafia témoignant devant une commission d'enquête du Congrès.) Je n'ai recours qu'à des tactiques d'avant-garde complexes.

— Quand tu t'apercevras que tes piña coladas sont bourrées de mille-pattes venimeux vivants, la prévint Micky, tu comprendras peut-être que ta terrasse à l'ombre des palmiers ne se trouve pas au Paradis.

Tante Gen s'épongea le front avec une serviette en papier.

— Ne te rengorge pas. Ce n'est pas la culpabilité qui me fait transpirer, c'est la chaleur.

— Elle est super votre salade de pommes de terre, madame D., fit Leilani.

— Merci. Tu es sûre que ta mère n'aimerait pas se joindre à nous ?

— Absolument. Elle est défoncée au crack et aux champignons hallucinogènes. La vieille Sinsemilla ne réussirait à venir ici qu'en rampant sur le ventre. Et si elle tentait de manger quoi que ce soit dans son état, elle le vomirait aussitôt.

Geneva adressa un froncement de sourcils à Micky qui haussa les épaules. Elle ignorait si ces histoires d'excès en tout genre de Sinsemilla étaient réelles ou imaginaires, les soupçonnant d'être fortement exagérées. Propos durs et vannes pouvaient dissimuler un manque de respect de soi-même. Durant son enfance et toute son adolescence, Micky avait pratiqué la même stratégie.

— C'est vrai, assura Leilani, interprétant correctement

les regards échangés par les deux femmes. On n'habite près de chez vous que depuis trois jours. Laissez un peu de temps à la vieille Sinsemilla et vous verrez.

— La drogue cause de terribles ravages, intervint tante Gen d'un ton soudain solennel. Quand j'étais amoureuse de ce type de Chicago...

— Tante Gen, la prévint Micky.

La tristesse se peignit avec une surprenante facilité sur le joli visage lisse, constellé de taches de rousseur de Geneva.

— Il était si beau, si sensible...

Micky se leva en soupirant pour aller prendre une seconde bière dans le réfrigérateur.

— ... si ce n'est qu'il fricotait avec la seringue, poursuivit Geneva l'héroïne. Un *looser* aux yeux de tout le monde sauf aux miens. J'étais sûre qu'il pouvait s'amender.

— C'est extrêmement romantique, madame D., mais comme l'a prouvé ma mère avec ses nombreux petits copains camés, ça finit toujours mal avec les junkies.

— Pas dans ce cas-là, dit Geneva. Je l'ai sauvé.

— Ah oui ? Comment ça ?

— L'amour, claironna Geneva, dont les yeux s'embrumèrent au souvenir de cette passion d'antan.

S'ouvrant une Budweiser, Micky revint à sa place.

— Tante Gen, ce drogué si sensible de Chicago... c'était pas Frank Sinatra ?

— Sans blague ? fit Leilani, ouvrant de grands yeux, suspendant en l'air sa fourchettée de pâtes. Le chanteur qui est mort ?

— Il était bien vivant à l'époque, assura Geneva à la fillette. Il n'avait même pas commencé à perdre ses cheveux.

— La jeune femme pleine de compassion qui l'a sauvé de la seringue, la poussa Micky, c'était bien toi, tante Gen... pas Kim Novak, plutôt ?

Le visage de Geneva se fronça sous l'effet de l'incertitude.

— J'étais séduisante dans ma jeunesse, sans jamais être dans la catégorie Kim Novak.

— Tante Gen, tu as *L'Homme au bras d'or* en tête. Frank Sinatra, Kim Novak. C'est sorti au cinéma dans les années 50.

Un sourire estompa la confusion de Geneva.

— Tu as absolument raison, ma chérie. Je n'ai jamais

eu d'aventure avec Sinatra. Quoique, s'il était passé par là, je ne suis pas sûre que je lui aurais résisté.

Reposant sa fourchettée de pâtes intacte dans l'assiette, Leilani regarda Micky, en quête d'explications.

La perplexité de la fillette plut à Micky, qui haussa les épaules.

— Moi non plus, je n'aurais sans doute pas pu lui résister.

— Pour l'amour du Ciel, arrête de taquiner cette petite, protesta Geneva. Il faut me pardonner, Leilani. Il m'arrive d'avoir des problèmes de mémoire, depuis qu'on m'a tiré une balle dans la tête. J'ai quelques fils qui se sont emmêlés là-dedans – elle se tapota la tempe droite – et parfois, les vieux films me semblent aussi réels que mon passé.

— Puis-je avoir encore de la limonade ? demanda Leilani.

— Bien sûr, ma chérie

Geneva lui en versa d'une carafe en verre, perlée de condensation glacée.

Micky regarda leur invitée boire à grandes goulées.

— N'essaie pas de m'emmener en bateau, petite mutante. Tu n'es pas du genre à laisser passer ça.

Posant sa limonade, Leilani se ravisa.

— Bon, d'accord. Je pige. Quand vous a-t-on tiré dans la tête, madame D. ?

— Le 3 juillet dernier, ça a fait dix-huit ans.

— Tante Gen et oncle Vernon avaient une petite épicerie de quartier, expliqua Micky. Ce qui revient à servir de cible dans un stand de tir si on n'est pas situé dans le bon quartier.

— La veille du congé du 4 juillet, précisa Geneva, on vend plein de sandwiches et de bière. C'est surtout en liquide que ça se passe.

— Et quelqu'un a voulu le liquide, devina Leilani.

— Un parfait gentleman, se rappela Geneva.

— Sauf pour la fusillade.

— Eh bien, oui, sauf sur ce point, admit Geneva. Mais il s'est présenté à la caisse avec un charmant sourire. Bien habillé, il s'exprimait d'une voix très douce. « Si vous me remettiez l'argent de la caisse, je vous en serais très reconnaissant. Et veillez à ne pas oublier les gros billets sous le tiroir. »

Leilani cilla d'indignation vertueuse.

— Alors vous avez refusé de lui donner.

— Grand dieux, non, ma chérie. On a vidé la caisse, c'est tout juste si on ne l'a pas remercié de nous éviter de payer des impôts sur la somme.

— Et il vous a tiré dessus quand même ?

— Deux fois sur mon Vernon et puis *apparemment*, sur moi.

— Apparemment ?

— Je le revois en train de tirer sur Vernon. Je le regrette, mais c'est comme ça.

Si la tristesse avait jeté un voile grisâtre sur le visage de Geneva à l'évocation de sa fausse histoire d'amour angoissante avec un héroïnomane, elle souriait à présent, les traits roses de bonheur.

— Vernon était un homme merveilleux, d'une douceur angélique.

Micky saisit la main de sa tante.

— Moi aussi je l'aimais, tante Gen.

Celle-ci se tourna vers Leilani.

— Même après toutes ces années, il me manque affreusement. Mais je ne peux plus le pleurer, parce que chaque souvenir, même celui de cette affreuse journée, me rappelle combien il était tendre et aimant.

— Mon frère, Lukipela, était comme ça.

L'hommage à son frère ne dessina pas sur les lèvres de Leilani le même sourire que sur celles de Geneva. Au lieu de quoi, la gaieté insolente de la fillette fondit en mélancolie, tandis que le bleu de ses yeux s'assombrissait.

Un instant, Micky perçut chez leur jeune visiteuse un trait qui la glaça. Elle eut l'impression d'entrevoir les ravins plus sombres de son paysage intérieur, sa colère imprudente, son désespoir, la brève révélation d'un sentiment d'indignité que la fillette nierait mais que, forte de son expérience personnelle, elle ne reconnaissait que trop bien.

À peine les défenses de Leilani craquaient-elles qu'elles étaient réparées. Ses yeux, devenus vitreux d'émotion, à la mention de son frère, étaient à nouveau clairs. Cessant de fixer sa main difforme, elle regarda la souriante Geneva. Et elle lui sourit.

— Madame D., vous avez dit que le flingueur vous avait *apparemment* tiré dessus.

— Oui, je sais qu'il l'a fait, bien sûr, mais je n'en ai aucun souvenir. Je le revois tirer sur Vernon et puis, tout de suite après, je me rappelle m'être réveillée à l'hôpital, déboussolée, plus de quatre jours après.

— La balle ne lui est pas vraiment entrée dans la tête, fit Micky.

— Trop dure pour ça, déclara Geneva avec fierté.

— Coup de chance, il a tiré en biais, clarifia Micky. Le projectile a littéralement ricoché sur le crâne, l'a fracturé et a labouré le cuir chevelu.

— Alors, madame D., comment se fait-il que vous vous soyez emmêlé les fils ? demanda Leilani, en se tapotant la tête.

— C'était une fracture comminutive, dit Geneva. Avec des éclats d'os dans le cerveau. Un caillot de sang.

— On a ouvert la tête de tante Gen comme une boîte de conserve.

— Micky, mon chou, je ne crois pas que ce soit une conversation convenable quand on est à table, l'admonesta gentiment Geneva.

— Oh, j'ai entendu pire chez moi, leur assura Leilani. La vieille Sinsemilla s'imagine être une artiste de la photo et se croit obligée de mitrailler les bêtes écrabouillées par les voitures quand on voyage. À table parfois, elle aime parler de ce qu'elle a vu sur la route dans la journée. Et mon pseudo-père...

— Autrement dit l'assassin, l'interrompit Micky sans rictus ni clin d'œil, comme si elle ne songeait pas à mettre en doute le portrait de famille outrancier que la fillette leur faisait.

— Ouais, le Dr Fatalitas, confirma Leilani.

— Ne le laisse jamais t'adopter, dit Micky. Leilani Klonk, ça vaut tout de même mieux que Leilani Fatalitas.

Avec une sincérité enjouée, tante Gen intervint :

— Oh je sais pas, Micky. Moi, j'aime bien Leilani Fatalitas.

La fillette s'empara de la Budweiser de Micky, comme si c'était tout à fait normal et, au lieu de la boire, la fit rouler sur son front pour le rafraîchir.

— Le Dr Fatalitas, c'est pas son vrai nom, bien sûr. Je l'appelle comme ça derrière son dos. De temps en temps, il aime parler au dîner des gens qu'il a tués – de quoi ils avaient l'air en mourant, leurs dernières paroles, s'ils ont pleuré, s'ils se sont pissé dessus, toutes sortes de trucs tordus.

La fillette reposa la bière – de l'autre côté de son assiette, hors de portée de Micky. Malgré sa désinvolture, son mobile n'en était pas moins clair : elle s'était instituée gardienne de la sobriété de Micky.

— Peut-être, continua Leilani, que vous croyez que ça serait un sujet de conversation intéressant, malgré sa vulgarité, mais laissez-moi vous dire qu'il perd de son charme assez vite.

— Quel est le vrai nom de ton pseudo-père ? demanda Geneva.

Sans laisser à Leilani le temps de répondre, Micky suggéra :

— Hannibal Lecter.

— Pour certaines personnes, son nom est plus effrayant que celui de Lecter. Je suis sûre que vous en avez entendu parler. Preston Maddoc.

— Quel nom impressionnant, s'étonna Geneva. On dirait celui d'un juge à la Cour suprême, d'un sénateur ou de quelqu'un d'important.

— Il vient d'une famille de snobs universitaires de l'Ivy League, fit Leilani. Personne de cette bande n'a un prénom courant. Question prénoms, ils font pire que la vieille Sinsemilla. On n'y trouve que des Hudson, Lombard, Trevor, Kingsley, Wycliffe, Crispin. On mourrait de vieillesse avant de dénicher un Jim ou un Bob parmi eux. Les parents du Dr Fatalitas étaient des professeurs – d'histoire, de littérature – d'où son second prénom : Claudius. Preston Claudius Maddoc.

— Je n'ai jamais entendu parler de lui, avoua Micky.

Leilani parut surprise.

— Tu ne lis pas les journaux ?

— J'ai arrêté quand ils ont cessé de donner des nouvelles, fit Geneva. De la première à la dernière page, ce ne sont plus que des commentaires.

— On l'a vu partout à la télévision, insiste Leilani.

Geneva fit non de sa tête aux fils emmêlés.

— Je ne regarde que les vieux films à la télé.

— Je n'aime pas, mais pas du tout les infos, expliqua Micky. La plupart du temps, les nouvelles sont mauvaises et, quand elles le sont pas, ce sont des mensonges.

— Ah, fit Leilani, ouvrant de grands yeux, vous faites partie des douze pour cent.

— Des quoi ?

— Chaque fois qu'un journal ou les gens de la télé font un sondage, peu importe sur quoi, douze pour cent du public est sans opinion. On pourrait leur demander si on doit autoriser un groupe de savants fous à créer une nouvelle race d'êtres humains en les croisant avec des crocodiles et douze pour cent seraient sans opinion.

— Moi, je serais contre, dit Geneva, brandissant un bâtonnet de carotte.

— Moi aussi, renchérit Micky.

— Certains êtres humains sont assez méchants comme ça sans que du sang de crocodile leur coule dans les veines, expliqua Geneva.

— Et s'il s'agissait d'alligators ? demanda Micky à sa tante.

— Contre aussi, répondit Geneva avec une ferme résolution.

— Et si on croisait des êtres humains avec des vipères très venimeuses ? proposa Micky.

— Jamais de la vie si on me demande mon avis, promit Geneva.

— Bon d'accord, et si on les croisait avec des chiots ?

Le visage de Geneva s'illumina.

— Ça, c'est une idée.

Micky se tourna vers Leilani.

— Alors, je suppose qu'on fait pas partie des douze pour cent, après tout. On a des tas d'opinions et on en est fières.

Avec un large sourire, Leilani croqua un cornichon à l'aneth.

— Je t'aime vraiment bien, Micky B. Et vous aussi, madame D.

— Et nous, on t'aime bien, ma chérie, lui assura Geneva.

— On n'a tiré dans la tête que de l'une de vous, fit Leilani, mais toutes les deux, vous avez les fils emmêlés - de façon sympa en grande partie.

— Tu es passée maîtresse en compliments polis, constata Micky.

— Et si intelligente, ajouta fièrement tante Gen. (On aurait dit que Leilani était sa fille.) Micky, tu savais qu'elle avait un QI de cent quatre-vingt-six ?

— J'aurais cru de cent quatre-vingt-dix au moins, répliqua Micky.

— Le jour du test, dit Leilani, j'ai pris de la glace au chocolat au petit déjeuner. Si j'avais mangé des céréales, j'aurais pu avoir six à huit points de plus. Sinsemilla n'est pas une supermaman quand il s'agit de garder le frigo bien garni. Alors j'ai passé le test entre rush de sucre et crash post-sucre grandiose. Ne croyez pas que je m'invente des excuses ou que je me plaigne. J'ai eu de la chance qu'il y ait eu de la glace et pas que des brownies à la marijuana. Mince alors, j'ai de la veine, je suis pas morte et enterrée dans une tombe anonyme, où les vers font passionnément l'amour dans mon crâne vide – ni enlevée dans un vaisseau extraterrestre, comme Lukipela, et embarquée sur je ne sais quelle planète oubliée de Dieu où il n'y a rien à regarder à la télé et où le seul parfum de glace, c'est maxi cafard aux éclats de verre pilé.

— Donc, fit Micky, outre ta mère perpétuellement défoncée, vouée au régime tofu-pêches-pousses de haricots et ton assassin de beau-père, on doit croire maintenant que tu avais un frère qui s'est fait enlever par des extraterrestres.

— C'est la version officielle, répliqua Leilani, et on s'y tient. Sans compter les étranges lumières dans le ciel, les rayons vert pâle anti-gravitationnels qui aspirent dans le vaisseau-mère, les petits hommes gris à grosse tête et yeux énormes – tout le bazar, quoi. Je peux avoir un de ces radis qui ressemblent à une rose, madame D.

— Bien sûr, ma chérie.

Geneva fit glisser le plat de crudités sur la table.

— Tu as poussé un poil trop loin ton numéro à la Famille Addams, ma petite. L'enlèvement par les aliens, j'y crois pas une seconde, déclara Micky, en riant doucement et en secouant la tête.

— Moi non plus, à vrai dire, reconnut Leilani. Mais l'alternative est trop affreuse à envisager, alors je mets mon incrédulité dans ma poche.

— Quelle alternative ?

— Si Lupikela n'est pas sur une autre planète, alors il se trouve ailleurs et, où que ça soit, tu peux parier qu'il n'y fait pas chaud, que ce n'est pas propre, qu'il n'y a ni bonne salade de pommes de terre ni super sandwiches au poulet.

L'espace d'un instant, derrière les images superposées de la fenêtre et de son fardeau de lumière estivale, de lueurs vespérales à l'agonie, derrière les reflets gris des ombres de la cuisine, quelque chose s'insinua avec une léthargie abominable au fond des yeux lumineux de Leilani. On eût dit qu'un corps suspendu au bout d'une corde de bourreau s'y tordait. La petite fille détourna le regard, mais Micky, sous l'effet d'une seule Budweiser, s'imagina avoir aperçu une âme suspendue au-dessus de l'abîme.

6.

Elle s'avançait dans le couloir comme une sylphide de légende, une créature aérienne, effleurant à peine le sol. Grande et mince, elle portait un ensemble en soie gris platine et avait la grâce d'une lumière vacillante.

Constance Veronica Tavenall-Sharmer, épouse d'un membre du Congrès révéré des médias et qui déboursait des pots-de-vin dans des sacs pour mal de l'air, était née aux sources du patrimoine génétique humain, avant que le cours du fleuve ne quitte le jardin d'Éden et ne devienne pollué par les affluents d'un monde déchu. Ses cheveux n'étaient pas seulement blonds, mais d'une riche nuance de pièces d'or pur, comme il seyait à la descendante d'une ancienne famille richissime ayant fait fortune dans la banque et le courtage. Une peau satinée. Des traits qui, taillés dans la pierre, vaudraient à leur sculpteur les plus grands éloges ainsi que l'immortalité, pour peu que celle-ci se mesure au nombre de siècles et se trouve dans les musées. En amande, ses yeux verts comme de jeunes pousses au printemps avaient la fraîcheur de l'ombre projetée par un bouquet d'arbres.

Quand il l'avait rencontrée quinze jours plus tôt, cette femme avait déplu sur-le-champ à Noah Farrel – question de principe. Née riche, dotée d'une grande beauté, elle glissait dans l'existence, souriante, sans souffrir du froid, fût-ce sous la bise la plus âpre. Et si elle décrivait d'élégantes arabesques avec ses patins étincelants, les gens gelaient autour d'elle, tombant à travers la glace qui s'effondrait sous leurs pieds alors qu'elle ne cédait pas sous les siens. Pourtant, à peine Mme Sharmer avait-elle quitté son bureau à l'issue de ce premier entretien, que l'hostilité de Noah avait laissé la place à de l'admiration. Car le plus remarquable n'était pas la modestie avec laquelle elle arborait sa beauté, mais la façon dont elle gardait son pedigree sous le boisseau, n'en faisant pas étalage comme tant d'autres de son rang.

À quarante ans, elle n'avait que sept ans de plus que Noah. Une autre femme aussi belle lui aurait inspiré du désir – fût-elle une octogénaire restée jeune grâce à un immonde régime de glandes de singe. Dès cette troisième rencontre, cependant, il la considérait comme une sœur, n'ayant plus que le désir de la protéger et de mériter son approbation.

Elle calmait le cynique en lui, et il prisait cet apaisement intérieur qu'il ne connaissait plus depuis des années.

En rejoignant Noah devant la porte ouverte de la suite présidentielle, elle lui tendit la main. Eût-il été plus jeune et plus bête, il l'aurait peut-être baisée. Au lieu de quoi, il la lui serra. Sa poigne était ferme.

Dans sa voix contrôlée où vibrait une musique lointaine, on ne décelait pas son appartenance à une famille fortunée, ni condescendance ni accent raffiné.

— Comment allez-vous ce soir, monsieur Farrel ?

— Je me demandais comment j'avais pu prendre plaisir un jour à ce genre de besogne.

— Le côté mystérieux du travail de limier doit être amusant. J'ai toujours aimé les romans à énigme de Rex Stout.

— Ouais, mais ça ne compense pas mon rôle systématique de porteur de mauvaises nouvelles.

Il s'écarta pour la laisser entrer.

Elle occupait la suite présidentielle, non parce qu'elle la louait, mais parce qu'elle était propriétaire de l'hôtel. Elle prenait une part active à toutes ses affaires. Son mari l'eût-il fait suivre, que cette visite de début de soirée n'aurait pas éveillé ses soupçons.

— Vous n'annoncez que de mauvaises nouvelles ? questionna-t-elle tandis que Noah fermait la porte en la suivant.

— Assez souvent pour avoir l'impression que c'est toujours.

À lui seul, le salon aurait pu abriter une famille du Tiers Monde, composée de douze membres plus le bétail.

— Alors pourquoi ne pas faire autre chose ? lui demanda-t-elle.

— On ne me laissera pas redevenir flic, il n'y a pas de

touche remise à zéro dans ma cervelle. Si je ne peux pas être flic, je serai un faux flic, comme ce que je suis maintenant et si un jour, je n'y arrive plus... eh bien, alors...

Elle acheva la phrase à sa place.

— Basta.

Noah sourit. C'était l'une des raisons pour lesquelles il l'aimait bien. De la classe, du style, aucune prétention.

— Tout à fait.

La suite était décorée contemporain. Le meuble hi-fi-vidéo en érable couleur miel, rehaussé d'ébène, était un obélisque démuni du gracieux pyramidion du modèle standard. Les portes ouvertes révélaient un poste de télévision à grand écran.

Au lieu de prendre un siège, ils demeurèrent debout pour la projection.

Une seule lampe rougeoyait. À la manière d'un jury de spectres, les ombres s'amassaient dans la pièce.

Un peu plus tôt, Noah avait glissé la cassette dans le magnétoscope. Il appuya sur la touche PLAY de la télécommande.

Sur l'écran : la rue résidentielle d'Anaheim. La caméra cadrait en plongée la maison de la maîtresse du membre du Congrès.

— C'est un angle abrupt, observa Mme Sharmer. Où étiez-vous ?

— Ce n'est pas moi qui filme, mais mon associé, depuis la lucarne d'un grenier dans la maison d'en face. On s'est arrangé financièrement avec le propriétaire. Voir l'article sept de votre facture finale.

La caméra recula et cadra encore plus à pic la Chevrolet de Noah, garée le long du trottoir : son fidèle destrier cabossé, toujours prêt à piaffer, quand la bande avait été tournée ; réduit par la suite en pièces détachées par un démolisseur.

— Ma voiture, expliqua-t-il. Je suis au volant.

La caméra remonta, fit un panoramique sur la droite : une Jaguar argent s'approchait dans le crépuscule naissant. La voiture s'arrêta devant la demeure de la dame de cœur : un homme grand en descendit, puis la Jaguar s'éloigna. Un coup de zoom montra que le passager de la Jaguar n'était autre que Jonathan Sharmer, membre du Congrès. Son beau profil était idéalement taillé pour les monuments de pierre d'une époque héroïque, mais ses agissements avaient révélé qu'il n'égalait son visage ni par le cœur ni par l'âme.

Il exsudait l'arrogance comme un saint pourrait irradier de lumière. Debout dans la rue, il levait la tête, l'air d'admirer la palette de couleurs du crépuscule, qui diaprait le ciel.

— Comme il vous tient à l'œil, je l'ai eu sur le dos depuis le début. Mais il ne sait pas que je sais qu'il sait. Il est sûr que je ne quitterai jamais le coin avec mon appareil ou la pellicule. Il joue avec moi. Il n'est pas au courant que j'ai un associé dans le grenier.

Pour finir, le membre du Congrès gagna la maison à un étage de style artisanal et sonna à la porte.

Un plan au zoom maximum captura la jeune brune qui vint répondre. Avec son short moulant et son haut tendu de façon si extravagante qu'il pourrait tuer des passants si jamais il craquait, c'était la tentation à portée de la main.

— Elle s'appelle Karla Rhymes, précisa Noah. Quand elle était danseuse, elle se faisait baptiser Tiffany Tush.

— Ce n'était pas une ballerine, je suppose.

— Elle se produisait dans une boîte du nom de Planet Pussycat.

Sur le seuil, Karla et l'homme politique s'embrassèrent. Même à la lumière déclinante du crépuscule, encore plus assombrie par l'ombre du toit de la véranda, il était impossible de prendre leur long baiser pour une manifestation d'amour platonique.

— Elle figure sur la liste du personnel de la fondation de bienfaisance de votre mari.

— Le Cercle des Amis.

Davantage qu'à des amis, le couple sur l'écran télé faisait penser à des jumeaux siamois reliés par la langue.

— Elle gagne quatre-vingt-six mille dollars par an, dit Noah.

La cassette était muette jusque-là. À la fin du baiser, le son s'ajouta : Jonathan Sharmer et sa julie financée caritativement entamèrent une conversation qui n'avait rien d'un romantisme étincelant :

Ce connard de Farrel s'est vraiment pointé, Jonny ?

Ne regarde pas directement. Sa vieille Chevy est de l'autre côté de la rue.

Ce petit pervers merdeux peut même pas se payer une vraie bagnole.

Mes gars vont la lui rendre bonne pour la casse. Il a intérêt à avoir une carte de bus en renfort.

Je parie qu'il s'astique en nous matant en ce moment.

J'aime quand tu dis des cochonneries.

Karla gloussa, ajouta quelque chose d'incompréhensible et attira Sharmer à l'intérieur en fermant la porte derrière eux.

Constance Tavenall – qui se débarrasserait sans doute bientôt du nom de Sharmer – fixait la télé. Elle avait épousé le membre du Congrès cinq ans plus tôt, avant la première de ses trois campagnes politiques couronnées de succès. En créant le Cercle des Amis, il s'était bâti une image de penseur compatissant, doté d'une approche innovante des problèmes sociaux, tandis que son mariage lui avait octroyé classe et respectabilité. Pour un mari à personnalité falote, une épouse pareille était l'équivalent moral d'une hétaïre, destinée à éblouir les « connaisseurs », non par sa beauté mais par la réputation de sa fortune, rendant ainsi Sharmer moins susceptible d'être l'objet de soupçons ou d'un examen à la loupe.

Étant donné que tout ce qui précède venait d'être clairement établi aux yeux de Constance, elle était d'un sang-froid remarquable. La grossièreté de ce qu'elle entendait ne la fit même pas rougir. Si elle nourrissait de la colère, elle la dissimulait bien. Au lieu de quoi, une lueur de chagrin poignant bien qu'imperceptible apparut dans son regard.

— Un micro directionnel très efficace était synchronisé avec la caméra, lui expliqua Noah. Nous n'avons ajouté la bande-son que lorsque la conversation lui était préjudiciable.

— Une strip-teaseuse. Quel cliché !

Le voile de tristesse silencieuse que cette cassette tissait autour d'elle ne cacha pas à Constance l'ironie de la situation, dont elle s'empara avec cet humour qui est source de tout dans les relations humaines.

— Jonathan cultive une image de raffiné branché. Les journalistes se mirent en lui. Ils lui pardonneraient n'importe quoi, même un meurtre, mais ils vont devenir violents à cause de ce cliché qui va les gêner.

La cassette se tut tandis qu'un fondu temporel parfaitement exécuté faisait passer le spectateur du crépuscule à la nuit tombée, dans la même rue.

— On utilise une caméra et une pellicule spéciale qui permettent d'enregistrer des images exceptionnellement claires avec un minimum de lumière.

Noah s'attendait presque à entendre une musique inquiétante préfigurer l'agression contre sa Chevy. De temps à autre, Bobby Zoon ne pouvait s'empêcher de mettre en pratique ce qu'on lui apprenait à son école de cinéma.

La première fois qu'il avait travaillé pour Noah, le gamin lui avait livré dix minutes superbement filmées au montage efficace montrant un concepteur de logiciels échangeant les disquettes des secrets de fabrication des produits les plus précieux de son employeur contre une valise pleine de billets. La cassette débutait par un petit carton annonçant *Un Film de Bobby Zoon* et ce dernier fut accablé quand Noah insista pour qu'il le supprime.

Dans l'affaire Sharmer, Bobby ne filma pas la joyeuse arrivée des Frère Rapetou avec leur massue et leur cric. Il se concentra sur la maison de Karla et la fenêtre éclairée d'une chambre à l'étage dont les rideaux mal tirés allé-chaient par la perspective d'une image digne de la première page du plus sordide des tabloïds.

La caméra effectuait tout à coup une plongée, mais trop tard pour montrer la destruction du pare-brise. En revanche, l'explosion de la vitre latérale, l'irruption de Noah hors de la Chevy et le cirque jubilatoire des deux mastodontes aux costumes colorés qui avaient retenu, à l'évidence, toutes les mauvaises leçons des émissions de dessins animés du matin, unique source de leur éducation morale, lors de leurs années de formation, figuraient sur la pellicule.

— Pas de doute, dit Noah, ce sont d'anciens jeunes dévoyés que le Cercle des Amis a sauvés d'une existence sordide et remis dans le droit chemin. Je m'attendais à être repéré et mis au pas, mais je pensais que la façon de procé-der, quelle qu'elle fût, serait plus discrète.

— Jonathan aime jouer avec le feu. Le danger le titille.

À l'appui des dires de Constance Tavenall, la vidéo passa de la Chevy à la fenêtre de la chambre aux lumières tamisées de l'autre côté de la rue. On avait ouvert les rideaux. Le nez collé au carreau, nue jusqu'à la taille Karla Rhymes se tenait devant sa fenêtre, comme en vitrine. Jonathan Sharmer, nu lui aussi, se dressait derrière elle, les mains posées sur ses épaules dénudées.

Retour du son sur la cassette. Sur fond sonore de la destruction de la Chevy, le micro directionnel captura le rire et la plupart des commentaires de Karla et du membre du Congrès jouissant du spectacle qui se déroulait en bas, dans la rue.

La violence les excitait. Les mains de Jonathan glissèrent des épaules aux seins de Karla. Bientôt il la prit par-derrière.

Peu avant, l'homme politique avait admiré « les cochonneries » proférées par Karla. Il prouvait maintenant qu'il n'était pas en reste, qu'il n'aurait pu en dire autant même s'il avait passé ces dernières années à fréquenter les bouges des rues de Washington, DC. Il traita la fille de noms obscènes, la couvrit d'insultes, et elle semblait jouir de chaque terme vicieux et dégradant dont il la gratifiait.

Noah appuya sur la touche STOP de la télécommande.

— Tout le reste est du même tonneau.

Il récupéra la cassette dans le magnétoscope et la fourra dans un sac en plastique Neiman Marcus qu'il avait fait suivre.

— Je vous ai mis deux autres copies, plus les cassettes de l'intégralité des rushes, bruts de décoffrage.

— *Bruts*, adjectif on ne peut plus approprié.

— J'ai gardé des copies au cas où quelque chose arriverait aux vôtres.

— Je n'ai pas peur de lui.

— Je ne l'ai jamais imaginé. D'autres infos – la maison de Karla a été achetée avec l'argent du Cercle des Amis. Un demi-million camouflé en bourse affectée à la recherche. Sa propre société à but non lucratif détient le titre de propriété.

— Quelles bonne âmes désintéressées !

Le ton sarcastique de Constance Tavernall était toutefois dénué d'amertume.

— Ils ne sont pas seulement coupables de détourner les fonds de la fondation pour leur usage personnel. Le Cercle des Amis reçoit des millions de dollars de subventions du gouvernement, donc ils violent nombre d'autres lois fédérales.

— Vous avez des preuves à l'appui ?

Il opina.

— Tout se trouve dans le sac Neiman Marcus.

Il hésita, puis décida que la force exceptionnelle de cette femme allait de pair avec la faiblesse du membre du Congrès. Il était inutile de la ménager.

— Karla Rhymes n'est pas sa seule maîtresse. Il en a une à New York, une autre à Washington. Le Cercle des Amis, là aussi, a fait indirectement l'acquisition de leurs résidences.

— Tout est dans le sac ? Alors vous êtes l'artisan de sa ruine, monsieur Farrel.

— Vous m'en voyez ravi.

— Il vous a sous-estimé. Et je dois admettre à regret que, lorsque je me suis adressée à vous, c'était sans beaucoup d'espoir, moi non plus.

Lors de leur première rencontre, elle avait reconnu qu'elle aurait préféré recourir à une grande agence de détectives privés ou à une société de surveillance avec des ramifications sur l'ensemble du territoire. Elle soupçonnait, cependant, que ces organismes faisaient affaire de temps à autre avec des hommes politiques à titre individuel et avec les grands partis. Elle craignait que celui qu'elle choisirait ne fût déjà en relation avec son mari ou un de ses amis du Congrès et qu'il ne fût plus avantageux à long terme de la trahir que de la servir honnêtement et bien.

— Il n'y a pas de mal, dit Noah. Aucune personne saine d'esprit ne devrait faire confiance à un type dont la raison sociale est à la même adresse que son domicile – et tout le bataclan – logé dans trois pièces, au-dessus de la boutique d'un diseur de bonne aventure.

Constance avait pris place dans un fauteuil devant un secrétaire. Ouvrant sa pochette, elle en sortit un chéquier et lui demanda :

— Alors que faites-vous là-bas ? Et pourquoi votre agence n'est-elle pas plus grande ?

— Avez-vous déjà vu un bon numéro de chien dressé, madame ?

La perplexité donna aux traits réguliers de Constance un charme de lutin.

— Pardon ?

— Quand j'étais petit, j'ai vu un numéro de chien savant fantastique. Ce *golden retriever* faisait des tours d'une habileté étonnante. En voyant le potentiel de ces chiens, les ressources de leur intelligence, je me suis demandé pourquoi ils se complaisent à exécuter des tours débiles. C'est le genre de questions bêtes qu'un enfant se pose. Vingt ans plus tard, j'ai vu un autre numéro de chien dressé et j'ai compris qu'entre-temps, la vie m'avait apporté la réponse à ce mystère. Les chiens ont du talent... mais pas d'ambition.

Une compassion attristée remplaça l'étonnement de Constance, et Noah comprit qu'elle avait saisi ce qui sous-tendait sa remarque. Pour vrai que ce fût, cela dépassait ce qu'il avait eu l'intention de révéler.

— Vous n'êtes pas un chien, monsieur Farrel.

— En effet, peut-être pas, fit-il. (Le *peut-être* lui avait échappé.) Il n'empêche que le niveau de mon ambition correspond plus ou moins à celui d'un basset par un chaud après-midi d'été.

— Vous avez beau insister sur votre manque d'ambition, vous méritez d'être payé pour votre talent. Puis-je voir cette facture finale à laquelle vous avez fait allusion ?

Il la sortit du fourre-tout Neiman Marcus, ainsi que le sac pour mal de l'air bourré de billets de cent dollars.

— Qu'est-ce que c'est ? demanda-t-elle.

— Une prime de votre mari, dix mille dollars offerts par un de ses larbins.

— Un prime pour quoi ?

— En partie pour rembourser ma voiture, en partie pour que je vous trahisse. Avec les cassettes vidéo, j'ai inclus une déclaration sous serment certifiée avec la description de l'homme qui m'a donné l'argent et le compte rendu détaillé de notre conversation.

— J'ai plus d'éléments qu'il n'en faut pour ruiner Jonathan sans ça. Gardez son bakchich en prime. Il y a une merveilleuse ironie là-dedans.

— Je me sentirais souillé si j'empochais son argent. Je me contenterai du règlement de cette facture.

Le stylo de Constance s'immobilisa, à mi-chemin de Farrel. Et elle leva les yeux sur Noah avec un sourire d'une subtilité comparable à celle du paraphe d'un calligraphe passé maître de la sobriété dans son art.

— Monsieur Farrel, vous êtes le premier basset que je connaisse aussi à cheval sur ses principes.

— Eh bien, peut-être ai-je gonflé la note pour compenser mon refus de ces dix mille dollars, dit-il. Même s'il n'en était rien, et qu'il sût qu'elle ne le croirait sûrement pas.

Consterné par son incapacité d'accepter de bonne grâce les compliments de Constance, Noah s'interrogea – sans souci d'introspection – sur les raisons de son autodénigrement.

Secouant la tête, l'air toujours amusé, elle reporta son attention sur le chéquier.

À en juger par son attitude, par son sourire énigmatique, Noah se douta que cette femme le comprenait mieux qu'il ne se comprenait lui-même. Ce soupçon n'étant pas de ceux sur lesquels on aime à s'appesantir, il éteignit la télé et referma les portes du faux obélisque pendant qu'elle terminait de rédiger le chèque.

Du seuil de la suite, Noah regarda Constance Tavenall partir en transportant le sort du membre du Congrès dans le sac Neiman Marcus. Le poids des infidélités de son mari n'infléchissait pas d'un millimètre l'échine de la dame, qui avait surgi telle une sylphide. Et après qu'elle eut tourné au bout du couloir et disparu dans l'ascenseur, le chemin qu'elle avait suivi parut chargé d'une énergie surnaturelle, comparable à l'aura d'un esprit qui subsisterait après que celui-ci se fut volatilisé.

Tandis que le crépuscule poudrait de rouge puis de mauve les trois chambres à coucher de la suite, Noah erra de pièce en pièce, regardant par l'enfilade des fenêtres les millions de points lumineux qui fleurissaient plaines et collines, miroitement aveuglant d'un jardin électrique. Même si certains aimaient cet endroit comme l'Éden recréé, tout ici était inférieur au jardin d'origine sauf sur un point. Si l'on comptait les serpents comme un atout, alors il n'y en avait pas qu'un seul à rôder dans les feuillages, mais une profusion de vipères, toutes instruites dans la connaissance des ténèbres et très expertes en tromperie.

Il demeura dans la suite jusqu'à ce qu'il fût certain d'avoir donné le temps à Constance Tavenall de quitter l'hôtel. Au cas où l'un des favoris du membre du Congrès, lové dans une voiture à l'extérieur, l'attendrait pour la suivre. Noah devait éviter d'être vu.

Il aurait pu retarder son départ de quelques minutes encore s'il n'avait pas eu rendez-vous. Les heures de visite au Havre des Solitaires et des Oubliés de Longue Date tiraient à leur fin et un ange blessé y attendait sa venue.

7.

Ainsi, le frère de Leilani était sur Mars, sa malheureuse mère sous dope et son beau-père, un meurtrier déchaîné. Si les histoires abracadabrantes de la petite fille pouvaient faire un sujet de conversation acceptable à un dîner dans un asile, Micky décida que, malgré la vie barjo qu'on menait parfois à la Casa Geneva, malgré la chaleur sans répit de ce mois d'août qui flétrissait le bon sens et desséchait la raison, elles établissaient un nouveau barème d'irrationalité dans la caravane où dinguerie distinguée et aveuglement loufoque avaient représenté jusque-là le flirt le plus poussé avec la démence.

— Bon, qui ton beau-père a tué alors ? demanda-t-elle néanmoins, entrant dans le jeu curieux de Leilani sous prétexte que tout valait mieux, question distraction, que de parler d'une nouvelle et malheureuse journée passée à chercher du travail.

— Oui, ma chérie, qui a-t-il buté ? demanda tante Gen, l'œil brillant d'intérêt.

Peut-être sa confusion occasionnelle des expériences de la vraie vie avec des fictions de cinéma l'avait-elle préparée à recevoir la biographie hitchcocko-spielbergienne de la fillette avec moins de scepticisme que Micky.

— Quatre vieilles dames, énuméra Leilani sans hésitation, trois vieux messieurs, une mère de deux enfants âgée de trente ans, le riche propriétaire d'une boîte gay de San Francisco, une vedette de foot de dix-sept ans d'un lycée de l'Iowa – et un petit garçon de six ans en fauteuil roulant, pas loin d'ici, dans une ville du nom de Tustin.

La précision de la réponse était déconcertante. Les paroles de Leilani rappelèrent quelque chose à Micky, qui leur trouva un accent de vérité.

Hier, dans la cour, quand Micky avait admonesté la fillette pour qu'elle n'invente pas d'histoires désagréables sur le compte de sa mère, Leilani lui avait répondu : *J'pourrais pas inventer des trucs aussi bizarres.*

Mais un beau-père qui avait commis onze meurtres ? Qui tuait des vieilles dames ? Et un petit garçon en fauteuil roulant ?

Même si son instinct lui soufflait qu'elle entendait le clair écho de la vérité, sa raison lui disait que ce n'était que la réverbération du gong de l'invention pure.

— S'il a tué autant de monde, demanda Micky, comment se fait-il qu'il se balade encore en liberté ?

— Prodigieux, n'est-ce pas ? rétorqua la fillette.

— Plus que prodigieux, c'est impossible.

— D'après le Dr Fatalitas, on vit dans une culture de la mort en ce moment et les gens comme lui sont les nouveaux héros.

— Qu'est-ce que ça signifie ?

— Je n'explique pas ce qu'il dit, je le cite simplement, fit Leilani.

— À t'entendre, il m'a l'air d'un homme bien redoutable, intervint tante Gen, comme si Leilani n'avait accusé Maddoc de rien de pire que de lâcher des vents et d'être grossier avec des religieuses, pour passer le temps.

— À votre place, je ne l'inviterais pas à dîner. À propos, il ne sait pas que je suis ici. Il ne le permettrait pas. Mais ce soir, il est sorti.

— Je préférerais inviter Satan à ma table que lui, dit Geneva. Tu seras toujours la bienvenue ici, Leilani, en revanche il vaut mieux pour lui qu'il ne franchisse pas la barrière.

— Pas de danger. Il n'aime pas beaucoup les gens, sauf s'ils sont morts. Il est peu probable qu'il bavarde avec vous à la barrière. Enfin, si vous le rencontrez par hasard, ne l'appelez ni Preston ni Maddoc. En ce moment, il a un look très différent, il voyage sous le nom de Jordan Banks et insiste pour qu'on l'appelle Ferry. Si vous utilisez son vrai nom, il saura que je l'ai balancé.

— Je ne lui adresserai pas la parole, affirma Geneva. Après ce que je viens d'entendre, je le calotterai dès que je le verrai.

Avant que Micky ne réclame des détails supplémentaires, Leilani changea de sujet :

— Madame D., est-ce que les flics ont attrapé le type qui a dévalisé votre magasin ?

Mastiquant le dernier morceau de son sandwich au poulet, Geneva répondit :

— La police n'a servi à rien, ma chérie. J'ai dû le rechercher moi-même.

— Ça, on peut dire que c'est radical !

Dans l'amoncellement d'ombres qui obscurcissaient la cuisine sans la rafraîchir, dans la lumière écarlate du couchant, le visage de Leilani luisait de sueur, rayonnait de joie. En dépit de son QI de génie, de ses astuces de la rue et de son numéro bien rodé de grosse maligne, la fillette conservait quelques bribes de crédulité enfantine.

— Comment vous avez réussi là où les flics ont échoué ?

Micky craqua une allumette pour allumer les trois bougies au milieu de la table.

— Des inspecteurs compétents, dit tante Gen, ne peuvent pas rivaliser avec une femme bafouée si elle est déterminée et si elle a du cran.

— Tu as beau avoir du cran, intervint Micky au moment où la deuxième bougie clona la flamme de son allumette, je soupçonne que tu penses à Ashley Judd, Sharon Stone ou peut-être à Pam Grier.

Se penchant sur la table du coin-cuisine, Geneva murmura à Leilani d'un ton théâtral :

— J'ai localisé ce salopard à La Nouvelle-Orléans.

— T'as jamais mis les pieds là-bas, lui rappela affectueusement Micky.

Geneva tiqua.

— Peut-être bien que c'était à Las Vegas, rectifia-t-elle.

Ayant allumé les trois bougies, Micky éteignit l'allumette en agitant la main avant que la flamme ne lui roussisse les doigts.

— Ce n'est pas un vrai souvenir, tante Gen. C'est encore un souvenir de film.

— Ah bon ?

Geneva était toujours penchée en avant.

La pulsation lente et asynchrone des trois flammes projetait une lueur orangée ondulante sur son visage, faisait briller ses yeux tout en échouant à dissiper l'ombre de sa confusion.

— Mais ma chérie, je me souviens si clairement... de la merveilleuse satisfaction que j'ai ressentie à lui tirer dessus.

— Tu n'as pas de flingue, tante Gen.

— C'est vrai. J'en possède pas.

Le sourire soudain de Geneva fut plus rayonnant que la lueur des bougies.

— À bien y repenser, le type abattu à La Nouvelle-Orléans, c'était Alec Baldwin.

— Et Alec Baldwin n'a pas braqué le magasin de tante Gen, assura Micky à Leilani.

— Même si je ne lui ferais pas confiance près d'un tiroir de caisse ouvert, fit Geneva en se levant. Alec Baldwin est plus crédible dans le rôle du méchant que dans celui du héros.

Revenant de façon têtue à sa question initiale, Leilani demanda :

— Alors le type qui a tué M. D. – on l'a pris ?

— Non, fit Micky. Les flics n'ont pas eu la moindre piste en dix-huit ans.

— Ça pue.

En passant derrière la chaise de la fillette, Geneva s'immobilisa et posa ses mains sur les frêles épaules de Leilani.

— Ça va, ma chérie. Si celui qui a descendu mon Vernon ne rôtit pas déjà en enfer, ça ne saurait tarder, dit-elle d'un ton jovial dénué d'amertume.

— Je suis pas sûre de croire à l'enfer, répliqua la fillette avec la gravité de celle qui a accordé à la question des réflexions considérables pendant les heures solitaires de la nuit.

— Mais bien sûr que si, ma petite chérie. À quoi ressemblerait le monde sans toilettes ?

Troublée par cette étrange question, Leilani regarda Micky pour obtenir un éclaircissement.

Cette dernière haussa les épaules.

— Une vie après la mort sans enfer, expliqua tante Gen, serait comme un monde sans toilettes, pollué et insupportable.

Elle embrassa la fillette sur le sommet du crâne.

— D'ailleurs, je vais de ce pas m'entretenir gentiment avec la Nature.

Geneva sortit de la cuisine, disparut dans le petit couloir obscur, et ferma la porte de la salle de bains derrière elle. Leilani et Micky échangèrent un regard de part et d'autre de la table. L'espace de quelques secondes alanguies, dans la torpeur d'août où le temps se distendait, elles gardèrent le même silence que la trinité de flamme embrasant les mèches non polluantes des bougies dressées entre elles.

Micky finit par le rompre :

— Si tu veux t'assurer une réputation d'excentrique dans le coin, tu as du pain sur la planche.

— La concurrence est plutôt rude, reconnut Leilani.

— Alors, comme ça, ton beau-père est un assassin.

— Mais ça pourrait être pire, fit la fillette avec une insouciance calculée. Il pourrait s'habiller comme l'as de pique. Un avocat assez ficelle parvient à justifier n'importe quel meurtre, mais une garde-robe ringarde n'a aucune excuse.

— Il s'habille bien ?

— Il a une certaine classe. Du moins, on ne meurt pas de honte d'être vue en sa compagnie.

— Même s'il tue des vieilles dames et des petits garçons en fauteuil roulant ?

— Un seul garçon à ma connaissance.

Par-delà la fenêtre, le jour blessé éclaboussait de sang le ciel d'ouest, qu'il recouvrait d'un voile or et violet.

Lorsque Micky se leva pour débarrasser, Leilani repoussa sa chaise, commençant à se mettre debout.

— Tout doux, dit Micky en allumant au-dessus de l'évier. Je peux m'en sortir toute seule.

— Je suis pas infirme.

— Ne sois pas si susceptible. Tu es notre *invitée*. Et on ne fait pas payer nos hôtes ni mettre la main à la pâte.

L'ignorant, la fillette attrapa un rouleau de film plastique dont elle recouvrit les saladiers encore à moitié pleins.

Tandis qu'elle rinçait plats et couverts, les empilait dans l'évier pour les laver plus tard, Micky poursuivit :

— Une supposition logique serait que tout ce baratin de beau-père assassin n'est que la manifestation d'une imagination fertile, une simple tentative pour ajouter un sombre éclat à l'image de Mlle Leilani Klonk, la jeune mutante à l'excentricité flamboyante.

— Ce serait une supposition erronée.

— Des salades tout ça...

— Je vis dans une zone où il en pousse pas.

— ... mais des salades qui ont peut-être un autre but, plus sérieux, suggéra Micky.

— Quoi... tu penses que je parle par énigmes ? demanda Leilani en rangeant la salade de pommes de terre dans le réfrigérateur.

Micky avait tiré des conclusions troublantes de ces histoires abracadabrante sur Sinsemilla et le Dr Fatalitas. Si elle formulait directement ses soupçons, cependant, elle risquait de pousser Leilani à se montrer plus évasive encore. Pour des raisons qu'elle n'avait pas encore trouvé le temps d'analyser, elle désirait fournir à la fillette toute l'aide dont elle aurait besoin pour peu que ce soit ce qu'elle cherchait.

Au lieu de la regarder dans les yeux, afin d'éviter une approche risquant de paraître inquisitrice, Micky continua de rincer la vaisselle tout en lui répondant :

— Pas exactement par énigmes. Parfois, il y a des choses qui ne sont pas faciles à dire, alors on en parle de façon *détournée*.

Leilani qui mettait la salade de pâtes au frigo lança :

— C'est ce qu'on est en train de faire ? Parler de façon *détournée* de ce dont tu veux vraiment parler ? Et moi... je suis censée - quoi ? - deviner le vrai sujet de la conversation ?

— Non, non, protesta Micky, hésitante. Eh bien, oui, là. Mais je voulais dire que c'est toi peut-être qui parles de façon détournée quand tu racontes ces histoires à dormir debout du Dr Fatalitas assassin de petits garçons en fauteuil roulant.

Du coin de l'œil, Micky se rendit compte que la fillette avait interrompu sa besogne et lui faisait face.

— Tu veux bien éclairer un peu ma lanterne, Michelina Bellsong. Notre petite conversation me donne le tournis. À ton avis, quel est le sujet que j'esquive ?

— Je n'en ai pas la moindre idée, mentit Micky. C'est à toi de me le dire... quand tu y seras disposée.

— Depuis combien de temps habites-tu avec Mme D. ?

— Quelle importance ? Une semaine.

— Rien qu'une semaine et tu es déjà championne des conversations qui brouillent les idées. Ah, j'adorerais entendre vos parlotes quand je ne suis pas là pour introduire un brin de rationnel dans tout ça.

— Toi, introduire du rationnel ?

Micky rinça la dernière assiette.

— À quand remonte au juste ton dernier dîner de tofu et de pêches en boîte sur un lit de pousses de haricots ?

— J'en ai jamais mangé, déclara Leilani. La dernière fois que la vieille Sinsemilla en a *servi*, c'était lundi. Allez, accouche : quel est le sujet que je n'aborde pas ? Puisque tu as levé le lièvre, tu dois avoir une petite idée.

Micky fut sciée que sa psychologie amateur fût davantage couronnée de succès que ne l'aurait été un réacteur nucléaire bricolé ou une opération neurochirurgicale avec des ustensiles de cuisine.

Se séchant à un essuie-main, elle se tourna vers la fillette.

— Je n'ai pas de petite idée. Je dis simplement que, si tu veux me parler de quelque chose au lieu de tourner autour, je suis là.

— Ah seigneur.

Même si l'étincelle dans les yeux de Leilani pouvait prêter à confusion, la gaieté de son ton était indéniable.

— Tu crois que j'invente les histoires sur le Dr Fatalitas qui tue des gens parce que j'ai trop peur ou trop honte de parler de ce qu'il fait *vraiment*. Et tu penses que ce qu'il fait peut-être *vraiment*, c'est de mettre ses grosses pattes grasses sur moi en suant et en bavant.

La fillette était peut-être vraiment étonnée par l'image de Preston Maddoc en pédophile. À moins qu'elle ne feigne l'amusement pour dissimuler son malaise parce que Micky avait frôlé la vérité de près.

L'interprétation des réactions d'un patient, voilà qui était plus délicat que tout pour un psychologue en herbe. Dans le cas d'un réacteur nucléaire bricolé, Micky aurait déjà été réduite en un nuage de poussière radioactive. À défaut, elle n'eut d'autre choix que d'aborder la question de front.

— Et c'est le cas ? demanda-t-elle à Leilani.

Prenant la seconde canette de Budweiser de Micky sur la table, la fillette répondit :

— C'est une idée absurde pour mille raisons.

— Donne-m'en une.

— Preston Claudius Maddoc est pratiquement une créature asexuée.

— Cela n'existe pas.

— Et l'amibe alors ?

Micky comprenait suffisamment cette enfant atypique pour déceler les nombreux mystères de son cœur, et savoir qu'elle ne les percevrait qu'en gagnant la confiance de Leilani. Ce qui ne serait possible que si elle la respectait, acceptait ses excentricités mirifiques et jouait aux petits jeux baroques de sa conversation. Ce fut dans cet esprit que Micky lança :

— Je ne suis pas certaine que les amibes soient asexuées.

— D'accord, la paramécie alors, dit Leilani, poussant Micky de l'épaule pour atteindre l'évier.

— Je sais même pas ce que c'est une paramécie.

— Bon dieu, tu n'es pas allée à l'école ?

— Si, mais j'écoutais pas beaucoup. En plus, on étudie pas les amibes et les paramécies en primaire.

— Je suis pas en primaire, dit Leilani, versant la bière tiède dans l'évier. On est des gitans du XXIe siècle, à la recherche de l'escalier pour monter dans les étoiles, on ne reste jamais assez longtemps au même endroit pour développer la moindre radicelle. Je suis scolarisée maison, actuellement j'en suis au niveau de terminale.

La bière, écumant dans le trou d'écoulement, diffusait un parfum malté qui masqua aussitôt la faible odeur de cire des bougies sur la table.

— Le Dr Fatalitas est mon professeur, sur le papier, mais en fait, je m'éduque moi-même. Je suis une *autodidacte*, c'est le mot. Et une bonne par-dessus le marché, parce que je me botte le cul si je n'apprends pas, ce qui vaut le coup d'œil avec cette prothèse.

En guise de preuve de son endurance, Leilani écrasa la canette vide de sa main valide.

— De toute façon, même si le Dr Fatalitas a été un super prof quand il enseignait à l'université, je ne peux pas compter sur lui pour m'éduquer aujourd'hui, parce que c'est impossible de se concentrer sur ses leçons quand ton prof glisse sa main sous ta jupe.

Cette fois, Micky ne succomba pas au charme.

— Ce n'est pas drôle, Leilani.

Examinant la boîte à demi écrasée dans son petit poing, évitant le regard de Micky, la fillette répondit :

— Eh bien, je dois reconnaître que c'est pas aussi drôle qu'une bonne blague sur les blondes, que j'apprécie même si j'en suis une, et pas hilarant pour deux sous à côté d'une flaque de vomi en plastoc hyper convaincante. Et puis je ne traiterais sûrement pas le sujet à la légère si j'étais vraiment victime d'abus sexuels.

Elle ouvrit le placard sous l'évier et jeta la boîte dans la poubelle.

— Mais le fait est que le Dr Fatalitas ne me toucherait jamais même si c'était ce genre de pervers, parce que je lui fais autant pitié qu'un chien écrabouillé par un camion, mutilé mais encore vivant sur la route, et parce que mon infirmité le dégoûte tellement qu'il dégobillerait tripes et boyaux s'il se risquait à m'embrasser sur la joue.

Malgré le ton enjoué de la fillette, on aurait dit que ses paroles étaient des guêpes qui la piquaient en lui instillant la vérité qu'elles contenaient.

Le cœur étreint de compassion, Micky fut incapable de trouver sur-le-champ quelque chose à dire qui ne fût pas à côté de la plaque.

Encore plus loquace que d'ordinaire, parlant plus vite, comme si la moindre interruption de son flot de paroles risquait de l'endiguer à jamais et de la laisser desséchée, muette, sans défense, Leilani combla le bref silence ménagé par l'hésitation de Micky :

— Aussi loin que remontent mes souvenirs, le vieux Preston ne m'a touchée que deux fois et je ne veux pas dire comme un vieux cochon bon pour la prison. Touchée, au sens banal du terme. Les deux fois, le sang s'est tellement retiré de son visage au pauvre cher homme qu'il a eu l'air d'un zombie – bien que je doive reconnaître qu'il avait une odeur plus agréable que le cadavre lambda.

— Tais-toi, fit Micky, consternée de l'âpreté des propos de Leilani à qui elle répéta, plus doucement : Tais-toi.

Leilani releva enfin la tête, son ravissant visage indéchiffrable aussi vide et serein que celui d'un bouddha de bronze.

Peut-être la fillette croyait-elle à tort qu'on lisait à livre ouvert le moindre secret de son âme sur ses traits, ou peut-être déchiffrait-elle sur le visage de Micky plus qu'elle n'avait envie d'en voir. Elle éteignit la lumière au-dessus de l'évier, les rendant à la pénombre soyeuse et à la lueur rougeâtre de la flamme grasse des bougies.

— Tu n'es jamais sérieuse ? lui demanda Micky. Est-ce que tu t'en tires toujours par les vannes et la tchatche ?

— Je le suis *toujours*, mais je me marre toujours intérieurement, aussi.

— Qu'est-ce qui te fait marrer ?

— Tu t'es jamais arrêtée et t'as jamais regardé autour de toi, Michelina Bellsong ? La vie. Ce n'est qu'une farce qui n'en finit pas.

Elles étaient face à face, à moins de deux mètres l'une de l'autre, et malgré les intentions compatissantes de Micky, un affrontement d'un type particulier s'était insinué dans leur échange verbal.

— Je ne pige pas ton attitude.

— Oh que si, Micky B., tu piges très bien. T'es une maligne comme moi. T'as toujours trop de choses en tête comme moi. Tu essaies de le cacher, mais moi, je le vois.

— Tu sais ce que je pense ? demanda Micky.

— Oui et *pourquoi*. Tu crois que le Dr Fatalitas tripote les petites filles, parce que c'est ce que ton expérience t'a appris à penser. Je me sens mal à cause de ça, Micky B., à cause de tout ce que tu as subi.

Bien que la petite fille égrenât ses mots, l'un après l'autre, d'un ton de plus en plus assourdi, sa voix douce n'en ouvrit pas moins une porte dans le cœur de Mickey. Une porte verrouillée et cadenassée depuis longtemps, derrière laquelle s'agitaient des sentiments tumultueux et non élucidés, des émotions si puissantes que d'en prendre conscience après les avoir niées si longtemps, lui coupa la respiration.

— Quand je te dis que Preston est un tueur, pas un tripoteur, reprit Leilani, tu es incapable de l'admettre. Et je sais pourquoi, alors ça n'a pas d'importance.

Il fallait claquer la porte. Tirer les verrous, mettre le cadenas. Avant que la fillette n'ajoutât un mot. Micky tourna le dos à ces souvenirs indésirables, retrouva son souffle et sa voix.

— Ce n'est pas ce que j'allais dire. Je crois que tu as *peur* de cesser de rire...

— Une trouille bleue, acquiesça Leilani.

Prise de court par cet aveu de la fillette, Micky bafouilla :

— ... parce que... parce que si...

— Les « parce que », je les connais tous. Inutile de les énumérer.

Un moment, au cours de ces deux jours passés avec Leilani, Micky était entrée, comme emportée par un tourbillon, dans un étrange territoire. Elle avait traversé un palais de glace qui, à l'origine, semblait aussi déformant et irréel qu'une baraque foraine et pourtant, à plusieurs reprises, elle s'était retrouvée face à des reflets d'elle-même d'une précision si atroce et d'une profondeur si explicite qu'elle s'en était détournée avec répulsion, colère ou crainte. La fillette aux yeux clairs, bardée d'acier, espiègle et titubante, lui avait d'abord paru une affabulatrice dont les inventions flamboyantes rivalisaient avec les rêves d'Oz de Dorothy ; pourtant, Micky n'entrevoyait aucune brique jaune sur cette route-là. Ici et maintenant, dans l'odeur aigre et persistante de bière tiède, dans cette petite cuisine où seule une trinité de flammes de bougie repoussaient les ombres sinueuses et insistantes, tandis que le bruit d'une chasse d'eau tirée ailleurs dans la caravane résonnait, une horrible perception s'empara d'elle : les pieds mal assortis de Leilani n'avaient jamais rien foulé d'autre que le chemin rugueux de la réalité.

Comme si elle était dans le secret des pensées de Micky, la fillette déclara :

— Tout ce que je t'ai raconté, c'est la vérité.

Un cri perçant retentit à l'extérieur.

Micky fixa la fenêtre ouverte où les dernières lueurs ténébreuses du crépuscule dardaient, en sombrant, de faibles rayons pourpres dans la marée noire de la nuit qui tombait.

Le cri à nouveau : plus long, cette fois, torturé, vibrant de peur et de souffrance.

— La vieille Sinsemilla, proféra Leilani.

8.

Moins de vingt-quatre heures après l'avoir échappé belle au Colorado, l'incendie de la maison et les cris affreux encore frais dans sa mémoire, le garçon sans mère décompresse au volant d'un Ford Explorer flambant neuf, le chien arlequin assis droit comme un i près de lui sur le siège passager, en écoutant à la radio une émission de vieilles chansons western – *Ghost Riders in The Sky* pour l'heure – tout en voguant dans la nuit de l'Utah, à un mètre vingt au-dessus de la route.

De temps en temps, par les vitres latérales, au gré du paysage qui s'y encadre, ils aperçoivent le ciel étoilé, au ras de l'horizon, mais rien de la voûte supérieure, où doivent galoper à bride abattue les cavaliers fantômes de la chanson. La visibilité du pare-brise est bloquée par un autre Explorer – inoccupé, celui-là – devant eux, et le châssis des véhicules sur la plate-forme supérieure de ce transporteur-auto à deux étages.

En fin d'après-midi, ils étaient montés à son bord dans un immense parking de relais routier, bondé, près de Provo, tandis que son chauffeur dégustait une part de tarte au restoroute en prenant son temps. La porte de l'un des Explorer s'était ouverte devant le garçon qui s'était faufilé vite fait dans l'habitacle.

Continuant d'instinct à jouer son rôle de complice, le chien s'était pelotonné tranquillement contre son maître, en dessous des vitres, jusqu'au retour du camionneur lesté de tarte, et jusqu'à ce qu'ils s'aventurent sur la route à nouveau. Même alors, en plein jour, ils avaient gardé profil bas pour éviter d'être aperçus par des automobilistes susceptibles de signaler au chauffeur qu'il avait des passagers clandestins.

Avec une partie de l'argent pris à la ferme Hammond, le garçon affamé avait acheté deux *cheeseburgers* au relais. Peu après que le camion eut recommencé à rouler, il en avait mangé un et distribué l'autre par petits morceaux au cabot. Il s'était montré moins généreux avec le sachet de chips. Elles étaient si croustillantes et délicieuses qu'il avait gémi de plaisir en les dégustant.

Les chips représentaient apparemment une friandise exotique pour le chien aussi. Quand il lui en avait donné une, il l'avait retournée sur sa langue comme si sa texture ou son goût le laissaient perplexe, testant prudemment la comestibilité de l'offrande salée avant de la croquer d'un mouvement exagéré des mâchoires. De même le chien avait savouré chacun des trois amuse-gueule additionnels que son jeune maître fut obligé de partager avec lui au lieu de les engloutir.

Le garçon avait bu de l'eau à même la bouteille, mais l'opération s'était révélée plus ardue pour le chien ; résultat : éclaboussures sur le tissu des sièges et fourrure mouillée. Encastrés dans la console entre les sièges, il y avait des porte-gobelets en plastique et, quand le garçon en remplit un d'eau, son compagnon la lapa avec efficacité.

Après avoir décampé des montagnes du Colorado, ils étaient allés là où une série de moyens de transport commodes les avaient emmenés.

Pour l'heure, ils voyagent sans destination, vagabonds mais point insouciants.

Exceptionnellement bien entraînés à la traque, les tueurs ont recours à la fois à leurs aptitudes naturelles et au soutien de l'électronique, ils sont si pleins de ressources et de ruses qu'ils peuvent retrouver leur gibier, quel que soit le nombre de kilomètres que le garçon réussira à mettre rapidement entre eux et lui. Si la distance ne contrecarre pas ses ennemis, le temps est son allié. Plus longtemps il échappera à cette équipe sauvage, moins sa piste sera chaude – du moins le croit-il. Chaque heure de survie le rapproche de son ultime liberté et chaque nouveau lever de soleil atténue légèrement sa peur.

À présent, dans la nuit de l'Utah, assis crânement dans l'Explorer, il chante à tue-tête avec la musique entraînante de la radio, ayant quasiment retenu le refrain et toutes les paroles aussi, dès la première audition. Des Cavaliers Fantômes dans le Ciel. De telles choses existent-elles ?

Même à cette heure, l'autoroute 15, sur laquelle ils foncent vers le sud-ouest, n'est pas déserte, sans être non plus très fréquentée. Au-delà de la large bande médiane, la circulation roule vers le nord-est et Salt Lake City avec, semble-t-il, une sorte d'énergie coléreuse, celle de chevaliers fonçant vers une joute, des lances de lumière perçant l'obscurité du plein désert. Dans les voies plus proches menant au sud, des voitures doublent l'auto-transporteur et, de temps à autre, de gros camions aussi.

L'affichage digital de la radio, alimenté par la batterie du véhicule, émet une lueur rougeâtre, mais ce faible rayonnement est insuffisant pour attirer l'attention des automobilistes qui les dépassent, filant à cent dix ou cent trente kilomètres/heure. Il ne redoute pas d'être aperçu, seulement de perdre le réconfort de la musique quand la batterie sera bientôt à plat.

À l'aise dans le 4 × 4 obscur, dans l'odeur enveloppante de cuir neuf et celle réconfortante de chien mouillé qui sèche, il ne s'intéresse pas beaucoup à ces voyageurs de passage. Il n'a que vaguement conscience d'eux à cause de leurs moteurs rugissants et de leurs déplacements d'air qui soufflettent le transporteur.

Ghost Riders in the Sky est suivi de *Cool Water*, une chanson qui parle d'un cowboy et de son cheval mourant de soif pendant leur traversée d'une étendue de sable désertique et brûlante. À *Cool Water* succède un torrent de publicités, rien qu'on puisse accompagner en chantant.

En regardant par la vitre côté conducteur, le garçon voit passer en un éclair un véhicule familier ; il roule plus vite qu'il ne faisait quand le chien et lui étaient à l'arrière, parmi les couvertures de cheval et les selles. Sa cabine blanche porte une rampe de projecteurs sur le toit. Sa bâche noire protège la plate-forme. Ça semble être le camion, garé le long de la route de comté solitaire près de la ferme Hammond, il y a moins de vingt-quatre heures. Bien entendu, ce véhicule n'est pas unique. On doit en utiliser des centaines du même genre dans les ranches à travers tout l'Ouest.

Pourtant, son instinct persiste et signe : ce n'est pas simplement un camion similaire, c'est le même. Le chien et lui ont abandonné ce sanctuaire roulant, peu après l'aube, à l'ouest de Grand Junction, quand le chauffeur et son collègue se sont arrêtés pour refaire le plein et petit-déjeuner.

Cet auto-transporteur est leur troisième refuge sur roues depuis l'aube, trois moyens de transport en une seule journée qui les a vus ricocher à travers l'Utah avec l'imprévisibilité d'une boule de flipper. Après tout ce temps et étant donné la nature sans but de leur périple, la probabilité d'une rencontre fortuite avec le camion chargé de sellerie est mince, sans être au-delà du domaine du possible. Cependant, une coïncidence révèle souvent un motif qui resterait caché autrement. Son esprit résiste à ce que lui souffle son intuition péremptoire : il ne s'agit pas d'un hasard, mais d'un élément de la tapisserie complexe au centre de laquelle figurent sa capture et son assassinat.

La cabine luit aussi blanche que les os d'un crâne. Un coin détaché de la bâche noire claque, on dirait la robe de la Camarde. Le camion passe trop vite pour que le garçon distingue qui est au volant ou s'il y a un passager, armé d'un fusil de chasse. À supposer qu'il ait aperçu deux types coiffés de chapeaux de cowboy, il ne serait pas certain pour autant que ce sont ceux qui l'ont conduit hors des montagnes vers l'ouest, *via* Grand Junction. Il n'a jamais vu nettement leurs visages. De toute façon même s'il les avait reconnus, il était très possible qu'ils n'aient plus rien de cavaliers inoffensifs transportant des selles décorées à un rodéo ou aux arènes d'un spectacle. Peut-être, sont-ils devenus des mailles du filet qui se referme sur lui, passant au tamis la mer asséchée du désert pour retrouver l'unique survivant du massacre du Colorado.

À présent, ils ont disparu dans la nuit, inconscients d'être passés à quelques mètres de lui – ou bien conscients de sa présence et prévoyant sa capture lors d'un barrage routier en amont.

Le chien se roule en boule sur le siège passager, le menton posé sur la console, l'affichage lumineux de la radio se reflétant dans ses yeux. Caressant la tête du cabot, d'abord derrière l'une de ses oreilles pendantes, puis l'autre, le garçon apeuré se réconforte au contact soyeux et chaud du pelage de son ami, réprimant avec succès un accès de panique, sans être capable toutefois de chasser entièrement un froid intérieur.

Le voilà l'individu le plus recherché dans cet Ouest de légende, le fugitif traqué avec le plus d'acharnement de tout le pays. Un pouvoir très fort se dresse contre lui, et d'impitoyables chasseurs fourmillent dans la nuit.

Une voix mélodieuse s'élève de la radio, retraçant l'histoire d'un *poor lonesome cowboy* et de sa bonne amie restée là-bas, au Texas, mais le garçon n'est plus d'humeur à reprendre en chœur la chanson.

9.

Des dames blanches, des pies-grièches déchirant leur proie empalée, des meutes de coyotes dans la fièvre de la chasse, des loups-garous malheureux sous la lune n'auraient pas poussé cris plus glaçants que ceux qui arrachèrent ces mots « la vieille Sinsemilla » à Leilani, et qui attirèrent Micky sur le seuil de la caravane.

Une fois franchie la porte, descendues les trois marches en ciment, Micky s'avança avec précaution sur la pelouse, dans les dernières traînées magenta du crépuscule. Sa prudence ne l'arrêta pas toutefois, car elle était certaine que quelqu'un souffrait horriblement et avait besoin d'une aide immédiate.

Dans la cour voisine, derrière la barrière effondrée, une silhouette en blanc se débattait dans l'obscurité, entre chien et loup, comme si elle avait pris feu et cherchait frénétiquement à éteindre les flammes. Sauf qu'on ne voyait nulle part la moindre flammèche. Une idée folle traversa la cervelle de Micky. Des abeilles tueuses auraient pu pousser la silhouette hurlante à tournoyer avec un tel affolement. Le soleil couché, cependant, l'heure des abeilles était passée, même si le sol recuit rayonnait encore de la chaleur emmagasinée. En outre, l'air ne vibrait pas du bourdonnement furieux d'un essaim.

Micky jeta un coup d'œil vers la caravane, au seuil de laquelle la silhouette de Leilani se découpait sur la faible lueur des bougies.

— J'ai pas encore pris mon dessert, lança la fillette avant de disparaître.

L'apparition dans la cour obscure voisine cessa de glapir. Mais, dans un silence aussi déconcertant que ses cris, elle continua ses contorsions en frappant l'air. Sa robe d'un blanc diaphane se gonflait et tourbillonnait comme s'il s'agissait d'un fantôme survolté n'ayant pas la patience d'adopter l'allure étrange et sinistre, mais assommante, propre aux manifestations surnaturelles de la tradition.

Quand elle arriva à la barrière branlante, Micky s'aperçut que cette âme en peine était bien d'ici-bas et non de l'Au-delà. Pâle et flexible, la femme virevoltait, se pâmait et se redressait pour mieux tourbillonner, pieds nus dans l'herbe flétrie. Au fond, elle ne semblait pas souffrir physiquement. Il était tout aussi possible qu'elle fût en train d'évacuer un excès d'énergie par cette danse endiablée, qu'en proie à une crise spasmodique quelconque.

Elle portait une longue combinaison en soie ou en mousseline couverte de broderies élaborées, dont les larges bretelles, le corselet et l'ample volant de la jupe étaient ornés de dentelle. Un vêtement non seulement démodé, mais vieux et dépourvu du côté féminin actuel, genre « baise-moi jeune homme », en revanche imprégné de la féminité post-victorienne, à fanfreluches. Micky s'imagina qu'il était resté dans une malle au fond d'un grenier, pendant des décennies.

La femme, qui expirait de façon explosive et inspirait par saccades allait droit à l'épuisement. Que ce soit sous l'effet d'une crise de folie ou du fandango.

— Ça va ? lui demanda Micky, longeant la barrière vers sa partie effondrée.

La danseuse émit un gémissement pathétique, le son craintif qu'un pauvre chien pousserait dans une cage à la fourrière. Mais ce n'était apparemment ni une réponse ni l'expression d'une douleur physique.

Les piquets abattus craquèrent en cliquetant sous les pas de Micky qui pénétra sur le terrain mitoyen. Tout à coup la derviche se laissa tomber sur la pelouse avec la grâce d'un pantin désarticulé, dans un froissement de volants.

Micky accourut et s'agenouilla à côté d'elle.

— Qu'est-ce qui se passe ? Ça va ?

La femme gisait, prostrée, le haut du corps légèrement soulevé sur ses avant-bras frêles, la tête pendante. Son visage frôlait le sol, dissimulé par des cascades de cheveux lustrés qui paraissaient blancs sous l'effet conjugué de la lune et du violet du crépuscule qui s'estompait, mais correspondant sans doute à la nuance de blond de Leilani. Sa respiration était rauque et sifflante ; chacune de ses expirations difficiles ébouriffait sa masse de cheveux.

Après avoir hésité, Micky posa une main consolante

sur l'épaule de Mme Maddoc. Cette dernière, parcourue de tremblements, ne réagit pas plus à ce contact qu'elle ne l'avait fait à ses questions. Restant près de l'affligée, Micky aperçut Geneva derrière la barrière. Debout à la porte du mobile home, sur la dernière marche, elle regardait. Leilani était à l'intérieur. En porte à faux, tante Gen agitait gaiement la main, comme si la caravane était un paquebot s'éloignant du quai pour une longue croisière.

Micky lui rendit son salut, sans que son geste l'étonne. Au bout d'une semaine chez Geneva, elle avait déjà adopté dans une large mesure l'attitude de sa tante face aux mauvaises nouvelles et aux coups durs du destin. Non seulement Gen endurait l'infortune avec une résignation stoïque, mais elle l'accueillait avec une sorte d'amusement ; devant l'adversité, elle refusait de s'appesantir ou même de se lamenter, résolue à la recevoir comme une grâce déguisée dont les bienfaits, inespérés, se manifesteraient en temps voulu. La Micky normale s'imaginait que cette façon d'aborder épreuves et calamités fonctionnait mieux si on vous avait tiré dans la tête et si on confondait le cinéma sentimental avec le réel. En revanche, la nouvelle Micky en mutation puisait non seulement du réconfort mais aussi de l'inspiration dans ce zen à la Gen. Ce fut celle-là qui répondit à sa tante.

Geneva agita la main à nouveau, avec plus d'exubérance encore, mais avant que Micky ne s'embarque dans un numéro à la Abbott et Costello, fondé sur la gestuelle davantage que sur la parole, la femme écroulée à côté d'elle se mit à pousser de pitoyables gémissements. D'abord faibles, ils s'enflèrent peu à peu d'une affreuse détresse avant de se dissoudre en larmes – non des larmes distinguées d'une jeune fille mélancolique, mais d'atroces sanglots.

— Qu'est-ce qu'il y a ? Que puis-je ? s'inquiéta Micky, qui n'espérait plus de réponse cohérente ni même de réponse tout court.

Une lueur orange, tamisée, rougeoyait dans le mobile home des Maddoc, moins accueillante qu'une sinistre flammerole de feu follet menaçant.

— Sorcière au balai dans le cul, salope de sorcière, diablesse, harpie, qui descends de la lune avec mon nom sur la langue, si tu crois que tu vas me jeter un sort en devinant pile poil mon nom, ça ne se passera pas comme ça, personne n'est mon patron, personne ne le sera. Ni par magie, ni par l'argent, ni par la force, ni par la loi, ni par la médecine, ni par douces paroles, personne ne sera *JAMAIS* mon patron !

Devant ce flot d'insanités et la violence explosive de cette furibonde, Micky comprit qu'il ne lui restait qu'à battre en retraite en silence. Et elle recula en levant un genou après l'autre dans l'herbe piquante.

La manœuvre, malgré la concession qu'elle représentait, enflamma Sinsemilla, qui se releva avec une telle agitation qu'on aurait dit qu'elle battait l'air pour y parvenir. Le volant de la jupe fouetta ses jambes, sa chevelure se tordit comme les boucles mortelles d'une Méduse enragée. Dans sa furieuse ascension, elle souleva un nuage de poussière âcre et d'herbe sèche pulvérisée par un été de soleil écrasant. Entre ses dents serrées qui réduisaient les consonnes fricatives à un sifflement elle cracha :

— Harpie, salope de sorcière, graine de démon, tu ne me fais pas peur !

Micky, qui s'était remise debout, tandis que Sinsemilla se relevait en virevoltant, obliqua vers la barrière, répugnant à tourner le dos à cette voisine du mauvais côté de l'Enfer.

Un nuage déroba la lune d'argent et l'empocha. Alors que l'ultime ampoule de lumière livide crevait sous le joug de la nuit, à l'horizon, Micky entrevit une ressemblance suffisante entre cette folle et Leilani pour se convaincre contre son gré qu'elles étaient bien mère et fille. Du bois craqua sous ses pieds, elle sentit un piquet et comprit qu'elle avait trouvé la brèche de la barrière. Malgré son envie de baisser les yeux, de crainte de trébucher sur les poteaux, elle garda son attention fixée sur son imprévisible voisine.

La colère parut abandonner Sinsemilla aussi vite qu'elle s'était emparée d'elle. Rajustant les bretelles de sa longue combinaison, elle saisit la jupe ample des deux mains et la secoua comme pour en faire tomber des brins d'herbe sèche. Elle rejeta ses longs cheveux en arrière, ce qui dégagea son visage, les laissant s'éparpiller sur ses pâles épaules. Cambrant l'échine, dodelinant de la tête, étendant les bras, la femme s'étira aussi langoureusement qu'un dormeur au sortir d'un rêve délicieux.

Parvenue à une distance qu'elle jugea sans danger, trois mètres environ au-delà de la barrière, Micky s'arrêta pour observer la mère de Leilani, à demi tétanisée par son comportement bizarre.

Tante Gen l'appela de la porte :

— Micky chérie, le dessert est servi, alors ne tarde pas.

Et elle rentra.

Se repentant de son larcin, le nuage restitua la lune volée et Sinsemilla leva ses bras frêles vers le ciel comme si la clarté lunaire lui inspirait de la joie. Le visage renversé pour qu'il fût baigné des rayons d'argent, elle tourna lentement sur place avant d'élargir le cercle. Elle se mit bientôt à danser, balayant le sol d'un pas léger et gracieux, comme au rythme d'une valse lente qu'elle seule entendait, le visage levé vers la lune comme si l'astre était un prince qui la tenait, admiratif, dans ses bras.

Sinsemilla laissa échapper de brefs trilles joyeux, qui n'avaient rien du rire crispé ou fou, auquel Micky aurait pu s'attendre. C'était une gaieté enfantine, douce et musicale, presque timide.

En un instant, le rire s'estompa et la valse se termina. La femme autorisa son partenaire invisible à la raccompagner jusqu'aux marches de sa porte, où elle prit place dans un tourbillon de broderies froissées, telle une écolière d'une autre époque escortée jusqu'à l'une des chaises au bord de la piste de danse d'un grand bal.

Oubliant Micky, Sinsemilla, les coudes appuyés sur les genoux, le menton dans ses mains, contemplait le ciel étoilé. Elle avait tout d'une jeune fille rêveuse, fantasmant sur le véritable amour ou pleine d'émerveillement devant l'immensité de la création.

Puis, se masquant le visage de ses doigts en éventail, elle pencha la tête. Sa nouvelle crise de pleurs, contenue, était d'une mélancolie inexprimable, si calme que sa lamentation dériva jusqu'à Micky comme celle d'un vrai fantôme : le son ténu d'une âme piégée dans le vide étroit entre les membranes de ce monde et de l'autre.

Agrippée à la rampe, Sinsemilla se leva du perron en vacillant. Elle regagna la lumière de l'horloge, les ombres de sa cuisine et la lueur rougeâtre du feu follet, au-delà.

Micky se frotta les genoux de ses paumes, ôtant les brins piquants d'herbe sèche collés à sa peau. La chaleur aoûtienne, tel le bouillon d'un chaudron de cannibale, continuait à distiller chez elle une fine transpiration et la soirée calme n'avait pas de brise pour rafraîchir cette soupe estivale.

Si la peau peut brûler, il existe un thermostat dans l'esprit. Mickey fut parcourue d'un frisson assez glacé pour geler les gouttelettes de sueur de son front.

Leilani est morte ou tout comme.

À peine l'idée troublante l'eut-elle effleurée, qu'elle l'écarta. Après tout, elle avait aussi grandi dans une famille épouvantable. Son père l'avait abandonnée, la livrant à une mère cruelle, incapable d'aimer, et malgré les sévices psychologiques et physiques qu'elle avait subis, elle avait survécu. Pour horrible que fût la situation de Leilani, elle n'était pas plus grave que celle de Mickey dans son enfance, différente seulement. Les épreuves forgent ceux qu'elles ne brisent pas et déjà, à neuf ans, Leilani était manifestement indestructible.

Micky n'en redoutait pas moins de retourner dans la cuisine de Geneva où attendait la fillette. Si Sinsemilla avec son côté baroque échevelé n'était pas une invention, alors quid de son meurtrier de beau-père, le Dr Fatalitas, et de ses onze victimes ?

Hier, dans cette même cour, alors que Micky se faisait rôtir dans la chaise longue, amusée et quelque peu déboussolée par sa première rencontre avec la soi-disant dangereuse mutante, Leilani avait tenu des propos étranges. À présent, l'un d'eux faisait écho dans sa mémoire. La fillette avait demandé à Micky si elle croyait à la vie après la mort et quand Micky lui avait retourné la question, elle lui avait répliqué simplement *j'ai intérêt*. Sur le moment, la réponse lui avait paru bizarre, bien que dépourvue de signification inquiétante. En y repensant, ces quatre mots étaient plus lourds qu'aucun des trains de marchandises dans lesquels Micky avait imaginé s'enfuir quand, alors qu'elle était insomniaque en d'autres temps et d'autres lieux, ils fendaient la nuit avec leur fracas rythmique et leurs coups de sifflet funèbres.

Ici et maintenant, la chaude nuit d'août. La lune. Les étoiles et les mystères au-delà. Pas de train de l'évasion pour Leilani et peut-être aucun pour Micky elle-même.

Tu crois à la vie après la mort ?

J'ai intérêt.

Quatre femmes âgées, trois hommes âgés, une mère de deux enfants, âgée de trente ans... un petit garçon de six ans en fauteuil roulant...

Et où était donc Lukipela, le frère de la fillette, auquel elle faisait allusion de si mystérieuse façon ? Était-il la douzième victime de Preston Maddoc ?

Tu crois à la vie après la mort ?

J'ai intérêt.

— Mon Dieu, murmura Micky, que vais-je faire ?

10.

Des quinze tonnes chargés de tout et n'importe quoi, de la lettre A à la lettre Z, des semi-remorques frigorifiques transportant de la crème glacée ou de la viande, du fromage ou des plats surgelés, des pick-up à plateau chargés de tuyaux de béton, d'acier de construction et de traverses de voie ferrée, des autos-transporteurs, des bétaillères, des camions-citernes pleins d'essence et de produits chimiques : des dizaines de mastodontes roulant, tous phares éteints mais les plafonniers des cabines et les feux de position allumés, encerclent les pompes à peu près comme les stégosaures, les brontosaures herbivores et des hordes de théropodes carnivores avaient, il y a des éternités de cela, encerclé de trop près les marécages traîtres qui les avaient engloutis par milliers, sinon par millions. Grondant-tonnant-sifflant-haletant, chaque poids lourd attend de communier avec le pistolet du tuyau, se ravitaillant de distillats marécageux de deux cents millions d'années.

C'est ainsi que l'orphelin comprend la théorie communément admise des dépôts bitumeux en général et des gisements de pétrole en particulier, telle qu'on l'expose partout, des manuels scolaires à Internet. Pourtant, même s'il trouve l'idée du passage des dinosaures au diesel assez loufoque pour avoir été d'abord développée par un timbré ou une autre vedette d'asile d'aliénés, il n'en est pas moins excité par le spectacle de tous ces super camions rassemblés devant les pompes dans un remue-ménage aveuglant et une puanteur de gaz d'échappement, ici au beau milieu d'un désert par ailleurs obscur, silencieux et presque sans odeur.

De sa cachette à bord de l'Explorer, à l'étage inférieur de l'auto-transporteur, il observe des hommes et des femmes qui s'occupent activement de leurs véhicules. Certains, hauts en couleur, portent des bottes fabriquées main et des Stetson, des vestes en jean cloutées et brodées. D'autres ont des T-shirts arborant le sigle de produits autos, d'en-cas à emporter, de bières ou de bars paumés d'Omaha, de Santa Fe, d'Abilene, de Houston, de Reno, de Denver.

Se désintéressant de ce branle-bas, nullement excité – comme le garçon – par le romantisme du voyage et le mystère des lieux exotiques qu'incarnent ces Gitans d'hyper grands axes, le chien, roulé en une boule compacte sur le siège passager, ne dort que d'un œil.

Le réservoir plein, l'auto-transporteur s'éloigne des pompes mais, au lieu de regagner l'autoroute, le chauffeur se dirige vers un immense parking, apparemment dans l'intention de s'arrêter pour dîner ou se reposer.

C'est le plus grand relais que le garçon ait jamais vu, avec motel tentaculaire, parking pour camping-car, restau, boutique souvenirs et à en croire un panneau routier entrevu plus tôt un « choix complet de services », quoi que cela englobe. Sans être jamais allé dans une fête foraine, il s'imagine que l'endroit le fascine autant que le ferait un parc d'attractions. L'instant d'après, ils croisent un véhicule familier garé sous le cône de lumière jaune d'un lampadaire. Il est plus petit que les énormes camions qui se trouvent côte à côte sur le macadam. Cabine blanche, bâche noire. Le camion de sellerie du Colorado. Lui, qui quelque secondes plus tôt, avait hâte d'explorer l'endroit, n'a plus qu'une envie maintenant – celle de se remettre en route au plus vite.

Le transporteur vire dans un vaste espace entre deux énormes camions. Les freins à air comprimé couinent et soupirent. Le grondement du moteur s'arrête. Après que les attelages jumeaux d'Explorer ont légèrement bougé dans leurs traces, tels des chevaux endormis brièvement tirés de leurs rêves de doux pâturages, le silence qui s'installe est plus profond que tous ceux que le garçon a entendus depuis les hautes prairies du Colorado.

Alors que la flaque noire et blanche sur le siège passager reprend l'aspect indéniable d'un chien qui se redresse pour vérifier le nouvel état des choses, le garçon dit avec inquiétude :

— Faut qu'on fiche le camp.

En un sens, la proximité de ceux qui le recherchent n'a

pas d'importance. La probabilité d'être appréhendé dans les minutes qui suivent serait tout aussi grande s'il se trouvait à des milliers de kilomètres de là. Sa mère lui avait souvent affirmé que si on est intelligent, malin et audacieux, on arrive autant à se cacher à découvert que dans l'abri le plus écarté et le mieux camouflé. L'éloignement géographique n'est en rien la clé de la survie. Seul le temps compte. Plus longtemps, il reste en liberté et caché, moins il devient plausible qu'on le découvre un jour.

La possibilité que les chasseurs soient *ici même* n'en reste pas moins déconcertante. Cette proximité le rend nerveux et, dans ce cas, il est bien moins intelligent, moins malin, moins audacieux. Alors ils le trouveront. Ils le *reconnaîtront*, qu'il soit à découvert ou caché dans une grotte à mille pieds sous terre. En hésitant, il ouvre la portière conducteur et se faufile hors du 4 × 4 et sur la plate-forme du transporteur. Il est tout ouïe. N'étant cependant pas un chasseur, il ne sait pas exactement quoi écouter. Ce qui se passe près des pompes se traduit par un grommellement lointain. De la musique *country* étouffée, oscillant entre faible et faiblarde, ponctue la nuit de son enchantement, équivalent terrien de l'irrésistible chant des sirènes qui planait sur une mer ensevelie de nuit avec sa promesse d'une compagnie merveilleuse.

La plate-forme à rampe de l'auto-transporteur n'est guère plus large que l'Explorer, trop étroite pour permettre au chien d'atterrir sans dommage après avoir sauté du siège passager qu'il occupe en ce moment. En fait, s'il s'est précipité du toit de la véranda de la ferme Hammond, le cabot devrait y arriver du camion, en évitant les montants verticaux des étages, et bondir vers le parking. Mais s'il est assez agile pour réussir cette prouesse, il lui manque l'assurance. De son perchoir, le chien regarde en bas, penche la tête à gauche, puis à droite, émet un gémissement craintif, pathétique, qu'il réprime comme conscient de la nécessité d'être discret et scrute son maître d'un air suppliant.

Le garçon extirpe le chien de l'Explorer comme, plus tôt, il l'avait soulevé pour le faire entrer, au prix de considérables contorsions. Il chancelle mais garde l'équilibre puis dépose son fardeau hirsute sur la plate-forme. Pendant que le garçon referme la portière de l'Explorer, le bâtard s'avance à pas feutrés, en suivant la plate-forme à rampe. Il gagne l'arrière du camion. Et il y attend son maître qui ne tarde pas à le rejoindre.

Il a les oreilles dressées, la tête levée, le nez froncé. La queue, hérissée d'habitude en fier plumet, est basse. Pour domestiqué qu'il soit l'animal n'en est pas moins chasseur, contrairement au garçon, et doté d'un instinct de survie. Il faut prendre au sérieux sa prudence. À l'évidence, une odeur menaçante, à tout le moins suspecte, flotte dans la nuit.

Pour le moment, aucun véhicule n'entre dans le parking, ni n'en sort, et aucun routier n'est en vue sur les hectares d'asphalte. Bien qu'environ deux cents personnes se trouvent dans les parages, l'endroit semble aussi désolé qu'un cratère lunaire. En provenance de l'ouest, du désert, s'élève une légère brise tiède, porteuse de l'odeur de silicate du sable et de la faible fragrance alcaline des plantes vivaces qui poussent sur les terres desséchées.

Le garçon se souvient de sa maison qu'il ne reverra sans doute jamais. La nostalgie agréable qui monte en lui se gonfle trop vite d'une bouffée de mal du pays, et lui rappelle inéluctablement l'atroce disparition de sa famille. Il se met à tanguer comme si le chagrin déferlant dans son cœur le terrassait physiquement.

Pas maintenant. Il est exclu de pleurer maintenant. La survie passe avant tout. Il peut presque entendre l'esprit de sa mère lui conseillant de se maîtriser et de réserver le chagrin pour des temps plus cléments.

Le chien semble répugner à bouger comme si les ennuis rôdaient partout alentour. Il enroule sa queue, de plus en plus basse, autour de sa patte arrière droite.

Motel et restoroute sont hors de vue, à l'est, au-delà des rangées de véhicules garés, signalés par le halo embrasé du néon rouge. Le garçon en prend la direction. Le cabot devient peu à peu le frère psychique de son maître en même temps que son meilleur ami. Secouant son hésitation, il trottine à côté du garçon.

— Bon chien, lui murmure ce dernier.

Ils passent derrière huit semi-remorques ; à hauteur du neuvième, un grondement sourd du chien fait s'immobiliser le garçon. Même si l'anxiété soudaine de l'animal n'a pas été assez forte pour se communiquer à lui, le plus proche des lampadaires procure une lumière jaunâtre suffisante pour révéler son poil hérissé. Le chien scrute quelque chose dans la pénombre huileuse sous le gros camion. Au lieu de se remettre à grogner, il lève les yeux vers le garçon et geint d'un ton suppliant.

Se fiant à la sagesse de son frère-en devenir, le garçon tombe à genoux, s'appuie d'une main contre le poids lourd et scrute la flaque d'obscurité. Il ne distingue rien dans la pénombre si ce n'est les jeux parallèles de pneus.

Puis un mouvement lui tire l'œil, pas directement sous le camion mais le long de son flanc, dans l'intervalle éclairé entre ce véhicule et le suivant. Une paire de bottes de cow-boy, un blue-jean fourré à l'intérieur : quelqu'un marche près du semi-remorque, approchant de l'arrière où le garçon est agenouillé. Sans doute est-ce un routier quelconque, inconscient de la chasse au gamin, menée discrètement mais avec de grands moyens et empressement à travers l'Ouest. Il revient probablement d'un dîner tardif avec un Thermos plein de café frais, prêt à reprendre la route.

Une autre paire de bottes suit la première. Deux hommes, donc. Aucun d'eux ne parle, tous deux avancent en sachant où ils vont.

Des routiers quelconques, peut-être ou peut-être pas.

Le jeune fugitif se plaque au sol et se faufile sous le poids lourd. Le chien rampe près de lui dans sa cachette. Ils se pelotonnent l'un contre l'autre, tournant la tête pour voir passer les bottes ; le garçon est étrangement excité de se retrouver dans une situation qu'il a rencontrée dans tous les récits d'aventures qu'il adore.

Bien entendu, son excitation ne ressemble pas à celle qu'il éprouve quand il accomplit de tels exploits par procuration, au fil des pages d'un livre. Les jeunes héros des récits d'aventure, de *l'Île au trésor* au *Miroir d'ambre*, ne sont jamais étripés, décapités, démembrés méthodiquement ni immolés – un sort auquel il s'attend avec trop de lucidité pour se laisser imprégner par la vaillance traditionnelle de ces livres de garçon. Il y a de la nervosité dans son excitation, une tension, un côté sombre, dont Huckleberry Finn pouvait se passer. C'est un garçon néanmoins, il est donc programmé par la nature pour être galvanisé par des événements qui mettent son courage, sa force d'âme et son intelligence à l'épreuve.

Les deux hommes atteignent l'arrière, où ils font halte, évidemment pour examiner le parking, faute d'avoir un souvenir précis de l'endroit où ils ont laissé leur engin. Ils gardent le silence, comme à l'affût de bruits révélateurs que seuls des chasseurs nés sont capables de percevoir et interpréter correctement.

Malgré sa fatigue et indifférent à la chaleur de la nuit, le chien ne halète pas et reste étendu sans bouger, contre le flanc de son maître.

Bon chien.

Porteuse de nostalgie, parfumée des senteurs du désert qui rappellent sa maison au garçon, la brise sert aussi de balai à l'asphalte, poussant nuages de poussière, tortillons arachnéens d'herbe sèche et fragments de détritus. Avec un doux bruissement, un morceau de papier froissé tourbillonne paresseusement sur la chaussée avant de venir s'immobiliser devant l'une des bottes. Le parking est assez vivement éclairé pour qu'à quelques mètres de lui, le garçon s'aperçoive que cette immondice a de la valeur : un billet de cinq dollars.

Si l'inconnu se penche pour le ramasser, il pourrait jeter un coup d'œil sous le camion...

Non. Même si l'homme pose un genou à terre au lieu de se pencher simplement, sa tête sera encore bien au-dessus du châssis du camion. Il ne surprendra pas par inadvertance les formes d'un gamin et d'un chien tapis dans l'ombre projetée par le poids lourd.

Après avoir tremblé au bout de la botte, le billet de cinq dollars se libère... et tourbillonne sous le camion. Dans la pénombre, le garçon perd la trace du billet. Il garde les yeux fixés intensément sur les bottes de cow-boy. Un des deux individus va sûrement faire au moins une tentative sans conviction pour rechercher les cinq dollars envolés.

Dans la plupart des livres de garçon du monde entier, comme dans ceux pour adulte, l'aventure comprend toujours un trésor. Le globe tourne sur un axe d'or, à en croire le pirate à jambe de bois et perroquet apprivoisé d'une de ces histoires.

Aucun des deux propriétaires de bottes ne semble pourtant intéressé par le billet froissé. Toujours sans échanger une parole, ils s'éloignent du camion. La possibilité que ni l'un ni l'autre n'aient remarqué l'argent est mince. En se désintéressant de ces cinq dollars, ils ont révélé leur vraie nature. Ils sont à la recherche de quelque chose de plus important qu'un trésor et ne s'en laisseront pas distraire.

Les deux hommes s'éloignent de l'arrière du semi-remorque en direction de l'ouest – à peu de chose près vers l'auto-transporteur.

Le garçon et son compagnon rampent plus profondément sous le camion, vers la cabine, puis s'extirpent de leur abri et se retrouvent dans l'intervalle entre ce camion et le suivant, là où ils avaient d'abord repéré les bottes de cowboy. Ayant arraché de façon évidente un petit trésor aux dents de la brise du désert, le chien tient le billet de cinq dollars dans sa gueule.

— Bon chien.

Le garçon lisse le billet entre ses mains, le plie et le fourre dans une poche de son jean. La maigre provende ne les mènera pas loin, et ils ne peuvent espérer que le vent leur amènera de l'argent chaque fois qu'ils en auront besoin. Pour l'instant, cependant, l'humiliation de commettre un nouveau larcin leur est épargnée.

Peut-être est-ce un sentiment que les chiens n'éprouvent pas. Le garçon, qui n'en a jamais eu, ne les connaît que par les films, les livres et quelques contacts fortuits. Pour l'heure, celui-ci halète car cela ne les met plus en danger, et il se rengorge encore des deux éloges. C'est un vaurien, un fripon. Il adore jouer et vit selon les simples règles des bêtes sauvages.

En devenant frères, ils s'influenceront. Peut-être le chien sera-t-il aussi facilement humilié que son maître, et aura-t-il la même appréhension de la mort omniprésente – triste perspective. Et le garçon suppose qu'au cours de cette fuite éperdue, solitaire et probablement longue pour conserver la liberté, il devra, quant à lui, éviter de trop ressembler à un chien féroce enclin à agir avec témérité.

Sans aucune honte le cabot s'accroupit et arrose le macadam.

Le garçon se promet que faire ses besoins en public est un comportement qu'il n'adoptera jamais, en dépit du degré de sauvagerie que le chien pourrait lui inspirer.

Mieux vaut bouger.

Les deux hommes silencieux, qui se sont dirigés vers l'auto-transporteur, ne seront pas les seuls prédateurs à rôder dans la nuit. Se déplaçant furtivement parmi les camions, restant autant que possible loin des allées du parking, le chien vigilant toujours à son côté, il opte pour un parcours indirect, comme s'il cherchait son chemin dans un labyrinthe vers la promesse du néon rouge.

Le mouvement lui donne confiance, et la confiance est essentielle pour conserver un déguisement avec succès. De plus, on brouille les pistes en bougeant et cela correspond à un camouflage. Encore un exemple de la sagesse maternelle.

Se trouver parmi des gens est aussi salutaire. La foule distrait l'ennemi – pas beaucoup mais assez parfois pour que ça compte – et procure un effet écran grâce auquel un fugitif peut, avec de la chance, passer inaperçu.

Le parking pour les poids lourds en jouxte un autre réservé aux voitures. Ici, le garçon est plus exposé que parmi les gros camions. Il avance plus vite et plus hardiment, s'élançant directement vers le « choix complet de services » qui sont fournis dans un complexe de structures plus éloignées de la route que les aires de service et les pompes à essence.

Au-delà des larges baies du restau, les voyageurs bouffent allègrement. En les voyant, le garçon se rappelle qu'il s'est écoulé un temps fou depuis le cheeseburger froid qu'il a avalé dans l'Explorer.

Le chien gémit de faim.

En quittant la chaleur de la nuit pour l'agréable fraîcheur du restau où des effluves alléchants lui ouvrent aussitôt l'appétit, le garçon s'aperçoit qu'il sourit aussi largement que le chien.

Le chien, non pas le sourire, attire l'attention d'une femme en uniforme, debout derrière un pupitre d'hôtesses d'accueil. Menue et jolie, elle parle avec un drôle d'accent traînant mais elle se révèle aussi redoutable qu'une gardienne de camp de prisonniers quand elle entreprend de lui bloquer le passage.

— Mon agneau joli, je dois reconnaître que ce n'est pas un établissement cinq étoiles, ici, mais on en refuse encore l'accès aux pitres va-nu-pieds et quadrupèdes en tout genre, pour mignons qu'ils soient.

Le garçon, n'étant ni un clown ni pieds nus, comprend, après un bref moment de confusion, qu'elle parle du chien. En surgissant dans le restaurant avec un animal, il a attiré l'attention sur lui au moment où c'est le plus risqué.

— Pardon, m'dame, s'excuse-t-il.

Battant en retraite vers l'entrée, le chien consterné à son côté, il se rend compte qu'on le dévisage. Une serveuse souriante. La caissière, qui le regarde par-dessus ses lunettes demi-lune. Un client en train de régler son addition. Aucun ne semble le soupçonner, ni être l'un des poursuivants qui le traquent implacablement. Heureusement, cette bourde ne causera pas sa perte.

De retour à l'extérieur, il ordonne au chien de s'asseoir. Le cabot se poste avec obéissance près de la porte du restaurant. Le garçon s'accroupit devant lui, le cajole, le gratte derrière les oreilles en lui tenant ce langage :

— Tu vas m'attendre ici. Je reviens avec de quoi manger.

Un homme les domine de toute sa hauteur – avec une barbe noire luisante, coiffé d'une casquette verte, le mot CAMIONNEUR en lettres jaunes au-dessus de la visière – ce n'est pas le client qui était à la caisse, mais un autre prêt à entrer dans le restaurant.

— Un bien beau remueur de queue que t'as là, lui dit le camionneur et le chien l'agite avec obligeance, balayant le coin d'asphalte sur lequel il est assis. Comment tu t'appelles ?

— Curtis Hammond, répond-il sans hésiter, se servant du nom du garçon dont il porte les vêtements. Et il se demande aussitôt si c'est une bonne idée.

Le meurtre de Curtis Hammond et de ses parents remonte à moins de vingt-quatre heures. Si à l'heure actuelle, les autorités du Colorado ont compris que l'incendie de la ferme était criminel et si les autopsies ont révélé que les trois victimes ont été agressées sauvagement, torturées peut-être, tuées avant la mise à feu, alors on a dû diffuser largement leur noms sur les ondes, aux infos.

Cela n'a pas l'air de dire quoi que ce soit au routier barbu, qui n'est peut-être que ce qu'il paraît, à moins que ce ne soit la Mort avec du poil au menton.

— Curtis Hammond. Quel drôle de nom pour un chien, fait-il remarquer.

— Ah ouais, mon chien, lâche le garçon, qui se sent stupide et lamentable d'avoir foiré dans sa tentative de passer pour n'importe qui.

Il n'a pas une seule fois songé à baptiser son compagnon à quatre pattes, sachant que, dès qu'il serait plus étroitement « lié » à l'animal, il ne lui donnerait pas n'importe quel nom, mais *exactement le bon*. Privé de cette possibilité, il gratte le chien sous le menton et puise son inspiration dans un film :

— Il s'appelle Fidèle Vagabond.

Amusé, le camionneur agite la tête :

— Tu me fais marcher, petit ?

— Non, m'sieur. Pourquoi j'ferais ça ?

— À quoi ça rime d'appeler cette beauté Fidèle Vagabond quand elle n'a pas un poil jaune du museau au bout de la queue ?

Confus de bafouiller, alors que l'homme s'exprime d'un ton calme et absolument pas menaçant, le garçon essaie de rattraper sa gaffe.

— Eh bien, m'sieur, la couleur n'a rien à y voir. On aime le nom parce que c'est le vieux chien le plus chouette du monde, comme le Fidèle Vagabond du film.

— Pas tout à fait, réfute le routier. Fidèle Vagabond était un mâle. Cette charmante dame noire et blanche ici présente ne doit plus s'y retrouver de temps en temps, si on lui donne un nom de mâle et une couleur qu'est pas la sienne.

Jusque-là, le garçon ne s'est pas beaucoup préoccupé du sexe du chien. *Idiot, idiot, idiot.*

Il se souvient du conseil de sa mère : pour se faire passer pour quelqu'un qu'on n'est pas, il faut surtout avoir confiance en soi. Envers et contre tout. Car le moindre signe de timidité ou de doute fragilise le déguisement. Il ne doit pas se laisser démonter par la dernière remarque du camionneur.

— On n'y a pas pensé comme à un nom de mâle ou de femelle, explique le garçon, encore nerveux, mais ravi de son aisance grandissante, qui s'améliore quand il fixe son attention sur le cabot au lieu de lever les yeux vers son interlocuteur. N'importe quel chien peut s'appeler Fidèle, ajoute-t-il.

— Évidemment. Je crois bien que je vais m'acheter une petite chatte et l'appeler Mister Vagabond.

Aucune méchanceté chez ce grand type un tant soit peu corpulent, nul soupçon ni calcul dans ses yeux bleus brillants. Il a l'air du père Noël qui se serait fait teindre.

Raide comme un piquet, le garçon n'en souhaite pas moins que le camionneur déguerpisse, mais il ne trouve pas les mots pour l'y pousser.

— Où sont tes parents, fiston ? lui demande l'homme.

— Je suis avec mon papa. Il est allé nous chercher un en-cas, à l'intérieur pour qu'on ait quelque chose à manger sur la route. On n'a pas voulu laisser entrer notre chienne, vous voyez.

Sourcil froncé, observant l'activité des aires de service et la tranquillité, par contraste, des arpents de véhicules garés, le camionneur l'admoneste :

— Tu devrais pas t'écarter d'ici, fiston. Il y a toutes

sortes de gens dans ce bas monde et certains, on n'a pas envie de les rencontrer la nuit au coin d'un parking désert.

— Bien sûr. Je suis au courant.

La chienne se raidit et dresse l'oreille, comme pour signaler qu'elle est aussi informée de l'existence de tels démons.

Se baissant, sourire aux lèvres pour caresser sa tête de jolie dame, le camionneur reprend :

— Je suppose que tu ne risques rien avec Fidèle Vagabonde, ici présente. Elle arracherait un morceau de gras au premier qui voudrait te faire du mal.

— Oui, c'est ma protectrice, renchérit le garçon.

— Alors ne bouge pas de là, l'avertit le routier.

Après avoir tiré sur la visière de sa casquette verte, à la manière dont, dans les films, un cowboy poli tire parfois sur le bord de son Stetson au lieu de le soulever, en signe de respect pour les dames et autres gens bien, il pénètre finalement à l'intérieur.

À travers la porte vitrée et les baies, le garçon regarde l'hôtesse accueillir le camionneur et l'accompagner à une table. Par bonheur, il s'assied en tournant le dos à l'entrée. Toujours coiffé de sa casquette, il a l'air immédiatement emballé par ce qu'offre le double volet du grand menu.

— Reste là, fifille. Je reviens, dit le garçon à sa fidèle compagne.

Elle soupire doucement comme si elle comprenait.

Là-bas, dans le vaste parking, où cônes de lumière jaunâtre alternent avec goulets d'ombre, on ne voit aucun signe des deux hommes silencieux qui ne s'abaisseraient pas à ramasser cinq dollars. Tôt ou tard, ils reviendront ici, perquisitionneront le restoroute, fouilleront les abords du motel et partout ailleurs où leurs soupçons les porteront, même s'ils ont déjà passé ces endroits au peigne fin. Et si ce ne sont pas les mêmes types, ce seront deux nouveaux. Ou quatre. Ou dix. Ou des légions.

Mieux vaut bouger.

11.

Des parts généreuses de tarte aux pommes maison. De simples assiettes blanches achetées chez Sears. Des sets de table en plastique jaune de chez Wal-Mart. La lumière accueillante de trois bougies non parfumées, acquises avec un lot de vingt et une autres en paquet économique dans une quincaillerie de vente au rabais.

Cette humble décoration de la table de cuisine de Geneva était une bouffée d'air frais de la réalité, chassant les brumes persistantes de la déraison dont la rencontre chaotique avec Sinsemilla avait peuplé la tête de Micky. En effet, le contraste entre Geneva astiquant d'un torchon chaque fourchette à dessert déjà propre avant de la placer sur la table et Sinsemilla valsant sous la lune ressemblait moins à une brise rafraîchissante qu'à la soudaine immersion dans une mer polaire.

Que le monde était devenu singulier si, à présent, vivre avec tante Gen était devenu le critère blanc-bleu de la normalité.

— Café ? demanda Geneva.

— Euh, ouais.

— Chaud ou glacé ?

— Chaud. Mais corse-le, fit Micky.

— Je le corse avec quoi, ma chérie ?

— Du cognac et du lait, répondit Micky.

Aussitôt, Leilani, qui ne buvait pas de café, suggéra « du lait », s'instituant gardienne de la tempérance de Michelina Bellsong.

— Cognac, plus du lait, plus du lait, répéta tante Gen, mémorisant la commande complexe de Micky en versant le café.

— Ah, contente-toi d'une larme d'amaretto, condescendit Micky, tandis que Leilani coupait le *etto* en répétant calmement « du lait ».

En temps normal, rien ne hérissait plus Micky ni ne provoquait plus vite son entêtement que de s'entendre dire qu'elle ne pouvait avoir ce qu'elle voulait, ou qu'elle n'avait pas fait les meilleurs choix dans sa vie ou qu'elle allait fiche en l'air le reste de son existence si elle n'y prenait garde, qu'elle avait un problème d'alcoolisme, de comportement, de motivation à moins que ce ne soit avec les hommes. Dans un passé récent, le murmure insistant plein de bonnes intentions de Leilani à propos du lait aurait actionné le détonateur, pas sur tous les points, mais sur suffisamment d'entre eux pour déclencher une explosion d'une ampleur respectable.

Au cours de l'année écoulée, Micky avait consacré, la nuit, un grand nombre d'heures à l'introspection. Les circonstances où elle se trouvait lui accordant tout le temps nécessaire, elle ne pouvait éviter de jeter quelque lumière dans certains recoins de son cœur. Jusqu'alors, elle avait longtemps résisté à de telles explorations, par peur de découvrir peut-être une maison hantée au fond d'elle-même, occupée par tout et n'importe quoi, des simples fantômes aux croque-mitaines, avec des monstres d'une nature singulière tapis derrière les portes du grenier à la cave. Elle avait trouvé quelques monstres, soit, mais avait été bien plus dérangée en découvrant, dans le manoir de son âme, un très grand nombre de pièces sans meubles, poussiéreuses et pas chauffées. Depuis son enfance, agressivité et entêtement l'avaient défendue de la cruauté de la vie. Elle s'était imaginée défendre seule le château, arpentant sans trêve les remparts, en guerre contre le monde. Mais cet état constant de préparation au combat avait maintenu à l'écart amis et ennemis et l'avait en fait empêchée d'éprouver la plénitude de l'existence, qui aurait rempli ces pièces vides de bons souvenirs pour compenser les mauvais dont les autres étaient encombrées.

Récemment, sa survie affective étant en jeu, elle s'était efforcée de refouler son agressivité et de ne pas dégainer son obstination.

— Rien que du lait, tante Gen, acquiesça-t-elle.

De toute façon, cette soirée n'était pas consacrée à Micky Bellsong. Qu'il s'agisse de savoir ce qu'elle voulait, ou si elle était autodestructrice ou si elle serait capable de retirer son existence du brasier dans lequel elle-même l'avait plongée. La soirée était consacrée à Leilani Klonk, même si tel n'avait pas été le cas au départ, et Micky ne se souvenait pas d'avoir été moins centrée sur ses intérêts, ses besoins – ou ses ressentiments.

La demande de cognac avait été une réaction instinctive à sa rencontre avec Sinsemilla. Au fil des années, l'alcool était devenu une composante fiable de son arsenal, aussi utile pour rester en vie que pour garder à distance la colère et l'obstination. Trop utile.

Retournant à sa chaise, Geneva demanda :

— Alors, Micky, est-ce qu'on va se retrouver très bientôt pour un barbecue de bon voisinage ?

— Cette femme est dingue, ou alors elle plane plus qu'un sorcier Navajo qui prend une livre de peyotl pour dose quotidienne.

Piquant sa tarte de sa fourchette, Leilani intervint :

— Les deux en fait. Mais pas de peyotl. Comme je vous l'ai dit – ce soir c'est crack et champignons hallucinogènes, dont l'effet est accentué par le charme lunatique breveté de la vieille Sinsemilla.

Micky n'avait pas d'appétit, elle ne toucha pas à la tarte.

— On l'a vraiment enfermée autrefois, n'est-ce pas ?

— Je te l'ai dit hier. On lui a balancé six cent mille volts dans la tête.

— Tu avais dit cinquante ou cent mille.

— Pff, je tenais pas les manettes et tripotais pas les cadrans, répondit Leilani. Faut m'accorder *un brin* de licence poétique.

— Où était-elle internée ?

— On vivait à San Francisco à l'époque.

— Quand ça ?

— Il y a plus de deux ans. J'avais sept ans, presque huit.

— Avec qui habitais-tu pendant son hospitalisation ?

— Le Dr Fatalitas. Ils sont ensemble depuis quatre ans et demi maintenant. Tu vois, il existe même un Dieu pour les fêlés. De toute façon, les psys ont balancé quelque chose comme neuf cent mille volts dans la caboche de la vieille Sinsemilla, à moins que tu veuilles pinailler sur mes chiffres, et ça l'a aidée en rien, même si l'effet-retour de son cerveau en folie a dû faire sauter tous les transformateurs électriques de la Bay Area. Géniale, votre tarte, madame D. !

— Merci, ma chérie. C'est une recette de Martha Stewart. Enfin, elle ne me l'a pas donnée personnellement, je l'ai notée dans une de ses émissions de télé.

— Leilani, au nom du ciel, fit Micky, est-ce que ta mère est toujours comme ça – je veux dire, comme je viens de la voir ?

— Non, non. Parfois, elle est carrément impossible.

— Ce n'est pas drôle, Leilani.

— Tu te trompes. C'est hilarant.

— Cette femme est un danger public.

— Pour être juste, dit Leilani, en s'empiffrant de tarte, ma chère mère n'est pas droguée en permanence à en perdre la boule, comme tu viens de la voir. Elle réserve ça pour des occasions spéciales – anniversaires et autres fêtes, quand *la lune est en Maison Sept et Jupiter conjoint à Mars* [1], ce genre de truc. La plupart du temps, elle se contente de tirer sur un joint, de se défoncer gentiment, à la rigueur de planer avec un Quaalude. Il y a même des jours où elle ne prend rien du tout, mais alors la déprime s'installe.

Micky l'interrompit d'un ton suppliant :

— Tu veux bien arrêter de te goinfrer de tarte et me parler ?

— Je peux parler la bouche pleine même si c'est mal poli. J'ai pas roté de la soirée, alors je dois avoir quelques bons points d'avance sur l'étiquette. Je ne veux pas en laisser une miette. La vieille Sinsemilla ne pourrait rien faire d'aussi bon même si sa vie en dépendait – même s'il est peu probable qu'elle soit jamais confrontée à la menace : la tarte ou la vie.

— Quelle sorte de plats fait ta mère ? demanda Geneva.

— Une fois, j'ai eu droit à une tarte aux vers de terre, assura Leilani. Elle était en pleine phase aliments naturels, sa définition de *naturel* allant jusqu'aux chocolats fourrés de fourmis, colimaçons aux cornichons et protéines d'insectes écrasés. La tarte aux vers de terre a mis un terme à tout ça. Je suis absolument certaine que ce n'était pas une recette télévisée de Martha Stewart.

Micky finit son café en prenant de longues gorgées, comme si elle avait oublié qu'il n'était pas corsé et bien qu'elle n'eût carrément pas besoin d'un apport de caféine. Ses mains tremblaient. La tasse entrechoqua la soucoupe quand elle la reposa.

---

1. Début de *Aquarius*, air célèbre de *Hair* *(N.d.T.)*.

— Tu ne peux pas continuer à vivre avec elle, Leilani.

— Avec qui ?

— La vieille Sinsemilla. Qui d'autre ? C'est une psychotique. Comme on dit quand on interne les gens contre leur gré – elle représente un danger pour elle-même et pour les autres.

— Pour elle, c'est sûr, convint Leilani. Pour les autres, pas vraiment.

— Elle en a représenté un pour *moi* dans la cour avec tous ses harpie, salope de sorcière, jeteuse de sort et que j'étais pas son boss.

Geneva s'était levée de sa chaise pour aller chercher la cafetière. Elle remplit la tasse de Micky.

— Peut-être que ça te remettra les nerfs d'aplomb, ma chérie.

Ayant achevé sa tarte, Leilani reposa sa fourchette.

— La vieille Sinsemilla t'a fait *peur,* c'est tout. Elle peut être aussi effrayante que Bela Lugosi, Boris Karloff et Big Bird [1] réunis, mais elle n'est pas dangereuse. Du moins, pas tant que mon pseudo-père la ravitaille en drogue. Elle pourrait semer la terreur si jamais elle était en manque.

— Je trouve pas Big Bird effrayant du tout, ma chérie, juste un peu énervant, constata Geneva en se resservant de café.

— Ah, madame D., je ne suis pas du tout d'accord. Les gens qui se déguisent en gros animaux bizarres, dont on ne voit pas le visage – je trouve ça plus effrayant que de dormir avec une bombe atomique sous le lit. Il faut comprendre que des gens comme ça ont de vrais *problèmes* à résoudre.

— Arrête, la rabroua Micky, d'un ton exaspéré, mais sans colère. Arrête, s'il te plaît.

Leilani feignit de tomber des nues.

— Que veux-tu que j'arrête ?

— Tu le sais très bien. Arrête d'éluder. Parle-moi, affronte la situation.

De sa main difforme, Leilani montra la part de tarte que Micky n'avait pas touchée.

— Tu vas la manger ?

Micky rapprocha son assiette.

— Je t'échange ma tarte contre une discussion sérieuse.

---

1. Personnage de l'émission pour enfants, *Sesame Street (N.d.T.).*

— Mais on *est en train* de discuter sérieusement.

— Il reste la moitié de la tarte, proposa gaiement Geneva.

— J'en aimerais bien une autre part, merci, fit Leilani.

— La moitié qui reste est hors-jeu, décréta Micky. La seule part qui compte est la mienne.

— C'est absurde, Micky, protesta Geneva. Demain, je peux faire une tarte aux pommes rien que pour toi.

Voyant Geneva se lever de table, Mickey lança :

— Assieds-toi, tante Gen. Il n'est pas question de la tarte.

— De mon point de vue, si, dit Leilani.

— Écoute, ma cocotte, tu ne peux pas te pointer ici, faire ton numéro de petite mutante dangereuse, t'insinuer comme un ver dans...

— M'insinuer comme un ver..., répéta Leilani avec une grimace.

— Parfaitement, comme un ver dans...

Mickey se tut, surprise de ce qu'elle allait ajouter.

— Dans ta rate, suggéra Leilani.

Du plus loin qu'elle s'en souvienne, Mickey ne s'était jamais laissé toucher affectivement par quiconque, à quelque degré que ce soit.

Leilani se pencha sur la table comme si elle voulait sérieusement aider Mickey à trouver le mot qu'elle cherchait :

— Dans ta vésicule biliaire ?

Il était dangereux de s'attacher. Cela rendait vulnérable. Mieux valait rester à l'abri des remparts de sa forteresse.

— Tes reins ? proposa Geneva.

— T'insinuer comme un ver dans notre cœur, poursuivit Mickey, ayant l'impression que l'usage du pluriel diminuait le risque et l'exposait moins au danger. Et t'attendre après à ce qu'on ne se sente pas concernées en te voyant en péril.

Toujours cuirassée d'humour, sa cartouchière remplie de traits d'esprit, Leilani reprit :

— Je ne me suis jamais imaginée en ver solitaire du cœur mais je suppose que c'est un parasite éminemment respectable. De toute façon, je t'assure avec le plus grand sérieux – s'il faut ça pour avoir de la tarte – que ma mère ne représente aucun danger pour moi. Je vis avec elle depuis qu'elle m'a expulsée de son ventre et j'ai encore tous mes membres, bizarrement arrangés comme au jour de ma naissance. La vieille Sinsemilla est pathétique, pas effrayante. De toute façon, c'est ma mère et quand on est une fillette de neuf ans, même d'une intelligence inhabituelle et avec un don pour la tchatche, on ne peut pas simplement faire ses paquets et s'en aller, trouver un bel appartement, un boulot très bien payé de conceptrice de logiciel et se balader dans sa nouvelle Corvette le dimanche. Je suis en quelque sorte coincée avec elle, si tu vois ce que je veux dire, et je sais comment gérer ça.

— Les services de protection de l'enfance...

— Bien intentionnés mais inutiles, l'interrompit Leilani, paraissant parler d'expérience. De toute façon, la dernière chose que je désire c'est qu'on remette Sinsemilla chez les dingues pour un cours de rattrapage en électrochocs, parce que je resterais seule avec mon pseudo-père.

Micky fit non de la tête.

— On ne te confierait pas au petit ami de ta mère.

— Quand je l'appelle mon pseudo-père, je me berce d'illusions. C'est mon beau-père légal. Il a épousé la vieille Sinsemilla, il y a quatre ans, quand j'en avais cinq, presque six. J'étais loin de lire alors comme si je sortais de l'université, mais j'ai quand même compris ce que ça impliquait. Ce fut un mariage étonnant, laissez-moi vous le dire, même sans cygne taillé dans la glace. Vous aimez ça, les cygnes taillés dans la glace, madame D. ?

— Je n'en ai jamais vu, ma chérie, fit Geneva.

— Moi non plus. Mais l'idée me séduit. Et puis, après avoir épousé Sinsemilla, il a dit que, même s'il ne nous avait pas en fait adoptés, Lupikela et moi, on devait prendre son nom de famille, mais j'utilise encore Klonk, celui de ma naissance. Faut être cinoque pour s'appeler Maddoc [1] – c'est ce qu'on se disait Luki et moi.

Ici survint cette rupture perturbante dans le regard de la fillette, on aurait dit une soudaine marée de vase balayant une eau claire, un désespoir très singulier que la lueur des bougies suffisait à révéler.

En dépit de la nouvelle du mariage, Micky se raccrocha à l'espoir que son désir tout neuf d'agir – pour ainsi dire – en « gardienne de sa sœur » pouvait être comblé du moins jusqu'à un certain point.

---

1. Jeu de mots sur *mad* qui signifie fou, Maddoc signifie donc « docteur fou » *(N.d.T.)*.

— Qu'il soit légalement ton beau-père ou non, les autorités compétentes...

— Les autorités compétentes n'ont pas chopé le type qui a tué le mari de Mme D., dit Leilani. Il a fallu qu'elle poursuive Alec Baldwin jusqu'à La Nouvelle-Orléans et qu'elle le liquide elle-même.

— Avec une immense satisfaction, remarqua Geneva, levant sa tasse de café comme si elle portait un toast au pouvoir libérateur de la vengeance.

Pour une fois, nulle étincelle d'humour ne vint égayer les yeux bleus de Leilani, nulle esquisse de sourire ironique ne retroussa le coin de ses lèvres et nul ton badin n'infléchit sa voix quand, soutenant le regard de Micky du sien, direct et perçant, elle chuchota presque :

— Quand tu étais une très jolie petite fille et que de méchantes grandes personnes t'ont pris des choses que tu ne voulais jamais, au grand jamais leur donner, les autorités compétentes n'ont jamais été là pour toi, pas même une fois, hein, Michelina ?

La compréhension intuitive par Leilani de l'enfer que Micky avait enduré jadis lui donna le frisson. L'empathie de ces yeux bleus la chamboulait, lui donnant la certitude que les vérités les mieux gardées à son sujet avaient été révélées au grand jour, les sales petits secrets autour desquels sa honte avait bâti des chambres fortes imprenables. Et bien qu'elle ne se fût jamais attendue à parler un jour à un autre être humain de ces années d'épreuve et d'humiliation, bien que jusqu'à cet instant elle eût nié avec colère avoir été victime de *quelqu'un*, elle ne se sentit pas blessée de cette mise à nu, comme elle l'aurait cru, ni mortifiée ni diminuée en rien, au contraire, elle avait l'impression qu'un nœud douloureux et contraignant s'était enfin dénoué en elle et que la sympathie que lui avait montrée la fillette n'était pas obligatoirement teintée de condescendance.

— Est-ce qu'elles ont été là une seule fois ? redemanda Leilani.

Ne se fiant pas à ses propres mots, Micky fit signe que non et c'était le premier aveu de sa vie, du douloureux passé sur lequel son existence s'était bâtie. Elle fit glisser son dessert, intact, devant Leilani.

Geneva, la seule de la table à fondre en larmes, se moucha bruyamment dans un Kleenex. Bien entendu, il était possible qu'elle revive un tendre moment qu'elle croyait avoir partagé avec Clark Gable, James Stewart ou William Holden, mais Micky sentit sa tante captive de l'instant et dans la poigne du réel.

— Difficile d'inventer des bizarreries pareilles, fit Micky.

— Ouais, j'ai entendu ça quelque part, répliqua Leilani, s'emparant de sa fourchette.

— C'est un assassin – n'est-ce pas ? – tout comme ta mère s'est révélée être ce que tu viens de nous dire.

Coupant sa part de tarte aux pommes avec le bord de sa fourchette, Leilani ajouta :

— Quel couple, hein ?

— Mais onze personnes ? Comment a-t-il pu...

— Sans vouloir t'offenser, Micky, l'histoire du Dr Fatalitas et de ses homicides multiples est rasoir, plus ennuyeuse qu'excitante, et elle ne réussira qu'à plomber davantage cette charmante soirée, déjà assombrie par le numéro de la vieille Sinsemilla. Si tu veux vraiment tout savoir sur Preston Claudius Maddoc, proche cousin de la Camarde, lis les journaux. Il n'a pas fait la une depuis un bout de temps mais toute cette étrange histoire y a été étalée, si tu tiens à y jeter un coup d'œil. Quant à moi, je préférerais manger de la tarte, parler tarte, philosopher sur la tarte et passer grosso modo le reste de la soirée dans une humeur tartesque.

— Ouais, je vois pourquoi tu aimerais ça. Mais il faudra que tu entendes la seule question que je ne peux pas éviter de te poser.

— Je la connais, dit la fillette, le nez dans son assiette, la fourchette en suspension au-dessus de la tarte.

— Ça ne se passe jamais aussi mal au cinéma, dit tante Geneva d'une toute petite voix.

Alors Micky demanda à Leilani :

— Il a tué ton petit frère. Lukipela, n'est-ce pas ?

— Oui.

12.

À l'intérieur du restaurant d'au moins trois cents places, le garçon, sans la chienne, se faufile devant l'hôtesse distraite.

D'un rapide coup d'œil circulaire, il se rend compte qu'il n'y a que quelques enfants. Et avec leur famille. Alors qu'il en espérait beaucoup, des tas, pour être moins facile à repérer au cas où les méchants débarqueraient.

Il se tient à distance du restaurant proprement dit, des tables et boxes en Skaï rouge, et se rend directement au comptoir où les clients occupent moins de la moitié des tabourets.

Il se hisse sur un tabouret et observe deux cuisiniers pour les commandes-express. Ils font frire du bacon, des hamburgers, des œufs et des monceaux de patates saturées d'huile sur de grandes plaques chauffantes.

On dirait qu'un bout du cœur de la chienne s'est déjà fiché dans le sien car il a de la salive plein la bouche. Il déglutit pour ne pas baver.

— Qu'est-ce que je peux faire pour toi, mon grand ? lui demande une serveuse.

C'est une personne extraordinairement imposante, presque aussi ronde que grande : des seins de la taille d'oreillers en plume d'oie, de belles épaules de déménageur, un cou à faire exploser tous les cols et le double menton arrogant d'un taureau engraissé. Aucun muscle ne se dessine sur les bras nus qui sortent de son uniforme sans manches. Aussi énormes que ceux d'un adepte du culturisme, ils sont roses et lisses. Comme pour procurer une illusion de grandeur et compenser la rotondité de son corps, elle étale une chevelure colossale auburn, lustrée, torsadée en une œuvre architecturale stupéfiante au sommet de laquelle est piqué le calot jaune et blanc de son uniforme, facile à confondre avec un papillon au repos.

Ébloui, le garçon se demande quel effet cela ferait d'être dans la peau de cette femme. Se sent-elle toujours aussi gigantesque, puissante, éléphantesque qu'elle en a l'air ou lui arrive-t-il de se sentir faible et effrayée comme tout un chacun ? sûrement pas. Elle est si magnifique, si superbe, si belle qu'elle peut vivre selon ses règles, agir comme elle l'entend et le monde la traitera avec une déférence craintive et le respect qu'elle mérite.

Inutile de nourrir l'espoir – il faut être réaliste – d'être un jour aussi imposant que cette femme. Avec sa faible volonté et son intelligence peu fiable, il a déjà du mal à être ce pauvre Curtis Hammond. Et ce n'est pas faute d'essayer.

— Je m'appelle Curtis. Mon père m'a envoyé chercher de la bouffe.

Elle a une voix musicale, un sourire éblouissant. Et on dirait qu'il lui plaît.

— Eh bien, Curtis, moi, c'est Donella, parce que mon papa, c'était Don et ma maman, Ella – et je crois que ce qu'on sert ici est quelques crans au-dessus de ce que t'appelles de la bouffe.

— Ça sent super bon, c'est sûr.

Sur les plaques, grésillent, explosent, mijotent des mets alléchants enveloppés d'une vapeur odorante.

— Ça alors, j'ai jamais vu un endroit pareil.

— Ah bon ? Tu m'as pas l'air de sortir d'un trou, pourtant.

Il cligne les yeux, réfléchissant furieusement, s'efforçant de comprendre ce qu'elle vient de suggérer, mais il ne peut éviter de lui poser la question.

— Et vous ?

— Quoi, moi ?

— Vous êtes sortie d'un trou ?

Donella fronce le nez. C'est en fait la seule partie de sa figure qu'elle peut plisser, parce que le reste est trop plein, trop rond, trop lisse, trop ferme pour une simple fossette.

— Tu me déçois, Curtis. J'ai cru que t'étais un bon garçon, un gentil garçon, pas un petit malin.

Seigneur, il a de nouveau mis les pieds dans le plat, a marché dans le caca, au figuré. Mais incapable de comprendre ce qu'il a fait pour la vexer, il ne sait comment rentrer dans ses bonnes grâces. Il n'ose pas attirer une attention excessive sur lui, avec autant de chasseurs à ses trousses, cherchant quelqu'un de sa taille à tuer. Il faut absolument qu'il se procure de la nourriture. Pour lui. Et pour Fidèle, qui dépend de lui. Mais Donella a la haute main sur la boustifaille, ou sur ce qu'on l'appelle quand elle vaut un peu mieux que ça.

— Je suis *gentil*, lui assure-t-il. Ma mère a toujours été fière de moi.

L'air sévère de Donella se radoucit légèrement, sans qu'il ait droit pour autant au sourire enchanteur avec lequel elle l'a accueilli.

Parler à cœur ouvert lui paraît la meilleure façon de s'amender.

— Vous êtes si fabuleuse, si belle, si magnifique, madame Donella.

Peine perdue, le compliment ne regonfle pas son sourire à plat. En fait, ses doux traits roses sont soudain empreints d'une dureté de pierre et d'une froideur capable de mettre un terme prématuré à l'été à travers tout le continent nord-américain.

— Ne te fiche pas de moi, Curtis.

Alors que ce dernier prend conscience qu'il l'a d'une certaine façon offensée davantage, de chaudes larmes lui brouillent la vue.

— J'ai simplement envie que vous m'aimiez bien, plaide-t-il.

Le tremblement pitoyable de sa voix mettrait à mal n'importe quel héros ado de roman d'aventures.

Bien sûr, il ne s'agit pas d'aventure en ce moment, mais de se montrer sociable. Et c'est infiniment plus difficile que de s'engager dans de dangereux exploits ou des faits héroïques.

Sa confiance en lui se dissipe à vue d'œil. Sans assurance, aucun fugitif ne réussit à tromper son monde de façon crédible. Un parfait équilibre est la clé de la survie. Maman ne cessait de le répéter, et maman savait de quoi elle parlait.

À deux tabourets de Curtis, un camionneur grisonnant lève le nez d'une platée de poulet et de gaufres.

— Sois pas trop dure avec le gamin, Donella. Il voulait rien dire en particulier. Rien de ce que tu crois. Tu vois pas qu'il est pas très net ?

La panique lance sa ligne et pique un hameçon dans le cœur du garçon qui se raccroche au rebord du comptoir pour éviter de dégringoler du tabouret. Il songe un instant qu'ils ne sont pas dupes, reconnaissent en lui le menu fretin le plus recherché, pour lequel on a jeté tant de filets.

— Ferme ton clapet, Burt Hooper, assène la majestueuse Donella. Un type en salopette et caleçons longs à la place d'un pantalon et d'une chemise n'est pas un juge fiable de qui est net ou pas.

Loin de se vexer de la rebuffade, Burt Hooper glousse, amusé :

— Si j'avais à choisir entre être bien dans ma peau ou un objet sexuel, je choisirais mon confort à tous les coups, dit-il.

— Heureusement pour toi, répond Donella, parce que t'as pas vraiment le choix.

À travers un voile de larmes, le garçon aperçoit à nouveau le merveilleux sourire, aussi rayonnant que celui d'une déesse.

— Curtis, je m'excuse de t'avoir rabroué, dit Donella.

Il essaie de reprendre le contrôle de ses émotions, mais il pleurniche toujours un peu lorsqu'il articule :

— Je sais pas pourquoi je vous ai fâchée, m'dame. Ma mère m'a toujours recommandé de parler du fond du cœur, et j'ai rien fait d'autre.

— Je comprends maintenant, mon chou. Je n'ai pas réalisé tout de suite que tu es... un être comme il y en a peu, à l'âme pure.

— Alors... vous pensez que je suis « pas très net » ? demande-t-il.

Agrippé au comptoir, il craint encore un peu d'être reconnu.

— Non, Curtis. Je pense simplement que tu es trop adorable pour ce monde.

L'affirmation le rassure, tout en le déroutant. Aussi cherche-t-il un nouveau compliment, qu'il formule avec une sincérité et une émotion n'offrant prise à aucune fausse interprétation.

— Madame Donella, vous êtes d'une beauté si prodigieuse, si imposante que vous devez vivre comme vous l'entendez, à la manière d'un rhinocéros.

Deux tabourets plus loin, Burt Hooper s'étrangle violemment avec ses gaufres et son poulet. Sa fourchette tinte contre son assiette quand il saisit son verre de Pepsi. Crachotant, les narines écumantes de soda, sa figure congestionnée se marbre de taches, on dirait une carapace de langouste bouillie. À peine a-t-il réussi à ingurgiter ce qu'il a dans la bouche qu'il éclate d'un rire tonitruant, se donnant tellement en spectacle qu'il saute aux yeux qu'il ferait un déplorable fugitif.

Peut-être le routier vient-il juste de se rappeler une bonne blague. Son hilarité sans retenue est d'une telle grossièreté qu'elle détourne Curtis et Donella de leurs excuses mutuelles.

La divine Donella fusille Burt du regard avec un air de rhinocéros troublé : il ne lui manque qu'une corne menaçante sur le front pour que la comparaison soit complète.

De la même manière que son rire s'est frayé un passage dans ses derniers râles, Burt lâche en hoquetant :

— Ah... merde... je suis tombé... en plein milieu... de *Forrest Gump* !

— J'ai vu le film, s'étonne le garçon.

— T'occupe, Curtis, dit Donella. On n'est pas plus en plein milieu de *Forrest Gump* que de *Godzilla*.

— J'espère bien que non, m'dame. C'était un méchant lézard celui-là.

Burt crachote de plus belle, s'étouffe à moitié, même s'il s'est éclairci la gorge un instant auparavant. Et son état de détérioration avancée inquiète le garçon. Le camionneur semble à deux doigts de l'urgence médicale.

— S'il y a bien quelqu'un ici qui a une boîte de chocolats à la place du cerveau, il est devant une assiette de poulet et de gaufres, déclare Donella.

— C'est vous, monsieur Hooper, fait observer Curtis, avant de comprendre et de bafouiller « Oh ».

Les larmes de rire du routier sont la façon dont ce pauvre homme affligé s'arrange de sa solitude, de son handicap, de sa douleur.

— Je m'excuse, m'sieur.

Le garçon éprouve une profonde compassion pour Gump le camionneur et il regrette d'avoir été insensible au point d'avoir cru que ce n'était qu'un grossier personnage.

— Si je pouvais, je vous aiderais.

Pour amusé que paraisse le routier, ce n'est qu'une façade destinée à masquer son complexe d'infériorité.

— Tu m'aiderais, *toi* ? Comment ça ?

— Si je pouvais, je vous rendrais aussi normal que Mme Donella et moi.

Le routier intellectuellement défavorisé est si bouleversé par cette manifestation de sollicitude qu'il pivote sur son tabouret, tourne le dos à Curtis et s'efforce de maîtriser son émotion. Même si, visiblement, Burt Hopper lutte pour contenir une crise d'hilarité, le garçon sait maintenant que son rire ressemble à celui d'un clown secrètement mélancolique : authentique si on ne l'entend qu'avec ses oreilles, mais d'une tristesse sournoise pour peu qu'on l'écoute avec son cœur.

Donella se détourne de M. Hooper avec une expression très méprisante.

— Ne fais pas attention à lui, Curtis. Il a eu plein d'occasions de devenir normal au cours de sa vie mais il a toujours choisi de rester le pauvre bougre qu'il est.

Le garçon est ahuri. Pour lui un Gump n'avait pas d'autre choix que d'être un Gump. La nature l'avait fait ainsi.

— Bon, avant que je prenne ta commande, mon chéri. Tu es sûr d'avoir l'argent pour payer ? demande Donella.

D'une poche de son jean, il extrait une liasse de billets froissés, incluant ce qui provient de son larcin chez les Hammond et les cinq dollars que le chien a attrapés au vol dans la brise sur le parking.

— Eh bien, tu es un monsieur qui a les moyens, constate Donella. Range ça pour le moment, tu paieras à la caisse en partant.

— Je suis pas sûr d'avoir assez, s'inquiète-t-il, rempochant sa liasse. Il me faut deux bouteilles d'eau, un cheeseburger pour mon papa, un pour moi, des chips, et sans doute deux autres cheeseburgers pour Fidèle.

— C'est ton chien ?

Il rayonne car la serveuse et lui sont manifestement sur le même longueur d'onde, à présent.

— Tout juste.

— Ça a pas de sens de payer un max des cheeseburgers pour ton chien qui préférerait autre chose, lui conseille Donella.

— Et quoi ?

— J'vais dire au cuisinier de te faire griller deux petits pâtés de viande, saignante, mélangés à du riz nature avec un peu de sauce. On les mettra dans un sac et on te les donnera gratis parce qu'on aime les toutous. Ton clebs va croire qu'il est mort et monté au Paradis.

Le garçon manque la corriger sur deux points. D'abord Fidèle Vagabonde est une fille, pas un garçon. Ensuite, la chienne sait sûrement à quoi ressemble le Paradis et ne le confondra pas avec un bon repas.

Mais il ne soulève aucun de ces lièvres. Des méchants le recherchent. Il est resté trop longtemps au même endroit. Bouger, c'est brouiller les pistes.

— Merci, m'dame Donella. Vous êtes aussi merveilleuse que je l'avais pensé quand je vous ai vue pour la première fois.

À la surprise du garçon, elle lui serre la main droite.

— Chaque fois qu'on se croira plus malin que toi, Curtis, essaie de te rappeler ce que je vais te dire.

Elle se penche sur le comptoir aussi loin que sa masse fabuleuse le lui permet, rapprochant son visage du sien et murmure ces mots parfumés au wintergreen :

— Tu es *bien mieux* qu'eux.

Sa gentillesse fait un effet profond sur le garçon.

— Merci, m'dame, souffle-t-il.

Les larmes aux yeux, elle lui pince la joue, et il sent qu'elle l'embrasserait si elle parvenait à tendre le cou jusqu'à lui.

En tant que fugitif désespéré et relativement peu aguerri, il a eu plutôt de la chance dans cette aventure. Et il espère qu'il saura désormais s'y prendre avec les gens, c'est d'une importance vitale s'il veut passer pour un garçon normal qu'il s'appelle Curtis Hammond ou autrement.

Il a retrouvé sa confiance en lui.

Le martèlement assourdissant de la peur avec lequel il a vécu, ces dernières vingt-quatre heures, s'est réduit au faible rantanplan d'une anxiété moins épuisante.

Il a trouvé de l'espoir. Celui de survivre. Celui de découvrir un endroit fait pour lui, où il se sentira chez lui.

Il suffit qu'il puisse maintenant aller au cabinet pour être en accord avec le monde.

Il demande à Donella s'il y en a pas loin. Tout en notant sa commande sur un petit carnet, elle lui explique que *toilettes* est un mot plus poli.

Quand Curtis précise qu'il n'a pas besoin de faire sa toilette mais celui pressant de se soulager, l'explication provoque une nouvelle réaction chez Burt Hooper, un éclat de rire semble-t-il, mais correspondant sans doute à une donnée psychologique comme auparavant.

Quoi qu'il en soit, on voit les cabinets – les *toilettes* – du comptoir ; elles sont au bout d'un long couloir. Même ce pauvre M. Hooper ou Forrest Gump pourrait s'y rendre sans qu'on l'accompagne.

Le lieu est vaste et ses installations fascinantes : sept

cabines, une enfilade de cinq urinoirs d'où monte la senteur de cèdre des blocs de désinfectant, six lavabos, chacun muni d'un distributeur de savon liquide, plus deux distributeurs de papier-toilette. Deux séchoirs muraux sont activés quand on passe ses mains par en dessous, bien que ces machines ne soient pas assez intelligentes pour ne plus diffuser de chaleur une fois qu'on a les mains sèches.

Le distributeur automatique est plus malin que les séchoirs à mains. Il propose peignes de poche, pinces à ongles, briquets jetables et d'autres articles plus exotiques que le garçon ne peut identifier ; mais l'appareil sait si on l'a nourri de pièces ou non. Quand Curtis tire un levier sans payer, la machine refuse de lui donner un paquet de Trojan[1], quoi que ça puisse être.

Quand il s'aperçoit qu'il est le seul occupant des toilettes, il saisit l'occasion et court de cabinet en cabinet, tirant partout la chasse en rafale. Il trouve tordant la surimpression du gargouillis des sept cuvettes et aussi que les exigences des flux combinés provoquent un tintamarre de la tuyauterie dans les murs. C'est génial.

Après s'être soulagé, pendant qu'il se lave les mains en utilisant assez de savon liquide pour remplir le lavabo d'une masse écumeuse, brillante de mousse, il se regarde dans la glace zébrée et y voit un garçon qui s'en sortira, si on lui en laisse le temps, un garçon qui trouvera sa voie et s'accommodera de ce qu'il a perdu.

Il décide de continuer à être Curtis Hammond. Jusqu'ici, personne n'a fait le rapprochement entre son nom et la famille assassinée dans le Colorado. Et puisqu'il se sent à l'aise sous cette identité, pourquoi en changer ?

Il achève de se sécher les mains avec des serviettes en papier, puis les tient sous l'un des séchoirs d'air chaud, rien que pour le plaisir de déclencher l'engin.

Rafraîchi, se hâtant le long du couloir qui relie les toilettes au restaurant, Curtis s'immobilise en apercevant deux hommes accoudés au comptoir, en train de parler à Burt Hooper. L'air encore plus grands qu'ils le sont déjà à cause de leur Stetson, ils ont tous les deux fourré leur jean dans leurs bottes de cow-boy.

On dirait que Donella se chamaille avec M. Hooper, essayant probablement de lui faire fermer son clapet. Mais le pauvre type n'est pas assez astucieux pour piger ce qu'elle attend de lui. Et il continue de bavasser.

---

1. Marque de préservatifs très connue aux E.U. *(N.d.T.)*.

Quand le routier leur montre les toilettes, les cowboys lèvent la tête et voient Curtis à peu près au milieu de la salle. Ils le dévisagent, il soutient leur regard. Peut-être qu'ils ne sont pas sûrs qu'il soit le fils de sa mère ou l'enfant d'une autre femme. Peut-être qu'il pourrait les blouser, passer pour un garçon de dix ans comme les autres, aimant le base-ball et détestant l'école, aux intérêts complètement terre à terre, style le catch télévisé, les jeux vidéo, les dinosaures et tirer la chasse dans les w.c. publics.

Ces deux-là sont ses ennemis et non les citoyens blanc-bleu dont ils ont l'air. Aucun doute là-dessus. Ils respirent la duplicité, dans leur maintien, leur comportement, leurs yeux. Ils vont le percer à jour, pas tout de suite peut-être, mais bientôt, et s'ils lui mettent la main dessus, il mourra à coup sûr.

Comme un seul homme, les deux cowboys se dirigent vers Curtis.

13.

— Vaisseaux intergalactiques, enlèvements par des aliens, base extraterrestre dissimulée sur la face cachée de la lune, programmes ultrasecrets de croisements génétiques entre humains et aliens, extraterrestres gris aux yeux en soucoupe qui traversent les murs, lévitent et jouent de la clarinette avec leur cul comme des musiciens classiques – Preston Maddoc croit à tout ça et à plus encore, affirma Leilani.

Il y eut une coupure de courant. Elles parlaient à la bougie, mais l'horloge du four s'arrêta en clignotant, et au bout du salon adjacent, une lampe à abat-jour de damas rose s'éteignit après un dernier éclair rosé. L'antique réfrigérateur s'étouffa tel un patient en phase terminale auquel on refuse le respirateur artificiel dont il a désespérément besoin ; le moteur du compresseur expira dans un dernier vrombissement.

La cuisine avait paru tranquille jusque-là, mais le frigo faisait plus de bruit que Micky ne l'aurait cru. Par contraste, le silence était celui où l'on retient son souffle dans une séance de spiritisme juste avant que l'esprit ne s'annonce.

Micky se surprit à regarder au plafond, dans l'expectative, et comprit que la panne d'électricité survenue au moment précis où Leilani parlait d'ovnis lui avait donné l'idée folle que le blackout qu'elles subissaient n'était pas dû à la crise actuelle en Californie, mais à une soucoupe volante en provenance d'une lointaine nébuleuse qui planait au-dessus de la caravane de Geneva, produisant un effet-écran à la manière des vaisseaux extraterrestres dans les films. Quand elle baissa les yeux, elle s'aperçut que tante Gen et Leilani scrutaient également le plafond.

Dans ce profond silence, Micky prit peu à peu conscience du chuchotement grésillant des mèches des bougies qui se consumaient, son aussi faible que le lointain souvenir d'un sifflement de serpent.

Gen soupira.

— Et en avant pour le blackout. Tout l'inconfort du Tiers Monde, avec la considération la meilleure, de la part du gouverneur. On n'est pas censé subir ça le soir, mais seulement pendant les pics de consommation. Peut-être que ce n'est qu'une couille *banale*.

— Je peux me passer d'électricité tant que j'ai de la tarte, dit Leilani, qui n'avait pas encore piqué sa fourchette dans sa seconde part.

— Alors, le Dr Fatalitas est dingue des ovnis, l'encouragea Micky.

— Un dingue, absolu, parfait, complet, de grande envergure, à trois cent soixante degrés, recto verso, à l'intérieur et à l'extérieur. Les ovnis ne sont que l'un de ses centres d'intérêt. Cela étant, depuis qu'il a épousé la vieille Sinsemilla, il consacre plutôt son existence au circuit des soucoupes. Il a ce grand camping-car et on sillonne tout le pays en se rendant sur les sites célèbres de rencontres du troisième type, de Roswell au Nouveau-Mexique à Phlegm Falls dans l'Iowa ; on va partout où les extraterrestres sont supposés être apparus dans le passé, on va en espérant qu'ils se remanifesteront. Et dès qu'il entend parler d'une nouvelle soucoupe ou d'une nouvelle histoire d'enlèvement, on file dare-dare, où que ça soit, dans l'espoir d'arriver sur les lieux tant que la piste est encore chaude. La seule raison pour laquelle on a loué à côté pour une semaine, c'est parce que le camping-car est au garage pour révision et que le Dr Fatalitas ne veut descendre ni à l'hôtel ni dans un motel sous prétexte que ce sont les terrains de prédilection de la légionellose et de cette répugnante bactérie carnivore, dont j'ai oublié le nom.

— Tu veux dire que tu seras partie dans une semaine ? demanda tante Gen.

L'inquiétude creusa les lignes et volutes du fin réseau de ses pattes-d'oie.

— Plutôt quelques jours, répondit Leilani. Si on vient de passer le mois de juillet à Roswell, c'est parce qu'en juillet 1947 un pilote de vaisseau alien, évidemment soûl ou endormi sur le manche à balai, a écrasé sa soucoupe dans le désert. Le Dr Fatalitas croit que les E.T. sont susceptibles de revisiter un site à la même période de l'année que la première fois qu'ils sont venus, de la même façon que les étudiants vont à Fort Lauderdale tous les ans pendant leurs vacances de printemps. Et n'est-ce pas vraiment stupéfiant, la fréquence avec laquelle ces drôles de petits bonshommes gris sont censés bousiller l'un de leurs 4 × 4 qui coûtent les yeux de la tête en traversant la galaxie ? S'ils décident un jour d'envahir la Terre, je crois qu'on a du mouron à se faire. Dans leur cas, on a affaire à Darth Vader avec du sang de Pim, Pam, Poum en pagaille dans les veines.

Micky espérait que la fillette décompresserait. Au lieu de quoi, plus elle tournait autour du sujet du sort de son frère, plus elle se crispait.

— À quoi ça rime tout ça ? Quel est le rapport entre ce fatras à propos d'ovnis et Lukipela ?

Après une légère hésitation, Leilani répondit :

— Le Dr Fatalitas prétend avoir eu une vision lui annonçant que des extraterrestres nous guériraient tous les deux.

— Guérir ?

Pour Micky les difformités de la fillette n'étaient pas une maladie. Vu l'assurance de Leilani, son humour, son esprit indomptable, il était difficile de la considérer comme une handicapée, fût-ce en ce moment où la lumière, par ailleurs indulgente des trois bougies, soulignait la difformité de sa main gauche posée sur la table.

— Luki est né avec un bassin mal foutu, des hanches comme construites par un singe jouant au Meccano, le fémur droit plus court que le gauche et les os du pied droit écrabouillés. Sinsemilla a une théorie, d'après laquelle l'absorption d'hallucinogènes pendant la grossesse doterait le bébé de pouvoirs paranormaux.

Malgré la chaleur de cette soirée, Micky se sentit glacée jusqu'aux os. Le souvenir du visage crispé de fureur de la femme en combinaison à volant, montrant ses dents piquetées par le clair de lune, s'imposa à elle.

— Qu'est-ce que vous pensez de cette théorie, madame D. ? demanda Leilani sans son humour habituel, mais avec l'inflexion tranquille d'une colère longtemps refrénée dans la voix.

— Merdique, fulmina tante Gen.

Leilani sourit tristement.

— En effet. On l'attend toujours, le jour où je devinerai les numéros gagnants du Loto, déclencherai des incendies par le seul pouvoir de mon mental et me téléporterai à Paris pour le déjeuner.

— À t'entendre, il semble qu'une intervention chirurgicale aurait pu au moins soulager un peu ton frère.

— Oh, maman est bien trop intelligente pour croire en la médecine occidentale. Elle s'en remet aux harmonies des cristaux, aux psalmodies, aux remèdes à base de plantes et à un tas de cataplasmes qui donneraient du fil à retordre à un poivrot couvert de pisse et de vomi en matière d'odeur plus infecte que les remugles d'un caniveau de Calcutta.

Micky avait terminé sa seconde tasse de café. Elle ne se rappelait pas l'avoir bu. Elle se leva pour se resservir. Elle se sentait impuissante et il fallait qu'elle s'occupe les mains parce que, dans le cas contraire, sa colère risquait de la submerger. L'envie de se défouler sur quelqu'un la démangeait, de flanquer un bon coup de poing qui l'aurait calmée. Mais elle n'avait personne sous la main. Se précipiterait-elle à côté au demeurant, pour fourrer un peu de bon sens dans le crâne de Sinsemilla, qu'elle n'améliorerait en rien la situation de la petite fille, elle ne ferait que l'empirer – quand bien même la danseuse au clair de lune psychotique ne la tuerait pas.

Debout devant le comptoir dans la quasi-obscurité, Mickey se versa du café avec les précautions d'une aveugle et lança :

— Alors ce cinglé de mes couilles vous balade partout, Luki et toi, à la recherche de guérisseurs extraterrestres ?

— D'une technologie de guérison, rectifia Leilani. Une race d'aliens, ayant maîtrisé les voyages interstellaires et le problème de la toilette à une vitesse supérieure à celle de la lumière, est sûrement capable d'ôter les faux plis de ce corps-là ou de me mettre dans un corps flambant neuf, identique au mien mais sans ses imperfections. De toute façon, voilà le plan selon lequel on opère depuis bientôt quatre ans.

— Leilani, ma chérie, tu ne vas pas retourner là-bas, déclara Geneva. On ne va pas te laisser revenir avec eux. N'est-ce pas, Micky ?

Le seul avantage de la colère inextinguible qui avait calciné l'existence de Micky, c'est qu'elle avait aussi consumé toutes ses illusions. Elle ne nourrissait pas de fantasmes dérivés de films ou de toute autre source. Tante Gen pouvait se représenter un instant sous les traits d'Ingrid Bergman ou de Doris Day, capable de secourir une fillette en péril rien qu'avec un sourire éblouissant et un discours vertueux – une musique émouvante en fond sonore – mais Micky voyait parfaitement que la situation était sans issue. Cela étant, si la perte des illusions menait au désespoir, elle n'était pas souhaitable au bout du compte.

Micky se rassit à la table.

— Où Lukipela a-t-il disparu ?

Leilani regarda vers la fenêtre de la cuisine, l'air de contempler quelque chose de très éloigné dans le temps et à une distance considérable de la nuit californienne.

— Dans le Montana. Dans les montagnes.

— Depuis combien de temps ?

— Neuf mois. Le 9 novembre. L'anniversaire de Luki, c'était le 20. Il aurait eu dix ans. Dans la vision du vieux Docteur Fatalitas, celle où il affirmait avoir vu les E.T. nous guérir – c'était censé se produire avant nos dix ans. Chacun de nous redeviendrait intact, promettait-il à Sinsemilla, avant qu'il n'ait atteint ses dix ans.

— D'étranges lumières dans le ciel, cita Micky, des rayons antigravitationnels vert pâle qui vous aspirent hors de vos chaussures et tout droit dans le vaisseau-mère.

— Je ne l'ai pas vu de mes propres yeux. C'est ce qui est arrivé à Luki, à ce qu'on m'a raconté.

— Raconté ? demanda tante Gen. Qui te l'a raconté, ma chérie ?

— Mon pseudo-père. En fin d'après-midi, ce jour-là, il a garé le camping-car sur un refuge au bord de la route. Pas un terrain de camping. Ni même une véritable aire de repos avec des toilettes, une table de pique-nique ou autre. Rien qu'une large bande isolée sur le bas-côté de la route. La forêt tout autour. Il a dit qu'on irait au camp de caravaning plus tard. D'abord, il voulait visiter ce site particulier, à quelques kilomètres de là, où un certain Carver ou Carter déclarait avoir été enlevé par des calmars violets venus de Jupiter ou un truc dans ce genre, trois ans plus tôt. J'ai supposé qu'il nous y traînerait tous comme d'habitude mais une fois qu'il a eu détaché le 4 × 4 qu'on remorquait derrière le camping-car, il n'a voulu qu'y emmener Luki.

La fillette se tut.

Micky n'insista pas pour obtenir des précisions. Si nécessaire qu'il soit pour elle de connaître la suite, elle n'avait pas vraiment envie de l'entendre.

Au bout d'un moment, Leilani cessa de revivre ce jour de novembre au Montana et fixa Micky dans les yeux.

— J'ai su alors ce qui se passait. J'ai essayé de les accompagner, mais il... Preston n'a pas voulu. Et Sinsemilla... elle m'a retenue.

Un fantôme flotta dans les couloirs de la mémoire de la fillette, un petit esprit avec ses hanches en meccano, sa jambe plus courte que l'autre ; Micky eut l'impression de voir la silhouette dans les yeux bleus de Leilani.

— Je revois Lukipela claudiquer jusqu'au 4 × 4, avec sa chaussure à semelle compensée, sa jambe raide, roulant des hanches de cette drôle de façon qu'il avait. Et puis... alors que la voiture s'éloignait... Luki s'est retourné vers moi. Son visage était un peu flou parce que la vitre était sale. Je crois qu'il m'a fait un signe d'adieu.

14.

Perché tout joyeux sur son tabouret, au comptoir, le pauvre débile de Burt Hooper a beau savoir qu'il est routier, qu'il mange du poulet et des gaufres, il ignore être un vrai Forrest Gump, avec un cœur d'or, mais un Gump tout de même. Hooper le bien-intentionné montre le couloir qui mène aux toilettes.

Les deux cowboys se dirigent vers Curtis comme un seul homme.

Donella les hèle. Malgré son imposante majesté, toutefois, sa voix ne les retient pas.

À la droite de Curtis, une porte pivotante où une vitre ovale est encastrée. Comme le hublot est trop haut pour qu'il puisse y jeter un œil, il pousse la porte sans savoir ce qu'il trouvera derrière.

Il arrive dans une grande cuisine au sol carrelé de blanc. Des batteries d'énormes fours, tables de cuisson, réfrigérateurs, éviers et plans de travail, tous en inox, étincelants et lustrés, lui fournissent un labyrinthe de travées où un garçonnet peut se baisser, s'accroupir, se faufiler et réussir à s'échapper.

Les deux cuisiniers des commandes-express ne préparent pas tous les mets délicats. Le nombreux personnel s'affaire. Personne ne semble s'intéresser à Curtis quand il entre.

D'un four à l'autre, longeant une table de cuisson de trois mètres, puis une batterie de grandes friteuses pleines d'huile bouillante, contournant un plan de travail, Curtis fonce dans une travée étroite au sol recouvert de tapis caoutchoutés. Il se baisse, espérant qu'on ne le verra pas avant l'arrivée des cowboys. Il évite d'entrer en collision avec les membres du personnel, se faufilant entre eux, s'écartant à gauche, à droite, mais ils finissent par s'intéresser à lui.

— Eh, gamin.

— Qu'est-ce que tu fiches ici, mon garçon ?

— *¡ Tener cuidado, muchacho !*

— Attention, attention !

— *¡ Loco mocoso !*

À l'instant où il entre dans la travée suivante, et s'enfonce dans l'immense cuisine, il entend arriver les deux cowboys. Il est impossible de se tromper. Arrogants et assoiffés de sang comme des gestapistes, *vlan*, ils franchissent la porte battante, le talon de leurs bottes martelant le carrelage.

Le personnel de la cuisine réagit en restant silencieux et, l'espace d'un instant, aussi immobiles que des mannequins de vitrine. Personne n'exige de savoir qui sont ces intrus démonstratifs ni ne fait le moindre bruit de casserole qui pourrait attirer l'attention, probablement parce que tout un chacun craint que ces deux-là ne soient des agents fédéraux de l'immigration, faisant une rafle chez les étrangers en situation irrégulière – il y en a sans doute un parmi les présents – et qu'ils ne harcèlent même des travailleurs en règle s'ils sont d'humeur belliqueuse.

Par leur simple présence, cependant, les cowboys ont valu des alliés à Curtis. Tandis que le garçon accroupi progresse par bonds et rebonds à travers la cuisine, marmitons et boulangers-pâtissiers, préparateurs de salades et plongeurs s'écartent de son chemin, lui facilitent le passage, le masquent de leur corps à la vue des cowboys et le dirigent par des gestes discrets vers ce qu'il suppose être une entrée de service.

Il est terrorisé, avec soudain dans la bouche le mauvais goût de sa mortalité, les poumons suffisamment comprimés pour faire de chaque respiration une épreuve, le cœur lui cognant avec la frénésie d'un pivert et, cependant, il reste intensément conscient des arômes délicieux de poulet rôti, jambon cuit, pommes de terre frites. La peur ne l'emporte pas entièrement sur sa faim et le flot de salive amer qu'elle engendre ne diminue en rien son appétit.

Des bruits dans son sillage suggèrent que les tueurs tentent de retrouver sa trace. Des voix querelleuses s'élèvent rapidement tandis que le personnel, comprenant que ces deux cowboys ne sont pas des représentants de l'ordre assermentés, fait objection à leur intrusion.

Devant une table où sont empilées des assiettes propres, Curtis s'arrête et, toujours à quatre pattes, ose relever la tête. Il glisse un œil entre deux tours de vaisselle et aperçoit l'un de ses poursuivants à cinq mètres de lui.

Le chasseur a un beau visage et un air potentiellement jovial. S'il souriait au lieu d'être plein d'hostilité, mettait un masque de gentillesse, le personnel de la cuisine se radoucirait aussitôt et lui désignerait du doigt son gibier.

Curtis a beau se laisser parfois tromper par les apparences, il est assez perspicace pour voir qu'il s'agit d'un individu dont la figure exsude par tous les pores les toxines homicides dans lesquelles macère actuellement son cerveau. Exprimer du jus sucré d'une poignée de noyaux secs serait plus facile que d'extraire une goutte de pitié du cœur de ce chasseur, les pierres seraient plus faciles à émouvoir.

Alors qu'il longe la travée où l'on prépare les salades, le cowboy patibulaire jette des regards à droite et à gauche, repoussant hommes et femmes de son chemin comme s'ils n'étaient que de simples meubles. Son collègue ne marche pas sur ses talons et pourrait s'approcher par un itinéraire différent.

Les employés du restaurant protestent moins, peut-être parce que l'indifférence inflexible des chasseurs à leurs objections, et leur froide obstination sont trop intimidantes pour qu'on leur résiste. On voit des types de ce genre aux infos télévisées, flinguant à tout va dans les centres commerciaux ou les immeubles de bureau, parce que leur femme a décidé de demander le divorce, parce qu'ils ont perdu leur boulot ou simplement parce que, point à la ligne. Pourtant, par des signes de tête ou de la main, les employés continuent de montrer à Curtis le chemin par où s'échapper.

À moitié accroupi, se traînant de côté et d'autre en se servant de ses bras en guise de balancier, exactement comme un singe effrayé en cavale, le garçon tourne à l'angle d'un long billot de boucher et tombe sur un cuistot qui, bouche bée, suit de ses yeux écarquillés le périple des chasseurs à travers l'immensité de la cuisine. Le cuisinier en tenue blanche pourrait être un ange, étant donné qu'il tient un paquet de hot dogs sous emballage plastique, qu'il vient de sortir de la glacière ouverte dans son dos.

Un fracas secoue la pièce, fait tinter des ustensiles de cuisine. Quelqu'un enfonce la porte battante, du côté du couloir des toilettes. À la suite des cowboys. Nouveaux piétinements pressés martelant le sol carrelé. Éclats de voix. Puis des cris.

— FBI ! FBI ! Stop, on bouge plus, stop !

Curtis agrippe les hot dogs. Pris par surprise, l'homme lâche le paquet. Ayant récupéré le trésor carné, Curtis s'empresse de dépasser le cuisinier, direction la liberté et un dîner de fortune, surpris par l'arrivée du FBI, mais pas du tout réconforté par ce tour inattendu des événements.

Quand il pleut, il flotte, disait sa mère. Elle n'avait jamais prétendu que sa pensée était originale. Les vérités universelles s'expriment souvent par le biais de clichés universels. *Quand il pleut, il flotte, et quand il flotte, la rivière déborde et soudain on est en pleine inondation. Mais quand on est dans l'inondation, on panique pas, hein, mon bébé ?* Il avait toujours la réponse à celle-là : *Non, on panique jamais*. Et elle ajoutait : *Et pourquoi on panique pas dans l'inondation ?* Et lui de dire : *Parce qu'on est trop occupés à nager !*

Derrière lui, ailleurs dans la cuisine, la vaisselle se casse et se fracasse ; un faitout ou un truc du même genre rebondit *bong-bong-bong* sur le carrelage. Des cuillères, fourchettes ou couteaux à beurre se répandent à profusion, résonnant sur l'inox ou les surfaces en céramique avec un bruit de cloches annonciatrices de vacances démoniaques.

Puis une fusillade.

15.

Le café avait passé assez longtemps pour acquérir un léger goût amer. À la troisième tasse, l'âpreté du breuvage ne gênait plus Micky. En fait, l'histoire de Leilani avait réveillé une amertume qui fermentait en elle depuis longtemps et à laquelle celle du café se mariait parfaitement.

Geneva demanda à la fillette :

— Alors, tu ne crois pas que Lukipela soit parti avec des extraterrestres ?

— Je fais semblant, répondit Leilani, calmement. Quand le Dr Fatalitas est par là, je joue son jeu et feins d'attendre en brûlant d'impatience le retour de Luki parmi nous – dans un à deux ans – dans son nouveau corps. C'est moins dangereux comme ça.

Micky faillit demander si Sinsemilla croyait que des E.T. avaient escamoté Luki par enchantement. L'instant d'après elle se dit que la femme qu'elle avait rencontrée était non seulement du genre à gober une histoire pareille mais à se laisser facilement convaincre que Avki et les charitables créatures de l'espace lui envoyaient des messages subliminaux lors des redifs de *Seinfeld*, dans le rédactionnel des boîtes de cornflakes ou dans les dessins des vols d'oiseaux.

Leilani entama sa seconde part de tarte. Elle mâcha plus longtemps que les pommes cuites ne le justifiaient, contemplant son assiette, comme étonnée par un changement dans son dessert.

— Pourquoi tuerait-il un enfant sans défense ? lança Geneva.

— C'est le cas. Comme le facteur distribue le courrier ou le boulanger fait son pain, dit Leilani en haussant les épaules. Lisez ce qu'on a écrit sur lui, et vous verrez.

— Tu n'es pas allée trouver la police, constata Micky.

— Je ne suis qu'une gamine.

— On écoute les gamins, assura Geneva.

Micky savait d'expérience que ce n'était pas sûr à cent pour cent.

— De toute façon, qu'ils te croient ou non, ils n'avaleront jamais les histoires de guérisseurs extraterrestres de ton beau-père, dit-elle.

— Ils ne les apprendront pas de sa bouche. D'après lui, les E.T. ne veulent pas de publicité. Et ce n'est pas de la simple modestie de leur part, ils sont très sérieux là-dessus. D'après lui, si on en parle à quelqu'un, ils ne nous rendront jamais Luki. Ils ont de grands projets pour élever la civilisation humaine à un niveau qui mérite l'inclusion de la Terre dans un Congrès Galactique – qu'il appelle aussi quelquefois le Parlement Planétaire – et ces plans prendront du temps pour être menés à bien. Pendant qu'ils sont occupés à des tas de bonnes actions mystérieuses en coulisse, comme celle de nous sauver d'une guerre nucléaire ou celle de nous débarrasser des pellicules, ils n'ont pas envie qu'une bande de péquenauds ignorants fouinent à leur recherche dans certaines montagnes du Montana ou dans d'autres endroits où ils aiment crécher. Alors on est censés ne parler des E.T. qu'entre nous. Sinsemilla marche à fond là-dedans.

— Quand il devra expliquer où est passé Luki, que dira-t-il ? se demanda Geneva.

— D'abord, personne ne s'en apercevra ni ne pensera à lui poser la question. On bouge tout le temps, on sillonne le pays. On n'a aucun voisin permanent. Pas d'amis, rien que des gens qu'on rencontre sur la route, un soir dans un camping par exemple, et qu'on ne revoit jamais. Sinsemilla a coupé depuis longtemps tous les ponts avec les membres de sa famille. Avant ma naissance. Je ne les ai jamais rencontrés, je ne sais pas où ils sont. Elle n'en parle jamais, sauf de temps en temps pour dire que c'était qu'une bande de prout-ma chère intolérants et coincés – bien sûr, comme vous vous en doutez, elle emploie un langage moins châtié. L'un des pactes que j'ai passés avec Dieu, c'est que je ne serai jamais aussi vulgaire que ma mère et qu'en échange de cette autodiscipline, Il lui accordera tout le temps qu'il lui faudra pour expliquer ses choix moraux, une fois morte, à son tribunal. Je ne suis pas sûre que Dieu, même s'Il est Dieu et plein de ressources, ait compris dans quoi Il s'est fourré en acceptant les termes de ce pacte.

La fillette prit une autre bouchée de tarte qu'elle mâcha une fois encore d'un air stoïque suggérant qu'elle mangeait des brocolis, non avec un dégoût évident, mais avec l'indifférence d'une corvée nutritionnelle.

— Eh bien, et si c'est la police qui pose des questions sur Luki...

— Ils répondront qu'il n'a jamais existé, que j'ai l'esprit dérangé et que je l'ai inventé, comme un compagnon de jeux imaginaire.

— Ils ne peuvent pas s'en tirer avec cette explication, ma chérie.

— Bien sûr que si. Même avant le Dr Fatalitas, Sinsemilla vivait libre comme l'air. Elle dit qu'on a habité Santa Fe, San Francisco, Monterey, Telluride, Taos, Las Vegas, Lake Tahoe, Tucson, et Cœur d'Alene avant le Dr Fatalitas. Je me rappelle certains endroits mais j'étais trop petite pour me souvenir de tous. Quelques mois ici, quelques mois ailleurs. Elle changeait de mec souvent ; certains prenaient de la drogue, d'autres en vendaient et, tous à la recherche d'un gros coup facile étaient de l'espèce oiseau de passage, parce que, s'ils ne circulaient pas, les flics du coin leur auraient fourni une chambre et un petit ami. De toute façon, qui sait où ils sont, tous ces types à l'heure qu'il est, et s'ils se souviendraient de Luki – ou l'admettraient.

— Un certificat de naissance, suggéra Micky. Ce serait une preuve. Où es-tu née ? Et où est né Luki ?

Nouvelle bouchée de tarte. Nouveau mâchonnement sans joie.

— Je ne sais pas.

— Tu ne sais pas où vous êtes nés ?

— Sinsemilla prétend que les Parques n'arrivent pas à nous retrouver et à couper le fil de notre vie si elles ne savent pas où l'on est né. Et elles ne le sauront pas si on n'est pas capable de nommer l'endroit ; alors, on vivra éternellement. Et puis elle ne croit pas aux docteurs ni aux hôpitaux. Elle dit qu'on est nés à la maison, où que se soit trouvée cette maison à l'époque. Au mieux... il y avait peut-être une sage-femme. Je serais plus que surprise que nos naissances aient été enregistrées quelque part.

Le café amer avait refroidi. Micky le sirota quand même. Si elle le laissait elle craignait d'aller chercher le cognac et de le boire à la place, en dépit des objections de Leilani. L'alcool n'apaisait jamais sa rage. Elle s'était mise à picoler parce que la gnole attisait sa colère, colère qu'elle avait *chérie* très longtemps, parce que c'était la seule chose qui la poussât à continuer. Et peu de temps auparavant, elle répugnait encore à y renoncer.

— Tu portes le nom de ton père, dit Geneva avec optimisme. Si on le retrouvait...

— Je ne suis pas sûre que le papa de Lukipela et le mien soient le même. Sinsemilla ne me l'a jamais dit. Il est possible qu'elle ne le sache pas. Luki et moi, on a beau porter le même nom de famille, ça ne veut rien dire. Ce n'est pas le vrai nom de notre père. Elle ne nous l'a jamais dit. Elle fait une fixette sur les noms. Pour elle, ils sont magiques. Connaître le nom d'une personne donne du pouvoir sur elle, et garder secret son nom donne encore plus de pouvoir.

Sorcière au balai dans le cul, salope de sorcière, diablesse, harpie, qui descends de la lune avec mon nom sur la langue, si tu crois que tu vas me jeter un sort en devinant pile poil mon nom...

Les yeux de Sinsemilla écarquillés de fureur, cernés de blanc, se levèrent comme deux étranges lunes dans la mémoire de Micky. Elle frissonna.

Leilani poursuivit :

— Elle l'appelle Klonk parce que d'après elle, quand on lui tapait sur le crâne, il faisait ce bruit-là. Elle le hait. Peut-être est-ce pour cela qu'elle nous déteste un peu, Luki et moi. Et Luki, plus que moi, pour une raison ou une autre.

Malgré tout ce qu'elle savait de Sinsemilla Maddoc, Geneva répugnait à l'incriminer.

— Leilani, ma chérie, même si c'est une personne profondément perturbée, c'est tout de même ta mère. Et à sa façon, elle t'aime beaucoup.

Tante Gen n'avait pas d'enfants, sans l'avoir choisi. Au lieu de se réduire avec le temps, le capital d'amour qu'elle n'avait pu investir sur une fille ou sur un fils avait fructifié, et elle en faisait profiter ceux qu'elle connaissait.

— Aucune mère ne déteste vraiment son enfant, ma chérie, aucune mère au monde.

Mickey regretta, et ce n'était pas la première fois, de ne pas être la fille de Geneva. Comme sa vie dénuée d'agressivité et de pulsions autodestructrices, aurait été différente.

Geneva croisa le regard de Mickey. Outre l'amour, elle

y perçut quelque chose qui lui révéla l'étendue de sa naïveté quant à l'amour maternel. Et son sourire s'estompa.

— Aucune mère au monde, répéta-t-elle doucement, à l'intention de Mickey cette fois. C'est ce que j'ai toujours pensé. Si j'avais compris, je ne serais pas restée les bras croisés.

Mickey détourna les yeux. Elle ne tenait pas à parler de son passé. Pas ici, pas maintenant. Il était question de Leilani Klonk, pas de Michelina Bellsong. Leilani n'avait que neuf ans et, malgré les épreuves qu'elle avait traversées, elle n'était pas encore fichue. C'était une enfant forte et intelligente qui avait une chance, un avenir – pour arachnéen que paraisse le fil l'y rattachant en ce moment. Et elle n'avait pas à faire oublier des milliers de choix stupides. En cette fillette, Mickey voyait l'espoir d'une vie belle, pure avec un but – ce qu'elle ne pouvait encore tout à fait voir clairement en elle.

— Si je sais qu'elle déteste Luki plus que moi, c'est à cause du prénom qu'elle lui a donné. À l'en croire, elle m'a appelée Leilani, qui signifie « fleur du ciel » pour que les gens me considèrent si possible autrement que comme une pauvre infirme. C'est de la vieille Sinsemilla tout craché. En revanche, elle affirme avoir su qui était Luki avant même qu'il ne soit sorti d'elle. En hawaiien, Lukipela, c'est Lucifer, expliqua Leilani.

À l'expression épouvantée de Geneva, on se serait attendu à ce qu'elle apporte la bouteille de ce cognac auquel Mickey avait résisté jusque-là, mais pour son usage personnel.

— Des photos, dit Micky. De Luki et de toi. Voilà qui prouverait que c'était pas un frère imaginaire.

— Ils les ont détruites. Parce que, quand il reviendra avec les aliens, il sera complètement normal. Si jamais on voyait des photos de lui avec ses difformités, on saurait que ce sont des extraterrestres qui l'ont remis d'aplomb. Alors nos copains E.T. auraient raté leur coup. Ils seraient tellement occupés à échapper à ceux qui les pourchasseraient qu'ils deviendraient incapables d'élever le niveau de la civilisation humaine et de nous faire entrer au Parlement Planétaire, avec de super cadeaux de bienvenue et les précieux bons de rabais chez les commerçants qui vont avec. Sinsemilla marche là aussi. Probablement parce qu'elle en a envie. J'avais caché deux photos de Luki qu'ils ont trouvées, et, désormais, je ne le revois plus que dans ma tête.

Chaque jour, je prends le temps de me concentrer sur son visage, d'en graver le moindre détail dans ma mémoire, surtout son sourire. Je ne laisserai jamais son image s'effacer. Je n'oublierai jamais à quoi il ressemblait.

La voix de la fillette devint plus douce mais aussi plus pénétrante, comme l'air s'insinue dans des lieux d'où l'eau est bannie.

— Il n'a pas vécu dix ans, et a enduré toutes ces souffrances pour disparaître comme s'il n'avait jamais existé. Ce n'est pas juste. Zut, si ça l'est. Il faut que quelqu'un se rappelle, vous voyez. Il le faut.

Saisissant la situation de la fillette dans toute son horreur, tante Gen fut réduite à un silence stupéfait et à tout le moins à une paralysie temporaire de son affectif. Jusqu'à aujourd'hui, Geneva Davis avait toujours trouvé les mots justes pour consoler, adaptés à toutes les circonstances, avait su apaiser un cœur ulcéré d'une caresse dans les cheveux, dissiper la peur d'un câlin et d'un baiser sur le front.

Quant à Micky, une terreur qu'elle n'éprouvait plus depuis une quinzaine d'années s'empara d'elle. Une fois de plus, elle se sentait à la merci du destin, du hasard, de types dangereux, aussi impuissante que dans son enfance où les mêmes forces la menaçaient. Aucun moyen de porter secours à Leilani ne lui venait à l'esprit, de même qu'elle n'avait pas réussi à se sauver elle-même. Et cette incapacité signifiait peut-être qu'elle n'aurait pas l'intelligence, la détermination, le courage nécessaires pour racheter sa vie gâchée.

Leilani termina sa seconde part de tarte avec solennité. On aurait dit qu'elle la mangeait non pour satisfaire un besoin ou une envie, mais à la place de celui qui ne pouvait se trouver à table avec elles, du garçon au bassin et aux hanches en Meccano, traînant bravement la patte, le pied emprisonné dans une chaussure à semelle compensée, du frère qui avait probablement aimé la tarte aux pommes et dont le souvenir devait être nourri en sa perpétuelle absence.

La lumière vacilla, il y eut un crépitement tandis qu'une volute de fumée s'élevait paresseusement de la mèche morte. Une des trois bougies s'était consumée, et l'obscurité en profita pour se rapprocher de la table.

16.

La fusillade, mais des saucisses. La menace des chasseurs, mais le refuge procuré par le chaos. L'hostilité l'environne, mais l'évasion à portée de main.

Même dans les moments les plus noirs, la lumière existe si l'on a la foi pour la voir. La peur est un poison que sécrète l'esprit, et le courage est son antidote stocké dans l'âme. L'infortune contient en germe le triomphe à venir. N'ont pas d'espoir ceux qui ne croient pas à l'intelligence du dessein de toutes choses, en revanche ceux qui trouvent du sens à chaque jour qui passe vivront dans la joie. En livrant bataille à un ennemi supérieur à soi, l'on découvre l'efficacité d'un coup de pied dans les parties.

Ces maximes sagaces et d'innombrables autres sont tirées du *Grand Livre de Maman : Petits Conseils à l'Usage de la Rue pour Pourchassés et Caméléons en Puissance*. Cet ouvrage n'a jamais été publié, évidemment, bien que dans sa tête, le garçon en voie les pages aussi nettement que celles d'un livre qu'il aurait lu – un recueil contenant une sagesse acquise de haute lutte. Avant tout, sa mère était sa mère, mais c'était aussi un symbole universellement admiré de résistance à l'oppression, une avocate de la liberté dont les enseignements – que ce fût sa philosophie ou ses conseils pratiques de survie – s'étaient transmis de croyant à croyant, à la manière dont les récits folkloriques se sont conservés au fil des siècles parce que l'on n'a pas cessé de les raconter à la lueur d'un feu de camp ou de l'âtre.

Curtis, tout en espérant qu'il n'aura pas à donner de coup de pied dans les parties de quelqu'un, est prêt à tout pour survivre. Par nature, il est plus rêveur que calculateur, plus poète que guerrier, bien qu'il soit mal placé, il faut le reconnaître, pour voir quoi que ce soit de poétique ou de martial dans le fait de serrer sur son cœur un paquet de saucisses, de détaler comme un singe et de battre en retraite en désordre, loin de la bataille qui fait rage derrière lui.

Curtis contourne d'autres plans de travail, se glisse dessous, passe devant de grands buffets dont les étagères croulent sous la vaisselle empilée, s'abrite derrière d'énormes équipements culinaires à l'utilisation inconnue, et se rapproche, indirectement mais sûrement, de l'extrémité de la cuisine vers laquelle ceux qui travaillent ont paru l'orienter au début.

Aucun d'eux ne lui prête plus assistance. Ils sont trop occupés à plonger aux abris, crapahutant comme des soldats à la recherche d'un refuge lors d'une escarmouche inattendue et disant leurs prières, chacun d'eux déterminé à protéger le postérieur que sa maman a talqué autrefois avec tant d'amour.

Outre les détonations de la fusillade, Curtis entend les balles ricocher en sifflant ou avec un *dzing* de cymbale sur les hottes d'aspiration et autres surfaces métalliques, frappant – *tchac* – le bois ou le plâtre, perforant les soupières pleines d'un *bong* étouffé et trouant les vides d'un *ping* creux et retentissant. De la vaisselle explose en accords bruyants et disharmonieux ; des étagères métalliques effleurées par les projectiles produisent des arpèges discordants. Un brouillard toxique de gaz de refroidissement monte d'une ligne de réfrigération sectionnée et s'évapore rapidement en sifflant comme un public mécontent siffle les musiciens dénués de talent d'un orchestre symphonique. Peut-être Curtis est-il capable de faire appel à son côté poétique en pleine guerre, après tout.

Le FBI n'a pas pour habitude d'entamer des négociations quand on joue du revolver, ce qui signifie que les cowboys doivent avoir déclenché les hostilités. Et les deux hommes n'auraient pas eu aussi subitement recours à la violence s'ils n'avaient la certitude que ces Fédés-là connaissent leur vraie nature.

C'est une évolution étonnante, dont Curtis ne peut assimiler toute l'importance dans le tumulte actuel. Si les autorités fédérales connaissent l'existence des forces obscures qui poursuivent le garçon sans mère, alors elles connaissent celles du garçon, et si elles peuvent identifier les chasseurs, elles doivent être capables de l'identifier, lui, au même titre.

Curtis avait cru qu'une simple section le poursuivait. Peut-être s'agit-il de toute une armée. Et les ennemis de ses ennemis ne sont pas toujours ses amis, certainement pas dans ce cas-là.

Il contourne une autre travée et découvre un employé assis par terre, coincé dans un angle formé par de grands placards. Le cuistot est apparemment paralysé par la panique.

Les genoux repliés sous le menton, le type essaie de se faire le plus petit possible pour éviter ricochets et balles perdues. Il s'est coiffé d'une grande passoire en inox, qu'il tient à deux mains, le visage entièrement dissimulé, évidemment parce qu'il pense éviter ainsi d'être atteint à la tête.

Ailleurs, dans la cuisine, un homme hurle. Peut-être qu'il a été touché. Curtis n'a jamais entendu le cri d'un blessé par balle. C'est un hideux couinement d'agonie. Il a déjà entendu crier de la sorte, trop souvent. Il est difficile de croire qu'une simple blessure par balle soit à l'origine de cris aussi stridents, aussi affreux.

On entrevoit les yeux brillant de terreur de l'homme à la passoire à travers les petits trous. Et quand il parle en vietnamien, on comprend, malgré son casque de métal : *on va tous mourir.*

Curtis lui répond dans sa langue en lui transmettant une maxime de sa mère qui, espère-t-il, le réconfortera : *l'infortune contient en germe le triomphe à venir.*

Ce n'est pas l'échange le plus sans accrocs auquel le garçon se soit livré jusqu'à présent, mais le cuistot terrifié réagit à ce conseil bien intentionné à défaut d'être pertinent, par un excessif : *Maboule ! Barjo !*

Interloqué, mais trop poli pour rendre insulte pour insulte, Curtis se carapate sans demander son reste.

Les cris d'angoisse ont sur le sang du garçon le même effet que le vinaigre sur le lait et, bien qu'une fusillade monstre interrompe les hurlements, elle n'interrompt pas avec la même rapidité le processus enclenché. Il perd son appétit pour les hot dogs, sans cesser pour autant de les agripper, car une longue expérience lui a appris que la faim peut resurgir rapidement, même après une peur qui vous a donné la nausée. Si le cœur guérit lentement, l'esprit est résistant, et le corps a toujours des besoins.

En outre, il doit penser à Fidèle Vagabonde.

Bonne chienne, j'arrive, ma chienne.

Le rugissement du long tir de barrage fait encore tinter ses oreilles. Pourtant, Curtis entend des gens beugler, deux ou trois hommes jurer, une femme réciter en chevrotant et en boucle *Je vous salue Marie*. Ce chœur suggère que la bataille n'est pas terminée et risque peut-être de s'éterniser. Aucune voix n'exprime le soulagement, toutes vibrent d'inquiétude, d'affolement, de méfiance.

De plus en plus près de l'extrémité de la cuisine, il tombe sur plusieurs cuistots s'engouffrant à la hâte dans une porte ouverte.

Il envisage de les suivre quand il s'aperçoit qu'ils entrent dans une glacière, avec apparemment l'intention de fermer la porte métallique isolante. Ce pourrait être un refuge pare-balles ou tout comme.

Curtis n'a que faire d'un refuge. Il veut trouver un sas de secours. Et vite.

Une autre porte. Celle d'une petite réserve, d'à peu près deux mètres cinquante sur trois, munie d'une porte au fond. C'est aussi une glacière, avec des rangements métalliques à crémaillère des deux côtés. Sur les étagères, des récipients en plastique d'un litre et demi de jus d'orange, de pamplemousse, de pomme, de lait, ainsi que des boîtes d'œufs, des formes de fromage...

Il attrape un récipient de jus d'orange par la poignée, en notant mentalement de revenir en Utah un jour – à condition qu'il quitte l'État vivant – donner une compensation pour ça et les hot dogs. Son intention de payer ce qu'il prend a beau être sincère, il ne s'en sent pas moins un bandit.

Mettant tous ses espoirs dans la porte du fond de cette glacière, Curtis découvre qu'elle s'ouvre sur un magasin plus grand et plus chaud, où sont entassées des fournitures n'ayant pas besoin d'être réfrigérées. Des cartons de serviettes en papier, de papier hygiénique, de produits de nettoyage ou de cire liquide.

Logiquement, un magasin devrait s'ouvrir à l'extérieur, sur une aire de chargement ou un parking. Et une fois la porte franchie, sa logique est récompensée. Une brise tiède, sans odeurs de cuisine ni de poudre, lui saute au visage, comme un chien joueur, et joue avec ses cheveux.

Il tourne tout de suite à droite sur l'aire faiblement éclairée et pique un sprint jusqu'au bout. Quatre marches de ciment conduisent à un autre parking asphalté, moins bien éclairé que les précédents.

La plupart des véhicules garés par ici appartiennent probablement aux employés du restaurant, de la station-service, du motel et des commerces attenants. On y trouve davantage de pick-ups que de voitures, et les rares 4 × 4 comme brûlés par le désert, érodés par le sable, égratignés par les broussailles ont l'air d'avoir servi à autre chose qu'à des virées au supermarché.

Le récipient de jus d'orange de Floride dans une main, le paquet de hot dogs dans l'autre, Curtis fonce entre deux 4 × 4, hyper pressé de se mettre à couvert avant que les agents du FBI, les chasseurs déguisés en cowboys, et aussi peut-être la police des jus de fruits et les représentants de l'ordre des saucisses ne lui tombent dessus à bras raccourcis, ne le criblent de coups de feu.

À l'instant où il plonge dans la zone d'ombre entre deux véhicules, il entend crier et courir – tellement *près* soudain.

Il se retourne face au chemin qu'il a emprunté, prêt à assommer le premier venu avec le récipient de jus d'orange. Les hot dogs sont une arme inutile, les saucisses n'ont jamais figuré dans les cours d'autodéfense de sa mère. Une fois le jus utilisé, il ne pourra compter que sur les coups de pied dans les parties.

Deux, trois, cinq hommes courent précipitamment devant les deux 4 × 4 garés en parallèle, une formidable bande de spécimens baraqués, tous vêtus d'un gilet ou d'un coupe-vent noirs avec les lettres *FBI* leur barrant de blanc la poitrine ou le dos. Deux ont des fusils, les autres, des armes de poing. Ils sont prêts, surexcités, en pétard – et concentrés si fortement sur l'entrée de service du restaurant qu'aucun d'eux ne prend garde à Curtis au passage. Ils le laissent tranquille, toujours en possession de son dangereux récipient de jus d'orange et de ses lamentables saucisses.

Aspirant à grosses goulées l'air astringent du désert, le restituant plus chaud qu'il ne l'a reçu, le garçon se faufile vers l'ouest, dissimulé par les véhicules du personnel. Il ne sait plus très bien où se diriger, mais il est impatient de mettre une certaine distance entre lui et ce complexe de bâtiments.

Il contourne le hayon d'un pick-up Dodge, s'enfonce à toute allure dans une nouvelle allée, et voici la chienne qui l'attend, fidèle au poste. Une forme noire éclaboussée de volutes blanches évoquant un étang noyé de nuit où flottent des écharpes de clair de lune. Aux aguets, elle a les oreilles dressées, non à cause des saucisses mais parce qu'elle sent que son maître est dans le pétrin.

Bonne chienne. Partons d'ici.

Elle fait prestement volte-face – n'étant pas plus vieille que jaune – et s'en va au trot, sans foncer, à une allure que le garçon peut suivre. Se fiant à son flair plus affiné, supposant qu'elle ne les mènera pas droit vers des complices des cowboys qui pourraient être – sont sûrement – dans les parages, ou vers une autre troupe d'agents du FBI hérissés d'armes, Curtis la suit.

17.

Pour tout le monde, sauf pour Noah Farrel, le Havre des Solitaires et des Oubliés de Longue Date était connu comme le Foyer Cielo Vista. Le vrai nom de l'établissement promettait une vue du Paradis mais procurait davantage un aperçu du Purgatoire.

Il ne savait plus trop pourquoi il l'avait rebaptisé de façon si larmoyante. Et il ne pouvait plus se tirer ce nom de la tête. La vie par ailleurs l'avait entièrement purgé de toute sentimentalité, même s'il admettait volontiers posséder un filon romantique de plus en plus en épuisé mais pas encore éradiqué.

Non que le foyer ait eu quoi que ce soit de romantique, à part son architecture espagnole et ses allées ombragées de treillis drapés de bougainvillées jaunes et mauves. Malgré ces charmilles engageantes, personne ne viendrait ici en quête d'amour ou d'aventure chevaleresque.

Partout dans l'établissement, les sols – lino gris moucheté pêche et turquoise – étaient immaculés. Les murs pêche aux moulures blanches contribuaient à créer une atmosphère claire et accueillante. La propreté et les couleurs pimpantes, cependant, ne suffirent pas à duper Noah et à le mettre de bonne humeur.

Le personnel de cette institution privée était cordial et dévoué. Noah, qui appréciait leur professionnalisme, trouvait leurs sourires et leur accueil empreints de fausseté. Non parce qu'il mettait en doute leur sincérité mais parce qu'il avait du mal à se fendre d'un sourire authentique dans ce lieu où il arrivait accablé d'un tel poids de culpabilité que son cœur était trop oppressé pour contenir des émotions plus expansives.

Dans le couloir principal du rez-de-chaussée, une fois

dépassée la permanence des infirmières, Noah tomba sur Richard Velnod. Ce dernier préférait qu'on l'appelle Rickster, le surnom affectueux que lui donnait son père.

Rickster traînait des pieds avec un sourire rêveur, comme si le marchand de sable lui avait soufflé dans les yeux la poussière du sommeil. Le cou épais, les épaules rondes et mastoc, les bras et les jambes courts, il évoquait des personnages de contes de fées ou de légendes, bien que toujours sous une forme bienveillante : un troll aimable ou un kobold au grand cœur en route pour aller veiller sur des mineurs de charbon dans des boyaux profonds et dangereux, plutôt que de les tourmenter.

Chez de nombreuses personnes, le visage d'un trisomique inspire de la pitié, provoque de l'embarras et de l'inquiétude. En revanche, chaque fois que Noah voyait ce garçon – malgré ses vingt-six ans, c'était un enfant sous bien des aspects – il prenait conscience que personne n'était parfait en ce bas monde. Et l'idée que, pour peu qu'il en ait la volonté, il pouvait rectifier ses imperfections, si graves soient-elles, le plongeait dans une gratitude éperdue.

— Est-ce que la petite dame orange aime qu'il fasse noir dehors ? lança Rickster.

— De quelle petite dame orange s'agit-il ? demanda Noah.

Rickster faisait une coupe de ses mains. On aurait dit qu'il dissimulait un trésor qu'il portait en offrande à un trône ou un autel.

Quand Noah se pencha pour jeter un œil, Rickster les ouvrit avec hésitation. Une huître méfiante, jalouse de sa perle précieuse, n'aurait pas entrouvert avec plus de prudence sa coquille pour se nourrir. Sur l'une de ses paumes rampait une coccinelle à la carapace orange comme une perle vernie.

— Elle vole un peu.

Rickster s'empressa de refermer les mains.

— Je vais la libérer.

Il jeta un regard à la nuit tombée depuis peu par une fenêtre voisine.

— Peut-être qu'elle a peur. Dans le noir, je veux dire.

— Je connais les coccinelles, dit Noah. Elles adorent toutes la nuit.

— T'es sûr ? Le ciel disparaît dans le noir et tout devient si gros. Je veux pas qu'elle ait peur.

Les traits doux de Rickster de même que ses yeux graves étaient empreints d'une profonde bonté naturelle, qu'il n'avait apprise de personne et d'une innocence impossible à corrompre, exigeant que son inquiétude pour l'insecte soit prise au sérieux.

— Les oiseaux perturbent les coccinelles, tu sais, dit Noah.

— Parce qu'ils mangent les insectes.

— Tout à fait. Mais beaucoup d'oiseaux se perchent la nuit et ne bougent plus jusqu'au matin. Ta petite dame orange court moins de risques dans le noir.

Si le front anguleux de Rickster, son nez plat et les grosses rides de son visage semblaient mieux faits pour des expressions moroses, son sourire était large et engageant.

— Je libère des tas de trucs, tu sais ça ?

— Oui.

Des mouches, des fourmis. Des mites lasses de se cogner aux carreaux ou grasses de leurs festins de laine. Des araignées gigotantes. De minuscules cloportes recroquevillés aussi serré que des tatous effrayés. Tous et bien d'autres encore avaient été sauvés par cet homme-enfant, sortis de Cielo Vista et remis en liberté.

Un jour, une souris hors-la-loi avait filé de chambre en chambre et dans les couloirs, échappant à une escouade cocasse de gardiens et d'infirmières. Rickster s'était agenouillé, la main tendue. Comme si elle sentait renaître l'esprit de saint François, la fugitive effrayée avait trottiné directement vers lui, sauté sur sa paume, remontant le long de son bras pour terminer sur son épaule voûtée. À la plus grande joie et sous les applaudissements du personnel et des résidents, il était sorti pour relâcher la créature tremblante sur la pelouse, où elle avait filé hors de vue dans un massif d'impatientes rouges.

Comme c'était sans doute une souris des villes, préférant la chaleur de l'âtre aux champs, la bestiole s'était sûrement cachée parmi les fleurs, le temps que sa terreur disparaisse. La nuit venue, elle aurait trouvé le moyen de se réintroduire dans le sanctuaire chauffé et sans chat du foyer.

De ces divers sauvetages, Noah déduisait que Rickster considérait le séjour de Cielo Vista, malgré son confort et son personnel attentionné, comme une condition peu naturelle pour toutes formes de vie.

Au cours de ses seize premières années, le garçon avait

vécu dans le vaste monde avec son père et sa mère. Un chauffard ivre les avait tués sur la Pacific Coast Highway. À dix minutes de chez eux, ils s'étaient soudain retrouvés à moins de dix minutes du Paradis.

L'oncle de Rickster, exécuteur testamentaire, était aussi son tuteur. Et on avait expédié Rickster – une charge pour la famille – à Cielo Vista. Il y était arrivé timide, craintif, docile. Une semaine plus tard, il devenait le bienfaiteur des insectes, l'émancipateur des rongeurs.

— J'ai libéré une dame comme ça une fois, deux fois peut-être, mais en plein jour.

Soupçonnant que Rickster avait un peu peur de la nuit, Noah lui proposa :

— Tu veux que je l'emmène dehors et que je la libère ?

— Non merci. Je veux la voir s'en aller. Je la mettrai sur les roses. Elle les aimera.

La protégeant de ses mains qu'il serrait sur son cœur, il se dirigea vers le vestibule et l'entrée d'un pas traînant.

Noah, qui avait autant les pieds de plomb que Rickster, essaya néanmoins de ne pas les traîner le reste du chemin jusqu'à la chambre de Laura.

Comme si l'idée lui venait après coup, le libérateur de coccinelles lui cria :

— Laura n'est pas là aujourd'hui, elle est partie dans un de ses repaires.

Noah s'immobilisa, consterné.

— Lequel ?

Sans se retourner, le garçon lui dit :

— Celui qui est triste.

Au bout du couloir, sa chambre était petite mais peu encombrée. Aucun signe ne révélait qu'on se trouvait dans un hôpital ou un sanatorium. Le faux tapis persan, bien que bon marché, dotait le lieu de grâce et de chaleur. Avec ses couleurs vives, chatoyantes, on aurait dit un trésor de pirates où des saphirs se mêlaient à des émeraudes et à des rubis. Le mobilier n'était pas typique de ce genre d'institution – Formica et inox – mais il était en érable teinté et poli, aux reflets de Cabernet.

La seule lumière provenait de l'une des lampes de chevet, posées sur les tables de nuit qui flanquaient l'unique lit. Laura ne partageait pas ses quartiers, parce qu'elle n'était pas assez sociable pour avoir un compagnon de chambre.

Pieds nus, vêtue d'un pantalon de coton blanc et d'un

chemisier rose, elle était étendue sur la courtepointe en chenille du lit, la tête sur un oreiller, tournant le dos à la porte et à la lampe, son visage dans l'ombre. Elle ne bougea pas quand il entra, ni ne fit mine de remarquer sa présence quand il contourna le lit et se tint au-dessus d'elle à la regarder.

Malgré ses vingt-neuf ans, son unique sœur resterait à jamais une enfant dans son cœur. Il l'avait perdue quand elle avait douze ans. Jusque-là, elle était resplendissante, soleil d'une famille vivant autrement dans l'ombre, croupissant dans les ténèbres.

Belle à douze ans, elle l'était restée, à moitié. Couchée du côté gauche, elle ne lui présentait que son profil droit, celui que la catastrophe qui avait bouleversé sa vie avait laissé intact. La partie masquée de son visage, pressée contre l'oreiller, était son hémisphère « fantôme de l'Opéra », sa structure osseuse martyrisée retenue par des filaments de tissu cicatriciel.

Même si la meilleure chirurgie réparatrice n'aurait pu reconstituer sa beauté, il aurait été possible d'estomper les ravages et de lui reconstruire un profil banal. Les compagnies d'assurances, cependant, refusent de payer une chirurgie plastique dispendieuse quand le patient souffre de graves lésions cérébrales qui ne lui permettent qu'un minimum de lucidité et le privent de tout espoir de mener une existence normale.

Comme Rickster l'en avait prévenu, Laura était retirée dans l'un de ses endroits secrets. Oublieuse de tout ce qui l'entourait, elle contemplait un autre monde, mémorisé ou imaginaire, comme si elle assistait à une pièce de théâtre, représentée pour un seul spectateur.

D'autres jours, elle pouvait être couchée, souriante, les yeux brillant d'amusement, émettant de temps à autre un murmure de plaisir. Mais aujourd'hui, elle était dans le lieu de la tristesse, le deuxième en matière d'horreur des pays inconnus dans lesquels errait son esprit vagabond. De l'humidité noircissait la taie d'oreiller sous sa tête, sa joue était mouillée, des gouttelettes salées tremblaient au bout de ses cils et de nouvelles larmes miroitaient dans ses yeux marron.

Noah prononça son nom. Ainsi qu'il s'y attendait, Laura ne réagit pas.

Il lui toucha le front. Elle ne réagit par aucun frémissement, ni battement de cils.

Elle était aussi inaccessible dans son état de désespérance que lorsqu'elle était en extase. Et cela durait cinq à six heures, voire, rarement, huit à dix.

Quand elle n'était pas en catalepsie, il lui arrivait de s'habiller et de se nourrir seule, l'air un peu médusée, comme si elle n'était pas entièrement sûre de ce qu'elle faisait ni pourquoi. Dans cet état plus habituel, Laura répondait parfois à son nom, même si à l'ordinaire, elle ne semblait pas savoir qui elle était ni y attacher de l'importance.

Silencieuse, la plupart du temps, elle ne reconnaissait jamais Noah. Pour peu qu'elle ait des souvenirs de l'époque où elle était normale, ils étaient éparpillés dans son esprit en fragments si infimes qu'il lui aurait été aussi impossible de reconstituer que les paillettes brillantes de coquillages d'une plage réduits en miettes par des siècles de marées.

Noah s'installa dans le fauteuil, d'où il voyait son regard rêveur, le papillotement périodique de ses paupières et le flot régulier de ses pleurs. Si difficile qu'il fût de veiller sur elle quand elle était dans cette transe de désespoir, Noah se félicitait qu'elle ne fût pas descendue au royaume plus opaque où elle se perdait parfois. Dans cet endroit encore moins hospitalier, ses yeux sans larmes s'emplissaient d'horreur et une affreuse peur ciselait la partie intacte de son visage de rides abominables.

— Ce que va me rapporter cette affaire paiera six autres mois de séjour ici, lui dit Noah. Nous voilà donc parés pour la première moitié de l'année prochaine.

Subvenir aux besoins de Laura était la raison pour laquelle il travaillait, vivait dans un appartement bon marché, roulait dans un tas de ferraille, ne voyageait jamais et s'habillait dans des entrepôts de vêtements. Subvenir aux besoins de Laura était, en fait, sa seule raison de vivre.

Se serait-il comporté de manière responsable dans le passé, quand elle avait douze ans et lui, seize, aurait-il eu le courage de s'en prendre à son ignoble famille et de faire ce qu'il fallait, sa sœur n'aurait pas été tabassée et laissée pour morte. Sa vie ne serait pas devenue cette succession ininterrompue de rêves et de cauchemars éveillés, ponctuée de périodes de sidération.

— Constance Tavenall te plairait, ajouta-t-il. Si tu avais eu une chance de grandir, je crois que tu lui aurais beaucoup ressemblé.

Quand il rendait visite à Laura, il lui parlait longuement. Qu'elle fût plongée dans une transe comme aujourd'hui ou plus éveillée, elle ne répondait jamais, ne semblait jamais comprendre une seule phrase de son monologue. Et pourtant, il pérorait jusqu'à ce qu'il fût à court de mots, souvent jusqu'à en avoir la gorge sèche et enflammée.

Quelque chose de plus profond que l'espoir l'ancrait dans son obstination, une foi, si folle qu'elle lui parût parfois, à laquelle il était incapable de renoncer. Il avait besoin de croire que Dieu existait, qu'Il chérissait Laura, qu'Il ne permettait pas qu'elle souffre le malheur d'un isolement complet, qu'Il permettait à la voix de Noah et au sens de ses mots d'atteindre le cœur cloîtré de Laura, lui procurant ainsi du réconfort.

Pour supporter le fardeau des jours et pour continuer à respirer sous le poids des nuits Noah Farrell se raccrochait à l'idée qu'il parviendrait à se racheter grâce à ce service qu'il rendait à sa sœur. L'espoir d'expiation était le seul aliment de son âme et la possibilité de la rédemption abreuvait le désert de son cœur.

À défaut de pouvoir se libérer, Richard Velnod relâchait mites et souris. Et Noah, faute d'avoir la possibilité de se libérer ou de libérer sa sœur, n'avait d'autre satisfaction que d'imaginer que sa voix permettait à un mince mais précieux rai de lumière de s'infiltrer dans l'obscurité où Laura était plongée.

18.

Tandis qu'il sort rapidement du parking du personnel, dangereusement exposé aux regards, contourne le complexe du relais routier pour gagner le parking des clients où aucun poids lourd n'est autorisé, le garçon croit entendre des coups de feu sporadiques. Il n'en jurerait pas. Sa respiration volcanique et le claquement de ses baskets sur l'asphalte masquent tout autre bruit ; la brise du désert déferle sur lui, et l'air produit au fond de ses oreilles le son sec d'une mer morte depuis longtemps.

Aux fenêtres à l'étage du motel, on a tiré les rideaux et ses occupants curieux et inquiets scrutent l'extérieur pour localiser la source de ce tumulte.

Bien que ladite source soit peu claire depuis cette perspective, le tumulte ne peut échapper à personne. Des clients en fuite obstruent le goulot d'étranglement de l'entrée du restaurant s'ils ne sont pas en danger d'être piétinés comme les supporters énervés d'un match de foot ou les fans fous de musique et entichés de célébrités d'un concert rock, ils souffrent sûrement d'orteils écrasés et de coups de coude dans les côtes. Les fuyards emmêlés s'éjectent du restaurant en se déployant à la manière du serpent en accordéon d'une boîte à malice. Une fois libérés, ils courent seuls, en couple ou en famille vers leurs voitures ; certains jettent des regards apeurés en arrière, cependant qu'une nouvelle fusillade éclate – Curtis l'entend pour de bon cette fois – estompée mais indubitable dans les profondeurs du bâtiment.

Soudain, crépitements des coups de feu et clients paniqués deviennent les éléments les moins pénibles de ce vacarme. Des barrissements effrayants – on dirait ceux d'un dinosaure – déchirent l'air de la nuit.

À coups de klaxon répétés pour se dégager la route, un semi-remorque dévale la rampe de sortie de l'autoroute en direction de l'aire de service. Le chauffeur fait aussi des appels de phare, pour signaler qu'il a un quinze tonnes fou sous son fessier.

Si certains des énormes réservoirs de la station-service contiennent du diesel, carburant inflammable mais pas hautement explosif, d'autres contiennent de l'essence, autrement dit un billet garanti pour l'Apocalypse. Si le camion qui dévale emplafonne les pompes et les arrache comme les piquets d'une barrière, les explosions convaincront les gens du coin, dans un rayon de vingt kilomètres, que le Dieu courroucé de l'Ancien Testament, ayant fini par en avoir assez des péchés de l'humanité, écrase férocement Ses créatures sous Ses bottes de sept lieues.

Curtis ne voit nulle part où fuir ce mastodonte et n'a plus le temps de se mettre à l'abri. Il ne court pas un très gros risque de se faire écraser par le camion lancé à plein régime, parce qu'il lui faudrait faucher trop de pompes à essence et franchir trop de véhicules garés en barricade pour l'atteindre. Tourbillons de boules de feu, jets d'essence enflammée, débris flamboyants aéroportés et tir de barrage de shrapnels en rafale seront, plus plausiblement, d'éventuelles causes de son décès, tel que le constatera le coroner.

Les personnes, qui se sont enfuies du restaurant, paraissent partager avec Curtis la sinistre évaluation de la situation. Presque toutes se figent en voyant le semi-remorque fou, rivées au sol par l'imminence du désastre.

Rugissement du moteur, hurlement des klaxons, jeux de phares digne des yeux d'un dragon en furie, le Peterbilt se rue à travers une voie de service déserte, entre des îlots de pompes. Pompistes, camionneurs et automobilistes redevenus piétons s'éparpillent devant lui. Pour eux, la mort certaine se transforme instantanément en histoire formidable à conter un jour à leurs petits-enfants, car le poids lourd n'agrafe pas une seule pompe, ne défonce aucun véhicule relié aux tuyaux et s'abreuvant aux pistolets, mais ressort du long auvent de la voie de service et oblique vers les bâtiments, rétrogradant avec une vive protestation des pignons du levier de vitesses.

Le couinement des freins à air comprimé, actionnés témérairement si tard, révèle que le chauffeur n'est pas, après tout, à la merci d'un engin dont il a perdu le contrôle, mais un ivrogne ou un fou dangereux. Les pneus barattent de soudains nuages de fumée bleu pâle et semblent bégayer sur la chaussée.

Le Peterbilt tangue ; il paraît certain qu'il va se mettre en travers et se renverser. Les freins éructent des giclées sonores et une série de jappements montent des pneus maltraités, tandis que le chauffeur pompe par à-coups sur la pédale au lieu de l'écraser à fond.

Tel un alligator, une bande de roulement se détache de l'un des pneus et cingle l'asphalte, claquant comme une queue qui fouette.

La chienne gémit.

Curtis aussi.

D'une autre roue, un second alligator décolle à son tour, dégringolant à la suite du premier.

Un pneu explose, la remorque tressaute, les tuyaux d'échappement aboient aussi fort qu'un mortier lançant des obus de cent millimètres vers les positions ennemies, un autre pneu explose. Un circuit d'air se rompt, la pression chute et les freins se bloquent automatiquement, si bien que le camion patine comme un porc sur la glace, avec plus de glapissements que de grâce, même si le plus gros cochon jamais primé n'aurait pesé qu'une fraction du tonnage avec lequel ce mastodonte fait pencher la balance. Dans la puanteur de caoutchouc brûlé, avec un dernier grognement de protestation des vitesses, il s'arrête en frissonnant devant le motel, près du restaurant, toujours sur ses roues, sifflant et grondant, parmi fumées et autres vapeurs.

Gémissante, la chienne s'accroupit et pisse.

Curtis résiste avec succès à l'envie d'arroser la chaussée, lui aussi, tout en s'estimant chanceux d'avoir utilisé les toilettes peu de temps auparavant.

Le poids lourd est bizarrement fichu avec deux grandes portes latérales et aucune à l'arrière. L'instant suivant l'arrêt complet du semi-remorque, ces portes glissent et des types en tenue anti-émeutes en sautent. Ils ne titubent pas, n'ont pas l'air désorienté, ainsi qu'ils le devraient, mais de savoir qui ils sont et où ils vont, comme si on les avait amenés à destination avec autant d'égards qu'un chargement d'œufs.

Une bonne trentaine d'hommes, vêtus de noir, débarquent du camion : il ne s'agit pas d'une simple équipe d'intervention, même pas d'une brigade d'intervention, mais d'une section d'intervention. Les casques anti-émeutes noirs brillent. Leurs visières en plexi sont munies de micros incorporés pour permettre une coordination stratégique continue. Ils portent des gilets en Kevlar. Des ceintures festonnées de chargeurs, bombes lacrymo, boîtiers électriques, grenades paralysantes, menottes. Des pistolets automatiques sont glissés dans leur étui à la hanche. Mais ils surgissent avec de plus puissantes armes en main.

Ils sont venus botter un max de culs.

Celui de Curtis, entre autres, peut-être.

Comme on est ici dans un comté relativement rural de l'Utah, l'arrivée opportune d'une unité de police aussi puissante est stupéfiante. Une métropole, nantie d'un budget important et d'un maire anti-criminalité, ne pourrait même pas déployer de forces de cette ampleur et de cette sophistication, en cinq minutes chrono, et Curtis doute que cinq minutes soient passées depuis les premiers coups de feu tirés dans la cuisine.

Tandis que les soldats se déversent de la remorque, un homme tête nue ouvre à la volée la portière côté passager de la cabine et saute à terre. Bien qu'il ait occupé la place du tireur près du chauffeur, c'est l'unique membre de ce contingent à n'être armé ni d'un pistolet de calibre 12 ni d'un Uzi. Il porte un casque audio muni d'une tige qui met le minuscule micro à portée de ses lèvres ; et même si les autres membres de la section ne portent ni insigne ni sigle distinctifs, lui est vêtu d'un coupe-vent bleu foncé ou noir, frappé de lettres blanches qui ne signifient pas *Ici Bière Fraîche*.

Grâce à une flopée de films, Curtis a appris que le Bureau possède les ressources pour monter une opération pareille dans la cambrousse de l'Utah aussi facilement qu'en plein Manhattan – certes pas en cinq minutes. Ils sont à la poursuite, c'est évident, des chasseurs qui ont pourchassé Curtis et sa famille. Par conséquent, ils doivent connaître toute l'histoire ; et bien qu'elle doive leur paraître invraisemblable, ils ont clairement réuni suffisamment de preuves pour balayer tous leurs doutes.

Si le Bureau sait ce que fabriquent ces deux cowboys et comprend que beaucoup d'autres passent au peigne fin cette partie de l'Ouest en étroite coordination avec eux, alors ces agents du FBI doivent aussi connaître l'identité de leur proie : à savoir, Curtis, un petit garçon. Qui se trouve là. À dix mètres d'eux. Sous le lampadaire d'un parking.

Vous avez dit, cible facile ?

Cloué au macadam par la terreur, temporairement aussi inamovible qu'un chêne enraciné en terre, Curtis s'attend à être immédiatement criblé de balles ou, alternativement, à être bombé, électrocuté, matraqué, menotté pour interrogatoire et à une date ultérieure, au bon plaisir de ses geôliers, questionné copieusement.

Au lieu de ça, bien que la plupart des membres de la section aperçoivent Curtis, personne ne le regarde deux fois. Quelques secondes à peine après avoir surgi du semi-remorque, ils se regroupent et courent vers le restaurant et l'entrée du motel.

Alors ils ne sont pas au courant de tout, finalement. Même le Bureau peut commettre des erreurs. Le fantôme de J. Edgar Hoover doit piquer sa crise quelque part dans la nuit, à proximité, et s'efforcer de rassembler assez d'ectoplasmes pour faire une apparition crédible et désigner Curtis du doigt, à quelques agents du moins.

Comme un seul homme, les clients sortant du bâtiment ont été paralysés en pleine fuite par l'arrivée de ce déploiement intimidant. À présent, toujours à l'unisson, ils se remettent en mouvement, se dispersant en direction de leurs véhicules, impatients de dégager du champ de bataille.

De tous les côtés, autour de Curtis, les verrouillages électroniques se débloquent à distance avec des doubles bips aigus, comme une meute de danois minuscules dont on aurait marché sur la queue.

Fidèle Vagabonde réagit à cette sérénade de bêlements à moins qu'elle ne comprenne instinctivement que le temps de fuir s'égrène à toute allure. Le relais routier est un point chaud ; il faut qu'ils gagnent un endroit plus confortable, moins brûlant. Elle pirouette sur ses quatre pattes, avec une grâce suffisante pour la faire engager au New York City Ballet, passant en revue les possibilités. Puis elle pique un sprint, contourne l'avant d'une Honda toute proche et disparaît.

Suivre la chienne n'a pas jusqu'ici mené Curtis à la catastrophe, alors il fonce derrière elle une fois de plus. En courant le long d'une allée de voitures garées et d'autres véhicules civils, il rattrape Fidèle Vagabonde et tombe sur un camping-car Windchaser à l'instant même où il émet deux bips sonores retentissants, suivis de deux appels de phares, comme s'il était impossible de localiser un véhicule aussi énorme dans la nuit sans déployer une telle pyrotechnie.

Le cabot s'arrête aussitôt en dérapant et Curtis l'imite. Leurs regards se croisent, puis se tournent vers la portière, avant de se croiser à nouveau. Ils se comprennent en un clin d'œil comme chienne Asta et son maître Nick Charles, dans ces vieux films de la série *M. et Mme Détective*.

Les propriétaires du Windchaser ne sont pas en vue, mais ils ne doivent pas être loin pour arriver à le déverrouiller à distance. Ils s'approchent rapidement du véhicule sans doute par l'autre côté.

Cela a beau ne pas être le moyen de locomotion idéal, Curtis n'a pas plus de chance de tomber sur une planque pépère dans un autre auto-transporteur que de s'échapper en tapis volant, avec lampe magique et génie à son service. Sans compter qu'il n'a plus le temps de faire la fine bouche. Pendant que ces commandos aideront leurs frères plus conventionnels à s'occuper des cowboys et à boucler le restaurant, ils entendront parler du gamin qui faisait l'objet de la poursuite et se souviendront de celui du parking, agrippé à un récipient de deux litres de jus d'orange et un paquet de saucisses, un chien à ses côtés.

Et il sera dans le pétrin.

Curtis ouvre la portière du camping-car, la chienne le dépasse d'un bond, gravit les deux marches et entre. Il la suit, refermant la portière derrière eux, se baissant pour éviter d'être vu à travers le pare-brise.

Le cockpit, pourvu de deux larges sièges, est à droite, la partie salon à gauche. Tout est plongé dans l'obscurité, mais par les fenêtres du flanc du véhicule et une série de petites ouvertures, la lumière jaune en provenance du parking pénètre suffisamment pour permettre à Curtis de se déplacer rapidement vers l'arrière du camping-car, bien qu'il cherche son chemin, les mains tendues en avant, pour se garder de toute mauvaise surprise. Après le carré et le coin-repas, se trouve un combiné salle de bains-buanderie. Le halètement de la chienne acquiert une tonalité caverneuse dans cet espace confiné.

Il est exclu de se cacher dans le minuscule réduit des toilettes. Les propriétaires sortent du restaurant et peut-être ont-ils fini de dîner avant le grand chambardement. L'un des deux est susceptible d'aller sur le pot, peu après avoir démarré plein pot. À tâtons, Curtis dépasse en vitesse le lavabo, la machine à laver sèche-linge compacte pour atteindre une haute porte étroite. Celle d'un placard peu profond. Il est, semble-t-il, aussi bourré et chaotique que l'esprit d'un fou furieux et, quand Curtis devine puis sent qu'un monceau invisible d'affaires propres à la vie sur les routes se met à glisser lentement vers lui, il referme la porte pour contenir l'avalanche avant qu'elle ne gagne un élan irrésistible.

À l'avant du véhicule, on ouvre la portière. Et ce sont les voix excitées d'un homme et d'une femme qui filtrent en premier au travers.

Des pieds gravissent lourdement les marches de l'entrée, et le plancher grince sous un poids nouveau. Des lampes s'allument à l'avant du salon, et une flaque de lumière grisâtre se répand jusqu'à Curtis.

La porte de la salle de bains s'est à moitié refermée derrière lui, si bien qu'il ne peut voir les propriétaires. Eux non plus. Pour l'instant.

Avant que l'un des deux ne vienne pisser par ici, Curtis ouvre la dernière porte et pénètre dans une obscurité plus profonde, que la faible lumière de la salle de bains n'entame pas. À sa gauche, deux fenêtres rectangulaires luisent faiblement, tels des écrans de télé éteints, d'une phosphorescence persistante, d'une nuance jaunâtre.

Devant, les deux voix enflent, vibrent d'excitation. Le moteur démarre. Avant que l'un ou l'autre des propriétaires ne fasse une pause-salle de bains, ils sont pressés d'échapper aux balles perdues.

Cessant de haleter, la chienne se faufile devant Curtis, lui effleurant la jambe au passage. Il est évident que la pièce obscure ne renferme aucune menace que ses sens plus affûtés soient capables de détecter.

Il franchit le seuil et pousse la porte derrière lui.

Déposant jus d'orange et saucisses sur le sol, il chuchote *bonne chienne*. Il espère que Fidèle Vagabonde comprendra qu'il l'avertit de ne pas manger les saucisses.

Il cherche à tâtons l'interrupteur, allume et éteint dans la foulée simplement pour avoir un aperçu de ce qui l'entoure.

La chambre est petite. Il y a un grand lit avec un minimum d'espace autour pour circuler. Des tables de nuit incorporées, un meuble télé d'angle. Deux portes miroirs coulissantes dissimulent sans doute une armoire encombrée de trop de vêtements pour permettre à un garçon et sa chienne de trouver refuge parmi chemises et chaussures.

Bien entendu, c'est une maisonnette roulante, pas un château. Elle n'offre pas autant de cachettes que le domaine d'un lord titré : ni pièces de réception ni bureaux, ni passages secrets ni donjons profonds ni hautes tours.

En entrant, il savait les risques qu'il courait. En revanche, il ne prend que maintenant conscience que le camping-car n'a pas de porte à l'arrière. Il doit repartir par où il est venu – ou sortir par une fenêtre.

Ce ne sera pas facile de faire passer la chienne par la fenêtre, s'il faut en venir là, alors mieux vaut éviter. Ce n'est pas un exploit qu'on peut accomplir en un éclair de s'échapper avec un cabot, sous les yeux des propriétaires bouche bée, plantés sur le seuil de la chambre. Même si Fidèle Vagabonde n'est pas, Dieu merci, un danois, ce n'est pas un chihuahua non plus et Curtis ne peut pas simplement la fourrer sous sa chemise et se faufiler à travers l'une de ces ouvertures exiguës avec l'agilité d'un super héros en cape.

Dans le noir, alors que le Windchaser s'ébranle, Curtis s'assied sur le lit dont il tâte le socle. Il est constitué d'une plate-forme en bois massif emboîtée au plancher ; sommier et matelas reposent dessus, un croquemitaine, si mince soit-il, ne pourrait pas se dissimuler en dessous.

Le klaxon du camping-car corne. En fait, la nuit est bruyante, on dirait qu'elle résonne comme lors d'un congrès de chrétiens en vadrouille au moment où on les enjoint de klaxonner s'ils aiment Jésus.

Curtis va à la fenêtre aux rideaux déjà tirés, et regarde à l'extérieur le parking du relais routier. Voitures, pick-ups, 4 × 4 plus quelques camping-cars presque aussi gros que celui-ci zigzaguent sur l'asphalte, se déplacent témérairement et rapidement, sans tenir aucun compte des couloirs, comme si les conducteurs n'avaient jamais entendu parler du code de politesse de la route. Tout un chacun veut absolument atteindre l'autoroute, fonçant autour des îlots de service et entre eux, terrorisant les mêmes malchanceux qui viennent d'échapper à la mort sous les roues du transporteur fou de la section d'intervention.

Dominant le bêlement des klaxons, le crissement des pneus, et le grincement des freins, un autre son fait tinter les oreilles du garçon. D'abord faiblement saccadé, il s'intensifie, on dirait une épée fendant l'air. Puis il prend de la puissance, comme le ferait une lame si elle tranchait dans le vif de la nuit et si les morceaux tombaient lourdement sur l'asphalte. Il s'agit bien de lames, non de couteaux. Ce sont les pales d'un rotor d'hélicoptère.

Curtis trouve la clenche de la fenêtre, fait glisser l'une des vitres. Il sort la tête, tend le cou, cherchant l'origine du bruit tandis que l'air chaud du désert lui calotte les joues et lui ébouriffe les cheveux.

Le ciel, vaste et noir. La lueur cuivrée des lampadaires, qu'on croirait coiffés de marmites à l'envers. Le feu éternel des étoiles. Le déplacement du Windchaser donne l'impression que la lune roule comme une roue.

Curtis n'aperçoit dans le ciel aucune lumière que la nature n'y ait pas accrochée, et pourtant le bruit d'hélicoptère devient de plus en plus présent à chaque seconde, ne tranchant plus l'air, mais le fendant à coups violents telle une hache, du petit bois. Il sent les ondes de compression rythmique lui tambouriner d'abord les tympans, puis la surface sensible de ses yeux tournés vers le ciel.

Et – *badaboum !* – voilà l'hélico qui passe au-dessus du Windchaser, très *bas*, à cinq mètres de la tête de Curtis, environ. Il ne s'agit pas d'un appareil de contrôle de la circulation comme en utiliserait la police de la route, ni d'un hélico de reportage ni même d'un « fouet mécanique » d'entreprise où huit personnes tiennent à l'aise, mais d'un gros hélicoptère noir, blindé. Hérissé, pugnace sous tous les angles, turbines hurlantes, c'est apparemment un hélico de combat, armé sûrement de mitrailleuses, peut-être de roquettes. Le hurlement des moteurs fait vibrer le crâne du garçon, dont les dents claquent comme des diapasons. Le souffle de l'air brassé le *gifle* d'une forte puanteur de métal chauffé et d'huile de moteur.

L'hélico les dépasse en rugissant, se dirigeant vers le complexe de bâtiments et, dans son sillage tumultueux, le Windchaser accélère. Le chauffeur devient soudain aussi imprudent que tous les autres qui tentent une percée vers l'autoroute.

— Roule, roule, *roule donc* ! l'encourage Curtis, car la nuit, étrange à présent, ressemble à une grande bête noire aux millions d'yeux fureteurs. Bouger, c'est brouiller les pistes et la distraction procure du temps et le temps – pas simplement la distance – est la clé de toute échappée vers la liberté, celle d'être Curtis Hammond.

— Roule, roule, mais *roule donc* !

19.

Quand elle se leva de table dans la cuisine de Geneva pour quitter la caravane, Leilani avait honte d'elle. Assez honnête pour l'admettre, sans l'être toutefois assez pour en analyser la cause.

Bien sûr, elle avait parlé la bouche pleine et s'était goinfrée de tarte comme une truie. D'accord, elle était gênée de s'être mal tenue à table, d'avoir bâfré, mais cela ne suffisait pas à expliquer sa honte. À moins d'être une pessimiste invétérée qui confond le moindre rhume de cerveau avec la peste bubonique et qui écrit des poèmes épiques, nuls et larmoyants, sur les envies ou sur les mauvais jours.

Leilani avait écrit ce genre de littérature sur les chiots et les chatons perdus, mais elle avait six ans, sept tout au plus et était d'une insipidité irrémédiable. *Insipidité*, elle adorait ce mot parce qu'il signifiait « platitude, fadeur, juvénilité, immaturité » – même si sa prononciation avait une connotation recherchée, chic, élégante. Leilani aimait les choses qui n'étaient pas ce qu'elles paraissaient être, parce que trop de choses dans la vie étaient *exactement* ce qu'elles semblaient être : plates, fades, juvéniles et immatures. Sa mère, par exemple, ou la plupart des émissions de télévision et des films ainsi que bon nombre de leurs acteurs – sauf Haley Joel Osment, bien entendu, qui était mignon, sensible, intelligent, charmant, rayonnant, divin.

Mickey et Mme D. essayèrent de retenir Leilani. Les deux femmes s'inquiétaient pour la petite fille. Elles craignaient que sa mère ne la hache menu en pleine nuit ou ne lui fourre du trèfle dans le postérieur, une pomme dans la bouche, avant de la mettre au four pour le dîner du lendemain. Certes, elles n'avaient pas formulé leur crainte en ces termes.

Leilani leur assura, comme auparavant, que sa mère n'était dangereuse que pour elle. Bien sûr, une fois à nouveau sur la route, la vieille Sinsemilla pourrait mettre le feu au camping-car en se préparant du crack pour une bonne soirée de fumette. Cela étant, elle n'avait pas la capacité d'être violente. Car il fallait de la passion pour l'être, pas simplement une folie passagère ou une démence invétérée. La dinguerie pourrait-elle être changée en lingots d'or que la vieille Sinsemilla paverait une route à six voies d'ici jusqu'à Oz, mais il ne lui restait plus guère de passion : une variété infinie de drogues l'avait consumée, ne lui laissant que le manque.

Mme D. et Micky s'inquiétaient également au sujet du Dr Fatalitas. À l'évidence, son cas était plus grave que celui de la vieille Sinsemilla vu ses ressources en passion dont il utilisait la moindre goutte pour arroser sa fascination de la mort. Il vivait dans un jardin funèbre florissant, amoureux de la beauté de ses roses noires et du parfum de la décomposition.

Il avait aussi des règles de vie, des critères avec lesquels il ne transigeait pas et des procédures qui devaient être strictement respectées en ce qui concernait la vie et la mort. Puisqu'il s'était voué à guérir Leilani d'une façon ou d'une autre pour son dixième anniversaire, elle ne serait pas en danger jusqu'à la veille de cette date ; à ce moment-là, cependant, si elle ne connaissait pas l'extase étincelante du rayon de lévitation d'un vaisseau spatial, Preston la « soignerait » plus promptement et avec bien moins d'effets spéciaux éblouissants que les extraterrestres – une bande de cabotins s'il en fut – employaient traditionnellement. L'étouffer sous un oreiller ou lui administrer une injection létale *avant* la veille de son anniversaire violerait le code éthique de Preston, qui ne plaisantait pas plus avec ses principes que le plus dévot des prêtres avec sa foi.

En descendant les marches, derrière la cuisine de Geneva, Leilani regretta de laisser Micky et Mme D. aussi anxieuses à son sujet. Elle aimait faire sourire les autres, espérant toujours qu'ils penseraient, *quel numéro, cette petite, quel numéro, quelle impertinente. Impertinente,* au sens d'espiègle, de spirituelle, de désinvolte bien entendu plutôt qu'à ceux d'insolente, de grossière, d'impudente. Il était délicat de franchir la ligne entre le bon et le mauvais sens du mot. Pour peu qu'on y réussisse toutefois, les gens ne penseraient pas, *quelle pauvre petite infirme, avec sa gambette tordue et sa menotte difforme*. Ce soir, Leilani se doutait qu'elle avait franchi la frontière entre les deux genres d'impertinence, allant carrément au-delà. Du coup, Mme D. et Mickey avaient éprouvé plus de pitié que de plaisir.

Son échec à atteindre son statut d'impertinente n'était cependant pas la raison de sa honte, mais elle se rapprochait de la vérité. Aussi en traversant la cour dans l'obscurité, s'amusa-t-elle avec une blague idiote. Prétendant que les tentacules épineux du rosier défleuri la menaçaient, elle se tourna pour l'affronter, les bras en croix – *arrière, arrière !* – et s'en défendit comme si c'était un vampire.

Leilani lança un regard du côté de chez Geneva pour déterminer si son numéro avait été bien reçu, mais ce coup d'œil au public fut une erreur. Micky se tenait au bas des marches et Mme D., dans l'encadrement de la porte. Et, malgré la faible lumière, Leilani remarqua leurs expressions soucieuses. Plus que soucieuses. Sombres, lugubres peut-être même.

Nouveau triomphe mémorable en société pour Mlle Fleur du Ciel Klonk ! Invitez cette charmeuse à dîner, et elle vous en remerciera par une baisse de moral garantie à cent pour cent ! Régalez-la de sandwiches au poulet, et elle vous régalera à son tour d'une histoire si abominable qu'elle inspirerait de la pitié au poulet qu'elle mange, si cette pauvre volaille était encore vivante ! Lancez vos invitations dès maintenant ! Son agenda est quasiment plein ! N'oubliez pas : seul un nombre statistiquement insignifiant de ses commensaux se suicident !

Sans jeter de nouveaux regards, Leilani mit un point d'honneur à traverser le reste du jardin et à négocier la clôture affaissée d'une démarche la moins saccadée possible. Si elle se concentrait sur la performance physique, elle arrivait à se mouvoir avec une grâce et une vitesse surprenantes sur de courtes distances.

Son sentiment de honte persistait. Non à cause de sa stupide pantomime avec le rosier, mais à cause de la grossièreté avec laquelle elle s'était permis de contrôler et restreindre la consommation d'alcool de Micky. Pour sincère qu'ait été son inquiétude, elle regrettait le sans-gêne avec lequel elle s'en était mêlée. Micky n'était pas Sinsemilla. Micky pouvait boire un cognac ou deux et ne pas terminer, un an plus tard, la tête dans une flaque de vomi, son cartilage nasal pourri par la cocaïne, avec une moisson luxuriante de champignons hallucinogènes lui poussant à la surface du cerveau. Micky valait mieux que ça. Ouais, bien entendu, Micky avait une certaine *tendance* à l'autodestruction *via* la dépendance. Leilani décelait ce dangereux penchant avec davantage de sûreté que le plus doué des porcs truffiers ne localise les truffes enterrées, une comparaison aussi vraie que peu flatteuse. En tout cas, la tendance ne conduirait pas Mickey à s'égarer dans les bois effrayants que hantait Sinsemilla, parce que Micky possédait une boussole morale que Sinsemilla n'avait jamais eue ou qu'elle avait depuis longtemps perdue. Aussi, la première petite bêcheuse de neuf ans assez critique pour dire à Michelina Bellsong qu'elle avait assez bu devait avoir honte.

En traversant l'autre cour où, plus tôt dans la soirée, sa mère dansait avec la lune, Leilani admit que sa honte ne provenait pas plus de la grossièreté de ses remarques concernant le goût pour l'alcool de Micky que des deux parts de tarte qu'elle avait mangées. La vérité – qu'elle avait promis à Dieu de toujours honorer, mais avec laquelle il lui arrivait de biaiser quand elle n'avait pas le courage de l'aborder directement – *la vérité*, c'était qu'elle avait honte d'avoir tout déballé ce soir. Déballé, craché, vomi. Elle leur avait tout dit sur Sinsemilla, Preston et les extraterrestres. Lukipela assassiné et sans doute enterré dans les forêts du Montana.

Micky et Mme D. étaient gentilles, attentionnées. En leur confiant sa situation Leilani n'aurait pas pu leur rendre un plus mauvais service que si, au volant d'un camion-benne, elle avait abattu leur façade et déversé quelques tonnes de fumier dans leur salon. Non seulement son histoire était affreuse et pénible, mais *elles ne pouvaient l'aider en aucune façon*. Leilani savait mieux que quiconque qu'elle était prise dans un piège dont personne ne pouvait ouvrir les mâchoires pour elle, que son seul espoir d'y échapper, c'était de ronger son pied et d'abandonner le piège derrière elle – au figuré, bien sûr – avant son anniversaire. Si d'avoir tout déballé ce soir ne lui avait rien apporté, elle avait laissé Micky et la douce Mme D. sous un gros tas puant de mauvaises nouvelles qui auraient pu leur être épargnées.

Atteignant les marches où Sinsemilla s'était perchée après la danse sous la lune, Leilani, tentée de jeter un coup d'œil du côté de chez Geneva, résista à son envie. Nul doute que les deux femmes la regardaient encore, mais un joyeux signe de la main ne leur aurait pas remonté le moral ni ne les aurait envoyées se coucher avec le sourire.

Sinsemilla avait laissé la porte de la cuisine ouverte. Leilani entra.

Pendant son court trajet, l'électricité avait été rétablie. La pendule murale rougeoyait, sans indiquer la bonne heure au demeurant.

Malgré la trotteuse rouge égrenant soixante secondes par minute sur le cadran, le flux du temps semblait avoir été stoppé par un barrage et transformé en un lac immobile. Il flottait dans le silence où était plongée la maison une sorte d'atmosphère d'attente, on aurait dit qu'un rempart allait s'effondrer, permettant à une violente inondation de tout balayer sur son passage.

Le Dr Fatalitas était allé au cinéma ou dîner dehors. Ou bien encore tuer quelqu'un.

Un jour, une victime potentielle de Preston, insensible à son charme pince-sans-rire et à sa compassion hypocrite, réserverait une surprise au docteur. Appuyer sur la détente ne nécessitait guère de force physique.

La chance, pourtant, n'ayant jamais favorisé Leilani, elle ne supposa pas que ce soir-là serait celui où Maddoc recevrait une dose de son propre poison. Il rentrerait tôt ou tard, fleurant une mort ou une autre.

De la cuisine, elle voyait la partie salle à manger et le salon éclairé. Sa mère n'était visible nulle part, ce qui ne signifiait pas qu'elle était absente. À l'heure qu'il était, ses démons et ses drogues avaient dû tirer la vieille Sinsemilla tellement vers le bas qu'il était plus probable de la retrouver cachée derrière un canapé ou recroquevillée en fœtus au fond d'un placard qu'assise dans un fauteuil.

Comme il était prévisible dans un vieux mobile home loué à la semaine entièrement meublé, la décoration n'égalait en rien celle du château de Windsor. Les taches d'eau d'une fuite passée qui maculaient le plafond avaient vaguement l'air de gros insectes. Le soleil avait délavé les rideaux, dont les motifs figuraient sûrement dans les rêves des dépressifs chroniques ; l'étoffe abîmée tombait en plis crasseux, empuantis par des années de fumée de cigarette. Le mobilier éraflé, creusé, taché, rafistolé se dressait sur une moquette orange, dont la laine aplatie avait perdu son moelleux, comme sous le poids des espoirs et des rêves que les locataires y avaient laissés mourir au fil des années.

Sinsemilla ne se trouvait pas au salon.

Le placard près de la porte d'entrée fournissait un havre parfait contre les farfadets que déchaînait parfois une double dose d'acide, de boutons de peyotl ou de « poussière d'ange ». Si Sinsemilla s'y était réfugiée, les lutins de son imagination l'avaient dévorée aussi complètement qu'une duchesse, un pudding à la cuillère. Actuellement, le placard ne contenait que des portemanteaux en fil de fer inutilisés qui cliquetèrent sous le courant d'air, quand Leilani ouvrit la porte.

Elle détestait chercher sa mère de la sorte, ne sachant jamais dans quel état elle la retrouverait.

Parfois sa chère Mater se surpassait laissant tout un souk à nettoyer. Leilani pouvait gérer la pagaille. Elle n'avait pas envie de passer sa vie à éponger le vomi et l'urine, mais elle était capable de faire le nécessaire sans ajouter deux parts de tarte aux pommes à demi digérées au mélange.

Le sang, c'était pire. Même s'il n'y en avait jamais beaucoup, une petite flaque paraît énorme avant qu'on ait évalué la situation. La vieille Sinsemilla ne se tuerait jamais intentionnellement. Elle ne mangeait pas de viande rouge, ne fumait que de la dope, buvait dix verres d'eau minérale par jour pour éliminer ses toxines, prenait vingt-sept cachets et capsules de suppléments de vitamines et passait beaucoup de temps à s'inquiéter du réchauffement de la planète. Elle avait vécu trente-six ans, disait-elle, et comptait rester dans le coin encore un demi-siècle ou jusqu'à ce que la pollution humaine et le simple poids de la population du globe provoquent un violent changement d'axe de la Terre et rayent quatre-vingt-dix-neuf pour cent de la vie sur la planète, qu'importe ce qui arriverait en premier.

Écartant le suicide, la vieille Sinsemilla pratiquait néanmoins l'automutilation, quoique avec modération. Elle ne s'y livrait pas plus d'une fois par mois, stérilisait toujours le scalpel à la flamme d'une bougie et sa peau à l'alcool, et ne se tailladait qu'après moult judicieuses considérations.

Priant de ne trouver rien de plus dégoûtant que du vomi, Leilani s'aventura dans la salle de bains. Il ne régnait pas de plus grand désordre dans l'endroit minuscule à l'odeur de moisi, désert, qu'à leur arrivée.

Trois portes s'ouvraient sur un petit couloir lambrissé

de faux bois. Celles de deux chambres à coucher et d'un placard.

Dans le placard : ni maman ni vomi ni sang ni passage secret conduisant à un royaume magique où tout le monde est beau, riche et heureux. Leilani ne cherchait pas vraiment ce passage mais, en se fondant sur son expérience passée, elle supposa logiquement qu'il n'était pas ici. Enfant, elle s'attendait souvent à trouver une porte dérobée ouvrant sur d'autres pays fantastiques. Systématiquement déçue, elle avait décidé que, si une telle porte existait, la porte devrait la trouver, *elle, Leilani*. En outre, si ce placard était l'équivalent d'un arrêt de bus entre la Californie et un splendide domaine de magiciens aimant plaisanter, il y aurait sûrement des papiers froissés de bonbons inconnus jetés par des trolls en voyage ou du moins un tas de chiures d'elfes. Quoi qu'il en soit le placard ne contenait rien de plus exotique qu'un cafard mort.

Restaient deux portes, fermées. Sur la droite, celle de la chambrette allouée à Leilani. Juste en face, celle de la chambre que sa mère partageait avec Preston.

Sinsemilla pouvait être, vraisemblablement, autant dans la chambre de sa fille que partout ailleurs. Elle n'avait aucun respect pour l'espace personnel des autres et n'exigeait jamais qu'on respecte le sien, peut-être parce que, avec la drogue, elle se créait un vaste désert dans sa tête, où elle jouissait d'une divine solitude chaque fois que le besoin s'en faisait sentir.

Un trait de faible lumière givrait la moquette sous la porte d'en face, alors qu'aucune n'était visible sous la porte de droite.

Ça ne voulait rien dire non plus. Sinsemilla aimait rester seule dans le noir, tentant parfois de communiquer avec le monde des esprits, parfois se parlant à elle-même.

Leilani écoutait intensément. Le silence parfait sans tic-tac d'un univers au temps arrêté emplissait encore les lieux. Saigner, bien sûr, est un processus tranquille.

Malgré une tendance anarchiste à n'avoir aucune retenue, Sinsemilla, jusqu'ici, avait limité à son bras gauche son œuvre artistique au scalpel. Des cicatrices soigneusement reliées de quinze centimètres de long sur cinq de large, aussi compliquées que de la dentelle, décoraient ou déparaient son avant-bras, suivant le goût de chacun en cette matière. Le tissu cicatriciel lisse brillait d'un éclat presque plus blanc que la peau alentour, impressionnant dessin ton sur ton, bien que le contraste devînt plus prononcé quand elle bronzait.

Sors de la maison. Dors dans la cour. Laisse le Dr Fatalitas s'occuper du bazar s'il y en a un.

Si elle battait en retraite dans la cour, elle esquiverait ses responsabilités. Or, dans la même situation, la vieille Sinsemilla aurait la même réaction. Quelles que soient les circonstances difficiles où elle se trouvait, quelle que soit son hésitation quant à la marche à suivre, Leilani finissait toujours par suivre le même principe directeur : prends le contre-pied de Sinsemilla, et tu t'en sortiras, de même que tu auras beaucoup plus de chances de pouvoir te regarder à nouveau dans la glace sans avoir envie de rentrer sous terre.

Leilani ouvrit la porte de sa chambre et alluma la lumière. Son lit était aussi bien fait que la piètre courtepointe le permettait, exactement comme elle l'avait laissé. Ses quelques affaires personnelles n'avaient pas été dérangées. Le cirque Sinsemilla n'avait pas donné de représentation ici.

Il restait une porte.

Elle avait les mains moites. Elle les sécha sur son T-shirt.

Elle se rappela une nouvelle qu'elle avait lue, *La Dame ou le Tigre*, dans laquelle un homme était forcé de choisir entre deux portes, avec des conséquences mortelles s'il ouvrait la mauvaise. Derrière cette porte ne l'attendait ni dame ni tigre, mais un spécimen unique en son genre. Leilani aurait préféré le tigre.

Non par intérêt morbide mais alarmée jusqu'à un certain degré, elle s'était documentée sur l'automutilation peu après que sa mère eut commencé à s'y adonner. Selon les psychologues, la plupart des adeptes de cette pratique étaient des adolescentes et des jeunes femmes d'une vingtaine d'années. Sinsemilla était trop vieille pour ce petit jeu. S'automutiler, c'était se tenir souvent en piètre estime, aller jusqu'au dégoût de soi. À l'inverse, Sinsemilla paraissait s'aimer énormément, la plupart du temps, ou du moins quand elle était sous médication, à savoir les trois quarts du temps. Bien entendu, on devait supposer qu'elle était tombée dans les drogues dures au départ, pas simplement parce qu'elles « avaient si bon goût », comme elle le disait, mais par suite d'une pulsion autodestructrice.

Leilani avait toujours les mains moites. Elle les essuya

à nouveau. Malgré la chaleur du mois d'août, elles étaient glacées. Il lui vint un goût amer dans la bouche, peut-être un renvoi d'oignon de la salade de pommes de terre de Geneva, et sa langue se colla à son palais.

En de tels instants, elle essayait de s'imaginer qu'elle était Sigourney Weaver jouant Ripley dans *Alien*. Bon, on avait les mains moites et glacées, d'accord, la bouche sèche, néanmoins, il fallait rassembler son courage, cracher dans ses paumes, ouvrir cette saleté de porte, entrer là où se trouvait la Bête, et *faire ce qui devait être fait*.

Leilani se frotta les mains sur son short.

La plupart des adeptes de l'automutilation sont égocentriques. Nul doute qu'un petit nombre étaient narcissiques, et là Sinsemilla et les psychologues pouvaient carrément se serrer la main. Sa mère, de joyeuse humeur, psalmodiait souvent un mantra exubérant de sa composition : « Je suis une chatte rusée, je suis une brise d'été, des oiseaux en plein vol, je suis le soleil, je suis la mer, je suis *moi* ! » Suivant le dosage des substances illicites qu'elle consommait, quand elle se trouvait en équilibre sur la corde raide entre l'hyperactivité et l'inconscience radoteuse, elle répétait parfois ce mantra comme une litanie cent fois, deux cents même jusqu'à ce qu'elle tombe endormie ou éclate en sanglots *avant de* s'endormir.

En trois pas, assistés de métal sans cliquetis, Leilani atteignit la porte.

L'oreille collée au montant. Pas un bruit de l'autre côté du battant.

Ripley, elle, était armée d'un lance-flammes et d'un fusil.

À ce stade la confusion épisodique de Mme D. entre la réalité et le cinéma serait bienvenue. Se rappelant son triomphe antérieur sur la reine-pondeuse des aliens, Geneva fracasserait la porte sans hésitation pour assurer un max.

Elle s'essuya de nouveau ; il n'était pas question d'avoir des mains visqueuses dans une situation qui l'était tout autant.

Sinsemilla disait qu'elle pleurait parce qu'elle était une fleur dans un monde d'épines, parce que personne ici-bas ne percevait son éclat. Parfois, Leilani songeait que c'était peut-être la raison des larmes si fréquentes de sa mère. Voilà qui était terrifiant, tant cela révélait un degré de mégalomanie qui faisait d'elle davantage une extraterrestre que ceux que Preston poursuivait avec tant d'acharnement. *Narcissique* semblait inadéquat pour décrire quelqu'un qui, même plâtrée de vomi, empestant l'urine et babillant de façon incohérente, se croyait une fleur plus délicate et exquise qu'une orchidée de serre.

Leilani frappa à la porte de la chambre. Contrairement à sa mère, elle respectait l'espace d'autrui.

Sinsemilla ne répondit pas.

Peut-être que la chère Mater allait bien, malgré son numéro dans la cour. Peut-être dormait-elle paisiblement et devait-on la laisser jouir de ses rêves de mondes meilleurs.

Ouais, mais peut-être était-elle souffrante. Peut-être était-ce l'un de ces moments où il s'avérait utile de connaître les techniques de réanimation, à moins qu'on n'ait envie d'appeler une ambulance. Si on était sur la route et en territoire inconnu, on pouvait obtenir la direction de l'hôpital le plus proche depuis un satellite, notre époque high-tech était la période la plus sûre de l'histoire pour les accros défoncés en permanence et ayant la bougeotte.

Elle frappa à nouveau.

Elle ne sut si elle devait être soulagée ou anxieuse quand sa mère lui répondit d'une voix théâtrale :

— Qui donc frappe, je vous prie, à l'huis de mon appartement ?

En de rares occasions, lorsque Sinsemilla était d'humeur cabotine, Leilani jouait le jeu, s'exprimant dans un faux dialecte de vieil anglais, avec une gestuelle histrionique et des expressions exagérées, espérant qu'un infime lien mère-fille se nouerait. Et cela révélait toujours une mauvaise idée. La vieille Sinsemilla ne voulait pas qu'on devienne un membre de la troupe ; elle n'attendait que de l'admiration pour son numéro, car il s'agissait d'un one-woman show. Persistait-on à vouloir sa part des feux de la rampe, le dialogue espiègle prenait un vilain tour, tandis qu'on se retrouvait la cible de critiques mesquines, d'obscénités émises avec la voix de fausset idiote du personnage de Shakespeare ou de la figure de la légende arthurienne que Sinsemilla s'imaginait incarner.

Aussi au lieu de rétorquer :

— C'est moi, la Princesse Leilani, qui viens m'enquérir du bien-être de Milady.

Se contenta-t-elle d'un :

— C'est moi. Ça va ?

— Entre, entre, gente Leilani, et viens-t'en prestement au côté de ta souveraine.

Beurk. Ça promettait d'être pire que le sang et la mutilation.

La chambre « nuptiale » était un souk aussi immonde que les autres pièces.

Sinsemilla trônait sur la courtepointe vert crapaud du lit, royalement adossée à une pile d'oreillers. Elle portait la longue combinaison brodée à volants qu'elle avait achetée le mois dernier dans un marché aux puces près d'Albuquerque, au Nouveau-Mexique, pendant leur périple d'exploration des énigmatiques extraterrestres de Roswell.

Si les bordels préfèrent, à ce qu'il paraît, les lumières rouges, l'atmosphère de la chambre aurait mieux convenu à une prostituée qu'à une reine. Les abat-jour des deux lampes de chevet, allumées, étaient recouverts l'un d'un chemisier en soie écarlate, l'autre d'une blouse en coton de la même couleur.

Ce genre d'éclairage flattait Sinsemilla. Paquets, kilos, ballots, onces, pintes et gallons de substances illicites semblaient lui avoir moins dérobé de sa beauté qu'il n'était probable ou même juste ; et si, au grand jour, elle faisait illusion, elle était encore plus jolie, ici et maintenant. Même si ses pieds nus étaient tachés d'herbe et sales, même si sa belle combinaison était froissée et zébrée de terre, même si sa chevelure avait été ébouriffée par la danse sous la lune, elle pouvait passer pour une reine.

— Que dis-tu donc, jeune pucelle, en présence de Cléopâtre ?

S'arrêtant après avoir esquissé deux pas, Leilani ne suggéra pas qu'une reine d'Égypte dont le règne remontait à plus de deux mille ans ne s'était probablement pas exprimée avec un accent bidon sorti tout droit d'une mauvaise mise en scène de *Camelot*.

— J'allais me coucher et je me suis dit que je viendrais voir si tu allais bien.

Sinsemilla fit signe à Leilani de s'approcher.

— Viens-t'en ici, paysanne butée, et laisse ta reine te mettre en accointance avec une œuvre d'art dont la beauté sied aux musées de l'Éden.

Leilani ne comprenait rien aux paroles de sa mère. Par expérience, elle savait toutefois que rester à dessein sans le moindre indice pouvait se révéler la plus sage politique.

Elle avança encore d'un pas, non par sentiment d'obligation ni de curiosité, mais parce qu'en se détournant trop vite, elle risquait de s'attirer des accusations d'insolence. Cette mère qui n'imposait à ses enfants ni règles ni normes, dont l'indifférence leur octroyait une entière liberté, était pourtant sensible au moindre signe qu'on lui rendait la monnaie de sa pièce, et elle ne supportait pas l'ingratitude.

Peu importait l'inconséquence ou la validité contestable de ce qui avait mis le feu aux poudres, une remontrance de la vieille Sinsemilla pouvait aller jusqu'à des semonces interminables. Sans être capable de violence physique, Mère faisait de graves dégâts avec des mots. Parce qu'elle vous poursuivait n'importe où, enfonçait n'importe quelle porte et exigeait votre attention, on ne pouvait trouver aucun asile et on devait endurer son matraquage verbal – pendant des heures, parfois – jusqu'à ce qu'elle s'épuise ou s'en aille planer ailleurs. Au cours de ses harangues les plus atroces, Leilani regrettait souvent que sa mère ne lui flanque pas quelques taloches à la place de ses diatribes venimeuses.

La vieille Sinsemilla Cléopâtre se redressa et lança à Leilani avec une insistance souriante qui avait valeur d'ordre :

— Approche, maussade fille, approche, approche ! Viens-t'en voir cette petite merveille et souhaiter d'être aussi bien faite qu'elle !

Une boîte ronde, ayant tout du carton à chapeau, était posée sur le lit, son couvercle rouge à côté.

Sinsemilla avait fait des courses plus tôt dans l'après-midi. Avec elle, Preston était généreux, finançant la drogue et autres babioles. Peut-être avait-elle acheté pour de bon un chapeau, car quand elle était d'humeur séductrice, elle aimait l'élégance des bérets et des melons, des panamas et des turbans, des chapeaux-cloches et autres capelines.

— Ne tarde point, enfant ! commanda la reine. Viens ça aussitôt et pose les yeux sur ce trésor de l'Éden.

Il était évident que cette audience de Sa Majesté ne se terminerait pas sans que le nouveau couvre-chef – ou autre – ait été admiré dans les règles.

Soupirant *in petto*, Leilani vint près du lit.

En s'approchant, elle remarqua que le carton était perforé de deux cercles parallèles de petits trous. Un instant, Leilani prit cela pour un simple motif décoratif et n'en déduisit la fonction qu'après avoir jeté les yeux sur le contenu de la boîte.

Sur la courtepointe, entre Sinsemilla et le carton à chapeau, était lovée l'œuvre d'art édénique. Vert émeraude, terre de Sienne, avec un filigrane jaune. Corps sinueux, tête plate, yeux noirs étincelants, langue frétillante conçue pour la tromperie.

Le serpent tourna la tête pour inspecter sa nouvelle admiratrice et, sans prévenir, attaqua Leilani aussi vif que le courant électrique franchit l'arc qui sépare deux pôles en charge.

20.

En route vers le Nevada, au sud-ouest, Curtis et Fidèle Vagabonde assis sur le lit dans le noir, partagent les saucisses. Leur lien s'est suffisamment resserré pour que, même dans l'obscurité, la chienne ne confonde pas une seule fois les doigts du garçon avec ce qui compose le dîner.

Le cabot n'est pas, comme l'a d'abord pensé Curtis, son frère-en devenir. C'est plutôt sa sœur-en devenir, et c'est bien comme ça.

Il lui rationne les saucisses parce qu'il sait que, s'il la nourrit trop, elle sera malade.

Loin de se sentir repu, il consomme les hot dogs restants, dès qu'il estime que Fidèle Vagabonde ne doit plus en avaler un. Même froides les saucisses sont délicieuses. Il en mangerait encore s'il en restait. Être Curtis Hammond réclame une remarquable dose d'énergie.

Il imagine à peine la quantité intimidante d'énergie requise pour être Donella, la serveuse dont les dimensions magnifiques vont de pair avec son cœur d'or.

En se rappelant Donella, il s'inquiète de son sort. Qu'a-t-il pu lui arriver parmi les balles qui volaient ? D'autre part, bien qu'elle représente une cible commode, sa masse fantastique la rend sans doute moins facile à tuer que de simples mortels.

Il souhaiterait être revenu sur ses pas pour elle et l'avoir bravement enlevée et mise en sécurité. C'est une idée ridicule, romantique et peut-être irrationnelle. Il n'est qu'un jeune garçon avec relativement peu d'expérience et elle, une grande personne d'un âge et d'une sagesse incommensurables. Néanmoins, il aurait aimé avoir fait preuve de bravoure pour elle.

Les rotors d'hélicoptère ébranlent à nouveau la nuit. Curtis, raidi, s'attend presque à ce qu'une fusillade crible le camping-car et à entendre les pieds bottés des agents de la section commando, descendus au treuil, marteler le toit tout en beuglant qu'on exige sa reddition dans un haut-parleur. Le *chada-chada-chada* de l'acier hachant l'air devient tonitruant... puis diminue avant de disparaître complètement dans le lointain.

À en juger par le son qu'il fait, l'hélico se dirige vers le sud-ouest, en suivant l'autoroute. Ce n'est pas bon signe.

Ayant fini les hot dogs, Curtis boit du jus d'orange à même le récipient – et s'aperçoit que Fidèle Vagabonde est assoiffée, elle aussi.

Fort de l'expérience salissante de donner à boire à la chienne avec une bouteille d'eau dans l'Explorer, il décide de chercher un bol ou quelque chose qui peut en tenir lieu.

Le camping-car continue de rouler à la vitesse limitée ou plus vite et il en conclut que ses occupants – l'homme et la femme dont il a entendu les voix un peu plus tôt – sont encore dans le cockpit, à discuter ferme du chambardement au relais routier. S'ils sont assis à l'autre extrémité du véhicule, tournant le dos à la chambre à coucher, ils ne sont pas en mesure d'apercevoir la moindre lumière filtrant sous ou autour de la porte.

Curtis se coule au bas du lit. Il tâte la paroi près du montant, trouve l'interrupteur.

Ses yeux habitués au noir le piquent un court instant sous la lumière aveuglante.

Peu affectée par le changement soudain de l'éclairage, la vision de la chienne s'adapte aussitôt. Couchée auparavant sur le lit, elle se dresse maintenant dessus, suivant les déplacements de Curtis avec curiosité, remuant la queue dans l'espoir soit d'une aventure soit de sa ration de jus d'orange.

La chambre est trop petite et trop fonctionnelle pour contenir des assiettes décoratives ou autres babioles susceptibles de lui servir.

Fouillant le contenu des rares tiroirs de la commode, il se sent comme un pervers. Il ne sait trop ce que font ces derniers, ni pourquoi ils le font, mais il sait que fourrager en secret dans les sous-vêtements d'autrui est un signe indubitable de perversité, et il semble y avoir autant de sous-vêtements dans cette commode qu'autre chose.

Rouge d'embarras, incapable de regarder Fidèle, le

garçon se détourne de la commode et essaie le tiroir du haut de la table de nuit la plus proche. À l'intérieur, parmi des articles sans aucune utilité pour lui, il trouve deux bocaux de plastique blanc, de dix centimètres de diamètre sur huit de haut. Bien que petits, chacun d'eux fera une parfaite écuelle pour la chienne ; il les remplira de jus d'orange autant de fois qu'il le faudra.

Sur le couvercle de l'un des bocaux, quelqu'un a collé une bande adhésive sur laquelle on lit DE RÉSERVE. Pour Curtis cela signifie que c'est le moins important des deux bocaux aux yeux des propriétaires du camping-car, du coup, il décide de se l'approprier afin de leur causer le moins d'inconvénients possibles.

Le bocal a un couvercle. Quand il le dévisse, il découvre avec horreur un jeu complet de dents à l'intérieur. Elles lui sourient largement, gencives roses comprises, mais purgées de sang.

Le souffle coupé, il laisse tomber le bocal là où il l'a trouvé, referme le tiroir d'une poussée et s'éloigne à reculons de la table de nuit. Il s'attend presque à entendre les dents claquer dans le tiroir, rongeant avec détermination pour en sortir.

Il a vu des films sur les tueurs en série. Ces monstres à visage humain collectionnent des souvenirs de leurs victimes. Certains conservent des têtes coupées au réfrigérateur ou les yeux de leurs proies dans des bocaux pleins de formol. D'autres se font des vêtements avec la peau de ceux qu'ils assassinent ou créent des mobiles aux arrangements bizarres avec des os qui pendillent.

Aucun de ces films ou de ces romans ne lui a fourni l'exemple d'un criminel psychopathe collectionneur de dents encore solidement arrimées dans des morceaux de mâchoire, gencives comprises. Néanmoins, bien qu'encore un jeune, il est suffisamment au courant du côté sombre de la nature humaine pour comprendre ce qu'il a vu dans ce bocal.

— Des tueurs en série, murmure-t-il à Fidèle Vagabonde.

Des tueurs en série.

Ce concept est trop complexe pour que la chienne le saisisse. Il lui manque les références culturelles pour qu'il ait un sens pour elle. Sa queue ne cesse de remuer que parce qu'elle perçoit la détresse de son frère-en devenir.

Curtis doit toujours trouver un bol pour le jus

d'orange, mais il ne fouillera plus dans les tiroirs de table de nuit. Pas question.

Autrement dit, seul le placard reste inexploré.

Films et romans vous préviennent que les placards sont problématiques. Il est possible que la pire chose dont on rêve dans un cauchemar, pour abominable, fantastique, invraisemblable qu'elle soit, vous attende au fond d'un placard.

Ce monde est magnifique, un chef-d'œuvre de la création, mais c'est aussi un endroit dangereux. Des méchants, humains et inhumains, rôdent dans les sous-sols ou les greniers festonnés de toiles d'araignée. Dans les cimetières, la nuit. Dans les demeures abandonnées. Dans les châteaux habités par des personnes aux sobriquets d'origine slave ou germanique. Dans les salons funéraires. Dans les anciennes pyramides. Dans les bois écartés. Sous la surface de toute vaste étendue d'eau, même aussi à l'occasion, sous la surface obscurcie par le savon d'une baignoire pleine et, bien entendu, dans les vaisseaux spatiaux, qu'ils soient ici sur terre ou sillonnent les lointaines avenues de l'univers.

Pour l'instant, il préférerait explorer un cimetière, une pyramide infestée de scarabées et d'une armée de momies en marche ou encore les coursives de n'importe quel vaisseau spatial, que le placard du camping-car de ces tueurs en série. Il n'est pas dans un désert égyptien, pourtant, ni à bord d'un vaisseau plus rapide que la lumière, au-delà de la Nébuleuse de la Tête du Cheval dans la constellation d'Orion. Il est ici, que ça lui plaise ou non, et s'il a jamais eu besoin de puiser de la force dans l'exemple courageux de sa mère, c'est bien en ce moment.

Comme il fixe son reflet dans l'une des portes-miroir, il n'est pas fier de ce qu'il voit. Visage pâle, yeux hagards et brillants de peur. L'attitude d'un enfant cédant à la crainte ; corps tendu, épaules courbées, tête baissée, prêt à prendre des coups.

Fidèle tourne son attention de Curtis au placard. Elle émet un grognement sourd.

Peut-être quelque chose de hideux se tapit-il là-dedans. Peut-être une découverte attend-elle Curtis, bien plus répugnante et terrifiante que celle des dents.

À moins que l'anxiété soudaine de la chienne n'ait rien à voir avec le contenu de l'armoire à glace. Elle pourrait simplement avoir absorbé l'humeur de Curtis. La porte du placard grince. Probablement, la vibration est due au fait qu'on roule.

Résolu à vivre à la hauteur des espoirs de sa mère, se remémorant son remords d'avoir échoué à secourir Donella, déterminé à trouver un récipient idoine pour le jus d'orange de la chienne assoiffée, il agrippe la poignée d'une des portes coulissantes. Il respire un bon coup, serre les dents et ouvre le placard.

Alors que son reflet glisse loin de lui et que l'intérieur de l'armoire lui est révélé, Curtis soupire en n'apercevant pas de bocaux de globes oculaires macérant dans du vinaigre, alignés sur l'unique étagère. Aucun des vêtements suspendus à la tringle ne semble fait de peau humaine.

Toujours prudent mais avec une confiance accrue, il se met à genoux et fouille le fond du placard, en quête de ce qui pourrait faire office de bol. Il ne trouve que des chaussures d'homme et de femme en se félicitant qu'elles ne contiennent pas une collection de pieds coupés.

Une paire de chaussures de rando pour homme lui semble neuve. Il en sort une du placard, la pose sur le sol, près du lit et la remplit de jus d'orange.

À l'ordinaire, il aurait hésité à abîmer la propriété d'autrui de cette façon. Mais les tueurs en série ne méritent pas le même respect que les citoyens modèles.

Fidèle saute au bas du lit et lape le nectar avec un enthousiasme bruyant. Elle ne s'interrompt pas pour juger du goût, comme si elle avait bu du jus d'orange toute sa vie.

Il est possible que le Curtis Hammond d'origine lui ait laissé boire du jus d'orange dans le passé. Néanmoins, le Curtis Hammond actuel soupçonne que la chienne et lui se rapprochent, et qu'elle reconnaît le goût d'après sa récente expérience à lui.

Il arrive qu'un garçon et son chien aient des relations d'une incroyable profondeur. Ce ne sont pas uniquement les livres et les films qui le lui ont appris, mais son expérience avec les animaux.

Curtis Hammond n'est pas « très net » comme l'a dit Burt Hooper et Fidèle Vagabonde est une femelle, ni jaune ni particulièrement vieille. Il n'empêche qu'ils vont former une équipe d'enfer.

Après avoir rempli à nouveau la chaussure, il pose le récipient de jus d'orange par terre et s'assied au bord du lit pour regarder boire la chienne.

Je prendrai bien soin de toi, lui promet-il.

Son aptitude à fonctionner malgré sa peur le ravit. Son ingéniosité, aussi.

Bien qu'ils roulent à bord du camping-car d'Hannibal Lecter et fuient une meute de *Terminators* qui ont plus de tenue que Schwarzenegger piqué au cul par une abeille, bien qu'ils soient recherchés par le FBI et sûrement d'autres agences gouvernementales aux initiales bien plus menaçantes et aux intentions beaucoup moins honorables, Curtis demeure optimiste quant à ses chances de leur échapper. La vue de sa compagne canine, se désaltérant avec joie, lui arrache un sourire. Il prend un moment pour remercier Dieu de l'avoir gardé en vie et sa mère de l'avoir initié aux techniques de survie qui ont jusqu'ici assisté Dieu d'inestimable façon.

Une sirène s'élève au loin. Ce pourrait être celle d'un camion de pompiers, d'une ambulance, d'une voiture de police ou d'un tacot de clowns. Bon, d'accord, un tacot de clowns est un vœu pieux, puisqu'on n'en voit que dans les cirques. En fait, c'est la police, à l'évidence.

Fidèle relève le nez de la chaussure, du jus lui dégouline du menton.

La sirène devient de plus en plus stridente jusqu'à ce qu'elle arrive pile derrière le camping-car.

21.

Mâchoires grandes ouvertes, comme déboîtées, crocs recourbés exposés en un arc venimeux, langue fourchue frétillant à l'avenant, la vipère ondoie dans l'air telle une anguille dans l'eau, plus vivement qu'une anguille, avec la fulgurance d'une fusée, tirée en plein visage de Leilani.

Même si celle-ci l'a évité, le serpent devait avoir mal visé, car elle n'avait pas réagi assez vite pour ne pas être mordue. Le sifflement de la vipère dépitée aurait pu être le fruit de son imagination, en revanche le coup de fouet des écailles sur sa joue était bien réel. Qu'elle fût froide ou non, la chiquenaude lui donna des frissons le long de la colonne vertébrale, si palpables qu'on aurait dit que le reptile s'était insinué sous le col de son T-shirt et dans le creux de ses reins.

Leilani avait un truc pour bloquer sa prothèse et pivoter sur sa jambe secondée d'acier. Qu'elle ait entendu ou rêvé le sifflement, elle se retourna à temps pour voir « le trésor de l'Éden » se déployer en une longue courbe jusqu'au plancher, ses écailles les plus brillantes étincelant comme des paillettes dans la lumière rougeâtre.

Le serpent n'était pas énorme, il mesurait de soixante à quatre-vingts centimètres et avait l'épaisseur d'un index. Pourtant, lorsqu'il s'écroula sur le sol en le fouettant avec fureur, l'air de prendre ses anneaux pour la queue d'un grand prédateur, il était aussi terrifiant que s'il s'agissait d'un python ou d'un serpent à sonnettes adulte. Après ce bref moment de frénésie, la vipère se libéra d'une ondulation et se coula prestement sur la moquette comme un filet d'eau suivant le cours d'un ruisselet. Tombant sur la plinthe sous la fenêtre, elle se leva de nouveau en un tas annelé et dressa la tête pour évaluer sa position, prête derechef à l'attaque.

Jambe valide en avant, traînant la gauche, toute grâce acquise par une longue pratique, abandonnée, toute dignité durement gagnée, perdue, Leilani avança lourdement, chancelante et paniquée, vers le couloir. Bien que déséquilibrée à chaque pas, elle se débrouilla pour rester droite, vacilla jusqu'à la porte et se raccrocha au bouton pour se soutenir.

Elle devait échapper au serpent. Atteindre sa chambre. Tenter d'en barricader la porte contre l'intrusion de sa mère.

Sinsemilla s'amusait beaucoup. Des mots lui échappaient, entrecoupés par des éclats de rire.

— Il n'est pas venimeux, espèce de neuneu ! C'est un serpent d'animalerie. Tu aurais dû voir ta tête !

Le cœur de Leilani battait la chamade, elle respirait par bouffées rapides et pénibles. Sur le seuil, agrippant le bouton de porte, elle jeta un coup d'œil derrière elle pour voir si le serpent la poursuivait. Il demeura lové sous la fenêtre.

À genoux sur le matelas, sa mère bondissait comme une écolière, faisant grincer les ressorts et l'armature du lit. Les yeux pétillants du plaisir que lui procurait sa bonne blague, hilare, elle s'écria :

— Ne sois pas aussi idiote ! C'est qu'un p'tit bout de chou qu'ondule, pas un monstre !

Leilani réfléchit. Si elle courait jusqu'à sa chambre et barricadait la porte, elle ne serait toujours pas en sécurité, car tôt ou tard, il faudrait qu'elle en sorte. Pour se nourrir. Pour se laver. Ils devaient rester ici encore quelques jours et si cette bestiole était en liberté dans la maison, elle pouvait se trouver n'importe où et, une fois que Leilani sortirait pour aller aux toilettes ou chercher quelque chose à manger, le serpent pourrait se faufiler dans sa chambre, aussi, par l'interstice de deux, trois centimètres sous la porte ou parce que Sinsemilla l'y introduirait ; alors il pourrait guetter Leilani sous le lit ou *dans* son lit. Elle n'aurait aucun refuge, aucune paix. Le serpent serait partout chez lui ; Leilani, nulle part chez elle, pas même dans le plus petit espace. D'habitude, elle se ménageait un coin, un recoin, une précieuse retraite ; même si Sinsemilla envahissait n'importe quelle pièce sans prévenir, Leilani pouvait du moins *prétendre* que son coin à elle était privé. Mais le serpent ne lui permettrait pas cette feinte intimité. Elle ne connaîtrait aucun répit dans son tourment, aucun soulagement dans son attente d'une attaque, pas même si Sinsemilla dormait, parce qu'un serpent, par essence, ne dort jamais. Ce n'était pas une façon de vivre pour Leilani, pas une situation supportable, c'était trop *intolérable*.

Sautant sur le lit, gloussant joliment, la vieille Sinsemilla revivait le comique du moment :

— Le serpent fait *boingue* ! droit dans les airs et Leilani fait *aïeuh* ! presque droit dans les airs, elle aussi, et puis v'là qu'elle fonce vers la porte comme deux kangourous paf dans une course en sac !

Au lieu de passer dans le couloir, Leilani lâcha la porte et trébucha dans la chambre. C'était la colère autant que la peur qui l'empêchaient de retrouver son aisance de mouvement naturelle, un sentiment d'injustice la déséquilibrait. Elle en tremblait avec l'intensité de la terre en 1906 à San Francisco, balançant sa jambe valide sur l'invalide, tandis que des vagues de nausée la secouaient.

— Ce p'tit bout de chou qu'ondule ne te tuera pas, Leilani. Ce p'tit chou, il veut ce qu'on veut tous, mon bébé. Ce p'tit chou veut simplement de l'amour, dit Sinsemilla, en faisant traîner le vocable *amour* comme s'il avait douze syllabes tout en riant avec une étrange jubilation.

Venimeux ou pas, le serpent avait sauté au visage de Leilani, visage qui était son meilleur atout, le meilleur qu'elle aurait jamais, parce qu'à vrai dire, elle ne développerait sans doute jamais de gros seins rebondis, malgré ce qu'elle avait dit à Micky. Quand elle se trouvait au restaurant ou ailleurs, sa jambe cliquetis-clac sous la table, sa main difforme fourrée sur ses genoux hors de vue, les gens la regardaient et lui souriaient souvent, la traitant comme n'importe quelle enfant, sans tristesse ni pitié dans leurs yeux, parce que rien sur son visage n'affichait *infirme*. Le serpent l'avait attaquée au *visage*, et elle se moquait comme d'un pet de souris qu'il fût venimeux ou pas, parce que la face de sa vie eût été changée s'il avait perforé de ses crocs sa joue ou son nez. Alors, les autres ne la jugeraient jamais impertinente, mais penseraient toujours, *quelle pauvre petite infirme avec sa gambette tordue, sa menotte difforme, son visage mordillé par un serpent et son nez dévoré par un serpent*.

Tant à perdre.

Il fallait trouver une solution et vite. Mais rien sur le lit ne lui serait d'une aide quelconque dans une chasse au serpent ou dans un combat contre un serpent. La commode ne contenait que quelques vêtements, rien d'autre, parce qu'ils vivaient avec le contenu de leurs valises, vu le peu de temps qu'ils comptaient passer ici. En fait, des valises étaient ouvertes sur un siège au pied du lit et sur une chaise à dossier droit ; cela étant ni les bagages ni le mobilier ne donnaient une idée de tactique pour ce genre de combat.

La vipère se lovait toujours près de la plinthe, sous la fenêtre. L'œil étincelant. La tête ondulant comme au son de la flûte d'un charmeur de serpents.

— *Boingue ! Aïeuh !*

Sinsemilla avait résumé l'anecdote en deux onomatopées. La version abrégée l'amusait énormément et elle maltraitait le lit plus que ne l'aurait fait n'importe quelle bande d'écervelées lors d'une pyjama-party.

Oubliant d'utiliser la rotule mécanique de la prothèse, balançant sa jambe en cage à partir de la hanche, Leilani clopina vers le placard, ce qui mit malencontreusement le lit entre elle et la vipère. Elle était convaincue qu'au moment où l'ondulant petit reptile serait hors de sa vue, il serpenterait vers elle, pour mieux l'attaquer en surgissant de sous le lit.

— Mon bébé, mon bébé, regarde ça, regarde, regarde. Mon bébé, regarde, ouvre les yeux, regarde, dit Sinsemilla.

La main tendue, elle lui offrait quelque chose.

— Mon bébé, tout va bien, regarde, mon bébé, regarde.

Leilani n'osait pas se laisser distraire par sa mère, alors que le serpent bougeait peut-être. Mais il était aussi impossible d'ignorer Sinsemilla qu'un astéroïde de la taille de Mars fonçant vers la Terre, avec entrée en collision prévue pour vendredi midi.

Sinsemilla gardait la main gauche serrée. En l'ouvrant, elle révéla un tampon de Kleenex sanglant que Leilani n'avait pas aperçu jusque-là. Elle lâcha les mouchoirs en papier cramoisis ; dans la partie charnue de sa paume, se devinaient deux petites plaies.

— Ce pauvre bout de chou a eu peur et m'a mordue au moment de la panne d'électricité.

Le sang coagulé était sombre, les petits trous ne suintaient plus.

— Il ne voulait pas lâcher, poursuivit Sinsemilla, même s'il se tortillait comme un beau diable. Ça m'a pris un sacré bout de temps pour retirer ses crocs. Je voulais pas me déchirer la main, mais je voulais pas faire de mal à ce p'tit chou, non plus.

Dans ce cas, les deux piqûres pareilles à une morsure de vampire étaient celles d'un vampire mordu.

— Alors j'ai gardé ce pauvre p'tit chou effrayé, très longtemps dans le noir ; on était tous les deux sur le lit et, au bout d'un moment, le p'tit chou a arrêté de se tortiller. On a *communié*, mon bébé, moi et le bout de chou. Ah, mon bébé, on n'a fait plus qu'un en attendant que la lumière revienne. C'est le truc le plus cool que j'aie connu.

Les battements accélérés du cœur de Leilani étaient aussi irréguliers, aussi bizarres que les pas d'une petite fille à jambe entravée lancée dans une course folle.

Panneaux gondolés, glissières de plastique fendu et rail corrodé conspiraient à l'empêcher de faire coulisser facilement la porte de la penderie. Avec un grognement, elle poussa et d'une secousse, s'ouvrit le passage.

— Pas de venin, mon bébé. Le bout de chou a des crocs mais pas de poison. Ne mouille pas ta culotte, ma fille, on fait moins la lessive pour économiser l'électricité.

Comme dans le placard de Leilani, une tringle métallique tubulaire, de cinq centimètres de diamètre à peu près, enjambait les deux mètres de largeur. Seuls quelques chemisiers de femme et quelques chemises d'homme y étaient suspendus.

Elle jeta un coup d'œil à ses pieds. Pas de serpent.

Les ravages d'une morsure de serpent sur le visage ne se limitent peut-être pas à du tissu cicatriciel. Ils risquent de provoquer des dommages nerveux. Certains muscles faciaux pourraient être à jamais paralysés, distordant le sourire, déformant bizarrement la moindre expression.

La tringle reposait sur des supports en U. Elle la souleva. Les portemanteaux glissèrent le long de la tringle, les vêtements tombèrent au fond du placard.

La vision de cette trique brillante provoqua chez Sinsemilla un nouvel accès d'hilarité. Elle tapa dans ses mains, oubliant les morsures, excitée à la perspective du divertissement à venir.

Leilani aurait préféré une pelle. Une bêche de jardin. Mais ce long tube métallique valait mieux que les mains nues, c'était quelque chose qui tiendrait le serpent à distance de son visage.

Agrippant la tringle de la main droite comme un bâton de berger, elle s'en servit pour garder l'équilibre tandis qu'elle se traînait vers le pied du lit. Sinsemilla agita ses mains en l'air, à la manière d'un chanteur de gospel qui adresse ses louanges aux cieux en poussant des alléluias, et lança :

— Oh Lani, mon bébé, tu devrais te *voir* ! Tu ressembles tellement à saint Patrick, complètement obsédée par le serpent !

Leilani longea maladroitement le lit mais avec prudence, en s'admonestant : du *calme. Allons, du nerf.* Elle était incapable de suivre ses propres bons conseils. La peur et la colère empêchaient son corps et son esprit d'avoir une coordination appropriée. Si le serpent l'avait attaquée au visage, il aurait pu lui mordre l'œil et la laisser à demi aveugle.

Elle heurta sa hanche au montant massif de l'angle, tomba contre le lit, mais elle se releva aussitôt, se sentant stupide, empotée, comme si elle était la Fiancée de Frankenstein – il ne lui manquait que des boulons dans le cou – fruit d'une première expérience qui n'avait pas réussi aussi bien que la Créature jouée par Boris Karloff.

Leilani ne désirait rien d'autre que se raccrocher à tout ce qui avait l'air normal et fonctionnait correctement chez elle. Ce n'était pas beaucoup demander. Sa jambe tordue, sa main déformée, son esprit trop délié pour son bien, elle ne pouvait pas les échanger contre les mêmes composantes standard. Elle espérait seulement conserver sa jambe droite forte, sa main droite valide, son minois plaisant. L'orgueil n'avait rien à voir là-dedans, non plus. Étant donné ses autres problèmes, un joli minois, ne correspondait pas à une volonté de séduction dans son esprit, c'était sa survie.

Quand elle contourna le bout du lit, elle aperçut la terreur de l'animalerie où elle l'avait laissée, dans les anneaux écailleux sous la fenêtre. La tête dressée, l'air mauvais. Vigilant.

— Oh Lani, mon bébé, je devrais filmer ça avec le caméscope, gémit Sinsemilla. On se gagnerait un paquet à la télé – à cette émission *Vidéo gags*.

Le visage. Les yeux. Tant à perdre. *Sors. Va-t'en.* Mais ils la ramèneraient. Et où serait le serpent alors ? Quelque part, n'importe où, partout, à la guetter. Et si sa mère le faisait suivre quand ils repartiraient en camping-car ? Dans cette boîte de conserve à roulettes, déjà piégée entre Preston et Sinsemilla, elle aurait des inquiétudes à se faire à propos d'un troisième reptile. Il n'y a pas moyen de s'enfuir quand on roule à cent kilomètres/heure.

Tenant à deux mains la tringle devant elle, Leilani se demandait quelle distance maximale un serpent pouvait parcourir dans les airs quand il se détendait. Elle croyait avoir lu qu'il se projetait de deux fois sa longueur, à savoir un mètre cinquante à deux mètres, ce qui lui éviterait d'être mordue. Mais si ce spécimen-là était ambitieux, s'il donnait toujours dix pour cent de plus comme le héros d'un livre pour enfants dément – *Le Petit Serpent intrépide* – alors elle était foutue.

Leilani n'avait pas de ressources redoutables, en matière de violence peut-être aucune. Elle ne s'était jamais imaginée en enfant prodige des arts martiaux, le corps dur, avec tous ses membres. La voie Klonk n'était pas la voie du Ninja. La voie Klonk, c'était de se faire bien voir, d'amuser, de charmer ; une approche qui réussissait merveilleusement auprès des instituteurs, des pasteurs et des voisines gentiment toc-toc faiseuses de tartes, alors qu'auprès d'un serpent elle ne vaudrait que son œil fiché sur un croc.

— Pars, bout de chou, file, conseillait en jubilant Sinsemilla au serpent. Boici benir Lani la bauvaise et cette fille, elle blaisante pas !

Comme la moindre hésitation de sa part provoquerait l'effondrement complet de sa volonté, Leilani devait agir sous le coup du désespoir de sa peur et de la férocité de sa colère. Elle se surprit à étouffer un cri, détresse et fureur mêlées, en projetant la lance de toutes ses forces sur sa cible lovée.

Elle cloua le serpent, fouettant l'air, à la plinthe mais au bout de deux, trois secondes à peine, son sinueux adversaire cingla en toute liberté telle une lanière.

— Va, mon bout de chou, va, *va* !

Frappant tant et plus, Leilani porta encore un coup à la vilaine bête, l'écrasa contre la plinthe, appuyant de toutes ses forces, s'efforçant de la blesser, de la couper en deux, mais la vipère se libéra à nouveau d'une torsion, pas plus facile à tuer qu'un serpent de fumée, aussi difficile à cerner que l'identité de son père et ce qui était arrivé à son frère, comme à peu près n'importe quoi dans cette dingue de vie mais tout ce qu'on pouvait faire c'était continuer de frapper, continuer d'essayer.

Tandis que le serpent se coulait le long du mur et sous la grosse commode, Sinsemilla rebondissait sur le lit.

— Oh, y a du grabuge maintenant, du grabuge avec un S majuscule, s-e-r-p-e-n-t. Bout de chou est furax, y s'cache sous le bahut, tout meurtri et amer, y s'pique une crise de sifflotis, y s'rumine une *méchante* vengeance de serpent.

Leilani espérait apercevoir des taches de sang sur la plinthe – ou, si un serpent n'a pas exactement du sang, une trace d'autre chose indiquant aussi clairement *blessure mortelle* qu'une bonne pinte de sang rouge. Mais elle ne vit ni sang ni ichor ni suc de serpent d'aucune sorte.

Sans avoir l'efficacité d'un couteau aiguisé, le bout circulaire scié de la tige creuse tubulaire trancherait même de dures écailles et des anneaux musclés pour peu qu'on le manie assez rudement, en y mettant beaucoup de pression et d'insistance. Ses mains moites avaient glissé sur le métal poli, mais le serpent avait sûrement subi quelques dommages.

La commode s'appuyait contre le mur sur quatre pieds courtauds. D'une hauteur d'un mètre cinquante ou plus. D'une largeur d'un mètre vingt. D'une profondeur de cinquante centimètres environ. Le bas était à sept centimètres au-dessus du sol.

Le serpent était quelque part en dessous. Quand Leilani retenait son souffle, elle entendait son sifflement furieux. Le fond du dernier tiroir amplifiait la réverbération du son dans cet espace confiné.

Elle avait intérêt à localiser cette bestiole tant qu'elle était étourdie. Elle recula, se laissa tomber maladroitement à genoux. Couchée sur le ventre, tête tournée de côté, elle pressa sa joue droite contre la moquette graisseuse.

Si la Mort avait des poches dans son suaire, elles sentiraient comme ce tapis crasseux. Des vagues nauséeuses de juste colère bouillonnaient encore en Leilani et le précipité de senteur pourri-aigre accumulé dans la moquette lui donnait une raison supplémentaire de regretter d'avoir renoncé à sa tarte aux pommes.

— Ah, écoute-moi ce bourdon de cerveau vipérin, ce vieux bout de chou qui mijote sa machination, comme quand il veut s'tuer une souris bien juteuse.

La lumière à texture soyeuse, aussi rouge que le chemisier préféré de Sinsemilla pour les fêtes, éclairait à peine les ombres nichant sous la commode.

Leilani suffoquait, non pas d'épuisement – elle ne s'était pas *dépensée* à ce point-là – mais d'inquiétude, parce qu'elle était effrayée, *dans tous ses états*. Tandis qu'étendue, plissant les yeux, elle essayait d'apercevoir le reptile, le visage seulement à un mètre cinquante, deux mètres de l'espace où il rampait, elle respirait rapidement, bruyamment, par la bouche et sa langue transformait la puanteur de la moquette en un goût qui lui donnait un haut-le-cœur.

Sous la commode, les ombres semblaient palpiter et tourner comme toujours quand on les regarde assez fixement, mais la lumière rouge n'embrassait qu'une seule forme parmi les autres, mouvantes et fantomatiques. Des courbes écailleuses reflétaient faiblement la lueur cramoisie et scintillaient vaguement comme des brillants troubles.

— Bout de chou mijote sa machination pour choper sa souris Leilani, en se léchant ses babines serpentines. Bout de chou, il pense au goût qu'elle va avoir la Lani.

Le serpent s'était complètement recroquevillé contre le mur, à équidistance des deux côtés de la commode.

Leilani se remit à genoux. Elle saisit la tringle à deux mains, l'enfonça avec force sous le meuble, droit sur le serpent. Elle frappa encore et encore, avec fureur, ses phalanges brûlées par la friction contre la moquette. Elle entendait la bestiole se débattre, son corps tapant avec bruit le fond du dernier tiroir.

Sur le lit, Sinsemilla s'ébattait, encourageant de ses vivats l'un des combattants, maudissant l'autre, et bien que Leilani ne fût plus capable de saisir le sens des paroles de sa mère, elle supposa que ses sympathies allaient au bout de chou. Elle n'entendait plus clairement les divagations de Sinsemilla à cause des fouettements du serpent, tambourinant follement contre la commode, à cause de la tringle frappant les anneaux emmêlés, cognant contre la plinthe et les pieds du meuble – mais aussi parce qu'elle-même grognait comme une bête fauve. Elle avait la gorge en feu. Sa voix rauque n'était plus la sienne : inarticulée, épaisse, hideuse d'un besoin primitif qu'elle n'osait envisager.

Finalement, la bestialité de sa voix l'effraya au point qu'elle interrompit son assaut sur le serpent. Il était mort, de toute façon. Elle l'avait tué un peu plus tôt. Sous l'énorme commode, rien ne s'agitait ni ne sifflait plus.

Bien qu'elle ait su que l'immonde créature était morte, elle n'était pas parvenue à s'arrêter de lui porter des coups. Incapable de se contrôler. Et qu'est-ce que ces quatre mots-là lui évoquaient ? Telle mère, telle fille. Leilani était passée à la vitesse supérieure par peur, plutôt que sous l'effet de la drogue, par colère aussi. Mais la distinction ne lui importait pas autant que la découverte qu'à l'instar de Sinsemilla, elle pouvait perdre tout contrôle d'elle-même dans certaines circonstances.

Le front ruisselant, la figure luisante, le corps moite, Leilani qui empestait la sueur aigre n'avait plus rien d'une fleur du ciel. À genoux, courbant les épaules, la tête penchée, ses cheveux trempés et ébouriffés pendouillaient sur son visage, tandis qu'elle serrait la tringle avec une telle rage qu'elle n'arrivait pas à la lâcher. On aurait dit qu'elle participait à un cours pour se réincarner en Quasimodo, à seulement neuf ans, et qu'il lui faudrait encore un peu de temps avant de retourner à Notre-Dame.

Se sentant diminuée, humiliée et secouée, elle n'avait pas moins peur qu'avant mais pour des raisons différentes. Certains serpents étaient plus effrayants que d'autres ; ces spécimens qu'on ne voyait jamais dans les caisses ventilées des animaleries, qui n'ondulaient jamais à travers champ ou forêt, étaient invisibles et hantaient les régions les plus reculées de votre esprit. Jusqu'à aujourd'hui, elle ignorait abriter un nid de reptiles aussi redoutables, ceux de la peur, de la colère, et que son cœur pouvait s'embraser sous leur morsure, la rendre à moitié folle, lui faire perdre tout sang-froid.

Pareille à une gargouille, Sinsemilla se pencha par-dessus le pied du lit, le visage dans l'ombre mais la tête auréolée du halo rouge de la lampe, les yeux étincelants d'excitation.

— Bout de chou, c'est un p'tit gars rampant, duraille et entêté.

Leilani, qui ne comprit pas le sens de ces mots fut sauvée en surprenant la direction du regard de sa mère. Au lieu de fixer sa fille, elle le rivait sur le bout de son gourdin de fortune.

La tige métallique, de cinq centimètres de diamètre, était creuse. Le serpent n'était pas mort après tout. Et il s'était réfugié, après la pluie de coups à l'intérieur de la tringle. Grâce à ce pipeline improvisé, il se déplaça, invisible, de sa cachette sous la commode au dos exposé de Leilani. Et il en sortait lentement, rampant sur le sol derrière elle comme le produit fini d'une machine à fabriquer les serpents.

Que le serpent se meuve lentement parce qu'il était blessé ou bien parce qu'il rusait pour tromper l'ennemi.

Leilani n'en savait rien et s'en moquait. Juste au moment où il s'écoulait de toute sa longueur du gourdin creux, elle l'attrapa par la queue. Elle savait que les manipulateurs de serpents les attrapaient sous la tête pour leur immobiliser les mâchoires, mais craignant pour sa main valide, elle choisit la partie basse.

Pour visqueux, il l'était. Et mouillé, donc blessé. Encore assez vivace toutefois pour se tortiller vigoureusement dans sa quête de liberté.

Avant que le serpent ne puisse se replier sur lui-même et lui mordre la main, Leilani sauta sur ses pieds plus vite que sa prothèse ne le lui avait jamais permis et se mit à jouer du lasso comme une cowgirl. Tournant comme une corde à sauter, tendu par la force centrifuge qui contrecarrait ses efforts pour se lover, le reptile fendit l'air avec un bruissement plus fort que son sifflement. Après l'avoir fait tournoyer deux fois, Leilani trébucha vers la commode. Les crocs dénudés manquèrent de quelques centimètres le visage de sa mère au cours de la première révolution, puis, durant la troisième, le crâne du serpent heurta le meuble avec un *crac* qui lui coupa l'envie de se tortiller pour toujours.

Le serpent mort, glissa de la main de Leilani, se repliant sur lui-même en une boucle molle et inoffensive.

L'issue inattendue ou le spectacle avait laissé Sinsemilla sans voix.

Leilani pouvait se détourner de la vipère pulvérisée, pivoter grâce à son astuce sur sa jambe, en revanche il ne lui serait pas aussi facile d'occulter l'image d'elle grognant et haletant sous l'effet d'une crise de terreur et de rage, une tueuse. Comme une ronce, l'image haïssable s'enfoncerait peu à peu dans sa mémoire, au-delà de tout espoir d'excision, et la démangerait tout le temps qu'elle vivrait.

Son cœur grondait en elle, et l'orage de son humiliation ne s'était toujours pas éloigné.

Elle refusa de pleurer. Pas ici. Pas maintenant. Ni la peur, ni la colère, ni même cette nouvelle connaissance d'elle ne lui arracheraient de larmes devant sa mère. Aucun malheur au monde ne la forcerait à révéler sa vulnérabilité à Sansemilla.

Si elle n'avait pas encore retrouvé son aisance de mouvement, Leilani se concentra pour mettre un pied devant l'autre, comme un patient réapprenant à marcher après une blessure à la colonne vertébrale, et elle réussit à gagner la porte ouverte de la chambre sans perdre sa dignité.

Dans le couloir, elle fut saisie de violents tremblements, ses dents s'entrechoquèrent, ses coudes heurtèrent ses côtes, mais elle insuffla de la fermeté dans son genou valide et continua d'avancer.

En atteignant la salle de bains, elle entendit sa mère s'activer dans la chambre conjugale. Elle regarda en arrière juste au moment où un éclair de lumière glacée emplit l'embrasure de la porte ouverte. Le flash d'un appareil photo. Le serpent avait beau ne pas être une « victime de la route », apparemment, l'artiste en Sinsemilla avait été inspirée par la grâce macabre de la carcasse vipérine reposant sur un drap mortuaire de moquette orange.

Nouvel éclair.

Leilani entra dans la salle de bains, alluma la lumière et le ventilateur. Elle referma la porte, se coupant de sa mère.

Elle ouvrit le robinet de la douche, sans se déshabiller pour autant. Au contraire, elle abaissa le couvercle des toilettes et s'y assit.

Couverte par le bourdonnement du ventilateur et le bruit d'eau, elle s'autorisa ce qu'elle n'avait jamais fait devant sa mère ou Preston Maddoc. Elle pleura.

22.

Si savoureux que soit un jus d'orange frais quand on le lape dans une chaussure, Fidèle Vagabonde ne s'y intéresse plus quand la sirène devient aussi forte que celle annonçant un raid aérien dans le sillage immédiat du camping-car. L'inquiétude de Curtis devient aussi la sienne, et, les oreilles dressées, le corps tendu, prête à suivre son exemple, elle l'observe.

Le Windchaser ralentit car le conducteur vérifie ses rétros latéraux. Même les tueurs en série qui collectionnent les dents de leurs victimes à leur chevet pour les examiner avec nostalgie s'arrêteront évidemment sans hésiter pour la police de la route.

Quand le véhicule de patrouille les dépasse en coup de vent et file dans la nuit, le camping-car reprend de la vitesse, mais Fidèle ne revient pas au jus d'orange. Tant que Curtis demeure mal à l'aise, la chienne restera sur ses gardes, elle aussi.

D'abord l'hélicoptère emprunte le grand axe en direction du Nevada et maintient cette voiture radio : autant de signes et de présages d'ennuis à venir. Il a beau être mort, Edgar J. Hoover n'a rien d'un imbécile et, si jamais son esprit sans repos guide l'organisation dont il s'est séparé avec tant de répugnance, alors deux brigades d'agents du FBI et probablement d'autres autorités diverses et variées établissent déjà des barrages sur autoroute à la fois au nord-est et au sud-ouest du relais routier.

Se rasseyant au bord du lit, Curtis extrait la liasse des poches de son jean. Il lisse les billets et les trie. Pas grand-chose à trier. Il compte son trésor. Pas grand-chose à compter.

Il ne possède certainement pas assez d'argent pour

soudoyer un agent du FBI, d'autant que la plupart d'entre eux sont loin d'être corruptibles. Après tout, ce ne sont pas des hommes politiques. Si la National Security Agency a également des hommes sur le terrain ici, ce qui semble maintenant plausible, et peut-être la CIA aussi bien – ces gars-là ne vendront ni leur pays ni leur honneur pour quelques billets de cinq dollars froissés. Du moins à en croire les films, les romans à suspense et les livres d'histoire. Peut-être les textes historiques sont-ils rédigés avec un parti pris politique et peut-être certains romanciers prennent-ils des licences littéraires, mais ce qu'on voyait dans les films, il était sûrement possible de le croire.

Avec ses maigres ressources, Curtis a peu d'espoir d'acheter son passage, même auprès des autorités locales ou de l'État. Il renfourne la menue monnaie dans ses poches.

Le conducteur ne se sert pas de ses freins et laisse le Windchaser perdre régulièrement de la vitesse. Mauvais, mauvais. Après s'être enfuis du relais routier, ces deux-là ne s'arrêteraient pas pour se reposer à nouveau. Il doit y avoir un embouteillage devant eux.

— Bonne chienne, dit-il à Fidèle Vagabonde, voulant l'encourager et la préparer à ce qui risquait d'arriver. *Bonne chienne. Reste tout près.*

Alors que la vitesse continue à baisser abruptement pour atteindre quatre-vingts, avant de franchir la barre des soixante, puis de passer en dessous des cinquante, alors qu'on appuie sur les freins une à deux fois, Curtis va coller son nez à la vitre de la chambre.

La chienne lui emboîte le pas.

Curtis fait glisser un des carreaux et l'ouvre. Le vent tempête comme un ours agité derrière les barreaux d'une cage, mais il s'agit d'un zéphyr légèrement tiède qui n'a rien de mordant. Il se hisse contre le rebord. En se penchant, il cligne les yeux dans le vent et regarde vers l'avant du camping-car.

Dans la nuit, les stops de dizaines et de dizaines de véhicules clignotent sur les trois voies se dirigeant vers l'ouest. Cinq cents mètres plus loin à peu près, au sommet d'une côte, la circulation est complètement stoppée. Le Windchaser ralentit régulièrement, Curtis referme la fenêtre et prend position près de la porte de la chambre. La chienne reste fidèlement à son côté.

Bonne chienne.

Quand sur un dernier coup de frein, le camping-car s'arrête définitivement, Curtis éteint la lumière dans la chambre et attend dans l'obscurité. Il y a de fortes chances pour que le couple de psychopathes, propriétaires du Windchaser, restent sur leur siège dans le cockpit un petit moment. Ils examineront le barrage routier avec un vif intérêt, élaborant une stratégie au cas où l'on inspecterait leur véhicule.

À tout moment, cependant, l'un d'eux pourrait se retirer ici dans la chambre. Si une fouille par les autorités leur semble imminente, ces fétichistes dentaires tenteront de se débarrasser de leur collection compromettante de souvenirs macabres.

Curtis jouira de l'avantage de la surprise, sans être sûr qu'elle seule fera la différence. Chaque membre du couple meurtrier, là-bas devant, jouira de plus grands avantages de taille, de force et d'un mépris démentiel pour sa sécurité personnelle.

Outre la surprise, cependant, le garçon a pour lui Fidèle Vagabonde. Et la chienne a des dents ; Curtis aussi, bien que les siennes ne soient ni aussi grandes ni aussi pointues que celles de la chienne et, contrairement à sa compagne à quatre pattes, il n'a pas le cœur de s'en servir.

Il n'est pas convaincu que sa mère serait fière de lui s'il arrachait sa liberté avec ses *dents*. Combattants et combattantes ont été, rarement sinon jamais, décorés pour la bravoure des morsures infligées à leurs adversaires. Dieu soit loué, alors, pour sa sœur-en devenir.

Bonne chienne.

Après deux minutes d'arrêt, le Windchaser roule lentement avant de s'arrêter à nouveau, et Curtis en profite pour entrebâiller la porte de la chambre. Le levier de vitesses à main grince doucement, comme les gonds de la porte, qui s'ouvre vers l'extérieur.

Il colle l'œil à la fente de deux, trois centimètres et examine la salle de bains qui sépare la chambre du carré, du salon et du cockpit. La porte à l'autre extrémité de la salle de bains est entrouverte, laissant pénétrer de la lumière provenant de l'avant du véhicule, mais il ne voit pas grand-chose de ce qu'il y a au-delà.

Restant plus proche de lui que Curtis ne l'entendait, la chienne se presse contre ses jambes et glisse le museau entre porte et embrasure. Il l'entend flairer. Son odorat exceptionnel lui procure plus de renseignements que les cinq sens réunis d'un humain, aussi ne la pousse-t-il pas à l'écart.

Il doit toujours se rappeler que chaque histoire d'un garçon et de son chien est aussi celle d'un chien et de son garçon. Aucune relation de ce type ne peut réussir sans respect.

La chienne remue la queue, balayant les jambes de Curtis, soit qu'elle capte une odeur alléchante soit parce qu'elle acquiesce à l'exigence fondamentale d'une amitié entre un chien et un garçon, telle qu'il la conçoit.

Un homme entre soudain dans la salle de bains en venant de l'avant du camping-car.

Dans la chambre obscure, Curtis, sous le choc, manque refermer la porte. Il se rend compte à temps que son entrebâillement minimal a moins de chances d'attirer l'attention de l'homme que sa fermeture. Il s'attend à ce que le type vienne directement dans la chambre et il est prêt à se servir de la porte comme d'un bélier pour déséquilibrer cet assassin. Alors, lui et la chienne se précipiteront vers la liberté.

Au lieu de quoi, l'homme se dirige vers le lavabo et allume un petit plafonnier. De profil par rapport à Curtis, il examine son visage dans la glace.

Fidèle Vagabonde demeure à la porte, le nez collé à la fente, mais elle ne flaire plus bruyamment. Elle s'est mise en mode furtif, bien que sa queue continue de remuer doucement.

Tout en étant terrifié, Curtis est aussi intrigué. Il y a quelque chose de fascinant à observer en secret des inconnus chez eux, même si ce « chez eux » est sur roues.

L'homme plisse les yeux face au miroir. Il frotte d'un doigt la commissure droite de ses lèvres, plisse à nouveau les yeux et semble satisfait. De deux doigts, il abaisse ses paupières inférieures et examine ses yeux – Dieu sait pourquoi. Puis, avec la paume de ses mains, il se lisse les cheveux sur les tempes.

Souriant, l'inconnu s'adresse à son reflet :

— Tom Cruise, t'as du souci à te faire. Vern Tuttle règne.

Si Curtis ignore qui peut bien être Vern Tuttle, il sait que Tom Cruise, est, bien sûr, un acteur, une star de cinéma, une icône mondiale. Il est surpris et impressionné que l'homme soit une relation de Tom Cruise.

Il a entendu les gens dire que « le monde est petit », et

ce rapport à Tom Cruise vient à l'appui de cette affirmation.

Ensuite, l'homme sourit à son reflet. Mais ce sourire n'a rien d'amusant. Vu de profil, c'est un sourire exagérément *carnassier*. Il se penche au-dessus du lavabo, pour être plus près du miroir et examine ses dents à découvert avec un intérêt et une intensité énervantes.

Cette évolution de la situation dérange Curtis sans l'étonner. Il sait déjà que l'une de ces deux personnes, si ce n'est les deux, est un meurtrier, fétichiste des dents. Chez cet homme ce qui le trouble davantage que son obsession pour ses dents c'est qu'il a l'air, à part ça, tout à fait normal. Replet, la soixantaine, avec une épaisse crinière blanche, il pourrait interpréter un grand-père dans un film de cinéma, mais jamais jouer le rôle d'un massacreur à la tronçonneuse. Nombre de ceux qui disent que le monde est petit disent aussi que l'habit ne fait pas le moine, entendant par là qu'il ne faut pas juger autrui sur sa mine, et voilà qui prouve à nouveau qu'ils ont raison.

Continuant à montrer les dents sans bruit dans la glace, l'inconnu les cure d'un ongle. Puis il examine ce qu'il a récupéré au bout de son doigt, fronce le sourcil, y regarde de plus près et finit par expédier d'une chiquenaude le truc dans le lavabo.

Curtis frissonne. Son imagination fébrile lui offre nombre de possibilités glaçantes sur ce que l'homme a délogé d'entre ses dents, toutes reliées au fait bien connu que la plupart des tueurs en série sont aussi des cannibales.

Curieusement, sa truffe collée à l'entrebâillement de la porte, Fidèle Vagabonde remue toujours la queue dans la pénombre. Elle ne partage pas la crainte de Curtis devant ce monstre à visage humain. Elle semble s'être fait une opinion à laquelle elle se raccroche avec entêtement. Le garçon s'inquiète de la fiabilité de l'instinct animal de la chienne.

Le cannibale probable éteint la lumière du lavabo, se tourne et traverse la salle de bains jusqu'au box du w.c. Il entre, allume à l'intérieur et referme la porte derrière lui.

La mère du garçon disait souvent qu'une occasion manquée n'était pas qu'une chance perdue, mais une blessure pour son propre avenir. Si l'on rate trop d'occasions, l'on subit trop de blessures et l'on n'a plus d'avenir du tout.

Avec un tueur livré à ses fonctions corporelles et l'autre au volant du Windchaser, c'est une occasion que seul un enfant désobéissant, ignorant sa mère, ne saisirait pas.

Curtis ouvre la porte de la chambre d'une poussée. *Toi d'abord, fifille.*

Remuant la queue, le cabot passe dans la salle de bains – et file droit vers le box des w.c.

Non, ma chienne, non, non ! Dehors, ma chienne, dehors !

Peut-être que la puissante panique de Curtis se transmet à Fidèle Vagabonde grâce au filament psychique qui relie chaque garçon à son chien, mais c'est peu probable : leur rencontre est trop récente, ils sont encore en plein processus pour devenir un tandem *simpatico* chienne-garçon. Plus vraisemblablement, ayant mieux flairé l'inconnu à l'aspect trompeur de grand-père dans le box des cabinets, elle le reconnaît maintenant pour le monstre qu'il est. Que le filament psychique ou un bon nez en soient la cause, elle change de direction et quitte la salle de bains pour passer dans le carré.

En suivant la chienne, Curtis jette un œil, par-delà la cuisine et le salon, vers le cockpit. La femme occupe le siège du conducteur, son attention accaparée par l'embouteillage.

Curtis est soulagé de voir que cette co-meurtrière est encombrée d'une ceinture de sécurité qui l'attache au poste de commande. Elle ne sera pas capable de s'en débarrasser et de dégringoler du siège à temps pour lui bloquer la sortie. Elle lui tourne le dos, mais en s'approchant d'elle, il aperçoit qu'elle a approximativement le même âge que l'homme. Ses cheveux coupés court luisent d'un blanc surnaturel.

Remise à sa place par son incompréhension quasi désastreuse du caractère patriarcal de l'homme, Fidèle Vagabonde avance sans remuer la queue et avec prudence, dépasse le coin-dînette, patte de velours après patte de velours, aussi silencieusement et furtivement que le premier chat venu. Alors que la chienne atteint la sortie et que Curtis tend la main au-dessus d'elle vers la poignée, la femme devine leur présence. Elle casse la croûte et relève la tête, en mâchant, s'attendant à l'homme, interloquée de découvrir un garçon et un chien. La surprise l'immobilise à mi-bouchée, la main levée et dans cette main, une oreille humaine.

Curtis hurle, et même en prenant conscience que ce n'est pas une oreille qu'elle tient à la main, après tout, mais simplement une grosse chip, il ne peut pas s'arrêter de hurler. À ce qu'il en sait, elle mange des chips avec des oreilles, comme d'autres les mangent avec des bretzels ou des cacahuètes ou en les trempant dans la crème aigre.

La portière ne veut pas s'ouvrir. La poignée ne veut pas bouger. Il appuie, plus fort. Rien n'y fait. Verrouillée, elle doit être verrouillée. Il la remue dans tous les sens, de haut en bas, il insiste, sans aucun effet.

À la place du conducteur, la femme stupéfaite retrouve assez de sang-froid pour parler, mais le garçon ne comprend pas ce qu'elle dit car le marteau-piqueur de son cœur prive de sens les rares mots qui lui parviennent.

Curtis et la portière, volonté contre matière, à l'échelle microscopique où la volonté devrait vaincre : pourtant le verrou tient bon et la portière ne s'ouvre pas. Ce verrou magique, le pêne comme soudé par sorcellerie, résiste à sa force physique et à celle de son esprit.

La co-meurtrière appuie sur le bouton qui libère la ceinture de sécurité et s'en débarrasse d'un coup d'épaule.

Seigneur, il n'y a qu'une seule issue, le machin est verrouillé magiquement, déjouant toutes ses astuces, et le voilà prisonnier de cet abattoir roulant, claustrophobique, dont les retraités déments le dévoreront avec des chips et conserveront ses dents dans le tiroir de leur table de nuit.

Féroce comme jamais, Fidèle Vagabonde se rue sur la femme. Montrant les crocs, grognant, écumant, bavant, la chienne semble dire *Des dents ? Vous voulez des dents ? Jetez un œil sur CELLES-LÀ, bats-toi au croc-à-croc avec MOI, espèce de sale folle, qu'on voie si t'aimeras autant les dents une fois que j'en aurai fini avec toi !*

La chienne ne se hasarde pas assez près pour mordre, mais sa menace est dissuasive. La femme abandonne aussitôt son idée de quitter son siège. Elle se rétracte devant eux tandis qu'une affreuse grimace de terreur la défigure, nul doute qu'elle a vu la même sur les visages des nombreuses victimes auxquelles elle n'a montré aucune pitié.

Secouée de haut en bas, la poignée ne libère pas la clenche, mais si on la tire vers l'intérieur, elle fonctionne, révélant qu'elle n'est pas fermée à clef. En fin de compte, aucun charme n'a été jeté sur son mécanisme. L'échec de Curtis à l'ouvrir plus tôt n'était pas dû à une défaillance ni du corps ni de l'esprit, mais à l'effondrement de sa raison, résultat de sa peur en roue libre. Tout mortifié qu'il soit, le garçon est encore incapable de dominer son affolement. Il ouvre la portière à la volée, dévale les marches en casse-cou et trébuche sur le macadam avec un tel élan qu'il va percuter le flanc d'une Lexus arrêtée dans la voie adjacente au camping-car.

La figure collée à la vitre, le nez écrasé presque cassé, il scrute l'intérieur de la voiture comme celui d'un aquarium peuplé de poissons étranges. Lesdits poissons – en fait, un homme au crâne rasé au volant, une brune à la coiffure punk, sa passagère – le dévisagent avec l'œil sans paupière et la bouche en O des résidents à nageoires d'un véritable aquarium.

Curtis s'écarte de la voiture et se retourne pour voir Fidèle Vagabonde, qui n'aboie plus sauvagement, saute du camping-car. Souriante, agitant la queue, consciente d'être l'héroïne du moment, elle s'éloigne sur la gauche en trottant avec fierté.

La chienne suit la ligne blanche discontinue qui sépare cette voie embouteillée de sa voisine et le garçon se dépêche derrière elle. Il ne hurle plus, l'esprit encore suffisamment embrouillé par la peur pour s'en remettre provisoirement à sa brave compagne.

En jetant un coup d'œil en arrière dans le flamboiement des phares, il aperçoit la femme à cheveux blancs qui le scrute là-haut, derrière le pare-brise du Windchaser. Elle est à moitié sortie de son siège, se hissant à l'aide du volant pour mieux le suivre des yeux. Vue d'ici, on pourrait la confondre avec une personne innocente et gentille – une bibliothécaire, peut-être, étant donné qu'une bibliothécaire n'aurait aucun mal à faire passer une histoire de monstres pour un roman à l'eau de rose rien qu'en échangeant leurs jaquettes poussiéreuses.

Des effluves urbains ont gagné le plein désert. L'air chaud est empuanti par les gaz d'échappement des moteurs tournant au ralenti des véhicules retenus par le barrage. Certains automobilistes, jaugeant le long retard qui les attend, ont éteint leur moteur et sont descendus se dégourdir les jambes. Tous n'ont pas fui l'affrontement au relais routier ; et tout en se frottant la nuque, roulant des épaules, arquant la colonne et faisant craquer leurs jointures, ils se demandent mutuellement : « Qu'est-ce qui se passe ? Qu'est-ce qu'il y a ? De quoi s'agit-il ? »

Ces gens-là forment une sorte de poche que doivent traverser Curtis et Fidèle Vagabonde. Avançant par zigzags et détours, le garçon les traite avec une courtoisie égale, tout en sachant qu'ils peuvent être pasteurs ou meurtriers, ou encore pasteurs meurtriers. À moins que ce ne soit des saints, des pécheurs, des employés de banque, des voleurs de banque, humbles ou arrogants, généreux ou envieux, sains d'esprit ou totalement fous. « Excusez-moi, m'sieur. Merci, m'dame. Pardon, m'sieur. Excusez-moi, m'dame. Excusez-moi, m'sieur. »

En fin de compte, un grand flandrin, la mine revêche et l'air pincé, au rictus permanent d'un quidam souffrant de longue date de constipation, arrête Curtis. Entre un fourgon Ford et une Cadillac rouge, il barre le passage au garçon en lui plaquant une main sur la poitrine.

— Hou là, fiston, qu'est-ce qu'il y a, où tu cours comme ça ?

— Des tueurs en série, halète Curtis, pointant un doigt vers le camping-car, qui est à une vingtaine de véhicules derrière lui. Dans ce Windchaser-là, ils conservent des morceaux de corps dans la chambre.

Déconcerté, l'inconnu laisse retomber la main qui retient Curtis et son rictus creuse davantage son visage maigre tandis qu'il plisse les yeux vers le seize tonnes, la maison motorisée des horreurs.

Curtis se faufile et fonce de plus belle, tout en comprenant que la chienne l'entraîne à l'ouest. Le barrage routier est encore à une distance considérable devant eux, derrière le sommet de la colline et pas encore en vue, mais ce n'est pas la direction qu'ils doivent prendre.

Entre un pick-up Chevrolet et un Volkswagen, un homme à l'air jovial, avec des taches de rousseur et une tignasse de clown d'un roux flamboyant, attrape Curtis par sa chemise, manquant le faire déraper.

— Hé là, hé là, hé là ! Tu fuis quoi, mon gars ?

Sentant que ce type ne se laissera pas démonter par l'alerte aux tueurs en série – ni par grand-chose d'autre, tant qu'on y est – Curtis recourt à l'excuse que Burt Hooper, le camionneur mangeur de gaufres, au restaurant de Donella, lui a trouvée un peu plus tôt. Il n'est pas sûr de ce que ça signifie, mais ça l'a tiré d'affaire, alors il lui répond :

— J'suis pas très net, m'sieur.

— Mince, ça me surprend pas, déclare le rouquin, sans lâcher le pan de chemise de Curtis tordu. T'as volé quelque chose, mon gars ?

Aucun être doué de raison ne supposerait qu'un garçon de dix ans traîne sur l'autoroute, attendant qu'un barrage de police bloque la circulation, et profite de l'aubaine pour dévaliser les automobilistes. Par conséquent, Curtis suppose que son interrogateur à taches de rousseur a l'intuition de tous ses larcins depuis la ferme Hammond, dans le Colorado. Peut-être cet homme est-il médium et va-t-il avoir d'un moment à l'autre des flashes de billets de cinq dollars et de saucisses chipés au cours de la fuite éperdue de Curtis.

À moins, pense Curtis, que l'inconnu qui agrippe sa chemise ne soit plutôt psychotique que clairvoyant. Dingo, fou, dément. Il y en a un tas qui se baladent. Chaussé de sandales, vêtu d'un short écossais informe et d'un T-shirt proclamant L'AMOUR C'EST LA RÉPONSE, avec son visage jovial constellé de taches de rousseur, cet homme n'a rien d'un cinglé, mais tant de choses dans ce monde ne sont pas ce qu'elles paraissent être, Curtis y compris.

La chienne s'attaque directement au short. Sans aboiement, sans grognement, sans avertissement, en fait sans signe évident d'animosité. Presque espiègle, elle bondit en avant, attrape d'un coup le tissu écossais et déséquilibre l'inconnu. L'homme pousse un cri, lâche Curtis, mais Fidèle Vagabonde est moins prompte à lâcher le short. Elle le lui fait tomber sur les genoux en le tirant, découvrant ses sous-vêtements. Il lui balance un coup de pied, mais entravé par son short, il la manque tout en envoyant valser sans le vouloir une de ses sandales.

La chienne lâche aussitôt le short du bonhomme pour s'emparer de la chaussure abandonnée. La sandale dans la gueule, souriante, elle pique un sprint vers l'ouest le long de la ligne blanche discontinue, flanquée d'automobilistes frustrés dans leurs véhicules surchauffés.

Même si elle fonce toujours dans la mauvaise direction, Curtis la talonne parce qu'ils ne peuvent pas retourner vers le Windchaser, où ils risquent de tomber sur des altercations. Et ils ne peuvent pas non plus traverser la ligne médiane et tenter de faire du stop vers l'est, parce que la circulation filant à toute allure dans ce sens sera arrêtée par un autre barrage routier quelque part au-delà du relais.

Leur seul espoir réside dans l'immensité du plein désert au nord de l'autoroute, là-bas où le ciel noir et la terre obscure se rejoignent, où les facettes des rochers riches en quartz reflètent le scintillement des étoiles. Serpents à sonnettes, scorpions et tarentules seront plus accueillants que la bande impitoyable de tueurs à laquelle appartenaient les deux cowboys – à laquelle ils appartiennent encore s'ils ont survécu à la fusillade dans la cuisine du restaurant.

Le FBI, la National Security Agency et autres autorités légales ne tueront pas Curtis immédiatement en l'identifiant, comme le feront les cowboys et leur engeance. Une fois en détention, cependant, il ne sera plus autorisé à aller où bon lui semble. Plus jamais.

Sans compter que les cruels chasseurs qui ont tué sa famille – et la famille Hammond – apprendront tôt ou tard où il se trouve. Et ils finiront par l'attraper si profond que soit le bunker, si haute que soit la forteresse où il est emprisonné, quel que soit le nombre de gardes armés affectés à sa protection.

Devant lui, Fidèle Vagabonde lâche la sandale et oblique à droite entre deux véhicules arrêtés. Curtis la suit. La chienne musarde sur le bas-côté de la route jusqu'à ce que le garçon la rattrape. Alors, sans se soucier de la possibilité d'être capturée ou mordue par un serpent, pleine d'entrain à la perspective de nouveaux territoires et d'une plus grande excitation, la queue dressée comme un étendard, elle dévale, menant la charge, la pente douce du remblai qui surélève l'autoroute.

Si Curtis pouvait échanger cette aventure formidable contre un radeau et un fleuve, il le ferait sans hésiter. Au lieu de quoi, il s'embarque pour la Terre Vierge, à la poursuite de la chienne astucieuse, s'éloigne rapidement de l'éclairage de fête foraine de la circulation bloquée et traverse une désolation de sable, de broussailles et de schiste. Des sentinelles de pierre érodée se dressent comme les Indiens qui se tenaient probablement là pour surveiller les convois de chariots pleins de colons nerveux en route vers l'ouest. À l'époque, l'autoroute n'existait pas et les seuls points de repère étaient les roues brisées de chariots d'expéditions précédentes ayant échoué, les ossements éparpillés d'hommes et de chevaux dépouillés de leur chair par les vautours et la vermine. Curtis et Fidèle Vagabonde s'enfoncent dans un territoire où seuls les braves et les fous les ont précédés par le passé. Le garçon et la chienne, la chienne et le garçon, sous la lune qui se retire derrière un édredon de nuages à l'ouest et le soleil encore couché à l'est, sœur-en devenir et frère dévoué, courent vers le nord, à travers l'obscurité du désert, vers une obscurité plus profonde encore.

23.

Dans le fauteuil Noah Farrel avait parlé au point qu'il ne s'écoutait plus. Et il continua jusqu'à être à court de mots. Sur le lit, tellement immobile que la courtepointe en chenille ne bougeait pas, Laura en catalepsie était lovée dans la position du fœtus. Muette pendant le monologue de son frère, elle se taisait toujours.

Ce silence épuisé était l'état le plus proche de la paix que Noah connaisse. Il lui était déjà arrivé, plusieurs fois, de s'assoupir dans ce fauteuil. Le sommeil sans rêves, il n'en faisait l'expérience qu'ici lorsque cette merveilleuse sensation de détente l'envahissait. Ses paroles n'ayant pas réussi à briser le silence de sa sœur, il ne lui restait qu'à le partager.

La paix ne venait peut-être qu'avec l'acceptation.

Si ce n'est qu'elle ressemblait trop à la résignation. Lors de ces soirées où il roupillait dans le fauteuil, il se réveillait avec un regain de culpabilité. Loin d'entamer son sentiment d'injustice, le sommeil sans rêve l'aiguisait. Il avait un compte à régler avec le Destin. Et cela l'obsédait même s'il savait que le Destin était le plus fort.

Ce soir-là, il ne s'assoupit pas. Au bout d'un moment, des pensées indésirables se bousculèrent une fois de plus dans sa tête. Un flot de paroles menaçait de franchir ses lèvres, mais ce serait une divagation pleine de colère, de haine de lui, d'apitoiement sur son sort. Pour peu qu'elle s'infiltre dans la prison du cerveau endommagé où Laura purgeait une peine à perpétuité, elle n'éclairerait en rien ses ténèbres intérieures.

Noah s'approcha du lit, se pencha et baisa la joue humide de Laura. Eût-il demandé de l'eau et lui aurait-on donné du vinaigre que celui-ci n'aurait eu goût plus amer que les larmes de sa sœur.

Dans le couloir, il croisa une infirmière qui poussait un chariot en inox. C'était une petite brune aux cheveux de jais, au teint rose et à l'œil bleu de Nordique. Dans son uniforme blanc et pêche impeccable, elle était aussi guillerette qu'une perruche sous Dexedrine. Son sourire contagieux aurait pu en susciter un chez Noah si sa visite décourageante à Laura ne l'avait vacciné pour un temps contre le sourire.

Elle s'appelait Wendy Quail. Nouvelle dans le service. Il ne l'avait rencontrée qu'une fois jusque-là, mais il avait une mémoire de flic pour les noms.

— Ça ne va pas ? demanda-t-elle, en jetant un coup d'œil vers la chambre de Laura.

— Ça va assez mal, reconnut-il.

— Elle a été triste toute la journée, dit Wendy Quail.

L'adjectif *triste* était si absurde pour décrire la profondeur du malheur de Laura que Noah éclata presque de rire, alors qu'il n'avait pas souri. Oh, ça aurait été un rire sec, dénué d'humour, du genre à donner l'envie à la petite infirmière si sérieuse de sauter du haut d'un pont, aussi se retint-il et se contenta-t-il d'opiner.

— On a tous nos plaies et nos bosses, soupira Wendy.

— Nos quoi ?

— Nos plaies et nos bosses. Nos ennuis. On les sert à certains sur une petite assiette, l'un après l'autre, on en sert une bonne ration sur de grandes assiettes à d'autres, mais votre pauvre chère sœur, on les lui a entassés sur un plateau.

Avec en tête des assiettes et des plateaux de plaies et de bosses, Noah hasarda un rire encore plus déplacé que celui qu'il venait de réprimer.

— Mais tous les problèmes du monde n'ont qu'une seule et même réponse, ajouta Wendy.

Même s'il ne devait plus jamais porter de badge, Noah gardait dans sa tête, telle une corde, la méfiance du flic, dont il fit à présent le nœud coulant d'un bourreau avant la pendaison.

— Quelle réponse ? demanda-t-il, en se remémorant le voyou du Cercle des Amis au bras tatoué d'un serpent et le cliché imprimé sur son T-shirt.

— La crème glacée, bien sûr !

Avec un moulinet du bras, elle ôta le couvercle isolant du tupperware rectangulaire posé sur son chariot.

À l'intérieur, il y avait des coupes glacées à la vanille,

nappées de sauce chocolat, saupoudrées de noix de coco grillée et couronnées de cerises au marasquin. Wendy apportait une friandise du soir à ses patients accablés.

Ayant remarqué la brusquerie soudaine de Noah, elle lança :

— Que croyez-vous que j'allais dire ?

— L'amour. J'ai cru que pour vous, l'amour était la réponse.

L'ironie n'allait pas à son doux visage de gamine, mais son sourire en fut empreint.

— À en juger par les hommes qui m'ont fait craquer, la crème glacée l'emporte, et de loin.

Noah finit par sourire.

— Laura voudra-t-elle d'une coupe ? s'enquit-elle.

— Elle n'est pas en état de manger pour le moment. Peut-être que si je l'aidais à s'asseoir dans un fauteuil et que je lui donne la becquée...

— Non, non, monsieur Farrel. Je vais distribuer les autres, puis je verrai si elle a envie de la dernière. Je l'aiderai à manger si je peux. J'aime m'occuper d'elle. Ma crème glacée à moi, c'est de m'occuper de tous ces gens pas comme les autres...

Un peu plus loin dans le couloir, vers l'entrée du foyer, la porte de Richard Velnod était ouverte.

Rickster, le libérateur des souris et des coccinelles, se tenait au milieu de sa chambre en pyjama jaune vif, savourant sa crème glacée en regardant par la fenêtre.

— En mangeant ce truc juste avant de se coucher, lui dit Noah, tu feras sûrement de beaux rêves.

La voix légèrement inarticulée de Rickster était encore plus engourdie par le froid de la friandise.

— Tu sais ce qui est vraiment bon ? Que ce soit dimanche un mercredi.

Noah ne comprit pas.

— On est mercredi, je crois bien, expliqua Rickster, en montrant de la tête la glace qu'il tenait [1].

— Ah ouais. Les bonnes choses quand on ne les attend pas. Ça les rend encore meilleures. Tu as raison. Vive le dimanche, le mercredi.

— Tu reprends ta liberté ?

— Ouais, ouais, je m'en vais.

L'air un peu mélancolique, Rickster fit observer que de

---

1. Jeu de mots intraduisible entre *sundae*, glace au sirop, et *Sunday*, dimanche *(N.d.T.)*.

pouvoir reprendre sa liberté chaque fois qu'on voulait s'en aller, c'était vraiment aussi bon, même meilleur qu'un dimanche, le mercredi.

À l'extérieur du Havre des Solitaires et des Oubliés de Longue Date, sous les treillis noyés sous les bougainvillées, Noah avala à grosses goulées l'air chaud de la nuit. Il se dirigeait vers sa voiture – nouvelle Chevy, nouveau tas de ferraille – en essayant de se calmer.

Il avait eu tort de douter de Wendy Quail.

Laura était en sécurité.

Dans les jours qui venaient, si un membre du Cercle des Amis de Sharmer, le député, avait envie de le faire payer un peu, il viendrait le trouver, lui, Noah, pas sa sœur. Jonathan Sharmer était un truand tout drapé qu'il fût dans les plis de la défroque préférée des politiciens, faite de compassion et de justice sociale. S'il existait une règle dans le milieu du grand banditisme à l'exception des gangs de rue psychotiques – c'était l'interdiction de résoudre un différend en s'attaquant avec violence aux membres de la famille qui n'étaient pas concernés. Femmes et enfants étaient intouchables. Les sœurs aussi.

Le moteur du tacot démarra du premier coup. Son autre guimbarde avait toujours eu besoin qu'on l'amadoue. Le frein à main fonctionnait comme sur des roulettes, le levier de vitesses ne coinçait pas trop et le tintamarre brinquebalant du châssis et de la carrosserie d'un autre âge n'était pas assez fort pour gêner une conversation, à supposer qu'il eût eu quelqu'un à qui parler, hormis lui-même. Et merde, c'était comme conduire une Mercedes-Benz.

24.

Se brosser les dents sans dentifrice n'est pas hygiénique, mais du moins le goût du dernier cocktail n'est-il pas rehaussé d'un relent de Pepsodent. Après s'être lavé les dents sans menthol, Micky se retira dans sa chambrette où elle avait déjà entreposé un grand verre plastique et un seau à glace. Dans le tiroir du bas de sa petite coiffeuse, elle gardait une réserve de vodka au citron bon marché.

Une bouteille non décapsulée et une autre à moitié vide étaient dissimulées sous un pull jaune. Micky ne cachait pas l'alcool à cause de Geneva ; sa tante savait qu'elle aimait boire un petit coup avant de se coucher – et que d'habitude, elle en prenait un, qu'elle aimât ça ou pas.

Micky gardait la vodka sous le pull parce qu'elle ne voulait pas la voir chaque fois qu'elle ouvrait le tiroir en cherchant autre chose. La vue de sa réserve, quand elle n'en avait pas un besoin immédiat, avait le don de la décourager et même de soulever un nuage lui assombrissant le cœur provenant d'une couche sédimentaire de honte.

En ce moment, pourtant, un tel sentiment d'infériorité l'accablait qu'elle n'avait plus les moyens d'avoir honte. Dans cette impuissance pétrifiante, qui lui était familière depuis l'enfance, un ressentiment glacé prenait parfois forme, générant une fureur aveugle qui l'isolait des autres, de la vie, de tout espoir.

Pour éviter de trop broyer du noir à cause de son impuissance dans l'affaire Leilani Klonk, Micky versa dans le grand verre deux rasades de son anesthésique sur de la glace. Elle se promit au minimum une seconde tournée du même calibre dans l'espoir que ce double coup d'arquebuse la projetterait dans le sommeil avant que son impuissance n'allume sa colère, parce que, inévitablement, la colère la faisait se tourner et se retourner entre ses draps sous l'effet de l'insomnie.

Elle ne s'était soûlée qu'une fois depuis son installation chez Geneva, une semaine plus tôt. En fait, elle avait passé deux jours sur les sept sans une goutte d'alcool. Elle ne se beurrerait pas ce soir, s'engourdirait juste assez pour arrêter de s'inquiéter pour les fillettes sans défense – celle d'à côté et celle qu'elle avait été il y avait tant d'années.

Après s'être déshabillée, en petite culotte et débardeur, elle s'assit sur les draps du lit, sirotant de la vodka citron fraîche dans la chaude obscurité.

Derrière la fenêtre ouverte s'étendait la nuit sans un souffle.

Le bourdonnement incessant de la circulation s'élevait de l'autoroute. C'était un bruit moins romantique que le passage des trains qu'elle avait écouté tant d'autres nuits.

Mickey s'imaginait malgré tout que les gens qui roulaient sur l'autoroute allaient, dans certains cas, d'un point plaisant à un autre, même d'un bonheur à l'autre, qu'ils menaient des existences satisfaisantes ayant du sens. Sûrement pas tous. Peut-être pas la majorité. Mais *certains*, oui.

Aux périodes les plus tristes de sa vie, elle avait été incapable de nourrir assez d'optimisme pour croire que quelqu'un pouvait être vraiment heureux quelque part, à un moment quelconque. À en croire Geneva, cette fragile et nouvelle capacité d'espérer représentait un progrès. Micky aurait aimé que ce soit vrai, mais elle craignait d'être déçue.

Il fallait du courage pour croire en la justice immanente du monde, en l'existence d'un sens, parce que cela impliquait d'être responsable de ses actes, et que chaque acte était un risque susceptible de déboucher sur une blessure.

On frappa doucement à sa porte. Certes, il ne s'agissait pas d'une chance à saisir, mais Mickey lança :

— Entre.

Geneva laissa la porte entrouverte derrière elle. Elle s'assit sur le lit, de biais par rapport à sa nièce.

La faible lueur du plafonnier du couloir pénétrait à peine dans la pièce. Les ombres négociaient avec la lumière au lieu de battre en retraite devant elle. Même si la pénombre bienvenue procurait un abri aux manifestations d'émotion, Geneva ne regardait pas Micky. Elle fixait la bouteille sur la coiffeuse.

Ce meuble et tout ce qui était posé dessus demeuraient des formes vagues, mais la bouteille accrochait étrangement la lumière et la vodka miroitait tel du vif-argent.

Geneva finit par rompre le silence :

— Qu'est-ce qu'on va faire ?

— J'sais pas.

— Moi non plus. Mais on ne peut pas rester les bras croisés.

— Non. Faut que je réfléchisse.

— J'ai beau essayer, mon esprit tourne en rond et j'ai l'impression que quelque chose va éclater dans ma tête. Elle est tellement adorable.

— Et coriace aussi. Elle sait ce qu'elle est capable d'affronter.

— Oh, souricette, qu'est-ce qui m'a pris d'avoir laissé cette petite retourner là-bas ?

Geneva ne l'avait plus appelée « souricette » depuis une bonne quinzaine d'années. En l'entendant prononcer ce surnom familier, Micky eut la gorge si serrée que la vodka au citron qu'elle buvait devint l'équivalent d'un sirop astringent. Elle n'était pas certaine de pouvoir parler, mais après une hésitation, elle retrouva sa voix :

— Ils seraient venus la chercher, tante Gen. On ne peut rien faire ce soir.

— C'est vrai tous ces trucs dingues qu'elle nous a racontés, hein ? C'est pas comme moi et Alec Baldwin à La Nouvelle-Orléans.

— Sans aucun doute.

La nuit décantait la condensation de la journée, de la chaleur sans lumière.

— Tout à l'heure, je ne parlais pas seulement de Leilani, dit Geneva.

— Je sais.

— Certaines choses ont été formulées ce soir, d'autres suggérées.

— J'aurais aimé que tu ne les entendes jamais.

— J'aurais aimé les entendre autrefois, quand j'aurais pu t'aider.

— Ça fait très longtemps, tante Gen.

Le ronronnement de la circulation évoquait un bourdonnement assourdi. On aurait dit que le centre de la terre était une immense ruche, où grouillait une horde affairée qui, à tout moment, allait remonter à la surface et emplir l'air de battements d'ailes furieux.

— J'ai vu défiler beaucoup d'hommes chez ta mère au fil des années. Elle a toujours été si... versatile. Je savais que ce n'était pas une bonne atmosphère pour toi.

— Oublie, tante Gen. Moi, c'est fait.

— Pas du tout voyons. Tu n'as rien oublié.

— D'accord, peut-être pas.

Un rire sec et amer lui échappa quand elle ajouta :

— Mais j'ai sûrement fait tout ce qu'il fallait pour le *liquider*.

Et Mickey essaya sans succès de s'enlever de la bouche le goût de cet aveu avec de la vodka.

— Certains petits amis de ta mère.

Il n'y avait que cette innocente de tante Gen pour appeler *petits amis* ces prédateurs, ces parias fiers de rejeter toutes les valeurs et obligations, motivés par leur seul intérêt de parasites, pour qui le sang des autres était l'élément vital.

— Je savais qu'ils étaient douteux, flemmards..., poursuivit Geneva.

— Maman aimait les mauvais garçons.

— Mais je n'aurais jamais imaginé que l'un d'eux te... que tu...

Comme si elle entendait la voix d'une autre, Micky se surprit à parler de ces choses. Avant Leilani, c'était impossible. À présent, c'était simplement épouvantable.

— Il n'y a pas eu qu'un seul salopard. Maman attirait ce genre d'homme... pas tous, mais plus d'un... et ils flairaient toujours l'occasion.

Geneva se pencha en avant, au bord du lit, épaules voûtées, comme si elle cherchait à s'agenouiller sur un prie-Dieu.

— Il leur suffisait de me regarder, reprit Micky, pour se douter de quelque chose. Si je les voyais sourire d'une certaine façon, je savais qu'*ils* comprenaient la situation. Moi, morte de peur, et maman qui refusait de voir. Le sourire... n'avait rien de méchant, il était plutôt triste, comme si ça allait être trop facile et qu'ils préféraient la difficulté.

— Elle aurait pu le savoir, dit Geneva. C'était une question plutôt qu'une affirmation.

— Je le lui ai dit plus d'une fois. Elle me punissait en m'accusant de mensonge. Mais elle savait que c'était vrai.

Les doigts sur l'arête du nez, Geneva dissimula son visage à moitié, comme en prière, comme si les ombres ne lui fournissaient pas un camouflage suffisant, comme si elle chuchotait sa confession dans la chapelle privée de ses mains jointes.

Micky posa le verre de vodka embué sur un rond en liège qui protégeait la table de nuit.

— Ces hommes comptaient plus pour elle que moi. Elle se lassait d'eux tôt ou tard, et elle le savait. Pourtant, jusqu'au moment où elle décidait qu'il lui fallait du changement, jusqu'à ce qu'elle jette dehors ces salopards, elle se souciait moins de moi que de lui, et moins de moi que du nouveau salopard qui emménageait.

— Quand est-ce que ça s'est arrêté, pour peu que ça se soit arrêté ? demanda Geneva.

Sa question posée doucement résonna à travers les arches serrées de ses doigts joints.

— Quand j'ai cessé d'avoir peur. Quand j'ai été assez grande et furieuse pour *faire* que ça s'arrête.

Les mains de Micky étaient froides et moites à cause de la condensation du verre. Elle les sécha sur les draps.

— J'avais presque douze ans quand ça s'est terminé.

— Je ne m'en suis jamais aperçue, dit Geneva tristement.

— Je le sais, tante Gen. Je sais.

La voix de Geneva tremblota sur *Ah mon Dieu* et se brisa sur *idiote* :

— Ah mon Dieu, quelle idiote j'étais, aveugle, bonne à rien !

Micky balança ses jambes de l'autre côté du lit, se glissa près de sa tante et lui passa un bras autour des épaules.

— Non, ma chérie. Tu n'as jamais été rien de tout ça. Tu étais simplement une femme bonne, trop bonne et bien trop gentille pour imaginer une chose pareille.

— La naïveté n'est pas une excuse.

Geneva tremblait. Elle enleva les mains de son visage, et les tordit avec une telle force qu'on aurait dit qu'elle voulait raviver la douleur des rhumatismes de ses articulations.

— Peut-être ai-je été idiote parce que cela m'arrangeait.

— Écoute, tante Gen, l'une des choses qui m'ont empêchée de devenir dingue pendant toutes ces années, c'est toi et ta façon d'être.

— Pas moi, pas Geneva, aveugle comme une chauve-souris.

— À cause de toi, j'ai su qu'il existait des gens bien dans le monde, et pas seulement les ordures que ma mère fréquentait.

Micky tenta de garder ses sentiments les plus larmoyants en bouteille dans la cave de son cœur, où elle avait réussi à les conserver à l'abri jusqu'à tout récemment encore, mais à présent, le bouchon avait sauté et s'était perdu apparemment. Sa vue se brouilla et elle entendit une émotion millésimée imprégner ses paroles.

— Je pouvais espérer... qu'un jour, je serais quelqu'un de bien moi aussi. Bien comme toi.

Baissant les yeux vers ses mains à la torture, Geneva demanda :

— Pourquoi n'es-tu pas venue me trouver à ce moment-là, Micky ?

— La peur. La honte. Je me sentais souillée.

— Et toutes ces années de silence depuis.

— Je n'ai plus peur. Mais... les trois quarts du temps, je ne me sens toujours pas propre.

— Ma chérie, tu es une victime, tu n'as pas à avoir honte.

— Mais c'est là, quand même. Et je pense que peut-être... j'avais peur que si jamais j'en parlais, je pourrais me débarrasser de ma colère. La colère a toujours été mon moteur dans la vie, tante Gen. Si je la lâche, qu'est-ce qu'il me restera ?

— La paix, dit Geneva.

Elle leva la tête et la regarda dans les yeux, enfin.

— La paix, et Dieu sait que tu la mérites.

Micky ferma à nouveau les yeux pour ne plus voir l'amour inconditionnel de sa tante, qui lui faisait gravir un pic d'émotion si vertigineux que ça l'effrayait, dominant une mer de sentiments longtemps interdits venant se briser au pied de cette falaise.

Geneva changea de position au bord du lit et prit Micky dans ses bras. La chaleur de sa voix était encore plus consolante que son étreinte :

— Ma souricette, tu étais si vive, si brillante, si adorable, si pleine de *vie*. Et tu es encore tout ce que tu étais alors. Rien n'est perdu à jamais. Toute cette promesse, tout cet espoir, cet amour et cette bonté sont encore à l'intérieur de toi. Personne ne peut te prendre les dons que Dieu t'a faits. Toi seule peux les gaspiller, souricette. Rien que toi.

*
* *

Plus tard, après que tante Gen eut regagné sa chambre et que Micky se fut recalée sur les oreillers empilés contre le dosseret, tout avait changé et rien n'avait changé.

La chaleur du mois d'août. L'obscurité sans un souffle d'air. La circulation sur l'autoroute. Leilani sous le toit de sa mère et son frère, dans une tombe isolée dans une forêt du Montana.

Ce qui avait changé, c'était l'espoir : celui d'un changement, qui lui avait paru impossible pas plus tard que la veille, mais qui, à présent, lui semblait seulement difficile à atteindre.

Elle avait confié à Geneva des choses qu'elle n'aurait jamais imaginé révéler à qui que soit, et elle en avait éprouvé du soulagement. L'espace d'un instant, dans l'étreinte du roncier qui l'encerclait depuis si longtemps, son cœur battit moins douloureusement qu'à l'ordinaire, malgré les épines qui la transperçaient encore. Chacune était un souvenir atroce, impossible à arracher.

Buvant la glace fondue du grand verre en plastique, Mickey jura de renoncer à la seconde vodka double qu'elle s'était promise plus tôt. Se débarrasser de sa colère autodestructrice ne serait pas une mince affaire, en revanche l'objectif de cesser de boire sans passer par les Alcooliques Anonymes lui semblait réalisable.

Après tout, elle n'était pas alcoolique. Elle ne buvait pas, ni ne ressentait pas le besoin de boire tous les jours. Ses deux barmen étaient le stress et la haine de soi, et pour l'heure, elle se sentait délivrée d'eux comme cela ne lui était pas arrivé depuis des lustres.

L'espoir, cependant, n'est pas le seul ingrédient nécessaire au changement. L'espoir est une main tendue, mais il faut deux mains pour être tirée du gouffre. La seconde main, c'est la foi – la foi que son espoir serait confirmé ; et même si son espoir s'était renforcé, ce n'était peut-être pas le cas de sa foi.

Pas de boulot. Pas de perspectives. Pas d'argent à la banque. Une Camaro de 81 qui ressemblait encore un peu à un pur-sang, mais opérait comme un cheval de labour au bout du rouleau.

Leilani chez Sinsemilla. Leilani, qui s'approchait en boitillant de son anniversaire, bombe à retardement tictaquant vers dix. Un petit garçon aux hanches construites par un singe jouant au Meccano, balancé dans une tombe isolée, des pelletées de terre froide projetées dans ses yeux médusés à jamais, dans sa petite bouche ouverte dans un dernier cri implorant la pitié, et son corps réduit à un tas d'ossements...

Micky ne se rendit compte qu'elle était sortie du lit pour se verser une autre double dose que lorsqu'elle se retrouva près de la coiffeuse en train de laisser tomber des glaçons dans son verre. Après avoir débouché la bouteille, elle hésita. Puis elle versa la vodka.

Le courage qu'il lui faudrait pour défendre Leilani, Micky ne s'imagina pas qu'elle le puiserait dans une bouteille. La perspicacité nécessaire à l'établissement et à la concrétisation d'une stratégie, elle ne s'aveuglait pas au point de croire que la vodka l'aiguiserait.

Plus tard, en se versant une troisième rasade de vodka plus généreuse que les deux autres, le même mensonge la conforta encore une fois. Il ne s'agissait pas vraiment de vodka pour Micky. C'était de la colère en faveur de Leilani, un pas nécessaire vers un gain de liberté pour la fillette.

Au moins savait-elle que cette excuse était un mensonge. Elle supposa que son incapacité de s'abuser complètement sur son compte finirait par être son salut. Ou sa damnation.

Chaleur. Obscurité. Que troublait de temps en temps le craquement aqueux de la glace fondante, clapotant dans le seau. Et, sans cesse, la rumeur de la circulation sur l'autoroute, ronflement des moteurs et bruit de roues : un bourdonnement qui s'approchait sans cesse comme s'il annonçait l'espoir, mais qui s'éloignait tout autant.

25.

Certains jours, Sinsemilla empestait la soupe aux choux. D'autres, elle flottait, enveloppée de nuages d'essence de roses. Le lundi, elle pouvait sentir l'orange ; le mardi, le mille-pertuis et le céleri rave ; le mercredi, une légère odeur de zinc et de poudre de cuivre ; le jeudi, le cake aux fruits confits : ce qui semblait à Leilani le plus approprié de tous les parfums de sa mère[1].

La vieille Sinsemilla, fervente pratiquante de l'aromathérapie, croyait à la purgation des toxines par le biais d'une osmose inversée dans un bain chaud convenablement élaboré. Elle voyageait avec une telle panoplie de sels de bain que n'importe quel citoyen du Moyen Âge l'aurait aussitôt tenue pour alchimiste ou sorcière. Extraits, élixirs, esprits, huiles, essences, quintessences, huiles essentielles, sels, concentrés et autres distillations emplissaient une collection étincelante de fioles et de flacons délicatement décorés, logés dans deux sacs-valises faits sur mesure, chacun aussi grand qu'une double Samsonite et tous les deux, débordant de ce potentiel, se trouvaient à présent dans cette salle de bains fétide, où grouillait la moisissure.

Leilani savait que nombre de personnes intelligentes, bien équilibrées, responsables et sentant particulièrement bon, pratiquaient l'aromathérapie et la purgation des toxines. Pourtant elle répugnait à parfumer ses bains pour la même raison qu'elle refusait de s'associer aux intérêts ou activités excentriques de sa mère, quand bien même certains d'entre eux lui semblaient amusants. Elle craignait qu'en cédant ne serait-ce qu'une fois aux plaisirs de Sinse-

1. *Fruitcake* désigne à la fois un cake aux fruits et, en argot, une personne mentalement dérangée *(N.d.T.)*.

milla – celui d'un bain somptueux infusé d'huile de noix de coco et d'essence distillée de beurre de cacao – elle ferait le premier pas sur la pente savonneuse de la dépendance et de la démence. Qui que son père ait pu être, Klonk ou pas Klonk, elle était indéniablement la fille de sa mère ; par conséquent, ses gènes risquaient de sceller sa destinée si elle n'y prenait garde.

De plus, Leilani ne désirait pas se purger de ses toxines. Elle se sentait à l'aise avec celles qui, accumulées pendant plus de neuf ans d'existence, faisaient partie intégrante de son être, plus importantes peut-être pour la définir que la science médicale n'en était encore consciente. Et si jamais elle se purgeait de la moindre particule de substances toxiques pour découvrir un beau matin, à son réveil, qu'elle n'était plus Leilani, qu'elle était le pape ou peut-être une pure et sainte fille nommée Hortense ? Elle n'avait rien contre le pape ni les saintes nommées Hortense, mais par-dessus tout, elle *s'aimait bien*, verrues et tout, y compris appendices grotesques et étranges nodules sur le cerveau – aussi devait-elle rester *saturée* de toxines.

Elle préféra prendre une douche qu'un bain. Son savon préféré – Ivory – rendit d'assez bons offices pour la débarrasser du suc du serpent sur ses mains, se laver de la sueur de la journée et enlever toute trace des larmes salées qui l'offusquaient davantage que les entrailles suintantes de la vipère.

Les mutants ne pleurent pas. En particulier, ceux qui sont dangereux. Elle avait son image à défendre.

D'habitude, elle évitait de se doucher et marinait dans la baignoire, où ne flottait que le parfum du savon Ivory, avec parfois la compagnie de Kato, sumo et assassin professionnel imaginaire, avec lequel elle tramait des plans de vengeance contre sa mère et le Dr Fatalitas. Ce soir, malgré ce qu'avait fait Sinsemilla, Leilani n'était pas d'humeur à évoquer Kato.

La douche comportait plus de dangers que la baignoire. Chaque fois qu'elle retirait sa prothèse, elle hésitait à se risquer sur une surface glissante. En ce moment, toutefois, il lui arrivait de se doucher sans retirer sa prothèse. Même si elle devait bien l'essuyer avec une serviette après et se servir d'un séchoir pour les jointures, ce n'était pas très grave de la mouiller de temps à autre.

L'affreux appareil ne ressemblait pas aux genouillères

orthopédiques normales, dont la plupart étaient en plastique moulé, avec lanières de cuir et ceintures élastiques. Leilani aimait à croire que cette prothèse possédait une qualité agréablement sinistre, digne d'un cyborg-tueur. Faite de métal, de caoutchouc noir rigide et de rembourrage en mousse, elle la dotait du style et de l'allure sexy d'une chasseresse robotisée construite dans un laboratoire du futur, et renvoyée dans le passé par une machine à l'intelligence démoniaque pour retrouver la mère de son ennemi humain le plus efficace et la détruire.

Après avoir séché ses cheveux et sa prothèse, la jeune tueuse cyborg essuya la buée sur la glace et examina sa poitrine. Pas encore de nichons. Elle ne s'était pas attendue à un changement spectaculaire, juste peut-être à de vagues renflements, comme deux piqûres de moustiques alignées de façon attrayante.

Un mois auparavant, elle avait lu un article de magazine sur la dilatation des seins grâce au pouvoir de la pensée positive. Depuis lors, elle s'endormait la plupart du temps en se représentant avec d'énormes roploplos. L'auteur de l'article était sans doute un illuminé mais Leilani voulait croire qu'elle trouverait mieux le sommeil en s'imaginant positivement en décolleté à balconnets au lieu de broyer du noir sur les nombreux problèmes de sa vie, sur lesquels elle aurait le loisir de s'appesantir pour peu qu'elle ait envie d'explorer le pouvoir de la pensée *négative*.

Enveloppée d'une serviette, elle traversa le couloir avec ses vêtements sales jusqu'à sa chambre.

Tout était calme au royaume de Cléopâtre. Ni éclair de flash photo. Ni déclamation avec un faux accent de la vieille Angleterre.

Leilani enfila un pyjama d'été en coton : short bleu nuit et haut à manches courtes assorti. Au dos de la chemise, un logo, rouge et jaune, annonçait ROSWELL, NOUVEAU-MEXIQUE. Sur le devant, le mot ENFANT ÉTOILE s'étalait en lettres rouges de cinq centimètres de haut.

Elle avait aperçu ce pyjama lors d'une récente visite des lieux à soucoupes volantes du Nouveau-Mexique, et il lui avait semblé que jouer à la gamine débile, excitée par ça, l'aiderait à convaincre le Dr Fatalitas qu'elle continuait à croire à son histoire farfelue de la lévitation de Luki, embarqué dans le vaisseau-mère. *Les aliens enlèvent parfois les gens directement dans leur lit, Preston. Tu nous as raconté des histoires comme ça. Alors, si je porte ce pyje-*

moiça, ils sauront que je suis prête à partir, emballée, gonflée à bloc. Peut-être qu'ils m'enlèveront avec leur rayon avant mon anniversaire, qu'ils nous réuniront, Luki et moi, avec une jambe et une main toutes neuves pour fêter ça !

À ses oreilles, ça sonnait aussi faux que les dents en bois de George Washington, mais le Dr Fatalitas n'y avait perçu que de la sincérité. Il ne comprenait rien aux enfants, qui ne l'intéressaient pas et il s'attendait à ce qu'ils soient excitables, superficiels, débiles.

Il lui achetait toujours ce qu'elle réclamait – le pyjama n'était pas une exception – sans doute parce que ces cadeaux le déculpabilisaient alors qu'il complotait de la tuer. Leilani demandait rarement autre chose que des livres de poche. Pour tester les limites de la générosité du médecin, elle devrait faire allusion à des diamants, à une lampe Tiffany. En revanche, si ingénument qu'elle le formule, il serait alerté si elle lui demandait une carabine.

À présent, crânement identifiée à une enfant-étoile, *défiant* les E.T. de venir la chercher, elle prit la trousse de premiers soins dans sa commode et retourna dans la chambre de sa mère.

La trousse était un modèle de luxe, semblable à une boîte à matériel de pêche en plastique avec un couvercle en coquillage. Le Dr Fatalitas n'était pas docteur en médecine, mais adepte enthousiaste et aguerri du camping-car, il jugeait nécessaire d'être paré pour les petits bobos quand on était sur la route. Et comme Leilani connaissait le penchant de sa mère pour les accidents malheureux et autres calamités, elle avait rajouté des suppléments au kit de base, qu'elle gardait toujours à portée de main.

Les chemisiers rouges drapaient toujours les lampes. La lumière écarlate n'évoquait plus un bordel ; au vu des récents événements qui s'étaient déroulés dans la pièce, l'atmosphère, surréaliste, était celle d'un palais de roi martien qui donnait la chair de poule.

Le serpent gisait en boucle comme une corde jetée sur le sol, aussi mort que Leilani l'avait laissé.

Appuyée à une pile d'oreillers, la vieille Sinsemilla était étendue sur le dos, les yeux clos, aussi immobile que le serpent.

Leilani avait eu besoin de prendre sa douche, changer de vêtements et de temps pour rassembler ses esprits avant de pouvoir revenir ici. Elle n'était plus Leilani Klonk quand elle avait quitté cette chambre en trombe. Elle n'était qu'une fillette effrayée, furieuse et humiliée, fuyant sous l'effet de la panique. Elle ne serait plus jamais pareille. Jamais. La véritable Leilani était de retour – reposée, rafraîchie, prête à prendre les choses en main.

Elle déposa le kit sur le lit, près du caméscope numérique de sa mère.

Sinsemilla ronflotait. Ayant dégringolé de son vol plané chimique, elle était plongée dans un état plus profond que le sommeil, sans aller jusqu'au coma. Elle reposerait probablement flasque et sans aucune réaction jusque tard dans la matinée.

Leilani prit le pouls de sa mère. Régulier, tout en étant rapide. Le métabolisme se dépêchait de débarrasser le corps de ses drogues.

Le serpent avait beau ne pas être venimeux, la morsure n'était pas belle à voir. Le sang ne coulait plus des petites perforations, en revanche la peau autour était cyanosée. Sans doute ne s'agissait-il que de bleus.

Leilani aurait préféré appeler une ambulance et qu'on emmène sa mère à l'hôpital. Sinsemilla, bien entendu, deviendrait folle furieuse d'avoir été livrée à des médecins de formation universitaire et à la médecine occidentale, qu'elle méprisait. En revenant à la maison elle se lancerait dans une campagne d'impérieuses récriminations qui durerait des heures, des jours, jusqu'à ce qu'on prie pour être sourd et qu'on envisage de se trancher les oreilles avec un couteau à découper électrique, uniquement pour changer de sujet.

Sans compter que, si Sinsemilla piquait une crise à son réveil en se voyant à l'hôpital, elle risquait d'être transférée en service psychiatrique.

Alors Leilani se retrouverait seule avec le Dr Fatalitas.

Ce n'était pas un pédophile. Elle avait dit la vérité à Micky sur ce point.

Il tuait des gens, pourtant. Et bien que ce ne fût pas un criminel exalté et fou mais un meurtrier relativement distingué, on n'avait pas plus envie de se retrouver seule avec lui que de tenir compagnie à Charles Manson armé d'une tronçonneuse.

De toute façon, quand les médecins apprendraient que Sinsemilla était la femme du *fameux* Preston Claudius Maddoc, les chances qu'elle soit transférée dans un service psychiatrique tomberaient à zéro. On pourrait la renvoyer chez elle en limousine, peut-être avec une sucette d'héroïne en cadeau.

Dans la plupart des cas, ces circonstances – mère psycho imbibée de drogues, serpent mort, fillette mutante traumatisée – mobiliseraient un bataillon d'assistantes sociales qui envisageraient de placer temporairement Leilani en foyer d'accueil. Déjà séparée pour toujours de Luki, elle serait prête à risquer d'aller en foyer, mais son cas ne serait pas traité comme un cas ordinaire et on ne lui offrirait pas une telle opportunité.

Preston Claudius Maddoc n'était pas un mortel ordinaire. Si quelqu'un tentait de lui retirer sa belle-fille, de puissantes forces bondiraient pour prendre sa défense. Comme la plupart des procureurs et des forces de police de la côte Est à la côte Ouest, les autorités locales refuseraient probablement de lui livrer bataille. À moins qu'on ne le prenne en vidéo en train de faire sauter la cervelle à son prochain, Preston Maddoc était intouchable.

Leilani ne voulait pas le contrarier en appelant une ambulance pour nettoyer et panser la morsure de serpent.

S'il se mettait à la juger faiseuse d'embarras, il pourrait décider de lui préparer un petit lit douillet dans la terre, comme celui qu'il avait préparé à Lukipela, et l'y faire dormir immédiatement sans attendre plus longtemps l'arrivée des extraterrestres. Alors, pour le plus grand plaisir de Sinsemilla, le maudit médecin concocterait une histoire réconfortante de mignon vaisseau spatial clignotant, d'aliens bien habillés, diplomates du Parlement des Planètes, et de Leilani agitant un drapeau américain d'une main, un cierge magique du 4 Juillet de l'autre, tout en grimpant dans un rayon de lévitation vert pâle.

Aussi avec l'alcool de la trousse de premier secours, nettoya-t-elle les piqûres du sang coagulé. Elle les tamponna également d'eau oxygénée qui moussa d'une écume sanglante. Puis elle infiltra un sulfamide en poudre dans les plaies avec un petit applicateur en forme de seringue.

Une ou deux fois, Sinsemilla gémit ou se plaignit, sans se réveiller ni tenter de s'écarter de Leilani.

Si les crocs avaient atteint l'os, l'infection se développerait très probablement en dépit de ces petits efforts pour inonder les plaies d'antiseptique. À ce moment-là, Sinsemilla changerait peut-être d'avis à propos des médecins ayant reçu une formation universitaire.

En attendant, Leilani fit de son mieux. Après avoir utilisé des tampons de Néosporine pour assurer l'étanchéité du sulfamide dans les morsures, elle banda la plaie pour la garder propre. Elle travaillait lentement, méthodiquement, tirant satisfaction des soins qu'elle prodiguait. En dépit de l'éclairage martien et du serpent mort, le moment avait une qualité paisible dont elle savourait la rareté.

Même échevelée, dans sa combinaison longue, sale et froissée, au volant écrasé et crasseux, Sinsemilla restait belle. Il était possible, après tout, qu'elle ait été princesse, lors d'une incarnation précédente, dans une autre vie où elle n'avait été ni aussi perdue ni aussi triste.

C'était agréable, tranquille, de poser un tampon de coton non adhésif sur la morsure. D'ouvrir un rouleau de gaze de cinq centimètres de large. De fixer le tampon avec la gaze, en l'entortillant autour de la main blessée, encore et encore. D'achever le tout avec deux bandes de ruban adhésif imperméabilisé. Ces soins tendres et tranquilles étaient presque un épisode normal entre mère et fille. Peu importait que les rôles fussent inversés, que la fille fût celle qui maternait. Seule la normalité de la chose comptait. Et la paix. Ici et maintenant, Leilani était envahie par le sentiment plaisant, malgré la mélancolie sous-jacente, de ce qui aurait pu être – mais ne serait jamais.

26.

Au sommet de la pente, la chienne et le garçon – l'une haletant, l'autre suffoquant – font halte et se retournent vers la grand-route, qui se trouve à cinq cents mètres au sud.

Curtis viendrait-il de terminer une assiettée de terre pour le dîner que sa langue ne serait pas plus granuleuse qu'à présent, ni le tartre poussiéreux crissant entre ses dents plus infect. Il n'a pas assez de salive pour recracher cet affreux goût alcalin. Pour avoir été élevé un temps aux abords d'un désert, plus impressionnant que celui-ci, il sait que piquer un sprint sur un terrain pareil, par une humidité de vingt pour cent, même bien après le coucher du soleil, est épuisant. Leur course à peine entamée, il a déjà la gorge desséchée.

Au milieu de la plaine obscure en contrebas, un collier de cinq cents mètres d'embouteillage, qui ne cesse de rallonger, étincelle d'éclats de diamant et de rouge rubis. À cette hauteur, il distingue le point de fixation au sud-ouest. La route à trois voies est bloquée dans ce sens-là par des voitures de police en chicane, et la circulation canalisée sur une seule file.

Au nord de la route, près du barrage, le gros hélicoptère blindé, armé peut-être, se tient en terrain découvert. Ses pales sont immobiles mais son moteur tourne, à l'évidence, puisque l'habitacle est faiblement éclairé. Des doubles portes ouvertes dans le fuselage de l'hélico, s'échappe suffisamment de lumière pour révéler des hommes rassemblés dans l'appareil. À cette distance, il est impossible de discerner s'il s'agit d'unités d'intervention supplémentaires ou de soldats en uniforme.

Avec un grognement bien senti, Fidèle Vagabonde

détourne l'attention de Curtis de l'hélicoptère, à l'ouest, vers l'est, là où les choses se passent.

Deux gros 4 × 4, adaptés à un usage policier, rampes de gyrophares rouges et bleus sur le toit, sirènes muettes, s'éloignent de l'autoroute. Ils dévalent le remblai en pente douce et se dirigent vers l'ouest à travers le terrain découvert, parallèlement à l'embouteillage qu'ils évitent ainsi.

Curtis suppose qu'ils vont passer devant lui et continuer jusqu'au bouchon. Tant s'en faut. Ils ralentissent, puis s'arrêtent à un endroit où un groupe de gens les attend apparemment, sur le remblai, au sud de l'endroit où il se trouve.

Jusqu'à présent, il n'avait pas remarqué ce groupe de silhouettes minuscules. De l'autoroute, huit à dix automobilistes ont descendu une partie de la côte. Trois ont des torches électriques, qu'ils utilisent pour faire signe aux 4 × 4 de s'arrêter.

Au-dessus d'eux, sur l'autoroute, une foule plus nombreuse – forte de quarante à cinquante personnes – s'est attroupée le long du bas-côté, observant ce qui se passe plus bas. Ils se sont groupés juste à l'ouest du Windchaser appartenant aux collectionneurs de dents psychopathes.

Alertés par la mise en garde de Curtis quand il a fui le camping-car, d'autres automobilistes ont peut-être fouillé le Windchaser. Ayant découvert les souvenirs macabres, ils ont procédé à une « arrestation citoyenne » des tueurs en série d'âge gériatrique et les détiennent pour la justice.

Ou peut-être pas.

À partir du barrage routier, de véhicule en véhicule, il est possible que l'on se soit passé le mot : les autorités recherchent un jeune garçon et un chien arlequin. Des automobilistes – le jovial aux taches de rousseur, à la tignasse de clown et avec une seule sandale ou peut-être les retraités meurtriers du Windchaser – se sont alors sans doute servis d'un téléphone mobile ou d'un ordinateur de bord pour signaler que les deux fugitifs, quelques minutes auparavant seulement, se sont donnés en spectacle sur l'autoroute avant de s'enfuir vers le nord dans les terres sauvages.

Là, en bas, les trois projecteurs pivotent à l'unisson et se braquent plein nord. Vers Curtis.

Il est bien trop loin pour que leurs faisceaux l'atteignent. Et en l'absence de lune, bien qu'il se trouve sur la ligne de crête, le ciel est trop sombre pour que sa silhouette se découpe.

Néanmoins, par instinct, il s'accroupit quand les lumières se pointent vers lui, se faisant aussi petit que l'une des touffes d'armoise qui ponctuent le paysage. Il pose une main sur l'encolure de la chienne. Et tous deux attendent, leurs sens en éveil.

L'envergure des événements, la rapidité avec laquelle ils se déroulent ne permettent pas d'évaluer la puissance de la volonté. Pourtant, Curtis souhaite de toutes ses forces que ce qui se passe apparemment entre les automobilistes et les représentants de l'ordre dans ces deux 4 × 4 n'ait pas lieu. Lui, ce qu'il souhaite, c'est de continuer vers l'ouest avec Fidèle en longeant la base du remblai de la route, jusqu'à l'hélicoptère. Il se le représente, l'imagine clairement, et le souhaite, encore et encore.

Les vœux seraient-ils des poissons qu'il n'y aurait pas besoin d'hameçon. Ni de ligne. Ni de canne à pêche. Ni de moulinet. Ni de patience. N'étant que ce qu'ils sont hélas, ils barbotent seulement dans les eaux du cerveau. Et voilà qu'un des 4 × 4 fait ronfler son moteur, vire au nord, fonce peut-être sur dix mètres dans le désert et freine, face à Curtis.

Les phares, qui sondent la pente beaucoup plus haut que les projecteurs, s'arrêtent encore à mi-distance, avant Curtis et Fidèle Vagabonde. Sur le toit du 4 × 4, un projecteur flamboie soudain, si puissant et concentré qu'on dirait la lame d'une épée. Il est mobile et, chaque fois que son faisceau tranchant s'abat sur une touffe d'armoise ou d'herbes rabougries, il libère des ombres distordues qui bondissent dans la nuit. Des étincelles semblent voler des formations rocheuses quand l'éclat métallique de la lumière se réfléchit dans les parcelles de mica de la pierre.

Le second 4 × 4 avance d'une centaine de mètres plus à l'ouest avant de virer au nord. Un projecteur brille sur le toit, dégainant son faisceau hors de la garde montée des pierreries bleues et rouges des gyrophares.

Roulant en parallèle, les deux véhicules avancent vers le nord, vers Curtis. Ils roulent péniblement, lentement, balayant de lumière le paysage qui les précède, dans l'espoir de repérer un buisson piétiné de façon révélatrice ou de profondes empreintes de pied là où le sol pierreux cède la place à une dépression sableuse.

D'un moment à l'autre, ils trouveront les traces qu'ils cherchent. Alors, ils passeront à la vitesse supérieure.

Les agents en 4 × 4 opèrent sous l'égide d'une organisation fédérale ou d'une autre et, très vraisemblablement, sont ce qu'ils semblent être. Il n'en reste pas moins une chance pour que ce soit les assassins cruels qui ont frappé au Colorado et sont, depuis lors, aux trousses de Curtis.

Avant que cette situation déjà grave n'empire, le garçon et la chienne franchissent la ligne de crête tant bien que mal. Devant eux, le sol pentu plonge vers des royaumes d'obscurité aride.

Abandonnant la conduite des opérations à Fidèle Vagabonde, Curtis la suit, pas aussi rapidement qu'elle le voudrait toutefois. Il dérape et manque de tomber dans un amas de schiste branlant. Il traverse avec difficulté un bouquet d'armoise invisible qui lui arrive au genou. Il se fait piéger par un cactus à ras de terre, poussant un cri involontaire quand les piquants acérés transpercent la chaussette de son pied droit et lui tatouent un motif douloureux sur la cheville – tout ça, parce qu'il ne marche pas constamment dans les traces de la chienne, mais oblique par moments à sa droite ou à sa gauche.

Confiance. Ils sont en train de créer leur lien. Il n'a aucun doute là-dessus : leur relation s'approfondit de jour en jour, s'améliore d'heure en heure. Cependant, ils deviennent ce qu'ils seront bientôt l'un pour l'autre, sans être encore entièrement synchrones d'esprit à esprit. Curtis répugne à s'en remettre aveuglément, tête baissée, aux menées de sa compagne avant qu'ils ne soient en totale synergie.

Il se rend pourtant compte qu'à moins de se fier implicitement à elle, leur lien ne sera pas absolu. Jusqu'à ce moment-là, ils ne seront qu'un garçon et sa chienne, une chienne et son maître. Pour magnifique, beau et vrai que ce soit, ce ne l'est pas autant que la relation d'espèces entrecroisées qu'ils pourraient incarner, frère et sœur de cœur.

Ils traversent de la terre tassée, un terrain de grès, avant de se précipiter dans une tourbière à sec envahie de sable. La chienne au pied assuré s'adapte aussitôt à cet abrupt changement de terrain, mais faute d'être à l'unisson de sa sœur-en devenir, Curtis tâtonne à sa suite dans le marais asséché, sans adapter son allure, ni son pas. Il s'enfonce jusqu'aux chevilles, perd l'équilibre et bascule en avant, imprimant son visage dans le sable, ayant eu heureusement la présence d'esprit de fermer les yeux et la bouche avant l'impact brutal.

Retirant son visage de son image en creux, Curtis

recrache du sable par les narines, ôte en soufflant un glaçage de silicate de ses lèvres, chassant en clignant les yeux des grains de ses cils, et se remet à genoux. Si l'esprit de sa mère l'habite présentement, elle est en train de rire d'inquiétude autant que de frustration.

Fidèle Vagabonde revient vers lui. Il croit qu'elle lui offre la commisération canine habituelle, empreinte peut-être d'une légère moquerie, avant de s'apercevoir que l'attention de la chienne est ailleurs.

L'obscurité sans lune désoriente, mais la chienne est assez proche de Curtis pour qu'il voie qu'elle s'intéresse au sommet de la colline qu'ils viennent de franchir. La truffe en l'air, elle cherche des odeurs qu'il ne perçoit pas. Elle se comprime le museau pour cesser de haleter, dresse l'oreille au premier son qui éveille son intérêt.

Un flux lumineux palpite dans l'air au-delà de la ligne de crête : les faisceaux mouvants des projecteurs se réfléchissant sur la pierre et le sol clairs alors que les 4 × 4 gravissent la pente.

Même si Curtis ne peut dresser l'oreille – l'un des handicaps d'être Curtis Hammond au lieu de Fidèle Vagabonde – il suit l'exemple de la chienne et retient son souffle, la meilleure solution pour détecter le bruit, quel qu'il soit, qui a capté l'attention de celle-ci. D'abord, il n'entend que le ronflement des 4 × 4... puis, au loin, s'élève un bruit, faible encore mais caractéristique : les rotors d'un hélicoptère brassant l'atmosphère raréfiée du désert. L'hélico pourrait ne pas avoir encore décollé, prenant simplement de la puissance pendant que les soldats remontent à bord.

Qu'il soit ou non déjà en vol, il va venir. Bientôt. Et si l'appareil n'est pas lui-même équipé du dernier cri électronique pour rechercher-et-localiser, les soldats le seront. L'obscurité ne les gênera pas. Ils ont du matériel de vision spécial qui leur rend la nuit aussi pénétrable que le plein jour.

Confiance. Curtis n'a pas d'autre choix maintenant que de se fier entièrement à la chienne. S'ils doivent rester libres, ce sera ensemble. Qu'ils vivent ou qu'ils meurent, ce sera ensemble. Leurs destins sont soudés. Qu'elle le conduise hors de ce péril ou qu'elle le fasse sauter du haut d'une falaise, il en sera ainsi. Il ne cessera d'aimer sa sœur-en devenir, fût-ce lors d'une chute mortelle.

Un peu de clair de lune serait néanmoins le bienvenu. S'élevant des montagnes lointaines, de grandes ailes de nuages noirs couvrent le ciel à l'ouest et continuent de se déployer dans cette direction, comme si une crypte s'était ouverte au cœur de la terre et avait libéré une terrible présence, étendant sa domination sur le monde entier. Un riche semis d'étoiles piquette la partie claire du ciel, mais le désert s'obscurcit inexorablement au fil des secondes, d'un noir plus profond que la nuit.

La voix de sa mère lui murmure : *Dans l'urgence, quand ça compte vraiment, il ne faut pas douter. Crache tous tes doutes, expectore-les, purge-les de ton cœur, libères-en ton esprit quitte à les en arracher, jette-les au loin, débarrasse-t'en. Nous ne sommes pas nés dans cet univers pour douter. Nous sommes nés pour espérer, pour aimer, pour vivre, pour apprendre, pour connaître la joie, pour avoir foi que nos vies ont un sens... et pour trouver La Voie.*

Bannissant le doute, s'emparant de l'espoir avec l'énergie du désespoir, Curtis ravale sa salive et se prépare pour un voyage vivifiant.

Va, ma chienne, dit-il, à moins qu'il ne le pense simplement.

Et elle obéit.

Sans hésitation, déterminé à rendre sa mère fière de lui, à être audacieux et courageux, le garçon file derrière la chienne. Étant Curtis Hammond, il n'est pas aussi bien conçu pour la vitesse que Fidèle Vagabonde, mais elle se règle sur son allure la plus rapide, le conduisant vers le nord, dans la lande.

Il fuit à travers l'obscurité, à l'aveuglette, non sans crainte mais guéri du doute, sur du grès, du sable, du schiste meuble, entre des touffes d'armoise et des affleurements de rocher sculptés par les intempéries, zigzaguant, jambes tendues vers l'avant, pieds en baskets atterrissant avec assurance sur un terrain auparavant traître, tricotant des bras comme les pistons des roues motrices d'une locomotive, la chienne souvent visible devant lui, mais parfois surtout sentie, voire invisible, et finissant toujours par réapparaître. Plus ils cheminent, plus leurs liens se resserrent, tandis que le fil solide de la confiance intrépide de Curtis mêle leurs esprits.

Courant avec cette étrange exubérance aveugle, il perd toute notion d'espace et de temps. Alors il ignore la distance qu'ils ont parcourue quand la qualité de la nuit change abruptement, un instant marquée par un danger inquiétant dans l'air et celui d'après, *épaissie* par une sensation de péril terrifiante. Le cœur de Curtis, qui tambourinait furieusement à cause des exigences physiques de la fuite, s'emballe davantage encore, de peur. Une menace plus sinistre que celle incarnée par les agents en 4 × 4 et les soldats héliportés s'est introduite dans la nuit. La chienne et le garçon s'aperçoivent, de concert, qu'ils ne sont plus simplement les objets d'une recherche fiévreuse, mais aussi le gibier d'une chasse, la proie de grands prédateurs, car dans la pénombre d'août s'élèvent de nouveaux et nouvelles odeurs-sons-pressions-énergies qui font se hérisser le poil de Fidèle Vagabonde, tandis que la nuque de Curtis se couvre de chair de poule. La mort rôde dans le désert, arpentant, furtive, le sable et l'armoise sous les étoiles.

Puisant dans des réserves qu'il ignorait posséder, le garçon court plus vite. La chienne aussi. En harmonie.

27.

Le serpent tué, sa mère pansée, ses prières dites, Leilani se retira dans l'obscurité bénie de son lit.

Depuis l'âge de trois, quatre ans, elle n'avait plus voulu de veilleuse. *Toute petite,* elle croyait qu'un Donald ou un Titi en plastique lumineux éloigneraient les démons affamés et lui épargneraient toutes sortes de désagréments surnaturels ; mais elle avait vite appris que les veilleuses attiraient davantage le diable qu'elles ne le repoussaient.

La vieille Sinsemilla errait parfois aux plus indues des heures indues, fébrile parce qu'elle était en manque à moins qu'elle n'ait abusé de ses drogues, ou tout simplement parce que c'était une femme égarée. Bien qu'elle n'eût aucun respect du besoin de sommeil de ses enfants, elle était inexplicablement moins portée à les réveiller quand la pièce était plongée dans l'obscurité que lorsqu'un personnage de dessin animé veillait sur eux.

Scooby-Doo, Buzz l'Éclair, le Roi Lion, Mickey – ils attiraient tous Sinsemilla dans leur halo. Elle avait souvent tiré Luki et Leilani d'un sommeil profond pour leur raconter des histoires, paraissant s'adresser autant à Scooby-Doo ou à Buzz qu'à ses enfants, comme s'il ne s'agissait pas de lampes made in Taïwan mais d'images sculptées de dieux bienveillants qui l'écoutaient, émus par ses larmes.

Car les larmes ponctuaient les conclusions de ses histoires du soir. Si l'on reconnaissait la trame des contes de fées qu'elle racontait, elle chamboulait le récit au point qu'ils en perdaient toute signification. Blanche Neige était susceptible de se retrouver sans un seul nain dans un carrosse, qui se transformait en citrouille tirée par des dragons. Quant à la pauvre Cendrillon, il lui arrivait de danser jusqu'à la mort, chaussée d'une paire de souliers rouges, tout en préparant un pâté de merles pour Barbe-Bleue. Perte et calamité étaient la morale de ses histoires. Les versions de Sinsemilla des Contes de Ma Mère l'Oye et des Frères Grimm étaient profondément troublantes. Quelquefois, elle les remplaçait par des épisodes de sa vie avant la naissance de Lukipela et de Leilani, lesquels vous faisaient bien davantage dresser les cheveux sur la tête que le moindre conte peuplé d'ogres, de trolls ou autres farfadets.

Alors, adieu Scooby, au revoir Buzz et Donald en costume marin – et Salut, Obscurité, ma vieille amie [1]. La seule lumière visible était celle de l'éclairage public de banlieue s'encadrant dans la fenêtre ouverte sans pénétrer dans la chambre.

Pas le moindre courant d'air ne s'infiltrait sous la moustiquaire, et le silence de la nuit étouffante était presque aussi palpable que l'absence de vent. L'espace d'un moment, aucun son ne troubla le village de mobile homes à part le ronron régulier de la circulation sur l'autoroute, bruit de fond si constant, si familier, qu'on n'en prenait conscience que si l'on se donnait la peine de l'écouter.

Même à minuit passé, le bourdonnement lointain des voitures et des camions n'avait pas endormi Leilani en la berçant. Couchée, les yeux ouverts, fixés au plafond, elle entendit la Dodge Durango s'arrêter devant la maison.

Le moteur avait un timbre distinctif qu'elle ne manquait jamais de reconnaître. La Durango avait emmené Luki dans les montagnes du Montana par cet après-midi gris ardoise de novembre, la dernière fois où elle l'avait vu.

Le Dr Fatalitas ne claqua pas la portière, la refermant avec tant de précaution que Leilani perçut à peine ce son discret, même si la fenêtre de sa chambre donnait sur la rue. Où que leurs voyages les conduisent, il traitait leurs voisins avec la plus grande considération.

Il était aussi très gentil avec les animaux. Chaque fois qu'il voyait un chien errant, Preston le cajolait toujours et s'il avait un collier, recherchait son propriétaire si son adresse y figurait, sans se soucier du temps ni des efforts que cela réclamait. Quinze jours plus tôt, sur une route du Nouveau-Mexique, il avait aperçu un chat renversé par une voiture, gisant sur le bas-côté, les deux pattes arrière brisées mais encore vivant. Comme il transportait une trousse de vétérinaire pour ce type d'urgences, il avait administré

1. *Hello, Darkness, my old friend*, premier vers de la chanson *The Sounds of Silence* de Simon et Garfunkel, 1968 *(N.d.T.)*.

tendrement une dose massive de calmants à l'animal. Agenouillé dans le gravier, regardant le chat glisser dans le sommeil, puis dans la mort, il avait pleuré en silence.

Il distribuait de généreux pourboires dans les restaurants, s'arrêtait toujours pour donner un coup de main à un automobiliste en rade et n'élevait jamais la voix contre quiconque. Il aiderait sans faute une vieille dame arthritique à traverser une rue passante – à moins qu'il n'ait décidé de la supprimer à la place.

Leilani roula sur le côté droit, tournant le dos à la porte. Un simple drap la recouvrait, qu'elle remonta jusqu'au menton.

Elle avait retiré sa prothèse pour être plus à l'aise, mais comme d'habitude, elle avait gardé l'appareil dans le lit. Elle tendit la main pour le toucher sous le drap. Le métal était frais sous ses doigts explorateurs. De rares fois où elle avait laissé sa prothèse sur le sol, près de son lit, elle s'était réveillée pour découvrir qu'on l'avait déplacée pendant la nuit. Cachée, plus exactement.

Rien n'était moins amusant que de jouer à cache-prothèse, même si Sinsemilla trouvait cela drôle et faisait aussi mine de croire que ça apprenait à Leilani à ne compter que sur elle-même, à s'aiguiser l'esprit et à lui rappeler que la vie « vous jette plus souvent des pierres que du pain beurré », quelle que fût la signification de cette phrase.

Leilani n'avait jamais reproché à sa mère cette manifestation de cruauté ou une autre, parce que Sinsemilla ne tolérait pas l'ingratitude chez un enfant. Quand on la forçait à jouer à ce jeu odieux, elle s'exécutait avec une froide détermination, sans commentaire, consciente qu'un mot dur ou un refus de jouer précipiteraient sur sa tête la plus stridente, accusatrice, et tenace remontrance de sa mère. Et pour finir, il lui faudrait de toute façon remettre la main sur la prothèse.

Les bruits que faisait Preston à la porte d'entrée passaient à présent par la fenêtre. Tintement des clés. *Clac* du verrou qui se désenclenchait. Grattement du bourrelet métallique sur le seuil alors qu'il refermait doucement la porte derrière lui. Peut-être irait-il chercher un verre d'eau à la cuisine ou s'y préparer un en-cas tardif.

À moins qu'attiré par la lumière rouge répandue dans le couloir, il ne gagne directement la chambre conjugale. Quelle serait sa réaction face au serpent mort, à la tringle abandonnée et à la main bandée de Sinsemilla ? Il ne s'arrêterait vraisemblablement pas dans la chambre de Leilani. Il respecterait son intimité et son besoin de repos.

Au quotidien, Preston se comportait aussi gentiment avec elle qu'avec les voisins, les serveuses, les animaux. La veille de son dixième anniversaire, en février prochain, si elle ne lui avait pas encore échappé ni inventé une parade efficace, il la tuerait avec le même regret et la même tristesse que ceux qu'il avait exprimés en euthanasiant le chat estropié. Il n'était pas exclu qu'il la pleure.

Il foula silencieusement la moquette orange feutrée et elle ne l'entendit pas traverser la maison jusqu'à ce qu'il ouvre sa porte. Pas d'arrêt verre d'eau ou en-cas. Aucune curiosité pour la lumière rouge dans la chambre conjugale. Droit chez Leilani.

Comme elle lui tournait le dos, elle n'avait pas fermé les yeux. La lumière du couloir projetait un pâle rectangle sur le mur en face de l'entrée et dans cette image de porte se dressait l'effigie de Preston Maddoc.

— *Leilani ?* murmura-t-il. *Tu dors ?*

Inerte comme un chat mort, elle ne répondit pas.

Aussi attentionné que jamais, de crainte que la lampe du couloir ne l'éveille, Preston entra. Et il referma sans bruit la porte derrière lui.

Outre le lit, la chambre était peu meublée. Une table de nuit. Une commode. Un fauteuil en rotin.

Leilani sut que Preston avait rapproché le fauteuil du lit quand elle l'entendit s'asseoir dessus. Les tiges de jonc entrelacées protestèrent sous son poids.

Un temps, il garda le silence. Le rotin, qui craquerait et crisserait au moindre mouvement de son corps, ne faisait aucun bruit. Il demeura parfaitement immobile une minute, deux, trois. Il devait méditer. C'était trop espérer de croire que l'un des dieux auxquels il ne croyait pas l'ait changé en pierre.

Leilani ne voyait rien dans l'obscurité et Preston était derrière elle, il n'empêche qu'elle ne ferma pas les yeux.

Pourvu qu'il n'entende pas son cœur battant, qui semblait marteler de haut en bas l'escalier de ses côtes.

— On a fait une belle chose, ce soir, dit-il enfin.

La voix de Preston Maddoc, un organe métallique et sulfureux, pouvait vibrer avec conviction ou exprimer une croyance bien ancrée en un simple murmure. Comme un excellent acteur, il parvenait à faire entendre un chuchotement jusqu'au fond d'un théâtre. Sa voix coulait, liquide et riche. On aurait dit du chocolat chaud, sans l'onctuosité et elle rappelait à Leilani ces tartes aux pommes vertes nappées de caramel qu'on vend dans les fêtes foraines. Lors de ses cours à l'université, il captivait sûrement ses élèves, et s'il s'était attaqué à ses naïves étudiantes, sa voix douce, quoique sonore, avait dû être un de ses principaux outils de séduction.

Il parlait maintenant d'un ton étouffé, sans aller jusqu'au murmure :

— Elle s'appelait Tetsy, une variante peu heureuse d'Elizabeth. Ses parents avaient de bonnes intentions, mais je me demande ce qu'ils avaient dans le crâne. Pas grand-chose à mon avis, ils m'ont l'air plutôt obtus. *Tetsy* n'était pas un diminutif, c'était son prénom officiel. *Tetsy*, ça fait plus penser à un chien de manchon ou à un chat. On a dû cruellement la taquiner. Enfin, son nom n'aurait pas eu d'importance si elle avait été accorte, mignonne, délicate. La pauvre fille n'était rien de tout cela, naturellement.

Leilani, glacée, pria pour ne pas frissonner et indiquer ainsi à Preston qu'elle était réveillée.

— Tetsy avait vingt-quatre ans et quelques bonnes années derrière elle. Le monde est plein de gens qui n'ont jamais connu une seule bonne année de toute leur vie.

Famine, maladie, songea Leilani, morose.

— Famine, maladie, dit Preston, pauvreté sans nom...

Guerre et oppression, songea Leilani.

— ... guerre et oppression, continua Preston. Ce monde est le seul Enfer dont on ait besoin, le seul Enfer qui existe.

Leilani préférait de loin les contes de fées déglingués de Sinsemilla aux divagations familières de Preston *sotto voce* ; même si, quand la Belle et la Bête venaient au secours de Boucles d'Or, la Belle était mise en pièces par les ours et que la face obscure de la Bête, excitée par la sauvagerie des ours, la poussât à massacrer Boucles d'Or et à lui dévorer les reins ; et même si les ours et la Bête déchaînée, joignant leurs forces à celles du Grand Méchant Loup, lançaient un violent assaut contre la maison des trois malheureux Petits Cochons.

La voix veloutée de Preston Maddoc s'insinuait à travers les ténèbres, aussi souple que l'écharpe d'un étrangleur :

— *Leilani ? Tu dors ?*

Le noyau glacé de son cœur devint encore plus gelé, tandis que le froid gagnait ses entrailles.

Elle ferma les yeux, se concentrant pour demeurer immobile. Elle crut l'entendre bouger sur le fauteuil. Ses yeux s'ouvrirent d'un coup.

Le rotin ne faisait pas de bruit.

— *Leilani ?*

Sous les draps, sa main valide reposait toujours sur sa prothèse détachée. Tout à l'heure, le métal était froid au toucher. À présent, il était glacé.

— *Tu dors ?*

Elle agrippa sa prothèse.

D'un ton toujours calme, il reprit :

— Tetsy a eu plus que son content de bonnes années, cette pauvre fille aurait été goinfre d'en vouloir davantage.

Alors que Preston se levait du fauteuil, le rotin s'assouplit avec un bruit considérable, comme s'il avait été plus difficile de le soutenir, lui, que tout autre homme de la même taille.

— Tetsy collectionnait des figurines. Uniquement des pingouins. En céramique, en verre, en bois sculpté, en fonte, de toutes les sortes.

Il se rapprocha du lit. Leilani le sentit la dominer de toute sa hauteur.

— Je t'ai rapporté un de ses pingouins.

Si, d'un seul mouvement, elle repoussait le drap, roulait sur le flanc et se levait, elle pourrait balancer la prothèse comme une massue vers le cœur de l'obscurité où elle s'imaginait que se trouvait son visage.

Elle ne le frapperait que s'il la touchait.

Debout, Preston ne disait rien. Il devait la regarder, même s'il ne distinguait qu'une vague forme dans la pénombre.

Il évitait toujours de toucher Leilani, comme si ses difformités étaient contagieuses. Cela le perturbait et, croyait-elle, l'emplissait d'un dégoût qu'il s'efforçait de dissimuler. Quand les extraterrestres ne se montreraient pas, quand arriverait finalement le moment de faire un gâteau d'anniversaire et d'acheter des cotillons, quand il lui faudrait la toucher pour la tuer, il porterait sûrement des gants.

— Je t'ai apporté ce petit pingouin-là parce qu'il me rappelle Luki. Il est très gentil. Je vais le poser à ton chevet.

Léger cliquetis. Dépôt du pingouin.

Elle ne voulait pas de son cadeau, volé à une morte.

Comme si cette maison avait été bâtie pour contrevenir aux lois de la gravité, Preston ne semblait pas se tenir près du lit mais *pendre* du sol comme une chauve-souris obéissant à d'étranges règles, ailes repliées, vigilante et silencieuse ; suspense de sa présence suspendue.

Peut-être portait-il déjà des gants.

Elle assura son emprise sur son gourdin métallique.

Après ce qui lui parut un temps interminable, il brisa ce dernier silence d'une voix étouffée par l'importance de la nouvelle qu'il annonçait :

— *On lui a fait éclater le cœur.*

Leilani savait qu'il parlait de l'inconnue nommée Tetsy, qui avait aimé et avait été aimée, qui avait ri et pleuré, qui collectionnait des animaux miniatures pour égayer sa vie et ne s'attendait pas à mourir à vingt-quatre ans.

— *On a fait ça sans fanfare, rien qu'en famille. Personne ne le saura. On lui a fait éclater le cœur, mais j'ai confiance, elle n'a pas souffert.*

Comme ça devait être satisfaisant de vivre avec une confiance en soi aussi inébranlable, de croire sans le moindre doute que ses intentions sont honorables, qu'on raisonne toujours juste et que les conséquences de ses actes, malgré leur côté extrême, sont au-delà de tout jugement.

Mon Dieu, accueillez-la, songea Leilani, pensant à la morte qui avait été une inconnue quelques instants plus tôt, mais à laquelle elle se sentait dorénavant liée pour toujours, grâce à la pitié impitoyable de Preston Maddoc. *Accueillez-la maintenant à la place qui est la sienne.*

Avec une confiance suprême, même dans le noir, il remit le fauteuil de rotin à l'endroit où il l'avait pris. Et d'un pas sûr, il gagna la porte.

Si le serpent avait parlé à Leilani, tout à l'heure, lové sur le lit de sa mère ou depuis son refuge sous la commode, il aurait eu la même voix, dépourvue de méchanceté, roucoulante et mielleuse.

— *Je ne lui aurais jamais causé la moindre douleur, Leilani. Je suis l'ennemi de la douleur. J'ai consacré ma vie à la soulager.*

Quand Preston ouvrit la porte de la chambre, un portail fantomatique de lumière apparut sur le mur en face de lui, comme auparavant ; sa forme spectrale hésita sur le seuil, se retournant pour la regarder. Puis son ombre parut passer dans une autre réalité, se distordant, et un pan de ténèbres scella l'issue qu'il avait empruntée.

Leilani aurait bien aimé que ce spectacle d'ombres représente la réalité et que Preston soit vraiment sorti de ce monde pour toujours, gagnant un lieu mieux adapté à lui, un monde peut-être dans lequel chacun serait mort-né et donc préservé à jamais de la souffrance. Il n'était qu'à un mur ou deux d'elle, pourtant, et partageait le souffle de la vie avec elle, demeurant toujours sous la même voûte étoilée qui était, pour elle, pleine d'émerveillement et de mystère mais qui, pour lui, n'était rien de plus que boules de feu et cataclysmes lointains.

28.

Curtis entend, respire ou sent les tarentules jaillir de leurs tunnels de sable, fuir en grouillant devant ses pas ; il entend, respire ou sent les crotales se tortiller hors de son chemin ou se lover pour lui lancer un avertissement en code maraca, des rongeurs effrayés détaler loin de lui et des serpents affamés, des chiens de prairie filer dans leurs terriers, des oiseaux effrayés s'envoler de leurs nids cachés dans les bras creux de cactus à moitié morts, des lézards se couler à travers sable et pierres d'où rayonne encore la chaleur stockée du violent soleil, couché depuis longtemps, les faucons décrire des cercles là-haut et les coyotes marauder en solitaires et en meutes, au loin, sur sa gauche et sur sa droite. Le tout pourrait être le fruit de son imagination, plutôt que des présences réelles perçues grâce au partage mystique des sens aiguisés de la chienne, mais la nuit *semble* grouillante de vie.

Fidèle Vagabonde le conduit, comme jamais Lassie n'a conduit Timmy. Ils grimpent et descendent des côtes, entrent dans des ravins et en ressortent, de plus en plus vite. La nuit, les massifs de cactus sont des labyrinthes d'aiguilles. Des petits cailloux ronds et de gravier, extraits des strates rocheuses d'origine et empilés en corniches par l'avancée d'énormes glaciers d'une ère antédiluvienne, procurent un passage traître vers des terrains plus accueillants.

Ils ont mis de la distance entre eux et les deux 4 × 4 qui continuent de rôder dans leur sillage, mais à une colline d'eux maintenant. Une seule fois, un projecteur a lancé une lueur bleuâtre d'un autre monde dans l'étendue, si éloignée de Curtis et de la chienne toutefois que ce n'était pas menaçant.

À la traîne des 4 × 4, au début mais bientôt au même niveau qu'eux, l'hélicoptère a louvoyé d'ouest en est, et d'est en ouest, à travers la zone de recherches, avançant régulièrement vers le nord par défaut. L'hélico est sans doute équipé d'un puissant projecteur qui, en comparaison, ferait passer l'attirail des deux 4 × 4 pour des cierges votifs. Pourtant, l'appareil effectue ses manœuvres sans son aide, et Curtis en déduit qu'ils sont dotés à bord de systèmes de pistage électroniques sophistiqués.

Voilà qui est inquiétant.

Le radar infrarouge ne peut leur être que d'un usage limité pour le moment : le sol diffuse tant de chaleur emmagasinée dans la journée que cela rend difficilement lisible la température corporelle d'êtres vivants en déplacement. Cependant, si leur technologie informatisée est suffisamment avancée, un bon logiciel analytique pourrait masquer ces effets thermiques – révélant ainsi coyotes, chiens et garçons qui courent.

Et il y a plus inquiétant : s'ils possèdent un équipement de détection de mouvement en terrain découvert, les conditions sont idéales pour l'utiliser, car non seulement il n'y a pas un souffle de vent, mais la nuit est de nouveau plongée dans le silence. De plus, les daims se déplacent en petites hardes, les coyotes chassent en meutes ou à l'occasion en solitaire, en revanche, un garçon et son chien sont deux par définition, offrant une signature unique, aussitôt repérable.

Sans tenir compte des ressources que le FBI et l'armée peuvent avoir à leur disposition, d'autres ennemis sillonnent le désert, plus dangereux que ces autorités légitimes. Les tueurs du Colorado recourent en urgence à d'autres instruments de recherche pour capter le signal énergétique unique du prétendu Curtis Hammond. Leur retour dans le jeu, peu de temps auparavant, s'est accompagné de la pression menaçante qui alourdit l'air avant l'orage et d'une perturbation subtile de l'éther semblable au flux dans les champs électromagnétiques, qui rend anxieux et met en alerte de nombreux animaux juste avant un tremblement de terre de grande amplitude.

Éperonnée par l'analyse du garçon ou par ses propres instincts, Fidèle Vagabonde accélère la cadence, exigeant davantage de lui de ce fait. Dans sa course, il a inspiré et expiré assez d'air chaud pour gonfler une montgolfière. Ses lèvres se craquellent, sa bouche est aussi sèche que le sol aride filant sous ses pas et sa gorge, comme carbonisée. Une douleur torturante a beau lui brûler les mollets, les cuisses, il parvient, au prix d'un certain effort, à la tolérer. Si Curtis Hammond n'est pas la machine de muscles et d'os la plus efficace du monde, il n'est pas entièrement à la merci de sa physiologie non plus. La douleur n'étant qu'une série d'impulsions électriques véhiculée par un réseau de transmission nerveux, sa volonté l'emporte, provisoirement du moins.

La chienne court après la liberté et Curtis après la chienne. Le moment venu, ils atteignent le sommet d'une autre colline et découvrent en dessous d'eux ce qui semble être des salants. Le terrain descend harmonieusement pour former une large vallée, dont ni la largeur ni la longueur ne sont faciles à déterminer dans l'obscurité sans lune ; cependant, le fond de la vallée, d'une phosphorescence étrange, procure un certain soulagement, comparé aux ténèbres oppressantes qui ont précédé.

Des centaines de milliers d'années auparavant, c'était un bras de mer intérieur. Avec l'évaporation de l'eau au fil des siècles, l'océan a laissé derrière lui cette étendue fantomatique faiblement luminescente d'un rivage à l'autre.

La terre auto-éclairée s'étend, lisse et stérile, car le sol riche en sel est inhospitalier même pour les broussailles résistantes du désert. En traversant, ils seront facilement repérés, que leurs nombreux poursuivants recourent ou non à un appareillage de surveillance électronique.

Cette vallée s'étale selon un axe sud-ouest/nord-est et, si ce n'était un détail, le garçon et la chienne suivraient la ligne de crête nord-est, évitant de s'exposer à découvert dans les salants. Le détail, c'est une ville. Une ville ou un groupe de bâtiments.

Une quarantaine de constructions de tailles diverses, d'un ou deux étages surtout, se répartissent en deux blocs grossièrement égaux de part et d'autre d'une rue, sur la pente douce à la base du mur de la vallée. Ils se dressent de ce côté-ci des dépôts salins, où le sol plus meuble et une source souterraine entretiennent l'ombrage de quelques grands arbres.

Par une journée d'été caniculaire, quand la chaleur peuple l'air de serpents miroitants qui se contorsionnent comme des cobras séduits par un son de flûte, ce lotissement, quelle que soit sa nature, doit, de loin, donner l'impression d'être un mirage. D'ailleurs, les bâtiments qui se découpent sur les salants phosphorescents font déjà cet effet.

L'obscurité pave la rue déserte et aucune lumière ne brille aux fenêtres.

Au bord de la vallée, le garçon et la chienne en alerte retiennent leur souffle en la contemplant. Le nez de la chienne frémit, contrairement à celui de Curtis. Elle dresse les oreilles, ce dont il est incapable. Ils penchent la tête, simultanément, vers la droite. Aux aguets.

Aucun boum, clac, chtoc, crac, bang, hue, pas un murmure ne montent jusqu'à eux. Le paysage est d'abord aussi silencieux que la surface de la lune privée d'atmosphère.

Puis un son surgit, non d'en bas, mais en provenance du sud, son qu'on pourrait confondre au premier abord avec le tonnerre de sabots ferrés d'un gros détachement à cheval, qui s'est trompé d'époque. La chienne et le garçon lèvent les yeux vers le plafond de nuages noirs. La chienne est perplexe, le garçon cherche des cavaliers fantômes dans le ciel.

Bien entendu, en s'amplifiant, le son se révèle n'être que le bégaiement tant redouté de l'hélicoptère. L'appareil louvoie encore d'est en ouest dans la zone de recherches ; même s'il ne se dirige pas droit sur eux, il arrivera plus tôt que Curtis ne le souhaite.

Côte à côte, aucun d'eux ne guidant l'autre, le garçon et la chienne quittent la crête de la vallée et descendent vers le lotissement plongé dans le noir. À présent, il est aussi important d'être furtif que rapide et ils ne plongent plus dans la nuit avec un fol abandon.

On pourrait avancer d'excellents arguments pour éviter l'endroit, continuer au nord-est, en longeant le mur de la vallée. En ce qui concerne les agents fédéraux et l'armée, la procédure standard requiert qu'en découvrant ces bâtiments on les fouille et on les évacue. Ils n'offrent qu'une cachette très provisoire.

Pourtant, si des gens résident là, ils distrairont ses poursuivants et feront écran, ce qui rendra la détection électronique de Curtis un peu plus difficile. Comme toujours, pour un fugitif, bouger c'est brouiller les pistes.

L'essentiel pour l'instant, c'est de trouver de l'eau. Avec un effort de volonté, il parviendrait à nier sa soif, à supprimer son désir de boire, mais pas sa déshydratation. De plus, Fidèle Vagabonde, au pelage trop épais pour courir sur une longue distance par ce climat, risque une crise cardiaque.

À les examiner de plus près, ces maisons – si c'en est – se révèlent construites de façon rudimentaire. Des planches grossièrement rabotées forment les murs et, même si on les a badigeonnées de peinture, les mains de Curtis les trouvent pleines d'échardes. Aucune décoration. Même sous un meilleur éclairage, il est peu vraisemblable qu'elles présentent les détails fignolés d'une menuiserie de grande qualité.

À l'exception des six ou huit vieux arbres, immenses, s'élevant parmi ces constructions et au-dessus d'elles, aucun aménagement paysager n'est apparent : ni pelouse, ni fleurs, ni arbustes. Ces mornes abris tassent leurs énormes carcasses sans grâce sur la terre battue.

Adoptant une allure prudente et ralentie, Curtis et Vieille Vagabonde suivent un étroit passage entre deux bâtiments. Une faible odeur de bois pourri se mêle à celle, musquée, de souris nichant dans les fentes des fondations approximatives. Le mur à leur gauche est aveugle. À droite, deux fenêtres offrent à Curtis des aperçus dans des ténèbres assez profondes pour être éternelles.

Chaque fois qu'il s'arrête pour appuyer son nez sur une vitre, il s'attend à ce qu'un visage pâle et en décomposition se matérialise de l'autre côté du carreau, les yeux injectés de sang, les dents comme des pieux jaunes et pointus. Malgré sa jeunesse, son cerveau est imbibé d'une bibliothèque entière, livres et films confondus, dont bon nombre décrivent des terreurs d'un type ou d'un autre. Il s'en est beaucoup amusé mais peut-être a-t-il été aussi trop sensibilisé à l'éventualité d'une mort violente aux mains de goules, esprits frappeurs, vampires, tueurs en série ou de la Mafia, travestis assassins faisant une fixation sur leur mère, kidnappeurs meurtriers à débiteuses de copeaux dans leur arrière-cour, étrangleurs, fous à la hache et autres cannibales.

Tandis que la chienne et Curtis atteignent l'extrémité du passage, des oiseaux de nuit ou des chauves-souris volettent au-dessus de leur tête, filant d'un avant-toit à l'autre. Ouais, c'est ça, des oiseaux ou des souris volantes. Ou un millier de possibilités plus terrifiantes que des chauves-souris enragées ou des oiseaux hitchcockiens, tous avides d'arracher un lambeau d'entrailles de gamin ou de casser la croûte avec de la cervelle canine.

Fidèle Vagabonde gémit nerveusement, peut-être à cause de ce qu'elle flaire dans la nuit, mais sans doute parce que Curtis lui a communiqué ses craintes par osmose psychique. Pour un chien un lien humain-animal présente des inconvénients, si le garçon est un hystérique dont la mère serait désolée de voir à quel point il s'affole facilement.

— Pardon, ma chienne.

En surgissant entre les maisons et en gagnant la rue, Curtis découvre qu'ils sont en plein western. Il tourne lentement sur lui-même, étonné.

Des deux côtés, les bâtiments butent contre un trottoir communal en planches (flanqué de piquets d'attache), surélevé pour le protéger de la boue, lors des rares occasions où la rue est inondée sous des pluies de vache qui pissent dru. De nombreux édifices vers le centre sont dotés, au premier, de balcons en saillie au-dessus de cette promenade en planches, fournissant de l'ombre même les jours où les lézards venimeux se cachent ou grillent.

Il y a un magasin faisant la réclame pour des tissus et des nouveautés, de l'épicerie et des articles de quincaillerie. Une prison jouxtant le bureau du shérif. Une petite église blanche au clocher modeste. Ici, un cabinet de médecin qui abrite aussi une officine d'apothicaire et une pension de famille, là, un saloon et une salle de jeu où on a dû dégainer plus d'une arme quand on distribuait d'affilée trop de mauvaises mains au poker.

Une ville fantôme.

La première idée qui vient à Curtis, c'est qu'il se tient au cœur d'une authentique – aucun doute là-dessus, de bon aloi, pure et dure, cent pour cent coton, de source sûre, *amen* – ville fantôme où personne n'a mis les pieds depuis deux fins de siècle, dont tous les citoyens sont enterrés dans la colline depuis longtemps, et que les esprits querelleurs des pistoleros arpentent la nuit, démangés par l'envie d'une fusillade.

Si mal fichus qu'ils soient, les bâtiments sont pourtant en bien meilleur état qu'ils ne le seraient après un siècle d'abandon. Même dans la pénombre, la peinture a l'air fraîche. Les enseignes au-dessus des magasins ne sont pas illisibles, délavées par des décennies de soleil du désert.

Alors il remarque ce qui pourrait bien être des tableaux d'informations plantés à intervalles réguliers le long de la rue, devant les piquets d'attache. Le plus proche est à hauteur du saloon. Deux pieux rustiques d'un mètre vingt de haut soutiennent un panonceau de guingois auquel est fixée une plaque d'acrylique noir portant un texte en lettres blanches majuscules.

En cette nuit lugubre sans étoile et sans lune, il ne peut pas déchiffrer grand-chose de l'histoire du bâtiment, même si le texte est d'une taille généreuse, mais suffisamment pour confirmer ses nouveaux soupçons. C'était autrefois une vraie ville fantôme, abandonnée, tombant en poussière. Maintenant, on l'a restaurée ; c'est un site historique avec visites guidées.

La nuit, elle demeure une ville fantôme, quand les touristes ne se baladent pas dans les rues et ne furètent pas dans les édifices réhabilités. Sans pylônes électriques menant à la grand-route lointaine, le confort n'est que celui du XIXe siècle et personne n'habite ici.

Nostalgique du Vieil Ouest, Curtis aimerait explorer les lieux à la lampe à huile pour sauvegarder l'esprit de la frontière. La lampe lui manque, cependant, et les bâtiments doivent être fermés à clé la nuit.

Une réaction bourrue de Fidèle Vagabonde assortie d'un coup de patte sur sa jambe rappelle au garçon qu'ils ne sont pas en vacances. Le tintamarre de l'hélicoptère a beau avoir disparu, les recherches reprendront encore une fois dans cette direction.

De l'eau. Ils ont transpiré plus que leur content de jus d'orange. Mourir ici de déshydratation afin d'être enterrés sous la colline en compagnie de pistoleros, de shérifs criblés de balles et de filles de saloon, c'est pousser la nostalgie trop loin.

Dans chaque ville du Vieil Ouest, les films situent systématiquement les écuries de louage et la forge du maréchal-ferrant au bout de la grand-rue. Curtis cherche au sud et découvre une ÉCURIE-FORGE. Une fois de plus, il est prouvé que les films de cinéma sont une source de renseignements fiables.

Écuries égalent chevaux. Les chevaux ont besoin d'être ferrés. Les forgerons fabriquent des fers à cheval. Les chevaux doivent s'abreuver, donc ont besoin d'eau, et les forgerons en ont besoin à la fois pour boire et effectuer leur métier. Curtis se souvient d'une scène dans laquelle un maréchal-ferrant, tout en conversant avec le shérif de la ville, plongeait des fers rougis au feu dans un tonneau rempli d'eau ; un nuage de vapeur roulait dans l'air avec le refroidissement de chaque fer.

Parfois la pompe du maréchal-ferrant est aussi le point d'eau des habitants qui n'ont pas de puits, mais si la fontaine communale est ailleurs, le forgeron aura sa propre réserve. Et c'est le cas ici. Droit devant. Dieu bénisse Warner Bros, Paramount, Universal, RKO, Republic, Metro Goldwyn Mayer et 20th Century Fox !

Si la ville a été restaurée à l'identique, la pompe fonctionnera. Curtis grimpe sur la plate-forme en bois, entourant la source, saisit le bras de la pompe à deux mains et l'actionne comme si c'était un cric. Le mécanisme grince et craque. Le piston joue facilement au début, avec assez de mou pour que Curtis se demande s'il n'est pas cassé ou si la pompe ne s'amorce pas toute seule, mais il devient dur sous la montée du liquide dans le tuyau, provenant de la même nappe aquifère abreuvant les arbres qui poussaient sans doute ici, avant la ville.

Une goutte jaillit tout à coup du jet et éclabousse le caillebotis, se déversant à travers les rainures de drainage.

La chienne saute avec exubérance sur la plate-forme. Elle lape à même l'eau qui se répand, se tenant sur le côté, cueille au vol le liquide frais de sa longue langue rose.

Une fois la pompe amorcée, Curtis n'a plus besoin d'en actionner le bras. Il remplit ses mains en coupe au jet dans lesquelles la chienne boit avec gratitude. Il pompe encore une fois et lui représente l'écuelle de ses mains, avant de boire tout son soûl, à son tour.

Dans le jet qui diminue, Fidèle Vagabonde court après sa queue, si bien que Curtis tire un supplément d'eau du sol et la chienne cabriole avec délices.

Frais, frais, mouillé, bon. Bonbonbon. Sent propre, sent frais, sent l'eau, sent un peu la pierre, léger goût de calcaire, goût des profondeurs. Poil trempé, pattes au frais, coussinets au frais. Pattes si chaudes, si fraîches maintenant. Secoue l'eau. Ébrouebroubrou. Comme à la mare près de la ferme, on s'éclabousse avec Curtis tout l'après-midi, on plonge et on s'éclabousse, on nage après la balle, Curtis, la balle et rien que de la joie toute la journée. C'était pareil, mais encore plus joyeux alors. Poil à nouveau trempé, poil trempé. Ah, regarde Curtis maintenant. Regarde, regarde, regarde. Curtis tout sec. Tu te rappelles le jeu ? Attaque Curtis. Mouille-le. Attaque-le, attaque ! Ébrouebroubrou. Attaque Curtis, attacattacattac ! Curtis qui rit. Joie. Eh, attaque son soulier ! Soulier, joie, soulier, soulier ! Curtis rit. Qu'est-ce qui pourrait être meilleur que ça, à part pourchasser un chat, à part des bonnes choses à manger ? Soulier, soulier, SOULIER !

Une lumière éclaire soudain vivement le garçon et la chienne, la chienne et le garçon.

Surpris, Curtis lève les yeux. Le faisceau est brillant.

Ah, seigneur, le voilà dans de beaux draps.

29.

Dix-sept ans après leur guérison, la blessure par balle dans l'épaule gauche de Noah et celle de sa cuisse droite se remirent à lui faire mal, comme s'il était affligé d'un rhumatisme psychosomatique.

Tiré du lit et d'un mauvais rêve par le téléphone, projeté dans un état de veille cauchemardesque, il roula d'abord vers le sud par des autoroutes, puis des rues et des voies-express, poussant sa Chevy pourrie jusqu'à ses extrêmes limites. La circulation était fluide à cette heure-ci, certaines rues étaient même désertes. La plupart du temps, il ignorait stops et limitations de vitesse, comme s'il était à nouveau en uniforme au volant d'un véhicule blanc et noir.

Une douleur *éclatait* dans ses vieilles blessures comme si leurs points de suture venaient de sauter, alors qu'un médecin en avait retiré les agrafes, il y avait une éternité. Noah baissa les yeux vers son épaule, sa cuisse, persuadé qu'il allait voir du sang sourdre à travers ses vêtements, que ses cicatrices, devenues d'étranges stigmates, lui rappelaient non l'amour de Dieu mais sa propre culpabilité.

Tante Lily, la sœur de son père, avait commencé par l'abattre, lui, parce qu'il était le danger principal ; elle lui avait balancé une balle à bout portant en pleine figure, puis tiré deux fois sur Noah, simplement parce qu'il était là, un témoin. Après lui avoir dit : « Je regrette tout ça, Nono », Nono, c'était le surnom affectueux qu'on lui donnait dans sa famille depuis qu'il était petit, Lily avait ouvert le feu.

Si toute votre famille se livre à une entreprise criminelle très rentable, un désaccord entre parents peut, à l'occasion, tourner autour d'un sujet bien plus grave que la meilleure façon de partager la collection de porcelaine de grand-maman, morte intestat. Fabriquer de la métamphétamine sous la forme pratique de comprimé, capsule, liquide et poudre pour une distribution sans ordonnance était aussi illégal à l'époque que ça l'est encore, dix-sept ans plus tard. Pour peu que l'on repère des consommateurs intéressés, que l'on établisse un réseau de distribution, que l'on défende son territoire de la concurrence, les amphèts sont aussi rentables que la cocaïne et puisque, comme elle, elles ne comportent aucun risque à l'import, puisqu'on peut les préparer soi-même à partir d'ingrédients faciles à obtenir, leur commerce est relativement sans tracas. La famille qui se livre à leur préparation n'est pourtant pas nécessairement soudée, parce que les amphèts brassent des flots d'argent sale qui empoisonnent jusqu'aux liens du sang.

À seize ans, Noah, sans avoir encore été *dans* le bizness, avait tourné *autour* d'aussi loin qu'il s'en souvenait. En fait, il ne deala jamais la merde, ne la distribua pas, ne collecta pas le liquide, ne travailla jamais la rue. Mais il connaissait le fin du fin de la préparation ; il devint un chimiste d'amphèts émérite. Il capsula des masses de poudre au fil des années, remplit de doses d'innombrables sachets plastique pour la vente de rue et mit un bouchon à des tas de flacons de liquide injectable, gagnant et dépensant de l'argent comme d'autres gamins le feraient en tondant la pelouse ou en ratissant les feuilles mortes.

Son père avait des projets pour lui, avait l'intention de le former pour tenir un jour la boutique, mais pas avant la fin de ses études, parce que le vieux croyait à la valeur de l'éducation. Noah avait toujours su que son père était une ordure et, pour décrire la nature de leur relation, on n'utiliserait jamais sérieusement le mot *amour*. Reconnaissance, souvenirs partagés, devoir familial – et dans le cas de Noah, peur – les liaient. Pourtant son père tirait une authentique fierté de l'habileté de Noah comme préparateur et de sa bonne volonté pour faire des corvées comme la mise en sachet ou en flacon. Il est curieux que, même en sachant que son paternel est une ordure ambulante, un cancer de l'humanité, on éprouve une étrange satisfaction à l'entendre vous dire qu'il est fier de vous. Après tout, il pouvait bien être ce qu'il voulait, il n'en était pas moins votre *papa*. Le Président des États-Unis ne vous dirait jamais qu'il est fier de vous, de même qu'il y avait peu de chances qu'un entraîneur ou un prof de lycée qui s'investissaient, du genre de ceux que Denzel Washington pourrait jouer au cinéma, vous prennent sous leur aile, alors on prenait les *bravo mon garçon*, où on les trouvait.

À l'instant même où son vieux, touché en plein visage, s'écroulait raide mort, à l'instant même où tante Lily lui disait : « Je regrette tout ça, Nono », Noah se sauva à toutes jambes. La première balle le manqua, la deuxième lui traversa l'épaule et la troisième le frappa à la cuisse.

Mais, à ce moment-là, il avait déjà atteint et ouvert la porte d'entrée. Le coup de feu dans la cuisse le projeta dehors, dans la véranda où il s'affaissa, avant de dévaler les marches comme s'il n'était qu'un tapis roulé, un jour de déménagement. Lily ne voulut pas venir carrément sur la pelouse et lui tirer dans la tête, pas dans cette tranquille communauté de la classe moyenne où les ados en skateboard, où les mères du quartier poussant leurs landaus étaient susceptibles d'avoir assez d'esprit civique pour venir témoigner au tribunal. Au lieu de quoi, elle prit le risque que Noah se vide de son sang avant de pouvoir la montrer du doigt aux flics, et elle repartit par l'arrière comme elle était venue.

Noah la déçut. Au bout des dix premiers mois de ses trente ans de détention, Lily découvrit Jésus, peut-être pour de bon ou peut-être juste pour impressionner le bureau de remise en liberté conditionnelle. Bien qu'elle eût à présent accompli plus de la moitié de sa peine, le dit bureau continuait à mettre en balance sa dévotion à son sauveur et l'avis des psychologues qui soutenaient qu'elle était restée une sale garce aux desseins criminels.

Tous les ans elle envoyait à Noah une carte de Noël, parfois une scène de la crèche, parfois saint Nicolas. Elle ne manquait pas d'y ajouter à la main un message de remords – sauf, lors de la neuvième année de son incarcération, où elle avait exprimé, en un langage désavoué par toute forme de christianisme, son regret de ne pas l'avoir atteint à l'entrejambe. Même si Noah était persuadé que les p'tits gars de Freud, qui insistaient pour s'intituler scientifiques, étaient les prêtres d'une religion incommensurablement moins rationnelle que n'importe quel credo bien établi de l'histoire de l'humanité, il transmit cette carte au bureau de remise en liberté conditionnelle pour évaluation.

Tante Lily avait beau être une salope, fratricide n'ayant pas hésité à amocher son neveu », elle était en général douée de raison, ce qui n'était pas le cas de son mari, Kelvin. Tout le monde l'appelait Loufoque ou Louf, pour des raisons diverses et variées. Juste deux mois avant que Lily ne tue son vieux, suite à une dispute concernant sept cent mille dollars, Kelvin avait tabassé Laura, la sœur de Noah, quasiment à mort. Si Lily avait agi froidement par intérêt financier, Louf s'en était pris à Laura pour des raisons que lui-même ne comprenait pas.

Pendant longtemps, oncle Louf avait goûté la production familiale. Celle-ci aurait été du jus de pomme que cela aurait été une mauvaise idée d'en prendre les quantités qu'oncle Louf consommait quand il était d'humeur à s'enfiler un peu d'amphèt ou à en sniffer. Si l'on s'envoie assez de métamphétamine, des dérivés du phényl-2-propanone, élément chimique utilisé dans la fabrication de la drogue commencent à s'accumuler dans le tissu cérébral et, si l'on s'adonne à une récréation speedée comme Louf, l'on est bientôt sujet à une psychose toxique, ce qui est peut-être moins marrant qu'être dévoré vivant par des fourmis rouges, mais à peine.

Quand les plombs avaient sauté dans la boîte crânienne d'oncle Louf, il avait cherché à apaiser l'anxiété soudaine de son âme et d'y voir plus clair en dérouillant quelqu'un. C'est alors que Laura, douze ans, avait sonné à la porte. Ou bien peut-être avait-elle sonné cinq minutes avant que les plombs d'oncle Louf ne sautent et avait-il offert à sa nièce l'un de ses justement fameux sodas à la glace au citron, mais ensuite, il avait succombé à l'une de ses lubies mauvaises au maxi. Un peu plus tôt, Lily était sortie promener le chien et quand elle était rentrée oncle Louf cognait déjà sur Laura depuis plusieurs minutes, d'abord avec ses poings, puis avec une statuette de Notre-Dame de la Chance taillée en prosopis, achetée dans une boutique-souvenirs de Las Vegas.

Lily avait arraché la fillette des mains d'oncle Louf qu'elle avait forcé à s'asseoir dans un fauteuil. C'était la seule capable de le maîtriser aussi facilement, car même en pleine crise de psychose toxique, oncle Louf avait peur de sa femme.

Le frère de tante Lily – le père de Noah – vivait un bloc plus loin et, trois minutes après le coup de fil de sa sœur, il était sur place. Sa fille était horriblement amochée, inconsciente, mourante sans doute et il voulut appeler une ambulance, mais il comprenait, comme Lily, qu'il leur fallait d'abord régler le cas de Louf. Oncle Louf n'était pas tant un membre de la famille qu'un poids mort par alliance ; même sobre et à jeun, en possession de toutes ses facultés, s'il se retrouvait dans le pastis, il serait capable de les donner pour alléger les charges pesant contre lui. Ravagé d'amphèts comme il l'était, marmonnant, en plein délire paranoïaque, exprimant alternativement de la colère contre la prétendue « morgue » de sa nièce et pleurant de remords devant ce qu'il lui avait fait, il était susceptible de les perdre tous au bout de cinq minutes avec la police – sans même se rendre compte de ce qu'il faisait.

Heureusement pour la famille, oncle Louf se suicida sept minutes plus tard.

Guidé fermement par sa patiente épouse, il rédigea une confession venue du cœur. *Ma chère Laura, je suis défoncé aux amphèts et à d'autres trucs. Je savais pas ce que je faisais. Je suis pas un méchant homme, juste un paumé de première. Ne reproche pas à ta gentille tante ce que je t'ai fait. C'est une femme honnête et bonne. Je veux qu'elle t'achète le plus gros ours en peluche qu'elle puisse trouver et te l'offre de ma part. Je t'aime très fort. Oncle Louf.* Dans son état d'égarement, il crut que le mot serait donné à Laura en guise de carte de prompt rétablissement.

Son effort pour formuler ces sentiments l'épuisa et, quand il signa son nom, il passa de la frénésie de la psychose toxique à l'état de fatigue post-amphèts que les accros à cette substance appellent le « déspeed ». En fait, il était si entièrement « déspeedé » qu'il ne put affronter l'escalier tout seul et dut être soutenu par Lily et son beau-frère pour accéder à la chambre à coucher au premier.

Il croyait qu'une fois rasé et débarbouillé, ils allaient l'emmener dans une clinique-centre de remise en forme de Palm Springs, où il subirait un programme en douze points pour le soigner de sa dépendance, recevrait un vrai bon massage quotidien, aurait ses intestins remis d'aplomb par un régime plus sain et apprendrait à jouer au golf. Tandis que son beau-frère le maintenait en équilibre d'une main pour l'empêcher de s'écrouler par terre, Louf, assis en fait sur le couvercle de la cuvette des toilettes, roupillait – jusqu'à ce que Lily le dérange en lui glissant le canon du pistolet dans la bouche. Elle avait enfilé un gant et enveloppé son bras d'une taie d'oreiller en soie pour s'assurer qu'elle ne serait pas incriminée par des traces de poudre. Surpris, mordant le canon, oncle Louf ouvrit les yeux, parut comprendre qu'obtenir une réservation de dernière minute au centre de remise en forme de Palm Springs allait se révéler plus difficile qu'à première vue, et puis Lily appuya sur la détente.

Des armes disponibles au foyer, elle avait opté pour la plus petite commandée pour ce genre de boulot. Un trop gros calibre aurait pour résultat des saletés inutiles et les éclaboussures risqueraient d'être compromettantes. Lily était une femme de tête pour les complots criminels. En outre, elle aimait que sa maison soit impeccable.

Pendant plus de vingt minutes, tandis qu'on préparait Louf à l'enfer avant de l'y expédier, Laura avait été laissée sur le sol du salon, la moitié de son visage autrefois ravissant, fracassée, et ses traumatismes cérébraux s'aggravant avant que Lily n'appelle une ambulance.

Noah n'avait assisté à rien. Il l'avait appris de seconde main de la bouche de son père.

Le vieux lui rapporta ces événements comme il lui aurait raconté un souvenir de guerre de sa jeunesse, comme si ça avait été une aventure, bon Dieu, avec, – comble de l'horreur – peu de références à l'horreur qu'avait endurée sa fille ou au tragique de son état, mais avec une admiration fraternelle pour la présence d'esprit de Lily sous la pression. « C'est une vraie dure à cuire quand s'agit de l'être, ta tante Lil. J'ai connu des mecs qui, au moment critique, devenaient de vraies gonzesses devant toi, plus vite que Lil. » Son attitude semblait être *Eh, les emmerdes arrivent, c'est affreux, c'est triste, mais c'est comme ça que le monde marche, il n'y a pas plus de justice que celle qu'on a rendue dans le cas de Louf, on n'est que de la viande au final, alors faut dépasser tout ça et avancer.* « Vivons ici et maintenant », aimait à dire le vieux, ce qui était du bla-bla psy qu'il avait entendu débiter à la télé par un gourou du développement personnel.

Un surcroît d'emmerdes arriva deux mois plus tard, quand tante Lily se pointa avec une arme de loin plus puissante que celle qu'elle avait utilisée pour oncle Louf et sans aucun souci de propreté, étant donné qu'elle n'était pas chez elle. Son frère avait dissimulé sept cent mille dollars de bénéfices provenant des amphèts. Elle ne réclamait pas seulement une comptabilité honnête, elle voulait qu'il se retire des affaires. Le vieux eut beau faire appel à sa pitié sororale, il ne persuada pas Lily de « devenir une vraie gonzesse » devant lui. Seul Noah eut droit à un *je regrette* de sa part avant qu'elle n'appuie sur la détente.

Touché deux fois. D'abord, lorsqu'il était sûr d'être en train de mourir sur la pelouse, ensuite à l'hôpital, lorsqu'il avait appris qu'il survivrait. Et Noah avait décidé que ses blessures n'étaient que ce qu'il méritait, un châtiment pour avoir échoué à protéger sa petite sœur. Au fond, ce n'était pas un méchant garçon, ni mauvaise graine, ni à l'image de son père. La nature n'était pas fautive de son indifférence face au comportement criminel de sa famille ; comme le formuleraient les experts en éducation parentale, son sens moral découlait d'un acquis inadéquat. Mais alité, avec du temps pour réfléchir, Noah en était venu à comprendre que rejeter le blâme sur l'inné ou l'acquis était négligeable. Lui seul possédait le fil et les aiguilles pour recoudre sa vie en lambeaux et la transformer en costume présentable pour les honnêtes gens. Seule sa culpabilité devant les souffrances de sa sœur l'amena à la conclusion que ce difficile sur mesure était capital s'il voulait que son avenir vaille la peine d'être vécu.

La culpabilité le dota en fait du pouvoir d'être son propre Pygmalion, lui permit de sculpter un nouveau Noah Farrel dans la pierre de l'ancien. La culpabilité était son maillet. La culpabilité était son ciseau. La culpabilité était son pain et son inspiration.

Chaque fois qu'il entendait quelqu'un affirmer que la culpabilité était un sentiment destructeur, qu'un individu s'assumant pleinement devait dépasser sa culpabilité, il savait qu'il écoutait parler un imbécile. La culpabilité avait sauvé son âme.

Au cours des dix-sept années écoulées, cependant, il avait aussi pris conscience qu'accepter sa culpabilité n'était pas une fin en soi. Accepter réellement la responsabilité des conséquences de ses actes – ou, dans son cas, les conséquences de son échec à agir – ne conduisait pas à la rédemption. Et jusqu'à ce qu'il trouve la porte de la rédemption, jusqu'à ce qu'il l'ouvre et en franchisse le seuil, l'ancien Noah Farrel ne se sentirait jamais complètement à l'aise dans la peau du nouvel homme qu'il avait créé, il se sentirait toujours un imposteur, indigne et attendant d'être stigmatisé comme le jeune écervelé qu'il avait été.

La seule voie rédemptrice, qui lui semblait ouverte, passait par sa sœur. Après des années à payer ses soins, après des milliers d'heures à lui parler, alors qu'elle gisait sans réaction, le regard ailleurs, le moment où la porte lui apparaîtrait allait-il enfin survenir ? Si jamais leurs regards entraient en contact, d'âme à âme, même brièvement, et si, à cet instant, son expression lui disait qu'elle avait entendu ses monologues et qu'ils l'avaient réconfortée, alors le seuil serait devant lui et la pièce au-delà de la porte pourrait porter le nom d'*espoir*.

À présent, au cœur des heures les plus implacables de la nuit, fonçant le long des rues d'Orange County sud, Noah était effrayé comme jamais jusque-là, plus effrayé que lorsqu'il s'était pris les deux balles de Lily et avait dégringolé les marches de la véranda en s'attendant à s'en prendre une troisième dans la nuque. Plus vite il roulait, plus la perspective d'une rédemption s'estompait en lui, en même temps que s'estompait tout espoir.

Quand il freina à fond et engagea la Chevy latéralement dans l'allée du foyer Cielo Vista, le désespoir l'accabla en voyant toutes les voitures de police garées autour de l'entrée. L'appel téléphonique qui l'avait tiré du lit, l'appel qui aurait pu être un canular ou une erreur, se révélait juste et authentique à chaque pulsation des gyrophares rouges et à chaque ombre qui zébrait de ses bonds fuyants la façade du bâtiment et les bougainvillées qui s'entrelaçaient aux treillis.

Laura.

30.

La chienne dégoulinante, le garçon itou, la chienne avec un sourire, le garçon sous la chienne cessant donc de sourire, mais les deux toujours ruisselants font face à ce soudain flot de lumière. Fidèle Vagabonde tâche de contenir son exubérance de toutou, Curtis, se souvenant de réagir maintenant en garçon et non en chien, tente de remettre son pied dans la chaussure que Fidèle Vagabonde lui a enlevée à moitié.

La pompe grince et gémit avec le déclin de la pression qui permet au bras sans surveillance de réadopter la position repos. Le flot du tuyau de fer diminue rapidement, passant d'un jaillissement à un torrent, puis d'un écoulement à un filet d'eau et enfin à un goutte-à-goutte.

— Par les flammes bleues de l'Enfer, qu'est-ce que tu fabriques par ici, gamin ? demande l'homme qui tient la torche électrique.

On n'aperçoit pas grand-chose de cette personne qui, largement dissimulée derrière la lumière aveuglante, braque la lampe au visage de Curtis.

— T'as laissé traîner tes oreilles dans ton autre froc, gamin ?

Curtis vient à peine de deviner qu'il ne doit pas tenir compte des « flammes bleues de l'Enfer » de la première question pour en comprendre la teneur, que cette seconde question le désarçonne.

— Elles sont pleines de crottin de cheval, gamin ?

— Qui ça, « elles », m'sieur ? s'enquiert Curtis.

— Tes oreilles, précise l'inconnu avec impatience.

— Seigneur, non, m'sieur.

— C'est ton chien, là ?

— Oui, m'sieur.

— Il est méchant ?
— Elle n'est pas méchante, m'sieur.
— Qui t'a dit ça ?
— *Elle* le dit, m'sieur.
— T'es bêta ou quoi ?
— Quoi, je crois.
— Je n'ai pas peur des chiens.
— Elle n'a pas peur de vous non plus, m'sieur.
— N'essaie pas de m'bourrer le mou, gamin.
— Je ne le ferais pas même si je savais comment on fait, m'sieur.

— T'es un genre de malfaisant sal'ment culotté, viens-qu'j't'crache-dans-l'œil ?

— Pour autant que je comprenne ce que vous voulez dire, m'sieur, je ne crois pas l'être.

Curtis est à l'aise avec bon nombre de façons de s'exprimer et se croit capable de mener facilement une conversation dans la plupart des dialectes régionaux anglophones, mais celui-ci le met suffisamment à l'épreuve pour ébranler sa confiance en lui.

L'inconnu abaisse la torche électrique et en braque le faisceau sur Fidèle Vagabonde.

— J'ai vu des chiens plus gentils que çui-là et si t'oses leur tourner le dos, y t'arrachent les *cojones* d'un coup de dents.

— Jones ? réplique Curtis, croyant qu'il parle sans doute d'un nommé Ko Jones.

N'ayant plus la lumière dans les yeux, Curtis s'aperçoit que cet homme n'est autre que Gabby Hayes, le plus grand comparse de l'histoire du western et il est aux anges. Puis il se rend compte que c'est impossible, parce que Gabby doit être mort depuis des dizaines d'années[1].

Frisettes de cheveux blancs, barbe de Père Noël mangée de gale, visage couturé et raviné par une vie exposée au soleil du désert et au vent de la prairie, corps qui semble tout en tendons et en os. C'est le typique prospecteur buriné et coriace comme un vautour, l'ouvrier de ranch buriné, revêche mais adorable, l'adjoint au shérif buriné, cocasse mais fiable, le patron de saloon buriné, irascible mais bien intentionné, le cuisinier de convoi de chariots, buriné et grognon, joueur de banjo au cœur tendre. À l'ex-

1. Sa carrière débuta à la fin du muet en 1928, son dernier film datant de 1952. Il fut entre autres l'éternel second de Roy Rogers et Hopalong Cassidy *(N.d.T)*.

ception de ses Nike orange et blanches, aussi grosses que des pompes de clown, sa tenue est celle de Gabby : pantalon kaki froissé informe, bretelles rouges, chemise de coton à rayures de toile à matelas ; son chapeau de cowboy aplati, poussiéreux, taché de sueur, légèrement trop petit pour sa tête, est planté sur son crâne chenu avec une telle insouciance de « rat du désert » qu'on dirait une excroissance de naissance.

— Si elle s'en prend à mes *cojones*, je la plombe.

Exactement comme on l'attendrait de tout citoyen loufoque du Vieil Ouest, compte non tenu de sa profession, cet homme est armé. Et pas d'un revolver de l'époque en question, d'un pistolet 9 mm.

— P't-êt' qu'j'ai pas bonne apparence, mais sûr et certain que j'suis pas un vieux trouduc inutile, comme tu pourrais le penser. Je suis le gardien de nuit de ce patelin perdu ressuscité et je suis plus que capable pour ce boulot.

Bien qu'il soit vieux, cet homme n'est pas assez âgé pour être Gabby Hayes, même si ce dernier pouvait par on ne sait quel miracle être encore en vie. Et comme il n'est pas mort non plus, il ne peut pas être Gabby Hayes ressuscité sous la forme d'un zombie cannibale dans un autre genre de films. La ressemblance n'en est pas moins si frappante qu'il doit être un descendant de Gabby, son petit-fils, peut-être, Gabby Hayes III. Rouge d'excitation, très impressionné, Curtis se sent aussi humble qu'en présence d'un monarque quelconque.

— J'peux m'abattre, s'il le faut, un type qui s'croit à l'abri au coin, par un ricochet calculé, alors tu gardes ce sac à puces à l'œil et t'essaies d't'enfuir nulle part.

— Non, m'sieur.

— Où sont tes parents, gamin ?

— Sont morts, m'sieur.

Ses sourcils broussailleux blancs sautent vers le bord de son chapeau.

— *Morts* ? T'as bien dit *morts*, gamin ?

— Oui, m'sieur, j'ai dit morts.

— Ici ?

Le gardien inspecte la rue avec inquiétude, comme si des tueurs à gages étaient entrés en ville à cheval pour descendre tous les cowboys, fermiers ou habitants autres que les méchants barons terriens ou les avides barons du rail leur ont ordonné d'abattre. Le pistolet tremble dans sa main, comme s'il était soudain trop lourd.

— Morts ici pendant qu'j'veille ? Ben, en voilà t'y pas un binz antichristien ? Où y sont tes parents à toi ?

— Au Colorado, m'sieur.

— Au Colorado ? J'ai cru que t'avais dit qu'y z'étaient morts ici.

— J'voulais dire qu'ils sont morts au Colorado.

Le gardien paraît soulagé et son flingue ne tremble plus autant.

— Alors, comment k'ça s'fait que toi et c'te croqueuse de biscuit z'êtes ici après la fermeture ?

— On court pour sauver notre peau, m'sieur, explique Curtis, parce qu'il sent qu'il peut dire au moins une partie de la vérité à un descendant de M. Hayes.

Du champ de rides du visage du gardien germe une nouvelle moisson là où on aurait cru qu'il n'y avait pas de place pour planter d'autres graines.

— Me raconte pas que t'as couru jusqu'ici depuis le Colorado ?

— J'ai couru au début, m'sieur, puis j'ai fait du stop la plupart du temps et j'ai recouru dans cette dernière partie.

Fidèle Vagabonde halète comme pour le confirmer.

— C'est qui ces sacrés malandrins à qui tu veux échapper ?

— Des tas de brigands, m'sieur. Certains plus sympa que d'autres. À mon avis, les plus sympa font partie du gouvernement.

— Le gouvern'ment ! s'exclame le gardien, dont les rides semblent se hérisser de dégoût. Ces collecteurs d'impôts, accapareurs d'terres, bons à rien fouinards, plus philistins qu'l'premier prédicateur marteleur d'Bible v'nu !

— J'ai vu le FBI, dit Curtis, des tas de commandos d'intervention et je soupçonne aussi la National Security Agency d'être dans le coup, plus une branche ou une autre des forces spéciales de l'armée, et d'autres encore probablement.

— *Le gouvern'ment !*

Le gardien est tellement hors de lui, tellement scandalisé que, si on pouvait prendre *hors de lui* au pied de la lettre, il y en aurait deux comme lui dressés devant Curtis.

— 'spèce d'faiseurs de lois, d'fous d'pouvoir, rien qu'une bande d'ignorants, d'salopards en ch'mise amidonnée qu'a les foies ! Un type et sa femme paient pour la retraite en s'saignant le cul toute leur vie, elle meurt après avoir touché les deux premiers chèques et le gouvern'ment, il s'garde tout ce qu'elle a banqué, les sales rapiats, elle est vraiment loin du compte avec eux, comme ils vous disent. Et moi qui m'touche un chèque au mois pas plus gros qu'une crotte de lapin, à peine de quoi m'payer d'quoi bien me cuiter à la bière, pendant qu'l'fils à Barney Colter, ce vaurien, ce cossard, bête comme un âne, qu'a pas bossé un seul jour d'sa vie d'parasite, y s'ramasse *deux fois* ce que j'palpe pasque le gouvern'ment, il dit que le fait qu'y s'soit drogué l'a rendu *handicapé affectif*. Alors cette limace de p'tit camé, il reste assis sur son cul flasque, à boulotter des Cheez Doodles, pendant que pour m'joindre les deux bouts, j'm'traîne jusqu'ici, dans ce patelin historique, cinq nuits par semaine, où j'écoute les serpents à sonnettes sonner, en attendant d'être transformé en brunch pour vautours quand mon palpitant claquera, et où en ce moment, je dois affronter des chiens sauvages dangereux qui veulent me bouffer les *cojones*. T'vois l'idée où j'veux en venir, gamin ?

— Pas complètement, m'sieur, réplique Curtis.

À cause de toute son excitation à vouloir choper la chaussure de Curtis, de sa joie à s'ébrouer sous le jet d'eau du puits, et aussi parce que la divagation coléreuse de Gabby l'a effrayée, Fidèle Vagabonde geint, s'accroupit et pisse sur la plate-forme de la pompe.

Curtis comprend parfaitement ce que le gardien inspire à la chienne. Ils ont eu droit à un paquet d'insanités et à peu d'amabilités, ont été douchés de baquets de paroles scrogneugneu sans une seule cuillère à thé de sympathie ni de compassion ; et, par-dessus le marché, il n'y a pas le moindre signe d'un banjo à l'horizon.

— Qu'est-ce qui cloche chez ta chienne, gamin ?

— Rien, m'sieur. Elle en a simplement beaucoup bavé récemment.

Et voici venir un surcroît d'ennuis pour la chienne et le garçon : le vombrissement de libellule géante de l'énorme hélicoptère, vibrant à travers le désert.

Le gardien lève la tête et Curtis s'attend à moitié que les oreilles de l'homme d'une grandeur inhabituelle se tournent vers le son comme des antennes de radiotélescopes, collectrices de données.

— Par tous les sacro-saints vivants, cet engin fait un boucan du Tonnerre de Dieu. Tu veux dire que ces salopards de lèche-culs te poursuivent *là-d'dans* ?

— Là-dedans et dans d'autres choses encore, confirme Curtis.

— Le gouvern'ment, y doit vachement vouloir te trouver. Autant qu'une saleté de serpent qu'a envie de fourrer son museau dans des tripes encore chaudes.

— Je n'apprécie pas vraiment cette comparaison, m'sieur.

Braquant la torche électrique sur le sol entre eux, Gabby demande :

— Y te cherchent pourquoi, gamin ?

— Les plus méchants bandits voulaient surtout ma mère, qu'ils ont eue. Maintenant, c'est mon tour : je suis une sorte de détail qu'ils doivent régler.

— Ils voulaient ta mère pourquoi ? Est-ce que c'était... une histoire de terre ?

Curtis n'a aucune idée de ce qu'entend le gardien par *une histoire de terre*, mais c'est l'occasion de se faire un allié de cet homme. Alors il tente sa chance et répond :

— Oui, m'sieur, c'était une histoire de terre.

— Traite-moi d'porc et mets mon bacon au saloir, mais m'raconte pas que le gouvern'ment, c'est pas un tyran fou d'terres, accapareur d'poussière ! bredouille Gabby, furibond.

L'idée de mettre quelqu'un au saloir révulse Curtis ; en fait, la suggestion le déroute complètement. Il est bien trop poli pour traiter le gardien de porc, même si cette singulière demande est aussi sincère qu'elle le paraît.

Par bonheur, Curtis n'est pas tenu de formuler une réponse inoffensive car, sur-le-champ, le gardien furieux prend une grande inspiration à lui dilater le poitrail et déchaîne une tempête verbale :

— Moi et m'dame, on s'est payé ce joli lopin de terre, pas d'arpent plus agréable là-haut en Paradis ; il avait sa propre réserve d'eau de source, un bosquet de bons gros vieux peupliers de Virginie, là depuis si longtemps qu'ils ont, probable, des os de dinosaures emmêlés dans les racines, plus de beaux pâturages qu'allaient avec ; il nous a fallu le meilleur de quinze années pour finir d'régler cette banque suceuse de sang, puis encore des années d'économies pour se menuiser et charpenter une petite maison et quand on est fin prêts à s'creuser les fondations, le *gouvern'ment*, y dit qu'on peut pas. Le *gouvern'ment*, y nous dit que cet insecte puant aux pattes arquées, moche comme un cul, qui vit sur l'terrain, pourrait être *dérangé* par notre installation, ce qui serait ce que le *gouvern'ment*, il appelle une tragédie écologique, pasque cet insecte puant aux pieds gluants, sans cou, mange-merde, il existe peut-être que sur cent vingt-deux arpents de terre, pas plus, dans cinq États de l'Ouest. Alors moi et m'dame, on s'retrouve avec cette jolie propriété sur laquelle on peut rien bâtir du tout et qu'aucun crétin au monde sera assez fou pour nous l'acheter s'y peut pas y construire, lui non plus. Mais, sûr que ça m'met du super hyper baume au cœur de savoir que cet *insecte puant, mange-bouse, pète le feu, bande à l'aise, Blaise, SERA JAMAIS DÉRANGÉ !*

Cette fois, Fidèle Vagabonde se cache derrière Curtis.

À l'est, le *chop-chop-chop* de l'hélicoptère devient plus fort et l'écho de ce bruit incessant rebondit sur la terre dure et rejaillit dans l'air blessé. Régulièrement, rapidement, de plus en plus proche.

— S'jamais, y t'attrapent, y veulent t'faire quoi, gamin ?

— Les plus méchants me tueront. Mais les types du gouvernement..., ils essaieront d'abord de me cacher quelque part en sécurité pour m'interroger. Et si les plus méchants ne me retrouvent pas là où le FBI m'a caché... eh bien, tôt ou tard, le gouvernement fera sans doute des expériences sur moi.

Bien que son affirmation paraisse choquante, Curtis décrit ce qu'il croit vraiment qui lui arrivera.

Le gardien, soit frappé par un accent de vérité dans la voix du garçon, soit prêt à croire n'importe quelle *horrible histoire* sur un gouvernement qui l'a traité plus bas qu'un insecte puant, s'écrie :

— Des expériences ! Sur un gosse !

— Oui, m'sieur.

Gabby se fiche de savoir à quel type d'expériences on soumettrait Curtis et dans quel but. Il a bien sûr une tripotée de possibilités plus affreuses les unes que les autres, à fouiller dans le faitout de paranoïa qui bout en permanence sur son fourneau mental.

— Sûr, pourquoi pas par les flammes, tant qu'on y est. Qu'est-ce que ces salopards pourraient faire de mieux que de torturer un gosse avec mes impôts ? Cloches de l'Enfer, y sont du genre à te hacher menu, à te faire cuire avec du riz, à te servir nappé de sauce à ces saletés d'insectes puants s'ils croyaient que ça ferait plaisir à ces foutues bestioles.

Derrière la crête orientale de la vallée, une pâle lueur jaillit dans la nuit : les reflets des phares ou des projecteurs des deux 4 × 4 et de l'hélicoptère deviennent de plus en plus brillants.

— On ferait mieux de bouger, souffle Curtis, s'adressant plus à lui et à la chienne qu'au gardien.

Gabby fusille du regard la lumière qui monte à l'est, les boucles de sa barbe semblent se hérisser comme sous l'effet du courant électrique. Puis il fixe Curtis, en plissant les yeux si intensément que son visage boucané par le soleil se fronce, se froisse, se gaufre, se fripe. On dirait une momie égyptienne livrant un combat perdu d'avance avec l'éternité.

— Tu m'as pas raconté des conneries à la pelle, hein, gamin ?

— Non, m'sieur, j'ai pas de pelle.

— Alors, par tout ce qui est sacré et un peu de ce qui l'est pas, on va leur donner à bouffer de la poussière à ces salopards. Maintenant tu va rester collé à moi comme la graisse à la mortadelle, tu piges ?

— Non, m'sieur, reconnaît Curtis.

— Comme le vert à l'herbe, gamin, comme l'humidité à l'eau, lui explique le gardien avec impatience. *Allez, viens.*

De la même démarche alerte quoique saccadée que son aïeul dans d'innombrables films, Gabby dépasse en courant la devanture de l'ÉCURIE-FORGE et se dirige vers l'hôtel d'à côté.

Curtis hésite. Très troublé, il se demande comment être à la fois de la graisse verte et humide. L'air du désert a déjà à moitié séché les taches d'eau de la pompe avec laquelle il a joué.

Malgré ses réserves antérieures vis-à-vis du gardien, Fidèle Vagabonde trotte à sa suite. Son instinct lui souffle apparemment qu'elle a bien placé sa confiance.

Se fiant à sa sœur-en devenir et donc à Gabby, Curtis les course, dépasse l'écurie et monte sur le trottoir devant le Grand Hôtel Bettleby. Ce bâtiment, minable, en planches, à deux étages pour douze mètres de façade, aussi peu satisfaisante pour des goûts de luxe qu'une bouse de vache, quand on meurt d'envie d'un chausson aux pommes.

Soudain, le *chop-chop* des pales de l'hélicoptère explose en un *boum-boum-boum* que n'atténue plus le mur de la vallée.

Curtis a l'impression que s'il regarde à droite, de l'autre côté de la rue, par-dessus le toit des bâtiments de la ville, il apercevra l'appareil planant au-dessus de la crête de la vallée, masse noire et menaçante uniquement définie par ses feux rouges et blancs. Au lieu de quoi, il branche son esprit sur Fidèle Vagabonde, fixe Gabby et le faisceau vacillant de sa lampe électrique.

Il y a une boutique attenante à l'hôtel – Jensen Prêt-à Porter, TOILETTES POUR DAMES & MESSIEURS. La pancarte écrite à la main dans la vitrine annonce que les nouveautés à la mode de San Francisco y sont en vente. Du coup, San Francisco semble aussi lointain que Paris.

Après Jensen Prêt-à Porter, avant d'atteindre le bureau de poste, Gabby tourne à gauche, quitte le trottoir et s'enfonce dans un étroit passage entre deux édifices, semblable à celui par lequel Curtis et Fidèle Vagabonde sont entrés tout à l'heure dans la ville, de l'autre côté de la rue.

L'hélico approche : une avalanche sonore dévale rythmiquement le mur de la vallée. Mais il y a quelque chose d'autre qu'annonce un bourdonnement. Curtis le sent dans les dents, ça résonne dans ses sinus et provoque un picotement, qui disparaît aussi rapidement qu'il a surgi dans les canaux de Havers de ses os.

Pour endiguer la marée montante de sa terreur, il se souvient que pour ne pas paniquer dans une inondation il faut se concentrer sur la nage.

Les bâtiments en bois, qui les encerclent, se dorent au passage de la lampe. Des ombres affluent sur les murs de planches, devant Gabby, refluent dans son sillage et se déversent sur Curtis qui patauge à la traîne du gardien et de la chienne.

Par-dessus tout, les faibles émanations de peinture récemment appliquée, avec une pointe sous-jacente de térébenthine. Un fumet de crottes de lapin. Très curieux qu'un lapin s'aventure par ici où des prédateurs peuvent facilement le prendre au piège. La fragrance acidulée, fraîche du jour même, d'un trognon de pomme jeté, avec une odeur humaine qui s'y accroche encore. De l'urine de coyote, d'une âcreté agressive.

Une fois au bout du passage, le gardien éteint la lampe et l'obscurité sans lune se referme sur eux comme s'ils venaient de descendre dans un abri cyclonique en refermant la porte derrière eux. Gabby s'immobilise après deux ou trois pas en terrain découvert, au-delà de la partie ouest de la ville.

S'il n'était pas guidé par la chienne, Curtis rentrerait dans le vieil homme. Du coup, il le contourne.

Gabby agrippe Curtis, l'attire près de lui et élève la voix pour couvrir le tonnerre de l'hélico qui s'approche.

— On va filer plein nord jusqu'à la grange qu'en est pas une !

Curtis imagine que la grange-qu'en-est-pas-une n'est pas assez au nord pour être en lieu sûr. La frontière du Canada n'est pas assez loin au nord, pas plus, tant qu'on y est, que le Cercle polaire.

À en juger par le bruit, l'hélicoptère se pose à l'extrémité sud de la ville, dans le voisinage de l'ÉCURIE-FORGE. Près des indices de la plate-forme trempée et des empreintes de pied humides dans la poussière, autour de la pompe.

Le FBI – et les soldats, s'il y en a – procéderont à un ratissage du sud au nord, direction dans laquelle Gabby, Curtis et Fidèle Vagabonde s'enfuient actuellement. Ils seront surentraînés aux techniques de la chasse à l'homme et la plupart – si ce n'est tous – équipés de lunettes infrarouges.

Sur sa gauche, en périphérie, Curtis prend conscience d'un faible rayonnement perlé à ras de terre. Alarmé, il jette un coup d'œil à l'ouest et aperçoit ce qui paraît être une écharpe de brume recouvrant à peine le sol, avant de comprendre qu'il regarde à travers les salants, non plus d'un point de vue élevé, comme auparavant, mais depuis l'altitude zéro du fond de la vallée. Ce brouillard illusoire n'est en fait que la phosphorescence de la plaine stérile, le fantôme de la mer morte depuis longtemps.

Le battement des pales de l'hélico s'adoucit brusquement, accompagné du sifflet asthmatique de leur rotation en décélération. L'appareil s'est posé.

Ils arrivent. Ils seront efficaces et *rapides*.

Se hâtant vers le nord, Curtis est inquiet. Non tant à cause des hommes en hélicoptère, ni de ceux des deux 4 × 4 qui descendent sans doute en ce moment le mur de la vallée. De pires ennemis sont là.

Les bâtiments, qui s'interposent, déjouent l'appareillage de lecture thermique et de détection de mouvement. Ils masquent aussi pas complètement, au demeurant, la signature énergétique révélatrice que Curtis est le seul à émettre.

En raison de la fluorescence naturelle des champs de sel tout proches, la nuit n'est pas aussi noire que quelques instants plus tôt. Curtis distingue Gabby devant lui et les taches blanches de la chienne.

Le gardien ne court pas au sens habituel du terme, mais progresse à la façon saccadée et imprévisible de son soi-disant grand-père, quand, dans des moments de grand péril cinématographiques, il disait *D'bleu, on f'rait mieux d'prendre la poudre d'escampette*. Ce Gabby-là a beau prendre la poudre d'escampette, il s'arrête à tout bout de champ pour regarder derrière lui, agitant son arme comme s'il s'attendait à découvrir un méchant le visant, chaque fois qu'il se retourne.

Curtis a envie de lui crier *Avance-avance-avance*. Mais Gabby est sans doute un cabochard qui n'en fait qu'à sa tête et ne supporte pas les ordres.

Bien que les groupes de recherche doivent se déverser de l'hélicoptère, il n'y a aucune lumière au sud, où a eu lieu l'atterrissage. Ils procèdent à une exploration en conditions naturelles parce qu'ils s'imaginent que leur matériel high-tech fait des ténèbres leurs amies.

Outre les constructions, tout ce mouvement cache aussi Curtis, du coup, les chasseurs ont plus de mal à déchiffrer sa signature énergétique singulière. Sans compter que le remue-ménage, ce n'est pas ce qui va manquer dans quelques secondes.

En fait, cela commence par des cris. Ceux d'un adulte réduit par la terreur à l'état de petit enfant.

Gabby s'arrête à nouveau et jette un regard en arrière sur le chemin qu'ils ont suivi, braquant son pistolet, à l'affût d'un danger quelconque.

Agrippant le gardien par le bras, Curtis le pousse en avant.

Au sud de la ville, deux hommes crient. Puis, trois ou quatre. Comme la terreur frappe soudainement et comme elle monte en flèche.

— *Cristi !* Kézaco ? se demande Gabby, d'une voix chevrotante.

Curtis le tire par la manche et le gardien recommence à avancer. C'est alors que les détonations d'armes automatiques qui ouvrent le feu ponctuent les cris.

— Ces crétins *se canardent* ?

— On y va, on y va, *on y va*, exige Curtis, éperonné par une panique qui déboute son sens de la diplomatie, essayant de remettre le vieillard en mouvement encore une fois.

Des hommes écartelés, des hommes éventrés, des hommes dévorés tout crus ne pousseraient pas des cris plus glaçants que ceux-là.

En zigzaguant et titubant, le gardien repart vers le nord, Curtis à sa hauteur, plutôt que derrière lui, la chienne les précédant, comme si, par une sorte de vision, elle savait où trouver la grange qu'en-est-pas-une.

Avec seulement la moitié de la ville dans leur dos au moment où ils atteignent un nouveau passage entre deux bâtiments, une étrange lumière flamboie sur leur droite, en provenance de la rue, encadrée par un tunnel de murs en planches. D'un bleu saphir scintillant, aussi brève qu'une fusée de feu d'artifice, elle clignote deux fois, comme une méduse lumineuse se propulsant dans la mer. Une masse sombre, fumante, surgit de l'obscurité qui lui succède – tandis qu'une image en négatif de l'éclatement pyrotechnique s'épanouit encore comme une fleur noire dans la vision de Curtis –, et s'élance de la rue vers eux, en trébuchant d'un côté à l'autre.

Vif mais avec la raideur d'une marionnette tirée d'une secousse en arrière par les fils qui la manipulent, tout en épaules osseuses, coudes pointus et genoux cagneux, Gabby s'écarte d'un saut du chemin avec une promptitude surprenante. Curtis feinte et la chienne file à l'abri.

Aussi véloce qu'un boulet de canon, un homme bel et bien mort carambole les bâtiments, cinglant de ses membres les palissades de l'étroit passage, comme une apparition dans une séance de spiritisme qui taperait un sinistre avertissement de l'au-delà. Il se précipite à découvert et explose en dépassant Curtis. Un épouvantail foudroyé, recraché par une tornade, n'aurait pu être projeté avec plus de force, et la carcasse finit par atterrir comme un pantin désarticulé. La puanteur qui s'en dégage est indescriptible, pire que la paille mouillée, les haillons moisis et la face en sac de farine infesté de mites d'un épouvantail.

Sur la poitrine fendue de la victime, pour roussis et fripés qu'ils soient, on lit encore un *F* majuscule blanc et un *I* majuscule blanc qui mettent entre parenthèses le *B* manquant, explosé.

Cabochard ou pas, arthritique ou pas, le gardien chenu reconnaît les grosses emmerdes quand il les voit, et puise en lui une énergie et une agilité plus juvéniles que son fameux aîné dans ses vieux films tels *Bells of Rosarita* et *The Arizona Kid*. Il met le cap droit sur la grange, comme s'il défiait la chienne à la course et Curtis se hâte derrière lui, jouant au comparse du comparse.

Des cris, des hurlements anxieux retentissent, tandis que se répercute l'écho de la fusillade entre bâtiments. L'instant d'après, on entend un bruit d'une étrangeté qui glace les sangs-*gnong, gnong, griong, griong* – celui que les dents métalliques d'un râteau produiraient s'il était possible de les pincer comme les cordes d'un violon.

Un Curtis Hammond gît mort dans le Colorado, un autre court à présent tête baissée vers une tombe bien à lui.

31.

Des boutons luisaient, on brandissait des badges, des boucles brillaient sur l'uniforme kaki des flics grouillant devant la porte d'entrée du foyer Cielo Vista.

Martin Vasquez, directeur général de l'établissement, se tenait à l'écart de la police, près de l'une des colonnes supportant le treillis de la loggia. Tiré du lit à une heure déplaisante, il avait néanmoins pris le temps, en signe de respect, de revêtir un costume sombre.

Vasquez était un quadragénaire au visage lisse et à l'œil candide d'un jeune novice. En regardant Noah approcher, il donnait l'impression qu'il aurait volontiers échangé la corvée de cette nuit contre des vœux de célibat et de pauvreté.

— Je suis tellement navré, tellement désolé. Si vous venez dans mon bureau, je vais essayer de vous donner toutes les explications possibles.

Noah n'avait été flic que trois ans, mais il avait été présent sur quatre scènes de crime à l'époque. L'expression et les regards des policiers correspondaient à ceux qu'il avait lui-même arborés face aux parents dans l'affliction de ces affaires-là. On y lisait de la compassion en même temps qu'un soupçon persistant même après l'identification d'un coupable. Dans un certain type de crimes, il est plus vraisemblable qu'un membre de la famille soit impliqué qu'un inconnu, et quels que soient les faits, il est toujours avisé d'envisager à qui le décès en question profiterait financièrement ou qui il libérerait d'une responsabilité onéreuse.

Ce n'était pas un fardeau de payer les soins de Laura pour Noah, mais le but de son existence. Même si ces hommes le croyaient, il n'en percevrait pas moins une pointe de soupçon dans leur sympathie.

L'un des flics s'avança alors que Noah suivait Vasquez vers la porte d'entrée.

— Monsieur Farrel, je dois vous demander si vous êtes armé.

Il avait enfilé un pantalon kaki et une chemise hawaiienne. Le holster était au bas de son dos.

— Ouais, mais j'ai un permis.

— Oui, monsieur, je sais. Si vous voulez bien me confier votre arme, je vous la rendrai à votre départ.

Noah hésita.

— Vous avez été à ma place autrefois, monsieur Farrel. Vous savez très bien que vous auriez fait pareil.

Noah ne se souvenait plus pourquoi il avait pris son pistolet. Ce n'était pas systématique. *D'habitude*, il ne le portait pas. À son départ, après le coup de téléphone de Martin Vasquez, il n'avait pas les idées très claires.

Il remit l'arme de poing au jeune policier.

Bien que le hall fût désert, Vasquez montra un petit couloir à gauche :

— Nous serons mieux dans mon bureau pour parler.

Noah ne le suivit pas.

En face de lui, la porte qui séparait le vestibule du principal et long couloir de l'aile résidentielle du rez-de-chaussée était ouverte. Tout au bout, d'autres hommes étaient attroupés devant la chambre de Laura. Aucun n'était en uniforme. Des inspecteurs. Des spécialistes de scène de crime.

Revenant à côté de Noah, Vasquez insista :

— Ils nous avertiront quand vous pourrez voir votre sœur.

Une civière de la morgue attendait près de la chambre.

— Wendy Quail, devina Noah, se référant à l'infirmière guillerette à la chevelure de jais, qui servait des crèmes glacées quelques heures plus tôt.

Au téléphone, on ne lui avait donné qu'un compte rendu succinct du drame. Laura était morte. Rapidement. Sans souffrir.

À présent, Martin Vasquez exprima de la surprise.

— Qui vous l'a dit ?

Ainsi son instinct ne l'avait pas trompé. Et il ne s'y était pas fié. La crème glacée n'était pas la réponse, après tout. L'amour l'était. Un amour cruel dans ce cas-là. Un des membres du Cercle des Amis s'était permis d'envoyer un signe de cet amour cruel. Afin d'apprendre à Noah ce qui arrivait aux sœurs de types s'estimant trop bien pour accepter des sacs bourrés de billets.

Mentalement, Noah se vit appuyer sur la détente puis le membre du Congrès se tordre de douleur, une balle dans le bide.

Il pouvait aussi passer à l'acte. Il n'avait plus de but. Un homme avait besoin d'un travail digne de ce nom pour occuper son temps. En l'absence de quoi que ce fût de plus sérieux, la vengeance lui suffirait peut-être.

Ne recevant pas de réponse à sa question, Vasquez ajouta :

— Son C.V. était impressionnant. De même que son dévouement à soigner. Sans compter les lettres de recommandation, excellentes. Elle disait qu'elle voulait travailler dans une atmosphère moins tendue que celle d'un hôpital.

Depuis dix-sept ans, depuis que, sous les coups, Laura avait été boutée hors de ce monde sans passer tout à fait dans l'autre, Noah avait prétendu qu'il n'était pas un Farrel, qu'il était un étranger dans sa famille de criminels, tout comme Laura l'avait été, qu'il avait le cœur plus pur que ceux qui l'avaient conçu, qu'il pouvait être racheté. Mais avec sa sœur deux fois perdue, et irrémédiablement, il ne voyait plus aucune raison de résister à embrasser le côté sombre de sa nature.

— Mais à peine arrêtée, elle a tout reconnu, poursuivit Vasquez. Elle a été infirmière dans les unités de soin pour nouveau-nés de trois hôpitaux. Chaque fois, au moment précis où l'on commençait à se poser des questions sur des morts de nourrisson, elle changeait de boulot.

Si tuer le membre du Congrès ne donnerait pas à Noah une nouvelle poire pour la soif, le plaisir de ce meurtre pourrait être assez doux pour atténuer, un temps, l'amertume au tréfonds de son être.

— Elle a reconnu avoir expédié seize bébés. Elle ne pense pas avoir mal agi. Elle appelle ces meurtres ses « bonnes œuvres ».

Il écoutait Vasquez en entendant à peine ses paroles. Il saisit enfin une mesure de ce que voulait dire son interlocuteur.

— Ses bonnes œuvres ?

— Elle choisissait des nourrissons avec des problèmes de santé. Ou parfois, simplement, ceux qui lui paraissaient faibles. Ou dont les parents semblaient sales, pauvres et ignorants. À l'en croire, elle leur épargnait une vie de souffrance.

L'instinct de Noah ne l'avait trompé qu'à moitié. L'infirmière était une planche pourrie. Cela étant, elle ne venait pas du Cercle des Amis. Leurs racines ne poussaient pas moins dans le même marécage de suffisance et d'amour-propre excessifs. Il ne connaissait que trop bien leur engeance.

— Entre la troisième unité de soins pour nouveau-nés et ici, dit Vasquez, elle a travaillé dans une maison de retraite, où elle a euthanasié cinq patients âgés sans éveiller les soupçons. Elle est... fière de ceux-là aussi. Non seulement, elle n'a aucun remords, mais aucune honte. Elle a l'air de s'attendre à ce qu'elle appelle sa compassion provoque l'admiration.

Le mal incarné par le membre du Congrès venait de la cupidité, de l'avidité, de l'envie, de la soif de pouvoir. Noah le comprenait, c'était celui de son vieux, d'oncle Louf. L'idéalisme irrationnel de l'infirmière, en revanche, ne suscitait que mépris, dégoût, et non un désir rageur de vengeance. Sans un festin vengeur pour l'alimenter, Noah se sentait affamé, privé de but une fois de plus.

— Un autre membre du personnel a surpris l'infirmière Quail quand elle en... terminait avec votre sœur. Autrement, nous n'aurions rien su.

Au bout du long couloir, un type fit rouler la civière dans la chambre de Laura.

Un bruit semblable au roulement lointain du tonnerre ou au rugissement distant d'une cataracte, doux mais gorgé de puissance, envahissait la tête de Noah.

Il franchit la porte qui séparait le hall du couloir de la partie résidentielle. Martin Vasquez le héla, lui rappelant que la police en avait interdit l'accès.

En approchant du bureau des infirmières, Noah fut accosté par un agent en uniforme qui essaya de lui faire rebrousser chemin.

— Je suis de la famille.

— Je le sais, m'sieur. Ça ne sera plus très long.

— Ouais. Ça sera maintenant.

Quand Noah tenta de passer outre, le flic lui mit la main sur l'épaule. Noah se dégagea sans violence et continua.

Le jeune agent le suivit, l'agrippa à nouveau. Ils en seraient venus aux mains, parce que le flic n'avait pas d'autre choix et surtout parce que Noah avait envie de frapper quelqu'un. Ou peut-être avait-il envie qu'on le frappe, *lui*, durement et à plusieurs reprises, parce que la douleur physique pourrait le distraire d'une angoisse pour laquelle il n'existait ni médication analgésique ni perspective de guérison.

Avant l'échange de coups de poing, l'un des inspecteurs, un peu plus loin dans le couloir, lança :

— Laissez-le passer.

L'écho rugissant de cinq Niagara retentissait toujours au loin dans la tête de Noah et, bien que ce bruit intérieur ne fût pas plus fort qu'avant, il étouffait la voix des hommes qui l'entouraient.

— Impossible de vous laisser seul avec elle, dit l'inspecteur. Il faut pratiquer une autopsie, et vous savez que je devrai prouver que la pièce à conviction a été sous surveillance constante.

Le cadavre était la pièce à conviction. Au même titre qu'une balle utilisée ou qu'un marteau ensanglanté. Laura n'était plus une personne. Désormais, c'était un objet, une chose.

— Je n'ai aucune envie ajouta l'inspecteur, de donner une chance à l'avocat de cette salope tarée de dire que quelqu'un a touché à la dépouille avant qu'on ait récupéré les résultats de toxicologie.

Salope tarée au lieu de *prévenue*, au lieu d'*accusée*. Inutile d'être politiquement correct ici, comme plus tard au tribunal.

Pour peu que l'avocat de celle-ci parvienne à faire accepter tarée sans salope, l'infirmière ne serait alors peut-être condamnée qu'à une peine légère à effectuer dans un institut psychiatrique progressiste avec piscine, télé dans toutes les chambres, cours d'artisanat et séances avec un thérapeute non pour analyser ses pulsions criminelles mais pour s'assurer qu'elle conservait une bonne image d'elle-même.

Les jurés étaient stupides. Peut-être ne l'avaient-ils pas toujours été mais, en ce moment, c'était le cas. Des gamins tuaient leurs parents, on faisait valoir qu'ils étaient orphelins et un pourcentage assuré de jurés avaient les larmes aux yeux.

Cela étant, la perspective que l'infirmière soit envoyée dans un sanatorium country-club ou qu'elle soit acquittée ne raviva pas la fureur de Noah. Le rugissement lointain dans sa tête ne correspondait pas à de la colère. Incapable de définir ce que c'était, il était terrifié de ne pas arriver à s'en débarrasser.

Laura sur le lit. En pyjama jaune. Ainsi, elle était suffisamment sortie de sa transe cataleptique pour le mettre. À moins que l'infirmière ne l'ait changée, ne lui ait brossé les cheveux, ne l'ait pomponnée comme une dernière politesse avant de la tuer.

— Quail s'imaginait, reprit l'inspecteur, qu'étant donné les lésions cérébrales de la patiente, la mort serait attribuée à des causes naturelles sans autopsie complète. Elle ne s'est pas donné la peine d'utiliser une substance à traçabilité difficile. Elle a procédé à une injection massive d'Haldol, un tranquillisant.

À huit ans, Laura avait compris que sa famille ne ressemblait pas aux autres. Personne chez les Farrel ne se souciait de son éducation, mais la nature l'avait dotée d'un sens moral à toute épreuve. La honte s'emparait souvent d'elle, tandis qu'au fil du temps le mode de vie familial l'humiliait de plus en plus profondément. Elle s'était repliée sur elle-même, se réfugiant dans ses livres et ses rêveries. Elle n'avait qu'une envie, grandir, partir et mener une vie qui serait « propre, tranquille, ne nuisant à personne ».

L'inspecteur tenta de consoler Noah par cette dernière révélation :

— La surdose était si forte que la mort a été immédiate. Cette merde lui a coupé le système nerveux central comme un interrupteur électrique.

À onze ans, Laura voulait devenir médecin, comme si elle ne se sentait plus capable de se libérer de ses racines simplement en ne nuisant pas au monde extérieur. Elle avait besoin de donner aux autres, par le biais peut-être de la médecine, rançon qui rachèterait son âme à sa famille.

À douze ans, elle hésitait dans ses rêveries entre être médecin ou vétérinaire. Les animaux faisaient de meilleurs patients. La plupart des gens, disait-elle, ne pourraient jamais être guéris de leurs pires maladies, seulement de leurs maux corporels. Personne n'aurait dû en savoir autant à douze ans sur la condition humaine.

Douze ans d'efforts pour modeler son avenir en rêve, et dix-sept ans de rêves sans objet s'achevaient ici, dans ce lit, où aucun rêve ne gisait plus sous l'oreiller.

Les inspecteurs et le personnel de l'institut médicolégal s'étaient légèrement reculés, laissant Noah seul au chevet du lit, tout en continuant à surveiller en leur qualité de gardiens de la preuve de la mort.

Laura était étendue sur le dos, les bras le long du

corps. Si la paume de sa main gauche reposait à plat sur le drap, sa main droite était dressée et fermée en un poing, comme si, au dernier instant, elle avait essayé de se raccrocher à la vie.

Les deux moitiés de son visage, celle de porcelaine et celle ravagée, étaient visibles, grâce à Dieu et à Louf.

Pour Noah, maintenant qu'il n'allait plus la revoir, les deux côtés de son visage étaient beaux. Et ils touchaient son cœur de façon différente.

Nous apportons avec nous la beauté en ce monde, au même titre que l'innocence, et la laideur que nous emportons avec nous en le quittant vient de ce que nous avons fait de nous au lieu de ce que nous aurions dû en faire. Laura était partie de cette vie sans être souillée. Seule l'âme quitte le monde, et la sienne était sans tache ni cicatrice, aussi innocente à son départ qu'à son arrivée.

Noah avait vécu plus longtemps et plus pleinement que sa sœur, mais pas aussi bien. Il savait que, lorsque son heure serait venue, il ne serait pas en mesure, contrairement à elle, de laisser derrière lui toute sa laideur avec ses os et son sang.

Il faillit lui parler, comme il l'avait fait tant de fois au fil des années, au fil des heures, avec l'espoir qu'elle l'entendait et que ça la réconfortait. Mais à présent que sa sœur s'en était allée au-delà de toute écoute possible, Noah découvrit qu'il n'avait plus rien à dire – ni à elle ni à personne.

Il avait espéré que le tonnerre lointain dans sa tête s'arrêterait de gronder quand il verrait Laura, ce qui lui confirmerait qu'elle était bel et bien partie. Au lieu de quoi, le rugissement s'amplifiait peu à peu. Il se détourna du lit et s'éloigna. L'air s'épaissit et lui résista à hauteur du seuil, l'espace d'un instant.

De l'autre côté du couloir, la porte en face de celle de Laura était fermée. Lors de ses dernières visites, cette chambre – à un seul lit, aussi – était ouverte. Comme aucun malade ne l'occupait, on l'aérait.

Malgré la possibilité qu'un nouveau pensionnaire ait été admis ces dernières heures, l'instinct donna à Noah l'audace de traverser le couloir. Il ouvrit la porte, franchit le seuil avant que des hommes ne l'attrapent par-derrière et le retiennent.

L'infirmière Quail était assise dans un fauteuil, si petite que ses pieds touchaient à peine le sol. Les yeux bleus pétillants, le teint rose, espiègle et jolie, conforme au souvenir que Noah avait d'elle.

Deux hommes et une femme se trouvaient avec la meurtrière. L'un devait être un inspecteur de la crime, et un autre au moins appartenait au bureau du procureur général. Les trois étaient des pros coriaces, doués pour la manipulation psychologique, peu susceptibles de laisser un suspect détourner un interrogatoire.

Pourtant, il était clair que Wendy Quail contrôlait la situation, sans doute parce qu'elle était trop dans l'illusion pour comprendre la vraie nature de sa situation. Son attitude et son expression n'étaient pas celles d'une suspecte confrontée à une inquisition sévère. Elle avait l'air posé d'une personne de sang royal, on aurait dit une reine accordant audience à ses admirateurs.

Loin d'avoir un mouvement de recul en voyant Noah, elle lui sourit et lui tendit la main avec majesté, comme à un sujet rempli de gratitude, venu s'agenouiller avec servilité devant elle pour la remercier d'une grâce qu'elle lui aurait octroyée.

Et il comprit pourquoi on avait vérifié à l'entrée s'il avait son pistolet : au cas où une rencontre inattendue de ce genre se produirait.

Peut-être l'aurait-il abattue s'il avait eu une arme. Il ne le croyait pas. S'il avait la capacité, le cran et la cruauté de la tuer, la rage requise lui manquait.

Si étrange que cela paraisse, Wendy Quail ne le mit pas en colère. Malgré la suffisance qu'elle exsudait, au sens littéral du terme, le rose de son teint de pêche, indice d'un sentiment de supériorité morale bien ancré, elle n'avait pas l'étoffe d'attiser la haine. On lui avait farci la tête de philosophies pernicieuses qu'elle avait été incapable d'assimiler. Eût-elle été en contact avec une école de pensée plus modérée et plus humble lors de ses années de formation qu'elle serait peut-être la guérisseuse dévouée qu'elle prétendait être. C'était une thérapeute de la crème glacée, et si elle méritait qu'on la prenne en horreur et même qu'on l'exècre, elle était trop lamentable pour qu'on la haïsse.

Noah se laissa pousser hors de la chambre avant que l'infirmière ne profère une platitude imbécile. Quelqu'un ferma la porte, les séparant.

Suffisamment sages pour ne lui offrir ni commisération ni conseil, deux inspecteurs l'escortèrent dans le couloir jusqu'au hall d'entrée. Noah n'avait jamais fait partie de leur secteur ; ses trois années de service s'étaient déroulées dans une autre des nombreuses villes du comté, s'emboîtant telles les pièces d'un puzzle juridictionnel. De son âge ou plus vieux, ils savaient pourquoi il ne portait plus l'uniforme. Ils comprenaient sûrement les raisons de la décision qu'il avait prise dix ans auparavant, et il se pouvait même qu'ils sympathisent avec lui. Mais ils n'avaient jamais enjambé la ligne qu'il avait franchie et pour eux, il fallait le traiter aussi poliment que n'importe quel citoyen mais avec plus de précaution, sans tenir compte du fait qu'à une époque, il avait porté l'étoile et fait le même boulot qu'eux. Ils se contentèrent de lui communiquer la durée pendant laquelle le corps serait gardé par le médecin légiste et de lui décrire la marche à suivre pour le réclamer et le faire transférer dans un dépôt mortuaire.

On avait demandé aux pensionnaires du foyer de rester dans leur chambre, la porte fermée, et on leur avait distribué des somnifères quand ils en avaient demandé. Mais Richard Velnod se tenait sur le seuil de la sienne, comme s'il attendait Noah.

Le front anormalement fuyant de Rickster semblait plus accentué qu'auparavant et la gravité ridait plus que d'habitude ses traits lourds. Sa bouche remuait mais sa langue épaisse, qui l'avait toujours empêché d'avoir une élocution claire, lui fit entièrement défaut cette fois ; il n'émit aucun son. Ses yeux, à l'ordinaire les fenêtres de son âme, étaient délavés par les larmes et il semblait retenir une question qu'il avait peur de poser.

Malgré les inspecteurs, qui auraient préféré qu'il parte sur-le-champ, Noah aborda Rickster.

— Tout va bien, fiston. Elle n'a pas souffert.

Rickster se tordait fébrilement les mains. Ensuite, il tira les boutons de sa veste de pyjama, ses oreilles, ses fins cheveux châtains, avant de griffer l'air comme pour y glaner une explication.

— Monsieur Noah, qu'est... qu'est... ?

Sa bouche se relâcha, tordue d'angoisse.

Supposant que sa question était *pourquoi*, Noah fut incapable de lui donner d'autre réponse qu'une platitude digne de l'infirmière Quail :

— C'était son heure.

Rickster fit non de la tête. Il essuya ses yeux ruisselants, frotta ses mains mouillées sur ses joues humides et son visage troublé retrouva une expression d'un sérieux si touchant, si malheureux, si désespéré que Noah avait du mal à le regarder. La bouche de Rickster se raffermit et sa langue difforme forma les mots qui, un moment plus tôt, lui avaient échappé : il ne demanda pas *pourquoi*, mais posa une question plus juste à laquelle il était encore plus difficile de répondre :

— Qu'est-ce qui va pas chez les gens ?

Noah secoua la tête.

— Qu'est-ce qui va pas chez les gens ? répéta Rickster d'un ton implorant.

Ses yeux fixaient Noah d'une façon si suppliante qu'il était impossible de se détourner de lui sans répondre et impossible pourtant de lui mentir même si, à cette question si difficile, le mensonge était la seule réponse apaisante.

Noah savait qu'il aurait dû prendre le garçon dans ses bras et le ramener jusqu'à son lit, à côté duquel les photos encadrées de ses défunts parents trônaient sur la table de nuit. Il aurait dû le border et lui dire tout ce qui lui passait par la tête ou bien rien du tout, comme il l'avait fait des années durant avec sa sœur. Plus que le besoin de savoir ce qui n'allait pas chez les gens, c'était la solitude qui tourmentait ce garçon. Et bien que Noah n'eût aucune lumière sur l'origine de la cruauté humaine, il pouvait remédier à la solitude en faisant don de son temps et de sa compagnie.

Il se sentait vidé, cependant, et doutait d'avoir en lui quoi que ce fût digne d'être donné. Plus maintenant. Pas après Laura.

S'il n'avait aucune idée de ce qui n'allait pas chez les gens, il savait que ce qui avait pu se briser dans l'âme de l'humanité s'était manifestement brisé en lui.

— Je l'ignore, répondit-il au garçon, un paria au visage de paria. Je l'ignore.

Le temps qu'il récupère son pistolet et atteigne sa voiture au parking, le grondement dans sa tête, lointain jusque-là, enfla de volume et acquit un caractère plus distinct. Plus rien à voir avec le tonnerre, ça aurait pu être la furieuse psalmodie de la foule déchaînée de la race humaine entière – ou encore celui d'eaux tumultueuses déferlant d'une haute falaise dans l'abîme.

Pour venir à Cielo Vista, il avait enfreint toutes les règles du code de la route, en revanche il ne dépassa pas la vitesse autorisée, ne brûla aucun stop sur le chemin du retour. Il conduisit avec la prudence excessive d'un ivrogne, car le son qui enflait en lui, kilomètre après kilomètre, était accompagné d'un flot croissant d'obscurité. On aurait dit que ces torrents fuligineux se déversaient dans la nuit californienne à partir de lui. À mesure qu'il roulait, les lampadaires semblaient diffuser une lumière plus faible, tandis que les avenues, auparavant bien éclairées, s'assombrissaient. À l'heure où il se gara devant son appartement, la rivière de son espoir potentiel avait achevé de se déverser dans l'abîme et Noah fut emporté vers une bouteille de cognac et son lit par un courant d'émotions extrêmement lugubre.

32.

Garçon, chienne et scrogneugneu chenu arrivent à la grange-qu'en-est-pas-une. Aux yeux de Curtis toutefois, c'est une grange et rien de plus. En fait, ça ressemble tout bêtement aux ruines d'une grange.

Le bâtiment se dresse tout seul, à deux cents mètres au nord-ouest de la ville, une fois dépassées des touffes d'armoise rabougrie, d'oseille sauvage et des vrilles de bardane des sables, traîtres au pied. Passé une ligne de démarcation bien définie, de façon surprenante, toutes les espèces de broussailles, de plantes et de cactus du désert cèdent le pas au sol salin, et le désert inhospitalier s'efface devant les salants totalement arides – ce qui semble un emplacement curieux où bâtir une grange.

Même dans cette nuit noire, où les ombres dégouttent des ombres, l'état décrépi de la bâtisse est évident. Au lieu de décrire une ligne droite, le toit pentu s'affaisse du faîte à l'avant-toit. Les murs sont un tantinet flagada au niveau des fondations et gondolés par les intempéries dans les coins. À moins que la grange délabrée ne soit en fait un arsenal secret où sont stockées des armes futuristes – des épées plasma, des fusils laser, des grenades à neutron – Curtis n'imagine pas quel espoir elle peut représenter pour eux. Aucun abri ne sera sûr dans cette tempête.

Derrière eux, dans la ville déchirée par les combats, elle fait déjà rage. Si la plupart des plaintes et des hurlements ne portent pas à travers le désert qui fait tampon, quelques faibles cris perçants lui glacent néanmoins l'échine. Aux fusillades, familières sur ce territoire depuis un siècle et demi, répondent des bruits de conflits inouïs jusqu'ici dans le Vieil Ouest ou le Nouveau : un glas sinistre qui fait frissonner l'air et la terre, les variations d'un sifflet aigu, un bêlement rythmique, un gémissement métallique torturé.

Alors que Gabby ouvre avec force une porte, jouxtant les deux battants du portail de la grange, un *boum* violent et sourd attire l'attention de Curtis vers la ville juste à temps pour qu'il voie l'un des plus grands édifices – peut-être le saloon et la salle de jeu – imploser, comme s'il s'effondrait dans un trou noir. La vague de l'effet de souffle crée des remous de sel dans le lit à sec de l'ancien océan, les aspirant vers la ville et Curtis vacille sur ses pieds.

Un second *boum*, suivant de près le premier, est accompagné d'un tourbillon de lumière rouge-orange, là où se dressait le saloon. Dans ce brasier bouillonnant, le bâtiment implosé paraît se dégorger : planches et bardeaux, poteaux et balustrades de balcon, portes, encadrements de fenêtres – plus deux volées de marches semblables à une portion de l'épine dorsale d'un brontosaure – sont recrachés de l'obscurité qui les avait avalés, tournoient en l'air comme pris dans une tornade, se découpant sur les flammes. Alors que l'effet de souffle projette en arrière les remous de sel et les poursuit avec des pluies de sable, manquant faire perdre l'équilibre à Curtis une seconde fois, on croirait presque que les débris tournoyants du saloon vont se réassembler comme par magie en un édifice historique.

Gabby n'a pas de temps pour ce spectacle, et Curtis ne devrait pas en avoir non plus. Il suit le gardien et la chienne dans la grange.

La porte n'est pas aussi branlante qu'il s'y attendait. En bois brut à l'extérieur, elle est en acier à l'intérieur, lourde, massive, et se ferme en douceur derrière lui en tournant sur des gonds bien huilés.

À l'intérieur, il y a un petit couloir obscur, au bout duquel la lumière filtre d'une porte ouverte. Elle ne provient pas d'une lampe à huile, c'est un halo fluorescent constant. L'atmosphère ne contient ni la faible odeur cendrée du désert ni de bouffées alcalines des salants. Et elle est fraîche.

Pins, pins, près du sol, pins sur le sol. Cire à senteur de pin sur le carrelage en lino. Cannelle et sucre, miettes d'un petit gâteau, beurre et sucre, cannelle et farine. Bon, bon.

La lumière fluorescente provient d'une pièce sans fenêtres avec deux bureaux et deux meubles-classeurs. Ainsi qu'un réfrigérateur. De l'air glacé se déverse d'une bouche de ventilation près du plafond.

Des vibrations dans le plancher, à peine détectables, indiquent l'existence d'une cave souterraine équipée d'un générateur à essence. C'est une grange digne de Disneyland : entièrement neuve, mais conçue pour ressembler à une ferme de pionnier délabrée. Le bâtiment fournit bureau et espace de travail au personnel qui assure la maintenance de la ville fantôme, sans introduire d'éléments contemporains, ni d'installations visibles qui porteraient atteinte à l'ambiance d'époque minutieusement respectée par ailleurs.

Sur le bureau le plus proche, il y a une tasse de café et une grosse bouteille thermos. Près de la tasse, un roman à l'eau de rose de Nora Roberts en édition de poche. À moins que l'équipe de nuit officielle n'inclue un ou deux fantômes, le café et le roman appartiennent à Gabby.

Bien qu'ils soient en fuite, avec la perspective de poursuivants lourdement armés surgissant dans le bâtiment derrière eux à tout instant, le gardien s'arrête le temps de rafler le poche sur le bureau. Il le fourre sous une liasse de papiers dans l'un des tiroirs. Il lance un coup d'œil penaud à Curtis. Son visage fortement hâlé acquiert une teinte bronze rubescent.

La grange délabrée n'a rien à voir avec son apparence extérieure, pas plus que Gabby d'ailleurs. Le club de ceux-celles-ou-ça qui ne sont pas tout à fait ce qu'ils-elles-ça paraissent compte énormément de membres.

— Par le saut de Judas dans le feu de l'Enfer, gamin, on est ici en territoire dangereux ! Ne reste pas planté là jusqu'à ce que des pieds-d'alouette et des gueules-de-loup te poussent partout ! On y va, on y va !

Curtis, qui s'est s'arrêté devant le bureau uniquement parce que Gabby s'y est arrêté le premier, comprend que le gardien l'enguirlande pour détourner son attention de l'incident du roman à l'eau de rose. Tout bêtement.

Comme il traverse la pièce jusqu'à une autre porte en suivant Gabby, Curtis se demande pourtant quel genre de plantes sont les pieds-d'alouette et les gueules-de-loup et si elles poussent vraiment à une telle vitesse sur ce territoire qu'elles vous envahissent si l'on reste trop longtemps immobile. Il se demande aussi si ce sont des plantes carnivores qui non seulement filent un cocon autour de vous, mais vous dévorent tout cru.

Plus vite il quittera l'Utah, mieux ce sera.

Derrière le premier bureau, il y en a un second, plus

grand, percé de quatre portes qui suggèrent encore d'autres pièces.

Boitant comme un chien aux deux pattes gauches plus courtes, Gabby conduit Fidèle Vagabonde et Curtis jusqu'à la porte la plus éloignée, fauche un jeu de clés sur un panneau alvéolé et passe dans un garage avec des boxes pour quatre véhicules. Trois espaces sont vides, un 4 × 4 attend dans le quatrième, face au rideau métallique : un Mountaineer Mercury blanc.

Comme Curtis s'empresse d'en faire le tour pour atteindre le côté passager, Gabby ouvre en grand la portière côté du conducteur en disant :

— Cette chienne, elle est propre ?

— Elle est pas sale, m'sieur.

— Qu'est-ce que tu dis ?

— Elle est pas sale, m'sieur, répète Curtis en ouvrant à la volée la portière avant du côté passager.

Se hissant et se glissant derrière le volant, Gabby lui gueule :

— D'bleu, moi j'veux pas d'une bouffeuse de biscuit qui pisse dans mon Mercury tout neuf !

— Tout ce qu'on a ingurgité, c'est des saucisses, m'sieur, et un peu de jus d'orange, réplique Curtis d'un ton rassurant tandis que, non sans difficulté, il grimpe sur le siège passager, la chienne dans ses bras.

— Nom d'une brebis syphilitique ! Pourquoi que tu la prends sur le siège avant, gamin ?

— Et pourquoi je devrais pas, m'sieur ?

Tout en pressant un bouton d'une commande à distance et faisant se relever le portail du garage, le gardien démarre et assène :

— S'jamais Dieu a fait les petits poissons, alors les passagers qui z'ont une queue y doivent monter par le *hayon* !

En claquant la portière passager, Curtis répond :

— Dieu a fait les petits poissons, ça c'est sûr, m'sieur, mais je ne vois pas ce que ça a à voir avec le reste [1].

— Tu raisonnes à peu près autant qu'un tambour mouillé. T'as intérêt à bien la tenir, ta bâtarde, à moins que tu veuilles la voir finir écrabouillée comme un moustique du mauvais côté du pare-brise.

Fidèle Vagabonde se perche sur les genoux de Curtis,

---

1. Encore un jeu de mots, entre *tail*, queue et *tailgate*, hayon *(N.d.T.)*.

la gueule tournée vers le pare-brise et il emprisonne la chienne de ses bras pour la maintenir en place.

— On va s'magner l'cul d'par ici comme des pets sur de la toile cirée ! déclare Gabby d'une voix forte en sortant le Moutaineer de son box.

Curtis prend ça comme un avertissement qu'ils vont faire probablement l'expérience de flatulences, mais il n'arrive pas à imaginer pourquoi.

Gabby écrase l'accélérateur et le Mountaineer jaillit du garage comme une flèche, en passant sous la porte encore en train de se lever.

D'abord, cloué en arrière sur son siège, puis projeté contre la portière quand le gardien tourne ouest-sud-ouest sur les chapeaux de roues au risque de renverser le 4 × 4, Curtis se souvient de la loi en vigueur et élève la voix au-dessus de l'emballement du moteur :

— D'après la loi, il faut qu'on boucle nos ceintures de sécurité, m'sieur !

Même à la faible lueur du tableau de bord, le garçon voit le visage de Gabby s'assombrir comme si quelqu'un du gouvern'ment l'étranglait à l'instant même, et le vieux de démontrer qu'il peut divaguer et conduire en même temps.

— C'ramassis d'politicards, à eux tous, z'ont pas la jugeote qui vaille une poussière d'insecte ! C'est pas un politicard au cul plein d'écailles, au cou plein d'verrues, pas un gobeur de mouches à cervelle de crapaud, pas un bureaucrate à douze orteils, à gros paf et à tête pointue qui va m'dire à *moi* s'jamais j'dois porter une ceinture de sécurité ou s'jamais j'dois pas en porter, tant qu'on y est ! S'jamais, ça me plaît à moi d'rester l'pied sur l'frein et d'éclater le pare-brise avec ma gueule, ferait beau voir si j'le fais pas, merde, et personne y va m'dire qu'j'ai pas l'droit ! La prochaine fois, ces salopards fous d'pouvoir y vont nous dire qu'la loi, c'est qu'on porte un slip coquille quand on conduit.

Tandis que le gardien continue dans la même veine, Curtis se tourne sur son siège, du mieux qu'il peut. Toujours cramponné à Fidèle Vagabonde, il regarde en arrière, à l'est et au nord, vers le champ de bataille de la ville fantôme. C'est un vrai feu d'artifice là-bas, d'une violence suffisante pour que même Wyatt Earp en personne aille se réfugier dans l'église. Quand la fusillade finira, la société historique lambda qui supervise ce site aura quelques difficultés à restaurer la ville avec des éclats de bois, clous tordus et cendres qui resteront.

Il demeure stupéfié que les agents du FBI soient au courant de sa présence et des forces lancées à sa poursuite. Et que ses agents soient intervenus dans cette affaire et qu'ils pensent vraiment avoir une chance de le localiser et de l'emmener en détention pour le protéger avant que ses ennemis ne le retrouvent et ne le détruisent. Ils doivent savoir comme ils sont surarmés, mais ils ont quand même plongé. Il ne peut qu'admirer leur courage, même s'ils veulent par la suite le soumettre à des expériences, s'ils le gardent en détention suffisamment longtemps pour cela.

Gabby conduit encore plus vite qu'il ne parle. Ils foncent *comme une fusée* à travers les salants. Pour éviter d'attirer une attention indésirable, ils roulent sans les phares.

Il est bien sûr interdit de ne pas utiliser les phares entre le crépuscule et l'aube, mais il décide qu'aborder le sujet avec Gabby lui vaudrait un mauvais point en sociabilité. En outre, Curtis a, après tout, lui-même violé la loi plus d'une fois pendant sa fuite pour la liberté, bien qu'il ne soit pas fier de ses délits.

Le ciel nuageux a beau ne projeter aucune lumière sur la terre, la fluorescence naturelle du sol assure qu'ils ne roulent pas à l'aveuglette et, heureusement, ce territoire est familier à Gabby. Il évite toutes les routes qui pourraient traverser cette vallée désolée et reste en rase campagne, afin de ne pas courir le risque, au détour d'un virage, de percuter des automobilistes innocents, avec toutes les conséquences funestes physiques et morales qui en résulteraient.

Comme les salants miroitent d'une lueur blanche et que le Mountaineer Mercury est blanc, le véhicule ne doit pas être facilement visible à distance. Les pneus laissent un panache blanc derrière eux, mais ce n'est qu'une traînée révélatrice, pas un épais nuage, et il retombe vite.

Si les agents du FBI et les plus méchants bandits utilisent du matériel de détection de mouvement pour balayer les salants soit d'un point de la crête de la vallée, soit d'une plate-forme aérienne, alors Gabby pourrait aussi bien non seulement allumer les phares mais tirer des fusées éclairantes, parce que cette stratégie du blanc-sur-blanc ne serait pas assez habile pour leur épargner d'être transformés en boustifaille pour les vautours, comme l'homme qui a surgi d'entre les bâtiments de la ville fantôme avant de s'écrouler devant eux.

— ... faut leur lier pieds et poings comme des porcs

avec une d'ces ceintures de sécurité à la noix, les arroser d'graisse d'bacon, les jeter dans un cellier avec p't-être dix mille *PUNAISES PUANTES* affamées et voir si ces salopards qui s'moquent de Dieu, y s'sentiront drôl'ment en sécurité alors ! conclut Gabby.

Saisissant l'occasion de changer de sujet, Curtis lance :

— Puisqu'on parle de trucs puants, m'sieur, j'ai pas pété et j'crois pas que j'vais le faire, non plus.

Sans réduire leur vitesse et même en accélérant un peu, le vieux gardien détourne son attention des salants qui fonçent vers eux. Bouche bée, il fixe Curtis d'un air tellement stupéfait, que, l'espace d'un instant, ça l'empêche de parler.

Pas davantage. Après quoi, il fait claquer ses lèvres et retrouve l'usage de sa langue :

— Par Judas qui s'saute des scies à métaux en Enfer ! Cornes du Diable, qu'est-ce que tu viens de dire, gamin, et pourquoi tu l'as dit ?

Déconcerté que sa tentative bien intentionnée pour nourrir la conversation ait scandalisé le gardien, Curtis lui répond :

— Sans vouloir vous offenser, m'sieur, vous êtes le premier qui avez parlé de pet sur une toile cirée et de se magner le cul.

— Rev'là ton côté malfaisant qu'j't'crache dans l'œil qui r'pointe son nez, et c'est pas joli-joli à voir.

— Sans vouloir vous offenser, m'sieur, vous l'avez *vraiment* dit et je vous faisais juste observer que je n'ai pas pété, comme vous vous y attendiez, et que vous non plus et pas non plus ma chienne.

— T'arrêtes pas de dire *sans vouloir vous offenser*, gamin, mais laisse-moi te dire une bonne fois que j'serais offensé pour de vrai si ta chienne se met à péter dans mon Mercury tout neuf.

Cette conversation évolue si mal et ils traversent les salants à une vitesse si effrayante que changer de sujet semble être une question de vie ou de mort, aussi Curtis suppose-t-il que le temps est venu de féliciter Gabby sur son célèbre lignage.

— M'sieur, j'ai bien aimé *Helldorado, Heart of the Golden West* et *Roll on Texas Moon*.

— D'bleu, qu'est-ce qui tourne pas rond chez toi, gamin ?

La chienne gémit et s'agite sur les genoux de Curtis.

— Regardez devant vous, m'sieur ! s'exclame-t-il.

Gabby jette un coup d'œil aux salants qui se ruent vers eux.

— C'est rien que de l'amarante, lâche-t-il dédaigneusement, alors qu'une énorme boule épineuse rebondit contre le pare-chocs, roule sur le capot, passe sur le pare-brise et tourbillonne sur le toit d'avant en arrière avec un cliquetis semblable à celui des doigts d'un squelette griffant l'intérieur d'un couvercle de cercueil.

Malgré sa nervosité, Curtis fait vaillamment un nouvel effort pour établir de meilleurs rapports avec le gardien :

— *Along the Navajo Trail* était vraiment un beau film et aussi *The Lights of Old Santa Fe*. Mais le meilleur de tous, peut-être, c'était *Sons of the Pioneers*.

— T'as bien dit films ?

— Oui, m'sieur.

Tout en poussant la vitesse du Mountaineer de plus en plus, Gabby néglige de regarder devant lui, comme sûr de percevoir la moindre catastrophe imminente grâce à un sixième sens, et il se concentre sur Curtis avec une intensité déconcertante.

— Avec ces fous furieux du gouvern'ment qui font sauter l'monde derrière nous, pourquoi au nom du Baptiste décapité tu viens m'parler d'films ?

— Parce que c'est ceux de votre grand-père, m'sieur.

— Les films d'mon grand-papa ? Cristi, crache donc, appelle ça du vin et file-m'en deux bouteilles ! Qu'est-ce que tu m'bafouilles ? Mon grand-p'pa, c'était un mercanti squatteur d'véranda, qui vendait des Bibles et des 'cyclopédies inutiles si t'étais assez dingue pour lui ouvrir la porte.

— Mais si votre grand-papa était squatteur de véranda et Roy Rogers, alors ? allègue Curtis.

La barbe maigrichonne, les sourcils et les poils des oreilles de Gabby se hérissent soit d'exaspération, soit sous l'effet de l'électricité statique générée par l'association de la grande vitesse à l'air sec du désert.

— Roy Rogers ? gueule-t-il à nouveau.

Il tient le volant d'une main et le frappe de l'autre.

— Par les flammes bleues de l'Enfer, qu'est-ce qu'un cowboy chanteur de cinéma crevé, avec ses belles bottes, il a à voir avec toi, moi ou le prix des haricots ?

Si Curtis ne connaît pas le prix des haricots, ni pourquoi ce prix a soudain une telle importance pour le gardien, en ce moment particulier, il sait en revanche qu'ils roulent beaucoup trop vite – et qu'ils prennent encore de la vitesse. Plus Gabby devient perturbé, plus son pied appuie sur l'accélérateur, et tout ce que lui dit Curtis le perturbe encore davantage. Le sol de la vallée est remarquablement plat, mais avec une vélocité aussi casse-cou, la moindre rigole ou bosse secoue le Mountaineer. S'ils tombent sur une ornière profonde, du rocher ou l'un de ces crânes de vache délavés par le soleil que l'on voit si souvent dans les westerns, les meilleurs constructeurs de Detroit ne les sauveront pas et le 4 × 4 se renversera bel et bien, tel Judas attaché à un rondin et précipité en Enfer, le long de la glissière de l'usine à bois.

Bien que Curtis ait peur d'ouvrir la bouche, Gabby semble prêt à taper sur le volant à nouveau s'il ne dit *rien*. Donc, sans désir de dispute, ne voulant qu'exprimer un autre avis et réduire l'agitation du gardien et par la même occasion la vitesse du Mountaineer en entamant une conversation agréable, il lui dit :

— Sans vouloir vous offenser, m'sieur, les bottes de Roy Rogers ne sont pas si belles que ça.

Après avoir jeté un regard devant lui, au grand soulagement de Curtis, Gabby le repose sur le garçon. Et le 4 × 4 accélère de plus belle.

— Gamin, tu t'rappelles là-bas à la pompe qu'est au diable, quand je t'ai demandé si t'étais bêta ou quoi ?

— Oui, m'sieur, je me rappelle.

— Et tu t'rappelles ce que t'as dit ?

— Oui, m'sieur, j'ai dit que j'croyais être queq'chose.

— Si jamais un imbécile te reposait la question, gamin, tu serais mieux avisé d'lui dire qu't'es *bêta* !

Tapant encore une fois sur le volant, le voilà reparti dans un nouveau délire :

— Enfonce-moi une roquette dans l'cul et appelle-moi Yankee Doodle ! Me v'là en guerre contre ce gouvern'ment d'lèches-culs avec ses bombes, ses tanks et ses percepteurs, tout ça pasque t'm'as déclaré qu'ils ont zigouillé tes parents et v'là maint'nant que j'vois que t'es cap' de dire n'importe quoi qu'a pas plus de sens qu'du caqu'tage d'poulet et p'être que le gouvern'ment, il a jamais zigouillé tes parents du tout.

Horrifié par un tel malentendu, refoulant ses larmes, Curtis s'empresse de rectifier le tir du gardien :

— J'ai jamais dit, m'sieur, que le gouvernement avait zigouillé mes parents.

Ébahi et scandalisé, Gabby rugit :

— Coupe-moi les *cojones* et appelle-moi princesse, mais me dis plus jamais qu'c'est pas ce que t'as déclaré !

— J'ai déclaré, m'sieur, que c'était les bandits les plus méchants qui avaient zigouillé mes parents, pas le gouvernement.

— Y a pas de pires bandits qu'ceux du gouvern'ment !

— Oh si cent fois pires, m'sieur.

Fidèle Vagabonde gigote dans le giron de Curtis. Elle gémit nerveusement et une sueur glacée goutte rapidement de sa truffe noire sur les mains de ce dernier, qui pressent qu'elle veut se soulager. Grâce à leur lien particulier garçon-chienne, il l'encourage à contrôler sa vessie, tout en se rappelant que cela marche dans les deux sens : s'il n'y prend pas garde, son envie de pisser à *elle* deviendra rapidement la sienne à *lui*. Il n'imagine que trop aisément la catastrophe qui s'ensuivrait si la chienne et lui pissaient dans le Mercury neuf de Gabby, provoquant une attaque chez le gardien qui perdrait le contrôle de son véhicule lancé à grande vitesse.

Pour la première fois depuis le relais routier, le garçon perd confiance en sa capacité d'être Curtis Hammond. S'il manque d'assurance, aucun fugitif ne fait illusion de façon crédible. Un parfait équilibre est la clé de la survie. Sagesse de Maman pur jus.

Gabby divague de plus belle, tandis que le Mercury Mountaineer tremble et gémit comme une navette spatiale qui décolle et se met sur orbite. Malgré le tintamarre, Curtis établit un lien entre une bribe de phrase proférée à l'instant par le gardien et un autre malentendu, survenu plus tôt dans la soirée. Fort de cette petite révélation, Curtis saute sur l'occasion de faire dévier la conversation et de retrouver le ton amical qui régnait entre eux.

Selon les films, la plupart des Américains s'efforcent sans cesse d'améliorer leur vie, de devenir meilleurs, et parce que le cinéma offre des renseignements fiables, Curtis interrompt les propos véhéments de Gabby dans l'intention de lui offrir une leçon de vocabulaire dont il lui sera sans doute reconnaissant.

— La raison, m'sieur, qui m'a induit en erreur, c'est que vous prononciez mal le mot. Vous vouliez dire *testicules* !

Le moindre air de surprise qui, jusque-là, a modifié théâtralement le visage si expressif du gardien n'est rien à côté de l'étonnement qui, plissant le front, haussant les sourcils, exorbitant les yeux, étirant les rides, frisottant la barbe, s'empare de ses traits.

La mine de Gabby annonce de façon si évidente de nouvelles fulminations que Curtis, éperdu, s'empresse d'ajouter, pour se justifier :

— Vous avez dit « cojones », m'sieur, en voulant dire « coronesses ». *Cojones*. Vous avez prononcé à l'anglaise, ce qui est légèrement différent de la façon dont on le dit en espagnol. Si vous...

— *Par tous les diables de la Géhenne à Abilene* ! beugle Gabby en détournant les yeux de Curtis avec un dégoût flagrant. Ce qui est une bonne et une mauvaise chose. Bonne, parce qu'il regarde enfin les salants devant eux. Mauvaise, parce que tôt ou tard, frémissant sous l'insulte qu'il vient d'essuyer, il regardera à nouveau Curtis d'un regard qui ôtera à l'eau son humidité.

Comme l'humidité à l'eau.

Un nouvel éclair de compréhension jaillit chez Curtis, mais il résiste à l'envie de le communiquer au gardien fumasse. Il a perdu toute confiance en ses capacités sociales. Ébranlé, il est convaincu que tout ce qu'il dira, fût-ce un grognement inarticulé émis sur le ton le plus inoffensif, sera mal interprété et déclenchera chez Gabby un autre juron dont la fureur fracassera toutes les vitres du Mountaineer.

L'échec du garçon, ne serait-ce que pour tenter d'assurer sa quote-part de la conversation, ne résulte qu'en un bref silence. Le gardien bredouille d'exaspération après avoir dit « Abilene », inspire avec un reniflement chevalin et éructe une autre giclée de mots :

— Espèce d'ingrat p'tit morveux, sal'ment culotté, viens-qu'j't'crache-dans-l'œil ! P't-être que j'ai pas été à Harvard et qu'j'ai pas eu les avantages d'certains qui sont nés avec une cuillère d'argent dans la bouche, mais depuis mes premières couches, j'ai su que c'était mal élevé de critiquer ses aînés. T'as pas vocation à m'dire comment prononcer *cojones* quand t'en as qu'une lamentable paire, pas plus grosses qu'des petits pois !

Tout en continuant à délirer, Gabby finit par lever le pied de l'accélérateur et le Mountaineer perd de la vitesse. Peut-être envisage-t-il de s'arrêter et d'ordonner à Curtis de descendre et de se débrouiller tout seul.

S'ils étaient à bord d'un bateau sur une mer démontée,

le garçon sauterait par-dessus bord sans protester ; par conséquent, il ne barguignera pas qu'on l'abandonne à pied dans ces salants. En fait, il accueillera la chose avec joie. Le stress d'être un fugitif aux abois devant maintenir une fausse identité crédible, de résister à l'envie de devenir un peu chien fou, de sociabiliser en un dialecte éprouvant, dépasse ses forces. Il a l'impression que sa tête va exploser ou que quelque chose d'encore plus grave risque d'arriver.

Ayant apparemment déchargé assez de colère pour regarder son morveux de passager sans risquer un infarctus, Gabby détourne enfin son attention des salants. Peut-être le vieil homme est-il surpris que Curtis ne se soit pas déjà précipité hors du Mountaineer ou peut-être l'est-il parce que le garçon pleure, ou parce que ce voyou sal'ment culotté ose le regarder dans les yeux. Quelle que soit la raison, au lieu d'étaler le mépris et le dédain flétrissants auxquels s'attend Curtis, la figure du gardien enfle en une expression d'étonnement qui excède *tellement* la précédente qu'elle semble mieux convenir à un personnage de dessin animé qu'à un être humain.

Et il appuie sur la pédale de freins.

Heureusement, leur vitesse est tombée d'un excessif cent soixante kilomètres/heure à moins de quatre-vingts. Crissements de pneus et de freins font à peu de chose près le même bruit sur du sel tassé que sur l'asphalte, bien que les odeurs combinées de caoutchouc chaud et de sel baratté en produisent une de bien particulière, qui ressemble étrangement à celle du jambon grésillant dans un poêlon.

Si Curtis n'avait pas été solidement coincé sur son siège, pinçant le tissu avec son coccyx et les pieds appuyés au plancher presque assez fort pour passer au travers, Fidèle Vagabonde et lui auraient pu s'écrabouiller comme des insectes du mauvais côté du pare-brise. Au lieu de ça, la vie de la pauvre chienne repasse devant ses yeux depuis ses vagissements de chiot jusqu'aux saucisses dans le camping-car et la vie de Curtis repasse aussi devant ses yeux, ce qui les plonge, tous deux, la chienne et lui, dans une légère confusion. Mais quand le Mountaineer s'arrête en glissando, en se balançant sur sa suspension, ni la chienne ni le garçon ne sont blessés.

En survivant indemne à cet arrêt brutal, Gabby, lui aussi, a prouvé que ces misérables politicards au cul plein d'écailles, au cou plein d'verrues, gobeurs de mouches à cervelle de crapaud, ne savent pas tout. On pourrait croire que ce petit triomphe d'individualisme farouche sur le gouvernement et les lois de la physique lui améliorerait son humeur. Au contraire, avec un afflux de mots stupéfiants se référant aux déchets biologiques et aux relations sexuelles, le gardien passe violemment au point mort, ouvre sa portière à la volée et sort du 4 × 4 dans un tel état d'agitation qu'il s'emmêle les pinceaux et tombe hors de vue.

— Cristi ! s'exclame Curtis.

Il se faufile de sous Fidèle Vagabonde, franchit la console et, laissant la chienne sur le siège passager, se glisse au volant.

Au-delà de la portière ouverte, à la pâle lueur du plafonnier du 4 × 4, Gabby est allongé par terre, sur le sol. Son chapeau de cowboy cabossé et taché de sueur est renversé à côté de lui, comme s'il allait enfin sortir son banjo et jouer pour quelques sous. Sa crinière blanche est hérissée comme si elle venait de servir de conducteur à la foudre et des grains de sel luisent dans sa coiffure post-électrocution. Il a l'air étourdi, peut-être pour avoir testé la fermeté du lit de sel de deux trois coups de tête.

— Par tous les sacro-saints vivants ! s'exclame Curtis. Ça va, m'sieur ?

Cette question alarme tellement le gardien qu'on penserait qu'on vient de le menacer de le décapiter. Il recule en glissant sur les fesses loin du Moutaineer, salant complètement le fond de son pantalon et ne prend le temps de se remettre péniblement sur pied qu'après avoir mis de la distance entre lui et le véhicule.

Jusque-là, Curtis supposait que ce qui lui paraissait étrange dans le comportement de cet homme n'avait, au fond, rien de particulier, que ce n'était qu'un problème de communication, résultant en une série de malentendus malheureux. Il n'en est plus aussi sûr à présent. Peut-être Gabby n'est-il pas grognon-mais-adorable, pas grognon-mais-au cœur tendre, pas grognon-mais-pétri de bonnes intentions, mais tout bêtement grognon. Peut-être est-il même un peu déséquilibré. Peut-être a-t-il chiqué de l'astragale, cette herbe qui donne le vertige au bétail. Il n'est probablement pas un tueur en série, comme les fétichistes des dents du camping-car, sauf si les tueurs en série représentent un plus grand pourcentage de la population que les films ne le sous-entendent, pensée qui donne la chair de poule.

Sur le sol, entre Gabby et le Mountaineer, il y a deux objets : le chapeau et le pistolet 9 mm. Alors que Gabby détalait à reculons un instant plus tôt, il renverse maintenant la vapeur et se rapproche, non sans hésitation. Même si Curtis aimerait croire que Gabby est un authentique *amigo*, revêche mais plein de compassion, le gardien ne fixe pas son attention sur le chapeau.

L'arme est à la portée de Curtis. Il saute du 4 × 4 pour la ramasser.

L'imprévisible gardien n'essaie pas d'attraper le flingue avant lui. Il ne fait ni halte, ni machine arrière : il se détourne et déguerpit à travers les salants de sa démarche saccadée singulière, le plus vite possible.

Estomaqué, Curtis observe la silhouette qui rapetisse dans le lointain jusqu'à ce qu'il soit clair qu'il ne tentera pas de revenir en catimini. Gabby ne jette pas un seul regard derrière lui, mais fonce vers le côté oriental de la vallée comme s'il croyait que tous les diables entre la Géhenne et Abilene, qu'il avait maudits auparavant, étaient lancés à ses trousses pour se venger de lui. Il se fond dans l'obscurité et l'inquiétante fluorescence jusqu'à n'apparaître plus que comme le simple mirage d'un homme.

Comme c'est étrange ! La rencontre avec Gabby exigera son lot d'analyse et de réflexion *a posteriori*, quand Curtis aura survécu à ses ennemis et pourra s'offrir le loisir de la méditation.

Quand il leur aura survécu, pas *si*. À présent qu'il est dispensé de l'obligation d'être sociable pour un certain temps, Curtis sent revenir sa confiance en lui.

À quelques kilomètres au nord, là où, autrefois, des pistoleros endurcis s'affrontaient dans la rue poussiéreuse, un affrontement plus acharné et plus bruyant est encore en cours et, sans ressembler à l'Armageddon ni à la Guerre des Mondes, l'intensité du combat demeure impressionnante. Curtis s'attendait à ce que le conflit fût terminé depuis longtemps, mais il prévoit que ces forces mal assorties ne vont pas encore se battre en duel très longtemps.

En outre, tôt ou tard, on commencera à se douter que le garçon au sujet duquel on livre bataille s'est esquivé de la ville pendant le tumulte, et bat la campagne une fois de plus. Alors les deux camps cesseront les hostilités, plutôt que de se battre jusqu'au dernier. Et les bandits, les méchants et les autres reprendront dans l'urgence la recherche du garçon et de la chienne qui les a amenés dans la même ville au même moment, en premier lieu.

Mieux vaut bouger.

Abandonnant le pistolet sur le sol maintenant qu'il n'y a plus besoin de s'inquiéter que Gabby en reprenne possession, Curtis regrimpe encore dans le Mountaineer. Il n'a jamais conduit un véhicule pareil. Mais les principes de son fonctionnement sont évidents et il est certain de pouvoir s'en tirer raisonnablement bien, quoique sans doute pas avec l'adresse d'un Steve McQueen dans *Bullitt* ni l'aplomb d'un Burt Reynolds dans *Cours après moi, shérif !*

Il va passer de délits mineurs à la perpétration d'un délit majeur. Vol de voiture. C'est ainsi que les autorités vont considérer la chose.

De son point de vue, pourtant, il ne s'agit que de *l'emprunt* non autorisé d'un véhicule, parce qu'il n'a pas l'intention de garder le Moutaineer. Si, pour finir, il l'abandonne en aussi bon état qu'il l'a trouvé, son obligation morale consistera surtout à présenter des excuses à Gabby et à le dédommager pour l'essence, le temps et les inconvénients. Comme se retrouver face à face avec le gardien ne lui sourit guère, il espère que son âme ne sera pas trop souillée s'il présente à la fois ses excuses et effectue son règlement par courrier.

Un problème de taille se pose. Un peu court sur pattes pour un garçon de dix ans, il voit clairement le terrain devant lui. De même qu'il parvient à contrôler le frein et l'accélérateur. Mais pas en même temps. En se tassant légèrement et en tendant son pied droit, comme une ballerine en plein saut cherchant à atterrir sur la pointe de son chausson, il est en mesure d'avancer, en visibilité restreinte et avec un contrôle des pédales compromis.

Cela le ralentit pourtant, et lui impose une allure qui conviendrait mieux à un convoi funéraire qu'à une course vers la liberté.

Tout en voulant mettre le plus d'écart possible entre lui et ses poursuivants, il doit se rappeler que le temps, pas la distance, est son principal allié. Rien qu'en étant fidèlement Curtis Hammond, heure après heure, jour après jour, il sera susceptible de passer inaperçu pour toujours. Certaines adaptations lui permettraient de conduire le Mountaineer plus facilement, mais s'il devait s'y abandonner, il deviendrait plus visible pour ses ennemis la prochaine fois qu'ils viendront balayer au radar dans son voisinage. Ce qui ne tardera pas.

La sagesse de maman. Plus on porte un déguisement,

plus on *devient* complètement ce déguisement. Pour maintenir une illusion crédible, un fugitif ne doit jamais sortir de son personnage, pas même un seul instant. Imposer une nouvelle identité n'est pas une simple question d'acquisition d'un jeu convaincant de papiers d'identité, ce n'est pas parce qu'on a l'allure, la façon de parler, de marcher, d'agir de son personnage qu'on ne sera pas découvert. Imposer une nouvelle identité avec un succès complet exige que l'on *devienne* cette nouvelle personne dans la moindre fibre, la moindre cellule – chaque minute de la journée, que l'on soit observé ou pas.

Même dans la mort, maman demeure l'autorité suprême en cette matière, tout comme un symbole de courage et de liberté. On l'honorera longtemps après son trépas. Même si elle n'avait pas été sa maman, il calquerait sa conduite sur ses conseils ; en tant que son fils, toutefois, il a l'obligation particulière non seulement de survivre, mais aussi de vivre selon ses enseignements et finalement de les transmettre à autrui.

Le chagrin l'envahit encore une fois et s'installe. Il voyage en sa compagnie.

Il n'ose pas continuer vers le sud-ouest, car au bout du compte, la vallée l'amènera à l'autoroute, surveillée par des patrouilles. Il vient de l'est. La ville fantôme se trouve au nord. Donc, il n'a que peu de choix : traverser la vallée dans sa largeur, en se dirigeant plein ouest.

Bien qu'il ne coure pas le danger de battre un record de vitesse et qu'il avance parfois par à-coups, alors qu'il tend le cou pour voir par-dessus le volant ou baisse la tête pour jeter un œil entre le volant et le tableau de bord, il découvre que les salants sont un terrain praticable. En atteignant la pente du mur ouest de la vallée, pourtant, il se rend compte qu'il ne peut aller guère plus loin de cette façon.

Ici, le sol dénué de sel est dépourvu d'une lueur naturelle bien pratique. La visibilité, déjà limitée par la taille du garçon, décline immédiatement à un stade qui revient à un aveuglement pur et simple. Allumer les phares du 4 × 4 ne résoudrait rien – à moins qu'il ne veuille attirer l'attention sur lui, et donc se suicider.

En outre, l'élévation de terrain sera rocheuse et inégale. Curtis devra actionner plus rapidement pédale de freinage et accélérateur qu'il n'a pu le faire jusqu'ici.

Il se met au point mort et se redresse sur le siège, scrutant la route devant lui, se sentant dans l'impasse. Sa sœur-en devenir fournit la solution. Pendant la lente traversée du dernier salant, Fidèle Vagabonde, assise sur le siège passager, a décoré la vitre latérale d'empreintes de sa truffe. Dressée maintenant, elle lance à Curtis un regard qui en dit long.

Peut-être parce que le chagrin lui pèse sur l'esprit, peut-être parce qu'il est encore démonté par son étrange rencontre avec le gardien, Curtis se montre d'une lenteur embarrassante à la comprenette. Il croit d'abord qu'elle veut simplement se faire gratter doucement derrière les oreilles. Parce qu'elle refusera jamais qu'on lui gratte doucement derrière les oreilles, ni ailleurs, Fidèle Vagabonde accepte un instant cette amabilité avant de se détourner de Curtis et, l'arrière-train toujours sur le siège, de poser ces pattes avant sur le tableau de bord. Ce qui la met dans une position parfaite pour voir la route.

Cette relation chienne-garçon serait sans valeur si Curtis échouait encore à saisir où elle veut en venir, mais il comprend ce qu'elle a en tête. Il s'occupera des commandes du 4 × 4 et elle sera ses yeux.

Bonne chienne !

Il se glisse assez bas sur le siège pour planter son pied droit fermement sur l'accélérateur, afin d'arriver à le déplacer rapidement et facilement sur la pédale de frein. Il est aussi dans une position satisfaisante pour tenir le volant. Il ne peut simplement pas voir à travers le pare-brise.

Leur lien n'est pas complet. Elle est toujours sa sœur-en devenir plutôt que sa sœur-devenue ; cependant, leur relation particulière a considérablement progressé depuis ce moment terrifiant où chacun d'eux a vu sa vie défiler à toute allure devant ses yeux.

Curtis passe la première, appuie sur l'accélérateur et tourne le volant en montant la pente relativement douce du mur de la vallée avec les yeux de sa chienne pour le guider. Ensemble, ils prennent confiance pendant la montée et ils fonctionnent en parfaite harmonie au moment où ils parviennent au sommet.

Il s'arrête sur la crête, se redresse, et, de ses propres yeux, regarde au nord-est. L'échauffourée dans la ville fantôme semble avoir cessé. Bandits et méchants bandits ont compris qu'ils n'ont pas plus capturé leur proie les uns que les autres. Ne se livrant plus bataille, ils tournent une fois de plus leur attention sur la recherche du garçon et de la chienne.

Les feux de *deux* hélicoptères flottent dans le ciel. Un troisième s'approche de plus loin, à l'est. Des renforts.

Vautré à nouveau sur son siège, Curtis descend en dépassant la crête, s'éloigne à l'ouest, vers un territoire inconnu que Fidèle Vagabonde scrute pour lui avec un zèle qui ne se dément pas.

Il roule aussi vite que possible, gardant à l'esprit que sa sœur-en devenir pourrait être blessée s'il freine soudain à trop grande vitesse.

Il leur faut faire diligence au demeurant parce qu'il ne peut s'attendre à ce que la chienne lui serve d'yeux aussi longtemps qu'il le voudrait. Curtis n'a pas besoin de repos. Fidèle Vagabonde aura à la longue besoin de dormir, mais Curtis, lui, n'a jamais dormi de sa vie.

Après tout, il doit se rappeler que sa sœur-en devenir et lui ne sont pas simplement d'espèces différentes avec des limites et des capacités physiques fort différentes. De façon plus significative, ils sont nés dans des mondes différents.

33.

Selon la vieille comptine, un enfant né un jeudi ira loin. Or, Micky Bellsong était née un jeudi de mai, il y avait plus de vingt-huit ans. En ce jeudi du mois d'août toutefois, elle avait une gueule de bois trop sévère pour aller aussi loin qu'elle l'avait prévu.

La vodka citron diminue la faculté de compter. Quelque part, au cours de la nuit, elle avait dû confondre la quatrième double dose avec la seconde, la cinquième avec la troisième.

— Ce goût de citron merdique te nique la mémoire, pensa-t-elle en se regardant dans la glace de la salle de bains.

Cela ne lui arracha pas un sourire.

Elle avait trop dormi pour se rendre à son premier entretien d'embauche et s'était levée trop tard pour le second. Dans les deux cas, il s'agissait de boulots de serveuse.

Malgré son expérience dans cette branche et bien que ce travail ne lui déplût pas, elle espérait obtenir une place en rapport avec l'informatique, par exemple dans la personnalisation d'applications de logiciels. Elle avait condensé trois ans de formation au cours des seize derniers mois et découvert qu'elle possédait les aptitudes, ainsi qu'un véritable intérêt pour ce genre de travail.

En fait, l'image d'elle en superwoman d'applications de logiciels était si radicalement opposée à la façon dont elle avait mené sa barque jusqu'alors qu'elle était au centre de sa vision d'un avenir meilleur. Une vision qui l'avait soutenue dans les années les plus noires de son existence.

Des tentatives de réaliser son rêve avaient été contrecarrées par la perception des employeurs, selon laquelle l'économie se cassait la gueule, plongeait, stagnait, s'assombrissait, devenait frileuse, cherchait un second souffle avant le prochain boom. Ils avaient une provision illimitée de mots et de phrases pour traduire la même fin de non-recevoir.

Elle ne désespérait pas encore. La vie lui avait appris depuis belle lurette que le monde n'existait pas pour combler les rêves de Michelina Bellsong ni même les encourager. Elle s'attendait à devoir se battre.

Cependant, si la chasse au job prenait des semaines, sa résolution de se bâtir une nouvelle existence risquait de ne pas contrebalancer ses faiblesses. Elle ne se faisait aucune illusion sur son compte. Elle *pouvait* changer. Mais si on lui en fournissait l'excuse, elle serait le plus grand obstacle à ce changement.

Le visage qu'elle vit dans la glace lui déplaisait, avant et après l'application du peu de maquillage qu'elle se permettait. Elle était jolie mais son apparence ne lui donnait aucun plaisir. L'identité s'évalue à la réussite, non dans les miroirs. Et elle avait peur qu'avant d'accomplir quoi que ce soit, elle ne cherche à nouveau du réconfort dans l'attention que sa beauté pouvait lui attirer.

Ce qui signifierait à nouveau des hommes dans sa vie.

Elle n'avait rien contre eux. Ceux qui avaient détruit son enfance n'étaient pas typiques. Elle ne tenait pas le sexe masculin dans sa totalité pour responsable des perversions de quelques-uns, pas plus qu'elle ne jugeait les femmes en se fondant sur l'exemple de Sinsemilla... ou sur celui qu'elle avait donné.

À l'heure actuelle, elle aimait les hommes plus qu'elle ne le devait, étant donné les leçons qu'elle avait tirées de ses expériences avec eux. Elle espérait un jour avoir une relation gratifiante avec un homme bien – peut-être même se marier.

Le hic était dans le *bien*. Son goût pour les hommes n'était pas meilleur que celui de sa mère. Se lier plusieurs fois au type d'homme qu'il fallait fuir l'avait conduite à sa situation actuelle qui lui paraissait le fond calciné d'une vie fichue.

Après s'être habillée pour un entretien d'embauche à trois heures – le seul de la journée qu'elle pourrait honorer et l'unique en rapport avec sa formation d'informaticienne – Micky prit un petit déjeuner spécial gueule de bois sur le coup de onze heures, debout devant l'évier de la cuisine. Elle avala des vitamines B et de l'aspirine avec un Coca et elle termina avec deux beignets au chocolat. Ses gueules de bois ne lui donnaient jamais mal à l'estomac et un apport massif de sucre lui éclaircissait les idées brouillées par l'alcool.

Leilani supposait avec raison que Micky avait un métabolisme réglé comme le gyroscope d'une navette spatiale. Elle ne pesait que cinq cents grammes de plus qu'à seize ans.

Tout en petit-déjeunant près de l'évier, elle regarda Geneva par la fenêtre ouverte. Avec un tuyau de caoutchouc, tante Gen arrosait la pelouse pour lutter contre les ravages causés par la chaleur du mois d'août. Coiffée d'un grand chapeau de paille qui protégeait son visage du soleil, elle se balançait parfois de tout son corps en passant le jet ici et là, comme si elle se souvenait d'un bal de sa jeunesse. Et, alors que Micky attaquait son second beignet, Geneva se mit à fredonner en sourdine la chanson d'amour d'*Ariane*, l'un de ses films préférés.

Peut-être songeait-elle à Vernon, le mari qu'elle avait perdu trop jeune. Ou peut-être se rappelait-elle sa liaison avec Gary Cooper, quand elle était jeune, française, adulée – et Audrey Hepburn.

Quel univers merveilleusement imprévisible si de recevoir un coup de feu dans la tête a un côté positif.

Du moins était-ce la façon de voir de Geneva, à défaut d'être celle de Micky, un argument en faveur de l'optimisme quand celle-ci devenait pessimiste. *Quel univers merveilleusement imprévisible, Micky, si de recevoir un coup de feu dans la tête a un côté positif. Malgré un peu d'embarras par ci par là, c'est délicieux d'avoir des souvenirs si romanesques et si merveilleux ou puiser dans ma vieillesse ! Je ne recommande pas les lésions cérébrales, certes pas, mais sans mon bizarre petit court-circuit, je n'aurais jamais aimé Cary Grant ou Jimmy Stewart, ni été aimée par eux et je n'aurais jamais connu cette merveilleuse histoire en Irlande avec John Wayne !*

Abandonnant tante Gen à ses chers souvenirs de John Wayne ou d'Humphrey Bogart ou même peut-être d'oncle Vernon, Micky sortit par la porte d'entrée. Elle ne lança pas « Bonjour » par la fenêtre ouverte, parce qu'elle était gênée d'affronter sa tante. Bien que Geneva sût que sa nièce avait manqué deux entretiens d'embauche, elle ne ferait jamais allusion à ce nouvel échec. La tolérance infinie de Gen contribuait à aiguiser la culpabilité de Micky.

Hier soir, elle avait laissé les vitres de la Camaro entrouvertes ; malgré ça, l'habitacle était étouffant. La climatisation ne marchait pas, aussi roula-t-elle avec les vitres entièrement baissées.

Elle alluma la radio seulement pour entendre un journaliste décrire, tout excité, le blocus par les forces de l'ordre fédérales d'un tiers de l'Utah, vaste opération coup de poing contre certains barons de la drogue et leurs équipes de gardes du corps lourdement armées. Trente figures de premier plan du commerce illégal de la drogue s'étaient réunies secrètement en Utah pour négocier les limites de leurs territoires, comme les familles de la Mafia en leur temps, pour préparer une guerre contre les trafiquants de moindre envergure et pour élaborer des stratégies afin de surmonter les problèmes d'import dus au verrouillage récent des frontières du pays. Ayant eu vent de ce conclave criminel, le FBI était intervenu pour procéder à des arrestations massives. Ses agents s'étaient heurtés à des manifestations de violence inhabituelles, au lieu des lâchers habituels d'avocats, l'affrontement avait été aussi effrayant qu'un combat entre factions militaires. Environ une dizaine de ces piliers de la drogue en fuite à présent, armés d'un matériel hautement sophistiqué et n'ayant rien à perdre, représentaient une menace sérieuse pour les honnêtes citoyens. Le FBI n'avait pas divulgué la plupart de ces détails, obtenus auprès de sources anonymes. *Crise* répétait le journaliste à tout bout de champ comme s'il trouvait les deux syllabes du mot aussi délectables que les seins de sa maîtresse.

Quand elles ne tournaient pas autour de catastrophes naturelles ou de fous furieux flinguant à tout va dans les bureaux de poste, les infos ne parlaient que de crises, dont la plupart étaient soit extrêmement exagérées, soit entièrement imaginaires. Si dix pour cent des crises qu'évoquaient les médias avaient eu une quelconque réalité, la civilisation se serait effondrée depuis longtemps, la planète ne serait plus que cendres irrespirables et Micky n'aurait nul besoin de chercher un boulot, ni de se préoccuper de Leilani Klonk.

Appuyant sur une touche de présélection, elle changea de station, tomba sur la même information, essaya une autre touche et eut droit aux Backstreet Boys. Ce n'était pas tout à fait son genre de musique, mais les BB, des rigolos, l'aideraient peut-être à soigner sa gueule de bois.

Pas de nouvelles, bonnes nouvelles. Rien de plus vrai, quelle que soit l'interprétation qu'on donne à ces cinq mots.

En s'engageant sur la rampe de l'autoroute, Micky se rappela un moment la conversation de la veille au soir avec Leilani. Et elle lança à haute voix : « Je suis fière de faire partie des douze pour cent », avec un sourire. Le premier de la journée.

Les trois heures et demie dont elle disposait avant l'entretien, elle comptait les utiliser pour intéresser le Service de Protection de l'Enfance au cas de la fillette. La veille au soir, quand Geneva et elle avaient discuté de Leilani, le pétrin où elle était fourrée semblait insoluble. Ce matin, soit que le recul ait amélioré les perspectives, soit qu'un excès de vodka citron suivi de beignets au chocolat lui ait inspiré un optimisme mesuré, la situation lui paraissait difficile, mais pas désespérée.

34.

Leilani Klonk, petite mutante dangereuse, décida que rien n'était aussi stimulant que les liens qui se créaient quand une famille américaine se réunissait autour de la table du petit déjeuner. Pas plus tard que la veille au soir, père, mère et fille se seraient peut-être chamaillés parce que quelqu'un n'avait pas remis le couvercle du pot de beurre de cacahuète à sa place, disputés sur des points plus importants à savoir s'il fallait regarder un épisode des *Anges du Bonheur* ou l'émission *Miracle Pets*, auraient même pu se lâcher des serpents les uns sur les autres ou encore tuer des jeunes femmes. En revanche, au début d'une nouvelle journée – enfin, il était onze heures – les différends passés pouvaient être mis de côté et une nouvelle harmonie s'édifier sur les vieilles discordes. Là, ils pouvaient tirer ensemble des plans pour l'avenir, partager de nouveaux rêves et réaffirmer leur attachement mutuel.

La vieille Sinsemilla prit vingt-sept cachets et autres gélules de compléments vitaminiques, une bouteille d'eau minérale gazeuse, un petit pot de tofu saupoudré de noix de coco grillée et une banane pour son petit déjeuner. Après avoir découpé la banane non pelée en tronçons circulaires, elle les mangea avec la peau, car elle croyait qu'on ne restait en bonne santé qu'en consommant des aliments entiers et ce, le plus souvent possible. Étant donné le sens qu'elle donnait à *aliments entiers*, la chère Mère avait assez de jugeote pour ne jamais toucher à la viande rouge ; si d'aventure, elle préparait un hamburger, il lui faudrait ne pas oublier de mettre les sabots, les cornes, la peau dans le plat.

Quant au Dr Fatalitas, il but une infusion de camomille, mangea deux œufs à la coque et des muffins anglais tartinés de marmelade d'orange. Ne partageant pas la préférence de sa femme pour les aliments entiers, il n'avala pas le sachet de l'infusion, les coquilles des œufs, le carton qui contenait les muffins. Il mangeait si proprement que les muffins grillés ne laissaient aucune miette sur la table, ni sur l'assiette. Il prenait de petites bouchées et mâchait longuement, s'assurant contre la possibilité de s'étouffer en couinant sur un gros morceau. Le mieux que son optimiste belle-fille avait à espérer, apparemment, c'était une contamination à la salmonelle par les jaunes d'œuf quasiment crus.

Leilani se régala d'un plat de Shredded Wheat, garni de rondelles de banane (pelée), nappées de lait chocolaté. Le maudit médecin avait acheté cette boisson interdite à l'insu de la mangeuse de tofu. Bien que Leilani eût préféré du lait nature, elle arrosa de boisson chocolatée ses céréales pour voir si sa mère allait faire une hémorragie cérébrale en voyant sa fille ingérer cet infâme poison.

Peine perdue. Sinsemilla, les yeux rouges, la mine grise, se morfondait dans l'abîme de désespoir du matin. Quelle qu'ait été la drogue qu'elle avait prise pour lui ouvrir les yeux, elle ne l'avait pas encore mise dans l'humeur Mary Poppinesque qu'elle désirait. Elle n'allait probablement pas voleter sous un parapluie en chantant *supercalifragilisticexpialidocious* jusqu'en fin d'après-midi.

Pour l'heure, elle lisait un exemplaire déchiré de *Sucre de pastèque* de Richard Brautigan tout en mangeant. Depuis l'âge de quinze ans, elle lisait ce mince volume deux fois par mois. À chaque lecture, le livre prenait une signification différente à ses yeux, quoique jusqu'à présent, aucune de ces significations n'eût été entièrement cohérente. Sinsemilla croyait cependant que l'auteur représentait un nouveau seuil dans l'évolution humaine, que c'était un prophète avec un message urgent pour les êtres humains, beaucoup plus évolués que la société qui les avait produits. La vieille Sinsemilla pressentait qu'elle faisait partie de cette catégorie mais, en toute modestie, elle n'était pas prête à l'affirmer tant qu'elle ne comprenait pas pleinement le message de Brautigan, une compréhension qui lui permettrait de réaliser son potentiel surhumain.

Quand elle se plongeait dans son livre, Sinsemilla n'était pas plus communicative que le tofu qui tremblotait sur sa cuillère, pourtant le Dr Fatalitas s'adressait fréquemment à elle. Il n'attendait pas de réponse, pour persuadé qu'il fût que ses remarques atteignaient son épouse au niveau subconscient.

Il parla, à certains moments, de Tetsy, la jeune femme dont il avait « explosé » le cœur par une injection massive de digitoxine moins de douze heures plus tôt, ce dont il avait fait part à Leilani lors de son retour à la maison au cœur de la nuit. À d'autres, il communiqua à Sinsemilla et Leilani les derniers racontars et les dernières nouvelles des divers sites Internet de la vaste communauté internationale des croyants aux ovnis, entre lesquels il surfait sur son ordinateur portable qui se trouvait sur la table près de l'assiette de son petit déjeuner.

Dieu merci, les détails de la liquidation de Tetsy étaient moins impressionnants que dans le cas d'autres assassinats par le passé, et les dernières histoires de soucoupes n'étaient pas plus bizarres que d'habitude. Par conséquent, la teneur sinistre de la conversation – et la plupart des propos anodins dans cette famille avaient toujours une teneur sinistre – provenait des allusions faussement timides du Dr Fatalitas à la passion avec laquelle il avait « visité » Sinsemilla durant la nuit.

Au cours du dîner de la veille, Leilani avait dit à Micky et Mme D. que le maudit médecin était asexué. Ce n'était pas la stricte vérité.

Il ne courait pas après les femmes, ne les reluquait pas, semblait n'attacher aucun intérêt aux caractéristiques sexuelles secondaires qui préoccupaient la plupart des hommes et faisaient d'eux des créatures manipulables si attachantes. Si une nana canon en string passait devant Preston, il ne la remarquait pas sauf s'il s'agissait d'une raptée par ovni, porteuse aussi d'un bébé hybride alien-humain engendré pendant un week-end torride de luxure extraterrestre à bord du vaisseau mère.

En certaines circonstances, toutefois, le maudit médecin se prenait de passion pour Sinsemilla au point de – l'expression collait parfaitement – *la visiter*. Dans un camping-car, même de grande taille, quand une famille vit sur la route toute l'année, une intimité inévitable s'installe qui serait stressante même si chaque membre de la dite famille était un petit saint ; et il s'en fallait de trois saints que la famille Maddoc réponde à cette composition idéale. Même en évitant de voir des choses que l'on ne doit pas voir, on ne peut pas toujours éviter de les entendre et, même en se fourrant la tête sous des oreillers, la nuit, et en créant ainsi une surdité acceptable, on ne peut éviter de *savoir* toutes sortes de choses qu'on ne tient pas à savoir, y compris que Preston Maddoc était uniquement pris d'aspirations romantiques quand Sinsemilla était dans un état d'inconscience si profond qu'elle aurait aussi bien pu être morte.

Leilani avait confié de sinistres détails, valant une bonne centaine de cauchemars, à Micky et Mme D. sans avoir pu se résoudre à mentionner cette ignominie. Bien sûr, le vieux Preston était garanti dingue de chez dingue. Mais grand, beau, soigné de sa personne, il jouissait d'une indépendance financière certaine, autant de qualités propres à attirer des femmes plus jeunes et plus séduisantes que Sinsemilla. Du reste, son indépendance financière aurait dû suffire à lui éviter de se mettre en ménage avec une droguée au dernier degré, électrochoquée, obsédée par les animaux écrabouillés sur la route, danseuse du clair de lune, qui avait à la fois un passé trop lourd et pas de passé du tout, et était flanquée de deux enfants handicapés. Visiblement, ce qui avait conquis le cœur de Preston, c'était les états comateux fréquents de la vieille Sinsemilla, dus à la drogue, ainsi que la bonne volonté de celle-ci à le laisser abuser d'elle pendant qu'elle gisait inerte, insensible, inconsciente. Accommodement sur lequel il valait mieux ne pas s'appesantir, étant donné la fascination du bonhomme pour la mort.

Il y avait chez Sinsemilla une autre qualité qui avait attiré Preston, une qualité qu'aucune autre femme n'aurait pu – ou voulu – lui offrir, mais Leilani ne parvenait pas encore à la définir. En vérité, tout en sentant que l'existence de ce mystère était au cœur de leur couple étrange, elle ne se posait pas souvent de questions à ce sujet, parce qu'elle en savait déjà trop sur ce qui les liait et craignait d'en apprendre davantage.

Aussi, tandis que Sinsemilla lisait *Sucre de pastèque*, que le Dr Fatalitas surfait sur le Net pour les dernières infos sur les soucoupes et qu'ils prenaient tous trois leur petit déjeuner, sans qu'aucun d'entre eux ait fait allusion au serpent, Leilani prenait-elle des notes dans son journal, utilisant une sténo modifiée, inventée par elle et qu'elle seule pouvait décrypter. Elle désirait compléter son récit de l'épisode du serpent tant que les détails étaient encore frais dans sa mémoire, mais en même temps, elle transcrivait des observations concernant le petit déjeuner familial en cours, y compris la plupart des propos de Preston.

Depuis peu Leilani songeait à devenir écrivain quand elle serait grande, à supposer qu'elle réussisse à éviter le cadeau d'une vie éternelle à la veille de son dixième anniversaire et reste à jamais une fillette de neuf ans. Elle n'avait pas abandonné son projet de grandir et de se payer une paire de fabuleux nibards pour ensorceler un homme gentil, mais une fille ne peut se fier entièrement à sa poitrine, son minois ou sa jolie jambe unique. Écrire de la fiction demeurait un travail honorable malgré la bizarrerie de certains individus qui pratiquaient cet art. Elle avait lu que l'une des difficultés du métier était de renouveler son inspiration, et elle s'était rendu compte de la mine d'or qu'étaient sa mère et son beau-père pour peu qu'on ait la chance de leur survivre.

— Ces événements en Utah, dit Preston, fronçant le sourcil devant l'écran de son ordinateur portable, sont extrêmement suspects.

Par intermittence, il avait parlé des barrages de tous les axes routiers menant au sud de l'Utah et de la chasse à l'homme contre la bande de barons de la drogue qu'on disait armés comme des États souverains.

— N'oublions jamais comment dans *Rencontres du Troisième Type*, le gouvernement tient les gens à l'écart de la zone de contact avec les extraterrestres par une alerte bidon aux gaz neurotoxiques.

Pour Preston, *Rencontres du Troisième Type* n'était pas un film de science-fiction mais un documentaire à peine déguisé. Il croyait que Steven Spielberg avait été enlevé, enfant, par des E.T. qui l'instrumentalisaient pour préparer la société humaine à l'arrivée imminente d'émissaires du Congrès Galactique.

Tandis que le maudit médecin continuait à pester contre le gouvernement qui étouffait depuis toujours les preuves de l'existence des ovnis, ce qui, croyait-il, expliquait *vraiment* la guerre du Vietnam, Leilani subodora qu'une fois leur camping-car réparé, ils prendraient la route de l'Utah. Déjà, les chercheurs d'ovnis et les pèlerins à plein temps des « rencontres rapprochées » comme Preston se rassemblaient sur un site au Nevada, près de la frontière de l'Utah, en prévision d'un avènement alien si spectaculaire que le gouvernement, malgré toutes ses ressources, serait incapable de faire passer pour des gaz des marais des ballons-sondes ou une entourloupe de l'industrie du tabac.

Aussi fut-elle étonnée quand, quelques minutes plus tard, Preston releva la tête de son ordinateur portable, la figure rouge d'excitation et déclara :

— En Idaho. C'est là que ça se passe, Lani. Il y a eu une *guérison* dans l'Idaho. Tu as entendu, Sinsemilla ? Il y a eu une *guérison* dans l'Idaho.

Ou la vieille Sinsemilla n'entendit pas, ou elle entendit sans être intriguée. *Sucre de pastèque* l'absorbait complètement. Ses lèvres ne bougeaient pas tandis qu'elle lisait, mais ses narines délicates se dilataient comme si elle détectait l'odeur de la quintessence de l'ouvrage, et les muscles de ses mâchoires se serraient et se desserraient comme si elle se faisait les dents sur une sagesse à ruminer.

Aller en Idaho ne souriait pas à Leilani. C'était la porte à côté du Montana, où Lukipela était « parti dans les étoiles ».

Elle s'attendait à ce que Preston les traîne au Montana à l'approche de son anniversaire, en février prochain. Après tout, si des extraterrestres avaient ravi Luki sur leur rayon glorieux dans le Montana, la logique exigeait une visite sur le lieu de son ascension, à la veille des dix ans de Leilani, si elle n'avait pas été miraculeusement et entièrement guérie d'ici là.

En outre, la symétrie de la chose séduirait le Dr Fatalitas : Leilani et Luki réunis dans la mort comme dans la vie, Lucifer et Fleur du Ciel nourrissant les mêmes asticots, une seule tombe pour les deux enfants, frère et sœur liés pour l'éternité, leurs ossements entrelacés. Preston, après tout, avait un côté sentimental.

Si l'équipée du Montana avait lieu dans six mois, elle aurait peut-être le temps de préparer son évasion ou sa défense. Mais s'ils étaient dans l'Idaho la semaine prochaine et si la vieille Sinsemilla voulait aller jeter un œil au Montana, à l'endroit où Luki avait soi-disant rencontré les extraterrestres, Preston pourrait être tenté de réunir le frère et la sœur en avance sur son programme. Elle n'avait pas encore ni plan d'évasion, ni stratégie de défense. Et elle n'était pas prête à mourir.

35.

La zone de réception ne faisait aucune concession au confort et, de fait, l'aspect lugubre du bureau des cartes grises aurait paru gai en comparaison. Cinq personnes seulement attendaient les assistantes sociales, mais la salle d'attente n'offrait que quatre chaises. Les quatre autres femmes étant soit plus âgées qu'elle, soit enceintes, Micky resta debout. En raison de la pénurie de courant, l'air n'était rafraîchi qu'à hauteur de vingt-six degrés. Mis à part l'odeur, où ne flottait aucun relent de vomi, elle eut l'impression de se trouver dans une cellule de prison.

Sur un léger ton de désapprobation, la réceptionniste expliqua à Micky qu'on portait plainte habituellement par téléphone et qu'il était particulièrement malavisé de se présenter sans rendez-vous car cela nécessiterait une longue attente. Micky assura à cette femme qu'elle était prête à attendre – et l'en réassura quand, au cours des quarante minutes suivantes, la réceptionniste remit le sujet sur le tapis.

À l'inverse des cabinets de médecin, l'endroit n'offrait aucun magazine datant du tournant du siècle. Les lectures se bornaient à des brochures gouvernementales d'un style aussi engageant que le serait celui de manuels d'informatique rédigés en latin.

Lorsqu'elle sortit pour accueillir Micky, la première assistante sociale disponible se présenta sous le nom de F. Bronson. L'utilisation de l'initiale lui parut étrange et, dans le bureau de ladite F., la plaque sur son bureau ne lui en apprit guère plus : F.W. BRONSON.

Approchant la quarantaine, séduisante, F. portait un pantalon noir, ample, et un chemisier assorti, comme pour démentir la saison et la chaleur. Des mèches folles et mouillées pendillaient d'un chignon qu'elle avait hâtivement épinglé pour dégager sa nuque de ses longs cheveux châtains.

On aurait dit que les posters fixés au mur amplifiaient la chaleur suffocante du bureau.

Il s'agissait de photos de chats et de chatons, noirs et tigrés, siamois et angora, ainsi que de mignons spécimens moustachus de race indéfinie, en maraude ou se prélassant langoureusement. Autant d'images de créatures à fourrure qui rendaient l'atmosphère étouffante.

Notant l'intérêt de sa visiteuse pour les posters, F. déclara :

— Dans mon travail, j'ai affaire à tant de gens ignorants, cruels et bêtes... que, parfois, j'ai besoin qu'on me rappelle que le monde est plein de créatures meilleures que nous.

— Je comprends parfaitement, opina Micky, bien qu'elle ne comprît qu'à demi. Je suppose que pour moi, ce serait des posters de chiens.

— Mon père aimait les chiens, fit F., indiquant à Micky de s'asseoir sur l'une des chaises face au bureau. C'était un coureur de jupons, une grande gueule, un égocentrique. Je préfère cent fois les chats.

Si l'amour que leur portait son vieux père avait valu à l'ensemble des chiens la méfiance éternelle de F., la moindre remarque innocente risquait de tomber à côté, non ? Micky décida de prendre l'attitude déférente qu'elle avait appris – non sans difficulté – à adopter avec les autorités.

F. s'installa derrière son bureau.

— Si vous aviez pris rendez-vous, vous n'auriez pas attendu aussi longtemps.

Micky feignit d'interpréter dans le sens de la politesse la remarque de la femme :

— Pas de problème. J'ai un entretien d'embauche à trois heures et rien jusque-là, alors j'ai tout mon temps.

— Quel genre de travail faites-vous ?

— Je personnalise des applications de logiciels.

— L'ordinateur mène le monde, fit F., sans agressivité, avec une note de résignation. Les gens passent plus de temps à communiquer avec des machines, moins de temps avec les autres et, d'année en année, on perd le peu d'humanité qui nous reste.

Sentant qu'il valait mieux abonder dans le sens de F.,

qui allait lui demander d'expliquer son travail avec des machines démoniaques, Micky soupira, l'air faussement nostalgique :

— Mais c'est là qu'il y a du travail.

Le visage de F. se crispa de désapprobation avant de s'éclairer aussitôt.

Bien que cette expression ait été subtile et brève, Micky y lut que les accusés des procès de Nuremberg avaient dû avancer des excuses similaires pour avoir fait fonctionner les chambres à gaz à Dachau et Auschwitz.

— Vous êtes inquiète à propos d'un enfant ? demanda F.

— Ouais. Oui. La petite voisine de ma tante. Elle se trouve dans une terrible situation. Elle...

— Pourquoi n'est-ce pas votre tante qui porte plainte ?

— Eh bien, je suis ici pour nous deux. Tante Gen n'est pas...

— Je n'approuve pas une enquête fondée sur les ouï-dire, fit F., sans acrimonie, presque à regret. Si votre tante a vu des choses qui l'ont inquiétée concernant cette fillette, elle devra m'en parler directement.

— Bien sûr, évidemment, je comprends. Écoutez, je vis chez ma tante, moi aussi, je connais cette petite fille.

— Vous l'avez vue maltraitée – frappée ou menacée ?

— Non. Je n'ai assisté à aucune maltraitance de visu. J'ai...

— Mais vous avez vu des preuves ? Des ecchymoses, ce genre de choses ?

— Non, non. Il ne s'agit pas de ça. Personne ne la bat. C'est...

— Des abus sexuels ?

— Non, Dieu merci, Leilani dit que ce n'est pas le cas.

— Leilani ?

— C'est le nom de la petite fille.

— C'est toujours ce qu'elles prétendent. Elles ont honte. La vérité ne sort que chez le psy.

— Je sais que ça se passe souvent comme ça. Mais cette gamine est différente. Elle est dure, très intelligente. Elle dit ce qu'elle pense. S'il y avait abus sexuel elle me le dirait. Elle assure que non... et je la crois.

— Vous la voyez régulièrement ? Vous lui parlez ?

— Elle est venue dîner chez nous hier soir. Elle était...

— Donc, elle n'est pas séquestrée ? Il ne s'agit pas de maltraitance par contrainte aggravée ?

— Contrainte ? Eh bien, peut-être que si, dans un certain sens.

— De quelle façon ?

Il faisait une chaleur insupportable dans la pièce. Comme dans nombre d'immeubles modernes, pour des raisons de ventilation efficace et d'économies d'énergie, les fenêtres ne s'ouvraient pas. Le système de ventilation avait beau être branché, il faisait plus de bruit qu'il ne brassait d'air.

— Elle ne veut pas faire partie de cette famille. Personne ne le voudrait.

— Personne ne choisit sa famille, madame Bellsong. Si c'était le seul critère de la maltraitance enfantine, mon nombre de dossiers serait quadruplé. Par *contrainte aggravée*, je veux dire : a-t-elle été enchaînée, enfermée dans une chambre, dans un placard, attachée à un lit ?

— Non, rien de semblable. Mais...

— Y a-t-il négligence criminelle ? Par exemple, la fillette souffre-t-elle d'une maladie chronique non soignée ? Est-elle sous-alimentée, son poids est-il insuffisant ?

— Non, pas sous-alimentée, mais je doute qu'elle soit très bien nourrie. Sa mère n'a apparemment rien d'un cordon bleu.

Se carrant en arrière, le sourcil froncé, F. lâcha :

— N'a rien d'un cordon bleu ? Y a-t-il quelque chose qui m'échappe, madame Bellsong ?

S'étant avancée à l'extrémité de sa chaise, Micky se retrouvait dans une position de suppliante qui la mettait en porte à faux, donnant l'impression qu'elle essayait de *vendre* son histoire à l'assistante sociale. Elle se redressa, recula.

— Écoutez, madame Bronson, je m'excuse, je ne m'exprime pas très bien, mais je ne vous fais vraiment pas perdre votre temps. C'est un cas unique en son genre, et le questionnaire standard ne lui correspond absolument pas.

De façon déconcertante, pendant que Micky parlait, F. se tourna vers son P.C. sur son bureau, comme prise d'impatience, et se mit à taper. À en juger par la vitesse avec laquelle ses doigts voltigeaient sur le clavier, cette technologie satanique ne lui était pas inconnue.

— Très bien, ouvrons un dossier pour ce cas, avec les premiers renseignements. Ensuite, vous me raconterez l'histoire dans vos propres termes, si ça vous est plus facile, et je condenserai dans mon rapport. Votre nom est Bellsong, prénom Micky ?

— Bellsong, Michelina Teresa.

Micky épela les trois.

F. lui demanda son adresse et son numéro de téléphone.

— Nous ne dévoilons pas de renseignements sur le plaignant – à savoir, vous – à la famille sur laquelle nous enquêtons, mais il nous en faut pour nos archives.

Quand l'assistante sociale la lui réclama, Micky lui présenta aussi sa carte de sécurité sociale.

Après avoir entré le numéro, F. s'activa sur l'ordinateur quelques minutes, s'arrêtant à plusieurs reprises pour examiner l'écran, entièrement absorbée par les données qui y apparaissaient, comme si elle avait oublié qu'elle avait de la compagnie.

Bel exemple de l'influence déshumanisante de la technologie qu'elle venait de décrier.

Comme Micky ne voyait pas l'écran, elle fut surprise quand F., toujours concentrée sur l'ordinateur, lui fit observer :

— Ainsi, vous avez été condamnée pour recel d'objets volés, faux et usage de faux, possession de documents falsifiés dans l'intention de les vendre – à savoir faux permis de conduire, fausses cartes de sécurité sociale...

Les paroles de F. réussirent là où l'abus de vodka citron et de beignets au chocolat avait échoué : à donner la nausée à Micky.

— Je... je veux dire... je m'excuse... mais je ne crois pas que vous ayez le droit de me poser des questions là-dessus.

Sans cesser de fixer l'écran, F. répondit :

— Je ne vous demande rien. J'ai simplement procédé à une vérification d'identité de routine. Je lis ici que vous avez été condamnée à dix-huit mois.

— Tout ça n'a rien à voir avec Leilani.

F. ne répliqua rien. Ses doigts effilés caressaient le clavier, ne tambourinant plus sur les touches, comme si elle *extorquait* les renseignements au système.

— Je n'ai rien fait, protesta Micky, furieuse de son ton soumis. Le type avec qui je vivais à l'époque trafiquait, et je n'en savais rien.

Manifestement, F. s'intéressait davantage à ce que son P.C. lui révélait de Micky qu'à ce que cette dernière avait à dire sur elle.

Moins F. lui posait de questions, plus Micky se sentait tenue de s'expliquer.

— Il se trouve que j'étais dans la voiture quand les flics l'ont arrêté. Je ne savais pas ce qu'il y avait dans le coffre – ni les faux papiers, ni la collection de pièces volées ni rien.

Comme si elle n'avait pas entendu un seul mot de ce que venait de dire Micky, F. fit :

— On vous a envoyée au pénitencier pour femmes de Californie du Nord. C'est au sud de Stockton, n'est-ce pas ? Je suis allée une fois à la fête de l'asperge à Stockton. L'un des stands proposait des plats créés par des pensionnaires du pénitencier pour femmes, qui suivaient un stage de formation culinaire. Autant que je m'en souvienne, aucun n'avait particulièrement bon goût. Je lis ici que vous êtes encore là-bas.

— Ouais, ben, c'est archi-faux. Je n'ai jamais participé à la fête de l'asperge.

En voyant le visage de F. se durcir, Micky ravala son ton aigre, tâchant d'adopter une voix contrite :

— J'ai été libérée la semaine dernière. Je suis venue vivre chez ma tante jusqu'à ce que je reprenne pied.

— Je lis ici que vous êtes détenue au Pénitencier de Caroline du Nord. Pour encore deux mois.

— J'ai bénéficié d'une libération anticipée.

— On ne fait pas mention d'une libération conditionnelle.

— Je ne suis pas en conditionnelle. J'ai effectué ma peine et j'ai été libérée plus tôt pour bonne conduite.

— Je reviens.

F. se leva de son bureau et, sans lancer un regard à Micky, gagna la porte.

36.

À travers les *badlands*, à travers la nuit, alors que les nuages s'en vont vers l'est et que le ciel devient pur, le garçon roule en direction de l'ouest en suivant les directives de la chienne.

Peu à peu, le désert disparaît. Une prairie herbeuse pousse sous les roues.

L'aube survient rose et turquoise, peignant le ciel d'une clarté d'eau distillée. Un faucon, glissant sur les courants thermiques, semble flotter comme un reflet d'oiseau à la surface d'un étang immobile.

Le moteur s'éteint faute de carburant, les obligeant à continuer à pied dans une terre plus fertile que toutes celles qu'ils ont vues depuis le Colorado. Au moment où le Mountaineer crache les émanations de son réservoir à sec, ils en ont fini aussi avec la prairie. Ils se trouvent maintenant dans un vallon où peupliers de Virginie et autres essences ombragent un ruisseau aux eaux vives et où de vertes prairies se déroulent à partir des rives du cours d'eau.

Pendant leur long trajet, personne ne leur a tiré dessus et plus aucun cadavre carbonisé ne leur a dégringolé dessus. Kilomètre après kilomètre, les seules lumières dans le ciel étaient celles des étoiles, et, à l'aube, les grandes constellations cédèrent la place à la seule et unique étoile qui réchauffe le monde.

Maintenant, alors que Curtis descend du 4 × 4, les seuls sons du matin sont les tic-tic étouffés du moteur qui refroidit.

Fidèle Vagabonde est épuisée, comme il se doit, en bonne guide et vaillante navigatrice. Elle titube jusqu'au bord du ruisseau et lape bruyamment l'eau courante, claire et fraîche. S'agenouillant en amont de la chienne, Curtis étanche, lui aussi, sa soif. Il n'aperçoit pas de poisson, bien que persuadé que le ruisseau doit en contenir.

S'il était Huckleberry Finn, il saurait comment attraper son petit déjeuner. Et bien entendu, s'il était un ours, il attraperait encore plus de poisson que Huck.

Il ne peut pas être Huck Finn car ce dernier n'est qu'un personnage de fiction et il ne peut pas être un ours parce qu'il est Curtis Hammond. Même s'il y avait un ours dans les parages pour lui fournir un exemple détaillé de structure ursidée et d'un comportement ursidé, il n'oserait pas se mettre nu, tenter d'être un ours et patauger dans le cours d'eau après le poisson, parce que plus tard, quand il serait Curtis à nouveau et remettrait des vêtements, il recommencerait à zéro dans cette nouvelle identité qui demeure son meilleur espoir de survie et il serait alors plus facile à repérer pour peu que les méchants bandits réapparaissent, le pistant avec leurs instruments de recherche.

— Peut-être que je suis bêta, dit-il à la chienne, peut-être que Gabby avait raison. Il avait l'air malin, c'est sûr. Il savait *tout* sur le gouvernement et il nous a tirés de ce pétrin. Peut-être qu'il avait raison pour moi, aussi.

La chienne pense autrement. Avec une dévotion typiquement canine, elle sourit en agitant la queue.

— Bonne chienne. Mais j'ai promis de m'occuper de toi, et maintenant nous voilà sans rien à manger.

Se fiant à son entraînement à la survie, le garçon pourrait trouver des tubercules sauvages, des légumes ou des champignons pour le sustenter. La chienne ne voudra sûrement pas manger ces choses, qui ne la nourriraient pas comme il faudrait.

Fidèle Vagabonde attire son attention vers le Mountaineer en trottant jusqu'à lui et en se campant devant la porte fermée, côté passager.

Quand Curtis ouvre le 4 × 4 pour la chienne, elle saute d'un bond sur le siège et gratte la boîte à gants fermée. Curtis l'ouvre et découvre que Gabby voyage avec son casse-croûte. Trois paquets de biscuits, un de bœuf séché, un de dinde séchée, deux sachets de cacahuètes et un de bonbons.

La boîte contient aussi la carte grise du 4 × 4, qui révèle que le nom de son propriétaire est Cliff Mooney. Il est évident que, s'il est un parent de l'immortel Gabby Hayes, ce doit être du côté maternel. Curtis mémorise l'adresse de Cliff, dont il aura besoin un jour afin de le dédommager convenablement. Avec les victuailles de la boîte à gants, garçon et chienne s'installent près du ruisseau argenté, sous les larges branches d'un *Populus candican* de vingt mètres, arbre connu aussi sous le nom de baumier-de-Gilead ou peuplier de l'Ontario.

Curtis connaît autre chose que les films. Il connaît la flore autant que la faune locales. Il connaît aussi la physique et la chimie, les mathématiques supérieures, vingt-cinq dialectes et comment faire un délicieux pudding aux pommes, entre autres choses. En dépit de ce que l'on sait, pourtant, on ne peut pas tout connaître. Curtis est conscient des limites de son savoir, de l'ignorance abyssale qui gît sous ce qu'il connaît.

Assis le dos appuyé au tronc de l'arbre, il déchiquette le bœuf séché et en nourrit la chienne, morceau par morceau.

De toute façon, connaissance n'égale pas vision et nous ne sommes pas ici simplement pour nous bourrer de faits et de chiffres. Cette vie nous est accordée afin de pouvoir mériter la suivante ; ce don est une chance de grandir spirituellement et la connaissance n'est que l'un des nombreux éléments nutritifs qui facilitent notre croissance. Sagesse de Maman.

La rosée nocturne s'évapore à mesure que le soleil monte dans le ciel, tandis qu'une brume miroite juste au-dessus de la prairie, comme si la terre exhalait les rêves des générations disparues, ensevelies en son sein.

La chienne observe la brume avec un tel intérêt qu'elle ne manifeste aucune impatience quand Curtis prend son temps pour défaire l'emballage récalcitrant du second paquet de viande séchée. Oreilles dressées, tête penchée, elle ne se concentre pas sur la friandise, mais sur le mystère de la prairie.

Son espèce a été dotée d'un intellect limité, quoique significatif, ainsi que d'émotions et d'espoir. Pourtant, ce qui la sépare le plus de l'humanité et d'autres formes supérieures de vie n'est pas tant son potentiel mental que son innocence. L'intérêt personnel de la chienne ne s'exprime que pour des questions de survie et ne dégénère jamais en l'égoïsme dont ceux qui s'estiment mieux qu'elle font preuve sous des formes qui varient à l'infini. Grâce à cette innocence, elle a une clarté de perception qui lui permet de s'émerveiller du miracle de la création, si humble soit la scène, si calme soit l'instant, et d'en avoir conscience en permanence, alors que la plupart des humains passent des jours, voire des semaines – et leur vie trop souvent – avec le sens du merveilleux noyé dans leur ego.

La viande une fois déballée prend, bien entendu, le pas sur la prairie et la brume. Elle mange aussi avec le sens du merveilleux, avec un plaisir sans mélange. Curtis ouvre l'un des paquets. Il concède à la chienne deux des six petits sandwichs fourrés au beurre de cacahuète. Maintenant, elle a assez mangé, il ne veut pas qu'elle soit malade.

Bientôt, il lui fournira une alimentation plus équilibrée – mais pour un meilleur régime, il faudra attendre qu'ils ne courent plus le danger d'être éventrés, décapités, déchiquetés, brisés, abattus, brûlés ou pire encore. Il est normal de manger des cochonneries quand on fuit, la peur au ventre.

Fidèle Vagabonde retourne boire au ruisseau puis revient vers Curtis et se couche, l'échine pressée contre sa jambe gauche. Tout en mangeant ses sandwichs, il lui caresse le flanc de la main gauche – lentement, pour la réconforter. Elle ne tarde pas à s'endormir.

On se cache mieux dans l'effervescence, et le mouvement crée une manière d'effervescence. Il serait plus en sécurité s'il bougeait et davantage encore s'il atteignait une zone peuplée où il se mêlerait à la foule.

Sauf que la chienne n'a pas son endurance. Il ne peut lui demander de s'épuiser par manque de sommeil et risquer de provoquer sa mort. Il termine les quatre biscuits du premier paquet, mange les six du second, fait suivre le tout des bonbons et clôt son petit déjeuner par un sachet de cacahuètes. La vie est belle. Tout en mangeant, ses pensées le ramènent à Gabby abandonnant son Mercury Mountaineer au beau milieu des salants. Au mieux la conduite du gardien est excentrique, au pire psychotique.

Curtis n'a rien rencontré de plus étrange au cours de sa fuite que la personnalité et le comportement de Gabby. Entre autres choses qui l'ont troublé chez le rat du désert atrabilaire, sa sortie du 4 × 4 ponctuée d'invectives ordurières, sa fuite dans la plaine fluorescente, restent ce qui le déroute le plus. Il a du mal à croire que Gabby ait fichu le camp dans la toundra, en proie à une crise de rage et/ou d'humiliation, simplement parce qu'il avait critiqué, sans mauvaise intention, sa façon de prononcer *cojones*.

Une autre possibilité titille Curtis. Elle est trop vague toutefois pour qu'il puisse l'analyser. Alors qu'il rumine ce problème, la chienne qui se met à rêver l'en distrait. Il le comprend à son gémissement, qui n'est pas terrifié, mais mélancolique. Elle agite les pattes de devant et, au mouvement de celles de derrière, Curtis en déduit qu'elle court dans son rêve.

Il lui pose la main sur le flanc, qui se soulève et retombe vite, au gré de sa respiration. Il sent les battements de son cœur : rapides et forts.

Contrairement au garçon dont il a pris le nom, le nouveau Curtis ne dort jamais. Aussi ne rêve-t-il jamais. Poussé par la curiosité, il pénètre dans le monde secret des rêves de la chienne grâce au lieu fusionnel qui les soude.

Chiot parmi d'autres, elle tète à une mamelle, éblouie par les battements du cœur de sa mère, qui se propagent à travers la tétine entre ses lèvres avides, puis elle laisse sa mère la lécher. Sa grande langue tiède, sa truffe noire glacée la fourragent avec tendresse... elle escalade maladroitement le flanc poilu de sa mère, grimpant avec impatience comme si un mystère l'attendait derrière la croupe de sa mère, une surprise qu'il faut à tout prix découvrir... puis le pelage cède la place à une prairie où chantent les cigales dont la musique la fait frissonner... à présent, c'est une chienne un peu plus grande qui court à travers les plantes grasses à la poursuite d'un papillon orange brillant comme une flammèche, brûlant mystérieusement dans l'air... elle passe de la prairie dans les bois, les ombres et l'odeur de la ciguë, le parfum des feuilles pourrissantes et des aiguilles de pin, ici le papillon brille comme le soleil dans un rayon de lumière, puis il s'éclipse tout à coup... autour d'elle, le coassement des crapauds des terres boisées, tandis qu'elle suit les brisées d'un daim le long de pistes surplombées par des fougères, sans peur dans les ombres qui s'épaississent parce que la Présence joueuse court avec elle, ici comme partout ailleurs...

Un rêve s'enchaîne prestement à un autre, dépourvu de lien narratif. La joie est le seul fil qui relie ces images : la joie est un fil et les souvenirs sont comme des perles brillantes.

Adossé au peuplier de l'Ontario, Curtis frissonne de bonheur. La prairie a moins de réalité pour lui que les images de champs dans l'esprit de la chienne, le murmure du ruisseau est moins convaincant que le coassement des crapauds dont elle rêve si intensément.

Curtis tremble à présent en éprouvant la joie profonde de la chienne. Outre la griserie que lui procure la course, les sauts d'un bout de bois flottant à un rocher couvert de mousse, le sentiment de liberté, elle est aux anges parce qu'elle se sent accompagnée. Par une présence sacrée et gaie.

Courant avec elle dans ses rêves, Curtis essaie de distinguer la compagne qui ne les quitte pas. Il s'attend à voir une forme impressionnante les guetter entre les feuilles des fougères ou du haut des arbres cathédrales. Et il partage alors la sagesse de la chienne, inhérente à son innocence, percevant la vérité qui est à la fois révélation, mystère, exaltation, humilité. Le garçon reconnaît la Présence omniprésente autour de lui. Elle ne se confine pas aux fougères ou à une flaque d'ombre, mais habite toute chose. Il ressent ce qu'il n'a connu jusque-là qu'à travers la foi et le sens commun. L'espace d'un instant d'une douceur infinie, il ressent ce qu'il n'est donné qu'aux innocents de ressentir l'excellence de la création, d'un rivage à l'autre à travers la mer des étoiles. Un son cristallin chasse de son cœur les craintes et les colères, un sentiment d'appartenance, d'utilité, d'espoir, s'empare de lui, ainsi que la conscience d'être aimé.

L'extase succède à la joie. Et il n'y a pas de terreur dans l'admiration respectueuse du garçon mais un éblouissement, une humilité tellement libérateurs que ses tremblements deviennent des spasmes qui semblent faire battre son cœur contre la cloche de ses côtés. À l'instant où l'extase devient carillons de félicité, ses spasmes réveillent la chienne.

Son contact avec l'éternité s'évanouit à la fin du rêve, ainsi que la présence espiègle pourvoyeuse de bonheur. Une sensation de perte ébranle Curtis. Dans son innocence, qu'elle soit réveillée ou endormie, la chienne vit toujours avec la conscience de la présence de son Créateur. En revanche, le lien télépathique entre Curtis et elle n'a plus la même profondeur que dans son sommeil. Et le garçon n'est pas en osmose avec l'état d'esprit de la chienne comme lorsqu'elle rêve.

Les bleus iridescents du ciel d'été miroitent en dégradé, se dorent en descendant vers la terre, verdissent dans l'herbe de la prairie, s'argentent d'étincelles dans le ruisseau gazouillant – comme si le jour puisait son inspiration dans l'un de ces juke-boxes des années 40 qui passe par toutes les couleurs de l'arc-en-ciel, tandis que le silence règne jusqu'à ce que la prochaine pièce tombe.

La nature ne lui a jamais semblé aussi éclatante ; où qu'il regarde, le jour est électrisé, rayonnant, bouleversant de beauté et de complexité.

Il s'essuie la figure à plusieurs reprises et, chaque fois qu'il baisse les mains, la chienne lui lèche les doigts, tant pour le consoler que pour lui témoigner son affection. Et aussi parce qu'elle aime le goût salé de ses larmes.

Le garçon garde le souvenir de la transcendance, en revanche la sensation – le cœur de l'expérience – s'est volatilisée. Il ne le regrette pas. Ce serait invivable en effet d'éprouver en permanence le lien spirituel qui l'unit à son créateur.

La chienne est née dans cet état de grâce. Elle est à l'aise à ce niveau de conscience dont elle a l'habitude, et aucune timidité n'entrave son innocence.

Pour Curtis, comme pour le reste de l'humanité, une telle intensité spirituelle doit être réservée à une existence au-delà de cette vie, ou à de nombreuses autres existences au-delà quand on a gagné une paix profonde, une fois l'innocence recouvrée.

Quand il peut tenir debout, il se met debout. Quand il peut bouger, il laisse derrière lui l'ombre de l'arbre.

Ses joues sont parcheminées de larmes séchées. Il s'essuie la figure sur ses manches et prend une profonde inspiration filtrée par l'étoffe de coton, humant la senteur citronnée de l'adoucisseur qu'employait Mme Hammond et la patine odorante déposée par les centaines de kilomètres d'expérience depuis le Colorado.

L'apex du ciel est à l'est du soleil, car midi est venu et reparti pendant qu'ils se reposaient sous l'arbre.

Ragaillardie, Fidèle Vagabonde trottine le long du ruisseau, flairant des fleurs sauvages jaunes et roses qui dodelinent de leurs têtes lourdes et brillantes comme si elles discutaient d'un sujet important pour les fleurs du monde entier.

Une brise vagabonde, qui paraît sauter d'un point cardinal à l'autre, flâne paresseusement sur la prairie.

Curtis juge soudain l'endroit dangereusement soporifique. Après tout, il ne s'agit pas d'un jour banal, mais du troisième de la traque. Et la prairie n'a rien d'ordinaire, à l'instar de tous les champs entre la naissance et la mort, c'est un champ de bataille en puissance.

Comme auparavant, la menace s'approchera par l'est, à la traîne du soleil. S'ils doivent jamais trouver un sanctuaire, c'est à l'ouest et il leur faut tout de suite passer le ruisseau à gué, aller de l'avant.

Il siffle la chienne pour qu'elle le rejoigne. Ce n'est plus sa sœur-en devenir. Mais sa sœur-devenue.

37.

Sortant sans explication, F. Bronson referma la porte du bureau derrière elle.

De tous côtés, des regards de félin fixaient Micky avec l'intensité de caméras de sécurité. Elle avait l'impression que F. absente la surveillait par magie grâce aux yeux qui ne cillaient pas de ses familiers photographiés.

Le problème n'était plus le danger que courait Leilani, mais la fiabilité de Micky, son intégrité ou son absence d'intégrité.

À présent la chaleur n'était plus simplement une condition climatique, mais une présence, celle d'un type trop passionné, maladroit, aux mains moites, à l'haleine brûlante, pressant et insistant, au désir suffocante.

Elle aurait juré qu'une odeur de fourrure, un parfum musqué alourdissaient l'air torride. Peut-être que F. avait des chats chez elle, de vrais chats, pas simplement des posters. Peut-être en transportait-elle des particules sur ses vêtements, dans ses cheveux.

Assise, les mains agrippées à son sac sur ses genoux, Micky ferma les yeux. D'abord pour ne plus voir ceux des chats. Ensuite, pour que le bureau ne lui donne plus cette impression, fausse, de rapetisser à vue d'œil et de prendre l'aspect d'une cellule aux proportions réduites, censées donner l'envie de se réinsérer ou pousser au suicide.

La claustrophobie, la nausée, le sentiment d'humiliation qui submergeaient Mickey lui sapaient davantage le moral que la chaleur, l'humidité et l'odeur de chat. Mais ce qui la déprimait par-dessus tout, c'était sa colère, aussi amère que le brouet à base de sang de bouc, œil de triton et langue de chauve-souris concocté dans leur chaudron par les sorcières de *Macbeth*.

Pour fiable que soit la colère comme moyen de défense, elle n'assurait pas la victoire. La colère soignait sans guérir ; elle engourdissait la douleur sans extraire l'épine à l'origine de l'angoisse.

Quoi qu'il en soit, elle ne pouvait se le permettre en ce moment. Si elle réagissait à l'arrogance bureaucratique et aux insultes de F. par le double tir sarcastique et railleur dont elle s'était servie pour abattre des cibles formidables par le passé, sa satisfaction mesquine se ferait au détriment de Leilani.

F. avait sans doute quitté la pièce pour donner instruction à la réceptionniste d'appeler la police pour qu'on vérifie l'histoire de Micky, concernant sa libération anticipée. Après tout, elle pouvait être une fugitive dangereuse venue ici, vêtue d'un ensemble corail et pull torsadé blanc sans manches, chaussée de talons hauts assortis, pour voler le pot commun destiné au café, ou pour s'éclipser avec un carton plein de ces brochures bien rédigées et galvanisantes sur le lien entre le tabagisme passif et l'accroissement alarmant du nombre d'enfants loups-garous.

Mickey essaya de se calmer en se rappelant que ses choix – et seulement les siens – l'avaient fait atterrir en prison et conduite à l'humiliation qui à présent la rabaissait et l'ulcérait à la fois. F. Bronson ne l'avait pas branchée avec le faussaire qui l'avait entraînée dans sa chute. Pas plus qu'elle n'était responsable du refus têtu de Micky de témoigner contre ce parasite en échange d'une libération sur parole au lieu de la prison ferme. Elle était la seule à avoir pris la décision de ne pas balancer ce salopard et de se fier aux jurés pour qu'ils voient en elle la femme fourvoyée mais innocente qu'elle était en réalité.

La porte s'ouvrit et F. rentra dans la pièce.

Micky leva aussitôt la tête et rouvrit les yeux, ne voulant pas qu'on la surprenne dans une posture de mortification.

Sans fournir d'explication à son absence, F. retourna à son bureau et reprit place dans son fauteuil, évitant le regard de Micky. Elle jeta un coup d'œil au petit sac de cette dernière comme si elle se demandait avec nervosité s'il contenait une arme semi-automatique, des munitions de réserve et tout le nécessaire pour soutenir un long siège avec la police.

— Quel est le nom de l'enfant ? demanda F.

— Leilani Klonk.

Micky épela nom et prénom – et décida de passer sous silence que le nom de famille avait été évidemment inventé par la mère à l'esprit dérangé de la fillette. L'histoire de Leilani était déjà bien assez compliquée, même quand on s'en tenait à l'essentiel.

— Vous savez son âge ?

— Neuf ans.

— Le nom des parents ?

— Elle vit avec sa mère et son beau-père. La mère se surnomme Sinsemilla.

Micky épela.

— Que voulez-vous dire par « se surnomme ? »

— Ben, il est impossible que ce soit son vrai prénom.

— Pourquoi pas ? demanda F., fixant le clavier, les doigts en suspens prêts à rentrer en danse.

— C'est le nom d'un type d'herbe vraiment puissante.

F. parut déconcertée.

— D'herbe ?

— Vous savez – du shit, du cannabis, de la marijuana.

— Non.

F. arracha un Kleenex de la boîte, épongea son cou en sueur.

— Non, je ne sais pas. Ma drogue dure, c'est le café.

Ayant l'impression qu'on venait de la juger et de la condamner à nouveau, Micky s'efforça de garder une voix calme et de répondre d'un ton mesuré :

— Je ne me drogue pas. Je ne l'ai jamais fait.

C'était la vérité.

— Je ne suis pas de la police, madame Bellsong. Vous n'avez pas à vous faire du souci à cause de moi. Je ne m'intéresse qu'au bien-être de cette petite.

Pour que F. apporte à l'affaire la détermination d'une militante, il lui fallait croire Micky et, pour croire Micky, il lui fallait sentir que quelque chose les unissait. Pour l'instant, elles semblaient n'avoir rien d'autre en commun que leur féminité, mais être du même sexe n'engendrait pas le moindre sentiment de sororité.

La prison lui avait appris que le sujet sur lequel des femmes différentes trouvent le plus facilement un terrain d'entente, c'était les *hommes*. Et on pouvait gagner très rapidement la sympathie de certaines femmes en se moquant des hommes et de leurs prétentions. Aussi Micky lança-t-elle :

— Un tas de types m'ont dit que la drogue accroît nos

états de conscience, mais à en juger par l'effet que ça a sur eux, ça rend bête.

F. releva enfin les yeux de son ordinateur.

— Leilani doit connaître le véritable nom de sa mère.

Le visage et le regard de F. étaient aussi indéchiffrables que ceux d'un mannequin. Cette vacuité étudiée et ce refus de se laisser charmer véhiculaient plus de mépris que ne l'aurait fait une expression dédaigneuse.

— Non, répondit Micky. Leilani l'a toujours entendu appeler Sinsemilla. Cette femme est superstitieuse sur le chapitre des noms. Elle croit que connaître le véritable nom de quelqu'un donne du pouvoir sur cette personne.

— Elle vous l'a dit elle-même ?

— Leilani me l'a dit, ouais.

— Je parlais de sa mère.

— Je n'ai jamais vraiment parlé avec sa mère.

— Puisque vous êtes venue ici pour signaler qu'elle met son enfant en danger d'une manière ou d'une autre, puis-je en déduire que vous l'avez au moins rencontrée ?

Réprimant la colère qui menaçait de la submerger à la suite de la rebuffade de F., Micky répondit :

— Ouais, je l'ai rencontrée une fois. Elle était vraiment étrange, complètement défoncée. Mais je crois qu'aussi, il...

— Vous avez le nom de famille de la mère ? demanda F., reportant son attention sur l'ordinateur. Ou bien est-ce Sinsemilla tout court ?

— Son nom de femme mariée est Maddoc. M-a-d-d-o-c.

Catégorique, d'un ton dénué de toute trace d'accusation, F. demanda :

— Avez-vous quelque chose en commun avec elle ?

— Pardon ?

— Êtes-vous parentes, peut-être par alliance ?

Une goutte de sueur perla sur la tempe gauche de Micky. Elle l'essuya de la main.

— Comme je viens de vous le dire, je ne l'ai rencontrée qu'une fois.

— Êtes-vous sortie avec quelqu'un avec lequel elle est sortie, vous êtes-vous disputé un petit ami, avez-vous eu une liaison avec l'un de ses ex-maris – une vieille histoire qu'elle mettra sûrement sur le tapis quand je lui parlerai ? Parce que tout sort au grand jour, tôt ou tard, madame Bellsong, je vous le garantis.

Les chats regardaient Micky, qui dévisageait F. qui, elle, semblait prête à fixer son ordinateur *ad vitam aeternam*.

Les personnes stupides, ignorantes et cruelles auxquelles F. s'était référée plus tôt, la racaille qui l'avait poussée à tapisser ses murs de posters de chats, incluaient désormais Micky. Peut-être était-ce son casier judiciaire qui lui avait fait classer Micky dans cette catégorie. Peut-être l'avait-elle offensée sans le vouloir. Peut-être était-ce simplement une histoire de mauvais atomes crochus. Quelle qu'en soit la raison, elle était sur la liste noire de F. à présent, et elle connaissait suffisamment cette femme pour soupçonner qu'elle dressait sa liste avec un crayon sans gomme.

Micky finit par répliquer :

— Non. Il n'y a aucun problème personnel entre la mère de Leilani et moi. Je m'inquiète pour la fillette, c'est tout.

— Comment s'appelle le père ?

— Preston.

Le visage de F. devint légèrement plus expressif que l'écran en face d'elle et elle regarda à nouveau Micky.

— Vous ne voulez pas parler du *célèbre* Preston Maddoc ?

— Je crois que c'est lui. Je n'en avais jamais entendu parler jusqu'à hier soir.

Le sourcil arqué, F. lança :

— Vous n'aviez jamais entendu parler de Preston Maddoc ?

— Je ne me suis pas encore renseignée sur lui. À en croire Leilani... enfin, je ne sais pas, mais je suppose qu'on doit l'avoir accusé d'avoir assassiné certaines personnes, et qu'il s'en est tiré d'une façon ou d'une autre.

La légère surprise peinte sur les traits de F. disparut rapidement sous une neutralité bureaucratique. En revanche, l'assistante sociale ne réussit pas complètement à radoucir sa voix, coupante :

— On l'a acquitté, madame Bellsong. On l'a jugé non coupable dans deux procès différents. Ce n'est pas la même chose que « s'en être tiré ».

Micky se retrouva à l'extrémité de sa chaise, courbée à nouveau dans cette posture suppliante, mais cette fois, elle ne se redressa pas ni ne se recula sur la chaise. Elle s'humecta les lèvres, découvrant que sa transpiration les avait salées. Elle avait l'impression d'avoir été *battue*.

— Madame Bronson, je ne sais pas si on l'a acquitté, ce que je sais en revanche, c'est que je connais une petite fille qui en a déjà vu des vertes et des pas mûres dans sa vie, qui se retrouve coincée dans une situation abominable et qu'on doit aider. Peu importe ce que Maddoc est censé avoir fait et peut-être qu'il ne l'a pas fait, très bien, mais Leilani avait un frère aîné et il a disparu. Et si elle a raison, si Preston Maddoc l'a tué, alors sa vie est en jeu. Et je la crois, madame Bronson. Je pense que vous la croiriez aussi.

— Il a tué son frère ?

— Oui, m'dame. C'est ce qu'elle dit.

— Alors elle a été témoin du meurtre ?

— Non, elle ne l'a pas vraiment vu. Elle...

— Si elle ne l'a pas *vraiment* vu, comment sait-elle que ça s'est *vraiment* passé ?

Comptant que la patience prévaudrait, Micky dit :

— Maddoc a emmené le garçon et est revenu sans lui. Il...

— Il l'a emmené *où* ?

— Dans les bois. Ils étaient...

— Quels bois ? Il n'y a pas beaucoup de bois par ici.

— D'après Leilani, cela se passait au Montana. Sur un certain site où sont apparus des ovnis...

— Des ovnis ?

Tel un oiseau construisant son nid en becquetant les fils d'un bout de tissu, F. semblait déterminée à s'attaquer sans relâche à l'histoire de Micky, bien que sans intention de bâtir quoi que ce soit, pour le simple plaisir, semblait-il, de la réduire à un embrouillamini. Poursuivant cet objectif, elle sauta sur la mention des ovnis tandis que son regard devenait aussi perçant que celui d'un aigle capable de clouer une souris au sol, à trois cents mètres de hauteur. Aurait-elle eu moins de sang-froid, qu'elle aurait piaillé sa question :

— Des soucoupes volantes ?

— M. Maddoc est un fan des ovnis. Des contacts avec les extraterrestres et toutes ces bizarreries...

— Depuis quand ? Il me semble que, si c'était vrai, les médias en auraient tiré le maximum. Vous ne croyez pas ? La presse est plutôt sans pitié.

— Selon Leilani, il donne dans les ovnis au moins depuis qu'il a épousé sa mère. Leilani dit...

— Avez-vous interrogé directement M. Maddoc au sujet de ce garçon ?

— Non. À quoi bon ?

— Alors vous vous en remettez entièrement à la parole d'une enfant, c'est ça ?

— Ne faites-vous pas la même chose dans votre travail ? De toute façon, je ne l'ai jamais rencontré.

— Vous n'avez jamais rencontré M. Maddoc ? Ni lui ni la mère...

— Comme je vous l'ai déjà dit, j'ai rencontré la mère une fois. Elle planait tellement qu'elle se cognait la tête à la lune. Elle ne se souviendrait même pas probablement de m'avoir rencontrée.

— Vous l'avez vue prendre de la drogue, de vos yeux vue ?

— Je n'ai pas eu besoin de la voir en prendre. Elle en était *saturée*. Ça suintait quasiment par tous ses pores. Il faut que vous retiriez Leilani de là, ne serait-ce que parce que sa mère est défoncée la moitié du temps.

L'interphone de F. bipa, mais la réceptionniste ne dit rien. Nouveau bip. Comme le minuteur d'un four micro-ondes : c'est cuit.

— Je reviens, promit F., quittant une nouvelle fois la pièce.

Micky eut envie d'arracher les posters de chat des murs. Au lieu de quoi, elle se contenta de glisser un doigt dans le col évasé de son pull torsadé, de l'écarter de son corps et de souffler sur ses seins. Elle avait envie de retirer la veste de son ensemble, mais pour une raison ou une autre, il lui semblait que cela la mettrait encore plus en mauvaise posture vis-à-vis de F. Bronson. La tenue noire de l'assistante sociale, par cette chaleur, paraissait lancer un défi d'endurance à ses visiteurs.

Cette fois, F. ne resta que brièvement hors de la pièce. En se réinstallant à son bureau, elle fit :

— Parlez-moi donc de ce frère disparu.

S'ordonnant de contenir sa colère, sans vraiment y parvenir, Micky lâcha :

— Alors vous avez décommandé la brigade spéciale ?

— Pardon ?

— Vous êtes allée vérifier si je m'étais évadée.

Imperturbable, sans avoir l'air gênée, F. la mesura du regard.

— Vous auriez fait la même chose à ma place. N'en prenez pas ombrage.

— De mon point de vue, les choses paraissent différentes, répliqua Micky, consternée de s'entendre chercher un affrontement stérile.

— Avec tout le respect qui vous est dû, madame Bellsong, votre point de vue ne dicte pas ma conduite.

Une gifle en pleine figure n'aurait mieux réussi. Micky était brûlante d'humiliation.

Si F. avait eu les yeux fixés sur son ordinateur, Micky lui aurait répliqué sèchement. Mais, dans le regard de son interlocutrice, elle décela un mépris glacial qui faisait la paire avec sa bouillante colère, une obstination aussi inébranlable que le roc.

De toutes les assistantes sociales sur lesquelles elle aurait pu tomber, il avait fallu qu'elle se retrouve face à face avec celle-ci. On aurait dit que le destin s'amusait à la perspective de deux femmes se donnant des coups de corne comme deux béliers.

Leilani. Elle avait un devoir vis-à-vis de Leilani.

Ravalant suffisamment sa colère et son orgueil pour se couper l'appétit, Micky plaida :

— Laissez-moi vous expliquer la situation de cette fillette. Et de son frère. D'un trait, du début à la fin, au lieu de ce jeu de questions réponses.

— Allez-y, assena F. d'un ton cassant.

Micky résuma l'histoire de Leilani, censurant toutefois les détails les plus extravagants qui auraient donné à F. l'excuse de rejeter le tout comme pure fiction.

Même à l'écoute de cette version *Reader's Digest*, F. s'agita. Elle exprima son impatience en remuant constamment sur sa chaise, en s'emparant plusieurs fois d'un carnet comme si elle avait l'intention de prendre des notes et en le reposant sur son bureau sans écrire un mot.

Chaque fois que Preston Maddoc était cité, F. plissait le front. Des lignes fines comme des fils tirés par une aiguille formaient un éventail de peau au coin de ses yeux, cousant ses lèvres comme au petit point. Il était évident qu'elle désapprouvait la suggestion que Maddoc puisse être un assassin et sa désapprobation était une habile couturière œuvrant sur son visage.

Qu'elle n'aimât pas Micky n'expliquait pas entièrement son attitude. Elle semblait être en faveur de Maddoc et, même si elle ne prenait pas sa défense, elle n'avait pas l'air disposée à remettre son opinion en cause.

Une fois que Micky eut terminé, F. demanda :

— Si vous croyez qu'il y a eu meurtre, pourquoi venir ici au lieu d'aller trouver la police ?

La vérité était compliquée. Primo, deux flics avaient

extrapolé les faits lors de son arrestation et suggéré qu'elle avait été plus qu'une compagne pour le faussaire, qu'elle avait été sa complice ; ensuite, l'avocat commis d'office pour son affaire était trop surchargé de travail ou trop incompétent pour corriger cette déformation des faits auprès des jurés. Elle en avait soupé de la police pour un certain temps. Et elle ne se fiait pas entièrement au système. En outre, elle savait que les autorités locales ne seraient pas pressées d'enquêter sur un meurtre prétendument commis dans une juridiction lointaine quand elles avaient suffisamment de délits sur les bras dans la leur. Elle ne pouvait prétendre avoir connu Lukipela. Son accusation reposait sur sa confiance en Leilani et, bien qu'elle fût convaincue que les flics jugeraient la fillette crédible, son témoignage n'était que par ouï-dire.

Sa réponse fut succincte :

— Il faudra bien sûr enquêter sur la disparition de Luki un jour ou l'autre, mais pour le moment, le problème, c'est que Leilani soit en sécurité. Vous n'êtes pas obligée d'attendre que les flics prouvent l'assassinat de Luki pour protéger Leilani. Elle est vivante, en danger, alors il me semble qu'on doit régler son cas en premier.

Évitant tout commentaire, pivotant à nouveau vers son P.C., F. tapa deux, trois minutes. Elle pouvait aussi bien taper une version des propos de Micky qu'établir un rapport officiel et classer le dossier sans suite.

Derrière la vitre, la journée semblait incandescente. Un palmier voisin arborait un collier ébouriffé de palmes desséchées. Le feu californien.

F. s'arrêta de taper, se tourna à nouveau vers Micky en lui disant :

— Encore une question, si ça ne vous dérange pas. Vous pouvez la juger trop indiscrète, et vous n'êtes bien entendu pas obligée d'y répondre.

Méfiante, esquissant un sourire faux, comme dessiné au rouge à lèvres, Micky espéra que les rouages des Services de Protection de l'Enfance feraient leur boulot malgré le mauvais tour qu'avait pris l'entretien.

— Oui ?

— Vous avez rencontré Jésus en prison ?

— Jésus ?

— Jésus, Allah, Bouddha, Vishnou, L. Ron Hubbard. Des tas de gens découvrent la religion derrière les barreaux.

— Ce que j'espère y avoir trouvé, c'est une orientation, madame Bronson. Et plus de bon sens que lorsque j'y suis entrée.

— Les gens s'intéressent à des tas de choses en prison, qui ont le plus souvent trait à la religion même si ça n'est pas reconnu comme tel, poursuivit l'assistante sociale. Par exemple, à des mouvements politiques extrêmes, de droite comme de gauche, certains fondés sur le racisme, la plupart en voulant au monde entier.

— Je n'en veux à personne.

— Je suis sûre que vous comprenez d'où me vient ma curiosité.

— Franchement, non.

F. eut l'air de douter de la dénégation de Micky.

— Nous savons vous et moi que Preston Maddoc inspire de la haine à divers groupes, à la fois religieux et politiques.

— En fait, je n'en sais rien. Je ne sais vraiment pas qui il est.

F. ignora cette protestation.

— Des tas de gens, à couteaux tirés en temps normal, s'unissent contre Maddoc. Ils veulent le démolir uniquement parce qu'ils sont en désaccord avec lui sur le plan philosophique.

Même avec son réservoir de colère sans fond dans lequel puiser, Micky fut incapable de pomper la moindre rage, en réaction à cette accusation de vouloir assassiner une personnalité pour des motifs philosophiques. Elle faillit éclater de rire.

— Moi, ma philosophie, c'est de faire le moins de vagues possible, de vivre au jour le jour et peut-être de trouver un peu de bonheur dans quelque chose qui ne m'attirera pas d'emmerdes. Je ne vais pas au-delà.

— Très bien alors, conclut F. Merci d'être venue.

L'assistante sociale se tourna vers le P.C.

Un long moment s'écoula avant que Micky ne comprenne qu'on la congédiait. Elle ne se leva pas.

— Vous allez envoyer quelqu'un là-bas ?

— Le cas a un numéro désormais. Il y aura un suivi.

— Aujourd'hui ?

F. releva les yeux de son ordinateur, ne les fixant pas sur Micky mais sur l'un des posters : un chat blanc coiffé d'un bonnet rouge de Père Noël et assis dans la neige.

— Non, pas aujourd'hui. Il n'y a ni violences sexuelles

ni violences physiques. L'enfant ne court pas de risques dans l'immédiat.

Sentant qu'elle avait totalement échoué à se faire comprendre, Micky affirma :

— Mais il va la tuer.

Regardant toujours le chat d'un œil mélancolique, comme si elle souhaitait pouvoir le rejoindre dans le poster, échangeant la Californie en fusion pour un Noël blanc, F. déclara :

— En supposant que la petite n'ait pas inventé cette histoire, vous m'avez bien dit qu'il la tuera le jour de son anniversaire, qui ne tombe pas avant le mois de février.

— *Aux environs* de son anniversaire, la corrigea Micky. Peut-être en février prochain – peut-être la semaine prochaine. Demain, c'est vendredi. Ce que j'veux dire, c'est que vous ne travaillez pas le week-end et que, si vous n'allez pas là-bas aujourd'hui ou demain, ils risquent d'être partis.

Le regard de F. était si fixe, ses yeux si vitrifiés qu'elle paraissait méditer sur l'image du chat. L'assistante sociale était un trou noir psychique. Dans son voisinage, on se sentait pompé de son énergie émotionnelle.

— Leur camping-car est en révision, persista Micky qui se sentit vidée, sans ressort. Le garagiste peut l'achever n'importe quand.

Avec un soupir, F. arracha deux Kleenex de la boîte. Elle s'en tamponna soigneusement le front en essayant d'épargner son maquillage. Lorsqu'elle jeta les mouchoirs en papier dans la corbeille, elle parut surprise que Micky ne soit pas partie.

— À quelle heure est votre entretien d'embauche ?

Mickey n'avait pas d'autre choix – à part celui de rester assise ici jusqu'à ce qu'on appelle la sécurité pour l'expulser, ce qui ne résoudrait rien –, que de se lever et de se diriger vers la porte.

— Quinze heures. Je peux y être sans problème.

— C'est en prison que vous avez tout appris sur les applications de logiciels ?

Même si l'assistante sociale semblait inoffensive, avec un sourire qu'elle avait bien caché jusque-là, Micky prévoyait que la question serait le prélude à une nouvelle insulte.

— Ouais, il y a de bonnes formations là-bas.

— Et comment ça se présente sur le marché du travail, ces temps-ci ?

Voilà qui avait l'air du premier échange, véritable, de femme à femme depuis que Micky était entrée dans le bureau.

— Ils disent tous que l'économie se casse la gueule.

— Même quand elle est au top, les gens sont nuls, répliqua F.

Micky ne savait trop comment réagir à ça.

— Sur ce marché-là, reprit F. avec un vague semblant de souci sororal, il faut aller à un entretien d'embauche en étant parfaite – rien que des plus, aucun moins. À votre place, je reverrais la façon de m'habiller pour m'y rendre. Votre look ne vous sert pas comme vous l'entendez.

L'ensemble corail avec le pull torsadé blanc était la plus élégante tenue de la garde-robe de Micky.

Comme si elle avait déchiffré sa pensée, F. ajouta :

— Ce n'est pas parce que votre ensemble sort de chez K-mart ou autre. Ça ne compte pas. Mais la jupe est trop mini, trop serrée, et avec la poitrine que vous avez, ne portez pas de chemisier décolleté. Ma petite, ce pays regorge d'avocats âpres au gain, qui vous feront passer pour quelqu'un qui essaie de piéger un cadre lambda afin qu'il lui fasse des avances pour flanquer un procès pour harcèlement sexuel à sa société. Quand des directeurs du personnel vous voient, hommes ou femmes peu importe, ils voient des ennuis se pointer à l'horizon et les ennuis, ils ont déjà donné par les temps qui courent. Si vous avez le temps de vous changer avant cet entretien, je vous recommande de le faire. Soyez moins... voyante.

La gravité de trou noir de F. précipitait Micky vers l'oubli.

Peut-être le conseil vestimentaire partait-il d'une bonne intention. Peut-être pas. Peut-être remercia-t-elle F. de son avis. Peut-être pas. Elle était dans le bureau et, l'instant d'après, elle se trouvait à l'extérieur ; la porte était fermée : pourtant, elle n'avait aucun souvenir d'en avoir franchi le seuil.

Quoi qu'elle ait dit ou pas, elle était sûre de n'avoir rien fait pour s'aliéner F. davantage ou pour nuire aux chances de Leilani d'obtenir de l'aide. Rien d'autre ne comptait. Ni ses propres rêves ni son orgueil, du moins pas ici, pas maintenant.

Comme auparavant, rien que quatre chaises dans la salle d'attente. Et sept personnes qui patientaient au lieu de cinq.

Il semblait faire plus chaud dans le couloir que dans le bureau.

Plus chaud que chaud, on grillait dans l'ascenseur. La pression augmenta pendant la descente, comme si Micky se trouvait à bord d'un bathyscaphe, plongeant dans une fosse océanique. Elle posa une main contre la paroi, s'attendant presque à ce que le panneau métallique se déforme sous sa paume.

Elle avait envie que sa colère éteinte éclate à nouveau, comme une flamme noire, qui aurait équilibré la chaleur estivale de son feu intérieur, car l'accablement qui l'avait remplacée ressemblait trop au désespoir.

Au rez-de-chaussée, elle repéra les toilettes publiques. Vu la nausée tiède et huileuse qui rampait le long des parois de son estomac, elle redoutait de vomir.

Les portes des cabines étaient ouvertes, la pièce déserte. L'intimité recouvrée.

La lumière crue du néon rebondissait sur les surfaces blanches, ricochait sur les miroirs. L'impression glaciale ne rafraîchissait pas la réalité brûlante. Mickey ouvrit le robinet d'eau froide de l'un des lavabos et tint ses poignets à l'envers sous le jet. Elle ferma les yeux et respira lentement, profondément. L'eau n'était pas assez froide, mais cela lui fit du bien.

Quand elle eut fini de se sécher les mains, elle se tourna vers une glace murale en pied près du distributeur de papier-toilette. En partant de chez elle, elle croyait que sa tenue ferait bonne impression, qu'elle avait l'air professionnelle, efficace. Elle croyait que son aspect était plaisant.

À présent, son reflet se moquait d'elle. À l'évidence, la jupe était trop courte. Et trop serrée. Sans être décolleté de façon choquante, le chemisier n'en semblait pas moins déplacé pour un entretien d'embauche. Peut-être ses talons blancs étaient-ils trop hauts, eux aussi.

Elle était *voyante*. Vulgaire. Elle ressemblait à la femme qu'elle avait été, pas à celle qu'elle voulait être. Elle ne s'habillait ni pour elle ni pour travailler, mais pour les hommes, pour le type d'hommes qui ne la traitaient pas avec respect, pour le type d'hommes qui détruisaient sa vie. D'une certaine façon, le miroir chez elle ne lui avait pas montré ce qu'il fallait qu'elle voie.

Cette pilule était amère, mais plus amère encore était la façon dont elle lui avait été administrée. Par F. Bronson.

Pour difficile à avaler que soit un tel conseil, le recevoir de quelqu'un qui vous respectait et se souciait de vous correspondait à un médicament au miel, dans ce cas, c'était une pilule au vinaigre. Et si F. Bronson l'avait envisagé comme un remède, non comme un poison, elle aurait mieux fait de ne pas le lui donner.

Pendant des années, Micky avait vu dans les miroirs la beauté et le magnétisme sexuel qui lui permettaient d'obtenir tout ce qu'elle désirait. À présent que ce genre de choses ne l'intéressait plus ; à présent que faire la fête, connaître le grand frisson et captiver l'attention des hommes de mauvaise vie, n'avaient plus d'attrait pour elle ; à présent qu'elle nourrissait des aspirations plus élevées, le miroir révélait vulgarité éclatante, gaucherie et naïveté – et un désir désespéré qu'elle perçut avec un mouvement de recul.

Micky, qui croyait simplement avoir dépassé le besoin de se servir de sa beauté comme d'un instrument ou d'une arme, se rendait compte qu'il s'agissait de quelque chose de plus profond. Sa conception de la beauté avait radicalement changé, et ce qu'elle voyait dans la glace y correspondait bien peu. Si c'était la maturité, cela l'effrayait. Dans le passé, elle s'était toujours rabattue sur sa beauté, qui lui donnait confiance – ultime consolation des mauvais jours – or, cette confiance l'avait quittée.

Une envie folle de briser le miroir s'empara d'elle. Mais on ne brisait pas son passé comme du verre – et c'était le passé qui se dressait devant elle, têtu, implacable.

38.

Le garçon et la chienne – le premier plus capable de supporter le soleil d'août que la seconde, dotée en revanche d'un flair supérieur à celui du premier ; le premier repensant à la sortie étrangement hystérique de Gabby de son Mountaineer, la dernière songeant à des saucisses ; le premier émerveillé par la beauté d'un oiseau bleu azur perché sur une barrière mise à mal par les intempéries et à demi brisée, la dernière flairant les déjections de l'oiseau et de là, en déduisant les détails significatifs de son histoire récente – se félicitent chacun de la présence de l'autre alors qu'ils cherchent leur avenir, d'abord en rase campagne, puis le long d'une route de comté solitaire qui, au détour d'un virage, n'a soudain plus rien de solitaire.

Trente à quarante camping-cars, dix ou vingt pick-up tirant des caravanes et pas mal de 4 × 4 s'entassent le long d'une route à deux voies et dans la prairie adjacente. Fixés à certains camping-cars des auvents de toile créent des zones d'ombre pour favoriser les échanges. On a aussi dressé une bonne dizaine de tentes colorées.

Les seules constructions en dur et en vue se trouvent dans le lointain : un ranch, une étable, des écuries.

Un tracteur John Deere vert, avec une remorque pour le foin, sert de bureau de location, tenu par un ranchero en jean, T-shirt et sombrero de paille. Un panneau annonce que la location d'un coin de prairie coûte vingt dollars la journée. Un démenti et une condition l'ornent aussi : AUCUN SERVICE N'EST FOURNI, RENONCIATION À TOUTE POURSUITE EXIGÉE.

Tombant à l'improviste sur ce campement où règne l'animation, Curtis est disposé à passer rapidement son chemin et avec prudence. Un si grand nombre de camping-cars réunis au même endroit le chagrinent. Autant qu'il le sache, c'est un congrès de tueurs en série.

C'était peut-être la destination des assassins fétichistes des dents. Le couple à cheveux blancs pourrait se trouver dans les parages, exhibant avec fierté leurs trophées dentaires tout en admirant les collections encore plus horribles d'autres criminels psychopathes de ce festival d'été des damnés.

Pourtant Fidèle Vagabonde ne flaire aucun ennui. Sa sociabilité naturelle est en éveil et elle a envie d'explorer l'endroit.

Curtis se fie à son instinct. En outre, une foule fournit un camouflage certain si les faux malandrins viennent rôder avec leur matériel électronique, en quête de la signature énergétique unique que le garçon émet.

La prairie est délimitée par une palissade blanchie à la chaux, en mal de réparation et d'un coup de peinture. Le tracteur garde le portail ouvert.

Une bâche sur quatre grands piquets abrite la remorque de foin du soleil et, en dessous, de la marchandise attend d'être mise en vente. Puisant dans des glacières à pique-nique pleines de glace pilée, le ranchero et un adolescent distribuent canettes de bière et de boissons gazeuses. Ils proposent des en-cas en paquets comme des chips ou des petits gâteaux faits maison, des brownies et des bocaux de purée de haricots noirs-maïs de « Bonne-Maman, bien connue dans le coin » qu'un écriteau promet « assez épicée pour vous faire sauter la cervelle, proprement ».

Curtis ne voit pas comment ce serait possible. D'autant que la décapitation est salissante.

S'il n'a aucune difficulté à comprendre pourquoi la purée mortelle de Bonne-Maman est bien connue dans le coin, il n'arrive pas à comprendre pourquoi on aurait envie de l'acheter. Pourtant, plusieurs bocaux manquent sur l'étalage géométrique et, pendant qu'il regarde, deux de plus sont vendus.

Cela semble indiquer qu'une partie des gens rassemblés dans la prairie sont suicidaires. La chienne a beau avoir écarté sa théorie d'un congrès de tueurs en série, puisqu'elle ne détecte aucune des phéromones révélatrices d'une psychose de grande envergure, Curtis ne déborde pas non plus d'enthousiasme face à un rassemblement de candidats au suicide, en dépit de leurs bonnes raisons d'envisager l'autodestruction.

S'ajoutant aux boissons, aux sandwiches et à l'infâme

purée, la remorque à foin offre aussi des T-shirts portant d'étranges messages. RANCH NEARY, affirme l'un d'eux. STARPORT, USA. Un autre déploie une image de vache et ces mots, CLARA, PREMIÈRE VACHE DE L'ESPACE. Un autre encore déclare NOUS NE SOMMES PAS SEULS – RANCH NEARY. Et un quatrième insiste : LE JOUR EST PROCHE, suivi du nom du ranch.

Curtis s'intéresse à Clara. Même si l'intégralité de l'histoire de la NASA et le programme spatial de l'ex-Union soviétique lui sont familiers, il ignore tout d'une tentative pour mettre une vache sur orbite ou en envoyer une sur la lune. Nul autre pays ne possède les moyens de mettre une vache sur orbite et de la ramener vivante sur terre. En outre, le *but visé* en expédiant un astronaute bovin dans l'espace dépasse l'entendement du garçon.

Près des T-shirts, un livre est exposé à la mise en vente : *Nuit au Ranch Neary : Rencontres du Quatrième Type*. D'après le titre et l'illustration de couverture – une soucoupe volante au-dessus d'une ferme – Curtis commence à comprendre que le Ranch Neary est à l'origine d'une légende moderne semblable à celles qu'on a racontées sur Roswell, Nouveau-Mexique.

Intrigué, mais toujours tracassé par les candidats au suicide qui forment au moins une partie de ce rassemblement, il s'en remet à nouveau au jugement de Fidèle Vagabonde. Elle ne sent aucune tête près d'exploser et elle est impatiente de se flairer un chemin à travers cette foule odorante.

Chienne et garçon pénètrent dans la prairie, sans qu'on leur cherche noise à l'entrée. À l'évidence, on croit qu'ils accompagnent ceux qui ont loué leur emplacement et établi leur campement en toute légitimité.

D'humeur vacancière, portant des boissons, mangeant des petits gâteaux faits maison, légèrement vêtus en raison de la chaleur, certains arpentent l'herbe taillée ras dans les travées entre les campements, se font de nouveaux amis, retrouvent de vieilles connaissances. D'autres se rassemblent à l'ombre, sous les auvents, pour jouer aux cartes ou écouter la radio – et parler, parler, parler.

Partout, des gens discutent, certains avec calme et sérieux, d'autres avec un enthousiasme bruyant. D'après les bribes que surprend Curtis alors que Fidèle Vagabonde et lui se baladent dans la prairie, il en conclut que ce sont des fanatiques des ovnis. Ils se réunissent deux fois par an à cet endroit, aux dates-anniversaires de deux célèbres visites de soucoupes volantes, mais cette réunion-ci est liée à un événement tout récent qui les a exaltés.

Les campements sont disposés en rayons de roue et au niveau du moyeu, il y a une aire de terre battue parfaitement circulaire de quatre mètres de diamètre environ. La prairie se déploie autour de ce cercle, dont nul brin d'herbe n'adoucit le sol crayeux et tassé.

Un homme grand et trapu, dans la soixantaine, se tient au milieu de cette parcelle désolée. Il porte des bottes de broussard avec des chaussettes blanches retroussées, un short kaki, qui dénude des genoux aussi rugueux et poilus que des troncs de cocotier, et une chemisette kaki à épaulettes ; il a l'air prêt à s'embarquer pour une expédition en Afrique à la recherche du légendaire cimetière des éléphants.

Quinze à vingt personnes se sont rassemblées autour de lui. Elles semblent toutes hésiter à s'aventurer dans le lieu aride où il se tient.

À l'instant où Curtis rejoint le groupe, l'un des nouveaux arrivants explique à un autre :

— C'est le vieux Neary en personne. Il est allé là-haut.

M. Neary parle de Clara, la première vache de l'espace.

— C'était une brave bête, la vieille Clara. Elle produisait son camion-citerne de lait à faible teneur en matières grasses et ne causait jamais d'ennuis.

Le concept d'une vache faiseuse d'embarras est nouveau pour Curtis, mais il résiste à l'envie de demander quelles fautes les vaches sont susceptibles de commettre quand elles ne sont pas d'un tempérament aussi aimable que Clara. Sa mère lui disait toujours qu'on n'apprend jamais rien si on ne sait pas écouter ; et Curtis est toujours d'humeur à apprendre.

— Les Holstein sont une race stupide, fait M. Neary. C'est mon opinion. Certains soutiendraient que les Holstein sont aussi malignes que les Jersey ou les Hereford. Franchement, celui qui prend cette position ne connaît rien aux vaches.

— Les Alderney et les Galloway sont les races les plus malignes, lance l'un des assistants rassemblés autour du *ground zero*.

— On pourrait rester toute la journée à discuter de l'intelligence des vaches, reprend M. Neary, sans s'approcher du paradis. Bref, ma Clara n'était pas une Holstein typique, parce qu'elle était intelligente. Pas autant que vous ou moi, ni sans doute que ce chien-là – il désigne Fidèle Vagabonde – mais c'était celle qui menait toujours les autres de l'étable au pâturage le matin et qui les ramenait à la fin de la journée.

— Les rouges du Lincolnshire sont les vaches les plus futées, dit une femme courtaude qui fume la pipe, les cheveux attachés par des rubans jaunes en deux couettes.

M. Neary décoche à cette dame plutôt redoutable un regard impatient.

— Ben, ces aliens-là, y cherchaient pas des rouges du Lincolnshire, pas vrai ? Y sont venus ici et y z'ont pris Clara – et d'après moi, y savaient que c'était la vache la plus intelligente de la prairie. De toute façon, comme je disais, ce véhicule comme un tourbillon de métal liquide a plané audessus de ma Clara qui s'tenait exactement là où je m'tiens maint'nant.

La plupart de ceux qui entourent le cercle lèvent les yeux vers le ciel de l'après-midi, certains avec méfiance, d'autres avec émerveillement.

Une jeune femme aussi pâle que le lait à faible teneur en matières grasses de Clara demande :

— Il y avait des sons ? Une ligne mélodique ?

— Si vous voulez dire que moi et eux, on a fait joujou avec l'orgue électronique comme dans le film, non, m'dame. L'enlèvement s'est passé dans un silence complet. Ce rayon lumineux rouge est sorti de l'engin, comme un projo, mais c'était un rayon de lévitation d'un certain type. Clara a été soulevée du sol dans une colonne de lumière rouge de quatre mètres de diamètre.

— C'est *grand* pour un rayon de lévitation ! s'exclame un jeune homme à cheveux longs et en jean, dont le T-shirt proclame FRODON EST VIVANT.

— La brave bête était stupéfaite. Elle a poussé un meuh, un seul, continue M. Neary, puis elle s'est élevée sans plus protester, en tournant lentement, ballottée de-ci de-là, comme si elle pesait pas plus qu'une plume.

Il désigne ostensiblement la fumeuse de pipe à couettes.

— Ç'aurait été une rouge du Lincolnshire, elle aurait probablement fait un pétard de tous les diables et se serait étouffée avec son bol alimentaire.

Après avoir exhalé un rond de fumée, la femme lui répond :

— C'est quasiment impossible pour un ruminant de faire ça.

— En règle générale, je suis d'accord, concède M. Neary, mais quand il s'agit d'une race faussement intelligente comme les rouges du Lincolnshire, je serais pas surpris de les voir commettre n'importe quelle *bêtise*.

Tout ouïe, Curtis en apprend beaucoup sur les vaches, sans trop en voir l'utilité.

— À quoi bon enlever une vache, de toute façon ? demande celui qui croit en Frodon.

— Pour le lait, suggère la jeune femme pâle. Peut-être que leur planète a subi un effondrement écologique partiel, pour des causes entièrement naturelles, une rupture de certains maillons de la chaîne alimentaire.

— Non, non, leur technologie est suffisamment avancée pour cloner leurs espèces indigènes, intervient un homme à l'aspect professoral avec une plus grosse pipe que celle de l'autre fumeuse. Quel que soit l'équivalent d'une vache sur leur planète. Ils repeuplent leurs troupeaux de la sorte. Ils n'introduiraient jamais une espèce d'outre-planète.

— Ils avaient peut-être juste envie d'un bon cheeseburger, fit un homme au visage rubicond, une bière dans une main et un hot dog entamé dans l'autre.

Il y eut quelques rires ; cependant, la jeune femme pâle, jolie dans le genre héroïne mourant tragiquement, se sentit profondément offensée, et effaça le sourire de l'homme rougeaud d'un :

— S'ils peuvent voyager à travers la galaxie, ils sont d'une intelligence *supérieure*, ce qui veut dire qu'ils sont végétariens.

Du ton le plus aimable possible, Curtis se lance :

— À moins qu'ils n'utilisent la vache comme une porteuse d'armes biologiques. Ils pourraient lui implanter huit à dix embryons, la remettre dans la prairie. Le temps que les embryons arrivent à maturation et deviennent des spécimens viables, personne ne se rendrait compte de ce qui serait à l'intérieur de Clara. Puis, un beau jour, la vache connaîtrait une fusion biologique du genre du virus Ebola et de sa carcasse en décomposition sortiraient huit à dix guerriers entomo-morphes, de la taille d'un berger allemand et capable de rayer de la carte une ville d'un millier d'habitants en moins de douze heures.

Tous les regards sont fixés sur Curtis.

Il comprend aussitôt qu'il a fait dévier l'esprit de la conversation ou qu'il a violé un protocole de comportement parmi les fans d'ovnis, sans saisir la nature de son erreur. Et il essaie de sortir de ce mauvais pas :

— D'accord, peut-être qu'ils auraient un aspect reptilien et pas celui d'un insecte, auquel cas il leur faudrait *seize* heures pour balayer une ville de mille habitants, parce que la forme reptilienne est une machine à tuer moins efficace que l'entomo-morphe.

Cet affinement de son point de vue échoue à lui attirer des amis parmi ceux réunis autour du cercle. Leurs expressions vont toujours de la perplexité à l'agacement.

En fait, la jeune femme pâle lui lance un regard aussi noir que celui avec lequel elle a fait taire l'homme au hot dog.

— Des intelligences *supérieures* n'ont pas nos défauts. Elles ne détruisent pas les écosystèmes. Elles ne font pas la guerre et ne mangent pas la chair des animaux.

Elle fusille de son regard d'azote liquide les fumeurs de pipe.

— Elles n'utilisent pas de tabac.

Elle reporte à nouveau son attention sur Curtis, ses yeux sont si froids qu'il a l'impression qu'il pourrait entrer en suspension cryogénique si elle le gardait trop longtemps dans sa ligne de mire.

— Elles n'ont aucun préjugé de race ni de sexe ni de quoi que ce soit d'autre. Elles ne ravagent jamais leur corps avec des aliments très caloriques, du sucre raffiné et de la caféine. Elles ne mentent pas, ne trichent pas, ne font pas la guerre, comme je l'ai déjà dit, et ne font certainement pas incuber des insectes tueurs géants à l'intérieur des vaches.

— L'univers est grand, dit Curtis d'un ton qu'il imagine conciliant. Heureusement, la plupart des pires spécimens dont je parle ne sont pas arrivés jusqu'à cette extrémité.

La jeune femme, encore plus livide, a un regard si glacial que l'on dirait que de nouvelles spires de réfrigération ont été activées dans sa tête.

— Bien sûr, ce ne sont que des spéculations, s'empresse d'ajouter Curtis. Je n'en sais sûrement pas plus que vous tous.

Avant que Curtis ne soit pétrifié par la Méduse sans serpents, M. Neary intervient :

— Fiston, tu devrais passer beaucoup moins de temps devant des jeux vidéo de science-fiction aussi violents. Ça t'a bourré le crâne d'inepties. On parle de choses vraies ici, pas de ces scénarios sanglants imaginaires qu'Hollywood dégueule pour polluer l'imagination des jeunes comme toi.

Ceux qui sont rassemblés autour du *ground zero* expriment leur approbation et l'un d'eux demande :

— Monsieur Neary, vous avez eu peur quand les E.T. sont revenus vous chercher ?

— M'sieur, naturellement, j'étais soucieux, mais pas vraiment effrayé. C'était six mois après que Clara avait été emportée, ce qui explique pourquoi on a deux « veillées de contact » par an, aux dates-anniversaires. À propos, certains disent qu'ils viendraient ici rien que pour les petits gâteaux maison de ma femme, alors oubliez pas d'y goûter. Bien entendu, cette année, il y a trois veillées – celle-ci a été improvisée à cause de ce qui se passe en ce moment, là-bas.

Se redressant de toute sa hauteur, arborant sa tenue d'explorateur africain avec une autorité accrue, il désigne l'est, au-delà de l'extrémité de la prairie, vers le monticule qui s'élève au-dessus d'arbres clairsemés.

— Tout ce barouf à la frontière de l'Utah, on sait, vous et moi, que ça n'a rien à voir avec des barons de la drogue, malgré ce que prétend le gouvernement.

La déclaration de Neary donne lieu à des expressions de méfiance réciproque à l'encontre du gouvernement chez de nombreux individus dans la foule dont le rassemblement grossit autour du *ground zero*.

Curtis saute sur ce sentiment partagé comme sur un moyen de se racheter aux yeux de ces gens et d'améliorer ses dons en matière de sociabilité qui laissent à désirer. Il quitte l'herbe pour le sol crayeux et clame d'une voix forte :

— *Le gouvern'ment !* 'spèce d'faiseurs d'lois, d'fous d'pouvoir, rien qu'une bande d'ignorants, d'salopards en ch'mise amidonnée qu'a les foies !

Il sent d'emblée que sa déclaration ne lui gagne pas l'adhésion de la foule.

Ses paroles l'ont une fois encore réduite au silence.

Supposant que celui-ci provient de la nécessité de digérer ses paroles plutôt que d'un désaccord avec ce qu'il vient de dire, il leur donne une raison supplémentaire de l'accueillir dans leur communauté :

— Traite-moi d'porc et mets mon bacon au saloir, mais m'raconte pas que le gouvern'ment, c'est pas un tyran fou d'terres, accapareur d'poussière !

Fidèle Vagabonde se jette sur le sol et se roule sur le dos, exhibant son ventre à la foule, parce qu'elle pense que la sociabilité de Curtis requiert d'exprimer la soumission pour éviter toute violence.

Il est tout à fait certain que Fidèle Vagabonde se méprend sur l'humeur de ces individus. Les sens et les perceptions surnaturels de la chienne sont fiables en de nombreux domaines, mais les rapports sociaux avec les humains sont bien trop complexes pour une analyse qui ne repose que sur l'odorat et l'instinct. Comme de juste, le visage pâle de la jeune femme se durcit en une sculpture de glace à la mention du bacon, mais les autres sont bouche bée, comme des gens en train d'assimiler une vérité bien sentie.

Aussi, tandis que Fidèle Vagabonde exhibe son ventre, Curtis débite-t-il un supplément de ce que ces individus veulent entendre, tout en virevoltant de façon saccadée, singeant le boitillement qui rendait Gabby si attachant :

— *Le gouvern'ment !* Ces collecteurs d'impôts, accapareurs d'terres, bons à rien fouinards, plus philistins qu'l'premier prédicateur marteleur d'Bible v'nu ! Gouvern'ment d'salopards qu'aiment des insectes puants

La chienne gémit à présent.

Observant les ufologues qui l'encerclent, Curtis n'aperçoit aucun sourire mais plusieurs regards ahuris, bon nombre de sourcils froncés et même, lui semble-t-il, quelques expressions de pitié.

— Fiston, dit M. Neary, j'imagine que tes parents ne sont pas parmi ce groupe ou bien ils te flanqueraient une dérouillée pour ton petit numéro. Va les retrouver maintenant, et ne les quitte plus. Sinon, je vais devoir insister pour que ta famille et toi acceptiez d'être remboursés et libériez la prairie.

Ah Seigneur, peut-être qu'il ne pigera jamais le truc pour être Curtis Hammond. Il refoule ses larmes autant parce qu'il a mis sa sœur-en devenir dans l'embarras que parce qu'il est passé pour un imbécile.

— Monsieur Neary, supplie-t-il avec sincérité. Je ne suis pas une ordure sal'ment culottée, viens-qu'j't'crache-dans-l'œil.

Cette affirmation, bien qu'elle ne puisse pas être plus véridique, ni mieux intentionnée, fait inexplicablement rougir M. Neary, dont le visage devient un sombre masque menaçant.

— Ça suffit, jeune homme.

Fournissant un dernier effort désespéré pour s'amender, Curtis dit :

— Monsieur Neary, je ne suis pas très net. Une dame monumentale m'a dit que j'étais trop adorable pour ce monde. Si vous me demandiez si je suis bêta ou quoi, il faudrait que je vous répondre que je suis bêta. Je suis un Gump bêta, pas très net et trop adorable, voilà ce que je suis.

Fidèle Vagabonde se remet sur ses pattes, jugeant la situation trop dangereuse pour exposer plus longtemps son ventre et file loin du *ground zero* avant même que M. Neary n'avance d'un pas vers Curtis.

Se fiant enfin à l'instinct de la chienne, Curtis fonce après elle. En fuite à nouveau.

39.

Si les bibliothèques de Californie du Sud avaient un jour ressemblé à celles que décrivent films et romans – acajou foncé, étagères jusqu'au plafond, niches de lecture confortables, ménagées dans d'étranges recoins de rayonnages labyrinthiques – tel n'était plus le cas. Toutes les surfaces ici étaient enduites de peinture lavable ou en Formica. Les étagères ne montaient pas jusqu'au plafond parce que ledit plafond était un réseau de parois isolantes que ponctuaient des panneaux fluorescents dispensant trop de lumière pour entretenir le charme des livres. Les étagères se déployaient en rangées prévisibles, en métal plutôt qu'en bois, boulonnées au sol en prévision des tremblements de terre.

Pour Micky, l'atmosphère avait quelque chose de médical : lugubre malgré la luminosité, aseptisée, marquée non par le calme studieux et diligent mais par le silence de souffrances stoïques.

Une zone importante était réservée aux ordinateurs. Tous avaient l'accès à Internet.

Les sièges n'étaient pas confortables. La lumière violente se reflétait de façon aveuglante sur le bureau. Elle ne fut pas dépaysée : cela lui rappela non pas la caravane qu'elle partageait avec Geneva, mais le foyer que lui avait procuré le système pénitentiaire de Californie.

D'autres usagers de la bibliothèque s'activaient dans la moitié des postes de travail, Micky les ignora. Son ensemble rose corail qui lui donnait l'impression, peu de temps auparavant, d'être professionnelle, pimpante, pleine d'assurance, la gênait. Sans compter qu'elle avait vu assez de gens, après F., pour la journée ; les machines seraient plus serviables et de meilleure compagnie.

À peine en ligne, avec le sentiment d'être un inspecteur de police, elle chercha Preston Maddoc : la chasse à l'homme fut de courte durée. Le méchant en question vint à elle sur tant de liens qu'elle fut submergée d'informations.

Comme elle avait téléphoné d'une cabine pour annuler l'entretien d'embauche de trois heures, elle passa l'aprèsmidi à se renseigner sur le Dr Fatalitas. Ce qu'elle découvrit indiquait que Leilani était enfermée dans un couloir de la mort plus abominable que celui qu'elle avait décrit. L'essentiel de la vie de Maddoc était aussi simple que les détails en étaient monstrueux. Et les implications étaient terrifiantes non seulement pour Leilani, mais pour tout être vivant.

Preston Maddoc était docteur en philosophie. Dix ans plus tôt, il s'était proclamé « bioéthicien » et avait accepté un poste dans une université de l'Ivy League pour y enseigner l'éthique aux futurs médecins.

Le type de bioéthiciens qui se qualifient d'« utilitaristes » visent ce qu'ils jugent être une distribution morale des ressources médicales, censées être limitées par l'établissement de critères pour déterminer qui doit être soigné ou pas. Méprisant la croyance au caractère sacré de toute existence qui a guidé la médecine occidentale depuis Hippocrate, ils soutiennent que certaines vies humaines ont une plus grande valeur morale et sociale que d'autres et que l'autorité pour établir ces valeurs comparatives appartient légitimement à leur groupe d'élite. À un moment, une minorité non négligeable de bioéthiciens avait rejeté l'approche froide des utilitaristes, mais ces derniers, qui avaient gagné la bataille, étaient à présent à la tête de leurs départements universitaires.

Comme la plupart des bioéthiciens, Preston Maddoc préconisait de refuser tous soins médicaux aux personnes âgées – à savoir, tout individu de plus de soixante ans – pour peu que leur maladie ait une répercussion sur leur qualité de vie, même si les patients trouvaient que leur vie valait encore la peine d'être vécue ou qu'elle était agréable. Si le taux de guérison était inférieur, disons, à trente pour cent, de nombreux bioéthiciens convenaient qu'on devait permettre aux personnes âgées de mourir, sans traitement, car en termes utilitaristes, leur âge assurait qu'elles donneraient moins à la société qu'elles ne lui prendraient.

Incrédule, Micky lut que presque tous les bioéthiciens

croyaient qu'on devait ne pas s'occuper des enfants handicapés, même ceux qui ne l'étaient que légèrement, et les laisser mourir. Si les bébés attrapaient des infections, il ne fallait pas les soigner. S'ils souffraient de problèmes respiratoires temporaires, on ne devait pas leur fournir d'assistance respiratoire et les laisser étouffer. Si les bébés handicapés avaient des problèmes de nutrition, il fallait les laisser mourir de faim. Les handicapés étaient des fardeaux pour la société, même quand ils pouvaient prendre soin d'eux mêmes.

La colère qui bouillait en Mickey ne ressemblait pas à sa rage destructrice habituelle. Cela n'avait rien à voir avec les abus et les humiliations qu'elle avait subis. Son ego n'était pas impliqué ; c'était une colère purificatrice. Elle lut un extrait du livre *Éthique pratique*, dans lequel Peter Singer, de l'université de Princeton, justifiait l'élimination de nouveau-nés dotés de handicaps pas plus graves que l'hémophilie : « Quand la mort d'un nourrisson handicapé conduira à la naissance d'un autre nourrisson nanti de perspectives d'une vie plus heureuse, la somme de bonheur sera plus grande si l'on élimine le nourrisson handicapé. La perte d'une vie heureuse pour le premier est compensée par le gain d'une existence plus heureuse pour le second. Par conséquent, si éliminer le nourrisson hémophile n'a pas d'effet défavorable pour autrui, il devrait être... légitime de l'éliminer. »

Micky dut se lever, se détourner de ce tissu d'insanités. L'indignation l'avait remplie d'énergie. Elle était incapable de rester tranquillement assise. Elle allait et venait, faisant jouer les articulations de ses mains, évacuant son énergie, essayant de se calmer.

Comme une enfant effrayée par des histoires de vampires et de monstres mais morbidement attirée par elles, elle retourna vite à l'ordinateur.

Singer suggérait que, si l'infanticide à la requête des parents devait servir les intérêts de la famille et de la société, alors il était moral d'éliminer l'enfant. En outre, il affirmait qu'un bébé ne devenait une personne qu'au cours de sa première année d'existence, ouvrant ainsi la porte, cas par cas, à l'idée que l'infanticide pouvait être moral longtemps après la naissance.

Pour Preston Maddoc, tant que les enfants ne parlaient pas, il était moral de les tuer. Dis papa ou crève.

La plupart des bioéthiciens se déclaraient en faveur

d'une expérimentation médicale « contrôlée » sur des sujets handicapés mentaux, plongés dans le coma, sur des bébés non désirés à la place des animaux, sous prétexte que des animaux conscients connaissent l'angoisse, ce qui n'est pas le cas des handicapés mentaux, des gens dans le coma ou des bébés.

Il est bien entendu inutile de demander leur avis aux handicapés mentaux, puisque, comme les bébés ou les autres « individus aux compétences minimales », ce sont des « non-personnes » n'ayant aucun droit à une place dans le monde.

Voilà qui donne l'envie à Micky de lancer une croisade pour qu'on déclare les bioéthiciens dotés de « compétences minimales ». Manifestement, ils n'avaient aucun attribut des êtres humains ; à l'évidence, c'étaient davantage des non-personnes que les petits, les faibles et les vieux qu'ils se proposaient d'éliminer.

Maddoc était un leader – un parmi d'autres – du mouvement qui voulait « un débat bioéthique et une recherche scientifique de pointe » en vue d'établir un QI minimum nécessaire pour mener une vie de qualité et utile à la société. D'après lui, ce seuil se situerait « bien au-dessus du QI des trisomiques », mais il s'empressait de rassurer les délicats : le but de l'établissement d'un QI minimum n'était pas de sous-entendre qu'il fallait supprimer les arriérés mentaux vivants.

Il s'agissait plutôt « de clarifier ce qui constitue, à nos yeux, une vie de qualité » pour le jour où le progrès scientifique permettrait de prévoir avec précision le QI d'un individu dès la petite enfance.

Ouais. Bien sûr. Et on n'avait jamais construit les camps d'extermination de Dachau et d'Auschwitz avec l'intention de les *utiliser*, uniquement pour voir s'il était possible de les construire, s'ils étaient viables sur un plan architectural.

Quand elle avait commencé à surfer sur les sites web de bioéthique, Micky avait eu du mal à prendre au sérieux cette culture mortifère. C'était sûrement un jeu où les participants rivalisaient à qui serait le plus scandaleux, à qui montrerait le sens pratique le plus inhumain, à qui serait le plus cruel, aurait le cœur le plus dur. Ils devaient s'amuser à simuler l'ignominie.

Quand il lui fallut admettre que ces individus vivaient et agissaient en accord avec leur philosophie, elle fut persuadée que personne, en dehors de leur tour d'ivoire délirante, dressée dans un coin reculé du monde universitaire, ne les prenait au sérieux. Elle déchanta vite. En réalité, ils étaient au centre de la communauté universitaire. La plupart des facultés de médecine exigeaient un enseignement de la bioéthique. Plus de trente grandes universités proposait des diplômes dans cette discipline. Nombre de lois fédérales ou d'État, peaufinées par des bioéthiciens, avaient été promulguées dans l'intention de faire de la bioéthique contemporaine l'arbitre moral et légal de la valeur de la vie de chacun.

Les handicapés coûtent cher, n'est-ce pas ? Les vieux et les faibles aussi. Quant aux débiles mentaux, non seulement ils coûtaient cher, mais ils heurtaient la sensibilité de certains, car ils étaient souvent laids, ils avaient du mal à communiquer – enfin, ils n'étaient pas comme nous. Ces pauvres petits seraient tellement plus heureux s'ils débarrassaient le plancher. Après tout, ils avaient eu l'audace de venir au monde, ou la mauvaise idée d'avoir un accident qui les avait défigurés, mourir était la moindre des choses s'ils avaient un minimum de conscience sociale.

Quand le monde était-il devenu un asile de fous ?

Micky commençait à comprendre son ennemi.

Preston Maddoc lui avait paru à moitié menaçant, à moitié plaisantin.

Ce n'était plus le cas. Le danger était réel. Redoutable. Terrifiant. Insensé.

L'Allemagne nazie (outre sa tentative d'éradiquer le peuple juif), l'Union soviétique et la Chine de Mao avaient résolu le problème social que posaient les faibles et les débiles. Mais quand on demandait aux tenants de la bioéthique utilitariste s'ils supporteraient le recours à pareilles solutions finales, ils éludaient la question, prétendant, d'une manière surprenante, que les nazis et leur engeance avaient éliminé les faibles et les infirmes pour de « mauvaises raisons », pour reprendre les termes de Preston dans l'une de ses interviews.

Leur élimination n'était pas mauvaise en soi, voyez-vous, mais la pensée à l'œuvre derrière les actes des nazis et des Soviétiques était regrettable. Nous désirons les éliminer aujourd'hui non par haine ou préjugé, mais parce que tuer un enfant handicapé fait de la place pour un enfant sain, celui-là, qui plaira davantage à sa famille, qui sera plus heureux, utile à la société et augmentera « la somme totale de bonheur ». Ce qui n'est pas la même chose, que d'éliminer l'enfant pour laisser la place à un autre plus représentatif de son *Volk*, à savoir plus blond, et plus susceptible de faire la fierté de son pays et d'agréer à son *Führer*.

— Qu'on me donne un microscope, marmonna Micky, et peut-être dans quelques siècles, je serai capable de comprendre la différence.

On prenait ces individus au sérieux parce qu'ils se réclamaient de la compassion, de la responsabilité écologique et même des droits des animaux. Qui pouvait remettre en cause la compassion pour les affligés, l'intention professée d'user avec sagesse des ressources naturelles, le désir de traiter tous les animaux avec dignité ? Si le monde est notre mère patrie, si c'est le seul que nous ayons et si nous croyons que ce monde est fragile, alors la valeur de chaque enfant faible ou grand-mère âgée doit être évaluée à l'aune de la perte du monde entier. Osera-t-on alors plaider en faveur d'une fillette infirme ?

Maddoc et d'autre noms fameux, tant américains qu'anglais, de la bioéthique – les deux pays dans lesquels cette folie semblait profondément enracinée – étaient accueillis à titre d'experts dans les émissions de télévision, avaient droit à des articles favorables dans la presse, conseillaient le personnel politique sur une législation progressiste concernant le système de santé. Cependant, aucun d'eux ne pouvait s'exprimer sans risque en Allemagne, où les foules les huaient et les menaçaient de voies de fait. Il n'existe rien de mieux qu'un holocauste pour vacciner une société contre la barbarie.

Micky se demanda avec amertume si un holocauste serait nécessaire avant un retour à la santé mentale. Au fil des minutes, l'exploration de l'univers de la bioéthique en général, et de celui de Preston Maddoc en particulier, la rendait de plus en plus inquiète pour son pays et pour l'avenir.

Et elle n'avait pas découvert le pire.

Pendant qu'elle se livrait à ses recherches, malgré la lumière aveuglante des néons qui baignait la bibliothèque, elle sentit que les ténèbres gagnaient inexorablement.

40.

Évitant les longues étendues herbeuses où des rangées de voitures se font face, la chienne entraîne le garçon entre un camping-car et un pick-up avec sa caravane, franchit au pas de course une travée, passe entre deux autres camping-cars en soulevant des panaches de poussière et de brins d'herbe flétrie, heurte la roue de chariot des campements qu'elle contourne, traverse la zone des tentes aux couleurs vives, pour se retrouver finalement parmi des campeurs motorisés, tout en évitant adultes, gamins, un barbecue, une femme prenant un bain de soleil sur une chaise longue et un Lhassa-Apso terrifié qui s'enfuit loin d'eux en braillant. Quand Curtis finit par jeter un coup d'œil derrière lui, il s'aperçoit que leurs poursuivants, s'ils en ont jamais eu, ont renoncé, prouvant qu'il est meilleur pour l'aventure que pour les relations sociales.

Il en demeure mortifié et bouleversé.

Pour un temps du moins, il ne tient pas à quitter cette agitation et l'abri de la foule de cette « veillée de contact ». Ce soir ou demain, peut-être qu'il trouvera quelqu'un en route vers une zone plus peuplée lui procurant une meilleure dissimulation, qui acceptera de l'emmener. Pour l'instant, mieux vaut rester ici, c'est plus sûr qu'une route de campagne déserte. Dans la mesure où il ne tombera plus sur M. Neary, il pourra traîner dans la prairie en relative sécurité – en supposant que Clara, la vache intelligente, ne soit pas catapultée du ciel pour l'écraser.

Fidèle Vagabonde gémit, s'assied près d'un énorme camping-car Fleetwood et lève la tête, comme un chien qui hurle à la lune, bien qu'aucune lune ne se promène dans le ciel, cet après-midi. Elle ne hurle pas non plus, mais fouille les cieux à l'affût d'une vache en chute libre.

Curtis s'accroupit près d'elle, lui gratte les oreilles et lui explique le mieux possible qu'il n'y a aucun danger qu'une Holstein les aplatisse, sur quoi elle sourit et pose sa tête entre les mains bienfaisantes du garçon.

— Curtis ?

Le garçon lève les yeux et aperçoit une femme d'un charme étonnant qui le domine de toute sa hauteur.

Elle a les ongles des pieds peints en bleu azur, on dirait des miroirs qui reflètent le ciel. D'ailleurs, elle a une allure tellement magique et la couleur des ongles de ses orteils a un lustre si profond que Curtis imagine sans difficulté qu'il regarde les dix points d'accès mystiques au ciel d'un autre monde. Il est à moitié convaincu que, s'il laisse tomber un minuscule caillou sur un de ces ongles, il ne rebondira pas mais disparaîtra dans le bleu, tombant à travers cet autre ciel.

Il voit ses orteils à la forme parfaite parce qu'elle porte des sandales blanches minimalistes. Juchée sur leurs talons hauts en plastique transparent, elle semble se tenir sans effort sur les pointes, sans aucun support, à la manière des ballerines.

Moulées dans une culotte blanche de toréador, ses jambes paraissent d'une longueur interminable. Curtis est sûr que c'est une illusion, provoquée par l'apparence spectaculaire de la femme et parce qu'il lève les yeux vers elle. Pourtant, quand il se redresse, il découvre qu'il n'y a aucun effet de perspective. Si le Dr Moreau d'H.G. Wells, sur son île mystérieuse, avait vu ses expériences génétiques couronnées de succès, il n'aurait pu créer un hybride de gazelle humaine, aux jambes plus élégantes que celles-ci.

Le pantalon à taille basse révèle un ventre bronzé, écrin d'une opale à facettes, ovale, du même bleu que le vernis à ongles. Enchâssée dans le nombril, la pierre précieuse y est collée, ou fixée par un incroyable et invisible dispositif. À moins que ce ne soit de la sorcellerie.

Ses seins, de la taille de ceux sur lesquels la caméra s'attarde dans les films, débordent de son débardeur blanc, dont le tissu et les bretelles sont d'une telle finesse, qu'il rivalise avec le pont du Golden Gate en tant que merveille du monde créée par l'homme. Il faudrait des semaines à une pléthore d'ingénieurs et d'architectes pour analyser la coupe de ce vêtement étonnamment résistant.

Des cheveux couleur miel encadrent un visage de magazine, dont les yeux sont assortis à la couleur de l'opale. Sa bouche, élément central d'une pub pour rouge à lèvres, a la nuance givrée des pétales d'une rose d'arrière-saison.

Si le garçon était Curtis Hammond depuis plus de deux jours, disons depuis deux semaines ou deux mois, il aurait pu être si complètement acclimaté aux conditions biologiques des humains qu'il aurait éprouvé l'éveil d'un intérêt bien masculin, intérêt qui avait apparemment commencé à titiller le Curtis d'origine en le poussant à ajouter Britney Spears aux grandes affiches de monstres de cinéma qui tapissaient sa chambre. Il a beau être encore en pleine mutation, il n'en ressent pas moins quelque chose. Indéniablement. Une sécheresse dans la bouche qui n'a rien à voir avec la soif, un picotement nerveux particulier dans les membres, une faiblesse dans ses genoux flageolants.

— Curtis ? redemande-t-elle.

— Oui, m'dame, fait-il.

Et il se rend compte à ce moment-là qu'il n'a plus prononcé son nom depuis la veille au soir, quand il a bavardé avec Donella dans le restaurant.

Elle regarde alentour avec méfiance, comme pour s'assurer qu'on ne les observe pas, qu'on ne les écoute pas. Quelques hommes non loin de là, qui la dévisageaient pendant qu'elle était accaparée par Curtis, détournent les yeux quand elle se tourne vers eux. Peut-être remarque-t-elle ce comportement suspect, car elle se penche plus près du garçon et murmure :

— Curtis *Hammond* ?

À part Donella, ce pauvre ahuri de Burt Hooper, le routier amateur de gaufres, et l'homme à la casquette CAMIONNEUR, personne sauf les ennemis de Curtis ne peut connaître son nom.

Sans défense comme un simple mortel devant un brillant ange de la mort, Curtis paralysé s'attend à être éventré, décapité, déchiqueté, brisé, explosé, brûlé et pire encore, bien qu'il n'ait jamais imaginé que la Mort se présenterait en pendentifs d'argent, avec *deux* colliers d'argent et de turquoise, trois bagues en diamants, un bracelet d'argent et de turquoise à chaque poignet et un nombril décoré.

Il pourrait nier être l'original ou l'actuel Curtis Hammond, mais si c'est là l'un des chasseurs qui ont liquidé sa famille et celle de Curtis dans le Colorado, deux nuits plus tôt, il a déjà été identifié par sa signature énergétique unique. Dans ce cas, toute tentative de supercherie se révélera inutile.

— Oui, m'dame, c'est moi, dit-il, poli jusqu'au bout et s'armant de courage avant d'être massacré, peut-être pour le plus grand plaisir de M. Neary et des autres qu'il a offensés sans le vouloir.

Le murmure de la femme devient encore plus doux.

— Mais tu es censé être mort.

Résister est aussi inutile que mentir, car si elle fait partie des méchants bandits, elle a la force de dix hommes et la vitesse d'une Ferrari Testarossa, aussi Curtis s'attend-il à être écrabouillé.

— Mort, répond-il tout tremblant. Oui, m'dame, je crois que oui.

— Pauvre petit, dit-elle, sans le sarcasme qu'on attendrait d'une tueuse prête à vous décapiter, mais au contraire avec inquiétude.

Surpris par sa sympathie, il saute sur cette indication d'un potentiel de pitié si peu caractéristique, que ceux de son espèce ne possèdent soi-disant pas.

— M'dame, je reconnais volontiers que ma chienne ici présente en sait trop, étant donné qu'on s'est liés. Je ne prétendrai pas le contraire. Mais ne sachant pas parler, elle ne peut répéter à personne ce qu'elle sait. Qu'on doive me retirer les os de ce corps et les briser comme du verre, ce sera un sujet de désaccord certain entre nous, mais je crois sincèrement qu'il n'y a aucune bonne raison de la tuer elle aussi.

L'expression de la femme est de celles que Curtis a appris à reconnaître sur des visages aussi divers que la physionomie ronde de la souriante Donella ou la figure du grincheux et chenu Gabby. Il évalue qu'elle se compose d'une certaine dose de perplexité, voire d'ahurissement, mais sans aller jusqu'à la mystification.

— Mon chou, chuchote-t-elle, qu'est-ce qui me fait penser que des personnes très méchantes doivent être à ta recherche ?

Fidèle Vagabonde n'a pas adopté une posture soumise mais s'est dressée sur ses pattes. Elle sourit à la femme en blanc, remuant largement la queue d'expectative, ravie de cette nouvelle connaissance.

— Vaut mieux te mettre à l'abri des regards, murmure l'ange, qui ne fait apparemment pas partie de l'Escadron de la Mort. C'est moins risqué d'éclaircir tout ça en privé. Suis-moi, d'accord ?

— D'accord, opine Curtis, parce que Fidèle Vagabonde a fait le signe qu'elle acceptait la femme.

Elle les conduit jusqu'au Fleetwood American Heritage voisin. Dépassant treize mètres de long et trois de hauteur, large d'environ deux mètres cinq, le camping-car est si énorme, si massif que – n'était la gaieté de ses couleurs blanc, argent et rouge – il pourrait s'agir d'un engin militaire blindé.

Avec ses talons en plastique et ses cheveux d'or, cette femme rappelle Cendrillon à Curtis, bien qu'elle soit chaussée de sandales et non de pantoufles. Cendrillon ne portait sûrement pas de culotte de toréador, du moins pas aussi moulante. De même, si les seins de Cendrillon avaient été aussi gros que les siens, elle ne les aurait pas étalés aussi généreusement, car elle vivait à une époque où la modestie était davantage de mise. Votre fée marraine serait-elle prête à transformer une citrouille en un élégant équipage pour vous emmener au bal du roi, vous auriez toutefois envie de lui épargner la partie souris devenant des chevaux, et de lui emprunter sa baguette magique pour frapper la citrouille et en faire un Fleetwood American Heritage flambant neuf – un véhicule plus génial que n'importe quel carrosse tiré par des rongeurs ensorcelés.

À peine la portière ouverte, la chienne gravit d'un bond les marches et pénètre dans le camping-car, comme si elle avait toujours été chez elle. Sur la suggestion de son hôtesse, Curtis suit Fidèle Vagabonde. On entre directement par le cockpit. En passant entre les sièges passager et conducteur nettement séparés pour gagner le salon flanqué de canapés, il entend la portière se refermer dans son dos.

Soudain, le conte de fées vire à l'horreur. Regardant par-delà le salon dans la cuisine, Curtis aperçoit, près de l'évier, la dernière personne qu'il s'attendrait à trouver là. Cendrillon.

Sous le choc, il se retourne, regarde derrière lui. Cendrillon se tient *là* aussi, entre les sièges conducteur et passager, souriante et encore plus spectaculaire dans cet espace confiné qu'elle ne l'était en plein soleil.

La Cendrillon de l'évier est identique à la première Cendrillon, de la chevelure blond miel soyeuse aux yeux bleus à l'opale du nombril, des longues jambes moulées dans une culotte de toréador, blanche, à taille basse, aux sandales à talons en plastique et aux ongles de pieds azur.

Des clones.

Oh Seigneur, des *clones*.

À l'ordinaire, clones signifie problème. Ce n'est pas un préjugé, parce que la plupart des clones sont le mal incarné.

— Des clones, marmonne Curtis.

La première Cendrillon sourit.

— Qu'est-ce que t'as dit, mon chou ?

La seconde Cendrillon se détourne de l'évier et fait un pas vers Curtis. Souriante, elle aussi. Et elle tient un grand couteau.

41.

Assise dans la bibliothèque brique-et-ciment éclairée au néon, mais parcourant en même temps le cyberespace et les avenues infinies de son circuit rayonnant, voyageant à travers le monde sur les voies rapides du courant électrique et des micro-ondes, explorant des bibliothèques virtuelles toujours ouvertes et chatoyantes, compulsant les données lumineuses d'ouvrages sans papier, Micky découvrit partout l'intérêt personnel primitif et le matérialisme le plus sombre de l'humanité dans ces palais du génie technologique.

Les bioéthiciens rejetaient l'existence de vérités objectives. Preston Maddoc avait écrit « Il n'y a ni mal ni bien, ni comportement moral ou immoral. La bioéthique a pour but l'efficacité, l'établissement d'un ensemble de règles qui fera un maximum de bien à un maximum de gens ».

D'abord, l'efficacité en question consistait à favoriser le suicide de toute personne souffrante qui l'envisageait, et pas simplement celui de malades en phase terminale ni de malades chroniques, mais aussi celui de ceux que l'on pourrait guérir, à qui il arrive d'être déprimés.

En fait, Preston et consorts considéraient les dépressifs non seulement comme des candidats au suicide assisté mais aussi au « suicide comme thérapie conseillée » pour s'assurer de leur autodestruction. Après tout, un dépressif possède une qualité de vie insuffisante et, même si sa dépression peut être soulagée par des médicaments, il n'est pas dans un état « normal » quand il se trouve soumis à ce genre de traitement et, par conséquent, incapable de mener une existence digne de ce nom.

Une augmentation du taux de suicide serait, croyaient-ils, un bénéfice pour la société, car dans un système de santé bien géré, on récolterait les organes de ces « suicidés assistés » pour les transplantations. Micky lut que de nombreux bioéthiciens se frottaient les mains à la perspective de remédier au manque d'organes grâce à des programmes d'aide au suicide ; leur enthousiasme montrait clairement qu'ils s'emploieraient avec acharnement à *accroître* le nombre de suicides, pour peu qu'on leur accorde les lois qu'ils réclamaient à cor et à cri.

Si nous ne sommes que de la viande dénuée d'âme, alors pourquoi certains d'entre nous ne s'associeraient-ils pas pour massacrer les autres à notre profit ? Il y aurait un gain immédiat et aucune conséquence à long terme.

Micky retira vivement sa main droite de la souris et la gauche du clavier. Étant donné les économies d'électricité, il faisait presque aussi chaud dans la bibliothèque que dehors, pourtant l'Internet la faisait frissonner. On aurait dit que quelqu'un, posté devant un ordinateur dans le château du baron Frankenstein, avait croisé son chemin dans le cyberespace et, tendant depuis l'éther un doigt virtuel plus froid que la glace, le lui passait le long de la colonne vertébrale.

Elle regarda les usagers qui l'entouraient, se demandant combien d'entre eux seraient aussi choqués qu'elle par ce qu'elle venait de lire, combien resteraient indifférents – et combien approuveraient Preston Maddoc et ses collègues. Elle avait souvent réfléchi à la fragilité de la vie, c'était la première fois qu'elle mesurait, avec autant de lucidité, que la civilisation était aussi fragile que l'être humain. Les enfers que l'humanité avait créés de par le monde pouvaient tout à fait surgir ici, sous une forme ou une autre, à moins que l'on n'en conçoive un encore plus efficace.

Retour à la souris, au clavier, au World Wide Web et à Preston Maddoc, l'araignée qui n'en finissait pas de tisser sa toile.

Maddoc et consorts de la communauté bioéthique ne se contentaient pas de convoiter les organes des candidats au suicide et des handicapés, ils étaient plus que favorables à la collecte d'organes des gens en bonne santé et heureux.

Dans *Éliminer la morale* d'Anne Maclean, Micky découvrit le projet de John Harris, un bioéthicien anglais, qui proposait d'attribuer un numéro de loterie à tout le monde. Ainsi « chaque fois que des médecins auront deux patients ou plus, pouvant être sauvés grâce à une transplantation, sans avoir sous la main des organes adéquats par le biais de “morts naturelles”, ils pourront demander à un ordinateur central de leur fournir un donneur compatible. L'ordinateur choisira alors au hasard le numéro d'un donneur qui sera éliminé afin de sauver la vie à deux autres personnes ou davantage ».

En tuer mille pour en sauver trois mille. En tuer un million pour en sauver trois millions. Tuer les faibles pour sauver les plus forts. Tuer les handicapés pour procurer une qualité de vie supérieure aux ingambes. Tuer ceux au Q.I. insuffisant pour fournir plus de ressources à ceux jugés plus intelligents.

De grandes universités comme Yale et Harvard, comme Princeton, autrefois citadelles du savoir, où l'on recherchait la vérité, étaient devenues des machines de mort bien huilées où l'on apprenait aux étudiants en médecine à envisager l'élimination comme une forme de guérison, où l'on enseignait que seuls des individus sélectionnés, répondant à certains critères, ont le droit à l'existence, que le mal et le bien n'existent pas, que la mort, c'est la vie. Nous sommes tous darwiniens à l'heure actuelle, n'est-ce pas ? Les forts survivent plus longtemps, les faibles meurent plus tôt et, puisque tel est le plan de la Nature, ne devrions-nous pas aider cette vieille copine verdoyante dans son œuvre ? Acceptez votre diplôme chèrement payé, lancez votre faluche en l'air pour fêter ça et puis aller sacrifier un avorton à Mère Nature.

Quelque part, ça fait sourire Hitler. On dit qu'il a éliminé les handicapés et les malades (sans parler des Juifs) pour de mauvaises raisons, mais si en réalité, il n'y a ni bien ni mal, aucune vérité objective, alors tout ce qui importe vraiment, c'est qu'il les a tués, ce qui, selon les critères de l'éthique contemporaine, en fait un visionnaire.

Des photographies de Preston Maddoc, telles qu'elles apparaissaient sur l'écran, révélaient un homme d'une certaine allure, à défaut d'être beau, avec des cheveux châtains mi-longs, une moustache et un sourire sympathique. Contrairement aux attentes de Micky, son front n'était pas estampillé Produit Universel avec le nombre 666 transcrit en code barre.

Sa bio abrégée révélait un homme auquel la chance avait souri. Il était l'unique héritier d'une fortune considérable. Il n'avait pas besoin de travailler pour voyager, sans regarder à la dépense d'un bout du pays à l'autre à la recherche d'extraterrestres peut-être dotés du don de guérison.

Dans les médias, Micky ne découvrit aucun article consacré aux convictions de Maddoc quant à l'existence d'ovnis et à la présence de ET parmi nous. Qu'il y crût depuis longtemps ou pas, il n'en avait jamais parlé publiquement. Quatre ans et demi plus tôt, il avait démissionné de son poste universitaire pour « consacrer plus de temps à la philosophie bioéthique qu'à l'enseignement » ainsi qu'à des intérêts personnels non spécifiés.

Il était connu pour avoir prêté la main à huit suicides.

Leilani affirmait qu'il avait tué onze personnes. Il était évident qu'elle était au courant de trois cas non répertoriés publiquement.

Une poignée de vieilles dames, une mère de trente ans atteinte d'un cancer, un lycéen footballeur vedette de dix-sept ans blessé à la colonne vertébrale... Micky, en lisant les assassinats de Maddoc, entendait dans sa tête Leilani récitant la même liste.

À deux reprises, on avait poursuivi Maddoc pour meurtre, deux procès différents dans deux juridictions différentes. Les deux fois, les jurés l'avaient acquitté parce qu'ils avaient jugé ses intentions louables et sa compassion, admirable et inattaquable.

Le mari de sa victime cancéreuse de trente ans, bien que présent lors du suicide assisté, intenta par la suite à Maddoc un procès en dommages et intérêts quand une autopsie révéla que sa femme, victime d'une erreur de diagnostic, n'avait pas le cancer et que son état n'était donc pas incurable. Les jurés se rangèrent du côté de Maddoc, néanmoins, à cause de ses bonnes intentions et parce qu'ils jugèrent que la vraie faute incombait au médecin responsable du faux diagnostic.

Un an après la mort de son fils, la mère du petit garçon de six ans, condamné au fauteuil roulant, intenta une action, elle aussi, en affirmant que Maddoc, complotant avec son mari, l'avait soumise à « une intimidation sans trêve, mentale et affective, en utilisant des techniques de lavage de cerveau et de guerre psychologique », jusqu'à ce qu'elle accepte, épuisée physiquement et mentalement, qu'on mette un terme à la vie de son fils, ce pourquoi elle était pleine de remords. Elle avait abandonné les poursuites avant le procès. Peut-être n'avait-elle pas le courage d'affronter le cirque médiatique qui commençait à planter sa tente, à moins que Maddoc ne fût parvenu à un accord secret avec elle.

La chance favorisait indéniablement Preston Maddoc, il ne fallait toutefois pas sous-estimer l'équipe de défense dynamique que sa fortune lui assurait en cas de litige, ni l'impact de l'agence de relations publiques à vingt mille dollars par mois qui, depuis des années, travaillait sans relâche à parfaire son image.

Il gardait profil bas en ce moment : en effet, depuis qu'il était devenu le mari fidèle et le pourvoyeur en produits pharmaceutiques de Sinsemilla, il se tenait à l'écart de la sphère publique, permettant à d'autres vrais croyants d'occuper les barricades au nom de leur vision d'un meilleur des mondes possible, d'un plus grand bonheur par le biais de l'assassinat utile.

Curieusement, Micky ne dénicha aucune référence au mariage de Maddoc. Sur tous les CV concis du Net, c'était un célibataire.

Quand une figure aussi controversée que Preston Maddoc prenait femme, le mariage devait être une info de première. Qu'il ait publié les bans à Manhattan ou dans un bled paumé du Kansas, les médias auraient appris l'événement et l'auraient largement diffusé, quand bien même la cérémonie aurait-elle eu lieu et la mariée embrassée avant que les journalistes ne se ruent sur place avec caméras et appareils photo. Pourtant... pas un seul mot.

Leilani avait qualifié le mariage de stupéfiant même en l'absence d'un cygne taillé dans la glace. À l'heure qu'il était, Micky croyait que, les histoires de la fillette avaient beau sembler extravagantes, Leilani ne mentait jamais. Un mariage avait bien eu lieu quelque part, sans cygne sculpté dans la glace ni l'attention émue des médias.

Certes, quand la mariée était une femme du genre de Sinsemilla, on n'avait sans doute pas envie que son attaché de presse retienne trois pages dans le journal *People* ou organise une interview-télé de votre couple avec Larry King pour célébrer vos noces.

Il était toutefois plus vraisemblable d'attribuer cette discrétion à l'intention du marié de tuer son beau-fils et sa belle-fille si son espoir de guérisons extraterrestres n'était pas comblé. On ne risque pas d'être interrogé à propos de la disparition d'enfants dont personne ne soupçonne l'existence.

Micky se souvint que Leilani avait précisé que Maddoc n'utilisait pas son véritable nom, en voyage, dans les terrains de camping où ils s'arrêtaient, et qu'il modifiait son apparence. À en juger par la date des copyrights, les photos de lui les plus récentes remontaient à au moins quatre ans.

Fixant l'air désinvolte du Dr Fatalitas sur l'écran d'ordinateur, Micky devina que ses intentions meurtrières à l'encontre de Lukipela et Leilani n'étaient pas l'unique raison qui l'avait fait tenir son mariage secret. Un mystère attendait qu'on lève le voile.

Elle se déconnecta. Les ressources d'Internet avaient beau être exhaustives, Micky ne pouvait plus rien apprendre d'utile. Le monde réel déjouait toujours le virtuel, et ce serait toujours le cas. La prochaine étape consistait à rencontrer Preston Maddoc face à face et à le jauger.

En quittant la bibliothèque, elle n'avait plus honte de sa minijupe trop collante. Si elle ne l'avait pas annulé, elle aurait pu se rendre à l'entretien d'embauche avec confiance. Au cours des deux dernières heures, elle avait changé d'une façon fondamentale. Elle sentait profondément la différence sans parvenir encore à la définir. Ruminant ce qu'elle venait d'apprendre sur la bioéthique, Micky rejoignit sa Camaro sans avoir vraiment conscience de traverser le parking, comme si on l'avait téléportée de la bibliothèque à la voiture en un instant.

Une fois au volant, elle ne mit pas la radio. Elle conduisait *toujours* avec la radio. Le silence la mettait à cran et la musique calfatait les brèches. Pas aujourd'hui.

Le monde réel déjouait le virtuel...

Les bioéthiciens étaient dangereux parce qu'ils concevaient leurs règles et élaboraient leurs plans non pour le monde réel, mais pour une réalité virtuelle dans laquelle les êtres humains n'ont pas de cœur, aucune capacité d'amour et où tout un chacun est aussi convaincu que les bioéthiciens de l'absurdité fondamentale de la vie, où tout un chacun croit que l'humanité n'est que de la barbaque.

Alors qu'elle revenait chez elle, les routes étaient aussi obstruées que les artères d'un sumo vieillissant. D'habitude, rouler au pas l'exaspérait. Pas aujourd'hui.

Maddoc et ses compagnons bioéthiciens cessaient d'être un simple danger pour devenir des tyrans sanguinaires quand ils obtenaient le pouvoir d'essayer de rendre le monde conforme à leur modèle abstrait, modèle en conflit avec la nature humaine et pas plus représentatif de la réalité que les tours mathématiques d'un idiot savant ne le sont du vrai génie.

Avance, stop. Avance, stop.

Elle se souvint d'avoir lu que la Californie avait interrompu la construction d'autoroutes pendant huit ans dans les années 70 et 80. Le gouverneur d'alors croyait que l'automobile ne serait plus utilisée à grande échelle autour de 1995. Les transports publics auraient pris la relève. Alternative technologique. Miracles.

Au cours de toutes ces années où elle avait pesté contre la circulation pare-chocs contre pare-chocs, pendant tant de trajets de deux heures frustrants qui n'auraient dû prendre que trente minutes, elle n'avait jamais fait le lien entre cette politique publique idiote et le bordel ambiant. Soudain, elle sentit que, par choix personnel, elle avait vécu entièrement dans l'instant présent, dans une bulle qui la séparait à la fois du passé et de l'avenir, de la cause et de l'effet.

Avance, stop. Avance, stop.

Combien de millions de litres d'essence étaient gaspillés dans une circulation pareille, quel degré de pollution était généré sans nécessité par les conséquences involontaires de ce moratoire sur la construction routière ? Et pourtant, le gouverneur actuel avait annoncé sa propre interdiction de construction d'autoroutes.

Si elle laissait Leilani mourir, comment pourrait-elle vivre en paix avec elle-même, sinon en embrassant la philosophie « on n'est rien que de la viande » des adeptes de Maddoc ? À sa manière, elle avait vécu pendant des années selon ce credo creux – et il n'y avait qu'à voir où ça l'avait menée.

Une nouvelle pensée en entraînait une autre. Avance, stop. Avance, stop.

Micky eut l'impression de se réveiller d'un rêve qui avait duré vingt-huit ans.

42.

Avec la rapidité d'un génie surgissant de sa lampe-prison, l'odeur de vanille, douce et huileuse, se répandit magiquement dans l'humidité de l'air et aux quatre coins de la cuisine de Mme D. dès qu'elle ouvrit la bouteille.

— Mmmm. C'est la meilleure odeur du monde, tu ne trouves pas ?

Garnissant de glaçons deux grands verres, Leilani poussa un profond soupir.

— Somptueuse. Malheureusement, ça me rappelle l'eau du bain de la vieille Sinsemilla.

— Dieu du ciel. Ta mère se baigne dans la vanille ?

Tout en regardant Geneva verser de l'extrait de vanille sur les glaçons, apporter les verres puis des canettes de Coca sur la table, Leilani décrivit la passion de Sinsemilla pour des bains chauds qui la purgeaient de ses toxines.

— Ce doit être un peu comme d'agiter un grelot, fit Mme D., tendant à Leilani l'un des Coca.

— Madame D., là, je ne vous suis à nouveau plus. Je crains que mon besoin de comprendre l'enchaînement logique des remarques ne me gêne dans la conversation.

— Je le regrette pour toi, ma chérie. Je voulais dire que tu sais toujours quand ta mère approche puisqu'elle s'annonce par un merveilleux parfum.

— Pas si merveilleux quand elle met de l'ail, du jus de chou concentré et d'extrait de datura dans son bain.

Elles s'attablèrent et goûtèrent leur Coca à la vanille.

— C'est fabuleux, s'enthousiasma Leilani.

— Je n'en reviens pas que tu n'y aies jamais goûté.

— Eh bien, on a rarement du Coca au frigo. D'après la vieille Sinsemilla la caféine inhibe le développement de nos capacités télépathiques naturelles.

— Dans ce cas, tu dois sacrément bien lire dans les pensées, petite.

— C'en est angoissant. En ce moment, vous cherchez à vous rappeler le nom de tous les chanteurs du groupe Destiny's Child que vous avez incarnés, et vous n'en retrouvez que quatre.

— C'est très troublant, ma chérie. En fait, je pense en ce moment précis que ce Coke vanille se marierait parfaitement à un bon gros biscuit.

— J'aime votre façon de penser, madame D., même si votre esprit est trop complexe pour qu'on le déchiffre correctement.

— Leilani, ça te plairait un bon gros biscuit ?

— Oui, merci.

— À moi aussi. Beaucoup. Malheureusement, on n'en a pas. De bons biscuits à la cannelle croustillants, ça serait bien, aussi. Que dirais-tu de biscuits à la cannelle avec un Coke à la vanille ?

— Vous m'avez convaincue.

— On n'en a pas non plus, j'en ai peur.

Geneva sirota son verre, réfléchit un instant.

— Est-ce que tu crois que des biscuits au chocolat et aux amandes iraient bien avec un Coke à la vanille ?

— Je n'ai pas vraiment d'avis, madame D.

— Vraiment. Et pourquoi ça, ma chérie ?

— Cela paraît inutile.

— Dommage. Sans me vanter, mes biscuits au chocolat et aux amandes sont merveilleux.

— Vous en avez ?

— Six douzaines.

— C'est plus que suffisant, merci.

Geneva apporta une assiette de ses gâteaux sur la table.

Leilani en goûta un.

— Phénoménal. Et ça va très bien avec le Coke vanille. Mais ce ne sont pas des amandes, ce sont des noix de pécan.

— Oui, je sais. Je ne tiens pas particulièrement aux amandes, alors quand je fais des biscuits au chocolat et aux amandes, j'utilise des noix de pécan à la place.

— Une question me brûle la langue, madame D., mais je ne veux pas que vous trouviez que je vous manque de respect.

Geneva ouvrit de grands yeux.

— Tu n'y arriverais pas même si tu voulais. (Geneva fronça les sourcils)... voyons, quelle est l'expression déjà ?

— Une jeune mutante à tout point de vue, aucun doute là-dessus.

— Si tu le dis, ma chérie.

— Je vous le demande avec beaucoup d'affection, madame D. : vous le faites *exprès* d'être une charmante toquée ou ça vous vient naturellement ?

— Parce que je suis une charmante toquée ? lança Geneva aux anges.

— D'après moi, oui.

— Eh bien, ma douce enfant, rien ne me plairait davantage ! Quant à ta question... laisse-moi réfléchir. Eh bien, si je *suis* une charmante toquée, je ne suis pas certaine de l'avoir toujours été ou alors peut-être seulement depuis qu'on m'a tiré dans la tête. Que ce soit l'un ou l'autre, non, je ne le fais pas exprès. Je ne saurais pas comment m'y prendre.

La bouche pleine, Leilani annonça :

— Le Dr Fatalitas va nous emmener en Idaho.

Une expression d'inquiétude fit disparaître le sourire de Geneva.

— En Idaho ? Quand ça ?

— Je sais pas. Quand le garagiste en aura fini avec le camping-car. La semaine prochaine, à mon avis.

— Pourquoi en Idaho ? Je veux dire, les gens sont gentils en Idaho, j'en suis sûre, avec toutes leurs pommes de terre, mais c'est terriblement loin d'ici.

— Y a un type qui vit près de Nun's Lake, en Idaho, qui affirme qu'il a été enlevé à bord d'un vaisseau spatial extraterrestre et qu'on l'a guéri.

— Guéri de quoi ?

— Du désir de vivre à Nun's Lake, d'après moi. Ce type s'imagine que son histoire vraiment délirante lui vaudra un contrat pour un bouquin, un télé-film et assez de fric pour déménager à Malibu.

— On ne peut pas te laisser partir en Idaho.

— Zut, madame D., je suis bien allée dans le Dakota du nord.

— On te gardera ici, on te cachera dans la chambre de Micky.

— C'est du kidnapping.

— Pas si tu es consentante.

— Ouais, même si je suis consentante, c'est la loi.

— Alors la loi est bête.

— La bêtise de la loi ne vaut rien comme argument au tribunal, madame D. Vous finirez en avalant tout le gaz mortel dont vous aurez envie, aux bons soins de l'État de Californie. Je peux avoir un autre biscuit ?

— Bien sûr, ma chérie. Mais cette histoire d'Idaho est tellement déprimante.

— Mangez, mangez, lui conseilla Leilani. Vos biscuits sont si bons qu'ils auraient donné envie aux prisonniers, des chambres de torture de Torquemada de faire des claquettes.

— Alors, je devrais en préparer une fournée pour qu'on leur en envoie quelques-uns.

— Torquemada vivait à l'époque de l'Inquisition espagnole, madame D., en 1400 et quelque.

— À cette époque là, je ne faisais pas de gâteaux. Mais ça m'a toujours fait beaucoup de plaisir que les gens apprécient ma cuisine. Et même avant, quand j'avais le restaurant, mes petits plats me valaient les plus grands compliments.

— Vous avez eu un restaurant ?

— J'ai d'abord été serveuse, puis j'ai eu un restaurant, qui est devenu une petite chaîne prospère. Oh et puis j'ai rencontré cet homme charmant, Zachary Scott. Le succès, la passion... tout aurait été merveilleux si ma fille n'avait pas commencé à lui faire des avances.

— Je ne savais pas que vous aviez une fille, madame D.

Geneva grignotait pensivement son petit gâteau.

— À vrai dire, c'était celle de Joan Crawford.

— La fille de Joan Crawford a fait des avances à votre petit ami ?

— En réalité, les restaurants appartenaient à Joan Crawford, aussi. Je crois bien que tout ça s'est passé dans *Le Roman de Mildred Pierce*, pas du tout dans ma vie – mais ça ne change rien au fait que Zachary Scott était un homme charmant.

— Après tout je pourrais peut-être venir demain, et on préparerait un tas de cookies pour les prisonniers de Torquemada.

Geneva éclata de rire.

— Et je parierai que George Washington et ses gars à Valley Forge aimeraient bien en avoir une fournée aussi. Tu es craquante, canon, à croquer, Leilani. Il me tarde de voir à quoi tu ressembleras quand tu seras grande.

— D'abord, j'aurai des lolos, d'une façon ou d'une autre. Ce qui ne veut pas dire qu'en avoir soit le but ultime de mon existence.

— J'aimais particulièrement mes seins quand j'étais Sophia Loren.

— Vous êtes plutôt marrante dans votre genre, madame D. et pourtant vous êtes déjà grande. D'après mon expérience, il n'y a pas beaucoup d'adultes qui soient drôles.

— Pourquoi ne m'appelles-tu pas tante Gen comme Micky ?

Cette marque d'affection faillit faire craquer Leilani. Incapable de parler, elle essaya de le cacher en avalant une gorgée de Coke à la vanille.

Les yeux de Geneva, pas dupe, s'embuèrent. Pour faire diversion, elle prit un biscuit. Peine perdue. Il n'y avait en effet aucune raison pour qu'elle le mette devant ses yeux pleins de larmes qu'elle voulait dissimuler à Leilani.

Du point de vue de cette dernière, ce qui pouvait arriver de pire serait qu'elles éclatent en sanglots toutes les deux comme dans une séquence de l'*Oprah Winfrey Show* intitulée « La Petite Handicapée Destinée à être Assassinée et la Charmante Tante de Substitution Toquée à Qui On a Tiré Une Balle dans La Tête et Qui L'Aime ». La voie des pleureuses n'était pas plus la voie de la Klonk que celle du Ninja, du moins pas de *cette* Klonk-là.

Le moment du pingouin était arrivé.

Elle le pêcha dans l'une des poches de son short et le posa sur la table, parmi les bougeoirs qui n'avaient pas changé de place depuis le dîner de la veille.

— Je me demandais si vous pouviez me rendre un service et m'aider à rendre ça à la personne qui devrait l'avoir.

— Comme il est mignon !

Geneva reposa le biscuit qu'elle n'avait pas plus envie de manger que de se le coller sur l'œil. Elle s'empara de la figurine.

— Ma parole, c'est adorable, hein ?

Le pingouin, haut de cinq centimètres – modelé dans l'argile, cuit au four, peint à la main – était en effet si adorable que Leilani l'aurait conservé si elle ne connaissait pas sa sinistre provenance.

— Il appartenait à la fille qui est morte hier au soir.

Le sourire de Geneva se figea, puis s'évanouit.

— Elle s'appelait Tetsy, poursuivit Leilani. Je ne

connais pas son nom de famille. Mais je crois qu'elle était du coin, de ce comté.

— De quoi s'agit-il, ma douce ?

— Si vous achetez le journal demain et samedi, on devrait y publier un avis de décès, un jour ou l'autre. Son nom de famille y figurera.

— Tu me flanques la frousse, ma chérie.

— Pardon. Je ne voulais pas. C'est un des pingouins que Tetsy collectionnait. Preston a pu le lui demander, ou le lui prendre subrepticement. De toute façon, je n'en veux pas.

Elles se dévisagèrent à travers la table. Geneva n'avait plus l'œil embrumé tandis que Leilani, inébranlable, fonctionnait selon la voie de la Klonk. Aucun danger à présent qu'un torrent de larmes ne fasse passer le mobilier de cuisine par la porte de service.

— Il faudrait appeler la police, Leilani ? demanda Geneva.

— Ça ne servirait à rien. Il lui a injecté une dose massive de digitoxine, ce qui lui a provoqué une crise cardiaque. Preston s'est déjà servi de ce genre de truc. On décèlerait la digitoxine dans une autopsie, donc il a dû s'assurer qu'on n'en pratiquerait pas. Très vraisemblablement, on doit l'avoir déjà incinérée.

Le regard de Geneva passa du pingouin, à Leilani, à son Coca à la vanille.

— C'est bizarre, dit-elle.

— N'est-ce pas ? De toute façon, Preston m'a donné ce pingouin parce qu'il lui rappelait Lukipela. Enfin, c'est ce qu'il m'a dit.

Leilani n'aurait jamais imaginé que Geneva ait une voix aussi venimeuse que celle avec laquelle elle lança :

— *L'ordure, le salopard.*

— Il est mignon, Luki était mignon. Il penche d'un côté, comme Luki. Mais il ne ressemble pas à Luki parce que, bien sûr, c'est un *pingouin*.

— J'ai une belle-sœur qui vit à Hemet.

Même si cela n'avait aucun rapport avec des filles mortes et des pingouins, Leilani se pencha en avant avec intérêt.

— C'est une vraie belle-sœur ou peut-être Gwyneth Paltrow ?

— Une vraie. Elle s'appelle Clarissa, et c'est une gentille femme dans la mesure où on tolère les perroquets.

— J'aime bien les perroquets. Ils parlent les siens ?

— Oh, en permanence. Elle en a plus de soixante.

— Moi, je suis plutôt du genre un perroquet à la fois.

— Je réfléchis, peut-être que, si tu disparaissais, la police viendrait chercher ici, mais elle ne serait pas au courant de Clarissa à Hemet.

Leilani fit mine de prendre la chose en considération avant d'ajouter :

— Sur soixante perroquets qui parlent, il y aura au moins un mouchard qui nous balancera.

— Elle adorerait ta compagnie, ma chérie. Et il y a toujours des choses à faire : remplir les mangeoires de graines, les baignoires d'eau.

— Pourquoi est-ce que ça me rappelle un film d'Hithcock ? Et je ne pense pas seulement aux *Oiseaux*. À mon avis, il doit y avoir quelque part un type qui s'habille comme sa mère et qui est obsédé par les coutelas. De toute façon si Clarissa allait en prison pour kidnapping, que deviendraient ses perroquets ?

Geneva regarda autour d'elle comme si elle jaugeait ses capacités d'accueil.

— Je pourrais tous les prendre ici, je suppose.

— Alors ça, je veux qu'on le filme en vidéo !

— Mais on ne mettrait jamais Clarissa en prison. Elle a soixante-sept ans et pèse cent vingt-cinq kilos même si elle ne dépasse pas un mètre soixante - sans oublier son goitre, bien entendu.

Leilani ne posa pas la question qui tombait sous le sens.

Geneva y répondit néanmoins.

— À proprement parler, ce n'est pas vraiment un goitre. C'est une tumeur qu'elle ne veut pas qu'on enlève parce qu'elle est bénigne. Clarissa ne fait pas confiance aux médecins ; vu l'historique de ses rapports avec eux, on la comprend. Alors, elle n'y touche pas et le laisse grossir. Même si la direction de la prison ne se préoccupait pas de son âge et de son poids, elle aurait peur que le goitre n'effraie les autres détenues.

Leilani vida son Coke à la vanille jusqu'à la dernière goutte.

— D'accord. Alors quand paraîtra l'avis de décès, si vous retrouvez l'adresse des parents de Tetsy et si vous leur renvoyez le pingouin, ce sera super. Je le ferais bien moi-même, mais Preston ne me permet pas d'avoir de l'argent, même pas assez pour des timbres. Il m'achète tout ce dont j'ai envie, mais je crois qu'il s'imagine que si j'avais de l'argent de poche, je le ferais fructifier à coups de placements judicieux jusqu'à ce que j'aie de quoi me payer un tueur à gages.

— Il reste encore la moitié du Coke dans la canette, ma chérie. Tu aimerais que j'ajoute de la glace et de la vanille fraîche dans ton verre ?

— Oui, merci.

Après que Geneva leur eut préparé une seconde tournée, elle se rassit face à Leilani. L'inquiétude traçait des sillons qui reliaient entre elles ses constellations de taches de rousseur ; ses yeux verts s'assombrirent.

— Micky aura une idée de ce qu'on peut faire.

— Ça va aller, tante Gen.

— Mon chou, tu ne vas pas partir pour l'Idaho.

— Il est gros comment le goitre ?

— Est-ce que tu peux venir dîner ce soir ?

— Génial ! Le Dr Fatalitas doit ressortir, il sera pas au courant. Lui, il m'empêcherait, mais la vieille Sinsemilla est trop centrée sur elle pour s'en apercevoir.

— Je suis sûre que Micky aura mis au point une stratégie d'ici là.

— Il est plus gros qu'une prune ?

— Je mettrai l'air conditionné ce soir, comme ça, on aura les idées claires. Je te parie que le *gouverneur* ne s'en passe jamais.

— Plus gros qu'une orange ?

43.

Resplendissantes avec leurs sandales à talon plastique et l'opale enchâssée dans leur nombril, les deux Cendrillon n'ont pas besoin de marraine-fée, car elles sont féeriques. Leur rire musical est contagieux. Curtis ne peut s'empêcher de sourire même quand elles se moquent de la crainte ridicule, qu'il exprime en tremblant, qu'elles ne soient des clones.

Bien entendu, ce sont de vraies jumelles. Celle qu'il a rencontrée dehors s'appelle Castoria. Et celle qu'il a rencontrée en second, Polluxia.

— Appelle-moi Cass.

— Et moi, Polly.

Cette dernière repose le grand couteau avec lequel elle hachait les légumes. Tombant à genoux sur le sol du carré, avec un babil suraigu et un grattouillis d'oreilles vigoureux, elle réduit sur-le-champ Fidèle Vagabonde à une adulation léchouilleuse et fouetteuse de queue.

Posant gentiment une main sur l'épaule de Curtis, Cass le fait sortir du salon et pénétrer dans le carré.

— Dans la mythologie grecque, dit Curtis, Castor et Pollux étaient les fils de Léda que Jupiter engrossa sous la forme d'un cygne. Ce sont les saints patrons des marins et des voyageurs. Ce sont aussi des guerriers célèbres.

Ce laïus savant surprend les deux sœurs qui le considèrent avec une curiosité non déguisée.

Fidèle Vagabonde se retourne pour le considérer, elle aussi, bien que de façon accusatrice, car Polly vient de cesser babil et grattouillis.

— On nous raconte que la moitié des lycéens ne savent pas lire à la fin de leurs études, dit Cass. Et toi, tu es calé en mythologie grecque dès le primaire ?

— Ma mère était une fan de l'augmentation organique du cerveau et du téléchargement direct de mégadonnées dans le cerveau, explique-t-il.

Leur expression pousse Curtis à reconsidérer ce qu'il vient de dire, et il est dépité de se rendre compte qu'il en a révélé plus sur sa vraie nature et ses origines qu'il n'avait l'intention de le faire avec qui que ce soit. Ces deux femmes l'éblouissent et comme avec Donella et Gabby, son éblouissement semble provoquer un relâchement de la langue ou un embrouillamini du même organe à la traîtrise potentielle. Dans une piètre tentative de les distraire de ce qu'il vient de révéler, Curtis poursuit par un mensonge inoffensif.

— En plus, on avait une Bible et une 'cyclopédie inutile qu'nous avait vendues un mercanti squatteur d'véranda.

Cass prend un journal sur la table du coin-dînette et le tend à Polly.

Polly écarquille ses yeux pétillants, qui semblent lancer des éclairs bleus sur Curtis à qui elle s'adresse :

— Je ne t'avais pas reconnu, mon chou.

Elle tourne le journal vers Curtis afin qu'il voie les trois photos sous ce gros titre : LES SAUVAGES ASSASSINATS DU COLORADO SONT LIÉS AUX BARONS DE LA DROGUE EN CAVALE DANS L'UTAH.

Les photos sont celles des membres de la famille Hammond. M et Mme Hammond, tels qu'on les voit ici, sont sûrement les gens qui dormaient tranquillement dans leur lit à la ferme pendant que le garçon fugitif leur avait pris honteusement vingt-quatre dollars dans le portefeuille sur la coiffeuse.

La troisième est celle de Curtis Hammond.

— Tu n'es pas mort, dit Cass.

— Non, répond Curtis, ce qui est vrai autant que faire se peut.

— Tu t'es échappé ?

— Pas tout à fait encore.

— Avec qui es-tu ici ?

— Personne sauf ma chienne. On a fait beaucoup de stop à travers l'Utah.

— Qu'est-ce qui est arrivé à ta famille dans la ferme du Colorado – ça a un rapport avec ce tohu-bohu en Utah ?

— Ouais, opine-t-il.

Castoria et Polluxia échangent un regard, et leur connexion est aussi précise qu'entre un laser chirurgical et le terminus calculé de son rayon, si bien que Curtis distingue presque le tracé scintillant de la pensée passant de l'une à l'autre. Ensuite, elles échangent des questions en un duo qui ne diminue en rien son éblouissement :

— Il n'y a pas qu'...

— ... une bande de...

— ... barons de la drogue dingues...

— ... derrière tout ça...

— ... comme le dit le gouvernement...

— ... pas vrai, Curtis ?

Son attention rebondit de l'une à l'autre tandis qu'il répond deux fois à la question.

— Non. Non.

Quand ces jumelles échangent un regard éloquent, ce qu'elles font à nouveau maintenant, on dirait qu'elles se transmettent non seulement une idée simple et rapide, mais des paragraphes entiers de données et d'opinions complexes. Dans l'utérus, nourries par le même fleuve de sang susurrant, apaisées par la berceuse à deux notes du cœur de la même mère, se regardant les yeux dans les yeux en une anticipation rêveuse du monde à venir, elles avaient perfectionné leur regard télémétrique.

— Là-bas, dans l'Utah...

— ... est-ce que le gouvernement...

— ... n'essaie pas de dissimuler...

— ... un contact avec...

— ... des extraterrestres ?

— Si, dit Curtis parce que c'est la réponse qu'elles attendent et la seule qu'elles croiront. S'il ment en leur disant qu'aucun alien n'est dans le coup, soit elles sauront qu'il leur déguise sa pensée, soit elles penseront qu'il est complètement stupide et aussi embobiné par les experts en communication du gouvernement que n'importe qui. Cass et Polly l'attirent ; il les aime bien. D'une part, parce que Fidèle Vagabonde les aime bien, d'autre part, parce que les gènes de Curtis Hammond assurent qu'il les aime bien. En outre, il y a une tendresse en elles, sans rapport avec leur beauté, qu'il trouve émouvante. Il ne veut pas qu'elles le croient idiot, ni disposé à mentir.

— Oui, des aliens.

De Cass à Polly, de Polly à Cass, les lasers bleus transmettent tacitement des volumes. Après quoi, Polly demande :

— Où sont tes parents, vraiment ?

— Ils sont vraiment morts.

Des larmes de culpabilité et de remords brouillent sa vision. Tôt ou tard, il aurait été forcé de s'arrêter quelque part, si ça n'avait pas été à la ferme Hammond, ç'aurait été dans une autre, pour trouver des vêtements, de l'argent et une identité convenable. Mais s'il avait pris conscience que les chasseurs étaient tellement sur ses talons, il n'aurait pas choisi la ferme Hammond.

— Morts. Le journal a raison sur ce point.

En voyant ses pleurs, les deux sœurs volent vers lui comme des oiseaux vers un nid dans la tempête. En un instant, il est serré, embrassé et réconforté par Polly, puis par Cass, pris dans un tourbillon de compassion et d'affection maternelle.

À deux doigts d'une syncope, Curtis est transporté dans le coin-dînette comme par des esprits et, en ce qui lui semble un miracle égal au soleil tournoyant en paillettes dans le ciel au-dessus de Fatima, un rafraîchissement divin apparaît devant lui – un grand verre de *root beer* fraîche où flotte une boule de glace à la vanille.

Fidèle Vagabonde n'est pas oubliée : on lui sert une assiette de blancs de poulet débités en cubes et un bol d'eau avec des glaçons. Après avoir nettoyé l'assiette du poulet presque aussi vite qu'un aspirateur industriel, la chienne mâche les glaçons avec délices, souriant tout en les croquant.

Comme si l'image et son reflet existaient magiquement côte à côte, Cass et Polly s'attablent en face de Curtis dans le coin-dînette. Quatre pendentifs d'argent se balancent, quatre colliers d'argent et de turquoise brillent, quatre bracelets d'argent luisent – et quatre seins empourprés, aussi lisses que de la crème, se gonflent de sympathie et d'inquiétude.

Des cartes à jouer sont déployées en éventail sur la table ; Polly les rassemble en disant :

— Je ne veux pas retourner le couteau dans la plaie, mon chou, mais si on doit t'aider, il faut qu'on connaisse la situation. Tes parents ont-ils été tués parce qu'ils en ont trop vu, ou quelque chose comme ça ?

— Oui, m'dame. Quelque chose comme ça.

Glissant le paquet de cartes dans un étui portant le logo Bicycle et le mettant de côté, Polly dit :

— Et évidemment, toi aussi tu en as trop vu.

— Oui, m'dame. Quelque chose comme ça.

— S'il te plaît, appelle-moi Polly, mais ne me demande *jamais* si je veux un biscuit[1].

— D'accord, m'da... – d'accord, Polly. Mais moi, j'aime bien les biscuits, alors je mangerai tous ceux dont vous ne voudrez pas.

Pendant que Curtis sirote bruyamment sa *root beer* et sa glace fondante avec une paille, Cass se penche telle une conspiratrice et chuchote d'un ton inquiétant :

— *As-tu vu un vaisseau spatial extraterrestre, Curtis ?*

Il s'humecte les lèvres et chuchote :

— *Plus d'un, m'dame.*

— *Appelle-moi, Cass*, murmure-t-elle en retour.

Et dès lors leur conversation s'ancre fermement sur ce mode *sotto voce*.

— *Castoria, ça ressemble trop à un médicament pour les boyaux.*

— *Moi, je trouve ça joli, Cass.*

— *Je dois t'appeler Curtis ?*

— *Bien sûr. C'est lui que je suis... c'est qui je suis.*

— *Alors tu as vu plus d'un vaisseau extraterrestre. Et as-tu vu... des aliens vrais de vrais ?*

— *Des tas. Et certains, pas si vrais de vrais.*

Électrisée par cette révélation, elle se penche encore plus par-dessus la table et une urgence plus grande colore son murmure :

— *Tu as vu des aliens et donc, le gouvernement veut te tuer pour t'empêcher de parler.*

Complètement sous le charme de son excitation enfantine, de ses yeux qui scintillent, Curtis ne veut pas la décevoir. Se penchant au-delà de sa *root beer*, pas tout à fait nez à nez avec Cass, mais assez près pour ressentir sa griserie, il murmure :

— *Le gouvernement m'enfermerait sans doute au secret pour m'étudier, ce qui pourrait être pire que me tuer.*

— *Parce que tu as été en contact avec les aliens ?*

— *Quelque chose comme ça.*

Polly, qui ne s'est pas penchée sur la table, qui ne chuchote pas, regarde avec inquiétude la proche fenêtre. Passant par-dessus la tête de sa sœur, elle agrippe et tire sur le cordon, fermant le court rideau en disant :

— Tes parents ont rencontré eux aussi des extraterrestres, Curtis ?

---

1. Polly est l'équivalent américain de notre Jacquot pour un perroquet *(N.d.T.)*.

Toujours penché vers Cass, Curtis tourne son regard vers Polly, à qui il répond d'un ton normal, comme celui sur lequel elle s'est adressée à lui :

— Oui.

— *Une rencontre du troisième type ?* chuchote Cass.

— *Du pire type*, chuchote-il en retour.

— Pourquoi le gouvernement n'a-t-il pas voulu les étudier comme il veut le faire avec toi ? Pourquoi les avoir tués ?

— Ce n'est pas le gouvernement qui les a tués, explique Curtis.

— *Alors qui ?* murmure Cass.

— *Des assassins aliens*, dit Curtis d'une voix sifflante. *Les aliens ont tué tout le monde dans la maison.*

Cass a les yeux plus bleus que des œufs de merle et semble-t-il aussi gros que ceux d'un nid de poule. Le souffle coupé l'espace d'un instant, elle ne tarde pas à ajouter :

— *Alors... ils ne viennent pas en paix pour aider l'humanité.*

— *Certains, si. Mais pas ces bandits-là.*

— Et ils sont encore à ta poursuite, c'est ça ? demande Polly.

— Depuis le Colorado et à travers l'Utah, reconnaît Curtis. Eux et le FBI. Mais je deviens de plus en plus difficile à détecter.

— *Pauvre gosse*, chuchote Cass. *Tout seul, en cavale.*

— *J'ai ma chienne.*

Se levant de la kitchenette, Polly affirme :

— Maintenant tu nous as aussi, nous. Viens, Cass, on lève l'ancre, on se barre.

— On n'a pas encore entendu toute son histoire, proteste Cass. Avec les aliens et toutes sortes de trucs qui fichent la trouille.

Toujours penchée vers Curtis, elle se remet à chuchoter :

— *Toutes sortes de trucs qui fichent la trouille, hein ?*

— *Oui*, confirme-t-il, ravi de lui faire plaisir.

Polly est catégorique :

— Ils le pourchassent d'État en État en franchissant la frontière. Ils vont évidemment venir fouiner par ici. Faut pas s'éterniser.

— *C'est elle le chef*, chuchote Cass avec solennité. *Il faut l'écouter sinon on va le payer très cher.*

— Je ne suis pas le chef, j'ai l'esprit pratique simplement. Curtis, pendant qu'on met l'engin en état de rouler, va prendre une douche. Tu sens un poil trop fort. On va passer tes vêtements à la machine.

Bien qu'il n'ait pas envie de faire courir de risques aux deux sœurs il accepte leur hospitalité pour trois raisons. Primo, bouger, c'est brouiller les pistes, comme ça ses ennemis auront plus de mal à le détecter. Deuzio, son vaste pare-brise mis à part, le camping-car jouit d'un espace plus clos que la plupart des véhicules ; les autres ouvertures sont petites et la coquille métallique masque largement sa signature biologico-énergétique particulière aux appareils de détection électroniques. Tertio, ça fait approximativement deux jours qu'il est Curtis Hammond et plus longtemps il s'enracine dans cette nouvelle existence, plus il est difficile à retrouver. Donc il les expose probablement à un danger minime.

— Un bain ne ferait pas non plus de mal à ma chienne.

— On la récurera de fond en comble plus tard, lui promet Polly.

Après le carré, une porte s'ouvre sur les w.c. à droite, qui sont séparés de la salle de bains. À gauche, se dresse une machine à laver combinée à un sèche-linge.

Juste en face, il y a la porte de la salle de bains derrière laquelle se trouvent les cinq derniers mètres du camping-car. On accède à l'unique chambre à coucher par la salle de bains.

Fidèle Vagabonde reste en arrière avec Polly, tandis que Cass montre à Curtis comment fonctionne la douche. Après avoir sorti une nouvelle savonnette de son emballage, elle dispose des serviettes propres.

— Une fois que tu seras déshabillé, jette tes vêtements par la porte de la salle de bains, et je les laverai.

— C'est très gentil à vous, m'dame. Cass, j'veux dire.

— Ne sois pas bêta, mon chou. Tu nous as apporté ce dont nous avions besoin. Nous, on aime l'aventure, et tu as vu des *aliens*.

Le mot aventure fait étinceler ses yeux, qui s'enflamment lorsqu'elle prononce alien. Le visage rouge d'excitation, c'est tout juste si elle ne frémit pas d'impatience.

Et elle éclate dans ses vêtements, autant que Wonder Woman dans sa tenue de super héroïne.

Quand il se retrouve seul, Curtis sort son trésor de ses poches et met l'argent sur le rebord du lavabo. Il fait glisser la porte de la salle de bains juste assez pour jeter ses vêtements devant la machine à laver, avant de la refermer solidement.

Il est suffisamment Curtis Hammond pour rougir de se retrouver nu dans la salle de bains des deux sœurs. D'abord, cela semble indiquer qu'il est bien implanté dans sa nouvelle identité, déjà davantage Curtis que lui-même, et le devenant de plus en plus, tout le temps.

Scrutant son visage dans le miroir, pourtant, il le voit foncer jusqu'à une nuance d'écarlate qu'il n'a jamais remarquée chez d'autres personnes et qui le fait soudain douter d'avoir pleinement le contrôle de lui-même. Un fard aussi prononcé dépasse certainement les possibilités d'une réaction physiologique chez les humains. Il ressemble à un homard en pleine cuisson et il est persuadé que, n'importe qui, le voyant ainsi, suspecterait qu'il n'est pas ce qu'il prétend. En outre, il a l'air si penaud que son expression seule remplirait de soupçons le premier policier venu et prédisposerait le premier juré venu à le condamner.

Le cœur battant la chamade s'efforçant de garder son calme, il entre dans la douche avant d'ouvrir l'eau, ce que Cass lui a conseillé de *ne pas* faire. Elle est immédiatement si chaude qu'il en crie de douleur, il étouffe ce cri, augmente par erreur la chaleur de l'eau, alors il surcompense et se tient sous un jet glacé. De haut en bas, il est rouge vif comme un homard et ses dents claquent si fort qu'il pourrait casser des noix avec, s'il en avait, et c'est aussi bien qu'il n'en ait pas, parce que les coques saliraient tout et il faudrait qu'il nettoie. S'écoutant bafouiller des trucs sur les noix, il est stupéfié d'avoir survécu aussi longtemps. Une fois de plus, il s'exhorte au calme – même si la dernière fois, ça n'a pas eu le résultat escompté.

Il se souvient que Cass lui a conseillé de prendre une douche rapide parce que le camping-car n'est pas relié aux prises d'eau et d'électricité ; le système fonctionne sur les citernes du véhicule et le générateur à essence. Comme il n'a pas réussi à obtenir une définition précise de *rapide*, il est certain d'avoir déjà employé plus d'eau que la prudence ne l'exige, aussi se savonne-t-il le plus vite possible. Quand il se rince, il se souvient de ses cheveux, verse du shampooing directement de la bouteille sur sa tête, s'aperçoit aussitôt qu'il a mis trop de produit et se tient dans une masse montante de mousse qui menace de remplir la cabine de douche.

Pour dissoudre la mousse le plus rapidement possible,

il remet l'eau froide. À peine parvient-il à arrêter le jet que ses dents se remettent à claquer comme un casse-noix électrique. Il est certain d'avoir vidé les réserves du camping-car au point que le véhicule va se renverser sur le côté, déséquilibré, ou avoir une panne catastrophique avec, à la clé, de grosse pertes financières et peut-être même en vies humaines.

Hors de la douche, sur le tapis de bain, il se sèche vigoureusement tout en réalisant que la toilette a un rapport avec la sociabilité – énième preuve qu'il n'est pas doué pour cet exercice. Pourtant, il ne peut pas aller dans la vie sans se laver, car ce n'est pas non plus le nec plus ultra de la sociabilité de se balader sale et puant.

Outre ces tracas, ces petits malheurs, il est toujours gêné par sa nudité dans la salle de bains des deux sœurs, tout en se rendant compte qu'il ne portera qu'une grande serviette jusqu'à ce que ses vêtements soient prêts. Il se tourne vers la glace, anxieux de vérifier si son visage a gardé sa nuance homard si peu naturelle. C'est alors qu'il découvre quelque chose d'encore pire que prévu dans son reflet.

Il n'est plus Curtis Hammond.

— Par tous les sacro-saints vivants.

Sous le choc, il laisse tomber la serviette.

Plus précisément : il est Curtis Hammond mais pas entièrement, pas comme il faut, en tout cas pas de façon assez convaincante pour passer pour un être humain.

Ah seigneur.

Le visage dans le miroir n'est pas hideux, mais il est plus étrange que n'importe quel monstre de fête foraine qui ait jamais accueilli des péquenauds bouche bée dans ses appartements tapissés de sciure.

Au Colorado, dans la ferme, au-delà de la porte de la chambre à coucher où une plaque prévenait : CENTRE DE COMMANDEMENT DU VAISSEAU SPATIAL, ce garçon sans mère avait trouvé le sparadrap usagé, abandonné sur la table de nuit ; le sang séché sur le tampon de gaze lui avait procuré une occasion parfaite de se façonner une autre apparence. Touchant le sang, l'absorbant, il avait ajouté l'ADN de Curtis Hammond à son répertoire. Tandis que le Curtis d'origine continuait de dormir, son homonyme s'était échappé par la fenêtre de la chambre, puis sur le toit de la véranda, pour venir atterrir dans la salle de bains de Castoria et de Polluxia, après moult détours.

Être Curtis Hammond – en fait, être qui ou quoi que ce soit d'autre que lui-même – requiert une tension biologique constante, produisant une signature énergétique unique que ceux équipés de la technologie de détection adéquate peuvent identifier. Jour après jour, cependant, alors qu'il s'adapte à sa nouvelle identité, maintenir son physique d'emprunt devient plus facile, jusqu'à ce qu'au bout de quelques semaines ou de quelques mois, sa signature énergétique soit quasiment impossible à distinguer de celles des membres de la population qu'il a rejointe. Dans ce cas précis, cette population, c'est l'humanité.

Se rapprochant de la glace, il met toute sa volonté à être Curtis Hammond, non à la va-comme-je-te pousse que le miroir lui a révélée, mais avec conviction et attention aux détails. Dans le reflet de son visage, que lui renvoie la glace, il voit plusieurs modifications se produire mais la chair résiste à ses ordres.

Une gaffe pareille risque d'être désastreuse. Si Cass et Polly le voyaient dans cet état, elles sauraient qu'il n'est pas Curtis Hammond, qu'il n'est pas de cette terre. Alors il pourrait probablement dire adieu à leur aide généreuse et à leur *root beer* avec une boule de glace.

Malgré la pureté de ses intentions, il pourrait néanmoins finir comme le monstre couturé de partout, échappé du labo du Dr Frankenstein pour mieux être pourchassé par des villageois brandissant des torches et ayant une tolérance zéro pour des cadavres ramenés à la vie selon de nouveaux schémas créatifs. S'il avait du mal à s'imaginer Cass et Polly le pourchassant armées de torches et réclamant son sang à grands cris, d'autres ne manqueraient pas de reprendre la poursuite.

Pis, même une brève défaillance dans le maintien de sa nouvelle identité réinstaure la tension biologique d'origine et rend sa signature énergétique, unique, aussi visible pour ses ennemis qu'elle l'aurait été dans les minutes qui ont suivi sa transformation en Curtis Hammond, là-bas au Colorado. Par essence, à cause de sa défaillance, il a remis la pendule à zéro ; donc, il demeure très vulnérable à la détection si ses sauvages poursuivants recroisent son chemin au cours des prochains jours.

Dans la glace, il examine avec inquiétude les traits plaisants de Curtis Hammond reprendre possession de son visage, mais leur retour est graduel et comporte des erreurs de proportions opiniâtres.

Comme sa mère le lui a toujours dit, pour maintenir une nouvelle identité, la confiance en soi est la clé du succès. Manquer d'assurance et douter de soi affaiblissent sa fausse apparence.

L'énigme de la sortie paniquée de Gabby du Mountaineer est résolue. Courant à travers les salants, démonté par son incapacité de calmer le gardien toujours plus offusqué et fulminant, le garçon avait souffert d'une crise de confiance en lui et un instant, il avait été moins Curtis Hammond qu'il lui fallait l'être.

Être physiquement en danger n'ébranle pas son flegme. Courant l'aventure, il se sent bien dans sa nouvelle peau. Il est capable d'être Curtis Hammond avec aplomb, même en grand péril. En revanche, les contacts humains le déstabilisent. Une simple douche, avec toutes les complications que ça entraîne, l'a réduit à ce Curtis imparfait.

Ulcéré, il décide qu'il est le Lucille Ball des polymorphes : agile sur le plan physique, d'une détermination admirable et d'un courage téméraire dans la poursuite de ses objectifs – mais sur le plan sociabilité, suffisamment inepte pour distraire un public exigeant et exaspérer tout chef d'orchestre américano-cubain assez fou pour l'épouser.

Bien. Le voilà Curtis Hammond encore une fois.

Il achève de se sécher tout en inspectant son corps pour y dénicher des bizarreries quelconques. Il n'en trouve aucune.

On lui a fourni une serviette de bain en guise de sarong. Il s'en enveloppe, ce qui ne l'empêche pas de se sentir impudique.

Tant que ses vêtements ne seront pas lavés et secs, il doit rester avec Cass et Polly, mais dès qu'il sera à nouveau équipé de pied en cap il décampera avec Fidèle Vagabonde. Maintenant que les assassins de sa famille peuvent facilement le détecter – et peut-être aussi le FBI, s'ils ont mis au point la technologie de pistage nécessaire – mettre les jumelles en danger ne se justifie plus.

Plus personne ne doit mourir parce que le destin les fait entrer dans sa vie au mauvais moment.

Les chasseurs approchent sûrement. Puissamment armés. Sombrement déterminés. Et dans un état de fureur noire.

44.

Le soleil faisait des heures supplémentaires. Et le long après-midi d'été flamboya bien au-delà du moment où les chauves-souris auraient pris leur envol en des saisons plus fraîches. À six heures, le ciel brûlait toujours du bleu brillant d'une flamme de gaz et la Californie du Sud grillait sur pied.

Au risque de se ruiner, tante Gen régla le thermostat sur vingt-cinq degrés, ce que l'on ne qualifierait de froid nulle part ailleurs qu'en enfer. Comparée à la fournaise qui régnait dehors, toutes portes fermées, la cuisine offrait cependant un confort somptueux.

Tout en préparant une grosse carafe de thé glacé à la pêche et en mettant la table pour le dîner, Micky parla à Geneva de Preston Maddoc, de la bioéthique, de l'assassinat comme protocole de guérison, de l'assassinat compassionnel, de l'assassinat accroissant « la somme totale de bonheur », de l'assassinat au nom d'une saine gestion de l'environnement.

— C'est une bonne chose qu'on m'ait tiré dans la tête il y a dix-huit ans de ça. Aujourd'hui, au nom de l'environnement, on creuserait ma tombe.

— Ou bien on récolterait tes organes, on ferait des abat-jour de ta peau et on nourrirait les bêtes sauvages de tes restes pour éviter de souiller la terre d'une nouvelle tombe. Du thé glacé ?

Comme Leilani n'était pas arrivée à six heures et quart, Micky fut sûre que quelque chose clochait. Geneva l'exhorta à la patience. À six heures trente, Geneva s'inquiéta à son tour. Du coup Micky empila des biscuits au chocolat et aux amandes – enfin aux noix de pécan – sur une assiette, lui fournissant une excuse pour rendre visite aux Maddoc.

La courbe bleu céramique du ciel, qui cuisait dans un four brûlant, offrait un bon réceptacle pour peu que la terre, comme cela semblait plausible, fonde à grande vitesse. Les ondes de chaleur emmagazinée miroitaient en s'élevant du sol, comme des esprits s'enfuyant à travers les portes de la perdition. Et l'air avait une odeur de roussi.

Perchés sur les piquets de clôture derrière chez Geneva, près du rosier défleuri, des corbeaux croassèrent en direction de Micky. Peut-être étaient-ils des familiers de Sinsemilla la sorcière noire, postés pour l'avertir de l'approche de quiconque serait armé de la connaissance de son nom.

À l'endroit de la clôture abattue entre les deux propriétés, la pelouse verte de Geneva cédait la place au tapis marron flétri qui avait servi de piste de danse à Sinsemilla. Rien qu'à l'idée de se retrouver face à face avec la danseuse sous la lune ou l'assassin philosophe, Micky avait les nerfs en pelote. Elle ne s'attendait pas vraiment à rencontrer Preston Maddoc. Leilani avait dit à tante Gen que le Dr Fatalitas serait absent toute la soirée.

Les rideaux étaient tirés, les fenêtres reflétaient le rougeoiement du soleil couchant, digne des flammes d'un dragon. Une fois sur les marches en ciment, elle frappa, attendit. Comme elle s'apprêtait à frapper une nouvelle fois, la poignée grinça et la porte s'ouvrit.

Preston Maddoc se tenait devant elle, souriant, presque méconnaissable. Ses cheveux mi-longs avaient été tondus ; il les portait maintenant en une sorte de brosse punk, qui ne lui donnait pas un côté agressif, comme à la plupart des hommes, mais l'air d'un garçonnet ébouriffé. Il s'était aussi rasé la moustache.

— Puis-je vous aider ? demanda-t-il aimablement.

— Euh, salut, tante Gen et moi sommes vos voisines... Geneva. Geneva Davis. Moi, c'est Micky Bellsong. Je voulais juste vous dire bonjour, vous apporter des biscuits maison et vous souhaiter la bienvenue dans le voisinage.

— C'est très gentil à vous.

Il accepta l'assiette.

— Ils m'ont l'air délicieux. Ma mère, Dieu ait son âme, faisait plus de variétés de petits gâteaux au pécan qu'on pouvait en avaler. Son nom de jeune fille, c'était Hickory, alors elle s'intéressait à l'arbre qui donnait son nom à sa famille. Le pécan, vous savez, est une variété d'hickory ou noyer blanc.

Micky n'était pas préparée à sa voix exceptionnelle. Elle avait l'assurance que donne l'argent, mais son timbre, viril, séduisant, était chaud – comme le sirop d'érable qu'on verse sur des gaufres dorées. Outre cette voix, son allure plaisante en faisait un avocat de la mort désarmant. Elle comprenait comment il parvenait à revêtir d'un vernis d'idéalisme les cruautés les plus ignobles, charmer les crédules, convertir des gens bien intentionnés en apologistes qui applaudissaient le bourreau et souriaient en entendant le tintement musical du couperet heurtant le billot d'une guillotine en pleine activité.

— Je me présente : Jordan Banks, mentit-il, comme Leilani avait dit qu'il le ferait. Mais tout le monde m'appelle Jorry.

Maddoc lui tendit la main. Micky réprima un mouvement de recul avant de la lui serrer.

Elle était venue ici en sachant bien qu'elle ne pourrait faire allusion à Leilani et à sa promesse d'honorer une invitation à dîner. Ce ne serait pas servir au mieux les intérêts de la fillette que de révéler qu'elle s'était fait des amies dans le voisinage. Micky espérait voir Leilani afin de lui suggérer indirectement qu'elle n'irait pas se coucher tant que la fillette n'aurait pu s'esquiver pour leur rendez-vous, une fois Maddoc et Sinsemilla endormis.

— Pardon, ce n'est pas très aimable de ma part de vous laisser sur le pas de la porte, s'excusa Maddoc. Je vous inviterais bien à entrer, mais ma femme souffre d'une migraine et le moindre bruit dans la maison lui transperce le crâne comme une lance. Pendant ses migraines, il nous faut chuchoter et marcher à pas de loup comme si le sol était un tambour.

— Oh, ne vous en faites pas pour ça. C'est très bien. Je voulais simplement dire bonjour, vous souhaiter la bienvenue. J'espère qu'elle se portera mieux bientôt.

— Elle ne peut rien manger quand elle a la migraine – mais elle meurt de faim, une fois qu'elle est passée. Elle va adorer ces petits gâteaux. C'est très gentil à vous. À bientôt.

Micky descendit les marches pendant que la porte se fermait, hésita sur la pelouse brûlée, essayant de trouver un autre stratagème pour mettre Leilani au courant de sa venue. Puis, elle eut peur que Maddoc ne la surveille. Comme elle rebroussait chemin, provoquant une nouvelle salve de croassements des corbeaux en sentinelle sur la clôture, Micky réentendit la voix mélodieuse de Maddoc dans sa tête : *Ma mère, Dieu ait son âme, faisait plus de variétés de biscuits au pécan qu'on ne pouvait en avaler.*

Avec quelle facilité les mots *Dieu ait son âme* avaient coulé de sa langue, avec quel naturel, quelle sincérité – alors qu'il ne croyait ni en Dieu, ni en l'existence de l'âme.

Les mains autour d'un verre de thé glacé, Geneva attendait, attablée à la cuisine.

Micky s'assit, versa du thé et lui raconta son entrevue avec Maddoc.

— Leilani ne dînera pas ici. Mais je sais qu'elle viendra me voir quand ils seront endormis. Je l'attendrai, peu importe l'heure.

— Je me demandais... ne pourrait-elle pas aller chez Clarissa ? suggéra tante Gen.

— Et les perroquets ?

— En tout cas, ce ne sont pas des crocodiles.

— Si je retrouve le document officiel du mariage de Maddoc, je peux intéresser la presse. Il l'a joué profil bas depuis quatre ans, mais les journalistes se montreraient toujours curieux. Le mystère devrait les intriguer. Pourquoi cacher ce mariage ? Ce mariage est-il la raison de sa disparition de la sphère publique ?

— Sinsemilla est un cirque médiatique à elle toute seule, dit Geneva.

— Si la presse y consacre un certain espace, quelqu'un au courant de l'existence de Lukipela se fera connaître. Ce garçon n'a pas été caché toute sa vie. Même si sa barjo de mère ne s'est jamais installée longtemps quelque part, elle se grave dans les mémoires. Les gens qui l'ont connue, même peu de temps, sont susceptibles de se souvenir d'elle. Certains se rappelleront Luki aussi. Alors, Maddoc devra expliquer où est passé le garçon.

— Comment vas-tu faire pour trouver un document du mariage ?

— J'y réfléchis.

— Et si tout un tas de journalistes respectent Maddoc et croient que tu as simplement une dent contre lui ? Comme cette femme, la Bronson ?

— Ils le penseront sans doute. Il a surtout bonne presse. N'empêche, les journalistes doivent faire preuve de curiosité, c'est leur boulot, non ?

— À t'entendre, tu as l'air décidée à ce que ça le soit.

Micky prit la figurine du pingouin, dont tante Gen lui avait expliqué la provenance, un peu plus tôt.

— Je ne le laisserai pas faire de mal à Leilani. Ça, non.

— Je ne t'ai jamais entendue parler comme ça, souricette.

Micky se mesura du regard avec Geneva.

— Comme ça quoi ?

— Sur un ton aussi décidé.

— Il n'y a pas que la vie de Leilani qui tienne à un fil, tante Gen. La mienne, aussi.

— Je sais.

45.

Sans biscuits, Polly conduit, un sachet de pop-corn parfumé au fromage ouvert sur les genoux, et une canette de bière fraîche dans le porte-verre encastré de son siège de commande sur mesure.

Il est interdit d'avoir un récipient de boisson alcoolisée ouvert dans un véhicule en train de rouler, mais Curtis s'abstient de signaler à Polly son infraction. Il ne tient pas à répéter les erreurs qu'il a commises avec Gabby, qui avait très mal pris qu'on lui rappelle que la loi impose de boucler les ceintures de sécurité en permanence.

Fendant la prairie, une route à deux voies, isolée, court nord-nord-ouest depuis le ranch Neary. D'après les jumelles, la direction du sud, qu'ils n'ont pas prise, mène en fait à un cruel désert et, en dernier lieu, aux jeux encore plus cruels de Las Vegas.

Ils n'ont encore aucune destination en tête, aucun plan pour faire rendre justice à la famille Hammond, aucune idée quant à l'avenir que Curtis peut espérer, ni avec qui il pourrait vivre. Jusqu'à ce que la situation se clarifie et qu'ils aient le temps de réfléchir, le seul souci des jumelles, c'est de sauvegarder sa liberté et sa vie.

Curtis les approuve. La flexibilité est la plus grande force d'un fugitif et une cavale alourdie par un plan rigide fait de lui une proie facile. Sagesse de Maman. De toute façon, il abandonnera les sœurs bientôt, aussi tirer des plans au-delà des prochaines heures serait inutile.

Polly roule vite. Le Fleetwood fonce à travers la prairie, tel un cuirassé nucléaire sur une lune à pesanteur moyenne.

Au salon, Cass se détend sur un canapé, adossé au flanc bâbord du camping-car, juste derrière le siège du conducteur. La chienne couchée près d'elle, le menton reposant sur sa cuisse, s'arroge avec félicité le droit à des câlins permanents et voit cette arrogance récompensée.

Devant la gentille insistance des deux sœurs, Curtis occupe le siège du copilote, qui s'enorgueillit de divers positionnements automatiques, dont un le détourne de la route vers le conducteur. Ayant positionné le siège sur bâbord, il voit les deux femmes. Vêtu seulement du sarong-serviette de bain, il n'éprouve plus la moindre gêne. Il se sent tout à fait polynésien, tel Bing Crosby dans *En route pour Bali*. Au lieu de morceaux de noix de coco ou d'un bol de *poi*, au lieu de la viande boucanée d'un cochon sauvage relevée de langue d'anguille, il a son sachet de pop-corn parfumé au fromage et une boîte d'Orange Crush, bien qu'il eût demandé une bière.

Mieux encore, il jouit de la compagnie de Castoria et Polluxia, les sœurs Spelkenfelter. Il trouve que les détails de leur vie ne ressemblent à rien de ce qu'il a appris dans les livres et dans les films.

Elles sont nées et ont grandi dans une ville bucolique de l'Indiana, que Polly qualifie de « un long bâillement de briques et de planches ». À en croire Cass, les passe-temps les plus excitants offerts par la région consistent à regarder paître les vaches, picorer les poules et dormir les verrats, bien que Curtis ne perçoive aucune qualité divertissante à deux sur trois de ces activités.

Leur père, Sidney Spelkenfelter, est professeur d'histoire de l'Antiquité grecque et romaine dans une université privée, et sa femme, Imogène, enseigne l'histoire de l'Art. Sidney et Imogène sont des parents gentils et aimants, mais ils sont aussi, dit Cass, « naïfs comme des poissons rouges qui croient que le monde se limite à leur bocal ». Parce que *leurs* parents étaient aussi des universitaires, Sidney et Imogène ont toujours résidé dans une sécurité titularisée, expliquant la vie à autrui mais n'en vivant qu'une pâle copie.

Co-meilleures élèves de leur classe au lycée, Cass et Polly, après avoir prononcé de concert le discours d'adieu, sautèrent l'université au profit de Las Vegas. En l'espace d'un mois, elles étaient le clou du super show d'un grand hôtel : nues, couvertes de plumes, de paillettes, et en compagnie de soixante-quatorze danseurs, douze girls, neuf numéros spéciaux, deux éléphants, quatre chimpanzés, six chiens et un serpent python.

À cause de leur intérêt mutuel de toujours pour les jongleries et autres acrobaties au trapèze, en moins d'un an, elles avaient été promues au rang de stars à Las Vegas, dans une comédie musicale spectaculaire de dix millions de dollars, dont le thème portait sur un contact avec les extraterrestres. Elles incarnaient des reines aliens acrobates qui complotaient pour transformer tous les humains de sexe masculin en esclaves d'amour.

— C'est là qu'on s'est intéressé pour la première fois aux ovnis, révèle Cass.

— Dans le numéro de danse d'ouverture, se souvient Polly, on descendait un escalier de néon en sortant d'une soucoupe volante géante. C'était impressionnant.

— Et à l'époque, on avait pas besoin d'être nues pendant tout le spectacle, dit Cass. On sortait à poil de la soucoupe, bien entendu...

— En reines aliens qui se respectent, ajoute Polly.

Et elles pouffent délicieusement, rappelant à Curtis l'immortelle Goldie Hawn.

Curtis rit, lui aussi, amusé par leur ironie et leur façon de se moquer d'elles-mêmes.

— Au bout des neuf premières minutes, dit Cass, on portait des costumes cool mieux adaptés aux jongleries et au trapèze acrobatique.

— À essayer de jongler avec des pastèques en étant nue, explique Polly, on risque de se tromper de melons et de foutre en l'air le numéro.

Elles pouffent à nouveau toutes deux, mais cette fois la plaisanterie échappe à Curtis.

— Puis, on était de nouveau nues au dernier tableau, dit Polly, sauf nos coiffures de plumes, notre string pailleté et nos bottines à talons aiguilles. D'après le producteur, c'était la tenue d'une « authentique » reine d'amour.

— Dis-moi, Curtis, fit Cass, tu en as vu beaucoup des reines d'amour aliens en lamé or et bottines à talons aiguilles ?

— Aucune, répond-il sans mentir.

— C'était exactement notre point de vue. Ça leur donne l'air stupide. Ça n'est royal nulle part. On n'avait rien contre les coiffures à plumes, mais tu en as rencontré des reines d'amour aliens qui en portaient ?

— Aucune.

— Pour être juste, on ne peut pas réfuter l'affirmation de notre producteur, dit Polly. Après tout, combien en astu vraiment vu des reines d'amour aliens ?

— Seulement deux, reconnaît Curtis, mais aucune ne savait jongler.

Pour une raison quelconque, les jumelles trouvent ça très amusant.

— À mon avis, l'une des deux était un peu acrobate, précise Curtis, parce qu'elle pouvait faire le pont en arrière et se lécher la plante des pieds.

Cette description déclenche de nouveaux fous rires et des gloussements argentins chez les Spelkenfelter.

— C'est pas un truc érotique, se hâte-t-il de préciser, elle se cabre en arrière pour la même raison qui fait se lover un crotale. Dans cette position, elle peut faire un saut de six mètres et vous arracher la tête avec ses mandibules.

— Tu t'imagines transformer *ça* en numéro de comédie musicale à Las Vegas ! suggère Cass, qui se joint à sa sœur, riant de plus belle.

— Eh bien, je ne connais rien aux shows de Las Vegas, dit Curtis, mais il faudrait sans doute laisser de côté la partie où elle injecte ses œufs dans la tête coupée.

Au milieu des explosions de fou rire, Polly lança :

— Pas si tu faisais ça avec un max de paillettes, mon chou.

— T'es un drôle de pistolet, Curtis Hammond, dit Cass.

— T'es impayable, renchérit Polly.

À écouter les jumelles pouffer, à regarder Polly conduire d'une main et essuyer de l'autre son visage des larmes de rire, Curtis en conclut qu'il doit avoir plus d'esprit qu'il n'en a eu conscience jusqu'ici.

Peut-être qu'il fait des progrès en matière de sociabilité.

Fonçant vers le nord-ouest sur une route à deux voies qui semble s'étirer à l'infini, aussi belle et mystérieuse que dans n'importe quel classique du cinéma américain, fonçant aussi vers un soleil couchant qui incendie la prairie comme du verre fondu, rouge et or, tandis que le puissant moteur du Fleetwood ronfle de façon rassurante, en compagnie des fabuleuses Castoria et Polluxia, de Fidèle Vagabonde en contact avec Dieu, avec du pop-corn au fromage et de l'Orange Crush, douché et pleinement en contrôle de son identité biologique, se sentant plus confiant que jamais, Curtis est persuadé qu'il est le plus heureux garçon sur terre.

Quand Cass s'excuse pour aller retirer les vêtements

du séchoir, la chienne la suit et le garçon fait pivoter son siège vers la route. Copilote de nom seulement, il a malgré tout l'impression d'être intronisé par la conduite rapide et experte de Polly.

Pendant un petit moment, ils parlent du Fleetwood. Polly connaît le moindre détail de fabrication et de fonctionnement du véhicule. C'est un monstre de vingt-deux tonnes, de treize mètres de long, avec un moteur diesel Cummins, une boîte de vitesses automatique Allison 4 000 MH, un réservoir de 570 litres d'essence, une citerne de 600 litres d'eau et un système de navigation GPS. Elle en parle avec le même amour que les jeunes gens dans les films, de leur bolide customisé.

Il est surpris d'apprendre que cette version améliorée coûte sept cent mille dollars et, quand il émet l'idée que la richesse des jumelles est due à leur succès à Las Vegas, Polly corrige sa méprise. Elles sont devenues financièrement indépendantes – mais pas vraiment riches – à la suite de leur mariage avec les frères Flackberg.

— Mais c'est une histoire tragique, mon joli, et je suis de trop bonne humeur pour te la raconter maintenant.

À cause de leur passion mutuelle de toujours pour la mécanique et la réparation des véhicules à moteur, le voyage perpétuel qui marque cette phase de leur vie convient bien à Polly et Cass. Peu importe ce qui tombe en panne ou est usé, elles arrivent à le réparer pour peu qu'elles aient les pièces détachées nécessaires. Et elles en transportent une réserve de base.

— Il n'y a rien de meilleur en ce monde, déclare Polly, que de se salir d'huile et de graisse, que de suer en bossant sur son véhicule – et, pour finir, de transformer le mal en bien avec ses mains.

Ces deux femmes sont les personnes les plus propres, les plus soignées, les plus éblouissantes et au parfum le plus suave que Curtis ait jamais vues ; et bien qu'énormément entiché d'elles dans leur état habituel, il est intrigué à la perspective de les voir sales, huileuses, graisseuses, en sueur, maniant clefs et outils électriques, confrontées à un monstre mécanique récalcitrant de vingt-deux tonnes qu'elles remettent en état de marche grâce à leur habileté et à leur détermination.

En effet, une image mentale de Castoria et Polluxia, dans les affres délicieuses des réparations de moteur, hante avec tant de persistance ses pensées qu'il se demande pourquoi elle a un tel attrait sur lui. Bizarre.

Fidèle Vagabonde sur ses traces, Cass revient annoncer qu'elle a fini de repasser les vêtements de Curtis.

Battant en retraite dans la salle de bains pour troquer son sarong contre une tenue convenable, il s'attriste que son séjour avec les jumelles Spelkenfelter tire à sa fin. Pour leur sécurité, il doit les quitter à la première occasion.

Le temps qu'il regagne, tout habillé, le siège du copilote, les dernières lueurs rouge sombre du soleil couchant se resserrent en arc de cercle au bas de l'horizon, tel l'œil injecté de sang d'un géant meurtrier, épiant au ras de la croûte terrestre. Curtis s'installe à sa place au moment où l'arc de cercle vire d'un rouge vif à un violet songeur ; et bientôt le violet s'efface comme si l'œil s'était fermé sous l'effet du sommeil. Cependant, la nuit semble toujours aux aguets.

Si des fermes ou des ranches existent dans ces vastes solitudes, ils sont situés à une telle distance de la route que, même du haut du cockpit du Fleetwood, leurs lumières sont masquées par l'herbe sauvage, par des boqueteaux d'arbres très séparés les uns des autres et surtout par l'éloignement.

De rares véhicules roulant vers le sud approchent, les croisent en trombe à une vitesse qui suggère qu'ils fuient quelque chose. Moins nombreux encore, des véhicules en route vers le nord les rattrapent, non que la circulation dans ce sens soit moins chargée, mais parce que Polly exige des performances du camping-car ; seuls les fans de vitesse les plus déterminés la dépassent, entre autres celui d'une Corvette argent 1970 qui arrache des sifflets admiratifs aux deux sœurs, de vraies connaisseuses.

À cause de leur passion mutuelle pour le ski, le saut à ski, les romans de série noire, les compétitions de rodéo, les fantômes et les esprits frappeurs, la musique de big-band, les techniques de survie et l'art de la gravure sur os de baleine (entre beaucoup d'autres choses), les jumelles ont une conversation fascinante, sont aussi amusantes à écouter qu'à regarder.

Ce qui intéresse le plus Curtis, cependant, c'est la richesse de leur folklore sur les ovnis, leurs spéculations rococo sur la vie sur d'autres planètes et leurs soupçons sur les mauvaises intentions des extraterrestres vis-à-vis de la Terre. D'après l'expérience de Curtis, l'espèce humaine est la seule à concocter des visions de ce qui pourrait exister dans l'inconnu de l'univers qui sont encore plus étranges que ce que l'on y trouve vraiment.

Une lumière apparaît au loin. Ce n'est pas celle de phares qui approchent, mais une plus stable, le long de la route.

Ils arrivent à un carrefour rural où se dresse un établissement station-service/épicerie générale, à l'angle nord-ouest. Il ne s'agit pas de la succursale standardisée, brillante et plastifiée d'une chaîne, mais d'une entreprise familiale : le bâtiment en planches s'affaisse légèrement, sa peinture blanche est écaillée et ses fenêtres sont givrées de poussière.

Dans les films, les endroits de ce genre-là sont fréquemment tenus par des dingues d'un genre ou d'un autre. Dans un environnement aussi solitaire, il est facile de dissimuler des crimes monstrueux.

Comme bouger, c'est brouiller les pistes, Curtis veut continuer à bouger jusqu'à ce qu'ils atteignent une ville très peuplée. Les jumelles, pourtant, préfèrent ne pas laisser chuter leur réserve de carburant en dessous des cent quatre-vingts litres et, en ce moment, elles roulent avec un peu moins de deux cent vingt.

Polly quitte la chaussée pour l'aire non pavée devant le bâtiment. Du gravier crible le châssis du Fleetwood.

Les trois pompes – deux distribuant de l'essence, une du diesel – ne sont abritées ni du soleil ni de la pluie par un auvent, comme dans les stations modernes, mais sont exposées aux éléments. Attachées entre deux poteaux, des guirlandes électriques de Noël, rouges et ambrées, hors saison, pendent au-dessus de l'îlot de service. Les pompes sont plus grandes que celles d'une station-service contemporaine : mesurant peut-être plus de deux mètres, chacune est couronnée de ce qui semble être une grosse boule de cristal.

— Fantastique. Elles doivent dater des années 30, dit Polly. On en voit rarement. Quand on pompe le carburant, on le voit tourbillonner à travers le globe.

— Pourquoi ? demande Curtis.

Elle hausse les épaules.

— C'est comme ça que ça marche.

Un faible souffle d'air agite paresseusement la guirlande de Noël, dont les reflets rouges et ambrés des boules miroitent, virent et scintillent dans le verre des pompes, comme si des feux follets dansaient à l'intérieur de chaque sphère.

Transporté par ces machines magiques, Curtis s'étonne :

— Ça prédit aussi l'avenir ou un truc comme ça ?

— Non. C'est juste chouette à regarder.

— Ils se sont donné tout ce mal pour incorporer ce gros globe de verre juste parce que c'est chouette à regarder ?

Il hoche la tête d'admiration pour cette espèce qui fait de l'art avec le commerce le plus quotidien.

— Quelle merveilleuse planète, dit-il avec affection.

Les jumelles débarquent en premier – Cass avec un grand sac en bandoulière – résolues à effectuer la routine d'un arrêt station-service avec une minutie et une précision militaires : les dix pneus doivent être inspectés à la torche électrique, le niveau d'huile et le liquide des freins vérifiés, le réservoir d'eau du lave-glace rempli...

Le but de Fidèle Vagabonde est plus prosaïque : elle a besoin de faire ses besoins. Et Curtis la suit pour lui tenir compagnie.

La chienne et lui se tiennent au bas du marchepied et écoutent un simple chuchotis de brise qui vient à eux depuis les plaines baignées de lune du nord-ouest, au-delà de la station-service que le Fleetwood leur masque. Apparemment, l'air nocturne transporte une odeur dérangeante qui fait lever sa truffe à Fidèle Vagabonde. Les narines dilatées elle médite sur sa source.

Les antiques pompes à essence sont de l'autre côté du camping-car. Les jumelles disparaissent vers elles en contournant l'avant, la chienne trotte vers l'arrière en flairant, non pas avec la curiosité canine typiquement imprévisible mais avec un but bien déterminé. Curtis suit sa sœur-devenue.

Une fois le Fleetwood contourné à la poupe et à bâbord, ils se retrouvent en vue du magasin délabré, à une dizaine de mètres des pompes. La porte est entrebâillée sur des gonds assez durs pour résister à la brise.

La chienne fait halte. Recule d'un pas. Peut-être parce que l'aspect fantastique des pompes la déconcerte.

À y regarder de plus près, Curtis les trouve toujours aussi magiques mais beaucoup moins « Fée Clochette » que lorsqu'il les avait vues de l'habitacle. En levant les yeux vers les globes, remplis de ténèbres et non plus de carburant baratté, les reflets rouges et ambrés des guirlandes de Noël qui miroitent à la surface du verre paraissent grouiller à l'intérieur et deviennent soudain comme maléfiques. On dirait que les sphères contiennent un je ne sais quoi de méphitique.

Près de la proue du camping-car, un grand bonhomme chauve parle aux jumelles. À une dizaine de mètres de Curtis, il lui tourne le dos, mais quelque chose semble *clocher* chez lui.

La chienne hérisse le poil et le garçon soupçonne que le malaise qu'il ressent vient en fait de sa méfiance à *elle* qui lui est transmise par leur lien particulier.

Même si Fidèle Vagabonde grogne en sourdine, elle n'a visiblement que faire de l'employé de la pompe : son intérêt principal se situe ailleurs. Elle détale loin du camping-car, en direction de l'ouest du bâtiment et Curtis s'empresse à sa suite.

Il est quasiment certain qu'il ne s'agit plus de faire ses besoins.

Le magasin construit en diagonale, face au carrefour plutôt qu'à l'une des routes, est éclairé uniquement en façade. La nuit trouve un point d'appui plus ferme le long du flanc de la bâtisse. Et derrière, là où le mur en planches est percé d'une porte, non de fenêtres, l'obscurité est encore plus profonde, atténuée seulement par une lune économe, qui dépense ses piécettes d'argent avec parcimonie.

Il y a un Ford Explorer dans cette pénombre, aux contours à peine tracés par la clarté lunaire. Curtis suppose que le 4 × 4 appartient à l'homme qui parle aux jumelles, du côté façade.

La Corvette argent, qui les a dépassés sur la route, un peu plus tôt dans la soirée, est garée ici, elle aussi. Scrutant le véhicule, Fidèle Vagabonde gémit. La lune favorise plus la voiture de sport que le 4 × 4, plaquant d'argent ses chromes et sa peinture.

Alors même que Curtis s'avance vers la Corvette, la chienne, elle, file à l'arrière de l'Explorer. Elle se dresse sur ses pattes de derrière, celles de devant posées sur le pare-chocs, museau levé vers la vitre du hayon, trop haute pour lui permettre de voir à l'intérieur.

Elle regarde Curtis, ses yeux noirs brillant sous la lune.

Comme le garçon ne la rejoint pas immédiatement, elle gratte avec insistance le hayon de ses pattes.

Il ne distingue pas les frissons de la chienne dans la pénombre, en revanche il ressent profondément son anxiété, grâce au cordon ombilical qui les relie.

Comme un chat furtif la peur s'est insinuée dans le cœur de Curtis et, de là, dans son être entier. La voilà qui se fait les griffes sur ses os maintenant.

Rejoignant Fidèle Vagabonde derrière l'Explorer, il regarde à travers la vitre en plissant les yeux. Il n'arrive pas à discerner si le 4 × 4 est chargé ou s'il ne transporte que des ombres.

La chienne continue à gratifier le véhicule de coups de patte.

Curtis essaie la poignée, soulève le hayon.

Désengager le loquet active une veilleuse dans le 4 × 4, révélant deux cadavres dans le coffre. On les y a déversés ensemble d'une façon qui suggère qu'on les a hissés là-dedans comme des sacs-poubelle.

Son cœur bégaie soudain, répétant le *d* de *diastole* et le *s* de *systole*.

S'il n'était pas le fils de sa mère, il s'enfuirait à toutes jambes, mais il aimerait mieux mourir qu'entacher sa mémoire par ses actes.

Ne lui aurait-on pas appris à réagir face à l'horreur comme si c'était un manuel de survie à parcourir aussi rapidement qu'attentivement pour y découvrir des indices susceptibles de sauver sa peau et celle d'autrui qu'il se détournerait par pitié – par répulsion.

Autrui, en l'occurrence, signifie Cass et Polly.

Grand, chauve et mâle, le premier des cadavres semble être le pendant physique de l'employé de la station qui a parlé aux jumelles, un instant plus tôt. Curtis n'avait pas vu le visage de ce type ; néanmoins, il est convaincu qu'il se révélera identique à celui-ci, à ceci près que la terreur ne le défigurera pas.

Des cheveux châtains ondulés, brillants, encadrent et adoucissent les traits de la morte. Ses yeux noisette écarquillés fixent avec ébahissement le premier aperçu de l'éternité qu'elle a entrevu à l'instant où son âme a fui ce monde.

Aucune des deux victimes ne porte de blessure apparente, mais elles semblent avoir la nuque brisée. Leurs têtes pendent selon des angles si peu naturels que les vertèbres cervicales doivent être en mille morceaux. Pour ces chasseurs qui prennent plaisir à terroriser et à tuer, de telles mises à mort sont inhabituellement propres et magnanimes.

La nécessité explique davantage la simplicité des blessures que la pitié. On a délesté les deux cadavres de leurs chaussures et de leurs vêtements. Les tueurs ont besoin d'habits ni déchirés ni tachés afin de se faire passer pour leurs victimes.

Si la station-service/épicerie générale est une entreprise familiale, ci-gisent p'pa et m'man. Leur commerce et leurs identités ont subi une OPA hostile.

L'attention de la chienne se porte une fois de plus vers la Corvette. Son intérêt, bien que marqué, n'est pas assez fort pour l'attirer jusqu'à la voiture de sport, qu'elle considère avec une terreur évidente. Mais sa perplexité semble égaler son inquiétude : elle penche la tête à gauche, puis à droite, cligne des yeux, se détourne à demi du véhicule avant de le fixer à nouveau comme si elle l'avait vu se mettre à bouger.

Peut-être que quelque chose de pire l'attend dans la Corvette que ce qu'il a trouvé dans l'Explorer, auquel cas il gardera ses distances, lui aussi. Au lieu de quoi, cherchant à apprendre ce qu'il peut en partageant les perceptions de la chienne, Curtis s'ouvre plus complètement à leur lien et regarde la Corvette à travers ses yeux.

En premier lieu, sa sœur-devenue ne semble voir rien de plus que Curtis – mais alors, une seconde, pas plus, la voiture baignée de clair de lune miroite tel un mirage. Voiture de rêve à plus d'un titre, illusion à combustion interne, c'est simplement la *suggestion* d'une Corvette 1970, masquant une réalité redoutable. La chienne a beau cligner des yeux, la voiture de sport demeure apparemment solide ; aussi détourne-t-elle la tête et du coin de l'œil, pendant deux, trois secondes, elle entrevoit ce que Curtis ne peut apercevoir : un moyen de transport non terrestre, plus aérodynamique encore que la Corvette, semblable à un requin, à une bête née pour *traquer* pour de bon les requins. Ce véhicule a un aspect si formidable qu'on ne peut y penser en termes de construction automobile, mais qu'on doit recourir au vocabulaire de l'architecture militaire, parce que, en dépit de son côté profilé, on dirait une forteresse sur roues : tout en contreforts, remparts, terre-pleins, glacis et contrescarpes, bastions aérodynamisés, condensés et adaptés à une structure roulante.

Face à une telle preuve, aucun doute ne peut subsister plus longtemps. Les bandits les plus méchants sont là.

Il a les nerfs aussi tendus que des cordes de violon, que son imagination la plus noire met à vif par d'horribles hypothèses.

La mort est ici, à présent, comme elle l'est toujours, mais elle n'est pas toujours aussi impliquée et *attentive* qu'en ce moment, espérant un troisième plat dans son souper d'ossements.

Les chasseurs doivent soupçonner que Curtis est dans le camping-car. Un destin favorable et son intelligente sœur-devenue l'ont fait sortir du Fleetwood et contourner la bâtisse jusqu'à cette zone de tuerie baignée de clair de lune sans être détecté. Il ne va pas rester longtemps non découvert ; deux minutes peut-être, trois, si sa chance continue.

Dès qu'il se montrera, on saura qui il est.

Donc, à sa place, il envoie la chienne à Polly.

Craintive mais obéissante, elle s'éloigne au trot, refaisant en sens inverse le chemin le long duquel elle l'a guidé.

Curtis n'a pas d'illusions : il ne survivra pas à cette rencontre. L'ennemi est trop près, trop puissant, trop impitoyable pour être défait par quelqu'un d'aussi petit, d'aussi démuni que l'orphelin.

Il n'en nourrit pas moins l'espoir d'arriver à prévenir Cass et Polly, afin qu'elles s'enfuient avec la chienne au lieu d'être massacrées avec lui.

Fidèle Vagabonde disparaît à l'angle du bâtiment. Familière bien-aimée, compagne par l'esprit, elle s'éloigne avec la conscience de son Créateur – et elle va avoir besoin de Lui à présent comme jamais auparavant.

46.

Les murs du pénitencier avaient beau s'écrouler, elle en empilait les pierres autour d'elle et, quand les barreaux tombaient des fenêtres, elle les réparait avec un fer à souder et du mortier frais.

Mickey s'éveilla de ce rêve de prison – ce n'était pas un cauchemar, il n'était effrayant que parce qu'elle s'évertuait avec tant d'entrain à reconstruire sa cellule – et sut aussitôt que quelque chose allait de travers.

La vie lui avait appris à reconnaître le danger à distance. Aussi, même dans son sommeil, avait-elle senti une menace dans le monde réel qui l'arrachait à cette incarcération confortable et lointaine.

Couchée sur le côté, sur le canapé du salon, les yeux fermés, la tête soulevée légèrement par un oreiller, le menton sur la poitrine et posé sur ses mains jointes, elle demeura parfaitement immobile, respirant à peine comme une dormeuse, à l'écoute. À l'écoute.

La maison reposait, enveloppée dans un linceul de calme aussi profond que celui d'un salon funéraire après les heures de visite, le départ des membres du cortège funèbre.

Sourde à cette menace, elle la sentait néanmoins, l'éprouvait comme le changement de pression atmosphérique épaissit l'air juste avant que l'orage ne lance ses éclairs, ses coups de tonnerre et sa foudre.

Micky s'était installée sur le canapé pour lire un magazine en attendant Leilani. La soirée s'avançant, Geneva s'était finalement retirée dans sa chambre, laissant des instructions pour qu'on la réveille si la fillette leur rendait visite. Tante Gen disparue, le contenu du magazine épuisé, Micky ne s'était allongée que pour reposer ses yeux, non pour piquer un somme. Le poids cumulé d'une journée difficile, de la chaleur, de l'humidité, d'un désespoir grandissant, l'avait catapultée dans ce rêve pénitentiaire.

Instinctivement, elle n'avait pas ouvert les yeux en se réveillant. À présent, elle les gardait fermés, mettant en pratique la théorie – si chère à l'enfance et renaissant parfois à l'âge adulte – que le croque-mitaine ne lui ferait pas de mal tant qu'elle ne le regarderait pas en face, n'admettrait pas son existence.

En prison, elle avait appris que de feindre le sommeil, la bêtise, la naïveté, l'indifférence cataleptique, la surdité à une invite déplacée, l'aveuglement à une insulte était une manière de réagir plus sage que l'affrontement. Entre l'enfance et la prison il y a de remarquables points communs ; la théorie de l'œil du croque-mitaine offre une direction à suivre à l'enfant comme au détenu.

Quelqu'un se déplaçait dans les parages. Le doux frottement de chaussures sur la moquette et les craquements du parquet plaidaient contre la possibilité que l'intrus fût un fruit de son imagination ou un fantôme du parc de mobile home.

Les pas s'approchèrent. Cessèrent.

Elle sentit planer une présence. Quelqu'un se tenait audessus d'elle, la regardant faire semblant de dormir.

Ce n'était pas Geneva. Même en plein délire cinématographique, elle ne se conduirait pas aussi furtivement, ni aussi étrangement. Si Gen se souvenait d'avoir été Carole Lombard dans *Mon Homme Godfrey*, Ingrid Bergman dans *Casablanca*, Goldie Hawn dans *Foul Play*, son expérience la plus pénible était celle de Joan Crawford dans *Le Roman de Mildred Pierce*. Ses vies par procuration étaient romanesques, pour tragiques qu'elles soient parfois, et il n'y avait pas lieu de s'inquiéter qu'elle se retrouve victime d'une psychose à la Bette Davis de *Qu'est-il arrivé à Baby Jane ?* ou à la Glenn Close de *Liaison Fatale*.

L'odorat comme aiguisé par son immobilité méditative et sa décision de ne pas regarder, Micky décela la fragrance astringente d'un savon inconnu. D'un aftershave piquant.

Il bougea, trahi par de nouvelles protestations du parquet. Et, malgré le cognement de grosse caisse de son cœur, Micky fut sûre qu'il s'éloignait d'elle. À travers la frange de ses cils, elle le chercha, l'aperçut. Il passa devant le bahut qui séparait le salon de la cuisine.

Dans le salon, une petite lampe, dont l'ampoule triphasée était sur le plus bas voltage, enjolivait les ombres au lieu de les repousser, et dans la cuisine, seule la loupiote sous la hotte du fourneau empêchait les ténèbres d'envahir l'espace.

Même vu de dos, puis entr'aperçu de profil, au moment où il tournait dans la pénombre de la cuisine en direction de la porte de service, on ne pouvait le confondre avec personne d'autre. Sans y être invité, Preston Maddoc leur avait rendu visite.

Maddoc laissa grande ouverte la porte que Mickey avait entrebâillée pour Leilani.

Prudemment, elle se leva du canapé et s'approcha de la cuisine. Elle s'attendait à moitié à le trouver l'attendant au-delà du seuil, lui faisant face, amusé de l'avoir surprise à feindre de dormir.

Il n'y était pas.

Elle osa poser un pied dehors. Personne ne rôdait dans le jardin. Maddoc était rentré chez lui.

Battant en retraite dans la cuisine, elle referma la porte sur la nuit. Elle mit le verrou.

Sa peur reflua, lui laissant une impression de viol. Avant qu'elle n'ait pu s'armer d'indignation vertueuse, elle songea à Geneva et la peur revint d'un seul coup. Elle n'avait aucune idée du temps que Maddoc avait passé dans la maison. Il avait pu aller ailleurs avant d'entrer dans le salon pour la regarder dormir.

Micky s'empressa de quitter la cuisine et gagna le petit couloir. En passant devant sa chambre, elle remarqua de la lumière qui filtrait comme du sang sous la porte. Elle était certaine de ne pas avoir laissé de lampe allumée.

Bout du couloir. Dernière porte. Entrebâillée.

Les chiffres lumineux et les bandes de fréquence éclairées du radio réveil étaient les seuls à émousser l'obscurité, lourde de menaces. En atteignant le lit, l'éclat spectral ne révéla à Micky que ce qu'elle voulait voir : le visage de tante Gen se détachant sur l'oreiller, les yeux fermés en un sommeil paisible.

Micky passa une main tremblante devant la figure de Geneva et sentit la douceur de son souffle sur sa paume.

Quelque chose se dénoua dans sa poitrine, libérant sa respiration.

Repassant dans le couloir, elle referma sans bruit la porte de Geneva et gagna directement sa chambre.

Éparpillés sur le dessus-de-lit s'étalaient son sac et tout

son contenu. Son portefeuille avait été vidé, bien qu'on n'ait pas volé l'argent ; on avait négligé la monnaie ainsi que sa carte de sécurité sociale, son permis de conduire, son rouge à lèvres, son poudrier, son peigne, ses clés de voiture...

La penderie était ouverte. On avait aussi fouillé la coiffeuse, et le contenu de chaque tiroir avait été laissé en désordre.

Ses papiers de remise en liberté jonchaient le sol. Elle les avait laissés dans la table de nuit, sous la Bible que tante Gen lui avait procurée.

Quel qu'ait été le mobile initial de la visite de Maddoc, il avait honteusement profité de la situation en trouvant la porte de la cuisine entrebâillée et Micky assoupie sur le canapé. D'après ce qu'elle avait appris à la bibliothèque, elle le savait plus calculateur que téméraire, aussi attribua-t-elle sa fouille cynique à sa morgue plutôt qu'à de l'impulsivité.

Évidemment, il en savait davantage sur sa relation avec Leilani qu'elle ne le pensait et que la petite fille n'en avait peut-être conscience. Sa visite de voisine avec l'assiette de petits gâteaux ne l'avait pas trompé, à moins qu'elle n'ait éveillé ses soupçons.

Désormais, il avait appris assez de choses sur le passé récent de Micky, sur sa faiblesse, pour qu'elle en soit mal à l'aise. Elle se demanda comment il aurait réagi si elle s'était réveillée et l'avait surpris dans sa chambre.

La Bible était ouverte sur la table de nuit, à la clarté de la lampe. Maddoc s'était servi du feutre de son sac pour entourer un passage, Joël, chapitre 1, verset 5 : *Réveillez-vous, ivrognes, et pleurez*. Elle fut déroutée qu'il connût suffisamment bien la Bible pour se rappeler un passage aussi obscur mais pertinent. Cette érudition indiquait qu'il pourrait être un adversaire encore plus intelligent et ingénieux que prévu. Manifestement, il la jugeait si peu dangereuse qu'il se croyait en mesure de se moquer d'elle en toute impunité.

Rouge d'humiliation, Micky alla à la coiffeuse et eut la confirmation que Maddoc avait retourné le pull jaune qui dissimulait les deux bouteilles de vodka au citron et les avait trouvées. Elle sortit les bouteilles du tiroir. L'une était pleine, le bouchon intact. De quoi lui donner un sentiment de puissance et contrôle ; pour un esprit affaibli et imprévoyant, une bouteille intacte paraissait une richesse inépuisable, alors que c'était en réalité la ruine de toute fortune. Après sa cuite du soir précédent, il ne restait qu'un fond dans la seconde bouteille.

Dans la cuisine, Micky alluma la lumière au-dessus de l'évier et vida les deux bouteilles dans l'évier. Les vapeurs – non pas l'arôme citronné, mais l'odeur quasi aphrodisiaque de l'alcool – ravivèrent nombre de désirs. L'alcool. L'oubli. L'autodestruction. Après avoir jeté les deux cadavres à la poubelle, ses mains se mirent à trembler de façon incontrôlée. Elles étaient humides de vodka.

Elle aspira ce qui s'évaporait de sa peau, puis appliqua ses mains fraîches sur sa figure en feu.

Le cognac que tante Gen conservait dans un placard de la cuisine lui vint à l'esprit. Le goût succéda à cette image, aussi réel que si elle en avait siroté une gorgée dans un petit verre plein.

Non.

Elle comprenait trop bien que le cognac n'était pas ce qu'elle désirait, pas plus que la vodka ; ce qu'elle cherchait vraiment était un prétexte pour laisser tomber Leilani, une raison pour se replier sur elle-même, battre en retraite derrière le pont-levis familier, en haut des remparts, derrière les créneaux de sa forteresse émotionnelle, là où son cœur mal en point ne courrait aucun risque de nouvelles blessures, où une fois encore, et à jamais, elle pourrait vivre dans la souffrance, relativement confortable, de l'isolement. Le cognac lui fournirait le prétexte et lui épargnerait la douleur de toute affection.

Sans en ouvrir la porte, elle se détourna du placard et du cognac, alla au réfrigérateur, espérant apaiser sa soif avec un Coca-Cola. Mais c'était plus une faim qu'une soif, un appétit vorace qui lui tordait les boyaux, aussi pêcha-t-elle un biscuit dans l'ours en céramique, dont la tête servait de couvercle et le corps rondelet de bocal. Après mûre réflexion, elle emporta l'ours et son contenu sur la table.

Assise devant un Coke et des petits gâteaux avec l'impression d'être une fillette de huit ans, perdue et effrayée comme elle l'avait été si souvent à cet âge, cherchant du réconfort auprès du démon sucre, la première chose troublante qu'elle remarqua fut l'assiette posée près des bougeoirs. Celle où elle avait empilé des biscuits et qu'elle avait apportée à côté, un peu plus tôt dans la soirée. Maddoc l'avait rapportée vide, lavée.

Nouvelle preuve d'arrogance. Si Micky ne s'était pas

réveillée à temps pour assister à son départ, elle aurait deviné qui avait fouillé les tiroirs de sa coiffeuse et renversé le contenu de son sac, sans être sûre toutefois d'avoir raison. En laissant l'assiette, Maddoc signait sa venue : il voulait qu'elle sache qui était l'intrus. C'était un défi et un geste d'intimidation.

Mais il y avait plus perturbant encore : le vol du pingouin. La figurine de cinq centimètres, venant de la collection d'une morte, se trouvait sur la table de la cuisine, parmi les petits verres de couleur aux bougies à demi fondues. Maddoc avait dû la voir en y déposant l'assiette.

Quels qu'aient été les soupçons qu'il nourrissait à propos des relations de Leilani avec Micky et tante Gen, la découverte du pingouin les avait confirmés.

Une sensation de poids sur l'estomac, un étau comprimant sa poitrine, un vertige pareil au plongeon soudain et rapide des montagnes russes, s'emparèrent de Mickey, pétrifiée sur la chaise de la cuisine.

47.

Sans être Pollyanna[1], Polly aimait la plupart des gens qu'elle rencontrait, se faisait facilement des amis, rarement des ennemis ; mais quand l'employé de la station-service vint la trouver avec le sourire d'un diable sorti de sa boîte, monté sur un ressort qui lui chatouille les fesses, et lui tint ce langage « Salut, j'm'appelle Earl Bockman et ma femme, c'est Maureen, on est propriétaires de cet endroit, depuis vingt ans », elle jugea d'emblée qu'il ne ferait pas partie de ceux qu'elle aimait bien.

Grand, d'un abord agréable, son haleine fleurant la menthe, l'air rasé et récuré de frais, ses vêtements frais repassés, il possédait nombre des paramètres propres à donner une première impression favorable. Certes, une expression tragique à la Paillasse, *je souris malgré mon cœur brisé*, aurait ajouté une touche de charme mélancolique à l'homme, car son sourire tout en dents était caractéristique d'un clown maboul.

— Je suis originaire du Wyoming, dit Earl, mais Maureen est de par ici, et maintenant, j'ai l'impression d'être un enfant du pays. Tout le monde, homme, femme, enfant, dans le comté, connaît Earl et Maureen Bockman.

Il semblait croire qu'il devait les convaincre de sa bonne foi avant qu'elles ne fassent confiance à la pureté du carburant qu'il vendait.

— Suffit de demander après Earl et Maureen, n'importe qui vous dira qu'ils tiennent la petite pompe à essence-épicerie au croisement des grandes routes. Et on

1. Héroïne « candide » du livre d'Eleanor Hodgman Porter, qui fait face à toutes les avanies avec le sourire. Très souvent adapté au cinéma et à la télévision *(N.d.T.)*.

vous dira aussi sans doute que Maureen est une beauté parce qu'elle est gentille tout plein, et moi, ce que je vous dirai, c'est que je suis le plus heureux des hommes qu'a échangé sa foi devant l'autel, sans l'avoir jamais regretté depuis.

Son sourire de pub dentifrice plaqué sur les lèvres, il débita la moitié de son discours surprenant sans changer d'expression, Polly était prête à parier dix mille dollars contre un paquet de madeleines que cette pauvre Maureen gisait morte dans le magasin, étranglée peut-être à mains nues par Earl, assommée peut-être par une boîte de cassoulet bon marché, le cœur peut-être transpercé par une saucisse sèche fossilisée, restée en carafe pendant quinze ans, accrochée sur un présentoir.

Son sourire persistant, son déluge importun de confidences perso valurent à Earl d'être rangé par Polly dans la catégorie « qu'il-vote-soit-mais-qu'il-ne-se-présente-jamais-à-la-Présidence » ; restait le détail de sa montre-bracelet. Il n'y avait sur le cadran, noir et vide, de cette pièce d'horlogerie pas de chiffres pour les heures, ni graduations pour les minutes, ni aiguilles. Il aurait pu s'agir d'un de ces chronomètres digitaux malcommodes, qui ne donnent l'heure par affichage lumineux que lorsqu'on presse un bouton sur le boîtier ; mais elle se doutait que ce n'était pas du tout une montre. Dès l'instant de son arrivée sur l'aire de service, Earl s'était débrouillé pour tourner son corps et son bras droit afin de diriger le cadran noir sans chiffres vers Cass, puis vers Polly et à nouveau vers Cass, faisant la navette, tout en se débrouillant pour jeter des coups d'œil, répétés et furtifs, à son gadget à la lumière insuffisante des ampoules de Noël rouges et ambrées. Si jamais il avait suivi des cours par correspondance de comportement discret, il avait gaspillé son argent. Polly pensa d'abord que le machin à son bras était un appareil photo, et Earl une sorte de pervers, photographiant les femmes en cachette dans un but tordu ; mais bien que sa nervosité bon enfant hurlât très nettement *PERVERS*, elle ne croyait pas qu'on ait encore inventé un appareil pouvant voir à travers les vêtements de femmes.

Cass aimait davantage les gens que Polly. Serait-elle sortie du four de Maman, nantie d'une jumelle à la personnalité identique à la sienne, nul doute qu'elle aurait été une Pollyanna, faisant une confiance aveugle autant aux religieuses qu'aux assassins avérés. Au cours des vingt-sept ans qu'elles avaient vécus ensemble de ce côté-ci du placenta, toutefois, l'optimisme de Cass avait été tempéré par les attentes plus raisonnées de Polly concernant individus et destinée. Du coup, Cass était devenue si dégourdie qu'au premier mot de Earl elle haussa un sourcil et pinça la bouche en une mimique *Alerte Taré !* que Polly n'eut aucun mal à déchiffrer.

Earl aurait pu bavasser avec elles jusqu'à ce que l'une des jumelles, ou lui, succombe de mort naturelle, et braquer pendant tout ce temps, sans trop de discrétion, sa curieuse montre-bracelet sur elles – évoquant brusquement la façon dont le personnel de sécurité d'un aéroport utilise parfois un détecteur de métaux manuel sur un voyageur qui a échoué, à plus d'une reprise, à franchir le portillon sans déclencher d'alarme. Tandis qu'Earl babillait, Cass examina l'antique pompe marquée DIESEL et, en découvrant que son mécanisme était plus ésotérique que tous ceux qu'elle avait vus auparavant, elle lui réclama un coup de main.

Quand Earl se tourna vers la pompe, Polly lui trouva l'air perplexe, comme si, pas plus que Cass, il n'était familier avec son mode de fonctionnement. Il s'approcha de la pompe en fronçant le sourcil, posa une main dessus, se tint là comme plongé dans ses pensées, comme si, grâce à un sixième sens, il devinait le mécanisme de la machine, avant de se remettre bientôt à sourire tel un clown fêlé en disant gaiement, « j'vous fais l'plein ? ». Certain qu'elles voulaient leur réservoir à ras bord, il actionna un bras sur la pompe, désengagea le tuyau, se tourna vers le Fleetwood et, sur ce, se figea et son sourire, aussi.

Comme il devenait clair que ce pompiste chevronné ne savait pas par où remplir le gros camping-car, Cass télégraphia d'un clin d'œil à sa sœur *qu'est-ce qui tourne pas rond chez ce bouffon ?* Elle prit le tuyau des mains d'Earl en lui expliquant poliment qu'étant à cheval sur son budget et donc peu disposée à se récolter une éraflure sur la carrosserie, elle préférait se servir elle-même.

Polly ouvrit le rabat, dévissa le bouchon du réservoir et se recula tandis que sa sœur enfonçait le tuyau dans le Fleetwood, en surveillant subrepticement du coin de l'œil Earl qui, la pensant occupée ailleurs, pointa hardiment sa montre-gadget vers deux des fenêtres du camping-car, jetant un coup d'œil par deux fois sur le cadran comme s'il déchiffrait quelque chose à sa surface d'un noir luisant – ce qui en faisait un spécimen unique parmi les hommes qui ne manquaient jamais de mater le cul de Polly quand ils pensaient qu'elle ne regardait pas, y compris les gays qui brûlaient, eux, non de désir, mais d'envie.

Elle aurait pu le juger un siphonné inoffensif, un marchand d'essence autrefois fier, rendu timbré par les grands espaces vides du Nevada, par le vaste ciel effrayant qui pèse férocement de toutes ses étoiles sur la terre sombre, par le manque de contacts humains ou par un excès de contacts avec trop de rustauds de la prairie ou même par Maureen, cette gentille beauté. Mais même les givrés, les originaux et les fous pur jus lui mataient le cul quand ils en avaient l'occasion et, plus elle voyait son sourire plein de dents, moins il lui rappelait un clown, psychopathe ou autre, plus elle revoyait les vélociraptors de la série *Jurassic Park*. L'idée s'était formée, toute bizarre qu'elle fût, qu'Earl était quelque chose qu'elle n'avait jamais rencontré.

Fidèle Vagabonde surgit en courant de la nuit, agitée comme jamais auparavant, fonçant droit sur Polly ou plutôt sur sa sandale gauche dont elle saisit le talon plastique, qu'elle tenta de secouer comme un fox-terrier secouerait un rat. Polly lâcha le nom d'une célèbre star de cinéma qu'elle avait connue quand elle était mariée à Julian Flackberg, le producteur de films ; la star en question était un acteur épouvantable, doublé d'un être humain profondément vil, et parfois Polly se servait de son nom fameux en guise d'obscénité, à l'ordinaire à la place du mot de cinq lettres. Interloquée, Cass appela la chienne, Polly tenta de libérer son pied sans se blesser, ni blesser l'animal, Fidèle Vagabonde itou tout en continuant de mâcher vigoureusement la chaussure sans émettre ne serait-ce que le plus faible des grognements, et Earl Bockman le Souriant, croyant passer inaperçu au sein du remue-ménage, visa le cabot de sa montre, la scrutant avec anxiété comme si c'était un appareil d'analyse susceptible de lui indiquer si l'animal était enragé ou non.

Pour essayer de libérer son pied, Polly le retira de la sandale, et Fidèle décampa aussitôt avec son trophée. La chienne s'arrêta devant le camping-car, pour jeter un regard en arrière et assurer sa prise, jusqu'à ce que la chaussure pendille de sa gueule par une fine lanière. Elle balançait la sandale de façon espiègle.

— Elle veut que tu joues avec elle, dit Cass.

— Ouais, ben, à la façon dont, moi, je l'interprète,

toute mignonne qu'elle est, elle me réclame de l'expédier d'un grand coup de pied par-dessus cette guirlande de Noël, renchérit Polly.

Et, pour une fois, le sourire de folie d'Earl parut presque de mise.

Le bout du tuyau introduit solidement dans le trou du réservoir et avec les cinq bonnes minutes requises pour le remplir, Cass avait les mains libres et Polly, une pleine confiance en la capacité de sa sœur de gérer les types du genre d'Earl Bockman, même s'il avait reçu le jour même un avis du *Guinness Book des Records*, lui apprenant qu'il avait surclassé feu Jeffrey Dahmer dans la catégorie Plus Grand Nombre de Têtes Coupées Conservées dans un Réfrigérateur. Elle poursuivit à cloche-pied Fidèle Vagabonde devant le Fleetwood, jusqu'au flanc tribord, où la chienne franchit d'un bond la portière ouverte, grimpa les marches et entra dans le camping-car.

Le temps que Polly l'y suive, la sandale gisait abandonnée dans le salon, en dessous de l'unique lumière qu'on avait laissée allumée dans l'habitacle, tandis que, dans la partie cuisine jouxtant le salon, la chienne sautait dans le box du coin-dînette, étirait son cou au-dessus de la table et raflait le paquet de cartes à jouer avec les dents. Polly ramassa sa sandale et Fidèle Vagabonde retourna au salon, secouant le paquet jusqu'à ce qu'il s'ouvre, éparpillant les cartes sur la moquette.

En personne élevée dans une communauté rurale où vaches, porcs et poulets fournissaient des exemples de comportement et de dignité rarement égalés par les humains, en personne ayant travaillé dans des spectacles à plusieurs millions de dollars dont les deux éléphants, les quatre chimpanzés, les six chiens et même le python s'étaient montrés plus responsables que soixante-six des soixante-quatorze danseurs et danseuses de la distribution, Polly se considérait comme une amie des bêtes ainsi que comme une observatrice assez fine de la conduite animale pour savoir que Fidèle Vagabonde agissait d'une façon qui ne lui ressemblait pas et que quelque chose de très troublant se passait. Du coup, elle ne la gronda pas et ne rangea pas immédiatement la pagaille, comme elle l'aurait fait en temps ordinaire, mais donna du champ à la chienne et se mit à genoux pour l'observer.

La moitié des cartes étaient tombées côté face sur le sol ; Fidèle Vagabonde se mit à les trier de la patte avec frénésie, mais aussi après mûre réflexion, jusqu'à ce qu'elle sorte du jeu deux trèfles, deux cœurs et un pique. Si la couleur des cartes choisies ne prêtait pas à conséquence, leurs chiffres n'étaient pas dépourvus de sens, car à l'aide de son museau et de ses pattes, la chienne les aligna côte à côte en bon ordre numérique – trois de pique, quatre de trèfle, cinq de cœur, six de trèfle, sept de cœur – avant d'adresser un sourire à Polly, l'air d'attendre une réaction.

Des chiens gymnastes en équilibre sur des ballons de plage et marchant sur des barres parallèles, des chiens pyrophiles sautant à travers des cerceaux enflammés, des chiens minuscules en chevauchant de plus gros tandis que leurs montures couraient et bondissaient dans des courses d'obstacle, des chiens mortifiés en tutus roses dansant sur leurs pattes de derrière : à Las Vegas, Polly avait vu des chiens dressés faire des tours impressionnants, mais jamais jusqu'à maintenant, aucun numéro de cabot mettant en avant des aptitudes pour les chiffres ; si bien qu'en regardant Fidèle Vagabonde placer le six de trèfle d'un coup de patte et pousser du museau le sept de cœur en ligne, juste à la suite, elle marmonna le nom de l'infecte star de cinéma, non pas une mais deux fois, fixa au fond des yeux cette mathématicienne poilue, frissonna d'un délicieux sentiment d'émerveillement et lui dit ce que Lassie avait dû être écœurée d'entendre au cours de ses longues années avec Timmy à la ferme :

— Tu essaies de me dire quelque chose là, hein, ma belle ?

*
* *

Sans vouloir offenser Romulus, Tarzan ni Hal 9000, Cass estimait que les dons de sociabilité d'Earl Bockman étaient pires que ceux d'un petit enfant allaité par une louve, adopté ensuite par une tribu de grands singes et pour finir entièrement éduqué par des machines.

Il était raide. Empoté. Agité. Ses mimiques étaient rarement en harmonie avec ce qu'il lui arrivait de dire et, chaque fois qu'il semblait percevoir un exemple de son inadéquation, il recourait au même sourire de dessin animé de chat-surpris-près-de-la-cage-du-canari qu'il semblait croire bon enfant et rassurant.

Pis encore, Earl était un casse-bonbon. Un vide de plus

de deux secondes dans la conversation le perturbait. Il n'avait de cesse de combler le moindre silence du premier truc qui lui passait par la tête. Et qui n'avait, bien sûr, aucun intérêt.

Cass en conclut que Maureen, la femme d'Earl, cette nana prétendument canon, était ou une sainte ou une imbécile. Il fallait être une bigote espérant purifier son âme par la souffrance pour rester avec ce mec, ou avoir un cerveau qui ne fonctionnait pas.

Appuyée au camping-car, attendant que le réservoir se remplisse, Cass se sentait comme une condamnée à mort, le dos au mur. Earl était un peloton d'exécution à lui tout seul, dont les balles étaient ses paroles et l'ennui, son mode d'exécution.

Et c'était quoi cette histoire de montre ? Aussi peu doué pour agir subrepticement que pour la conversation, Earl balayait la nuit de son gadget. Il mit même un genou à terre pour renouer un lacet de chaussure, lequel n'était absolument pas défait, afin d'avoir un prétexte pour braquer le cadran de sa montre sous le Fleetwood.

Peut-être souffrait-il de troubles obsessionnels compulsifs. Peut-être était-il obligé de diriger sans cesse sa montre sur les gens et les choses, à la manière des gens qui se lavent les mains quatre cents fois par jour ou des gens qui comptent les chaussettes de leurs tiroirs de leur commode ou les assiettes de leurs placards de cuisine, une fois toutes les heures.

D'abord, il lui avait paru bonnet de nuit. Ensuite, amusant.

Ce n'était plus le cas.

Il flanquait de plus en plus la frousse à Cass.

Au cours de ses trois ans de mariage avec Don Flackberg – producteur de films, frère cadet de Julian – Cass avait fréquenté les plus hautes sphères de la société hollywoodienne. Et elle n'avait pas tardé à évaluer que, sur l'ensemble des acteurs, metteurs en scène et dirigeants de studio à succès, six et demi pour cent étaient des gens bien sains d'esprit, quatre et demi pour cent, des salauds sains d'esprit et les quatre-vingt-neuf autres pour cent, des salauds frapadingues. À force d'expériences, elle avait appris à reconnaître les expressions des yeux, les tics du visage, et les bizarreries de comportement et autres indices révélateurs qui la mettaient infailliblement en garde contre les plus fous et les plus monstrueusement pervers avant de tomber dans leurs griffes. Trois minutes d'observation suffirent à la convaincre qu'Earl Bockman, simple pompiste et épicier, était aussi braque et salaud que n'importe lequel des membres les plus riches et les plus honorés de la communauté cinématographique qu'elle ait jamais connus.

*
* *

Dans l'obscurité, derrière le magasin du carrefour, entre la fausse Corvette éclaboussée de lune et l'Explorer bourré de cadavres, Curtis continue à surveiller la porte de service de la bâtisse et ses angles nord et sud, à la fois, d'où un danger homérique risquait de surgir à tout moment.

Toutefois, il se concentre surtout sur le lien garçon-chienne qu'il exploite plus intensément que jamais auparavant. Il se trouve à la fois ici, où une brise sèche murmure dans la prairie, derrière son dos, mais aussi – et plus intensément – avec sa sœur-devenue à l'intérieur du camping-car, en train d'éblouir Polly par une démonstration d'arithmétique canine, grâce à un moyen plus sophistiqué qu'un paquet de cartes à jouer.

Quand il est sûr que Polly comprend son message, qu'elle est alertée et qu'elle agira pour se sauver et sauver sa sœur, Curtis se retire de la chienne et du camping-car. À présent il n'existe plus qu'ici, dans le souffle chaud de la prairie, sous la froide clarté de la lune.

Ces chasseurs voyagent toujours par paires ou en sections, jamais en solo. Les deux cadavres dans le 4 × 4 étaient dévêtus, voilà un indice. Outre l'homme qui se tient devant les pompes, un tueur parade sous le masque de la femme à cheveux châtains et attend son heure dans le magasin.

La Corvette-qu'est-pas-une-Corvette est plus spacieuse que la voiture de sport qu'elle fait semblant d'être. Quatre passagers peuvent facilement loger dans le véhicule.

Toujours confiant, comme on lui a appris à être, Curtis agira selon l'hypothèse qu'il n'y a que deux assassins au carrefour. De toute façon, s'ils sont quatre, il n'a aucune chance de survivre à un affrontement. De toute façon, il ne saurait pas *comment*, combattre un quatuor de ces violents prédateurs, et il n'aurait d'autre solution que de s'enfuir dans la prairie en quête d'une haute falaise d'où se précipiter, d'une rivière où se noyer ou de n'importe quelle mort plus douce que celle que ces tueurs lui réservent.

Même si, en temps normal, il éviterait un accrochage avec ne serait-ce que deux de ces chasseurs – ou un seul ! – en l'occurrence, il ne peut pas se payer le luxe de fuir, parce qu'il a une obligation envers Cass et Polly. Il leur a dit de décamper. Mais si les bandits voient qu'elles le cachent, ils les en empêcheront. Auquel cas, il ne lui restera qu'à détourner l'attention de l'ennemi des jumelles en s'exposant lui-même.

Bon, il est temps de foncer au cœur de la mêlée, il se glisse entre le corbillard Ford Explorer et le bolide extraterrestre jusqu'à la porte de service de la bâtisse. Il tourne la poignée prudemment, calmement.

La porte est verrouillée.

Curtis défie la porte, volonté contre matière, au micro-échelon où la volonté devrait l'emporter – comme ce fut le cas avec la porte de derrière de la ferme Hammond au Colorado, la portière du 4 × 4 sur le transporteur-auto en Utah et ailleurs.

Il n'a ni sixième sens, ni super pouvoirs qui en feraient du matériau de premier ordre pour une série de BD, le dépeignant en collant et cape de couleur. Sa principale différence, c'est qu'il comprend la mécanique quantique, pas à moitié comme dans ce monde-ci, mais plus complètement comme dans d'autres univers.

Au niveau structurel fondamental de l'univers, la matière, c'est de l'énergie ; tout est de l'énergie exprimée sous des myriades de formes. La conscience est la force qui trie et qui construit toute chose en puisant dans cette mer infinie d'énergie celle, à l'origine, du Créateur qui englobe tout, la Présence espiègle des rêves de la chienne. Mais même un simple mortel, qu'on a doté de l'intelligence et de la conscience, possède le pouvoir d'influer sur la forme et la fonction de la matière par un acte de volonté pure. Cela n'a rien à voir avec la puissance, faiseuse de mondes et créatrice de galaxies de la Présence mais un pouvoir humble grâce auquel on ne peut obtenir que des effets limités.

Même dans ce monde-ci, à son stade actuel de développement peu avancé, les savants spécialistes de mécanique quantique sont conscients qu'à un niveau subatomique, l'univers paraît ressembler davantage à de la *pensée* qu'à de la matière. Ils savent aussi que leurs attentes, leurs idées peuvent influer sur le résultat de certaines expériences mettant en jeu des particules élémentaires, tels électrons et photons. Ils comprennent que l'univers n'est pas aussi mécaniste qu'ils l'ont cru autrefois et commencent à soupçonner qu'il existe en tant qu'acte de volonté et que cette volonté – la conscience créatrice impressionnante de la Présence espiègle – est la force organisatrice au sein de l'univers physique et que cette puissance se reflète dans la liberté que possède chaque mortel de donner forme à son destin par l'exercice de son libre arbitre.

Curtis est déjà au parfum de tout ça.

Néanmoins, il demeure effrayé.

La peur est un élément inévitable de la condition de mortel. La création, dans toute sa beauté ensorcelante, avec l'infinité de ses embellissements baroques et de ses charmes subtils, avec toutes les merveilles qu'elle offre venant du Créateur et de sa créature, avec tout son mystère velouté et toute la joie que l'on reçoit de ceux que l'on aime, nous enchante tant que l'imagination, moins que la foi, nous manque pour envisager un au-delà du monde encore plus éblouissant et donc, même si l'on croit, l'on s'accroche obstinément à cette existence, à cette douce familiarité, en craignant que tout paradis concevable ne se révèle insuffisant en comparaison.

Verrouillée. La porte de service du magasin du carrefour est verrouillée.

Et l'instant d'après, elle ne l'est plus.

Elle donne sur une petite réserve, que l'on entrevoit grâce non à l'ampoule nue pendouillant au plafond, mais à la lumière qui filtre d'une autre pièce par la porte du fond entrebâillée poudrant la resserre d'une fine poussière fluorescente.

Curtis y pénètre. Et referme tranquillement derrière lui la porte donnant sur l'extérieur pour éviter que la brise ne la fasse claquer bruyamment.

Si certains silences sont apaisants, celui qui règne ici est affolant. Tel celui, froidement métallique, d'une lame de guillotine remontée, dominant le cou déjà glissé dans la lunette, le panier attendant la tête coupée.

Toujours confiant, malgré sa peur, Curtis s'avance vers la porte à peine entrouverte.

*
* *

Dans la chambre du camping-car, Polly a décroché le fusil à pompe calibre douze du râtelier au fond de la penderie, où il était rangé derrière les vêtements.

La chienne l'observait.

Polly ouvrit d'un coup sec un tiroir de la coiffeuse et y prit une boîte de cartouches. Elle en glissa une dans la culasse, plus trois autres dans le chargeur tubulaire.

La chienne cessa de s'intéresser à cet armement et se mit à flairer avec curiosité les chaussures dans la penderie.

Afin d'affiner flatteusement sa silhouette, sa culotte de toréador n'avait pas de poches. Polly fourra trois cartouches de réserve dans son débardeur, entre ses seins, reconnaissante à la Nature de l'avoir dotée d'un tour de poitrine suffisant pour lui servir de dépôt de munitions.

La chienne la suivit hors de la chambre, à travers la salle de bains, dans la cuisine, où elle fut distraite par l'odeur appétissante de quelque friandise en provenance du placard à provisions.

Tandis que Fidèle Vagabonde reniflait curieusement l'interstice des portes du placard, Polly passa dans le salon et fixa l'ordinateur portable sur le sol. En revenant de la chambre, elle était à demi persuadée d'avoir imaginé l'histoire de la chienne et de l'ordinateur ; mais la preuve demeurait devant elle, brillant sur l'écran.

L'ordinateur était rangé sur une étagère, sous la télévision. Après le tour de cartes, la chienne s'était dressée sur ses pattes de derrière, avait gratté l'étagère jusqu'à ce que Polly pose le portable par terre, l'ouvre et le branche.

Ahurie mais inébranlable, sa faculté d'étonnement encore intacte, de façon surprenante, après trois ans passés aux plus hauts échelons de l'industrie cinématographique, ce qui blaserait les plus blasés, Polly avait rapidement préparé l'ordinateur, tandis que la chienne courait à la salle de bains. Après un fracas, le cabot était revenu avec la brosse à dents de Cass. S'en servant comme d'un stylet, Fidèle Vagabonde avait alors tapé un message sur le clavier.

RHUM[1] avait tapé la chienne ; sur quoi, Polly avait décidé qu'on pouvait passer à un animal capable de faire la différence entre deux cartes à jouer et qui possédait un don certain pour l'arithmétique, son faible pour une boisson d'adulte s'il en exprimait l'envie, à supposer qu'il tienne bien l'alcool et ne montre aucune tendance à l'alcoolisme. Polly aurait sur-le-champ préparé à Fidèle Vagabonde une piña colada ou bien un *mai tai*, tout en soupçonnant qu'elle

---

1. Fidèle Vagabonde a tapé RUM (rhum) pour RUN (fuis), d'où le quiproquo *(N.d.T.)*.

avait perdu la tête et même que des infirmiers psychiatriques, héliportés dans la prairie depuis la grande ville la plus proche, s'approchaient présentement du Fleetwood avec une camisole de force et une dose de Thorazine dans une seringue bonne pour soigner les chevaux. Malheureusement, elle n'avait pas de rhum, rien que de la bière et une petite collection de bons vins, fait qu'elle communiqua à la chienne en même temps que ses excuses de se montrer si piètre hôtesse.

Il s'était avéré que RHUM n'était pas le mot recherché, mais une erreur due à la maladresse bien compréhensible d'une chienne tenant dans sa gueule une brosse à dents en guise de stylet pour taper sur un clavier. Gémissant de frustration mais avec une détermination admirable. Fidèle Vagabonde avait fait une nouvelle tentative : RUN !

Donc, ici et maintenant, à peine un instant après que la chienne eut fini de taper, Polly se tenait là à fixer l'ordinateur portable sur l'écran duquel continuait à briller le message de six lignes qui l'avait poussée à courir dans sa chambre et à charger le fusil :

RUM
RUN !
HOMME MÉCHANT
ALIEN
ALIEN MÉCHANT
RUM !

À première vue, le message était absurde, à deux doigts du charabia ; et s'il s'était affiché sur l'écran comme tombé du ciel ou encore si un enfant ne sachant ni lire ni écrire l'avait tapé, il n'aurait pas fait réagir Polly aussi vite, elle ne serait pas allée directement chercher le fusil ; mais cette dernière se sentait justifiée d'avoir agi immédiatement et énergiquement *parce qu'un chien tenant une brosse à dents dans sa gueule avait tapé le message* ! Elle n'était jamais allée en fac et elle avait perdu sans doute un nombre effrayant de cellules grises pendant ses trois ans passés à Hollywood ; mais si elle n'avait aucun mal à admettre son ignorance affligeante sur tout un tas de sujets, elle savait reconnaître un miracle quand elle en voyait un et, si une chienne qui tapait des messages à l'aide d'une brosse à dents n'en était pas un, alors Moïse faisant s'ouvrir la mer Rouge ou Lazare se relevant d'entre les morts, pas davantage.

En outre, compte tenu des bizarreries du bonhomme,

ça avait plus de sens qu'Earl Bockman soit un « alien méchant » qu'un péquenot, propriétaire d'un magasin et d'une station-service de carrefour, dans les grandes solitudes du Nevada. C'était l'une de ces choses apparemment impossibles qu'on savait intuitivement être vraies dès qu'on les entendait exprimées : comme l'info récente selon laquelle aucun des membres du groupe de rap se faisant appeler Shot Cops Ho Busters ne savait lire une note de musique.

Elle n'allait pas se ruer dehors et exploser la tête d'Earl, ne serait-ce que, malgré sa peur et son agitation, parce qu'elle restait consciente de la difficulté d'expliquer son acte devant un tribunal. Elle ne savait trop ce qu'elle allait faire maintenant qu'elle s'était armée du fusil, mais elle se sentait mieux de l'avoir en main.

Un crépitement la fit se retourner vivement et lever son calibre douze, mais Fidèle Vagabonde en était l'auteur. La chienne s'était coincé la tête dans le sachet vide de pop-corn au fromage que Curtis avait laissé par terre, près du siège du copilote.

Polly, en libérant la tête de la chienne du piège de cellophane, se trouva face à un sourire idiot, une langue follement active et une gueule mouchetée de pop-corn qu'elle eut du mal à rattacher à la messagère déterminée d'une menace alien, qui avait peiné avec tant d'ingéniosité sur le clavier. Elle se retourna vers l'ordinateur encore une fois, s'attendant à un écran vide, mais l'exhortation à RUM ! brillait toujours en lettres blanches sur fond bleu en compagnie des cinq autres lignes transmettant ce renseignement urgent.

Fidèle Vagabonde se nettoya le museau d'une langue sur hélice qui lui nettoya truffe-menton-truffe bis, et Polly décida de ne plus mettre en doute les miracles, ni de rejeter le message à cause de la nature improbable de la messagère, mais d'agir, que Dieu lui vienne en aide, comme la situation semblait l'exiger.

Et soudain, une idée la traversa :

— Où est Curtis ?

La chienne dressa les oreilles et gémit.

Armée du fusil, Polly gagna la porte, prit une profonde inspiration, comme elle le faisait juste avant de débarquer, nue, de la soucoupe volante et de descendre les marches de néon dans ce show à Las Vegas, et sortit dans la nuit de la prairie, devenue aussi étrange que tout pays qu'on atteint *via* le terrier d'un lapin blanc.

*
* *

Curtis Hammond, en mode commando, plus conscient que jamais qu'il est davantage poète que guerrier, se concentre sur le silence alors qu'il ouvre silencieusement la porte de la réserve et qu'il pénètre furtivement dans le magasin proprement dit. Il se concentre pour ne pas crier et s'enfuir de terreur tandis qu'il progresse accroupi le long de la première travée, cherchant la fausse m'man du couple d'épiciers. Comme les rayons de marchandises épousent la forme rectangulaire du magasin, les travées sont longues et les présentoirs l'empêchent d'apercevoir les fenêtres en façade.

Apparemment, les habitants de la prairie se soucient peu d'un régime équilibré, car l'on ne semble pas vendre ici de fruits ou de légumes frais, seulement des conserves diverses et variées. Le long du mur du fond, des glacières à portes vitrées sont garnies de bière, de boissons gazeuses et de jus de fruits. Au bout de la première travée, Curtis hésite, l'oreille à l'affût du moindre bruit pouvant lui révéler la position de la m'man, mais le tueur semble se concentrer sur le silence avec autant d'application que Curtis.

Ce dernier finit par se pencher en avant et jette un œil en coin, au-delà d'un présentoir de piles électriques et de briquets à gaz. Cette travée courte mène transversalement et directement à l'entrée du magasin qui, au total, n'offre que trois longues travées, formées par deux îlots de grands rayonnages.

Il aperçoit en partie une vitrine voilée de poussière, mais pour déterminer si Cass et Polly sont toutes deux remontées à bord du Fleetwood, il faudrait qu'il se mette debout. Comme les rayons sont plus grands que lui, si la méchante m'man rôdaille sur les devants du magasin, elle ne le verra pas. Il n'en reste pas moins accroupi. Il a l'intention de manifester bientôt sa présence pour distraire le couple de chasseurs, et donner ainsi aux jumelles une chance de fuir. Le succès repose néanmoins sur le choix du bon moment pour se lever et se montrer.

Dépassant piles et briquets, Curtis jette un œil prudent dans la travée centrale. Déserte.

Il poursuit son chemin jusqu'à la tête de gondole de la travée suivante – lames de rasoir, pinces à ongles, canifs, aucune arme sérieuse, c'est regrettable – avant de s'arrêter à nouveau, l'oreille tendue.

Le silence est trop absolu, insondable, profond. Ce calme mortel donne à Curtis l'envie de crier, uniquement pour se prouver qu'il est encore parmi les vivants.

Un froid soudain sur la nuque. Jetant un regard derrière lui, s'attendant craintivement à voir un assassin en train de ramper, il retient à peine un cri de soulagement quand il voit qu'il n'y a personne. Pas encore.

Il se penche par-dessus les paquets de lames de rasoir qui pendillent aux crochets du présentoir et, examinant la travée la plus proche de la façade du magasin, il repère la méchante m'man. Debout à quelques mètres de la porte ouverte, à l'intérieur, elle regarde dehors du côté des pompes à essence, et il a la quasi-certitude que c'est le sosie de la morte jetée avec son mari dans le 4 × 4.

Selon toute vraisemblance, ces chasseurs font partie de la bande qui le poursuit depuis le Colorado, bien qu'il soit possible qu'ils soient nouveaux dans cette mission. Comme ils ne voyagent pas en camion d'articles de sellerie volé et n'utilisent aucun moyen de transport local, il s'imagine que ce ne sont pas ceux qui, se faisant passer pour des cowboys, l'ont traqué jusqu'au restauroute, mercredi soir.

Qu'ils soient nouveaux dans la chasse ou membres de la bande d'origine, ils sont aussi violents et aussi dangereux que les autres. Ce ne sont pas des individus, mais les membres d'un escadron de la mort. Ils n'ont qu'un nom : la légion.

Attirée par ce qui se passe près des pompes, l'affreuse m'man s'approche de la porte ouverte, puis franchit la distance qui la sépare du seuil. Ni vraiment dedans ni vraiment à l'extérieur du magasin, elle n'est plus à même d'apercevoir Curtis du coin de l'œil.

Entre Curtis et la porte d'entrée, sur le comptoir près de la caisse, un pistolet est exposé à tous les regards. Peut-être que l'homme ou la femme, morts maintenant dans le 4 × 4, avait eu le temps de sortir l'arme de sous le comptoir, mais pas celui de s'en servir. Et l'affreux p'pa l'a laissé derrière lui quand il est sorti accueillir le Fleetwood.

Les jumelles ne courent pas un moindre danger parce que le tueur est allé les trouver sans arme. Ce sont des assassins cruels, vifs comme des vipères, plus sauvages que des crocodiles deux jours après leur dernier festin. Ils *préfèrent* tuer à mains nues, bien que rarement avec quelque chose d'aussi prosaïque que leurs mains, pour se vautrer dans le marigot de la mort. La beauté, la gentillesse, l'esprit et la vivacité des jumelles ne leur vaudront pas une demi-seconde de vie supplémentaire si l'un de ces chasseurs décide de les détruire.

Examinant l'arme posée sur le comptoir, à dix mètres peut-être, Curtis reconnaît la chance qu'elle lui offre. Il n'a même pas besoin de passer en revue les nombreuses admonestations de sa mère sur l'importance de savoir sauter sur l'occasion ; il se coule aussitôt le long de la travée, vers la caisse, avançant accroupi, aussi intrépide par ailleurs que le premier idiot venu, marqué par la mort, qui, en pleine bataille, voyant monter des obus traçants dans le ciel, suppose que ce sont des feux d'artifice célébrant son triomphe imminent. Il est à mi-chemin de la caisse quand il se demande s'il n'a pas confondu appât et occasion.

L'affreuse m'man pourrait se reculer du seuil, pivoter vers lui et le peler comme une orange avant qu'il ait pu dire *Seigneur*. Curtis ne se laisse pas impressionner au demeurant. Il est Roy Rogers sans ses chansons, Indiana Jones sans son feutre mou, James Bond sans son Martini « secoué, pas remué », imprégné d'héroïsme tel que le définissent les 9 658 films appréciés en deux jours, lors d'un programme de préparation culturelle intense, tous les 9 658 visionnés par téléchargement direct de mégadonnées dans le cerveau, avant sa chute sur la planète Terre. En réalité, tous ces films l'ont juste rendu un peu zinzin, car il ne les a pas encore complètement assimilés et n'est pas toujours capable de distinguer la réalité de la fiction dans ce qu'il a vu sur son écran blanc mental. Mais ces films lui ont insufflé un sens de la liberté si glorieux et une telle passion pour ce monde étrange, qu'il accepte avec bonheur les conséquences d'un déséquilibre mental temporaire, si c'est le prix à payer pour ces deux jours de divertissement, d'éducation et d'élévation morale sans pareils.

Et les exemples donnés par les héros de cinéma se révèlent être ce dont il a besoin. Il atteint la caisse et se redresse de toute sa hauteur sans alerter l'affreuse m'man. Elle se tient toujours sur le seuil, vêtue des habits de la morte, face aux pompes à essence.

Malgré la poussière qui recouvre la vitre derrière la caisse, Curtis aperçoit le Fleetwood. Cass s'appuie, face à l'affreux p'pa. Comme si elle n'était pas prévenue du danger qui la guette.

Deux minutes se sont écoulées depuis que Polly a reçu le message par le biais de la chienne. Elle passera bientôt sans doute à l'action. Le temps est venu pour Curtis de fournir une diversion nécessaire.

Quand il s'empare du pistolet sur le comptoir, il remarque à côté un roman à l'eau de rose, en collection poche, de Nora Roberts. – la romancière préférée de Gabby. Évidemment, tout le monde la lit.

L'exemplaire appartient sûrement à l'un des deux morts, non à l'un des tueurs, parce qu'à son avis la célébrité de Mme Roberts n'est pas encore multiplanétaire.

La sécurité du pistolet n'est pas mise. Il tient l'arme de la main droite, en assure la prise avec la gauche, et ose progresser vers la porte ouverte, en quête d'un meilleur angle.

Le tueur reste inconscient de sa présence.

Plus que trois mètres avant la porte. Plus que deux mètres.

Il s'arrête. Cette ligne de tir est idéale.

Les pieds écartés pour un équilibre maximal, le droit devant le gauche, campé pour se préparer au recul, il hésite tant sa cible sur le seuil ressemble à une femme ordinaire, paraît vulnérable. Curtis est certain, à quatre-vingt-dix-neuf pour cent, qu'elle est à peine moins vulnérable qu'un char blindé et qu'elle n'a rien d'une femme, *a fortiori* d'une femme ordinaire, pourtant il ne peut pas se résoudre à presser vraiment sur la détente.

Cet unique pour cent de doute l'inhibe, bien que sa mère lui ait toujours dit que rien dans cette vie n'est absolument certain et que le refus d'agir, à moins d'être sûr à cent pour cent, est en fait un acte de lâcheté morale, une excuse pour ne jamais prendre position. Il pense à Cass et à Polly, et noyé dans l'océan de son un pour cent de doute, il se demande si la morte du 4 × 4 peut avoir une jumelle identique, qui se tient à présent devant lui. Une crainte absurde vu le moyen de transport d'outre monde maquillé en Corvette, vu les victimes au cou brisé. Le garçon reste pourtant figé, indécis, comme au purgatoire. Car il a beau être le fils de sa mère et avoir assisté avec elle à des combats acharnés, à d'horribles manifestations de violence, il n'a encore jamais tué personne. Et il a beau s'être entraîné au maniement d'armes diverses, il n'a encore fait feu sur aucun être vivant. Or, là, dans ce petit magasin, il réalise qu'il est plus difficile de tuer, même pour une noble cause, que ce que sa mère lui avait laissé entendre et que ça en a l'air au cinéma.

Alertée par son odorat ou son intuition, la femme sur le seuil tourne la tête si vite, si brusquement qu'on devrait l'entendre craquer. Dès qu'elle voit Curtis, elle sait qui c'est malgré l'attitude de femme stupéfaite et paniquée qu'elle prend – les yeux écarquillés, la main levée comme pour se protéger des balles –, son sourire la trahit. Il est aussi déplacé que le serait une chanson déchirant le silence. C'est un rictus de prédateur – d'un serpent ouvrant la gueule pour gober une souris, d'un léopard prêt à bondir sur sa proie.

À l'instant crucial, celui qui révèle si l'on a de l'étoffe ou pas, Curtis découvre qu'il en a. À revendre. Il appuie sur la détente. Une fois, deux fois. Le recul le fait vaciller ; il ne bat pas en retraite lorsque l'assassin pousse un hurlement épouvantable ; il tient bon. Et l'instant d'après, il avance d'un pas. Et il tire encore et encore.

La crainte que cette femme ne soit la jumelle légitime de celle gisant morte dans le 4 × 4 est dissipée avant même que la première balle du pistolet ne lui transperce le torse. Bien que la forme humaine soit utile aux guerres sur terre, ce n'est pas la physiologie idéale pour une espèce guerrière, et la première est à peine sortie du canon, que l'affreuse m'man se métamorphose déjà en quelque chose que Curtis aurait préféré ne pas voir si peu de temps après avoir mangé un paquet de pop-corn au fromage, et bu de l'Orange Crush.

Le tueur s'élance aussitôt vers lui, mais c'est une créature mortelle non un être surnaturel. Alors sa ruse l'emporte sur sa fureur aveugle qui le jetterait dans la gueule de la mort.

Il réussit à infléchir le bond qui l'entraînait vers Curtis et à s'élancer vers les hauts rayonnages de boîtes de conserve.

Curtis tire quatre autres coups de feu, dont trois font mouche. Le tueur tressaute, pousse des cris stridents, tout en gravissant à toute allure les étagères comme un acrobate grimperait une échelle avec des bonds et autres voltiges.

Son escalade déclenche une avalanche de boîtes de conserve, de bouteilles, de canettes, mais il continue, malgré les obstacles qui le gênent, jusqu'au sommet, tandis que le quatrième coup de feu l'atteint et que le cinquième le rate.

Pendant cette ascension rapide comme l'éclair, le

tueur adopte plus d'une forme, échantillonnant simultanément toute une ménagerie d'espèces meurtrières, hérissées de serres et de becs, de cornes, de piquants et d'omoplates. Des mains agrippent, des pédipalpes frémissent, des évents ondulent, des pinces claquent comme des ciseaux et d'autres extrusions indéfinissables apparaissent et disparaissent aussitôt en un tumulte désordonné de carapaces luisantes qui se fondent en queues cinglantes, d'enchevêtrements de poil grossier qui se lissent en flancs écailleux, expression d'un chaos biologique auprès duquel la confusion de Curtis dans la salle de bains des jumelles n'est qu'un banal et amusant faux pas. Ne s'accrochant qu'un instant au faîte des rayonnages, tassée sous les néons, assumant à la fois toutes ces formes et aucune, et chacune de ces formes étant mensongère, la bête en ébullition pourrait être la Bête elle-même, reconnaissable pour le poète Milton comme le prince régnant de « la ténèbre visible » en Enfer – puis, elle disparaît dans la travée suivante.

Bien que mortel, l'assassin ne périra pas aussi aisément que Curtis, si les rôles avaient été inversés. Ces créatures maléfiques sont résistantes. Les blessures de celle-ci ne guériront pas miraculeusement, mais pourraient ne pas suffire à l'achever.

Curtis répugne à tourner le dos à cet adversaire dangereux quoique estropié. Cass et Polly sont dehors avec le second tueur et sans défense contre sa sauvagerie. Avec au maximum cinq balles restant dans le pistolet, il doit détourner l'attention de l'autre assassin pour donner une chance aux jumelles de se sauver.

Fébrile, il enjambe le tas des denrées tombées des étagères sur le sol et se fraye un passage jusqu'à la porte ouverte, en priant pour que ses deux jolies bienfaitrices, Cendrillons aux chaussons de verre, fleurs fragiles de l'Indiana, ne soient pas payées de leur gentillesse à son égard par une mort sanglante.

*
* *

Tandis que le diesel nourrissait le ventre affamé du Fleetwood, Earl Bockman énumérait d'un ton monocorde les spécialités aux macaronis, surgelées ou pas, que Maureen et lui avaient en stock dans la boutique. Il ne pérorait pas comme un marchand cherchant à grappiller quelques dollars, mais avec l'enthousiasme bavard d'un paumé croyant qu'on peut soutenir une conversation brillante sur tout et n'importe quoi, à part l'annuaire, bien que, peut-être, il y vienne, avant que le réservoir ne soit rebouché.

Si Cass avait été une criminelle ou une activiste enragée de l'élimination de la pollution sonore, elle aurait pu abattre Earl et abréger ses souffrances, à elle autant qu'à lui. Au lieu de quoi, elle regarda le nombre de litres monter au compteur de l'antique pompe à essence et remercia Dieu d'avoir développé une si grande tolérance à l'ennui pendant son enfance et son adolescence dans l'Indiana rural et dans une famille dont les amis étaient tous des universitaires.

La fusillade dans le magasin mit immédiatement de l'animation – non simplement en tant que telle, mais par l'effet qu'elle produisit sur Earl. Si Cass ne s'étonna pas de sa panique – elle ressentait la même – en revanche le terme étonnement ne suffit pas à décrire ce qu'elle éprouva en voyant les changements de visage de son interlocuteur lors des quatre coups de feu qui suivirent. À moins qu'il ne fût un loup-garou mal luné, Earl n'avait plus rien d'un amateur de macaronis en boîte. C'était devenu une chose que Cass n'aurait sans doute pas supportée si l'ufologie ne l'avait pas fascinée depuis huit ans.

Appuyée au camping-car, la main gauche dans son spacieux sac en bandoulière, à la première détonation, elle s'était redressée. À l'instant où la cinquième déchirait l'air et se répercutait contre le flanc du Fleetwood, alors qu'Earl, las de son ancienne personnalité sans éclat, libérait sa partie animale, Cass sut quoi faire.

Quand elle sortit la main gauche du sac, elle tenait un pistolet 9 mm, qu'elle fit passer dans sa droite. En ouvrant le feu sur un Earl Bockman devenu plus affreux qu'il n'avait été rasoir, elle fourra à nouveau sa main gauche dans le sac, en tira un second pistolet identique au premier et ouvrit aussi le feu avec celui-ci, en espérant qu'aucune balle ne frapperait une pompe à essence, ne crèverait une conduite de carburant et ne la transformerait en une torche vivante dansante, plus spectaculaire que n'importe quel rôle au costume fabuleux qu'elle ait jamais joué sur une scène de Las Vegas.

*
* *

Comme elle sortait du camping-car armée de son calibre 12, Polly entendit la fusillade. Elle sut aussitôt que ça ne venait pas de l'autre côté du Fleetwood, mais d'un peu plus loin, peut-être du magasin.

À cause de leur passion mutuelle de toujours pour les armes à feu, inspirée par Castor et Pollux, les guerriers grecs de la mythologie, d'où elles tiraient leur nom, et à cause d'une passion mutuelle plus récente pour les techniques d'autodéfense et les arts martiaux, inspirée par les trois années qu'elles avaient passées aux plus hauts échelons de l'industrie du film, Polly et Cass circulaient avec confiance sur les routes solitaires de l'Amérique tant elles se sentaient capables d'affronter les dangers.

Contournant l'avant du camping-car, Polly entendit une autre fusillade, plus proche que la première. Elle reconnut le son distinct des pistolets jumeaux de Cass, qu'elle avait entendus assez souvent sur des champs de tir au fil des années.

En arrivant sur place, le fusil prêt, elle découvrit que sa sœur était aux prises avec une menace de grand chemin qu'en toute honnêteté, elles n'avaient pas prévue. L'affreux alien du message lapidaire de Fidèle Vagabonde sur l'ordinateur portable, dépouillé des défroques d'Earl Bockman, fut projeté violemment en arrière entre deux pompes à essence. Chancelant sous l'impact de balles 9 mm à pointe creuse, il se convulsa avec des cris perçants de douleur et de rage, s'agita tel un poisson sur la plage, et s'effondra sur le sol de gravier entre les pompes et la station.

— J'ai assuré, lança Cass.

Mais son visage était d'une pâleur mortelle, malgré la lueur flatteuse, rouge et ambrée des ampoules de Noël, ses yeux étaient exorbités comme si elle souffrait d'une suractivité de la glande thyroïde, et ses cheveux avaient besoin d'un sérieux coup de peigne.

— Curtis doit être là-dedans, ajouta-t-elle, avant de poursuivre l'imprévisible M. Bockman entre les pompes.

Craignant pour Curtis, se précipitant vers la bâtisse, Polly eut l'occasion de mieux voir le soi-disant dernier propriétaire de la station et décida qu'elle préférait Earl de beaucoup quand il était grand, chauve et rasoir. Se tordant, secoué de spasmes, s'enroulant sur lui-même, battant l'air, sifflant, mordant – et à présent, criant avec un surcroît de fureur, alors que Cass faisait à nouveau feu sur lui – il ressemblait à un truc (en fait, une masse hideuse emmêlée de plusieurs trucs) qui vous pousserait à appeler une compagnie de lutte antiparasitaire pour s'en débarrasser, à condition d'en connaître une qui équipait ses désintectiseurs d'armes semi-automatiques et de lance-flammes.

La chienne savait sûrement de quoi elle parlait.

*
* *

Utilisant une technique de bûcheron pour traverser, comme des troncs flottants, les conserves de fruits et légumes tombées, Curtis atteint la porte d'entrée juste à temps pour voir le second tueur obligé de reculer entre deux pompes par un tir de barrage bruyant. Cass – identifiable à son grand sac en bandoulière – suit avec deux pistolets, crachant des flammes. Même dans une production de Las Vegas de dix millions de dollars, elle n'a sûrement jamais paru plus spectaculaire, même pas toute nue, coiffée de plumes. Le garçon regrette, cependant, de n'avoir pas assisté à l'une de ces représentations – regret qui le fait aussitôt rougir, même s'il semble indiquer que, malgré sa difficulté récente à être complètement Curtis Hammond, il est néanmoins, lentement mais sûrement, en train de devenir humain à un profond niveau émotionnel. Ce qui est une bonne chose.

Et voici venir Polly avec un fusil, l'air aussi spectaculaire que sa sœur, et tout aussi habillée. Quand elle voit Curtis sur le seuil de la porte, elle crie son nom avec un soulagement évident.

Peut-être qu'il perçoit du soulagement, là où il devrait entendre une nuance plus coléreuse, parce que, au moment où Polly survient, elle pointe sur sa tête le calibre douze en lui hurlant dessus. Bien entendu, elle a tous les droits de lui en vouloir d'avoir fait entrer une paire d'assassins d'outre-monde, dans sa vie et il ne la blâmera pas si elle le descend sur place, même s'il aurait pu s'attendre à ce qu'elle se montre plus compréhensive et même s'il *regrettera* de s'en aller.

Puis il s'aperçoit qu'elle lui crie *couche-toi, couche-toi, couche-toi* et l'ordre s'imprime enfin dans sa cervelle. À peine s'est-il aplati sur le sol qu'elle tire dans le magasin. Elle fait feu à quatre reprises avant que l'affreuse m'man, qu'il avait blessée auparavant, cesse de pousser des cris perçants derrière lui.

Se remettant sur pied tant bien que mal, Curtis est si fasciné de voir Polly pêcher des cartouches dans l'échancrure de son corsage avec l'art d'une magicienne extrayant des colombes vivantes de foulards de soie qu'il se tourne, presque comme après-coup, pour scruter l'intérieur du magasin. Quelque chose, qui défiera la description du coroner du comté, gît juste à côté de la porte, parmi les débris d'un présentoir de sandwiches tandis qu'un blizzard jaune orangé de chips, de Doritos et de tortillons au fromage explosés à la carabine se dépose lentement en vagues salées sur la carcasse.

— Y en a encore de ces saloperies ? demande Polly à bout de souffle, ayant déjà rechargé son calibre douze.

— Plein, dit Curtis. Mais pas ici, pas maintenant – pas encore.

Cass a enfin liquidé le second tueur. Elle rejoint sa sœur, avec un air défait que Curtis ne lui a jamais vu.

— Le réservoir d'essence est rempli ou tout comme, dit Cass, en fixant Curtis bizarrement.

— C'est probable, acquiesce-t-il.

— On devrait sans doute filer d'ici, lança Polly.

— C'est probable, acquiesce Curtis.

Il a beau ne plus vouloir mettre les jumelles en danger, l'idée de s'en aller d'ici tout seul, à pied, en pleine nuit lui est encore plus pénible.

— Et vite, c'est pas encore assez vite.

— Une fois qu'on aura décollé, dit Cass, tu devras nous fournir quelques explications, Curtis Hammond.

Espérant ne pas passer pour un ingrat p'tit morveux, sal'ment culotté, viens qu'j't'crache-dans-l'œil, Curtis répondit :

— Vous aussi.

48.

Caféine et sucre, en quantité et en tandem, sont censés être les boulets de démolition jumeaux de la santé en général et du sommeil en particulier, mais Coca et biscuits n'améliorèrent que médiocrement le mauvais moral de Micky et n'empêchèrent pas ses paupières de s'alourdir.

Attablée à la cuisine, enchaînant réussite sur réussite, elle attendait Leilani. Elle demeurait convaincue que la fillette trouverait un moyen de lui rendre visite avant l'aube, même si son beau-père était averti à présent de leur relation.

Sans délai, immédiatement après l'arrivée de Leilani, Micky conduirait la fillette chez Clarissa à Hemet, malgré les perroquets et le risque encouru. Il ne restait plus de temps pour la stratégie, uniquement pour l'action. Et si Hemet ne s'avérait que la première étape d'un voyage d'incertitudes et d'épreuves, Micky était prête à payer n'importe quel prix le billet qu'on pourrait exiger d'elle.

Quand, pour finir, même l'inquiétude, la colère, la caféine et le sucre ne purent dissiper sa somnolence et quand sa nuque se mit à lui faire mal à force de reposer sa tête sur ses bras croisés sur la table, elle alla chercher les coussins du canapé du salon et les posa par terre. Il lui fallait être assez près de la porte pour se réveiller dès que la fillette frapperait.

Pour improbable que lui paraisse le retour de Maddoc, elle n'osait pas s'endormir en laissant la porte ouverte pour Leilani, car si le Dr Fatalitas lui rendait une nouvelle visite, ce serait sûrement avec de pleines seringues de digitoxine ou d'un produit équivalent dans l'intention compatissante de lui administrer une dose de charité.

À deux heures et demie du matin, Micky s'étira sur les

coussins, la tête près de la porte, s'attendant à ne pas fermer l'œil. Elle s'endormit instantanément.

Son rêve commençait dans un hôpital où elle était alitée et paralysée, seule et effrayée de l'être, guettant la venue de Preston Maddoc, qui en userait comme bon lui semblerait avec elle, alors qu'elle était sans défense, avant de la tuer. Elle hélait des infirmières qui passaient dans le couloir, mais elles avaient toutes le visage de sa mère, et elles étaient toutes sourdes. Elle hélait des médecins qui passaient, s'ils s'approchaient de la porte ouverte pour lui jeter un coup d'œil, ils se contentaient de sourire et de s'en aller. Bien que différents les uns des autres, chacun était l'un des hommes de sa mère qui, dans son enfance, l'avaient connue d'une façon dont elle ne désirait pas qu'on la connaisse. On n'entendait que ses pleurs, le doux roulement et le sifflet mélancolique d'un train, comme elle les entendait nuit après nuit dans sa cellule de prison. L'instant d'après, avec la fluide transition du rêve, elle se retrouvait hors de l'hôpital, dans un train, paralysée mais assise bien droite dans un long wagon. Le claquement des roues sur les rails s'accentuait, le sifflet périodique perdait sa mélancolie pour devenir un affreux gémissement, et le train prenait de la vitesse, ballottant sur les voies, fendant la nuit d'encre, jusqu'à atteindre une obscurité d'une qualité différente. Elle descendait, à la fin du voyage, sur un quai de gare. Il était désert. Et Preston Maddoc apparaissait enfin avec un fauteuil roulant, où elle s'asseyait dans un état de soumission tétraplégique quand il la prenait en charge. Il portait les dents de Leilani en collier et tenait un voile tissé avec les cheveux blonds de la fillette. Quand Maddoc en voila la face de Micky, les tresses de Leilani lui drapant les oreilles et le visage, elle perdit, ainsi recouverte, l'usage de tous ses sens : frappée de surdité, muette, aveugle, ne respirant plus la moindre odeur, elle fut laissée sans nulle autre perception de ce qui l'entourait que celles de l'avancée du fauteuil roulant et des secousses dues aux irrégularités de la chaussée. Maddoc l'emportait vers son destin, sans répit, sans pitié, sans sursis.

Micky s'éveilla dans la tiédeur du matin, transie jusqu'à la moelle des os à cause de ce rêve récurrent. La qualité de la lumière à la fenêtre, la pendule, lui apprirent que l'aube s'était levée trente ou quarante minutes plus tôt.

Ayant dormi la tête contre la porte verrouillée, elle aurait entendu qu'on frappait à la porte, si timidement que ce fût. Leilani n'était pas venue.

Micky se redressa, empila les trois coussins du canapé et repoussa le tas sur le côté.

Le lever du soleil lui donnait le courage d'ouvrir la porte, Maddoc ou pas. Elle franchit le seuil et se tint sur le palier en ciment, en haut des trois marches qui descendaient au jardin. Le calme régnait dans la maison voisine. Aucune femme ne valsait dans l'arrière-cour. Nul vaisseau spatial ne planait, venu accomplir la vision de Maddoc.

En file indienne, trois corbeaux s'envolèrent vers l'ouest, banlieusards à plumes partant pour une matinée de travail dans les rameaux des figuiers ou parmi les branches noueuses des oliviers. Aucun de ceux perchés sur la barrière ne croassa, comme la veille, en direction de Mickey. Le rosier hérissé d'épines qui s'enroulait autour de cette barrière égratignait la peau du matin, tandis que ses feuilles souffreteuses se gaussaient des travaux de jardinage de Geneva. Pourtant trois énormes roses blanches, dont le soleil ourlait les pétales d'une teinte pêche, saluaient le jour de lourds et lents dodelinements.

Sidérée, Micky descendit les marches et traversa la cour.

Le rosier ne fleurissait plus depuis des années. L'après-midi de la veille, personne n'aurait déniché un seul bouton, trois encore moins, dans cet entrelacs d'épines rebelles. Quand elle l'examina, elle s'aperçut que les trois grosses roses avaient été coupées dans un autre jardin, à l'évidence à un autre endroit du parc de mobile homes. On avait attaché avec un ruban vert chaque fleur à cette plante digne de la Petite Boutique des Horreurs.

Leilani.

La fillette s'était débrouillée pour sortir en douce de la maison. En revanche, elle n'était pas venue frapper, preuve qu'elle avait perdu l'espoir d'être aidée et craignait que Maddoc n'en veuille encore davantage à Micky et Geneva.

Ces trois roses, chacune un parfait spécimen choisi avec soin, étaient à l'évidence plus qu'un cadeau. Sous le baiser du soleil, leur splendeur blanche était un message d'adieu.

Incapable de supporter le message – elle avait l'impression que les épines du rosier la transperçaient –, Micky se tourna vers le mobile home d'à côté. Apparemment, il était déserté.

Elle avait traversé la pelouse jusqu'à la barrière effondrée qui séparait les deux terrains en réalisant à peine qu'elle bougeait. Elle courait quand elle arriva à la porte de service de ses voisins.

Avec impétuosité, alors qu'elle n'avait même pas d'excuse à fournir au cas où Maddoc ou Sinsemilla répondrait, Micky ne put s'empêcher de tambouriner à la porte. Trop longtemps. Trop fort. Quand elle s'arrêta pour se frotter les jointures qui la piquaient, contre la paume de son autre main, le silence dans la maison persista, on aurait dit qu'elle n'avait pas frappé du tout.

Comme auparavant, les rideaux masquaient les fenêtres. Micky regarda à gauche et à droite, espérant voir un pli de tissu remuer, signe qu'on l'épiait, que quelqu'un habitait toujours là.

Micky recommence à frapper à la porte, sans obtenir davantage de réponse. Elle essaya la poignée. La porte n'était pas fermée à clé. Dans la cuisine des Maddoc, d'épais rideaux filtraient la lumière matinale. Il y faisait encore sombre, malgré le soleil qui pénétrait par la porte ouverte en contournant Micky.

La pendule lumineuse, le point le plus clair de la pièce, semblait flotter de façon surnaturelle sur le mur, comme celle du destin, égrenant le compte à rebours de la mort. Micky n'entendait que le ronron de son mécanisme, paisible comme celui d'un chat.

Elle cria à la cantonade :

— Holà, il y a quelqu'un ? Il n'y a personne ? Holà ?

N'obtenant pas de réponse, elle franchit le seuil.

La possibilité d'un piège lui vint à l'esprit. Elle ne croyait pas que Maddoc chercherait à l'attirer à l'intérieur, au moyen de ce silence pour mieux l'assommer à coups de marteau. Indéniablement, elle était en train de commettre une effraction. Et si, à l'appel de Maddoc, la police surgissait et la surprenait là, on pourrait facilement l'accuser de vol. Avec son casier judiciaire, n'importe quelle accusation forgée de toutes pièces ferait office de preuve.

Cessant de feindre chercher quelqu'un d'autre que la fillette, elle appela Leilani par son nom, tout en avançant, nerveusement, dans l'étroite maison. Les rideaux crasseux, les meubles démantelés, la moquette râpée absorbaient sa voix avec la même efficacité que les murs tendus de tissu et les surfaces pelucheuses d'un salon funéraire. Et, pas à pas, Micky sentit l'étau du sentiment de claustrophobie l'étreindre.

En matière de location meublée, concédée à la

semaine à des occupants qui, plus souvent qu'à leur tour, peinaient encore à rassembler chaque vendredi le montant du loyer, même après que l'aube du vendredi eut pointé, celle-ci se trouvait à l'extrémité la plus désespérée du spectre financier. Outre son délabrement, le mobilier était totalement impersonnel. Il n'y avait pas de souvenirs, pas de bibelots, pas de photos de famille, encore moins d'œuvres d'art à dix mille dollars aux murs.

Dans la cuisine et le salon, Micky n'aperçut aucune possession qui ne se trouvait pas déjà dans la maison ; rien n'indiquait que les Maddoc l'avaient occupée. Né riche, élevé entouré de belles choses, le maudit médecin aurait pu s'offrir la suite présidentielle au Ritz-Carlton et l'aurait sûrement préférée comme résidence. À en juger par sa location d'une semaine de l'endroit, il n'avait pas seulement l'intention de garder un profil bas le temps d'en finir avec Leilani et sa mère, mais de ne laisser aucune trace et le moins de preuves possibles qu'il ait jamais voyagé avec elles.

Le côté déprimant de cette piaule, le manque d'attention au confort de sa femme – alors qu'il aurait été si facile de lui en procurer –, témoignaient que Preston Maddoc ne s'était pas marié par amour et qu'il ne désirait pas avoir une famille. Il était poussé par une motivation mystérieuse et scabreuse que les remarques hautes en couleur et les spéculations bizarres de Leilani n'éclairaient pas.

S'aventurer dans les chambres et la salle de bains exigeait un plus grand courage – ou peut-être une stupidité de casse-cou – qu'il ne lui en avait fallu pour pousser la porte de derrière. Les ombres nocturnes s'étaient réfugiées là pour échapper à l'aube et y attendaient en conclave le coucher du soleil qui leur rendrait le monde. Plus nombreuses dans ces pièces que dans les deux premières, les lampes qu'elle alluma en entrant semblaient avoir des ampoules faiblardes, et l'obscurité s'agrippait au moindre recoin.

Dans la salle de bains minable, rien n'indiquait l'existence de locataires. Il n'y avait pas de brosses à dents, pas de nécessaire à raser, pas de flacon de médicaments.

Dans la plus petite des deux chambres, la penderie était vide, tout comme la table de nuit et la coiffeuse. On n'avait pas plié la literie qui gisait en désordre. Dans la plus grande, la penderie était ouverte et la tringle ne soutenait que des portemanteaux en laiton. Par terre, visible depuis le seuil, il y avait une bouteille de vodka parfumée au citron. Pleine. Inentamée.

En voyant l'alcool, Micky se mit à trembler sans parvenir à s'en empêcher. Mais ce n'était pas à cause d'une envie d'alcool.

Après avoir vu les roses, cadeau de Leilani, Maddoc avait subodoré que Micky serait immédiatement attirée ici dès qu'elle aurait trouvé les fleurs. Et il avait laissé la porte de service sans la verrouiller, à son intention.

Il avait dû aller acheter ce cadeau alcoolisé dans une supérette ouverte la nuit, sûr que Micky s'aventurerait jusqu'à la dernière pièce de la maison et y découvrirait ce qu'il avait laissé pour elle. Pour ajouter l'insulte à l'outrage, le salopard avait noué un élégant ruban adhésif au goulot de la bouteille.

À l'issue d'un seul bref entretien et après quelques minutes passées à fouiller dans sa chambre, Maddoc l'avait singulièrement bien perçue, à en donner le frisson.

Réfléchissant à la perspicacité surnaturelle de Maddoc, Micky sut que c'était un Goliath insensible aux jets de fronde. Le tremblement qui l'avait saisie à la vue de la bouteille empira quand elle songea à Leilani sur la route avec cet homme, voyageant plus vite que la justice ne pouvait agir, s'éloignant toujours plus loin de l'espoir, vers une mort qui serait qualifiée de *guérison*, vers une tombe anonyme dans laquelle son petit corps pourrirait bientôt, même si son esprit rejoignait les étoiles.

En laissant la bouteille, Maddoc déclarait qu'il n'avait pas peur de Micky, qu'il connaissait sa faiblesse et son inefficacité, qu'il la trouvait complètement prévisible. S'étant promu son conseiller en suicide, il croyait qu'elle n'avait besoin d'autre aide que celle fournie par cette bouteille – et son passif – pour se détruire à petit feu.

Elle quitta la maison sans toucher à la vodka.

Dehors, la luminosité trop vive de la matinée aussi âpre que le chagrin lui piqua les yeux. En cette journée d'août, tout paraissait dur, fragile, friable, du ciel de porcelaine jusqu'au sol sous ses pieds, où les tremblements de terre étaient stockés aussi sûrement que la vodka dans sa bouteille. Rien ne durait : le ciel, la terre, les individus prisonniers disparaissaient inéluctablement entre les deux. Mickey ne redoutait pas vraiment la mort qu'elle était née pour connaître, mais comme jamais auparavant, elle avait peur d'aller à son rendez-vous avec la mort avant d'avoir eu la chance de faire ce pourquoi on l'avait mise ici-bas, or, elle comprenait à présent que la raison de la présence de chaque être humain sur terre, c'était de donner de l'espoir, du bonheur, de l'amour aux autres.

Ce que vingt-huit ans de souffrances ne lui avaient jamais appris, ce qu'elle avait refusé obstinément d'apprendre – malgré les coups les plus rudes de l'existence –, lui avait été enseigné en moins de trois jours par une fillette handicapée qui n'avait que deux principes directeurs sa grande joie devant la Création, sa joie *inextinguible*, et sa foi inébranlable que sa petite vie – toute chaotique qu'elle fût – possédait un sens et une fonction importante dans le dessein infini des choses. La leçon que Micky avait apprise de cette dangereuse petite mutante, bien que d'une évidente simplicité, la berçait alors qu'elle se tenait sur la pelouse roussie où Sinsemilla avait dansé avec la lune : aucun de nous ne peut jamais se sauver lui-même ; nous sommes les instruments de salut les uns des autres et c'est seulement par l'espoir donné à autrui que nous sortons des ténèbres et allons vers la lumière.

Tante Gen, en pyjama et pantoufles, se tenait dans le jardin. Elle avait trouvé les roses de l'adieu.

Micky courut vers elle.

Tout en dénouant l'un des rubans verts et en libérant l'une des roses blanches, Geneva avait été plusieurs fois piquée par les ronces. Ses mains étaient généreusement mouchetées de sang. Elle semblait ne pas avoir conscience de ses blessures, cependant, et son regard vitreux n'était pas causé par les épines mais par le message d'adieu qu'elle aussi avait lu dans les fleurs.

Leurs yeux se croisèrent l'espace d'un instant, puis tante Gen les posa sur la rose tandis que Micky promenait les siens de la clôture cassée au bout de ruban abandonné – tache verte sur l'herbe verte – à ses mains agitées de tremblements.

Elle rompit le silence plus rapidement qu'elle ne s'en serait crue capable :

— Comment s'appelle la ville ?

— Laquelle ?

— Celle où ce type a déclaré avoir été guéri par des extraterrestres, dans l'Idaho.

— Nun's Lake, répondit tante Gen sans hésitation. Leilani a dit qu'il était là-bas, en Idaho.

49.

Des vahinés, des vahinés, roulant des hanches, faisant froufrouter leurs jupes d'herbe en polyester. Sourire inaltérable, yeux noirs brillants, bras tendus en une invite perpétuelle, elles danseraient jusqu'à ce que leurs articulations de la hanche tombent en poussière s'il avait été question d'os ; cependant, leurs fémurs et cotyles n'étaient pas faits d'os, mais d'un plastique extrêmement résistant aux chocs.

Le mot *cotyle* séduisait Leilani : non seulement par ses résonances magiques, mais parce qu'il n'indiquait pas ce qu'il était. On s'attendait à ce que le cotyle soit une substance que la vieille Sinsemilla fumait, sniffait, avalait en pilule, s'injectait dans les veines grâce à d'énormes seringues hypodermiques de vétérinaire, cuisait sous forme de brownies qu'elle mangeait à la douzaine ou ingérait par des moyens bien plus bizarroïdes et par des orifices qu'il valait mieux ne pas préciser. Le cotyle est en fait la cavité de l'os iliaque qui permet l'articulation de la hanche avec le fémur qui, malgré son nom de bête fauve, était un autre os. Comme Leilani n'avait nullement l'intention de devenir médecin, cela ne lui servait à rien de le savoir. Mais sa tête était farcie, depuis des lustres, de ce genre d'informations qui l'aidaient – du moins le croyait-elle – à en tenir d'autres, plus démoralisantes et effrayantes, à distance.

Attablée dans le coin-repas, elle lisait un roman de science-fiction ; la table fournissait une piste de danse à trois Tahitiennes en plastique, de dix à quinze centimètres de haut. Elles portaient des jupes identiques mais leurs hauts étaient de couleurs et de motifs différents. Deux avaient des poitrines modestes, la troisième un buste avantageux, appas que Leilani comptait bien avoir acquis pour ses seize ans, grâce au pouvoir de la pensée positive. Toutes trois étaient fabriquées et lestées de telle sorte que la plus subtile vibration routière affectant le camping-car suffisait à les maintenir en rotation.

Deux autres vahinés dansaient sur le guéridon entre les deux fauteuils du salon et trois autres sur la table près du canapé-lit qui faisait face aux fauteuils. Le plan de travail de la cuisine avait beau être étroit, dix poupées dansaient là aussi. D'autres encore faisaient leur numéro dans la salle de bains et la chambre à coucher.

Même si, par un simple système de contrepoids, nombre de danseuses restaient en mouvement, d'autres fonctionnaient sur piles afin de s'assurer que, lorsque le camping-car s'arrêtait pour refaire le plein ou jetait l'ancre pour la nuit, la célébration du tamouré demeurerait inchangée. Sinsemilla croyait que ces poupées pivotant sans cesse généraient des ondes électro-magnétiques bénéfiques et que ces mêmes ondes protégeaient leur véhicule des collisions, pannes et autres pirates de la route, tout en l'empêchant d'être aspiré dans une autre dimension par une version en rase campagne du Triangle des Bermudes. Elle insistait pour qu'il n'y eût jamais moins de deux danseuses en mouvement dans chaque pièce, en permanence.

Sur le canapé-lit du salon, la nuit, Leilani se laissait parfois bercer avant de s'endormir par le frou-frou rythmé des jupettes des vahinés, ondulant des hanches. Mais le plus souvent, elle se fourrait la tête sous l'oreiller pour ne plus entendre les petites danseuses et résister à l'envie de les entasser dans une casserole, de la poser sur la cuisinière et de les faire fondre : scénario d'une superproduction déjà écrite dans sa tête et intitulé *Les Dangereuses Jeunes Déesses Hawaiiennes Mutantes du Volcan*.

Lors de ces occasions, fréquentes, où le bruit incessant des poupées dans la nuit irritait Leilani, le visage de deux mètres de diamètre peint au plafond du salon, au-dessus de son lit pliant, l'apaisait parfois jusqu'au sommeil. L'air bienveillant, le dieu du soleil hawaiien, légèrement phosphorescent dans le noir, la contemplait de là-haut d'un œil somnolent et avec le sourire de pierre des statues de temple.

Leur camping-car, à l'habitacle décoré d'autres motifs hawaiiens, était un bus Prevost reconverti en moyen de transport de luxe. La vieille Sinsemilla l'avait baptisé *Makani'olu'olu* – le terme hawaiien pour « alizé » – qui convenait aussi peu à un engin de plus de vingt-cinq tonnes que

Plume à un éléphant. Doté d'une chambre à coucher séparée et d'un carré-salon, c'était chaque fois le véhicule le plus énorme du camping, et les enfants le regardaient, bouche bée, très impressionnés. Les retraités en goguette, déjà soucieux d'obtenir un coin idoine dans le camping, blêmissaient s'ils se voyaient tenus de garer leur modeste Winnebago ou Airstream à côté du Mastodonte, et la plupart considéraient le léviathan avec amertume, voire terreur.

À coup sûr, il marchait bien, stable et massif, on aurait dit un coffre de banque sur roues. Les vahinés actionnées par le mouvement dansaient avec des ondulations langoureuses, sans aucun abandon spasmodique. Et pendant le voyage, Leilani parvenait à lire son roman sur les méchants hommes-cochons venus d'une autre dimension, sans risquer le mal de mer.

Elle avait tellement l'habitude des poupées qu'elles ne la distrayaient pas de sa lecture ; il en allait de même pour le tissu coloré style chemise hawaiienne, dont les chaises du coin-repas étaient tapissées. En revanche, Sinsemilla et le Dr Fatalitas, trônant sur les sièges de pilote et de copilote, lui fournissaient nombre d'occasions de distraction.

Ils mijotaient quelque chose. De toute façon ils passaient leur temps à ça, c'était dans leur nature, comme c'est dans celle des abeilles de faire du miel et dans celle des castors de construire des barrages.

L'air de conspirateurs, ils parlaient à voix basse. Puisque Leilani était la seule autre personne à bord de l'*Alizé*, elle avait tendance à conclure qu'ils complotaient contre *elle*.

Ce n'était sûrement pas une simple partie de cache-prothèse ou l'équivalent qu'ils manigançaient. Un amusement aussi minable avait un côté trop impromptu, dépendait trop des substances chimiques que la chère Mater venait d'ingérer. D'autant que la mesquinerie en matière de cruauté n'avait aucun attrait pour le Dr Fatalitas, il fallait qu'elle soit grandiose pour l'intéresser.

De temps à autre, Sinsemilla observait Leilani en douce par-dessus son épaule ou l'angle du siège de copilote. Leilani feignait de ne pas s'apercevoir de cette surveillance subreptice. Le plus fugitif échange de regard risquait de fournir à sa mère un prétexte pour la tourmenter.

Quoi qu'il en fût, c'était les gloussements qui la déstabilisaient le plus. Sinsemilla pouffait pour un rien.

Soixante-dix à quatre-vingts pour cent du temps, cela indiquait qu'elle était d'humeur effervescente genre « nous, les filles, on veut juste s'amuser », mais il arrivait que ce soit le signe avant-coureur d'une attaque, comme le sifflement d'un crotale. Pis, à plus d'une reprise au cours de cette longue conversation, entre chuchotements et murmures, le Dr Fatalitas pouffa, aussi – une première – aussi glaçante que l'air joyeux de Charles Manson ricanant de plaisir.

Ils roulaient vers l'est, sur l'autoroute 15, s'approchant de la frontière du Nevada, en plein désert mojave, lorsque Sinsemilla abandonna le cockpit et s'attabla avec Leilani dans le coin-repas.

— Qu'est-ce que tu lis, mon bébé ?

— Un truc de science-fiction, répondit-elle sans lever les yeux de sa page.

— Ça parle de quoi ?

— De méchants hommes-cochons.

— Les p'tits cochons ne sont pas méchants, la corrigea Sinsemilla. Les p'tits cochons sont des créatures douces et gentilles.

— Ben, ce sont pas des cochons comme ceux qu'on connaît. Ils viennent d'une autre dimension.

— Les gens sont méchants, pas les p'tits cochons.

— Tous les gens ne sont pas méchants, protesta Leilani, prenant la défense de ses semblables et relevant finalement le nez de son livre. Mère Teresa ne l'était pas.

— Si, insista Sinsemilla.

— Et Haley Joel Osment non plus. Il est mignon.

— Ce gosse acteur ? Si, il l'est. Nous sommes tous méchants, mon bébé. Nous sommes le cancer de la planète, fit Sinsemilla avec sans doute le même sourire que celui qu'elle avait dû arborer quand les médecins lui avaient expédié assez de mégawatts dans le cerveau pour lui faire frire du bacon sur le front.

— De toute façon, ce sont des *hommes-cochons*. Pas de simples cochons.

— Lani, mon bébé, fais-moi confiance. Si l'on combinait un p'tit cochon et un homme, la bonté foncière du p'tit cochon l'emporterait sur la méchanceté de l'homme. Des hommes-cochons ne seraient jamais méchants. Ils seraient bons.

— N'empêche que ces hommes-cochons-là sont de vrais salopards, s'entêta Leilani, se demandant si quelqu'un, quelque part, depuis que le monde est monde, s'était lancé dans des discussions philosophiques du genre de celles dont sa mère était l'inspiratrice. À sa connaissance, Platon et Socrate n'avaient jamais eu de dialogue sur la moralité ou les motivations d'hommes-cochons d'une autre dimension.

— Ces hommes-cochons-là, dit-elle en frappant le livre, t'éventreraient avec leurs défenses dès qu'ils te verraient.

— Quelles défenses ? Ça m'a plutôt l'air de sangliers que de p'tits cochons.

— Ce sont des cochons, assura Leilani. Des hommes-cochons. Méchants. Teignes. Grossiers. Odieux et sales. Des hommes-cochons.

— Des hommes-sangliers non plus, fit Sinsemilla avec l'air grave que la plupart des gens réservent à l'annonce de morts prématurées, ne seraient pas méchants. Des hommes-cochons ou des hommes-sangliers seraient gentils tout plein. Comme d'ailleurs, des hommes-singes, des hommes-poulets, des hommes-chiens ou n'importe quel genre de croisement homme-animal.

Leilani aurait aimé aller chercher son journal et prendre cette conversation dans la sténo de son invention, sans attirer les soupçons de sa mère sur la vraie nature de ce cahier.

— Il n'y a pas d'hommes-poulets dans cette histoire, maman. C'est de la *littérature*.

— Intelligente comme tu l'es, tu devrais lire quelque chose qui t'éclairerait l'esprit, pas des livres sur des hommes-cochons. Tu es peut-être assez grande pour lire Brautigan.

— Je l'ai déjà lu.

Sinsemilla parut surprise.

— Tu l'as lu ? Quand ça ?

— Avant ma naissance. Tu le lisais déjà à l'époque, sans arrêt, et je l'ai complètement assimilé à travers le placenta.

Sinsemilla prit cette déclaration au sérieux et en fut ravie. Son visage s'illumina.

— Cool, génial.

Puis une expression de renard rusé se peignit sur sa physionomie – on aurait dit qu'elle subissait une métamorphose liée à la lune – et elle se pencha sur la table pour chuchoter à sa fille.

— *Tu veux que je te dise un secret ?*

La question alarma Leilani. Nul doute que la révélation concernait ce que sa mère et son pseudo-père s'étaient susurré tout au long du trajet de Santa Ana à San Bernardino, de Barstow brûlé de soleil à Baker et au-delà. Rien de ce qui les émoustillait ne pouvait être une bonne nouvelle pour Leilani.

— *Je suis en train de fabriquer un petit cochon*, en ce moment même, murmura Sinsemilla.

À un certain niveau, Leilani comprit sans doute aussitôt ce que voulait dire sa mère, mais il lui était impossible de le supporter. Devant l'absence de réaction apparente de sa fille, Sinsemilla renonça au chuchotement et parla en détachant chaque syllabe, comme si Leilani était une triple buse.

— Je suis en train de fabriquer... un petit cochon... *en ce moment même*.

— Oh, mon Dieu ! s'écria Leilani d'un ton dégoûté, malgré elle.

— Cette fois, je vais faire les choses comme il faut.

— Tu es enceinte.

— J'ai fait un test de grossesse il y a deux jours. C'est pour ça que j'ai acheté le bout d'chou, mon p'tit pote le serpent.

Elle montra sa main gauche, où la morsure était recouverte d'un gros morceau de sparadrap.

— Il m'en a fait cadeau parce que j'étais en cloque.

Et Leilani comprit qu'elle était déjà morte, ou tout comme même si elle respirait encore. Les choses ne se passeraient pas le jour de son anniversaire, mais bien avant. Sans savoir d'où lui venait cette certitude, ni pourquoi la grossesse de sa mère signifiait qu'elle serait exécutée plus tôt, elle ne doutait pas de son intuition.

— Quand tu as agi comme un vrai bébé avec ce pauvre bout d'chou, fit Sinsemilla, j'ai cru que tu m'avais porté la poisse. En tuant le bout d'chou, peut-être que tu m'avais jeté un sort, peut-être que j'étais plus en cloque. Mais j'ai fait un nouveau test hier et – elle se tapota le ventre – le p'tit cochon, il est toujours au chaud dans son enclos.

Sous l'effet de la nausée, Leilani eut un afflux de salive dans la bouche qu'elle ravala avec difficulté.

— Preston, ton papa, il attendait ça depuis très longtemps, mais j'étais pas prête jusqu'à maintenant.

Leilani lança un regard au siège conducteur, à Preston Maddoc.

— Tu vois, mon bébé, il m'a fallu du temps pour arriver à comprendre pourquoi Luki et toi, vous n'avez pas développé de pouvoirs médiumniques même si je vous ai transmis avec mon sang un plein camion de bons champignons vraiment magiques, pendant que vous étiez dans le four de maman.

Leilani, malgré les cinq à six mètres de distance, arrivait à distinguer les yeux de Maddoc, qui naviguaient en permanence de la route au miroir encastré dans le pare-soleil rabattu où il les voyait toutes les deux.

— Et puis, ça m'est venu d'un seul coup – fallait que je reste *naturelle* ! Bien sûr, je prenais du peyotl, des boutons de cactus, tu sais, et aussi de la psilocybine à cause des champignons. Mais je prenais aussi de la DMT, plein de LSD et toute cette merde est *synthétique*, Lani, mon bébé, elle est fabriquée par l'homme.

La douleur élançait la main difforme de Leilani. Elle s'aperçut qu'elle tordait son livre de poche.

— La clairvoyance nous vient de Gaïa, de la Terre, qui est vivante. Alors, si on est en *résonance* avec elle, mon bébé, elle nous fait un cadeau.

Sans comprendre comment, Leilani avait brisé la reliure de son livre, froissé la couverture et roulé en boule certaines pages. Elle le posa à l'écart et dorlota sa main gauche douloureuse avec la droite.

— Mais, mon bébé, comment peut-on être en résonance avec elle quand on est à la fois exaltée par de bons hallucinogènes naturels, comme le peyotl, et assommée par de la merde chimico d'Iabo comme le LSD ? C'est là que j'avais tout faux.

Maddoc voulait faire un bébé avec Sinsemilla, sachant pertinemment que, pendant la gestation, elle consommerait d'énormes quantités d'hallucinogènes, ce qui aurait très probablement comme résultat un autre nourrisson avec de graves tares de naissance.

— Ouais, j'avais tout faux avec cette merde de synthèse. Maintenant, j'ai compris. Cette fois, je ne prendrais que de l'herbe, du peyotl, de la psilocybine – tout ça, c'est naturel, c'est sain. Et cette fois, j'aurai un enfant miracle.

L'autre nom du Dr Fatalitas n'était pas M. Sentimental. Il ne pleurnichait pas aux anniversaires, ni en regardant des films tristes. On l'imaginait mal jouant avec des enfants, leur lisant des contes de fées, s'en occupant. Le désir d'en avoir un avec n'importe qui, *a fortiori* avec cette femme-là et dans ces circonstances-là, ne lui ressemblait guère. Ses motifs étaient aussi mystérieux que son regard furtif, surpris dans le miroir du pare-soleil.

Sinsemilla attira à elle le livre de poche abîmé et se mit à en lisser les pages froissées tout en parlant.

— Donc si Gaïa nous sourit, on aura plus d'un bébé miracle. Deux, trois, peut-être toute une portée.

Un rictus malicieux aux lèvres, elle cligna de l'œil.

— Peut-être qu'il me suffira de me rouler en boule sur une couverture dans un coin, comme une vraie chienne, avec mes chiots grouillant autour de moi, et qu'il y aura des tas de bouches affamées pour se disputer mes deux tétines.

Toute sa vie, Leilani avait vécu ballottée par les courants froids de cette étrange mer profonde, qui avait nom Sinsemilla, luttant contre ses lames de fond pour échapper à la noyade, surmontant chaque jour ses tempêtes et ses grains, comme un marin naufragé flotte accroché à une planche du pont, conscient, accablé, des formes sombres et meurtrières qui l'encerclent, affamées, dans les abysses en dessous de lui. Au cours de ces neuf années, aussi loin qu'elle s'en souvienne, elle était venue à bout de chaque surprise et de chaque horreur que cette mer lui avait jetées à la figure. Sans en avoir perdu le respect pour la puissance mortelle de cette force élémentaire nommée Sinsemilla, tout en demeurant prudente et toujours préparée pour ses cyclones, sa capacité de faire face l'avait peu à peu libérée, et en grande partie, de la peur qui l'empoisonnait dans sa toute petite enfance. Quand l'étrangeté est la substance fondamentale de votre existence, elle perd sa faculté de vous terroriser et quand on patauge dans la bizarrerie comme dans de l'eau, neuf ans d'affilée, on y puise la confiance d'affronter l'inattendu, et même l'inconnu, avec sérénité.

Pour la deuxième fois depuis des années et pour la première, depuis que Preston avait emmené Lukipela dans le Durango, en cette morne fin d'après-midi, dans les montagnes du Montana, Leilani fut en proie à une peur dont elle ne put se libérer. Il ne s'agissait pas de la crainte passagère que le serpent avait provoquée en elle, mais d'une terreur persistante, dont les multiples tentacules lui serraient la gorge, le cœur, le creux de l'estomac. Cette nouvelle étrangeté, ce dessein irrationnel et malsain de faire des bébés miracles, ébranlaient sa confiance de comprendre un jour sa mère, de prédire les tendances à venir de la folie de Sinsemilla et de s'en accommoder comme elle faisait depuis toujours.

— Une portée ? Tous tes chiots ? De quoi tu parles ? demanda Leilani.

Sans cesser de lisser les pages froissées du livre de poche, examinant ses mains, Sinsemilla répondit :

— J'ai pris des médicaments contre la stérilité. Même si je n'en ai pas besoin pour fabriquer un seul petit cochon bien gras, je suis aussi prolifique qu'une lapine, poursuivit-elle avec un sourire. Mais avec les médicaments contre la stérilité, tu sais, il arrive souvent qu'un tas d'œufs tombent dans le même panier à la fois, alors on a des jumeaux, des triplés, plus même. En me mettant en harmonie avec Notre Mère la Terre grâce au peyotl et aux champignons magiques, plus d'autres trips sains, je persuaderai cette vieille Gaïa de m'aider à pondre trois ou quatre bébés magiciens à la fois, une nichée de petits superbébés, tout roses qui se trémousseront.

Même si Leilani connaissait depuis longtemps la vraie nature de cette femme, elle n'avait jamais trouvé le mot unique qui la décrirait mieux que tous les autres. Elle avait vécu dans la dénégation, qualifiant sa mère de *faible* et d'*égoïste*, l'excusant par le terme de *droguée*, recourant à des adjectifs vagues comme *perturbée, atteinte* et même *folle*. Sinsemilla était indéniablement tout ça, mais aussi quelque chose de pire, de moins digne de pitié qu'une droguée ou qu'une femme simplement dérangée. Belle, dotée d'yeux bleu clair au regard d'ange, et d'un sourire assez chaleureux pour enchanter le cynique le plus aigri, il existait au fond un mot pour la définir : la méchanceté.

Jusqu'à présent, pour de multiples raisons, Leilani n'avait pas réussi à accepter que sa mère n'était pas seulement dévoyée, mais aussi épouvantable, ignoble, pourrie jusqu'à la moelle. Durant toutes ces années, elle avait attendu la rédemption de Sinsemilla, le jour où elles pourraient être une fille et une mère normales, si mutante que soit la fille. Mais il n'existe pas de salut pour le mal véritable. Et si l'on s'avouait que l'on était issue du mal, qu'on était sa progéniture, que penser de soi, de son sombre potentiel et de ses chances de mener un jour une vie bonne, honnête et utile ? Qu'en penser ?

Comme lorsqu'elle avait perdu Luki, Leilani se trouvait sous la double et retorse emprise de la peur et de l'angoisse.

Elle tremblait, consciente que sa vie ne tenait qu'à un fil, refoulant de toutes ses forces des larmes de chagrin. Ici et maintenant, elle renonçait à jamais à tout espoir que sa mère pourrait un jour être saine et franche, que la vieille Sinsemilla, une fois amendée, pourrait ensuite lui donner l'amour d'une mère. Elle s'estima stupide d'avoir nourri ce petit rêve impossible et naïf. À cet instant, la solitude rongea le cœur de Leilani à la manière d'un termite la laissant vide, tremblant non seulement de peur mais aussi d'un sentiment glacé de pur isolement. Elle avait l'impression d'être abandonnée, délaissée, rejetée.

— Pourquoi ? Pourquoi des bébés, mais pourquoi ? Juste parce qu'il en veut ? lança-t-elle, furieuse que sa voix trahisse cette faiblesse intérieure.

Sa mère releva les yeux du livre, le fit glisser à travers la table vers Leilani en répétant le mantra interminable de sa composition pour exprimer son autosatisfaction quand elle était de bonne humeur :

— Je suis une chatte rusée, je suis une brise d'été, je suis des oiseaux en plein vol, je suis le soleil, je suis la mer, je suis *moi* !

— Qu'est-ce que ça veut dire ? demanda Leilani.

— Ça veut dire – qui d'autre que ta maman à toi est assez géniale pour mettre au monde une nouvelle race d'humains, une humanité douée de pouvoirs médiumniques et liée à Gaïa ? Je serai la mère de l'avenir, Lani, la nouvelle Ève.

Sinsemilla croyait à ces fadaises. Sa croyance imprégnait son visage d'une béatitude rayonnante, tandis qu'une lueur d'émerveillement étincelait dans ses yeux.

Maddoc n'accordait sûrement aucune crédibilité à tout ce fatras, car le maudit médecin était loin d'être un crétin. Le mal incarné, oui, il avait droit à ce que ses serviettes de toilette soient frappées de ce monogramme, et il s'aimait autant que Sinsemilla s'aimait. Mais il n'était pas bête. Il ne croyait pas que les fœtus menés à terme dans un bain d'hallucinogènes soient susceptibles d'être les précurseurs d'une humanité nouvelle. Il voulait des bébés pour des raisons bien à lui, pour un dessein énigmatique sans aucun rapport avec le désir d'être un nouvel Adam, ni celui d'être père.

— Des bébés magiciens fin avril, début mai, reprit Sinsemilla. Ça fait à peu près un mois que je suis en cloque. Je suis déjà une chienne porteuse, pleine de bébés magiciens qui changeront le monde. Leur heure approche. Mais, d'abord, on va s'occuper de la tienne.

— Quoi la mienne ?

— Celle de ta guérison, espèce de nunuche, dit Sinsemilla en se levant. On va te remettre d'aplomb, on va te redresser, on va te rendre jolie. C'est la seule raison de notre balade du Texas jusqu'au Maine, en passant par les trous merdiques de l'Arkansas, depuis quatre ans.

— Ah ouais, je serai guérie comme Luki.

Sinsemilla ne perçut pas le sarcasme. Elle opina en souriant, comme si elle s'attendait à ce que Luki, refait à neuf, leur soit rendu par le biais d'un rayon à leur prochaine halte.

— Ton papa m'a dit que ça aura lieu bientôt, mon bébé. Il a l'impression qu'en Idaho, on rencontrera des E.T. prêts à une imposition des mains. D'après lui, c'est plus qu'une intuition et moins qu'une vision, mais il a la certitude de ta prochaine guérison.

Ladite chienne porteuse alla chercher une bière dans le frigo, pour faire descendre les en-cas au cactus ou aux champignons formateurs-de-bébés, appropriés en milieu de matinée. Puis, elle retourna au siège du copilote, ébouriffant Leilani au passage.

— Mon bébé, tu vas bientôt être transformée de citrouille en princesse.

Comme d'habitude, Sinsemilla s'emmêlait les pinceaux avec les contes de fées. La citrouille était transformée en carrosse de Cendrillon. La chère Mater confondait avec l'histoire de la grenouille qui devenait un prince, pas une princesse.

Houla-houla, frou-frou des jupes d'herbe.

Le dieu soleil au plafond.

Sinsemilla gloussant sur le siège du copilote.

Le miroir. Les coups d'œil nerveux de Preston.

Derrière le pare-brise panoramique, le vaste désert mojave flamboyait et le soleil semblait former des flaques sur les plaines arides.

À Nun's Lake, Idaho, un homme affirmait avoir eu des contacts avec des médecins extraterrestres.

Dans les bois du Montana, Lukipela attendait sa sœur au fond d'un trou. Il n'était plus son précieux frère, il n'était plus qu'une usine à vers. Il n'était pas parti dans les étoiles, mais pour toujours.

Quand Preston et elle seraient seuls dans la profondeur de la forêt, comme Luki et lui l'avaient été, quand ils échapperaient à toute observation, seraient hors d'atteinte de la justice, la tuerait-il avec compassion ? Lui appliquerait-il un chiffon trempé de chloroforme sur le visage pour l'anesthésier rapidement et achèverait-il le boulot par une injection létale pendant qu'elle dormirait, lui épargnant autant que possible d'être terrorisée ? Ou bien dans le cloître isolé d'antiques arbustes à feuillage persistant, où le soleil de la civilisation pénétrait à peine, Preston serait-il un être différent de celui qu'il simulait en public, peut-être moins homme qu'animal, libre d'admettre qu'il prenait plaisir non pas à administrer la charité, comme il l'appelait, mais dans le pur et simple fait de tuer ?

Leilani lut la réponse dans ses yeux de prédateur, alors qu'il l'épiait par miroir interposé. Les morts tranquilles, obéissant à des rituels convenables, aussi complexes que la cérémonie du thé – comme celle de Tetsy, la collectionneuse de pingouins – n'étanchait pas complètement la soif de violence de Preston, mais au fond des bois solitaires, il pouvait boire tout son soûl. Leilani savait que, si jamais elle se retrouvait seule avec son pseudo-père dans un endroit écarté, sa mort, comme celle de Lukipela, serait dure, brutale et prolongée.

Il avait épousé Sinsemilla, entre autres, parce que, dans ses plus profonds états de stupeur liés à la drogue, elle semblait morte ; la mort excitait Preston comme d'autres hommes la beauté. En outre, elle était accompagnée de deux enfants qui, suivant sa philosophie à lui, étaient destinés à mourir : il avait été attiré par elle parce qu'il possédait le désir d'accomplir le destin de ses enfants. Qu'avait donc son projet d'engendrer de nouveaux bébés de si énigmatique ? Preston aimait à dire que la mort n'était jamais une tragédie mais toujours un événement naturel, car nous sommes tous nés pour mourir, tôt ou tard. De son point de vue, pouvait-il exister une différence notable entre des enfants nés pour mourir, comme nous tous, et des enfants engendrés pour mourir ?

50.

Il était possible que le rêve californien eût encore de l'éclat ailleurs, ici en revanche il s'était boursouflé avant de retomber. On avait reclassé le quartier, autrefois résidentiel, en zone mixte. Des bungalows remontant à l'époque de la Dépression côtoyaient des maisons de style espagnol d'un étage – jamais imposantes, mais jadis élégantes et bien entretenues elles avaient besoin d'un coup de peinture, de raccords de stuc, et il fallait réparer les escaliers en ruine des vérandas. On avait démoli, quelques décennies plus tôt, certaines résidences délabrées ; restaurants et supérettes de quartier les avaient remplacées. La prospérité de ces commerces avait également fait son temps : fast-food franchisés bas de gamme, dont on n'avait jamais vu de pub à la télévision, instituts de beauté miteux, ayant eux-mêmes besoin d'un sérieux ravalement de façade, boutiques de brocante vendant tout et n'importe quoi.

Micky se gara le long du trottoir et verrouilla sa voiture. En temps normal, elle n'aurait pas eu peur qu'on ne pique sa vieille Camaro, mais vu la piètre qualité des tas de ferraille du coin, ses roues, malgré leur usure, seraient peut-être une tentation.

Dans la vitrine qui flanquait la porte d'entrée de la maison étroite, une enseigne de néon bleu sur le carreau de gauche annonçait LECTURE DES LIGNES DE LA MAIN, tandis qu'une main en néon orange brillait dans celui de droite, éclatante, si ensoleillée que fût la matinée. Le couloir au plancher fissuré, qui conduisait à une porte bleue où était peint un troisième œil, bifurquait aussi vers un escalier extérieur qui ne faisait sans doute pas partie de la maison à l'origine. Il y avait un panneau discret, indiquant que les bureaux du détective privé se trouvaient au premier étage.

La maison se dressait parmi d'énormes palmiers Phoenix, dont l'un ombrageait l'escalier de son grand panache vert. On n'avait pas taillé l'arbre depuis des années ; un collier de six mètres de palmes, superposées les unes aux autres, encerclait le tronc, créant un danger d'incendie et offrant un logis idéal aux musaraignes.

Tout en montant vers le palier couvert, Micky entendit détaler des rongeurs le long de tunnels verticaux dans le chaume des palmes sèches et brunes, comme s'ils se réglaient sur son pas, la gardant en observation.

Quand personne ne répondit à son coup de sonnette, elle frappa. N'obtenant pas davantage de réponse, elle appuya à nouveau sur la sonnerie.

L'homme qui finit par céder à son insistance était grand, d'une beauté fruste et il avait des yeux mélancoliques. Il portait des baskets éculées, un pantalon de treillis et une chemise hawaiienne. Il avait oublié de se raser ce matin.

— Vous êtes une femme qui a des ennuis, lui dit-il sans préambule, mais je ne fais plus ce genre de boulot.

— Et si je faisais tout bêtement partie de la commission d'hygiène du comté et que je voulais vous parler de la colonie de rats qui peuple cet arbre ?

— Ce serait sûrement gaspiller votre talent.

S'attendant à une vanne désagréable dans la lignée de F. Bronson. Micky sortit ses griffes.

— Ah ouais ? Mais encore ?

— Ne prenez pas ça pour une insulte.

— Ah non ? Quel genre de talent, hein ? Vous croyez que je devrais faire des passes ou un truc comme ça ?

— Vous n'avez jamais eu ce type d'ennui. Je voulais simplement dire que vous pourriez viser plus haut.

— C'est vous le privé ?

— C'était moi. Comme je vous l'ai dit, j'ai fermé la boutique.

Elle n'avait pas téléphoné de peur qu'il ne se renseigne avant son arrivée sur l'état de ses finances. À présent qu'elle avait vu l'endroit, elle s'imagina que la majorité de ses clients n'étaient pas de ceux à qui American Express proposent la carte platine.

— Je me présente : Micky Bellsong. Je ne fais pas partie du service d'hygiène, mais j'ai un problème avec une bête nuisible.

— Comme tout le monde, lança-t-il, en s'arrangeant

pour lui faire comprendre qu'il ne parlait pas de rongeurs à longue queue. C'était une fin de non-recevoir, il refermait déjà sa porte. Elle la bloqua d'un pied.

— Je m'en irai pas tant que vous ne m'aurez pas écoutée jusqu'au bout – ou prise par la peau du cou et jetée en bas des marches.

Il fixa sa gorge, l'air de réfléchir à la seconde possibilité.

— Vous devriez faire du porte-à-porte pour vendre Jésus. Le monde entier serait sauvé en deux temps, trois mouvements.

— Vous avez bien bossé pour une femme que j'ai connue autrefois. Elle était désespérée, elle ne pouvait pas vous payer beaucoup, n'empêche, vous avez bien bossé.

— J'en déduis que vous êtes dans la même situation.

— Moitié en liquide moitié avec une reconnaissance de dette. Ça me prendra peut-être du temps pour vous régler, mais si je n'y arrive pas, je me casserai la jambe pour vous éviter de le faire.

— Ça ne serait pas une corvée, ça pourrait même me plaire. Si ce n'est que je suis définitivement hors-circuit.

— La femme que vous avez aidée s'appelait Wynette Jenkins. Elle était en prison à l'époque. C'est là que je l'ai rencontrée.

— Bien sûr, je me souviens.

Wynette s'était arrangée pour que Danny, son fils de six ans, vive chez ses grands-parents maternels pendant qu'elle purgeait sa peine. Elle était en taule depuis moins d'une semaine quand Vin, son ex-mari, avait emmené l'enfant avec lui. La loi refusa d'intervenir parce que Vin était le père légitime de l'enfant. C'était aussi un alcoolo notoire et un mari qui battait sa femme ; il avait fréquemment tapé sur Danny, Wynette savait qu'il terroriserait l'enfant quotidiennement et le marquerait à vie, s'il ne le tuait pas. Ayant entendu parler de Farrel par une codétenue, elle avait persuadé ses parents de le contacter. En l'espace de deux mois, Farrel avait fourni à la police la preuve des activités délictueuses de Vin. On l'avait arrêté, inculpé et séparé de son fils. Et on avait rendu la garde du garçon aux parents de Wynette. D'après ceux-ci, Farrel aurait accepté l'affaire, même sans rien y gagner, parce qu'un enfant était en danger et qu'il avait un faible pour les gosses.

Le pied droit en guise de cale, Micky lança :

— Une petite fille risque d'être tuée si je ne l'aide pas. Et toute seule, j'en suis incapable.

Cette affirmation dramatique eut l'effet contraire de celui auquel elle s'attendait. L'expression d'indifférence lassée du détective privé se durcit et il eut un regard noir, bien que son accès de colère ne semblât pas dirigé contre elle.

— Ma belle, vous vous trompez d'adresse. Il vous faut de vrais flics.

— Ils ne me croiront pas. C'est une affaire étrange. Et la fillette... est spéciale.

— Elles le sont toutes.

La voix de Farrel était monocorde, presque glaciale. Micky aurait peut-être dû se sentir congédiée par ce lieu commun, cette manifestation d'insensibilité. Mais, elle crut déceler de la douleur au lieu d'une vraie colère dans les yeux de l'homme, dont l'air mauvais parut masquer une angoisse tenue longtemps secrète.

— C'est les flics qu'il vous faut. Je le sais, j'en étais un.

— J'suis une ex-taularde. Le salopard de beau-père de la fillette est riche et a des relations. En plus, il est très bien considéré, surtout par une bande d'imbéciles, mais des imbéciles dont l'opinion est prise en compte. Même si je réussissais à ce que les flics me fassent confiance, je ne pourrais pas les faire intervenir assez vite pour aider cette petite fille.

— Je ne peux rien pour vous, insista-t-il.

— Voyons, je viens de vous l'expliquer, s'entêta Micky. Ou vous m'écoutez – ou vous me jetez au bas de l'escalier. Et si vous optez pour la seconde solution, veillez à avoir sous la main de la BACTINE, du sparadrap et un bain de siège pour vos couilles.

Il soupira.

— Me mettre la pression à ce point, c'est plus que du désespoir, madame.

— Je n'ai jamais prétendu que ça n'en était pas. Mais je ne suis pas fâchée d'entendre que vous pensez que je suis une dame.

— Bon sang, j'arrive pas à piger pourquoi j'ai répondu à la porte, fulmina-t-il.

— Au fond de votre cœur, vous espériez une livraison de fleurs.

Il recula.

— Peu importe votre histoire, crachez le morceau. Allez à l'essentiel. Pas la peine de faire vibrer la corde sensible.

— Comment faire vibrer ce qui n'existe pas.

Le salon lui servait aussi de bureau. À gauche, une table de travail, deux chaises pour les clients et un meuble classeur. À droite, un seul fauteuil faisait face à un poste de télévision ; une petite table et un lampadaire flanquaient le fauteuil. Les murs étaient nus, des piles de livres s'entassaient dans les coins.

Les meubles sans intérêt devaient venir de la brocante du coin. Le tapis était miteux à souhait, pourtant tout semblait récuré, encaustiqué. Et une senteur de cire parfumée au citron mêlée à celle d'un désinfectant à odeur de pin flottait dans l'air. L'endroit aurait pu être l'austère cellule d'un moine, obsédé du ménage. On apercevait une cuisine exiguë derrière l'une des deux portes intérieures. L'autre, fermée en ce moment, menait évidemment à une chambre à coucher avec salle de bains, attenante.

Tandis que Farrel s'installait derrière son bureau, Micky prit place sur une chaise non rembourrée à dossier à barreaux, réservée aux clients, suffisamment inconfortable pour meubler un cachot.

Le détective était devant l'ordinateur quand Micky avait sonné. Le ventilateur de l'imprimante bourdonnait en sourdine. Elle ne pouvait voir l'écran. À dix heures et quelques du matin, Farrel était aussi devant une canette de Budweiser. Il la prit et en avala une gorgée.

— Déjeuner en avance ou petit déjeuner tardif ? demanda Micky.

— Petit déjeuner. Si ça doit me donner plus l'apparence d'un citoyen responsable, j'ai aussi mangé des clous.

— Je connais ce régime.

— Si ça ne vous fait rien, laissons tomber les banalités. Racontez-moi votre triste histoire s'il le faut vraiment, puis laissez-moi retrouver ma chère solitude.

Micky hésita, tenant à bien commencer le récit, et elle se souvint des paroles prophétiques de tante Gen, le lundi soir, pas tout à fait quatre jours plus tôt.

— Parfois, dit-elle, il arrive que la vie de quelqu'un change en mieux à la suite d'un moment de grâce, d'un miracle presque. Quelqu'un de tellement spécial survient, d'une façon si inattendue, qu'il vous fait prendre une toute nouvelle direction, vous change à jamais. Vous avez déjà eu cette expérience, monsieur Farrel ?

Il fit la grimace.

— Alors vous vendez bien Jésus à domicile ?

Le plus succinctement possible, Micky lui parla de Leilani Klonk, de la vieille Sinsemilla et de la chasse de son pseudo-père aux guérisseurs extraterrestres. Elle lui parla aussi de Lukipela parti rejoindre les étoiles. Cependant, de peur que Farrel ne partage l'admiration de F. Bronson pour le tueur, elle lui cacha l'identité de Maddoc. S'il entendait son nom, elle risquait de n'avoir aucune chance de le gagner à sa cause.

Plus d'une fois, pendant que Micky parlait, Farrel scruta l'ordinateur, comme si son récit n'était pas suffisamment prenant pour l'empêcher d'être distrait par ce qu'il y avait sur l'écran, quoi que ce fût.

Il ne lui posa aucune question, ne manifestant aucun signe de réel intérêt. Tantôt, il s'adossait à sa chaise, les yeux fermés, si immobile et si impassible qu'il aurait pu s'être endormi. Tantôt, ses traits redevenaient de pierre et il la dévisageait avec une intensité si déconcertante que Micky croyait qu'il avait perdu patience et allait la jeter dans l'escalier sans se soucier de ses menaces de bagarre.

Lui jetant un regard à vous clouer au mur, il se leva tout à coup.

— Plus je vous écoute, plus je sais que je ne suis pas l'homme de la situation. Et ce même si je faisais encore ce métier. Je ne vois pas ce que vous attendez de moi.

— J'y viens.

— Je suppose que vous y tenez dur comme fer. Mais pour me faciliter la suite de cet entretien, j'ai besoin d'une autre bière. Vous en voulez une ?

— Non, merci.

— Je croyais que ce régime vous était familier.

— J'ai cessé de le suivre.

— Hip hip hip hourra.

— J'ai déjà perdu toutes les années que je pouvais me permettre de perdre.

— Ouais, eh bien, pas moi.

Farrel passa dans la cuisine ; le découragement s'insinua en Micky, pendant qu'elle l'observait par la porte ouverte. Il prit une bière dans le réfrigérateur, la décapsula, en descendit une bonne partie d'un seul coup, reposa la canette sur le comptoir et corsa ce qui restait de la Budweiser d'une goutte de whisky.

Revenant à son bureau sans y reprendre place, Farrel paraissait vibrer d'une fureur à peine jugulée sans que Micky ait ajouté quoi que ce soit. Il la toisa de toute sa taille, tandis que d'une voix lasse plutôt que furieuse, chargée néanmoins de tension, il lançait :

— Vous me faites perdre mon temps et vous perdez le vôtre, madame Bellsong. Le mien ne vaut pas grand-chose. Alors si vous voulez patientez pendant que je vais aux chiottes, très bien. À moins que vous ne soyez disposée à partir ?

Micky faillit s'en aller. Noah Farrel lui paraissait aussi nul qu'indifférent à son problème.

Pourtant, elle resta sur sa chaise, parce que l'angoisse qu'elle lisait dans ses yeux démentait son insensibilité apparente. À un certain niveau, elle l'avait atteint, même s'il ne voulait pas s'en mêler.

— Vous ne m'avez pas entendue jusqu'au bout.

— Quand j'aurai fini de vous écouter, il faudra me faire une greffe des tympans.

En quittant la pièce, il ferma la porte de la chambre-salle de bains. Et il emporta sa Budweiser corsée avec lui.

Il n'avait probablement pas envie d'aller aux chiottes et n'avait certes pas besoin d'une autre bière pour son petit déjeuner. C'étaient des excuses pour interrompre l'histoire de Micky et en atténuer l'impact. Le pétrin dans lequel se trouvait Leilani avait touché Farrel, à coup sûr. Mais il était résolu à ne pas se laisser émouvoir pour ne pas se sentir obligé de l'aider.

D'après son amère expérience, Micky savait combien l'alcool était utile quand une décision lamentable au point de vue moral ne se prend pas naturellement et qu'on a besoin d'engourdir sa conscience pour faire ce qu'il ne faut pas. Elle reconnut la stratégie.

Farrel ne reviendrait pas avant d'avoir bu sa Budweiser. Il irait probablement s'en resservir une troisième fois avant de se rasseoir enfin à son bureau. Il lui serait alors plus facile de faire la sourde oreille, et il parviendrait à se convaincre que la chose qu'il ne fallait pas faire était la bonne chose à faire.

Micky n'aurait-elle pas été au courant de sa gentillesse à l'égard de Wynette qu'elle n'aurait pas tenu le coup.

Mais elle se raccrochait à un autre espoir : Noah Farrel n'avait à l'évidence pas une longue expérience en matière d'alcool le matin, pas plus peut-être qu'en matière d'excès de boisson d'ailleurs. Les preuves de son statut de nouveau poivrot sautaient aux yeux, il maniait la canette avec maladresse, la poussait d'abord de côté comme pour mieux la fuir avant, la tripotait nerveusement, en suivant du pouce le tracé du bord, en faisant claquer un ongle sur l'aluminium comme pour évaluer par là ce qui restait de contenu, totalement dépourvu de la désinvolture d'un alcoolo aguerri dans sa relation avec son poison.

L'histoire de ses rapports avec la boisson convainquait Micky qu'elle ne ferait pas changer d'avis Farrel en insistant davantage. C'était l'un de ces moments où battre en retraite – en adoptant une tactique particulière – se révélerait l'option la plus sage. Elle avait besoin de lui parce qu'il avait de l'expérience et qu'elle ne pouvait s'offrir un autre détective ; elle comptait sur la bonté qu'il avait montrée à Wynette et sur sa prétendue faiblesse pour les affaires où un enfant était en danger.

Un carnet jaune et un stylo jonchaient, parmi d'autres articles, le bureau du privé. À l'instant où Farrel quitta la pièce, Micky rafla carnet et stylo pour écrire un message :

Le beau-père de Leilani est Preston Maddoc. Vérifiez. Il a tué 11 personnes. Il se sert du nom Jordan Banks, mais s'est marié sous son vrai nom... Où a eu lieu le mariage ? Quelle preuve ? Qui est Sinsemilla en réalité ? Comment prouver qu'elle avait un enfant handicapé ? Le temps presse. Instinct viscéral – la fillette sera morte dans une semaine. Contactez-moi chez ma tante, Geneva Davis.

Elle termina le message par le numéro de téléphone de tante Gen et reposa le carnet sur le bureau.

Micky sortit trois cents dollars de son sac en billets de vingt. Elle ne pouvait pas le payer plus. En fait, cette somme dépassait même ses moyens, mais elle avait calculé que ça suffirait pour qu'il se sente obligé de faire *quelque chose*. Elle hésita. Il pouvait dépenser cet acompte en bière, évidemment. Elle avait trop peu d'argent pour parier ne serait-ce que dix dollars, et trois cents encore moins.

Il y avait chez cet homme quelque chose qui la persuada de laisser l'argent liquide sur le carnet en le maintenant avec le stylo. Que ce fût un alcoolo de fraîche date ou pas, il était paumé, or cela jouait en la faveur de Mickey. Elle ignorait quelle perte ou quel échec le hantait, mais son itinéraire lui avait appris que les personnes égarées ne sont pas dissolues de nature, et qu'elles s'efforcent d'exorciser leurs démons pour peu qu'une main secourable leur soit tendue, au bon moment.

Avant de partir, elle contourna le bureau pour jeter un bref coup d'œil à son ordinateur. Il était en ligne. Parcourant le texte affiché, elle découvrit que c'était l'extrait d'un article dénonçant une épidémie d'assassinats prétendument compassionnels par des infirmières se considérant comme des anges de la mort.

Un frisson, davantage de surprise que de peur, parcourut l'échine de Micky, qui sentit sa vie reliée à celle de Farrel par un étrange synchronisme. À en croire Gen, ce que nous percevons comme des coïncidences sont en fait les zelliges soigneusement disposées d'une mosaïque dont on ne saisit pas l'ensemble. Micky ressentait comme physiquement cette mosaïque aux motifs compliqués, vaste, panoramique et mystérieuse.

Elle sortit de l'appartement en fermant tranquillement la porte comme une cambrioleuse qui se carapate avec une fortune en bijoux tandis que sa victime roupille sans se douter de rien.

Elle descendit en hâte l'escalier ombragé par le palmier.

La chaleur croissante de la fin de matinée avait rendu les musaraignes léthargiques. Silencieuses, invisibles, elles restaient suspendues à la manière de fruits véreux parmi l'entrelacs de feuilles brunes avachies.

51.

Grâce au téléchargement direct de mégadonnées dans le cerveau, Curtis sait que, si le New Jersey a un indice démographique de presque mille cent habitants au kilomètre carré, celui du Nevada est de moins de quinze, répartis pour la plupart autour de ces Mecques du jeu que sont Las Vegas et Reno. Des dizaines de milliers des 286 299 kilomètres carrés de l'État sont dépourvus d'habitants – des landes désertiques du sud aux montagnes du nord. Ses principales ressources viennent des machines à sous, diverses et variées, de la technologie aérospatiale, de l'or, de l'argent, des pommes de terre, des oignons, et des danseuses aux seins nus. Dans *Carson City Kid*, M. Roy Rogers – avec l'aide courageuse de l'indispensable M. Gabby Hayes – poursuit avec succès un joueur du Nevada assassin de surcroît. Comme c'est un film de 1940, tourné en des temps plus innocents, on n'y trouve aucune femme à poitrine dénudée. Si, actuellement, M. Rogers et M. Hayes se livraient encore à des exploits héroïques, ils mettraient sans doute au jour des activités abominables à la Zone 51, le célèbre site militaire du Nevada qui, croit-on communément, abrite des extraterrestres, vivants ou morts, ou les deux, ainsi que des vaisseaux spatiaux d'autres mondes, mais qui est en fait impliqué dans des affaires beaucoup plus étranges et troublantes. Quoi qu'il en soit, de vastes régions du Nevada sont isolées, mystérieuses, menaçantes et particulièrement effrayantes, la nuit.

À partir de la station-service/épicerie – où les vrais p'pa et m'man reposent dans le 4 × 4 et où deux masses, physiologiquement grotesques, criblées de balles et enchevêtrées, gisent en attendant de flanquer une trouille noire à quiconque les découvrira – la Route 93 mène vers le nord sans rencontrer d'autre voie goudronnée que la Route 50. Ce qui se produit à une quarantaine de kilomètres au sud d'Ely.

Conduisant le Fleetwood avec la dextérité d'un pilote d'avion à réaction, lui soutirant plus de vitesse que cela ne semble possible, Polly se prononce contre le fait de prendre à l'est la Route 50, conduisant à la frontière de l'Utah.

Se vantant d'un excédent de population de 150 000 habitants, Reno se trouve à l'ouest. Il y a du mouvement et de l'agitation à Reno. Mais, entre ici et là-bas, la Route 50 traverse plus de cinq cent vingt kilomètres de montagnes semi-arides, exactement le genre de paysage désolé dans lequel un garçon et deux *showgirls* – si armées soient-elles – pouvaient disparaître à jamais.

Alors que la lune se couche et que la nuit devient plus profonde, Polly continue vers le nord sur la Route 93 pendant deux cent vingt kilomètres jusqu'à ce qu'ils coupent l'autoroute 80. À deux cent quatre-vingts kilomètres à l'ouest se trouve Winnemucca où en 1900, Butch Cassidy et le Sundance Kid ont dévalisé la First National Bank. À trois cents kilomètres vers l'est se dresse Salt Lake City, où Curtis se réjouirait d'entendre le Chœur du Tabernacle mormon se produire sous le plus grand dôme du monde sans piliers de soutien.

Cass, qui a remplacé Polly au volant, continue plein nord sur la Route 93, parce que aucune des deux sœurs n'est d'humeur vagabonde. Cent dix kilomètres devant eux se trouve Jackpot, Nevada, juste de ce côté-ci de la frontière avec l'Idaho.

— Une fois là-bas, on refera le plein et on ira de l'avant, dit Cass.

De sa place de copilote, Curtis repère un blanc dans la préparation de sa mission.

— J'ai pas d'info sur la ville de Jackpot.

— Ce n'est pas vraiment une ville, déclare Cass. C'est un immense lieu-dit sur la route où les gens jettent leur argent par la fenêtre.

— Ça a une signification religieuse ? s'étonne-t-il.

— Seulement si tu adores la déesse-roulette, lui explique Polly du salon, où elle se repose sur le canapé avec Fidèle Vagabonde à qui elle a posé des tas de questions sans en obtenir de réponse.

D'un ton normal, elle s'adresse à Curtis :

— Jackpot compte cinq cents chambres d'hôtel et

deux casinos, avec deux, trois buffets de premier ordre pour six dollars, le tout entouré de milliers d'hectares vides. Après avoir dîné de façon satisfaisante et fait banqueroute, on peut rouler jusqu'à un endroit agréablement aride, communier là avec la nature et se faire sauter la cervelle en toute intimité.

— Alors, théorise Curtis, c'est peut-être pour ça que tant de gens, là-bas au Ranch Neary, achetaient de la purée haricots noirs-maïs de Bonne-Maman, bien connue dans le coin. Peut-être qu'ils comptaient s'en servir à Jackpot.

Polly et Cass se taisent.

— Il n'y a pas grand-chose qui me dépasse, Curtis, mais celle-là a frôlé mon crâne de vingt bons centimètres, dit enfin Cass.

— Et moi, elle m'est tellement passée au-dessus, reconnaît Polly, que je n'ai même pas senti le déplacement d'air.

— On y vendait des boissons fraîches, des T-shirts et cetera dans le chariot à foin, leur explique Curtis. L'écriteau pour la purée de Bonne-Maman disait qu'elle était assez épicée pour vous faire sauter bien proprement la cervelle, bien qu'à mon point de vue, il n'existe pas de moyen de décapiter proprement.

Les jumelles gardent à nouveau le silence, cette fois pendant cinq cents mètres. Et Cass le rompt :

— Tu es un étrange garçon, Curtis Hammond.

— On m'a dit que je n'étais pas très net, trop adorable pour ce monde et un Gump imbécile, reconnaît Curtis, mais c'est sûr que j'aimerais bien m'intégrer un jour.

— J'avais plutôt en tête une sorte de *Rain Man*, dit Cass.

— Génial ce film ! s'exclame Curtis. Dustin Hoffman et Tom Cruise. Vous saviez que Tom Cruise est l'ami d'un tueur en série ?

— Je n'en savais rien, avoue Polly.

— Un type du nom de Vern Tuttle, assez vieux pour être votre grand-père, il collectionne les dents de ses victimes. Je l'ai entendu parler à Tom Cruise dans un miroir, même si j'ai eu tellement peur que je n'ai pas bien saisi si le miroir était un moyen de communication entre lui et M. Cruise, comme celui que la méchante reine utilise dans *Blanche Neige et les Sept Nains*, ou un simple miroir. De toute façon, je suis certain que M. Cruise ignore que Vern Tuttle est un tueur en série, parce que s'il le savait, il le livrerait à la justice. Quel est votre film préféré avec Tom Cruise ?

— *Jerry Maguire*, répond Cass.

— *Top Gun*, répond Polly.

— Et votre film préféré avec Humphrey Bogart ? demande Curtis.

— *Casablanca*, répliquent les jumelles en chœur.

— Moi aussi, confirme Curtis. Et votre préféré avec Katharine Hepburn ?

— *La Femme de l'Année*, dit Polly.

— *Indiscrétions*, dit Cass.

Avant de changer d'avis à l'unisson :

— *L'Impossible M. Bébé*.

Ainsi avancent-ils vers le nord à travers la nuit, en devisant comme de vieux amis, en n'évoquant jamais la fusillade au magasin du carrefour, les assassins polymorphes, ni l'utilisation par la chienne de l'ordinateur portable pour avertir Polly de la présence de méchants aliens.

Curtis ne se leurre pas : le rapide développement de son aptitude à la sociabilité et les tours de passe-passe de sa conversation ne détourneront pas pour toujours les deux sœurs de ces sujets-là. Castoria et Polluxia ne sont pas des imbéciles, et elles exigeront des explications tôt ou tard.

En fait, à en juger par l'aplomb avec lequel elle se sont débrouillées au carrefour, elles sont susceptibles d'*exiger* des explications dès qu'elles seront prêtes à aborder le sujet. Il lui faudra alors évaluer quelle part de vérité leur révéler. Ce sont ses amies et il répugne à mentir à des amies ; plus elles en sauront, cependant, plus elles seront en danger.

Après avoir fait le plein de carburant à Jackpot, ne s'arrêtant pas à l'un des buffets, ou pour assister à un suicide, ils franchissent la frontière de l'État et pénètrent en Idaho, puis continuent vers le nord jusqu'à la ville de Twin Falls, entourée par deux cent cinquante mille hectares de terres arables idéales, irriguées par la Snake River. Curtis connaît de nombreux faits sur l'histoire géologique et humaine de la ville, la région de la « Vallée Magique » et les vastes coulées de lave au nord de la Snake River et il éblouit les deux sœurs en leur faisant part de l'étendue de son savoir.

Grâce à sa population de plus de vingt-sept mille habitants. Twin Falls offre une certaine protection au garçon, le rendant moins facilement détectable qu'il ne l'a été depuis son arrivée au Colorado et qu'il est devenu Curtis Hammond. Il est davantage en sécurité par ici, mais pas en sécurité absolue.

L'aube s'est levée depuis deux heures à peine quand Cass gare le Fleetwood dans un camping pour 4 × 4. Une nuit sans repos et le long trajet réclament leur dû, bien que les deux sœurs aient encore l'air si glamour et désirables que l'employé du camping, chargé des branchements d'eau et d'électricité, paraît menacé de cirer ses chaussures tant il tire la langue devant elles.

Curtis, qui n'a jamais besoin de dormir, feint un bâillement tandis que les jumelles déploient le canapé-lit du salon et le recouvrent de draps. Fidèle Vagabonde en a récemment plus appris sur la face cachée de l'univers que n'importe quel chien a besoin d'en savoir. Depuis la fusillade, elle s'est montrée un peu à cran, ça lui fera le plus grand bien de piquer un roupillon. Curtis compte partager un moment ses rêves avant de passer le reste de la journée à tirer des plans sur son avenir.

Tout en préparant le lit, les deux sœurs allument la télé. Chaque grand network propose une couverture complète de la chasse à l'homme des barons de la drogue, peut-être en possession d'armes militaires. Le gouvernement a fini par confirmer la mort de trois agents du FBI dans la fusillade, du restoroute de l'Utah ; trois autres ont été blessés.

Des rumeurs rapportent qu'un accrochage plus violent a eu lieu dans une ville fantôme restaurée, à l'ouest du restoroute. Mais les porte-parole du FBI et de l'armée refusent de commenter ces rumeurs. En fait, le gouvernement est si avare de détails concernant cette crise que les journalistes de télévision n'ont pas suffisamment d'informations pour remplir le généreux temps d'antenne accordé à cette histoire. Bêtement, ils s'interviewent mutuellement sur leurs opinions, leurs craintes et autres spéculations. Les autorités n'ont fourni ni photos ni même de portraits-robots de ceux qu'elles pourchassent, ce qui convainc certains journalistes que le gouvernement ne connaît pas les identités de tout son gibier.

— Les imbéciles, dit Polly. Ce ne sont pas des barons de la drogue, seulement de méchants aliens. Pas vrai, Curtis ?

— Oui.

— Et les fédés ne recherchent que toi..., dit Cass.

— Oui.
— ... parce que tu as vu ces E.T. et que tu en sais trop...
— Ouais, c'est exactement ça.
— ... ou bien ils en ont aussi après les aliens ?
— Euh, ben, les deux, je crois.
— S'ils savent que tu es vivant, pourquoi ont-ils diffusé la nouvelle que tu as été tué par des barons de la drogue au Colorado ? s'étonne Polly.
— Je sais pas.

À en croire maman, puisque les explications présentaient toutes, en fin de compte, des contradictions, mieux valait exprimer de la stupéfaction le plus souvent possible que de s'embrouiller dans des explications pour combler les trous. On s'attend à ce que les menteurs rusent, tandis que la stupéfaction passe pour de la sincérité.

— J'en sais rien. Ça n'a pas de sens, hein ?
— S'ils disaient que tu as survécu, fait Cass, ils pourraient placarder ton visage dans tous les médias et tout le monde les aiderait à te chercher.
— Je suis stupéfait.

Curtis n'a aucun remords de sa supercherie, il est fier aussi du calme avec lequel il applique le conseil de sa mère, contrôlant une situation qui aurait pu éveiller les soupçons.

— Je suis vraiment stupéfait. Je ne sais pas pourquoi ils ont fait ça. Étrange, hein ?

Les deux sœurs échangent un de leurs regards bleu laser qui semblent transmettre des encyclopédies entières de l'une à l'autre.

Elles recourent à l'un de leurs duologues magnétiques qui font passer métronomiquement les yeux de Curtis d'une bouche parfaite d'un rouge nacré à l'autre. Bordant un drap, Polly commence par :

— Bon, c'est pas le...
— ... moment, poursuit Cass.
— ... de se lancer dans tout ce...
— ... bazar sur les ovnis...
— ... et ce qui s'est passé...
— ... à la station-service.

Cass enfile un oreiller dans une taie.

— On est trop fatiguées...
— ... et trop dans le coaltar...
— ... pour réfléchir correctement...
— ... et quand on se mettra à discuter...

— ... on a envie d'être d'attaque...
— ... parce qu'on a beaucoup...
— ... de questions. Tout le truc est...
— ... vachement bizarroïde, conclut Polly.
Et Cass reprend :
— On a pas voulu...
— ... en parler...
— ... pendant le voyage...
— ... parce qu'on a besoin de réfléchir...
— ... pour digérer ce qui s'est passé.

D'une sœur à l'autre, ce regard télémétrique communique des volumes sans un seul mot, puis leurs quatre yeux bleus se fixent sur Curtis. Il se sent comme soumis au faisceau électronique d'un scanneur CT tellement sophistiqué qu'il ne révèle pas simplement l'état de ses artères et de ses organes internes, mais aussi une image de ses secrets et du véritable état de son âme.

— On va prendre huit heures de sommeil, dit Polly et on discutera de la situation pendant le dîner qui sera servi tôt.

— Peut-être qu'alors, ajoute Cass, certaines choses paraîtront bien moins... stupéfiantes que maintenant.

— Peut-être que oui, peut-être que non, objecta Curtis. Quand les choses sont stupéfiantes, elles le restent un bon bout de temps. Il y a une certaine dose de stupéfaction qui, enfin, stupéfie toujours et j'ai découvert qu'il vaut mieux accepter la stupéfaction chaque fois qu'elle arrive, et aller de l'avant.

Paralysé par l'intensité de ce double regard bleu fixe, Curtis est poussé à réécouter ce qu'il vient de dire et quand il entend ses paroles repasser dans sa tête, elles ne lui paraissent plus aussi convaincantes que lorsqu'il les a prononcées. Il sourit parce que, selon maman, il est possible de vendre grâce à un sourire beaucoup plus qu'avec les mots.

Même s'il vendait des dollars pour dix *cents*, les deux sœurs pourraient bien ne pas lui en acheter. Son sourire ne provoque pas de sourire en retour chez elles.

— Vaut mieux dormir, Curtis, dit Polly. Dieu sait ce qui nous attend, mais quoi que ce soit, on a besoin de repos pour le gérer.

— Et n'ouvre pas la porte, l'avertit Cass. L'alarme antivol ne fait pas la différence entre quelqu'un qui entre et quelqu'un qui sort.

Trop fatiguées pour discuter avec lui des récents événements, elles s'assurent qu'il ne prendra pas la poudre d'escampette avant qu'elles n'aient eu une chance de lui tirer les vers du nez.

Les deux sœurs se retirent dans leur chambre.

Dans le salon, Curtis se glisse sous un drap et une mince couverture. Même si la chienne n'a toujours pas pris de bain, le garçon l'accueille sur le canapé-lit, où elle se roule en boule sur la couverture. En appliquant sa volonté contre la matière, au micro niveau où la volonté peut l'emporter, il réussirait à débrancher l'alarme anti-vol. Mais il doit des réponses honnêtes aux jumelles et ne veut pas les mystifier complètement.

En outre, après un tumultueux et difficile périple, il a enfin trouvé des amies. Ses dons de sociabilité ont beau ne pas être aussi policés qu'il l'a cru brièvement, il s'est fait deux bonnes copines des éblouissantes Spelkenfelters et il n'a aucune envie d'affronter à nouveau le monde, seul, avec simplement sa sœur-devenue. Si tendrement qu'il la chérisse, il a besoin d'autres compagnes. Bien que vantée par les poètes de la nature, la solitude se confond avec l'isolement et elle se love dans le cœur comme le ver dans la pomme, grignotant l'espoir et ne laissant qu'un emballage vide.

En outre, les jumelles lui rappellent sa pauvre mère. Non pas physiquement. Malgré ses nombreuses vertus, maman n'était pas née pour être meneuse de revue à Las Vegas. Le courage des jumelles, leur grande intelligence, leur dureté et leur tendresse sont des qualités que sa mère possédait à foison. Et il éprouve en leur compagnie ce sentiment béni d'appartenance qui découle du fait d'être en famille.

La chienne, fatiguée, dort.

En lui posant la main sur le flanc, en sentant le battement lent de son noble cœur, Curtis entre dans ses rêves et prend conscience de la Présence espiègle, avec laquelle les simples créatures du genre de la chienne n'ont pas pris leurs distances. L'orphelin, que des mondes séparent de tout lieu qu'il aurait pu qualifier de « chez-lui », pleure doucement, non tant de chagrin pour ce qu'il a perdu que de bonheur pour sa mère : elle a traversé la grande faille pour entrer dans la lumière. En présence de Dieu désormais, elle connaît une joie semblable à celle que son fils a toujours connue en sa présence à *elle*. Il n'arrive pas à dormir, mais pour un moment, il trouve un peu de paix de ce côté-ci du Paradis.

52.

Le soleil creusait comme un entonnoir dans le ciel, à l'ouest. Il resterait encore quelques heures au-dessus de la mer, avant que celle-ci ne l'absorbe. Et on aurait dit que la brise qui balayait le parc de mobile homes provenait de cet entonnoir – brûlante, sèche, elle charriait une odeur de roussi.

Vendredi après-midi, cinq heures seulement après sa rencontre avec Noah Farrel, Micky chargea une seule valise dans le coffre de sa Camaro. Elle s'était fendue d'une vidange-graissage, de nouveaux filtres, de nouvelles courroies de ventilateur et de quatre pneus neufs. En comptant l'avance qu'elle avait donnée au privé, plus de la moitié de son capital s'était envolée. Elle n'osait imaginer qu'elle n'arriverait pas à rejoindre Leilani à Nun's Lake, en Idaho. Même si elle découvrait où Maddoc comptait se rendre à partir de là, il ne lui resterait plus assez d'argent liquide pour le pourchasser et revenir ensuite en Californie avec la fillette.

Au retour de Micky, tante Gen, dans la cuisine, fourrait deux sacs Ziploc pleins de glaçons dans une glacière de pique-nique déjà bourrée de sandwiches, cookies, pommes et autres canettes de Coca light. Munie de telles réserves, Micky ne perdrait pas de temps à s'arrêter pour se sustenter jusqu'à l'heure du déjeuner du lendemain, sans compter l'argent qu'elle économiserait.

— Ne conduis pas toute la nuit, lui recommanda tante Gen.

— Ne t'inquiète pas.

— Ils n'ont même pas un jour d'avance, alors tu les rattraperas facilement.

— Faudrait que je sois à Sacramento à minuit. J'me

prendrai un motel, j'écraserai six heures et j'essaierai d'arriver à Seattle demain soir. Puis, Nun's Lake, en Idaho, dimanche soir, tard.

— Il peut arriver des choses à une femme seule sur la route.

— C'est vrai. Mais pas plus qu'à une femme seule chez elle.

Tout en mettant en place le couvercle de la glacière de pique-nique, Geneva ajouta :

— Ma chérie, si le réceptionniste du motel ressemble à Anthony Perkins, si un type dans une station-service ressemble à Anthony Hopkins ou si tu rencontres un homme qui ressemble à Alec Baldwin *n'importe où*, tu lui flanques un coup de pied dans l'entrejambe avant qu'il ait l'occasion de dire deux mots et tu t'enfuis sans demander ton reste.

— Je croyais que tu avais descendu Alec Baldwin à La Nouvelle-Orléans.

— Tu sais, cet homme, on l'a poussé du haut d'une tour, on l'a noyé, poignardé, abattu d'un coup de feu, un ours l'a déchiqueté – et il n'arrête pas de revenir.

— Je ferai gaffe si je le vois, promit Micky, descendant la glacière de la table. Quant à Anthony Hopkins – Hannibal Lecter ou pas, il me fait penser à un Bisounours.

— Peut-être que je devrais t'accompagner, ma chérie, avec un fusil, fit Geneva, escortant Micky jusqu'à la porte d'entrée.

— Ce serait peut-être une bonne idée si *seulement* on en avait un.

Une fois dehors, elle plissa les yeux sous la lumière intense du soleil qui se réfléchissait sur la carrosserie blanche de la Camaro.

— De toute façon, il faut que tu restes ici pour prendre l'appel de Noah Farrel.

— Et s'il n'appelait pas ?

Micky ouvrit la portière du côté passager de la voiture.

— Il appellera.

— Et s'il ne peut pas trouver la preuve dont tu as besoin ?

— Il la trouvera, répondit Micky, installant la glacière sur le siège avant. Dis-moi, qu'est-ce qui est arrivé à ma tantine Soleil tout à coup ?

— Peut-être qu'on devrait prévenir la police.

Micky referma la portière.

— Quelle police ? Celle d'ici, de Santa Ana ? Maddoc

n'est plus dans son secteur. Appeler les flics de la ville lambda qu'il traverse en Californie, en Oregon ou au Nevada, suivant la route qu'il aura prise ? Hitler pourrait être de passage et, tant qu'il ne s'arrêterait pas, la police s'en moquerait bien. Alerter le FBI ? Moi, une ex-détenue, alors qu'il est aux trousses de barons de la drogue ?

— Peut-être que le temps que tu arrives en Idaho, ce M. Farrel aura obtenu ta preuve, et que tu pourras aller trouver la police de là-haut.

— Peut-être. Mais le monde ne ressemble pas à celui de tes vieux films noir et blanc, tante Gen. Les flics étaient plus à l'écoute à cette époque-là. *Les gens* étaient plus à l'écoute. Il s'est passé quelque chose. Tout a changé. On dirait que le monde entier est... disloqué. De plus en plus, on ne peut compter que sur soi.

— Et tu penses que c'est, *moi*, qui ai perdu mon soleil, dit Geneva.

Micky sourit.

— Bon, je n'ai jamais été d'une gaieté folle. Mais tu sais, même avec ce truc plutôt difficile à mener à bien, je me sens mieux que depuis... peut-être mieux que jamais.

Une ombre traversa, sembla-t-il, les yeux verts de Geneva, qu'elle assombrit.

— J'ai peur.

— Moi aussi. Mais j'aurais encore plus peur si je n'agissais pas.

Geneva acquiesça.

— Je t'ai emballé un bocal de cornichons à la russe.

— J'adore ça.

— Et un petit bocal d'olives vertes.

— T'es la meilleure.

— Je n'avais pas de petits poivrons.

— Oh. Ben, alors, je crois que le voyage tombe à l'eau.

Elles s'étreignirent. L'espace d'un instant, Micky se dit que Gen n'allait pas la lâcher et puis ce fut elle-même qui n'y arrivait plus.

Gen chuchota comme une prière :

— *Ramène-la.*

— *Je la ramènerai*, promit Micky à mi-voix, presque persuadée que si elle s'exprimait tout haut, ce serait une vantardise, défiant le sort.

Après que Micky fut montée en voiture et eut démarré, Gen garda une main posée sur le rebord de la vitre baissée.

— Je t'ai emballé trois sachets de M & M.

— À mon retour, je me mettrai à un régime strict à base de laitue.

— Et aussi, ma chérie, il y a une friandise spéciale dans un petit bocal vert. Goûte-la avec le dîner de ce soir.

— Je t'aime, tante Gen.

S'essuyant les yeux d'un Kleenex, Geneva lâcha la portière de la Camaro et recula.

Puis, à peine Micky se fut-elle mise en route que Gen courut derrière elle en agitant un mouchoir en papier trempé de larmes.

Micky freina et s'arrêta ; Gen se pencha de nouveau à la vitre.

— Souricette, tu te souviens de la devinette que je te posais quand tu n'étais qu'une toute petite fille ?

— Une devinette ?

Micky secoua la tête.

— Qu'est-ce qu'on trouve derrière la porte...

— ... qui n'est qu'à une porte du Paradis, termina Micky.

— Tu t'en souviens. Et tu te rappelles que tu me donnais des tas de réponses, et jamais la bonne ?

Micky opina pour éviter de répondre.

Le vert sombre des yeux de Geneva miroitait d'une émotion débordante.

— À tes réponses, j'aurais dû comprendre que quelque chose allait de travers dans ta vie.

— Je vais bien, Gen, finit par affirmer Micky. Rien de tout ça ne me fait plus plonger.

— Qu'est-ce qu'on trouve derrière la porte qui est à une porte du Paradis ? Tu te souviens de la *bonne* réponse ?

— Oui.

— Et tu crois que c'est vrai ?

— Tu m'as donné la bonne réponse à un moment où je ne pouvais pas la piger, alors ça doit être vrai, tante Gen. Tu m'as donné la bonne réponse... et tu ne mens jamais.

Dans le soleil de l'après-midi, l'ombre de Geneva était plus longue et plus mince qu'elle, plus noire que l'asphalte sur lequel elle s'étirait. La brise douce agitait ses cheveux d'or et d'argent et l'auréolait d'un nimbe ondoyant, qui la dotait d'un côté surnaturel.

— Ma chérie, souviens-toi de la morale de cette devinette. Tu fais une grande et bonne action, folle et téméraire, mais au cas où ça ne marcherait pas, il y a toujours cette porte et ce qui se trouve au-delà.

— Ça va marcher, tante Gen.

— Tu vas revenir.

— Où ailleurs trouverai-je de la si bonne cuisine sans avoir de loyer à payer ?

— Tu *reviendras*, insista Geneva avec un brin d'exaspération.

— Oui.

Geneva, rayonnante au soleil, comme une source lumineuse au même titre que l'astre du jour. Geneva, passant la main par la vitre ouverte pour effleurer la joue de Micky. Retirant sa main à contrecœur. Aucun souvenir de cinéma ne venant adoucir son angoisse du moment. Puis Geneva dans le rétroviseur, lui faisant au revoir. Geneva devenant de plus en plus petite, brillant au soleil, agitant, agitant encore la main. Elle tourna au coin, et Geneva disparut. Micky était seule et Nun's Lake, à plus de deux mille cinq cents kilomètres.

53.

Pleine à ras bord de bébés magiciens, la reine de la ruche pénétra au Nevada, auprès de son scorpion consort, leurs yeux déjà impénétrables dissimulés par des lunettes de soleil, couple de célébrités-insectes en déplacement à l'étranger dans son carrosse royal.

Ils continuaient à conspirer entre eux, à voix basse. Leur conversation était ponctuée des rires perlés et des glapissements de plaisir hystériques de la reine.

Étant donné ce que lui avait déjà révélé la vieille Sinsemilla, Leilani ne pouvait même pas déduire la teneur des secrets supplémentaires que ces deux-là avaient encore à partager. Écrivaine en herbe, elle ne craignait pas une panne d'inspiration. En effet, personne de ce côté-ci de l'enfer n'était capable de concevoir les horreurs qui grouillaient au tréfonds des replis de l'esprit de sa mère ou du Dr Fatalitas.

À l'ouest de Las Vegas, ils s'arrêtèrent pour déjeuner au *coffee-shop* d'un hôtel-casino, entouré de kilomètres de sable et de rochers. On avait érigé l'établissement dans le désert non seulement parce que le décor naturel était idéal pour un lieu de villégiature, mais aussi parce qu'un pourcentage important des masses qui accomplissaient le pèlerinage de Las Vegas faisaient une première halte ici, impatientes de plumer Dame la Chance, et se faisant tondre.

Ce palais de rêve tapageur procurait des boissons à bas prix aux soiffards, incitait les joueurs compulsifs à se ruiner à des jeux de hasard dont les règles donnaient quasiment toutes les chances à la « maison », satisfaisait des pulsions autodestructrices, allant du désir d'engloutir des montagnes de desserts pleins de calories d'un buffet à volonté à celui, plus *chaud*, de se faire punir par des prostituées sadiques armées de fouet. Pourtant, même *ici*, le *coffee-shop* de l'hôtel offrait une omelette au blanc d'œuf sans cholestérol avec du tofu zéro pour cent et des brocolis blanchis.

Piégeant Leilani entre elle-même et Preston dans un box rouge en skaï semi-circulaire, la vieille Sinsemilla commanda deux de ces mélanges insipides, l'un pour elle, l'autre pour sa fille, avec du pain grillé et deux assiettes de fruits frais. Le maudit médecin mangea un cheeseburger et des frites – souriant, se pourléchant les lèvres, se montrant insupportable.

Leur serveuse était une adolescente aux cheveux blonds, gras, dont la coupe hirsute résultait apparemment de l'application risquée d'une tondeuse à gazon. La plaque sur son uniforme proclamait BONJOUR, JE M'APPELLE DARVEY. Les yeux gris de Darvey brillaient aussi peu que des cuillères ternies. Ennuyée et peu portée à le dissimuler, elle bâillait fréquemment tout en servant ses clients, parlait en marmonnant avec désintérêt, se déplaçait en traînant les pieds et s'emberlificotait dans ses commandes. Quand on attirait son attention sur l'une de ses erreurs, elle soupirait avec la lassitude d'une âme qui patiente dans les Limbes, en faisant des réussites avec un paquet de cartes imaginaire, depuis une éternité, bien avant que les rois mages n'apportent des présents à Bethléem à dos de chameau.

Supputant qu'une personne s'ennuyant autant que Darvey accueillerait favorablement une rencontre haute en couleur qui la distrairait, pourrait vraiment *écouter* et se réjouir d'être impliquée dans un drame de la vraie vie, Leilani dit à haute voix, à la fin du repas, quand la serveuse apporta l'addition :

— Ils m'emmènent en Idaho, ils vont me fracasser le crâne à coups de marteau et m'enterrer dans les bois.

Darvey cligna les yeux aussi lentement qu'un lézard se dorant au soleil sur un rocher.

Preston Maddoc intervint :

— Voyons, ma chérie, sois franche avec la jeune dame. Ta mère et moi ne sommes pas des fous du marteau. Mais des fous à la hache. On ne va pas t'assommer. Notre plan, c'est de te découper en morceaux et de te donner à manger aux ours.

— Je ne plaisante pas du tout, dit Leilani à Darvey. Il a tué mon grand frère et l'a enterré dans le Montana.

— On a nourri les ours avec, assura Preston à la serveuse. C'est ce qu'on fait de tous les enfants difficiles.

Sinsemilla ébouriffa sa fille d'une main affectueuse.

— Oh Lani, mon bébé, tu es une enfant si morbide par moments.

Darvey continua de battre les paupières avec une infinie lenteur. Muette, elle avait l'air d'attendre qu'une mouche téméraire bourdonne dans les parages.

La chère Mater s'adressa au lézard blond.

— En réalité des aliens ont enlevé son frère et le réadaptent dans leur base secrète sur la face cachée de la lune.

— Ma mère croit pour de bon à ces conneries d'extraterrestres, dit Leilani à Darvey, parce que c'est une accro totalement bousillée qui s'est pris un milliard de volts dans le cerveau lors d'une thérapie par électrochocs.

Sa mère leva les yeux au ciel, émit un son électrique *Zzzt, zzzt,* éclata de rire et remit ça : *Zzzt, zzzt* !

Jouant les pères sévères mais affectueux, Preston Maddoc dit :

— Lani, ça suffit comme ça. Ce n'est pas drôle.

Sinsemilla désapprouva du sourcil le pseudo-père.

— Oh, ça va, chéri. Elle exerce son imagination. C'est une bonne chose. C'est *sain*. Je ne crois pas qu'il faille réprimer la créativité des enfants.

Leilani dit à la serveuse :

— Si vous appelez les flics et si vous jurez que vous les avez vus me frapper tous les deux, ils feront une enquête et quand tout sera terminé, vous serez une héroïne. On fera votre éloge dans *America's Most Wanted* et peut-être même Oprah vous embrassera dans son émission.

— Voilà une des raisons parmi des millions d'autres qui m'ôte toute envie d'avoir des gosses, dit Darvey en posant l'addition sur la table.

— Oh non, ne dites pas ça, se récria Sinsemilla avec une profonde émotion. Darvey, ne refusez pas la maternité. C'est un trip tellement naturel, et faire un bébé vous relie à la terre et à la vie comme rien d'autre au monde.

— Ouais, fit la serveuse, bâillant de plus belle, ça m'a l'air totalement fabuleux.

Après que Darvey se fut éloignée de son pas traînant, alors que Preston déposait un pourboire extravagant sur la table, Sinsemilla dit :

— Lani, mon bébé, ces pensées morbides, c'est ce qu'on récolte quand on lit trop de bouquins débiles sur des méchants hommes-cochons. Il faut que tu lises de la vraie littérature pour te nettoyer la tête.

Tel était le conseil de la matriarche de la nouvelle humanité à pouvoirs médiumniques. Et elle était sérieuse : des livres qui mentaient sur la noblesse des cochons en dépeignant ces gentils animaux comme méchants corrompaient l'esprit de Leilani, lui donnaient des idées noires et paranoïaques sur ce qui était arrivé à Lukipela.

— Tu es ahurissante, Mère.

La vieille Sinsemilla, entourant Leilani de son bras, l'attira contre elle, la serrant trop fort avec ce qu'elle prenait, dans sa démence, pour de l'affection maternelle.

— Parfois, tu m'inquiètes, mon petit Klonkinator.

Puis se tournant vers Preston, elle lui demanda :

— Tu crois qu'elle pourrait faire une candidate pour une thérapie ?

— Quand l'heure sonnera, ils guériront son esprit et son corps en même temps, prédit-il. Pour une intelligence extraterrestre supérieure, l'esprit et le corps ne forment qu'une seule entité.

Cela avait été un fiasco de demander de l'aide à Darvey. Non parce que la serveuse était trop obtuse pour assimiler la vérité, mais parce que Leilani avait, pour la première fois, révélé à Preston qu'elle ne croyait pas à son histoire de Lukipela enlevé sur un rayon pour être livré aux sorciers bienveillants de Mars ou d'Andromède, et qu'elle le soupçonnait d'avoir commis un meurtre. Même s'il subodorait auparavant les soupçons de Leilani, à présent il savait.

Comme elle sortait du box sur les talons de sa mère, Leilani osa jeter un regard à Preston. Il lui fit un clin d'œil.

Elle aurait pu alors tenter de s'enfuir. Malgré sa prothèse, elle arrivait à se déplacer vite et avec une grâce surprenante sur cent mètres, puis toujours vite, mais avec moins de grâce. Toutefois, si elle courait entre les tables et hors du restaurant, si elle courait le long de la galerie marchande et entrait au casino, en hurlant *il va me tuer*, il était possible que le personnel de l'établissement et les joueurs ne fassent rien d'autre que prendre des paris sur la distance que la fillette-cyborg dysfonctionnante couvrirait encore avant d'entrer en collision désastreuse avec une serveuse de cocktails ou une grand-mère jouant à la machine à sous, cherchant avec frénésie à toucher le jackpot.

Par conséquent, Leilani cingla sur l'*Alizé*, avec un mauvais vent arrière. Au moment où Darvey, bouche bée devant le pourboire qu'elle avait reçu, songeait que la fillette handicapée, folle et grossière, avait de la chance d'avoir un père aussi généreux, le camping-car, le plein fait, regagnait l'autoroute 15, fonçant encore une fois vers Las Vegas, vers le nord-est.

À nouveau sur le siège du copilote, suite à une matinée d'une sobriété relative et fortifiée par le déjeuner, la vieille Sinsemilla se préparait à la prise de médications élargissant le champ de la conscience, voie qu'était tenue de suivre toute génitrice de surhommes aux pouvoirs médiumniques, authentiquement convaincue de sa mission. Un mortier de pharmacien entre les genoux, elle réduisit en poudre trois comprimés à l'aide d'un pilon.

Leilani qui n'avait aucune idée de la nature de cette substance était simplement sûre qu'il ne s'agissait pas d'aspirine.

Quand la reine de la ruche eut terminé sa poudre, elle se pinça la narine droite, y mit une paille d'argent fin et inhala une portion de cette farine psychotonique. Puis, elle changea de narine, s'efforçant d'équilibrer les inévitables dégâts causés à long terme à son cartilage nasal, réduit au rôle d'aspirateur de substances toxiques.

Que la fête commence et qu'on sente muter les super bébés.

À Las Vegas, ils s'engagèrent sur la Federal Highway 95, menant au nord, le long des confins ouest du Nevada. Sur deux cent quarante kilomètres, ils roulèrent parallèlement à la Vallée de la Mort, classée Monument national, qui se trouve juste de l'autre côté de la frontière, en Californie. Les terres désolées ne devinrent pas moins menaçantes après la Vallée de la Mort, ni plus tard après la ville de Goldfield, ni quand ils obliquèrent au nord-ouest à partir de Tonopah.

Cet itinéraire les maintenait loin de l'est du Nevada, où les forces de l'ordre fédérales avaient établi des barrages routiers et interdit d'accès des milliers de kilomètres carrés, recherchant des barons de la drogue : Preston continuait à affirmer que ce devaient être des E.T.

— Désinformation gouvernementale typique, rouspétait-il.

Assise dans le coin-dînette, Leilani ne s'intéressait ni aux barons de la drogue, ni aux aliens d'un autre monde, ayant déjà des difficultés à se passionner pour les méchants hommes-cochons d'une autre dimension qui avaient auparavant captivé son imagination. C'était le troisième tome des aventures des hommes-cochons (la série en comptait six) et son incapacité frustrante de se concentrer sur l'histoire ne venait pas du fait que les méchants au bacon étaient devenus d'une méchanceté moins fascinante, ni que les héros amusants étaient devenus moins amusants et moins héroïques. Depuis que ses rapports avec Preston s'étaient détériorés si dramatiquement, elle ne pouvait plus être facilement transportée par les desseins menaçants des vilains porcins. L'équivalent dans le réel d'un homme-cochon était au volant de l'*Alizé*, le nez chaussé de lunettes noires, élaborant des plans affreux, en comparaison desquels les plus malfaisants jambonneaux paraîtraient sans aucune imagination et peu menaçants.

Bientôt, elle ferma le roman et ouvrit son journal, où elle retraça la scène de la cafétéria. Plus tard, tandis que le bus Prevost reconverti tonnait en continu à travers défilés montagneux arides et hautes plaines, Leilani consigna ses observations de la descente de sa mère dans des états de conscience seconds, de plus en plus inquiétants. Ceux-ci furent provoqués par au moins deux drogues, ajoutées aux comprimés pulvérisés au pilon, que la Mater avait sniffées pendant la traversée de Las Vegas.

En approchant de Tonopah, à trois cent vingt kilomètres de Las Vegas, Sinsemilla s'installa dans le coin-dînette avec Leilani et se prépara à s'automutiler. Elle avait posé sa « serviette à sculpter » sur la table : une serviette de bain bleue pliée servant de rembourrage à son bras gauche et recueillant les rigoles salissantes. Rangé soigneusement dans une boîte à biscuits de Noël, avec des bonshommes de neige en goguette sur le couvercle, son kit de mutilation comprenait de l'alcool à 90°, de la ouate, des tampons de gaze, du sparadrap, de la Néosporine, des lames de rasoir, trois scalpels de différentes formes plus un quatrième à lame de rubis, exceptionnellement aiguisée, destiné à la chirurgie des yeux où les incisions délicates ne peuvent être exécutées avec de l'acier tranchant.

Le bras posé sur une serviette de bains, Sinsemilla souriait au motif compliqué à forme de flocon de neige des cicatrices de quinze centimètres de long et cinq de large sur son avant-bras. Pendant de longues minutes, elle médita sur cet entrelacs.

Leilani souhaitait ardemment ne pas être témoin de

cette démence en action. Elle voulait se cacher de sa mère, mais le camping-car ne fournissait pas d'échappatoire. La chambre que Sinsemilla partageait avec Preston lui était interdite ; et le canapé-lit toujours à portée de vue n'était pas assez loin. Si elle battait en retraite dans la salle de bains et fermait la porte, sa mère viendrait peut-être l'en débusquer.

En effet, elle avait appris qu'en manifestant le plus léger signe de répulsion ou de désapprobation, elle s'attirait le courroux de sa mère, une tempête difficile à surmonter. Inversement, si Leilani exprimait son intérêt pour l'une des activités de sa mère, Sinsemilla pouvait l'accuser de se montrer fouinarde ou condescendante, avant de la tourmenter d'une façon ou d'une autre.

L'indifférence demeurait l'attitude la plus sûre, même si c'était une feinte qui masquait le dégoût. Aussi, pendant que Sinsemilla disposait les instruments d'automutilation, Leilani se concentra-t-elle sur son journal et y écrivit activement, sans interruption.

Cette fois, l'indifférence produisit une défense inadéquate. Leilani utilisait sa main gauche au maximum, dans l'espoir de garder ses articulations déformées les plus flexibles possibles et aussi de développer les fonctions de ses doigts soudés, elle était ambidextre. À présent, tandis qu'elle rédigeait son journal en gauchère, sa mère l'observait avec intérêt de l'autre côté de la table. Leilani supposa d'abord que Sinsemilla était curieuse de ce qu'elle écrivait, mais son intérêt se révéla être celui d'un tailleur de bâton de la campagne, doté d'un goût pour la boucherie.

— Je pourrais la rendre jolie, dit Sinsemilla.

Leilani répondit sans s'arrêter d'écrire.

— Quoi ? Qu'est-ce que tu rendrais jolie ?

— Ta main crochue, ta patte d'homme-cochon qui veut être une main et un pied fourchu en même temps, ce petit magma, ce petit muffin tordu, mal cuit, au bout de ton bras – voilà quoi. Je pourrais rendre ça joli et plus que joli. Je pourrais rendre ça beau, en faire de l'art et t'en aurais plus jamais honte.

Leilani se jugeait trop bien cuirassée pour être blessée par sa mère. Parfois, cependant, le coup provenait d'une direction si inattendue que la lame trouvait le défaut de la cuirasse, glissait le long des côtes et lui perçait le cœur.

— J'en ai pas honte, dit-elle, consternée par le ton pincé de sa voix, révélant qu'elle avait été blessée. Même si ce n'était qu'une légère piqûre, elle ne voulait pas donner à sa mère la satisfaction de savoir que sa pique avait atteint sa cible.

— Lani, mon bébé courageux, qui me fait son numéro « rien ne m'arrêtera », qui me chante sa rengaine « je suis pas une citrouille, je suis une princesse ». Et moi qui suis celle qui dit la vérité toute nue et toi qui es du type à prétendre que les écrous du cou fripé du monstre de Frankenstein sont des bijoux de chez Tiffany. J'ai pas peur, moi, de dire *infirme* et tu as besoin d'une bonne dose de réalisme, ma petite. Il faut te débarrasser de l'idée que de penser normalement te rend *normale*, parce que ça te causera que des déceptions toute ta vie. Tu seras jamais normale, mais tu peux te rapprocher de la normalité. Tu m'entends ?

— Oui.

Leilani écrivit plus vite, décidée à coucher le moindre mot de sa mère sur le papier, en notant le rythme et l'inflexion de son discours. En traitant ce monologue cruel comme un exercice de dictée, elle tenait à distance sa mère et sa méchanceté, émotionnellement parlant, et, ainsi, elle n'était plus blessée. On ne pouvait l'être que par des personnes de chair et de sang, auxquelles on tenait ou que du moins on aurait aimé pouvoir tenir. Donc, en la surnommant « la vieille Sinsemilla », « la reine de la ruche » ou « la chère Mater », en la considérant comme un objet d'amusement, une figure burlesque, on se moquait pas mal de ce qu'elle se faisait à elle-même ou disait de vous, parce qu'elle n'était plus qu'un clown dont le charabia ne signifiait rien sauf qu'il pouvait vous être utile dans un livre si l'on vivait assez longtemps pour écrire des romans.

— Pour te rapprocher de la normalité, continua la vieille Sinsemilla, la reine de la ruche, la charmeuse de serpents électrochoquée, la génitrice de bébés-magiciens, il faut que tu regardes en face ce qui est foutu. Faut que tu examines ta main en pince de homard, que tu la voies vraiment pour ce qu'elle est, ta main à foutre la trouille aux petits n'enfants, et quand tu la verras vraiment pour ce qu'elle est au lieu de prétendre qu'elle est pareille à celle de n'importe qui, quand tu pourras affronter ce qui est affreux, alors tu pourras l'améliorer. Et tu sais comment ?

— Non, fit Leilani, écrivant avec frénésie.

— Regarde.

Leilani releva la tête de son journal.

Sinsemilla suivit du doigt le tracé des cicatrices en flocon de neige de son avant-bras.

— Pose ta main en pied de cochon ici même sur la serviette à sculpter et je te la rendrai aussi belle que la mienne.

S'étant alimentée d'une omelette aux blancs d'œufs et de fromage de tofu, ayant aussi festoyé de produits chimiques interdits par la loi, Sinsemilla avait encore un appétit qui ne pourrait peut-être jamais être rassasié. La faim lui tirait le visage et son regard était prêt à mordre.

En face à face, Leilani avait l'impression que sa mère allait la rendre aveugle à force de la dévorer des yeux. Elle baissa les siens vers sa main gauche. Sentant l'attention de Sinsemilla se fixer sur ses doigts difformes, Leilani s'attendit à voir des marques de dents s'imprimer dans sa peau, comme les stigmates d'un vampire mental.

Si elle rejetait carrément sa proposition d'avoir sa main sculptée pour la « rendre jolie », elle risquait de mettre sa mère en colère. Alors le danger encouru serait que le désir de Sinsemilla de sculpter à même la peau vire à une sombre obsession, et que Leilani soit harcelée sans trêve des jours durant.

Pendant ce voyage en Idaho et, sans doute, vers ce coin tranquille du Montana où Luki l'attendait, Leilani avait besoin de garder les idées claires et de rester sur le qui-vive : pour percevoir le premier signe que Preston Maddoc allait concrétiser son intention meurtrière et reconnaître une occasion de se sauver, s'il s'en présentait une.

Elle ne pourrait mener à bien aucune de ces choses si sa mère la rudoyait sans relâche. Il n'était pas facile d'avoir la paix dans la maisonnée Maddoc, mais il lui fallait négocier une trêve dans l'affaire de la mutilation si elle voulait avoir une chance de garder l'esprit assez clair pour se préserver de bien pire que d'une petite sculpture de la main.

— C'est beau, mentit Leilani, mais ça ne fait pas mal ?

Sinsemilla sortit un autre article de la boîte à biscuits de Noël : une bouteille d'anesthésique local.

— Tamponne-toi la peau avec ça, ça te l'endort et ça enlève les pires picotements. Ce qui reste de douleur n'est que le prix à payer pour la beauté. Tous les grands écrivains et les grands artistes savent que la beauté naît *seulement* de la douleur.

— Mets-en sur mon doigt, dit Leilani en tendant sa main droite, et en dissimulant sa main difforme que sa mère désirait tailler au couteau.

Une boule spongieuse maintenue par du fil de fer au

bouchon servait de tampon. Le liquide avait une odeur poivrée et donna une sensation de fraîcheur à l'index de Leilani. Sa peau picota, puis s'engourdit, étrangement caoutchouteuse.

Sous le regard avide de Sinsemilla qui l'observait avec les yeux rouges, plissés, durs, d'un furet guettant un furet inoffensif Leilani posa son stylo et, en proie à des soupçons horribles, leva sa main difforme, feignant de l'examiner, pensivement.

— Tes flocons de neige sont jolis, mais je veux choisir mon motif.

— Tout enfant doit se révolter, même Lani, mon bébé, même ma petite demoiselle puritaine. Elle mangerait pas une tranche de cake au rhum de peur que ça la fasse rouler dans le caniveau, elle fronce le nez devant les plaisirs les plus inoffensifs de sa mère, mais même la petite demoiselle Cul Serré doit se rebeller parfois, doit avoir son *motif*. Mais c'est bien, Lani, c'est dans l'ordre des choses. Qui pousserait une espèce d'enfant inutile à fayoter en voulant porter des tatoos maison exactement comme ceux de sa mère ? J'ai pas envie de ça, moi non plus. Merde, avant de dire ouf, on s'habillerait pareil, on se coifferait pareil, on irait prendre le thé l'après-midi, on ferait des gâteaux pour les vendre dans une kermesse idiote, et alors Preston devrait vite nous abattre pour mettre fin à notre malheur. Quel motif as-tu en tête ?

Examinant toujours sa main, Leilani s'efforçait de se calquer sur les tics et tropes du discours de droguée de sa mère, avec l'espoir d'encourager la reine de la ruche à croire qu'elles se liaient comme jamais auparavant, que de nombreuses et tendres heures de mutilation partagée étaient vraiment devant elles.

— Je ne sais pas. Quelque chose d'unique comme ceux de verre craquelé des ailes de taon, quelque chose d'atrocement cool, qui fasse pousser des hauts cris à tout le monde, genre beau mais limite, effrayant, à la façon dont tes photos de « victimes de la route » sont belles, quelque chose qui dise *je vous emmerde, je suis une mutante et fière de l'être*.

Aussi féroce qu'un furet, – les éclairs que lançaient ses yeux prêts à éclater dans sa voix –, la vieille Sinsemilla changea d'humeur sous l'effet de la flatterie. Du coup, elle mit le furet en cage, et refoula l'orage derrière la montagne de sa folie. Et elle devint chatte, rayonnante petite fi'

— *Oui !* Fais un doigt d'honneur au monde avant que le monde te le fasse et dans ce cas, *décore* le doigt ! Peut-être y a-t-il un peu de moi en toi, après tout, ma douce Leilani, peut-être un sang riche coule-t-il dans tes veines, juste quand, semblait-il, il n'y avait rien d'autre que de l'eau.

À cent kilomètres/heure, alors que le ciel du Nevada se teintait d'un bleu très pâle, que le soleil chauffé à blanc décrivait lentement un arc rougeoyant de marteau de forge vers l'enclume des montagnes à l'ouest, alors que les poupées vahinés roulaient des hanches au rythme de la rotation des pneus, Leilani et sa mère, blotties à table, telles des ados d'une pyjama-partie parlant de garçons ou s'échangeant des tuyaux de maquillage et de mode, tournaient et retournaient des plans pour sculpter une main déjà bizarre.

Sa mère était en faveur d'un projet étalé sur plusieurs années : des obscénités gravées en juxtapositions habiles et complexes, descendant le long de chaque doigt, se bouclant en volutes de lettres sur la paume, se déployant en éventail de rayons offensifs sur l'opisthénar, – le nom scientifique du dos de la main –, mot que Leilani connaissait parce qu'elle avait étudié la structure de la main humaine en détail, pour mieux comprendre sa différence.

L'air de prendre en compte le concept de transformer sa main en panneau d'affichage pour délires dépravés et démoniaques, Leilani suggéra des alternatives : motifs de fleurs ou de feuillages, hiéroglyphes, nombres aux propriétés magiques, recueillis dans les ouvrages de numérologie de Sinsemilla...

Au bout d'environ quarante minutes, elles tombèrent d'accord que la toile unique que représentait la « main de monstre de foire » de Leilani (telle que la qualifia la chère Mater) ne devait pas être mal employée. Pour amusant qu'eût été de tremper un doigt dans l'anesthésique et de le taillader vigoureusement à coups de scalpel et de lame de rasoir immédiatement, sans délai, toutes deux reconnurent que le grand art exigeait non seulement son content de souffrance mais aussi de contemplation. Si Richard Brautigan avait conçu et écrit *Sucre de pastèque* par un après-midi d'été, le livre aurait été si simple que Sinsemilla aurait compris son message en une seule et unique lecture et ne se serait pas merveilleusement plongée dans ses mystères au cours de tant de relectures. Pendant quelques jours, elles rumineraient les façons d'aborder le projet et se réuniraient à nouveau pour se consulter sur le motif.

Leilani appela cette forme d'art la *bio-gravure*. Le nom sonnait plus agréablement à l'oreille qu'*automutilation*. La qualité avant-gardiste du terme mit aux anges la vieille Sinsemilla. Elle avait un côté artiste.

Le danger d'une tempête majeure Sinsemilla avait été évité avec un tel succès que la chère Mater remballa son kit de mutilation, sans donner de coup de scalpel à la main de Leilani, ni épiloguer sur la frise de flocons de neige de son bras. Pour l'heure, son besoin de taillader s'était évanoui.

En revanche, son besoin de planer la conduisit au réfrigérateur, d'où elle sortit un sac Ziploc bourré de champignons séchés d'une puissance déconseillée pour des salades.

Au moment où ils furent rattachés aux branchements d'un camping, conjoint à un motel-casino à Hawthorne, Nevada, la reine de la ruche s'était concocté un trip hallucinogène. Et d'une telle intensité qu'il aurait vaporisé la lune comme l'arme-laser de l'Étoile de la Mort de Darth Vader.

Allongée sur le sol du salon, elle fixait le dieu soleil souriant au plafond, communiant avec ce pourvoyeur de chaleur des îles et de rayons doreurs de ressac, à qui elle parlait parfois en anglais, parfois en hawaiien. Outre les matières spirituelles et mystiques, les sujets qu'elle choisissait d'aborder avec cette divinité incluaient ses opinions sur les derniers boy bands, si sa dose quotidienne de sélénium était suffisante, des recettes de tofu, quels genres de coiffure étaient susceptibles de mettre le mieux son visage en valeur, si Winnie l'Ourson fumait en secret l'opium avec une dépendance accessoire au Prozac.

Au coucher du soleil, le Dr Fatalitas enjamba sa femme, – l'aurait-il piétinée qu'elle ne s'en serait pas rendu compte – et sortit chercher leur dîner. Il laissa Leilani en compagnie de sa mère qui murmurait, marmonnait, gloussait, et des vahinés à piles dansant leur tamouré perpétuel.

54.

Twin Falls, Idaho, le vendredi ne doit guère être différent des samedis, lundis ou mercredis soir. Les gens de l'Idaho surnomment leur territoire l'État Joyau, sans doute parce qu'on y trouve des grenats à foison ; sa principale production, par le tonnage, ce sont les pommes de terre, mais aucun individu doté de fierté civique et calé en relations publiques n'a envie d'appeler son pays natal l'État Pomme de Terre, ne serait-ce que parce que les habitants de l'Idaho risqueraient de se faire traiter de patates. Le plus magnifique panorama de montagnes des États-Unis a beau être situé en Idaho, quoique pas aux environs de Twin Falls, même la perspective de splendides points de vue alpins ne pourrait pousser Curtis Hammond à jouer les touristes ce soir, car il préfère profiter des conforts de l'âtre et du foyer tels que les a conçus et fabriqués Fleetwood.

En outre, nul spectacle dû à l'homme ou à la nature ne saurait égaler en beauté la merveille de voir Castoria et Polluxia préparer à dîner.

En pyjamas de soie rouge assortis, à manches ballons et pattes d'éléphant, perchées sur des sandales à semelles compensées qui scintillent de strass bleu nuit, les ongles des mains et des pieds non plus azur mais cramoisi, leur cheveux d'un blond doré ramassés en chignon d'où s'échappent de longues boucles qui encadrent leur visage, elles glissent, virevoltent autour du carré exigu avec, à tout moment, une étrange conscience de la position de l'autre, déployant une chorégraphie qui ne déplairait point à Busby Berkeley, tandis qu'elles préparent des spécialités de Pékin et du Sichuan.

Une passion mutuelle de l'art culinaire et du maniement flamboyant des couteaux dans le style de certains chefs japonais, une passion mutuelle pour des agissements inhabituels comme le lancer de tomahawks et de hachoirs sur des assistants brillamment costumés, attachés par des courroies à des cibles tourbillonnantes, et une passion mutuelle pour l'autodéfense, liée à l'emploi d'une infinie variété d'armes pointues et tranchantes, ont permis aux jumelles de préparer le dîner avec un assez fort quotient de divertissement pour leur assurer – si on en faisait une émission – un énorme succès sur Canal Gastronomie. Les lames lancent des éclairs, les pointes d'acier étincèlent, les bords dentelés miroitent d'une lueur fulgurante tandis qu'elles tranchent le céleri, émincent les oignons, coupent le poulet en dés, effilent le bœuf, hachent la laitue...

Curtis et Fidèle Vagabonde, assis côte à côte au fond du coin-dînette en U, enchantés par la façon de cuisiner à fond la caisse des deux sœurs, suivent en ouvrant de grands yeux les lames scintillantes, maniées avec une maestria théâtrale qui incite à s'attendre à une blessure mortelle. Les meilleurs danseurs de cimeterre, sautant et virevoltant parmi les sabres lançant des éclairs, seraient humiliés par la performance des jumelles. Il est bientôt clair qu'un délicieux dîner va être servi, sans qu'aucun doigt, ni aucune tête aient été tranchés.

Sœur-devenue mérite une place à table pour de nombreuses raisons, y compris pour avoir contribué à leur sauver la vie, mais aussi parce qu'elle a pris son bain. Plus tôt, après sept heures de sommeil, avant de prendre leur douche, Polly et Cass ont récuré la chienne dans la baignoire, l'ont remodelée avec deux séchoirs électriques, brossée et peignée à l'aide d'une imposante collection d'instruments de coiffure, puis elles ont aspergé deux légères bouffées du parfum White Diamonds d'Elizabeth Taylor sur son pelage. Fidèle Vagabonde, assise fièrement à côté de Curtis, le poil bouffant, souriante, sent aussi bon que la star de cinéma glamour.

Pareilles à deux papillons cramoisis, à des flammes tourbillonnantes, mais ne ressemblant à rien d'autre qu'à elles-mêmes, les jumelles créent tant de plats délicieux et parfumés que la table ne peut les contenir tous ; certains restent sur le comptoir de la cuisine, à disposition quand les estomacs réclament. Elles apportent aussi dans le coin-dînette un fusil à pompe calibre douze et un pistolet 9 mm car, depuis le carrefour du Nevada, elles ne sont allées nulle part, même pas à la salle de bains, sans armes.

Les sœurs décapsulent des bouteilles de bière Tsingtao pour elles et une bouteille de bière sans alcool pour Curtis, afin qu'il puisse apprécier l'exquise combinaison de la bonne cuisine chinoise et de la bière glacée. La nourriture s'empile sur les assiettes et les deux sœurs font preuve d'un appétit plus prodigieux que celui de Curtis, même si le garçon doit manger non seulement pour se sustenter, mais aussi pour produire l'énergie additionnelle, nécessaire au contrôle de sa structure biologique et continuer d'être Curtis Hammond, identité qui ne lui est pas encore naturelle.

On sert à Fidèle Vagabonde du bœuf et du poulet sur une assiette, comme si c'était une invitée parmi d'autres. Curtis peut recourir au lien garçon-chienne pour s'assurer qu'elle ne dévore pas la nourriture, comme c'est programmé par sa nature canine, et qu'elle mange la viande un morceau après l'autre en le savourant. Elle a beau trouver ce rythme étrange au début, elle reconnaît bientôt que l'on tire un plus grand plaisir d'un repas quand on ne l'engloutit pas en quarante-six secondes chrono. Même si elle n'a pas été en mesure d'utiliser l'argenterie, de tenir une tasse de porcelaine à la patte, l'ergot levé en guise de petit doigt, de converser dans l'anglais châtié d'une héritière qui a suivi les cours d'une école d'arts d'agrément de premier ordre, Fidèle Vagabonde n'aurait pu se comporter plus en *lady* qu'elle ne le fît au cours de ce festin chinois.

Tout au long du dîner, les deux sœurs sont très amusantes, racontant leurs aventures de parachutisme, de dressage de chevaux sauvages, de chasse au requin au fusil à harpon, de ski sur des pentes à soixante-dix degrés, de sauts en parachute du haut des tours de plusieurs grandes villes, sans compter celles où elles avaient défendu leur honneur dans les fêtes chic de Hollywood fréquentées par, pour citer Polly : « des hordes de stars de cinéma et de réalisateurs célèbres, une bande de rapaces en chaleur, avides, défoncés jusqu'à la folie, un ramassis d'ordures et de débiles ».

— Certains étaient sympa, dit Cass.

Polly élève une objection :

— Avec tout le respect et l'affection que je te porte, Cassie, tu dénicherais *quelqu'un* de sympa, même dans un congrès de nazis cannibales tueurs de chatons.

Cass dit à Curtis :

— Après avoir quitté Hollywood, j'ai effectué une analyse exhaustive de nos expériences et déterminé que six et demi pour cent des gens de cinéma sont des gens bien et sains d'esprit. Je veux bien admettre que ceux qui restent sont le mal incarné avec quatre autres et demi pour cent qui sont sains d'esprit. Mais c'est injuste de condamner la communauté *en son entier*, même si, dans son immense majorité, elle est composée de salopards et de dingues.

Quand ils ont tous mangé à l'excès, voire un peu plus, on débarrasse la table, on ouvre deux nouvelles bouteilles de Tsingtao et une de bière sans alcool, on donne une écuelle d'eau à Fidèle Vagabonde, on allume des bougies, on éteint l'électricité. Et après que Cass a décrété l'ambiance « délicieusement flippante », les jumelles regagnent le coin-dînette, agrippent leurs bouteilles de Tsingtao, se penchent au-dessus de la table et se concentrent intensément sur leurs deux invités, la chienne et le garçon.

— T'es un extraterrestre, Curtis, hein ? demande Cass.

— T'es aussi une extraterrestre, hein, Fidèle Vagabonde ? dit Polly.

Avant d'ajouter en chœur :

— Ben, crache-nous le morceau, E.T.

55.

En attendant que le Dr Fatalitas revienne avec le dîner, essayant de ne pas écouter les divagations de sa mère au salon, Leilani, assise sur le siège du copilote devant le pare-brise panoramique, contemplait le coucher du soleil. Hawthorne était une vraie ville du désert, établie sur une large plaine, ceinturée de montagnes déchiquetées. Le soleil, orange comme l'œuf d'un dragon, avait crevé sur les pics à l'ouest et répandait un jaune cramoisi. Sur ce fond flamboyant, les montagnes arborèrent l'or royal un petit moment, avant de retirer peu à peu leurs rutilantes couronnes et de remonter leur manteau de nuit bleu roi sur leurs pentes.

Preston savait maintenant que Leilani croyait qu'il avait assassiné Lukipela. S'il n'avait pas prévu jusque-là de se débarrasser d'elle en Idaho ou durant un détour ultérieur dans le Montana, il avait commencé à échafauder ce genre de plans depuis le déjeuner.

Le crépuscule se vidait de son écarlate à l'ouest, balayé par la marée montante de l'obscurité née à l'est. Des rideaux de chaleur accumulée s'élevaient de la plaine désertique, faisant miroiter les montagnes violettes comme dans un paysage d'un des fantasmes hallucinatoires de la chère Mère.

Comme le crépuscule s'estompait derrière les vitres et que le camping-car plongeait dans la pénombre, allégée seulement par la lueur rougeâtre d'une lampe dans le salon, la vieille Sinsemilla cessa de marmonner, s'arrêta de pouffer et se mit à s'adresser en chuchotant au dieu du soleil ou à d'autres esprits non représentés au plafond.

L'idée de bio-graver la main de sa fille s'était implantée dans le marécage fertile de son esprit. Cette graine germerait et la pousse prendrait de l'ampleur. Leilani redoutait que sa mère, en possession d'une pharmacopée étendue, ne drogue son lait ou son jus d'orange, ne mette une saloperie dans son verre. Elle s'imaginait se réveillant, groggy et ne sachant plus où elle était, pour découvrir que Sinsemilla l'avait sculptée tout son soûl.

Elle frissonna en voyant mourir la dernière lueur à l'ouest. Malgré la chaleur de la nuit du désert, des ondes froides montaient et descendaient alternativement le long de son échine. Si la chose-mère était de méchante humeur, inspirée peut-être par un mauvais champignon ou un mélange de produits chimiques mal conçu, elle pouvait décider qu'embellir la main de Leilani ne parviendrait pas à rééquilibrer son apparence, qu'il serait plus facile, plus intéressant et plus *créatif* de sculpter les parties normales de sa personne pour les assortir à sa main difforme et à sa jambe tordue. Alors Leilani risquait de se réveiller en plein supplice, le *visage* tailladé d'obscénités.

Voilà pourquoi elle plaisantait de tout, voilà pourquoi vannes et prières avaient la même importance pour elle. Si elle ne réussissait pas à s'arracher un rire argentin, vif et pétillant, elle en trouvait un sombre, froid, qui n'en était pas moins réconfortant, parce que faute de l'un ou de l'autre, la peur ou le désespoir la terrasseraient. Et peu importe alors qu'elle soit encore vivante, car elle serait morte dans son cœur.

Il devenait difficile de trouver ces rires.

Alors que la reine de la ruche obsédée par ses rêves chuchotait, chuchotait sans fin, n'étant plus allongée sur le dos ni face à face avec le dieu-soleil tout sourires, mais repliée en fœtus sur le sol du salon, elle paraissait parler avec deux voix distinctes, bien que toutes deux fussent sourdes comme celles de deux amants dans l'intimité. L'un de ces murmures demeurait le sien, l'autre avait un son plus profond, plus rauque, et très étrange. On aurait dit qu'elle s'entretenait avec le démon qui la possédait et parlait à travers elle.

Assise sur le siège du copilote, le dos tourné au salon, Leilani n'arrivait pas à entendre ce que disait la vieille Sinsemilla, qu'il s'agisse de son chuchotis ou de celui de son alter ego. Seulement deux mots, répétés de temps en temps, se détachaient de ce dialogue, bien qu'en vérité, Leilani dût sans doute les imaginer, et traduire ce charabia dépourvu de sens pour nourrir sa paranoïa grandissante.

La fille, semblait chuchoter Sinsemilla, et l'instant d'après le démon, avec une convoitise gutturale : *la fille*.

Ces mots n'étaient à coup sûr que le fruit de son imagination : lorsque Leilani écoutait, penchant la tête soit à gauche, soit à droite, ou quand elle pivotait sur son fauteuil pour faire face à la forme en biais de sa mère, elle n'entendait que des murmures dénués de signification, comme si la reine de la ruche était revenue à un langage d'insecte ou, sous l'influence du dieu-champignon, parlait dans une langue impossible à interpréter. Cependant, quand elle regarda à nouveau vers l'avant, quand elle se projeta en pensée vers l'Idaho et ses moyens d'autodéfense, quand elle n'écouta plus activement la vieille Sinsemilla, elle s'imagina entendre ou entendit vraiment à nouveau les mots tant redoutés : *la fille... la fille...*

Il lui fallait son couteau.

Lukipela s'en était allé avec Preston Maddoc dans le crépuscule du Montana pour ne jamais revenir ; la nuit qui suivit la disparition de son frère, Leilani s'était faufilée dans la cuisine du camping-car pour voler un couteau à éplucher dans le tiroir des couverts. Affilée, pointue, la lame mesurait dix centimètres. En tant qu'arme, elle était moins désirable qu'un calibre .38 ou un lance-flammes mais, contrairement à cet arsenal formidable, elle était à sa portée et facile à cacher.

Quelques soirs plus tard, elle avait pris conscience que Preston ne l'expédierait pas dans les étoiles sous peu, à n'importe quel moment, peut-être pas avant la veille de son dixième anniversaire en février. Si elle tentait de dissimuler le couteau sur sa personne pendant quinze mois, elle risquait de le laisser tomber par inadvertance ou de se faire prendre avec d'une façon ou d'une autre, révélant qu'elle s'attendait à avoir à défendre chèrement sa vie.

Sans l'avantage de la surprise, le couteau à éplucher serait une arme à peine plus efficace que ses mains nues, mais déterminées.

Elle avait envisagé de remettre le couteau en place, mais avait redouté que, lors d'une crise, soupçonnée et surveillée de près, on ne la laisse plus s'approcher du tiroir à couverts.

Du coup, elle avait caché le couteau dans le matelas du canapé-lit sur lequel elle dormait chaque nuit. Soulevant l'un des coins du matelas, elle avait fendu la toile d'en dessous de cinq centimètres. Après avoir inséré l'arme dans le matelas, elle avait ravaudé la fente avec deux morceaux de gaffeur.

Comme il incombait à Leilani de changer les draps et de faire la lessive, personne sauf elle n'était susceptible de découvrir la fente dans le matelas.

Au cœur de la nuit, pendant que Preston et la vieille Sinsemilla dormiraient, Leilani retournerait le coin du matelas, ôterait le ruban adhésif qu'elle avait collé neuf mois plus tôt et extrairait le couteau à éplucher. D'ici jusqu'à l'Idaho – et dans les bois du Montana avec Preston, si on en venait là – elle porterait l'arme scotchée sur son corps.

L'idée de poignarder quiconque, même le Dr Fatalitas, la rendait malade, même si les camarades de lycée du maudit médecin avaient dû sûrement l'élire « Le Plus Poignardable de Tous » uniquement parce que n'existait pas la catégorie « Celui Méritant le Plus d'Être Poignardé ». Leilani pouvait agir aussi durement que n'importe qui et, si la vraie dureté se mesurait au degré d'adversité qu'on supportait, alors elle s'imaginait que la coupe de sa dureté était plus qu'à demi pleine. Mais le type de dureté qui incluait un acte de violence, qui requérait un penchant à la sauvagerie, pouvait s'avérer au-dessus de ses forces.

Elle se scotcherait le couteau au corps de toute manière.

Au bout du compte, au moment d'agir, Leilani ferait ce qu'elle pourrait pour se défendre. Ses handicaps étaient moins graves que ceux de Luki, elle avait toujours été plus forte que son frère. Quand l'heure redoutée sonnerait enfin, celle où elle se retrouverait seule avec son pseudo-père, quand il tomberait le masque, révélant son véritable visage de croquemitaine, peut-être qu'elle mourrait aussi horriblement que le gentil Luki, mais elle lutterait. Qu'elle ait ou non le cran de se servir du couteau, elle se défendrait d'une façon dont Preston Maddoc se souviendrait.

La vieille Sinsemilla gémit. Leilani fit pivoter son siège du pare-brise vers le salon.

À la lumière tamisée de la lampe, Sinsemilla roula sur le flanc. Allongée, la tête redressée, elle scruta les ombres de la cuisine. Puis, à la manière d'un animal sortant d'une boîte perforée de trous d'aération, elle rampa sur le ventre vers l'arrière du camping-car.

Leilani regarda avancer sa mère. Une fois dans le carré, celle-ci, toujours prostrée, ouvrit la porte du frigo. Non qu'elle ait eu besoin d'y prendre quoi que ce soit, elle était simplement incapable de se remettre debout pour atteindre l'interrupteur du plafonnier central et celui du spot de l'évier. Dans le faisceau de lumière glaciale, de plus en plus mince à mesure que la porte se refermait, elle se traîna jusqu'à un placard derrière lequel se trouvait la réserve d'alcool – accessible puisqu'elle était au niveau du sol.

Quelque chose retenait Leilani alors même qu'elle se levait du siège du copilote et suivait sa mère dans le carré. Sa jambe prothèséiforme ne réagissait pas avec la même fluidité que d'habitude et elle traversa lourdement le camping-car d'une démarche disgracieuse, assez semblable à celle qu'elle utilisait quand elle voulait exagérer son handicap en manière de plaisanterie.

Le temps que Leilani atteigne le carré, le réfrigérateur s'était refermé. Elle alluma le spot de l'évier.

La vieille Sinsemilla avait pris un litre de tequila dans la réserve à alcool. Assise par terre, adossée à un placard, elle tenait la bouteille entre ses cuisses, luttant pour l'ouvrir, comme si le bouchon était d'une technologie futuriste complexe qui mettait au défi son aptitude à vivre au XXIe siècle.

Leilani prit un grand verre en plastique dans l'un des placards du haut. Tous les récipients à bord de l'*Alizé* étaient en plastique, à cause précisément du danger que Sinsemilla ne se blesse avec du verre quand elle était dans cet état. Elle ajouta de la glace et un zeste de citron vert dans le grand verre.

Même si la chose-mère aurait joyeusement éclusé de la tequila tiède sans verre ni condiments, le lui permettre avait des conséquences déplaisantes. Lampant à même la bouteille, elle buvait toujours trop et trop vite. Alors ce qu'elle avalait remontait, et il ne restait plus à Leilani qu'à nettoyer.

Jusqu'à ce que Leilani se baisse pour lui prendre la bouteille, la vieille Sinsemilla ne parut pas avoir conscience qu'elle n'était pas seule. Abandonnant la tequila sans résistance, elle recula dans un coin formé par les placards, les mains levées pour protéger son visage. Des larmes baignèrent soudain ses joues et sa bouche s'amollit sous ce flux salé.

— Ce n'est que moi, lui dit Leilani, supposant que sa mère en état second se trouvait moins ici dans le carré que dans une sorte de version déformée du monde réel.

Le visage distordu, Sinsemilla lança un appel angoissé d'une voix déchirante :

— Non, attends, non, non... je voulais seulement du pain de maïs beurré.

À ces mots, Leilani qui versait la tequila cogna nerveusement le goulot de la bouteille contre le verre de plastique.

Les nuits où Leilani s'était réveillée pour constater la disparition de son appareil d'acier, où elle avait été contrainte et forcée à jouer à cache-prothèse, avec difficulté, humiliée, sa mère, très amusée de la voir se démener ainsi, insistait sur le fait que ce jeu lui apprenait à ne compter que sur elle-même, tout en lui rappelant que la vie « nous jette plus de pierres que de pain de maïs beurré ».

À ses yeux, la recommandation en question relevait de la cinglerie de la vieille Sinsemilla et « pain de maïs beurré » n'avait pas de sens particulier. *Cookies à l'avoine, marshmallows rôtis* ou *roses à longue tige* auraient fait tout aussi bien l'affaire.

Vautrée sur le sol, jetant un œil à travers ses doigts, s'attendant apparemment à une agression, Sinsemilla supplia :

— Non, s'il te plaît, non.

— Ce n'est que moi.

— Je t'en prie, non.

— Mère, c'est Leilani. Rien que Leilani.

Leilani refusait d'envisager que sa mère puisse ne pas être victime de son imagination colorée par la drogue, qu'elle puisse être prise dans la toile de son passé. Autrement, cela signifierait qu'à une époque donnée elle avait souffert, eu peur et supplié pour obtenir une pitié qu'on ne lui avait peut-être jamais accordée. Et aussi qu'elle ne méritait pas seulement le mépris, mais un minimum d'empathie. Leilani avait souvent pitié de sa mère, pitié qui lui permettait de garder ses émotions à distance. En revanche, l'empathie impliquait une égalité dans la souffrance, une expérience analogue et elle n'avait ni la volonté, ni la capacité d'excuser sa mère à ce point.

Grelottant, Sinsemilla se cognait aux portes de placard auxquelles elle s'appuyait. On aurait dit que cela cassait le rythme de sa respiration, si bien qu'elle inspirait-expirait par saccades éructant des mots avec une fébrilité essouflée.

— *S'il te plaît s'il te plaît s'il te plaît. Je voulais juste du pain de maïs. Du pain de maïs beurré. Un peu de pain de maïs beurré.*

Tenant le verre de tequila additionnée de glace et de citron vert, comme la chère Mater la préférait, Leilani s'agenouilla sur son genou valide.

— Voilà ce que tu voulais. Tiens, prends.

Deux éventails de doigts protégeaient de leur visière la figure de Sinsemilla. Plus bleus que jamais, ses yeux entrevus dans cet entrelacs étaient voilés d'une vulnérabilité et d'une terreur qu'elle n'avait jamais exprimées jusque-là. Ce n'était pas la peur délirante de monstres inexistants qui accompagnaient parfois ses trips mentaux, mais une peur plus profonde, obsédante malgré le passage des années, corrodant le cœur et soumettant l'esprit, la peur d'un monstre qui, même s'il n'existait plus, avait été autrefois bien réel.

— *Juste beurré. Juste du pain de maïs.*

— Prends ça, maman, de la tequila, pour toi, l'encouragea Leilani dont la voix tremblait autant que celle de sa mère.

— *Ne me fais pas de mal. Non non non.*

Avec insistance, Leilani appuyait le verre contre les mains de sa mère, abritant son visage.

— Le voilà, ce sacré pain de maïs, ce pain beurré, maman, prends-le. *Au nom du Ciel, prends-le !*

Jamais auparavant, elle n'avait crié sur sa mère. Ces six derniers mots, hurlés avec frustration, choquèrent et terrorisèrent Leilani car ils révélaient un tourment intime plus aigu que n'importe quoi d'autre qu'elle n'avait jamais été capable d'admettre en son for intérieur, mais le choc fut insuffisant pour tirer Sinsemilla de son passé et la ramener à l'instant présent.

La fillette plaça le verre entre les cuisses de sa mère, à la place de la bouteille de tequila.

— Tiens. Prends. Prends-le. Et si tu le renverses, c'est *toi* qui nettoieras.

C'est alors que sa jambe robotique la laissa en rade, à moins que la panique n'ait court-circuité le souvenir du mode de déplacement de son membre encombrant : Leilani se retrouva immobilisée dans sa génuflexion devant l'idole déchue de l'amour maternel, tandis que Sinsemilla sanglotait derrière ses mains en écran. Le carré se rétrécit au point d'être aussi confiné qu'un confessionnal, au point qu'il parut certain que la pression claustrophobique allait extorquer des révélations non désirées à Sinsemilla et obliger Leilani à reconnaître une amertume si profonde et si visqueuse qu'elle l'engloutirait aussi sûrement que des sables mouvants et la détruirait, si jamais elle osait s'appesantir sur elle.

Dans sa frénésie d'échapper à l'aura suffocante de sa mère, la fillette s'agrippa au comptoir le plus proche, à la poignée du réfrigérateur et se releva. Elle pivota sur sa jambe invalide, s'éloigna du frigo et tituba vers la proue de l'*Alizé* comme si elle se trouvait sur le pont d'un bateau qui tanguait.

Dans le cockpit, elle gagna le siège, grimpant à moitié, tombant à moitié, et poings fermés sur les genoux, dents serrées, refoulant l'envie de pleurer, la ravalant, retenant les larmes qui pourraient dissoudre toutes les défenses dont elle avait un besoin si désespéré, respirant par violentes saccades, puis aussi fort, mais plus lentement et plus profond, puis encore plus lentement, elle se ressaisit, comme elle en avait toujours été capable, sans tenir compte de la provocation ni de la déception.

Ce ne fut qu'au bout de quelques minutes qu'elle se rendit compte qu'elle s'était installée à la place du conducteur, qu'elle l'avait choisie inconsciemment pour l'illusion de contrôle qu'elle prodiguait. En fait, elle ne voulait pas démarrer et rouler loin. Elle n'avait pas la clé de contact. Elle n'avait que neuf ans, avait besoin d'un oreiller sous les fesses pour voir par-dessus le volant. Tout en n'étant qu'une enfant au sens temporel du terme, bien qu'on ne l'ait jamais *autorisée* à avoir la chance d'être une enfant, elle avait choisi cette place comme une enfant faisant semblant de commander. Si prétendre avoir le contrôle était le seul contrôle que l'on ait, si prétendre être libre était la seule liberté que l'on puisse jamais connaître, alors l'on a intérêt à être doté d'une riche imagination et à puiser une certaine satisfaction dans la simulation, parce que c'est peut-être la seule dont l'on jouira. Elle desserra les poings et agrippa le volant si fort qu'elle en eut presque aussitôt mal aux mains, mais elle ne relâcha pas son emprise.

Leilani supporterait la vieille Sinsemilla, nettoierait après elle, lui obéirait dans la mesure où cette obéissance ne nuirait ni à elle-même ni à autrui, la plaindrait, la traiterait avec compassion et même prierait pour elle, mais n'éprouverait pas d'empathie pour elle. Quelles que fussent les raisons d'en ressentir, elle ne voulait pas les connaître. Parce que comprendre sa mère serait supprimer la distance entre elles qui rendait possible de survivre dans cette atmosphère confinée. Parce que la comprendre serait risquer d'être entraînée dans ce tourbillon de chaos et de rage, de narcissisme et de désespoir avec lequel Sinsemilla *ne faisait qu'un*. Parce que, merde, même si la vieille chose-mère avait souffert dans son enfance, ou plus tard, et même si sa souffrance l'avait conduite à fuir dans la drogue, elle n'en avait pas moins le même libre arbitre que tout un chacun, le même pouvoir de résister aux mauvais choix et aux remèdes faciles pour alléger la douleur. Et si elle ne pensait pas que c'était un devoir vis-à-vis d'elle-même de se réformer, elle devait savoir qu'elle le devait à ses enfants, qui n'avaient jamais demandé à naître magiciens, ni à naître tout court. Personne ne verrait jamais Leilani Klonk accro à la dope, puante et soûle, couchée dans son propre vomi, sa propre pisse, bon Dieu, impossible, pas moyen, pas ça, jamais. Elle serait une mutante, soit, mais ne se donnerait jamais en spectacle. Avoir de l'empathie pour sa mère, c'était trop, mon Dieu, trop demander, beaucoup trop, et elle ne la lui donnerait pas car le prix de ce don serait de livrer le précieux sanctuaire niché dans son cœur, ce petit lieu de paix où elle pouvait se retirer aux moments les plus difficiles, ce recoin intérieur où sa mère ne l'atteignait pas, n'existait plus et où, par conséquent, l'espoir demeurait.

De plus, si elle lui donnait l'empathie réclamée, elle ne serait pas en mesure de la lui distiller au compte-gouttes ; elle se connaissait suffisamment pour savoir qu'elle ouvrirait à fond les robinets. En outre, si elle devenait prodigue de son empathie envers la chose-mère, sa vigilance faiblirait. Elle perdrait l'avantage. Et elle ne serait plus sur le qui-vive quant à l'éventualité d'une boisson soporifique. Au réveil d'un sommeil assez profond pour être adapté à une intervention chirurgicale, elle découvrirait qu'on lui avait gravé la main d'obscénités à foison ou qu'on l'avait défigurée pour que son visage aille de pair avec sa main. Même des rivières d'empathie ne laveraient pas sa mère de ses diverses dépendances, de ses illusions, de son narcissisme ; un monstre, tout pathétique fût-il, restait un monstre.

Leilani, bien droite sur le siège du conducteur, s'agrippait au volant, n'allant nulle part, mais du moins ne glissant pas dans l'abîme qui avait si longtemps menacé de l'engloutir. Elle avait besoin du couteau. Il lui fallait être forte, prête à tout ce qui risquait d'arriver, plus forte qu'elle ne l'avait été jusque-là. Elle avait besoin de Dieu, de Son amour et de Ses conseils ; et elle demanda à son Créateur de l'aider, cramponnée au volant.

56.

Ainsi, Curtis Hammond se retrouve en plein dilemme éthique, là où il ne s'était jamais attendu à être confronté : dans un camping-car Fleetwood à Twin Falls, Idaho. Vu la pléthore d'endroits exotiques, spectaculaires, dangereux et totalement invraisemblables de l'univers qu'il a traversés, cela lui paraît un cadre d'une banalité décevante pour la plus grande crise morale de sa vie. La banalité en question, bien entendu, ne fait aucunement référence aux jumelles Spelkenfelter, seulement au lieu.

Sa mère avait été un garant d'espoir et de liberté dans un combat qui englobait non seulement des mondes mais des galaxies. Elle avait défié des assassins d'une férocité incommensurable, comparés aux faux p'pa et m'man du magasin du carrefour, elle avait apporté le flambeau de la liberté et l'espoir à d'innombrables âmes qui en avaient désespérément besoin, avait dédié sa vie à faire reculer les ténèbres de l'ignorance et de la haine. Curtis veut plus que tout autre chose poursuivre son œuvre et il sait que sa meilleure chance de succès consiste à suivre ses préceptes et à respecter sa sagesse durement acquise.

Pour reprendre l'un des axiomes que sa mère répétait le plus fréquemment : quel que soit le monde où l'on évolue, pour précaire qu'y soit l'état de sa civilisation, il est impossible d'y réaliser quoi que ce soit si l'on révèle sa nature d'extraterrestre. Si les gens savent que l'on vient d'une autre planète, alors le contact avec un extraterrestre prend le pas sur tout le reste ; en effet, c'est une histoire tellement énorme qu'elle obscurcit le message et la mission ne sera jamais accomplie, c'est garanti.

Il faut s'intégrer. Il faut *devenir* l'un de ceux dont l'on espère sauver le monde.

Même si le moment de la révélation finit par arriver un jour, l'essentiel du travail doit s'effectuer dans l'anonymat.

Qui plus est, une civilisation chutant en spirale dans un abysse trouve souvent la spirale excitante et aime parfois la promesse de ces basses profondeurs. Les gens perçoivent souvent le côté romanesque de l'obscurité sans percevoir l'ultime terreur qui les attend une fois au fond, dans le noir le plus absolu. Par conséquent, ils refusent la main que la vérité leur tend, sans tenir compte de la bonne volonté avec laquelle on la leur offre, et on en connaît qui ont tué leurs bienfaiteurs potentiels.

Dans cette tâche, du moins au début, le secret est la clé du succès.

Aussi, lorsque Cass se penche sur la table à la lumière flippante des bougies et demande à Curtis s'il est un extraterrestre et lorsque Polly suggère que Fidèle Vagabonde pourrait aussi en être une et lorsque ensemble, les perspicaces jumelles lui disent « Ben, crache-nous le morceau, E.T. », Curtis soutient le regard de l'œil bleu perçant de l'une des sœurs et l'œil bleu perçant de l'autre, avale une gorgée de bière non alcoolisée, se remémore les leçons de sa mère – qu'il n'a pas apprises en téléchargeant des mégadonnées, mais en dix ans d'enseignement quotidien –, prend une profonde inspiration et leur répond : « Oui, je suis un alien. » Après quoi, il leur révèle la vérité, toute la vérité, rien que la vérité.

Au fond, sa mère lui a aussi enseigné que des circonstances extraordinaires surviennent dans lesquelles toutes les règles peuvent être brisées avec sagesse. Et elle lui disait souvent que, de temps à autre, quelqu'un de si particulier se présente que, lorsqu'on le ou la rencontre, le sens de sa vie change de façon inattendue et qu'on est sur ce, changé pour toujours et pour le meilleur.

Gabby, le gardien de nuit de la ville fantôme restaurée de l'Utah, n'avait manifestement pas été une force de changement positif.

Les jumelles Spelkenfelter, en revanche, avec l'éblouissante variété de leurs passions mutuelles et leur grand appétit de vivre, avec leur bon cœur et leur tendresse, sont sans conteste les êtres magiques dont sa mère lui avait parlé.

Leur plaisir devant ses révélations met le garçon sans mère aux anges. Un émerveillement enfantin les submerge tellement qu'il perçoit à quoi elles ressemblaient et ont dû ressembler quand elles étaient petites filles dans l'Indiana. Dorénavant, de façon différente de Fidèle Vagabonde, Castoria et Polluxia sont aussi devenues ses sœurs.

57.

Peut-être Preston s'est-il arrêté pour jouer au *blackjack* au petit casino d'Hawthorne ou peut-être a-t-il trouvé un bon poste d'observation d'où étudier la panoplie spectaculaire d'étoiles qui illuminaient le ciel du désert, espérant y apercevoir un majestueux vaisseau extraterrestre faisant le tour aérien de ces villes perdues. Ou peut-être met-il autant de temps à revenir avec le dîner parce qu'il a fait halte pour tuer un pauvre malheureux affligé de pouces abominables et donc destiné à mener une existence de qualité inférieure.

Quand il arriva enfin, il portait des sacs en papier d'où s'élevaient des arômes enchanteurs. D'énormes et longs sandwiches bourrés de viande et de fromage, d'oignons et de poivrons, dégoulinants de sauce. De la salade de pommes de terre et de la salade de pâtes en veux-tu en-voilà. Un pudding au riz plus un *cheese-cake* à l'ananas.

À la vieille Sinsemilla, son mari toujours attentionné apporta un sandwich au pain complet tomate-courgettes, avec de la purée de haricots et de la moutarde, une barquette de courge macérée, assaïsonnée au sel marin, plus un gâteau de tofu parfumé à la caroube.

Suite à la longue journée de route, à tous ses plans affreusement tordus, ses drogues sniffées, fumées, mangées et les rasades de tequila, la chère Mère était malheureusement trop dans les vapes pour dîner en famille.

Le vaillant Preston se révéla autant un athlète qu'un intellectuel. Il souleva le corps flasque de la chose-mère du sol du carré et l'emporta dans sa chambre à l'arrière du camping-car, où elle pouvait reposer plus discrètement dans sa posture si peu respectable. Pendant son transport, la vieille Sinsemilla ne fit pas plus de bruit et ne manifesta pas plus de signes de vie qu'un sac de ciment.

Le Dr Fatalitas demeura dans leur boudoir un certain temps et, même si la porte en était ouverte, Leilani ne s'aventura pas d'un pas vers ce seuil inquiétant pour voir ce qu'il fabriquait. Elle supposa qu'il rabattrait la literie, allumerait un bâtonnet d'encens fraise-kiwi, déshabillerait son épouse comateuse jusqu'à l'enchantement et, grosso modo, préparerait le décor pour une séance de félicité conjugale radicalement différente de tout ce que feu Dame Barbara Cartland, écrivaine prolifique de romans à l'eau de rose, avait jamais imaginé dans les mille et une histoires sorties de sa plume.

Leilani mit à profit l'absence de Preston pour ouvrir le canapé-lit du salon, déjà pourvu de draps et d'une couverture, et piocher dans les sacs de fast-food, s'octroyant une part équitable de ce qu'ils contenaient de meilleur. Elle se retira dans son lit avec son dîner et le roman sur les méchants hommes-cochons d'une autre dimension, mangeant et faisant mine d'être absorbée dans sa lecture pour éviter de s'attabler avec son pseudo-père.

Son inquiétude d'être forcée de partager une menaçante dînette en tête à tête avec Preston Maddoc, alias Jordan Banks, avec éventuellement des bougies noires et un crâne blanchi sur la table, se révéla infondée. Il ouvrit une bouteille de Guinness et s'installa tout seul dans le coin-repas, ne l'invitant absolument pas à se joindre à lui.

Il était assis en face d'elle, à quatre mètres environ.

Se fiant à sa vision périphérique, Leilani savait que, de temps à autre, il la regardait, peut-être même la fixait pendant de longues plages de temps ; cependant, il ne prononça pas un seul mot. En fait, il ne lui avait pas adressé la parole depuis le déjeuner dans le *coffee-shop* à l'est de Las Vegas. Parce qu'elle avait affirmé ouvertement qu'il avait tué son frère, le Dr Fatalitas boudait.

On pourrait penser que les fous criminels n'ont pas l'épiderme sensible. Étant donné leurs crimes contre leurs frères humains, contre l'humanité elle-même, on pourrait supposer qu'ils *s'attendent* à ce que leurs mobiles soient contestés et même à être insultés à l'occasion. Au fil des ans, pourtant, la fréquentation de Preston révéla à Leilani que les fous criminels étaient plus sensibles et plus susceptibles que des adolescentes pré-pubères. Elle ressentait presque *sa peine* et le sentiment d'injustice qui émanaient de lui.

Il savait, bien entendu, qu'il avait *tué* Lukipela. Il ne

souffrait pas d'amnésie. Il n'avait pas assassiné et enterré Luki en état d'absence. Pourtant, il trouvait manifestement que Leilani s'était conduite d'une manière déplorable en faisant allusion à cette triste et affreuse histoire au déjeuner, en présence d'une inconnue, et en remettant en question sa véracité au sujet des guérisseurs extraterrestres et de leur rayon de lévitation ayant rapté Luki.

Elle était certaine que, si elle levait les yeux de son livre des hommes-cochons et s'excusait, Preston sourirait en disant quelque chose comme : *ça n'a pas d'importance, ma cocotte, ça arrive à tout le monde de se tromper*. La perspective était trop terrifiante à envisager, même si elle ne parvenait apparemment pas s'en empêcher.

Au même instant, son *inamorata* l'attendait, aussi amorphe que de la vase, aussi consciente et alerte qu'un sac de sable. Le guilledou à venir le réconfortait suffisamment pour lui éviter de ressembler à un Raspoutine broyant du noir sur son dîner. Le maudit médecin mangea rapidement et retourna dans sa chambre, fermant la porte derrière lui cette fois, laissant le coin-repas jonché d'emballages de fast-food et autres cuillères de plastique sales, sûr que Leilani nettoierait après lui.

Aussitôt, elle sauta hors du lit, rapporta la télécommande et zappa sur un sitcom dénué d'humour. Elle augmenta le volume aussi fort que c'était permis le soir, ce qui suffirait à empêcher les manifestations de passion en provenance de la pièce, à l'autre bout du camping-car, de parvenir à ses oreilles.

Pendant que la génitrice de bébés-magiciens gisait insensible et que Preston perpétrait des actes innommables, là-bas dans le nid d'amour des damnés, Leilani souleva, au pied du matelas, le coin droit, retira les deux bandes adhésives de la toile et tâta prudemment à l'intérieur du trou. Elle localisa le petit sac plastique dans lequel, des mois plus tôt, elle avait rangé le couteau pour s'assurer qu'il ne s'enfoncerait pas plus profond, peu à peu, dans le rembourrage.

Au toucher, le paquet n'était pas comme il aurait dû. Sa taille, sa forme et son poids ne collaient pas du tout.

Le sac était en plastique transparent. En l'extrayant de sous le matelas, elle vit immédiatement qu'il ne contenait plus le couteau qu'elle y avait caché, plus de couteau du tout, mais la figurine de pingouin qui avait appartenu à Tetsy, que Preston avait rapportée à la maison parce qu'elle lui rappelait Luki et que Leilani avait confiée à Geneva Davis.

58.

Minuit à Sacramento : ces trois mots ne seraient jamais le titre d'un roman à l'eau de rose, ni d'une comédie musicale de Broadway.

Comme tout endroit au monde, cette ville avait sa beauté particulière et sa part de charme. Mais aux yeux d'une voyageuse inquiète et épuisée, y arrivant à une heure sombre, cherchant à s'y loger à bon marché, la capitale de l'État semblait misérablement blottie sous un manteau d'obscurité.

Une bretelle de l'autoroute déposa Micky dans une zone commerciale étrangement déserte : personne en vue, sa Camaro était la seule voiture de la rue. Des hectares de béton à l'horizontale et à la verticale l'oppressaient malgré la brillance criarde des enseignes lumineuses. La lumière crue affûtait des ombres vives et l'atmosphère était si bizarrement médiévale qu'elle confondit un tas de feuilles mortes dans le caniveau avec un empilement de rats crevés. Elle s'attendait à moitié à trouver par ici tout le monde mort ou mourant de la peste.

En dépit des rues solitaires, son malaise n'avait pas de cause extérieure, simplement une source intérieure. Au cours de son long trajet vers le nord, elle avait eu trop de temps pour réfléchir à toutes les façons dont elle pourrait faire défaut à Leilani. Elle repéra un motel dans ses prix dont le réceptionniste était à la fois vivant et bien de ce siècle. Son T-shirt proclamait que L'AMOUR EST LA RÉPONSE ! Un petit cœur vert remplaçait le point du point d'exclamation.

Elle transporta sa valise et la glacière de pique-nique jusqu'à son bungalow du rez-de-chaussée. Elle avait mangé une pomme en conduisant, rien de plus. La chambre du motel était une palette éclaboussée de couleurs, une démonstration des effets déboussolants de motifs qui jurent entre eux, lugubre malgré son agressive gaieté. L'endroit n'était pas complètement crasseux, peut-être d'une propreté suffisante pour que les cafards se montrent polis.

Elle s'assit sur le lit avec la glacière. Les glaçons dans les sachets Ziploc n'avaient quasiment pas fondu. Les boîtes de Coca étaient encore fraîches. Tout en mangeant un sandwich au poulet et un biscuit, elle regarda la télé, zappant d'un talk-show de fin de soirée à l'autre. Les hôtes étaient drôles, mais le cynisme qui sous-tendait la moindre plaisanterie la déprima bien vite et, sous la rigolade, elle perçut un désespoir inavoué.

Depuis les années 60, être dans le vent signifie de plus en plus être nihiliste. Du moins aux États-Unis. Comme cela semblerait étrange aux jazzmen des années 20 et 30, inventeurs du concept. À l'époque, être dans le vent, c'était célébrer la liberté individuelle ; de nos jours, cela requiert de s'abandonner à la pensée unique et à la croyance en l'absurdité de l'existence humaine.

Entre l'autoroute et le motel, Micky était passée devant une boutique de spiritueux. En fermant les yeux, elle revoyait de mémoire les rangées de bouteilles étincelantes sur les étagères entrevues par les vitrines. Elle fouilla dans la glacière pour y trouver la friandise spéciale dont Geneva lui avait parlé. Le bocal d'un demi-litre, au verre verdâtre, était fermé hermétiquement. La « friandise » était un rouleau de billets de dix dollars retenus par un élastique. Tante Gen avait caché l'argent au fond de la glacière et parlé du bocal au dernier moment, supputant que Micky ne l'aurait pas accepté si elle le lui avait directement offert.

Quatre cent trente dollars. C'était plus que ce que Gen pouvait se permettre comme contribution à la cause. Après avoir compté la somme, Micky roula les billets et les remit dans le bocal. Elle posa la glacière sur la coiffeuse. Ce cadeau n'était pas une surprise. Tante Gen donnait aussi sûrement qu'elle respirait.

Dans la salle de bains, en se débarbouillant le visage, Micky songea à un autre cadeau qui s'était présenté sous la forme d'une devinette, quand elle avait six ans : *Qu'est-ce qu'on trouve derrière la porte qui n'est qu'à une porte du Paradis ?*

La porte de l'Enfer, avait répondu Micky. Mais tante Gen lui avait dit que ce n'était pas la bonne réponse. Bien qu'elle ait paru logique à la jeune Micky ; mais après tout, c'était la devinette de Gen.

La Mort, avait dit la Micky d'il y a si longtemps. *La Mort est derrière la porte parce qu'il faut mourir avant d'aller au Paradis. Les morts... ils sont tout froids et ils sentent bizarre, alors le Paradis doit être dégueu.*

Le corps ne va pas au Paradis, expliqua Geneva. *seule l'âme y va et l'âme ne pourrit pas.*

Quelques mauvaises réponses plus tard, un jour ou deux après, Micky avait dit *Ce que je trouverais derrière la porte, c'est quelqu'un qui m'attend pour m'empêcher d'atteindre la porte suivante, quelqu'un qui ne veut pas que j'aille au Paradis.*

Quelle drôle de chose tu dis là, souricette ? Qui voudrait empêcher un ange comme toi d'aller au Paradis ?

Des tas de gens.

Qui, par exemple ?

Ceux qui font faire de vilaines choses.

Eh bien, ils ne réussiront pas. Parce que tu ne pourrais pas être une vilaine fille même si tu essayais.

Je peux être une vilaine fille, lui avait assuré Micky. *Une fille vraiment vilaine.*

Tante Gen avait trouvé cette affirmation adorable, celle d'une innocente au cœur pur jouant les dures à cuire. *Eh bien, ma chérie, je dois reconnaître que je n'ai pas vérifié la liste des personnes les plus recherchées par le FBI ces temps-ci, mais je soupçonne que tu n'y figures pas. Cite-moi une seule chose que tu aies faite qui t'empêcherait d'aller au Paradis.*

Cette demande avait fait éclater Micky en sanglots. *Si je te le dis, alors tu m'aimeras plus.*

Souricette, chut, chut voyons, viens ici, viens embrasser tante Gen. Du calme, maintenant, souricette, je t'aimerai toujours, toujours, toujours.

Les larmes avaient conduit à des câlins, et les câlins à faire des gâteaux et une fois ceux-ci prêts, cette conversation au potentiel révélateur avait été mise sur une voie de garage et l'était restée pendant vingt-deux ans, jusqu'à deux nuits plus tôt, quand Micky avait fini par parler du penchant de sa mère pour les mauvais garçons.

Qu'est-ce qu'on trouve derrière la porte qui n'est qu'à une porte du Paradis ?

La révélation de la bonne réponse par tante Gen faisait de la question moins une devinette que le prélude à une déclaration de foi.

Ici et maintenant, après avoir terminé de se brosser les dents et examiné son visage dans la glace de la salle de bains, Micky se remémora la bonne réponse – et se demanda si elle pouvait toujours y croire comme sa tante semblait le faire pour de bon.

Elle alla se coucher. Éteignit la lampe. Demain, Seattle. Nun's Lake, dimanche.

Et si Preston Maddoc ne se montrait pas ?

Elle était si épuisée que, malgré tous ses tracas, elle s'endormit – et rêva. De barreaux de prison. De trains sifflant tristement dans la nuit. D'une gare déserte, étrangement éclairée. De Maddoc qui l'attendait avec un fauteuil roulant. Tétraplégique, réduite à l'impuissance, elle le regardait la prendre en charge, incapable de lui résister. *On va récolter la plupart de vos organes pour en faire don à des personnes plus méritantes*, lui disait-il. *Mais une chose m'appartient en propre. Je vais vous ouvrir la poitrine et vous dévorerai le cœur tant que vous êtes encore vivante.*

59.

En trouvant le pingouin à la place du couteau à éplucher, Leilani sauta sur ses pieds plus vite que sa prothèse encombrante ne le lui avait permis jusqu'ici. Elle eut soudain l'impression que Preston voyait tout, savait tout. Elle lança un regard au carré, s'attendant presque à l'y découvrir, souriant comme pour lui dire : non.

Les personnages du sitcom prirent instantanément l'allure de mimes, et ils n'en étaient pas moins drôles quand Leilani appuya sur la touche de la télécommande pour supprimer le son.

Un silence suspect s'élevait de la chambre, comme si Preston prenait son temps, essayant d'estimer l'instant le plus propice pour la surprendre découvrant le pingouin, sans pour autant avoir envie de s'affronter à elle, mais de s'amuser.

Leilani gagna le petit espace qui séparait le salon du carré. Et elle jeta un coup d'œil prudent vers l'arrière du camping-car. La porte de la salle de bains-buanderie était ouverte. Au-delà de cet espace obscur, il y avait la porte de la chambre : fermée.

Un mince rai ambré délimitait l'intervalle étroit entre la porte et le seuil. Quelque chose clochait. Les penchants amoureux de Preston Maddoc ne puisaient jamais d'inspiration dans la lumière romantique d'une lampe à abat-jour de soie, ni dans le vacillement d'une flamme de bougie. Parfois, il lui fallait l'obscurité pour passer à l'acte, peut-être pour mieux imaginer que la chambre était une morgue et le lit, un cercueil. À d'autres moments...

La lumière ambrée s'éteignit. Le noir unit la porte et le seuil. Alors, dans cet intervalle, Leilani détecta le faible mais révélateur scintillement d'une télévision : la pulsation des fantômes qui, traversant les espaces rêvés de l'écran, projetaient leur lueur spectrale sur les murs de la chambre. Elle entendit des accords familiers, le thème musical de *Visages de la Mort*. Cette abominable cassette vidéo documentaire était un montage des rares images de morts violentes et de leurs conséquences, s'attardant sur la souffrance humaine, sur les cadavres à tous les stades de décomposition et de corruption.

Preston avait regardé si souvent cette production démente qu'il en avait mémorisé le moindre plan hideux, exactement comme un fan accro de *Star Trek III : à la recherche de Spock* est capable d'en réciter le dialogue in extenso. À l'occasion, Sinsemilla savourait ce festin gore avec lui ; c'était son admiration pour ce documentaire qui lui inspirait ses photos d'animaux écrabouillés sur la route.

Obligée de visionner quelques minutes de *Visages de la Mort*, Leilani s'était débattue pour se dégager des bras de Sinsemilla. Après quoi, elle avait refusé d'y jeter le moindre coup d'œil. Ce qui fascinait son pseudo-père et la reine de la ruche rendait Leilani malade. Plus que de la nausée, pourtant, la vidéo inspirait une telle pitié pour les vrais morts et mourants qu'on voyait à l'écran qu'après en avoir regardé trois à quatre minutes, elle s'était réfugiée aux w.c., étouffant ses sanglots dans ses mains.

Preston qualifiait parfois *Visages de la Mort* de profond stimulant intellectuel. Parfois, il s'y référait comme à un divertissement d'avant-garde, insistant sur le fait que son contenu ne le titillait pas mais qu'il était intrigué sur le plan créatif par le grand art avec lequel il explorait son sujet macabre.

En vérité, si on n'avait que neuf ans et qu'on allât sur ses dix, il ne fallait pas être une enfant prodige pour comprendre que cette vidéo faisait au maudit médecin exactement le même effet que les cassettes salaces, produites par l'empire Playboy, aux trois quarts de la gent masculine. C'était compréhensible, soit, mais on n'avait pas envie d'y réfléchir souvent, ni de s'y appesantir.

Le thème musical baissa quand Preston régla le volume sonore, car il goûtait davantage les images que les cris de douleur et d'angoisse.

Leilani attendit.

Lumière spectrale sous la porte. Flottements de pâles esprits.

Elle frissonna quand elle fut enfin convaincue que ce

n'était pas un simple truc pour la surprendre. L'amour – ou ce qui passait pour tel à bord de l'*Alizé* – connaissait un plein épanouissement.

Leilani passa crânement dans le carré, alluma le spot de l'évier que Preston avait éteint plus tôt et ouvrit le tiroir à couteaux. Après avoir extrait le couteau à éplucher de son matelas, il ne l'avait pas remis dans sa collection. Le couteau de boucherie, le couteau à découper, le couteau à pain – en fait, tous les couteaux avaient disparu. Ils s'étaient volatilisés.

Elle ouvrit le tiroir contenant les couverts. Les cuillères à thé, les cuillères de table et celles de service étaient rangées comme elles l'avaient toujours été. Les couteaux à viande n'étaient plus là. Quoique trop émoussés pour faire des armes efficaces, on avait retiré aussi les couteaux de table. Les fourchettes manquaient.

Tiroir après tiroir, porte après porte, tout autour du petit carré, se fichant d'être surprise par Preston, Leilani chercha quelque chose avec quoi se défendre.

Bien sûr, comme dans un millier de films de prison, on pouvait remodeler le manche d'une cuillère à thé ordinaire avec une râpe et une lime jusqu'à le doter d'une pointe meurtrière, jusqu'à ce que l'un des bords brille, aussi tranchant qu'un couteau. Peut-être qu'on pouvait faire ce travail secrètement, même dans l'espace confiné d'un camping-car, et même si sa main gauche avait tout d'un moignon, était un peu tordue, comme un muffin mal cuit. Mais c'était impossible sans râpe ni lime.

Quand elle eut ouvert le dernier tiroir, vérifié dans le dernier placard et inspecté le lave-vaisselle, elle sut que Preston avait fait disparaître tout objet susceptible de lui servir d'arme. Il avait aussi purgé le carré du moindre outil – l'équivalent d'une râpe ou d'une lime – qui aurait servi à transformer un objet quelconque en instrument mortel.

Il se préparait à finir la partie.

Peut-être passeraient-ils au Montana après avoir rendu visite à l'allumé guéri par les aliens à Nun's Lake. Ou peut-être Preston renoncerait-il à la symétrie satisfaisante de l'enterrer avec Luki et la tuerait-il simplement dans l'Idaho.

Après tant d'années dans ces appartements restreints, le carré lui était aussi familier que n'importe quel endroit au monde, et pourtant, elle s'y sentit aussi perdue que si elle s'était retrouvée ex abrupto au plus profond de la forêt vierge. Elle tourna lentement sur elle-même, comme si elle était déroutée par des bois sombres et sinistres, à la recherche d'un sentier prometteur et n'en trouvant aucun.

Depuis le temps qu'elle fonctionnait avec la certitude de ne courir aucun grave danger jusqu'à la veille de son anniversaire, avec l'idée d'avoir le temps d'organiser son évasion, le dossier de plans de survie de sa cervelle était mince, même s'il n'était pas vide.

Avant même l'appel au secours de Leilani à la serveuse, lors du déjeuner, Preston avait changé de calendrier. Comme le prouvait l'absence des couteaux, qu'il avait dû retirer du camping-car pendant la nuit, avant d'avoir conduit Leilani et Sinsemilla au garage tôt ce matin et de les avoir fait monter à bord de l'*Alizé*.

Elle n'était pas prête à s'élancer vers la liberté. Mais elle ferait mieux de l'être au moment où ils atteindraient Nun's Lake dimanche.

Jusque-là, la meilleure chose serait de conforter Preston dans l'idée qu'elle n'avait pas encore découvert la substitution du pingouin au couteau à éplucher, ni le retrait de tous les ustensiles tranchants de la cuisine. Il la raillait par pur plaisir, et elle était déterminée à ne pas lui laisser voir l'intensité de sa peur, à le laisser se repaître de ses craintes. En outre, dès l'instant où il saurait qu'elle *savait* à propos du pingouin, il risquait d'avancer d'autant la date de son massacre. Il risquait de ne pas patienter jusqu'en Idaho.

Aussi débarrassa-t-elle la table du dîner comme d'habitude. Elle mit les restes au réfrigérateur. Elle rinça les ustensiles en plastique de la boutique à sandwiches – que des cuillères – et les balança dans le compresseur à ordures.

Elle revint au canapé-lit. Et elle glissa le pingouin à nouveau dans le matelas avant de refermer la toile fendue avec les deux morceaux de ruban adhésif.

Elle prit la télécommande pour remettre le son de la télé, qui couvrit la faible musique et les voix de *Visages de la Mort*. Après quoi, elle grimpa sur son lit où elle avait laissé son dîner sans le terminer. Malgré son manque d'appétit, elle mangea.

Plus tard, couchée avec uniquement la lueur de la télévision pour lutter contre l'obscurité, alors qu'une lumière fantomatique zébrait de son scintillement les traits du dieu-soleil au plafond, elle se demanda ce qui était arrivé à Mme D. et à Micky. Elle leur avait confié la garde du pingouin et, d'une façon ou d'une autre, Preston l'avait récupéré. Ni Mme D., ni Micky ne le lui aurait remis de plein gré.

Elle avait terriblement envie de leur téléphoner.

Preston avait un portable avec lequel on joignait le monde entier, mais quand il ne le portait pas sur lui, agrafé à sa ceinture, il le laissait dans sa chambre, où il était interdit à Leilani de pénétrer.

Au fil des mois, elle avait caché trois pièces de vingt-cinq *cents* en trois endroits à l'intérieur du camping-car. Elle avait chipé chaque pièce dans le sac de Sinsemilla, quand toutes deux se trouvaient seules à bord de l'*Alizé* et que sa mère était dans un état de détachement, drogué ou autre. En cas d'urgence, avec une seule pièce, si elle arrivait jusqu'à un taxiphone, elle pourrait appeler le 911. Elle pourrait aussi passer un appel en pcv à quiconque susceptible de l'accepter – bien que Mme D. et Micky soient les seules personnes qui *accepteraient* un pcv de sa part.

Le motel-casino voisin devait sûrement avoir des taxiphones, mais il serait délicat de les atteindre. En fait, ce serait impossible avant le matin parce que Preston avait enclenché l'alarme de sécurité après être arrivé avec le dîner, à l'aide du clavier numérique près de la porte. Seuls Sinsemilla et lui connaissaient le code qui la désarmait. Si jamais Leilani ouvrait la porte, elle déclencherait une sirène et allumerait toutes les lumières d'un bout du véhicule à l'autre.

En fermant les yeux, elle revoyait Mme D. et Micky, attablées à la cuisine, à la lumière des bougies, qui riaient, le soir où elles l'avaient invitée à dîner. Elle pria pour qu'elles soient en sécurité.

Quand l'on a une main gauche genre « J'ai-survécu-à-l'holocauste-nucléaire » assortie à cette jambe, gauche aussi, de cyborg-tueur, l'on s'attend à ce que les gens fassent particulièrement attention à vous, vous dévisagent, bouche bée, blêmissant de terreur, et courent tous aux abris si on les siffle en leur faisant les gros yeux. Au lieu de quoi, même quand on sourit de son plus beau sourire, qu'on s'est lavé les cheveux et qu'on pense être plus que présentable, jolie même, ils détournent les yeux ou vous regardent comme si vous étiez transparente, peut-être parce qu'ils sont embarrassés pour vous, comme s'ils croyaient que vos handicaps sont de votre faute et que vous êtes – ou devriez être – remplie de honte. Ou bien, pour leur accorder le bénéfice du doute, peut-être que la plupart des gens vous regardent comme si vous étiez transparente parce qu'ils ne sont pas sûrs d'arriver à vous regarder sans vous dévisager ou à vous parler sans dire involontairement quelque chose qui pourrait vous blesser. Ou peut-être pensent-ils que l'on est timide et que, par conséquent, l'on *désire* être ignorée. Ou peut-être, le pourcentage de gens qui sont des connards sans rémission est-il fantastiquement plus élevé qu'on n'aimerait le croire. Quand on leur parle, la plupart n'écoutent qu'à moitié ; et si, avec leur façon d'écouter à moitié, ils comprennent que l'on est intelligente, certains d'entre eux, en plein déni de la réalité, recourent à un discours à peine plus élaboré que du babil de bébé, parce que, dans leur ignorance, ils associent difformité physique et débilité. Et si, en plus d'avoir une main digne d'une galerie de monstres et la démarche de la créature de Frankenstein, l'on est aussi une gosse sans attaches, toujours à la recherche d'Obi-wan Kenobi et du côté lumineux de la Force, l'on est *invisible*.

Tante Gen et Micky, cependant, avaient vu Leilani. L'avaient regardée. L'avaient écoutée. Elle était *réelle* à leurs yeux et elle les aimait parce qu'elles l'avaient vue.

S'il leur était arrivé quoi que ce soit à cause d'elle...

Elle resta éveillée jusqu'à ce que le minuteur de la télé s'éteigne, puis fermant les yeux pour effacer le sourire endormi du petit dieu-soleil, faiblement lumineux, elle imagina dans son affolement une infinité de morts possibles pour Gen et Micky. Si Preston les avait tuées, alors Leilani le tuerait d'une façon ou d'une autre et peu importait qu'elle doive se sacrifier pour réussir, parce que, de toute manière, sa vie ne vaudrait plus la peine d'être vécue.

60.

— Votre métier est tellement passionnant. Si je pouvais recommencer ma vie, moi aussi, je serais détective. Entre vous, vous vous appelez bien des *privés*, non ?

— Certains peut-être, m'dame, dit Noah Farrel, mais moi je m'appelle pas. Ou du moins, je m'appelais pas.

Même le matin, deux heures avant midi, la chaleur d'août rôdait dans la cuisine. On aurait dit une présence vivante, un gros chat à la fourrure chauffée de soleil qui se faufilait en tapinois entre les pieds de la table et des chaises. Noah sentit la sueur lui picoter le front.

— À vingt ans, poursuivit Geneva Davis, je suis tombée passionnément amoureuse d'un privé. Bien que je doive avouer que je n'étais pas digne de lui.

— Je trouve ça difficile à croire. Vous deviez être plutôt un bon parti.

— Vous êtes gentil, mon cher. Mais la vérité, c'est que j'étais plutôt une vilaine fille à l'époque et, comme tous ceux de sa sorte, il avait un code moral qu'il n'aurait pas enfreint pour moi. Mais vous connaissez tout ça.

— Mon code à moi est un sac de nœuds.

— J'en doute fort, sincèrement. Vous aimez mes petits gâteaux ?

— Ils sont délicieux. Mais ce ne sont pas des amandes, ça, m'dame.

— Tout à fait. Ce sont des noix de pécan. Et votre Coca à la vanille, ça va ?

— Je crois qu'il est à la cerise.

— Exactement, j'ai mis du sirop de cerise à la place de la vanille. Après deux jours de Cocas à la vanille, j'ai trouvé que ce serait un changement sympa.

— Je n'en avais plus bu depuis mon enfance, j'avais oublié quel goût ça avait.

D'un signe de tête, elle lui montra son verre et lui demanda :

— Et que pensez-vous de celui-ci ?

Attablé dans la cuisine de Geneva Davis depuis un quart d'heure, Noah s'était adapté à l'esprit de sa conversation. Il leva son verre comme pour porter un toast :

— Délicieux. Vous disiez que votre nièce avait téléphoné ?

— Oui, à sept heures ce matin, de Sacramento. J'étais inquiète qu'elle y passe la nuit. Une jolie fille n'est pas en sécurité dans une ville où il y a autant d'hommes politiques. Mais elle est à nouveau sur la route, elle espère atteindre Seattle ce soir.

— Pourquoi n'est-elle pas allée en Idaho en avion ?

— Elle risque de ne pas pouvoir choper Leilani tout de suite, et d'être obligée de les suivre autre part, peut-être pendant des jours. Alors, elle a préféré prendre sa voiture. En plus, son budget est trop serré pour prendre l'avion ou louer des voitures.

— Vous avez son numéro de portable ?

— Ce n'est pas notre genre, mon cher. On est fauché comme des souris d'église.

— Je ne crois pas que son entreprise soit très recommandable, madame Davis.

— Ah, Seigneur, bien sûr qu'elle ne l'est pas, mon cher. Elle n'avait pas le choix, voilà tout.

— Preston Maddoc est un adversaire redoutable.

— C'est un fils de pute pervers et malade, mon cher, c'est pour ça qu'on ne peut pas lui laisser Leilani.

— Même si votre nièce ne se met pas physiquement en danger là-haut, même si elle récupère la fillette et la ramène ici, vous comprenez dans quel pétrin elle se trouve.

Mme Davis opina, sirota son verre :

— À ce que je comprends, le gouverneur lui fera absorber pas mal de gaz mortel. Et à moi aussi, sans doute. Ce n'est pas un type très sympa, le gouverneur. Tout de même, il pourrait nous foutre la paix après avoir triplé notre facture d'électricité.

S'épongeant le front d'une serviette en papier, Noah lui dit :

— Madame Davis...

— Je vous en prie, appelez-moi Geneva. Votre chemise hawaiienne est magnifique.

— Geneva, même avec les mobiles les plus nobles, un

kidnapping reste un kidnapping. Un délit fédéral. Le FBI sera impliqué.

— Notre idée, c'est de cacher Leilani parmi les perroquets, lui confia Geneva. Ils la retrouveront jamais.

— Quels perroquets ?

— Ma belle-sœur, Clarisse, une bonne pâte bien grosse, elle a un goitre et soixante perroquets. Elle vit à Hemet. Qui va à Hemet ? Personne. Certainement pas le FBI.

— Ils iront à Hemet, lui assura-t-il solennellement.

— L'un des perroquets a un immense répertoire d'obscénités à sa disposition, mais c'est le seul qui soit mal poli. C'est à un policier qu'appartenait celui qui parle comme un charretier. Triste, hein ? *Un policier*. Clarisse a essayé de le réformer. Sans beaucoup de succès.

— Geneva, même si la fillette n'a pas tout inventé, même si elle court un véritable danger, vous ne pouvez pas vous charger de faire la loi...

— La loi est en vedette, ces jours-ci, l'interrompit-elle, ce n'est pas le cas de la justice. Des célébrités assassinent leurs femmes et restent en liberté. Une mère tue ses enfants et aux infos, on dit que c'est *elle* la victime et on vous demande d'envoyer de l'argent à ses avocats. Quand tout est sens dessus dessous comme ça, il faut être imbécile pour ne pas lever le petit doigt et croire que la justice prévaudra, non ?

C'était une femme différente de celle à laquelle il s'adressait un instant plus tôt. Ses yeux verts étaient de silex désormais. Son doux visage s'était durci à un point qu'il n'aurait pas cru possible.

— Si Micky n'agit pas, poursuivit-elle, ce salopard, ce malade tuera Leilani, alors ce sera comme si elle n'avait jamais existé et *personne sauf Micky et moi ne se souciera de ce que le monde aura perdu*. Vous avez intérêt à croire que ce sera une perte, vous aussi, parce que cette petite fille a une bonne nature, une âme qui rayonne. Ces temps-ci, on transforme en héros des acteurs, des chanteurs, des hommes politiques, fous de pouvoir. À quel point les choses cafouillent-elles quand le mot *héros* en est venu à signifier ça ? J'échangerais toute cette bande de m'as-tu-vu contre cette fillette. Elle a plus des nerfs d'acier et de vrai courage qu'un millier de ces soi-disant héros. Vous voulez un autre biscuit ?

Ces derniers temps, les provisions de sucre préférées

de Noah étaient toutes liquides et additionnées d'alcool. Cela étant, son métabolisme réclamait un coup de fouet pour tenir tête à cette femme et lui communiquer son problème le plus urgent. Il prit un autre petit gâteau dans l'assiette.

— Avez-vous trouvé une trace du mariage de Maddoc avec la mère de Leilani ?

— Non. Malgré les ressources d'Internet, ce pays est grand. Dans certains États, avec de bonnes raisons et des amis bien placés, on peut arranger un mariage incognito, dans l'intimité d'un cabinet de juge, avec la licence délivrée et dûment enregistrée, mais non publiée. Ce qui n'est pas facile à retrouver. Plus vraisemblablement, ils se sont maqués dans un autre pays qui marie des étrangers. Au Mexique, peut-être. À moins que ce ne soit au Guatemala. On économiserait pas mal d'énergie si Leilani nous disait où le mariage a eu lieu.

— On comptait précisément lui poser la question quand elle serait venue dîner la seconde fois. Mais on ne l'a plus revue. Je devine que le vrai nom de sa mère et la preuve de l'existence de son frère ne sont pas plus faciles à retrouver que la licence de mariage.

— Mais pas impossible. Encore une fois, ça nous aiderait beaucoup si je pouvais parler à Leilani.

Frustré, il reposa le second petit gâteau dans lequel il n'avait pas mordu.

— Je reste là à m'écouter parler comme si j'étais complètement concerné par tout ça et c'est loin d'être le cas, Geneva.

— Je sais que ça coûtera cher et que Micky ne vous a pas donné grand-chose...

— Ce n'est pas ça le problème.

— ... mais cette maison représente un petit capital qui peut me garantir un prêt et Micky va décrocher un bon boulot bientôt, je le sais.

— C'est dur d'en trouver un et de le garder quand on fuit le FBI. Écoutez, voilà mon problème. Si je travaille un tant soit peu pour vous en sachant que votre nièce a l'intention d'enlever cette fillette à ses parents légitimes, alors je tombe sous le coup de complicité de kidnapping.

— C'est ridicule, mon cher.

— Je serais jugé complice d'un délit majeur. C'est la loi.

— La loi est ridicule.

— En fait, pour me protéger contre toute possibilité de me faire inculper pour complicité, une fois que je vous aurai rendu vos trois cents dollars, que j'ai apportés avec moi, je dois aller trouver directement les autorités pour les prévenir de ce que votre nièce a l'intention de faire là-haut en Idaho.

Geneva pencha la tête de côté et le gratifia d'un air d'incrédulité amusée.

— Ne me taquinez pas, mon cher.

— Vous taquiner ? Je suis on ne peut plus sérieux.

Elle lui fit un clin d'œil.

— Mais non.

— Mais si.

— Mais non.

Elle ponctua ses paroles d'un autre clin d'œil.

— Vous n'irez pas trouver la police. Et même si vous rendez l'argent, vous serez toujours impliqué.

— Non.

— Je sais comment ça marche, mon cher. Il vous faut établir – comment appelle-t-on ça ? – un démenti plausible. Si ça tourne mal, vous pouvez déclarer que vous ne travailliez pas sur l'affaire parce que vous n'avez pas reçu d'argent.

Retirant les trois cents dollars d'une poche de son pantalon de treillis, il déposa le liquide sur la table.

— Je n'établis rien du tout. J'arrête, point final.

— Non, dit-elle.

— Je n'ai jamais accepté ce travail, pour commencer.

Elle le menaça gentiment du doigt.

— Oh mais si.

— Non.

— Si, mon cher. Autrement, d'où sortiraient ces trois cents dollars ?

— J'arrête, fit-il avec fermeté. J'-A-R-R-Ê-T-E. Je démissionne, je me barre, je passe la main, terminé, finito, je me casse.

Geneva lui fit un large sourire et un nouveau clin d'œil. Cette fois, le clin d'œil était exagéré, celui d'une conspiration de comédie.

— Oh, vous avez beau dire, monsieur Farrel. Si je dois témoigner devant un tribunal qui applique cette loi ridicule, soyez sûr que j'assurerai au juge que vous avez A-R-R-Ê-T-É, et le plus clairement du monde.

Cette femme avait un sourire à charmer les oiseaux du

ciel pour qu'ils acceptent d'être mis en cage. L'une des grand-mères de Noah était morte avant sa naissance et celle du côté Farrel ne ressemblait en rien à Geneva Davis. C'était une vieille bique au visage taillé à la serpe, fumant comme un pompier, aux yeux de furet et à la voix de rogomme, due à une vie dévorée par sa soif de whisky ; pendant les années où grand-père Farrel et elle avaient tenu une boutique de prêt qui servait de façade à une officine de paris clandestins, elle terrifiait les plus durs des jeunes voyous d'un simple regard et de quelques grognements en gaélique, même si lesdits voyous ne le parlaient pas. Pourtant, il avait l'impression d'être assis en train de manger des biscuits avec sa grand-mère – l'idéale plutôt que la vraie –, une émotion vive, indéfinissable, frémissait derrière sa frustration. Il n'en avait jamais éprouvé de semblable, étant donné les circonstances, c'était sûrement dangereux.

— Ne me lancez plus de clin d'œil, Geneva. Vous feignez de croire que nous formons une paire de conspirateurs, ce qui n'est pas le cas.

— Ah mon cher, je sais bien que non. Vous avez A-R-R-Ê-T-É, démissionné, finito et pour moi, c'est parfaitement clair.

Un grand sourire aux lèvres, elle s'empêcha de cligner des yeux – en revanche, elle leva les pouces de ses mains : le signe de la victoire.

Noah ramassa son petit gâteau intact et mordit dedans. Deux fois. Il était gros, mais en deux bouchées il en fourra plus de la moitié dans sa bouche. Mâchant avec férocité, il fusilla du regard Geneva Davis de l'autre côté de la table.

— Encore un peu de Coca à la vanille, mon cher ? demanda-t-elle.

Il voulut refuser, sans y parvenir à cause de sa bouche pleine. Et il se surprit en train d'accepter d'un signe de tête. Geneva ajouta un filet de sirop de cerise au Coca à la vanille de Noah, deux glaçons.

Quand Geneva se rassit, Noah déclara :

— Je vais essayer encore une fois si vous permettez.

— Essayer quoi, mon chou ?

— De vous expliquer la situation.

— Dieu du Ciel, je ne suis pas *bouchée*. Je comprends parfaitement la situation. Vous avez obtenu votre démenti plausible et, au tribunal, je témoignerai que vous ne nous avez pas aidées. Même si c'est le cas. Ou si ça le devient.

Elle rafla les trois cents dollars.

— Et si tout se passe bien et que personne ne finisse au tribunal, alors je vous rendrai ça et on vous paiera tout ce que vous nous facturerez d'autre. Ça pourra nous prendre un peu de temps, à raison de versements mensuels, mais Micky et moi, on honore nos dettes. De toute façon, aucun d'entre nous ne finira au tribunal. Je n'entends pas vous manquer de respect, mon cher, mais votre compréhension de la loi est faiblarde dans ce cas-là.

— J'étais dans la police avant de devenir détective privé.

— Alors vous devriez avoir vraiment une meilleure compréhension de la loi, l'admonesta-t-elle avec l'un de ces sourires « mère-grand te trouve adorable » qui exacerba le problème d'émotions indéfinissables de Noah.

Sourcil froncé, il se pencha sur la table, afin de lui montrer sa brutalité pour qu'elle accepte de voir la réalité en face.

— J'avais une parfaite compréhension de la loi, n'empêche qu'on m'a dépouillé de mon badge pour avoir tabassé gravement un suspect. *Je l'ai salement dérouillé.*

Elle fit claquer sa langue.

— Il n'y a pas de quoi être fier, mon cher.

— Je n'en suis pas fier. J'ai eu de la chance de ne pas finir en prison.

— À vous entendre, vous n'en êtes pas peu fier.

La dévisageant sans ciller, il consomma le dernier tiers du biscuit, qu'il avala avec du Coke vanille, parfumé à la cerise.

Sans être intimidée par son regard, Geneva sourit comme si elle prenait plaisir à le voir se régaler de ses pâtisseries.

— En fait, dit-il, je n'en suis fier qu'à moitié. Je ne devrais pas, étant donné les circonstances. Mais je le suis. Je répondais à un appel signalant des violences domestiques. Un type avait sérieusement amoché sa femme. Elle était en piteux état à mon arrivée et il battait une gamine, genre huit ans. Il lui a fait sauter quelques dents. En me voyant, il l'a lâchée et n'a opposé aucune résistance à son arrestation. J'ai perdu la boule quand même. En voyant la gamine, j'ai pété les plombs.

Geneva tendit la main en travers de la table et la lui serra.

— Un bon point pour vous.

— Non. J'étais bien parti pour le tuer – si la gamine ne m'avait pas arrêté. Dans mon rapport, j'ai menti, j'ai déclaré que cette ordure avait résisté. À l'audience, sa femme a témoigné contre moi... mais la petite a menti en ma faveur et on a cru la gamine. Ou on a fait semblant. J'ai passé un marché pour quitter la police, on m'a accordé une indemnité de licenciement et on m'a soutenu pour que j'obtienne une licence de détective privé.

— Qu'est-il arrivé à l'enfant ? demanda Geneva.

— Apparemment la maltraitance ne datait pas de ce jour-là. Le tribunal l'a retirée à la garde de sa mère et l'a confiée à ses grands-parents maternels. Elle quittera le lycée bientôt. Elle va bien. C'est une brave petite.

Geneva lui serra à nouveau la main. Après quoi, elle se renversa sur sa chaise, l'air rayonnant.

— Vous êtes pareil que mon privé à moi.

— Quel privé ?

— Celui dont j'étais amoureuse à vingt ans. Si je n'avais pas caché le cadavre de mon mari dans le puisard d'un champ de pétrole, Philip ne m'aurait peut-être pas repoussée.

Noah, ne sachant trop comment réagir, s'épongea à nouveau le front.

— Vous avez tué votre mari ? finit-il par demander.

— Non, c'est ma sœur, Carmen, qui l'a abattu. J'ai caché le corps pour la protéger et pour épargner un scandale à mon père. Le général Sternwood – notre papa – n'était pas en bonne santé. Et il...

La stupéfaction traversa le visage de Geneva tandis que sa voix s'éteignait.

Noah l'encouragea à continuer.

— Et il... ?

— Bon, bien entendu, ce n'était pas moi, mais Lauren Bacall dans *Le Grand Sommeil*. Et le privé, c'était Humphrey Bogart dans le rôle de Philip Marlowe.

Geneva frappa dans ses mains de plaisir en éclatant d'un rire musical.

Sans comprendre, Noah sourit.

— Eh bien, c'est un souvenir délicieux même s'il est faux, reprit Geneva. Honnêtement, je dois reconnaître que je suis un peu trop mauviette pour être méchante. Je n'ai jamais eu la fibre d'une vilaine fille, et si l'on m'avait pas tiré dans la tête, je n'aurais jamais eu un souvenir comme celui-là.

Le sucre contenu dans le Coca et les petits gâteaux fournissait à Noah un tonus mental suffisant pour se coltiner un large éventail de défis intellectuels, mais, bon Dieu, pour certaines choses, il lui fallait de la bière. Comme il n'en avait pas, au lieu de se risquer à une déduction logique de ce qu'elle venait de dire, il lui posa une autre question :

— On vous a tiré dans la tête ?

— Un bandit bien habillé et très poli a braqué notre épicerie, tué mon mari et tiré sur moi avant de s'enfuir. Je vous raconterai pas que je l'ai poursuivi jusqu'à La Nouvelle-Orléans et que l'ai explosé moi-même, parce qu'il s'agissait d'Alec Baldwin et pas d'une partie de ma vraie vie. Mais, toute mauviette que je sois, j'aurais été *capable* de le descendre si j'avais su comment le retrouver. Je lui aurais tiré dessus à plusieurs reprises, je pense. Une balle dans chaque jambe pour qu'il en bave, puis deux fois dans le bide et une fois en pleine tête. Est-ce que je vous parais terriblement violente, mon cher ?

— Pas violente. Mais plus vindicative que je m'y serais attendu.

— C'est une bonne et franche réponse. Vous m'impressionnez, Noah.

Elle alluma l'un de ces sourires à faire fondre les banquises.

Il se surprit à lui rendre son sourire.

— Notre petit tête-à-tête ne me déplaît pas, dit-elle.

— À moi non plus.

61.

Samedi : de Hawthorne, Nevada, à Boise, Idaho. Plus de sept cents kilomètres. Des étendues désertiques en majeure partie, un soleil éclatant, mais un trajet facile.

Une bande de vautours encerclait une charogne à une demi-heure au sud de Lovelock, Nevada. Bien qu'intrigué, Preston Maddoc renonça à faire un détour pour aller voir de plus près.

Ils s'arrêtèrent pour déjeuner dans un restoroute à Winnemucca. Sur le trottoir devant le restaurant, une colonie de fourmis se nourrissait de la dépouille suintante d'un scarabée écrasé. Le jus de l'insecte avait une nuance irisée semblable à de l'essence dans de l'eau.

Il était risqué ces jours-ci d'emmener La Main dans un lieu public. Son numéro de vendredi, dans le *coffee-shop* à l'ouest de Las Vegas, avait été déconcertant. La serveuse aurait-elle été moins stupide qu'elle aurait peut-être réussi son coup.

La plupart des gens étaient idiots. Preston Maddoc s'était fait cette opinion sur l'humanité à l'âge de onze ans. Au cours des trente-quatre années qui venaient de s'écouler, il n'avait pas trouvé de raison de changer d'avis.

Le restoroute sentait le hamburger grésillant. La frite frémissant dans l'huile bouillante. Le bacon.

Il se demanda quelle odeur avait le jus de scarabée. Plusieurs types étaient assis côte à côte au comptoir. La plupart étaient obèses. Bâfrant. Bajoues tremblotantes. Dégoûtant. Peut-être que l'un d'eux aurait une attaque ou une crise cardiaque pendant le repas. Il y avait de fortes chances.

La Main les mena jusqu'à un box et s'installa près de la fenêtre.

Le Trou Noir s'assit près de sa fille. Preston s'attabla en face d'elles, ses jolies dames. La Main était grotesque, bien entendu, mais le Trou Noir était vraiment *jolie*. Vu la quantité de drogues qu'elle absorbait elle aurait dû ressembler à une mégère flétrie. Quand sa beauté finirait par disparaître, la dégringolade serait rapide. Dans deux, trois ans, probablement. Peut-être pourrait-il extraire d'elle encore deux portées avant qu'il ne soit trop répugnant de la toucher.

Sur le rebord de la fenêtre, il y avait une mouche morte. Bonjour, l'ambiance.

Il consulta le menu. Les propriétaires devaient rebaptiser leur établissement. L'appeler le Palais du Gras.

Naturellement, le Trou Noir ne trouva pas grand-chose à son goût. Mais, du moins, ne s'en plaignit-elle pas. Le Trou était de joyeuse humeur. C'était cohérent, parce qu'elle recourait rarement à des doses chimiques massives avant l'après-midi.

La serveuse arriva. Un pauvre laideron. Avec une gueule de morue, l'œil qui louche et la joue pochée. Elle portait un uniforme rose sortant du pressing. Et un nœud rose assorti à son uniforme dans ses cheveux pelage de rat, coiffés avec recherche. Fond de teint, eye-liner et rouge à lèvres étaient appliqués avec soin, et ses ongles manucurés mais sans vernis, comme si ses doigts étaient jolis à voir, comme s'ils n'étaient pas aussi boudinés et laids que le reste de sa personne.

Elle se donnait trop de mal pour avoir l'air mignonne. Son cas était désespéré.

Les ponts étaient faits pour des gens comme elle. Les ponts, les hautes corniches d'immeubles, les pots d'échappement et les fours à gaz. Si jamais elle téléphonait à S.O.S. Amitié prête à se suicider et qu'une intervenante la convainquît de retirer le canon du flingue de sa bouche, elle lui rendrait un mauvais service.

Ils passèrent commande.

Preston s'attendait à ce que la Main appelle Gueule de Raie à la rescousse. Mais elle n'en fit rien. Elle semblait soumise. Son numéro de la veille avait eu beau l'énerver, il fut déçu qu'elle ne retente pas le coup. Il appréciait le défi posé par son humeur rebelle récente. Pendant qu'ils attendaient d'être servis, le Trou bavassait, disant autant d'inepties que d'habitude.

C'était un Trou Noir en partie parce que son énergie

psychique et son babil insensé tissaient ensemble une puissante force de gravité qui pouvait entraîner dans l'oubli si l'on n'avait pas une personnalité assez forte. Il était quelqu'un de fort. Aucune tâche ne lui répugnait. Aucune vérité ne le faisait sourciller. Tout en menant une conversation avec le Trou, il ne s'y investissait qu'à moitié. Il vivait toujours plus replié sur lui-même que l'inverse.

Il songeait au Bancroche, le frère de la Main. Il y avait beaucoup pensé ces derniers temps. Étant donné les risques qu'il avait pris, il n'avait pas tiré assez de satisfaction de sa dernière visite au garçon dans les bois du Montana. Tout s'était déroulé beaucoup trop vite. De tels souvenirs devaient être fournis. Ils le nourrissaient.

Preston avait un plan plus élaboré pour la Main.

Quand on parle du loup : nonchalamment, presque subrepticement, elle balayait lentement la salle du regard, cherchant évidemment quelque chose de bien particulier.

Il remarqua qu'elle repérait l'écriteau des toilettes.

Un instant plus tard, elle annonça qu'elle devait aller aux cabinets. Elle disait *cabinets* parce qu'elle savait que le mot déplaisait à Preston. Il avait été élevé dans une famille raffinée qui ne s'abaissait jamais à de telles vulgarités. Il préférait de loin *lavabos*. Il pouvait supporter *toilettes* à la rigueur.

Le Trou se leva pour permettre à sa fille de se glisser hors du box.

Tout en se levant maladroitement, la Main murmura :

— J'ai vraiment envie de pisser.

Ça aussi, c'était une gifle à Preston. La Main savait que toute allusion aux fonctions corporelles le révulsait.

Il n'aimait pas la regarder marcher. Ses doigts difformes lui donnaient déjà suffisamment la nausée. Il continua à échanger des stupidités avec le Trou, songeant au Montana, en suivant la Main du coin de l'œil.

Tout à coup, il s'aperçut que, sous la pancarte TOILETTES, une autre indiquait ce qu'elle cherchait en réalité : TÉLÉPHONE.

S'excusant, il s'extirpa du box et suivit la fillette.

Elle avait disparu dans un petit couloir à l'extrémité de la salle.

En y arrivant, il découvrit les toilettes pour hommes sur la droite et celles pour femmes, sur la gauche. Et un taxiphone sur le mur du fond.

Elle était au téléphone et lui tournait le dos. En tendant sa main tordue vers le récepteur, elle sentit sa présence et se retourna. La dominant de toute sa hauteur, Preston vit la pièce de vingt-cinq *cents* dans sa main valide.

— C'est de la monnaie que tu as récupérée ? demanda-t-il.

— Ouais, mentit-elle. Je vérifie toujours.

— Alors, ça appartient à autrui, l'admonesta-t-il. On la remettra à la caisse en partant.

Il tendit la main, paume en avant. Répugnant à lui donner la pièce, elle hésita.

Il la touchait rarement. Son contact lui fichait la trouille. Par chance, elle tenait la pièce dans sa main normale. Si elle l'avait eue dans la gauche, il aurait quand même pu la prendre, mais aurait été incapable de déjeuner.

Prétendant être venue là pour aller aux lavabos, elle franchit la porte marquée DAMES.

Simulant la même chose, Preston entra dans les toilettes messieurs. Dieu merci, elles n'étaient pas occupées. Il patienta à l'intérieur, près de la porte. Il se demanda qui elle avait eu l'intention d'appeler. La police ? Dès qu'il l'entendit sortir des toilettes pour dames, il revint dans le couloir, lui aussi. Elle le suivit jusqu'au box. S'il avait été derrière elle, il aurait dû la regarder marcher.

À peine furent-ils assis, que le déjeuner fut servi.

Gueule de Raie, la serveuse moche, avait un grain de beauté sur la narine. Il se dit que ça avait tout l'air d'un mélanome. Si c'en était un et qu'elle n'en prenne pas conscience dans la semaine ou tout comme, son nez se mettrait à pourrir. Une opération la laisserait avec un cratère en pleine figure. Alors peut-être, si la malignité n'avait pas atteint le cerveau et ne l'avait pas tuée, *alors* peut-être ferait-elle la seule chose à faire avec un pot d'échappement ou un four à gaz ou un fusil.

La nourriture était plutôt bonne.

Comme d'habitude, il ne regardait pas la bouche de ses compagnes pendant qu'elles mangeaient. Il se concentrait sur leurs yeux ou regardait légèrement au-delà, évitant délibérément la vue de leurs langues, dents, lèvres et mâchoires qui mastiquaient.

Preston supposait qu'à l'occasion, quelqu'un pouvait regarder sa bouche pendant qu'il mâchait ou son gosier quand il avalait, mais il s'efforçait de ne pas s'y appesantir. S'il y réfléchissait trop, il lui faudrait manger seul et pas dans un lieu public. Au cours des repas, il vivait plus renfermé en lui-même yqu'à d'autres moments. Réflexe de défense. Cela ne lui posait aucun problème, n'exigeait de lui aucun effort particulier. À Yale, sa matière principale de licence, de maîtrise et de doctorat avait été la philosophie. Par nature, les philosophes vivaient davantage repliés sur eux-mêmes que les personnes ordinaires. Les intellectuels, en général, et les philosophes, en particulier, avaient moins besoin du monde que le monde n'avait besoin d'eux.

Pendant le déjeuner, il assuma sa part de conversation avec le Trou tout en se rappelant le Montana.

Le bruit de la nuque du garçon qui se brisait... La façon dont la terreur dans son regard terni avait viré à une morne résignation avant de s'éclaircir dans la paix... La saveur rare du dernier souffle entrecoupé qu'avait produit le râle de mort dans la gorge du Bancroche...

Preston laissa un pourboire de trente-cinq *cents*, mais il ne rendit pas la pièce de vingt-cinq à la caissière. Il était certain que la Main n'avait pas trouvé l'argent dans le taxiphone. La pièce lui revenait, éthiquement parlant.

Pour éviter le blocus par les forces de l'ordre gouvernementales de l'est du Nevada, où le FBI recherchait officiellement des barons de la drogue mais – à son avis – servait probablement de couverture à un événement lié aux ovnis, Preston prit au nord à partir de Winnemucca en direction de l'Oregon, empruntant la Route Fédérale 95, à deux voies indivises.

À quatre-vingt-dix kilomètres à l'intérieur de l'Oregon, la Route 95 obliquait à l'est vers l'Idaho. Ils traversèrent l'Owyhee River, puis la frontière de l'État.

Sur le coup de six heures, ils atteignirent un camping au nord de Boise, Idaho, où ils se branchèrent sur les prises d'eau et d'électricité.

Preston acheta des plats à emporter pour le dîner. De la cuisine chinoise, médiocre, cette fois. Le Trou Noir adorait le riz. Et bien qu'elle fût à nouveau défoncée, elle était néanmoins encore assez saine d'esprit pour manger. Comme d'habitude, le Trou dirigeait la conversation selon ses intérêts. Elle exigeait toujours d'être le centre de l'attention. Quand elle lui fit part de ses nouvelles idées de motifs à graver sur la main difforme de sa fille, il l'encouragea. Il trouvait le sujet de la mutilation décorative assez idiot pour en devenir amusant – tant qu'il évitait de regarder l'appendice tordu de la fillette.

En outre, il savait que cela terrifiait la Main, même si

elle cachait bien sa peur. Bonne chose. La peur pouvait, en fin de compte, consumer en elle toute illusion de vie normale. Pour contrecarrer sa mère, elle avait choisi d'entrer habilement dans ce petit jeu dément. À écouter le Trou Noir s'enthousiasmer à l'idée de s'attaquer à elle au scalpel, elle commençait peut-être à comprendre qu'elle n'était pas née pour gagner à quelque jeu que ce soit, à celui-ci moins qu'à un autre.

Elle était sortie de sa mère abîmée, imparfaite. Elle avait été une perdante dès l'instant où l'accoucheur lui avait tapé sur les fesses pour déclencher sa respiration au lieu de l'étouffer discrètement, miséricordieusement.

Quand viendrait le moment d'emmener la fillette dans la forêt, peut-être en serait-elle arrivée à la conclusion que mieux valait la mort pour elle. Il lui faudrait choisir la mort avant que sa mère ne la sculpte. Parce que, tôt ou tard, sa mère *en viendrait là*.

La mort était sa seule délivrance possible. Autrement, elle devrait supporter des années encore son statut de marginale. La vie ne pouvait qu'être décevante pour quelqu'un d'aussi esquinté qu'elle.

Bien entendu, Preston ne la désirait pas *entièrement* malléable ni avide de mourir. Une mesure de résistance contribuait aux souvenirs.

Le dîner terminé, laissant la Main débarrasser la table, le Trou et lui prirent leur douche du soir – séparément – et se retirèrent dans la chambre.

Pour finir, en lisant *Sucre de pastèque*, le Trou perdit connaissance.

Preston eut envie d'abuser d'elle. Mais il ne discerna pas si, assommée par la drogue, elle était plongée dans une profonde inconscience ou simplement dans le sommeil. Si elle ne faisait que dormir, elle pouvait se réveiller en pleins ébats. Et qu'elle fût consciente détruirait son humeur. À son réveil, elle se montrerait enthousiaste. Elle *savait* que l'accord qu'ils avaient passé ne lui permettait pas de participer activement à leur intimité physique. Néanmoins, elle serait enthousiaste.

Leur accord : le Trou recevait tout ce dont elle avait besoin en retour de cette seule chose désirée par Preston.

Imaginer son enthousiasme, sa participation, lui donnait légèrement la nausée. Il n'avait aucun désir d'assister aux fonctions corporelles les plus intimes de qui que ce fût.

Et il détestait être *observé*.

Quand il avait un rhume, il s'excusait systématiquement pour aller se moucher en privé. Il ne tenait pas à ce que quiconque l'entende se purger de sa morve. Par conséquent, la perspective d'avoir un orgasme en présence d'une partenaire intéressée à la chose était déprimante, sinon inconcevable.

La société contemporaine sous-estimait la discrétion.

Ne sachant à quoi s'en tenir sur le degré d'inconscience du Trou, il éteignit la lumière et se mit au lit de son côté à lui. Il réfléchit aux bébés qu'elle mettrait au monde. De petits magiciens tordus. Autant de dilemmes éthiques attendant des résolutions fermes.

*
* *

Dimanche : de Boise à Nun's Lake. Cinq cent soixante kilomètres. Terrain plus exigeant qu'au Nevada.

D'habitude, il ne prenait pas la route avant neuf ou dix heures, le Trou Noir encore couchée, la Main réveillée. Même s'ils étaient à la recherche d'une « rencontre rapprochée », leur mission était moins urgente que spectaculaire.

Ce matin, cependant, il sortit le Prevost de Twin Falls à six heures et quart.

Déjà habillée, la Main mangeait une barre de Granola.

Il se demanda si elle avait découvert qu'il avait retiré tous les couteaux et ustensiles tranchants du carré.

Il restait convaincu qu'elle n'aurait pas le cran de le poignarder dans le dos pendant qu'il était au volant. En fait, il ne la croyait pas capable de faire de sérieux efforts pour se défendre quand tous deux seraient seuls au moment crucial.

Néanmoins, c'était un homme prudent.

Au nord, en quittant la large vallée de l'Idaho pour s'engager dans des régions plus étroites, ils traversèrent des panoramas spectaculaires. Des montagnes escarpées, de vastes forêts, des aigles en vol.

Chaque rencontre avec la Nature à son pinacle radieux donnait naissance à la même idée : *l'humanité est une pestilence. L'humanité n'a rien à faire ici.*

On ne pouvait pas le compter au nombre de ces écologistes fanatiques qui rêvent du jour où l'on mettrait au point un fléau virulent afin d'éradiquer tout être humain de la surface du globe. Il avait des problèmes éthiques face à l'extermination systématique d'une espèce dans sa totalité, fût-ce l'humanité.

D'un autre côté, recourir à des décisions politiques pour diminuer de moitié le nombre d'habitants de cette planète était un but louable. Négliger salutairement les famines en supprimerait des millions. Cesser d'exporter tout médicament rallongeant la vie dans les pays du tiers-monde où l'épidémie du sida faisait rage et d'autres millions décéderaient de façon encore plus opportune.

Que la Nature purge l'excès. Que la Nature décide combien d'êtres humains elle souhaitait tolérer. Si on ne lui faisait pas obstruction, elle réglerait le problème assez vite.

De petites guerres peu susceptibles de dégénérer en conflits mondiaux devaient être envisagées non comme des horreurs à éviter mais comme des élagages, dictés par le bon sens.

En effet, aucune sanction ne devrait être prise contre les grands gouvernements totalitaires souhaitant supprimer leurs dissidents par centaines de milliers, voire de millions. Les dissidents étaient d'ordinaire des individus qui se rebellaient contre une gestion raisonnable des ressources.

De plus, de telles sanctions pouvaient conduire à fomenter la rébellion, à des actions militaires clandestines qui risquaient de dégénérer en guerres importantes et même, d'escalade en escalade, en un conflit nucléaire, qui ne serait pas seulement désastreux pour l'humanité, mais pour la nature.

Aucun individu que ce soit ne pouvait rien faire pour améliorer la nature – qui, sans l'humanité, était la perfection même.

Du reste, peu d'êtres humains contribuaient de façon positive à la civilisation. Selon les principes de l'éthique utilitariste, seuls ceux utiles à l'État ou à la société pouvaient prétendre légitimement à l'existence. La plupart des gens étaient trop imparfaits pour être utiles à qui que ce fût.

Montagnes escarpées, vastes forêts, aigles en vol.

Dehors, au-delà du pare-brise : la splendeur de la nature.

Ici, dans l'habitacle, à l'intérieur de lui-même où il vivait le plus pleinement, l'attendait une grandeur, qui, pour différente qu'elle fût de la nature, n'en était pas moins son égale, un paysage privé qui n'en finissait pas de le fasciner.

Pourtant, Preston Claudius Maddoc se flattait de posséder l'honnêteté de reconnaître par principe ses propres défauts. Il était aussi imparfait que n'importe qui, d'une imperfection plus grande que certains et ne succombait jamais à l'aveuglement en cette matière.

Sans conteste possible, son plus grave défaut devait être ses pulsions homicides fréquentes. Et la jouissance que lui procurait l'acte de tuer.

À sa décharge, dès son âge tendre, il avait reconnu que son plaisir de tuer était une imperfection de son caractère, qu'il était difficile de prendre à la légère. Encore jeune garçon, il avait cherché à canaliser ses pulsions meurtrières vers des activités responsables.

D'abord, il avait torturé et tué des insectes. Fourmis, scarabées, araignées, mouches, chenilles...

En ce temps-là, tout le monde convenait que les insectes étaient une plaie. Peut-être que la grâce suprême est de trouver son bonheur dans une tâche utile. Son bonheur, c'était de tuer et sa tâche utile, l'éradication de tout ce qui rampait ou courait sur le sol.

Preston n'avait aucune conscience de l'environnement à l'époque. Son éducation ultérieure l'avait laissé humilié devant les agressions qu'il avait pratiquées sur la nature, petit garçon. Les insectes ont un rôle utile énorme.

Jusqu'à ce jour, il demeurait hanté par la possibilité d'avoir su à un niveau profond que ses actes étaient contraires à l'éthique. Sinon, pourquoi se serait-il montré si cachottier dans la poursuite de son bonheur ?

Il ne s'était jamais vanté d'avoir écrasé des araignées, saupoudré de sel des chenilles, mis le feu à des scarabées.

Et, sans beaucoup y réfléchir, presque inconsciemment, il était passé des insectes aux petits animaux. Souris, gerbilles, cochons d'Inde, oiseaux, lapins, rats...

La propriété familiale de quinze hectares dans le Delaware procurait une plénitude de faune sauvage qu'il pouvait piéger pour ses objectifs. Dans des saisons moins fructueuses, son argent de poche généreux lui permettait d'obtenir ce qu'il désirait dans les animaleries.

Il avait apparemment vécu sa douzième et sa treizième année dans un état de semi-transe. Tant de tueries secrètes. Souvent, en faisant un effort pour s'en souvenir, ces années se brouillaient. Il n'existait aucune justification pour détruire des animaux de façon gratuite. Ils étaient davantage à leur place dans ce monde que les êtres humains.

Après coup, Preston se demanda s'il n'avait pas dangereusement frôlé la perte de contrôle de soi, à cette époque-là. Elle n'avait aucune valeur nostalgique pour lui. Il choisissait de se rappeler des temps meilleurs.

La nuit qui suivit son quatorzième anniversaire, la vie de Preston avait changé pour le meilleur avec la visite du cousin Brandon, venu passer un long week-end en compagnie de ses parents. Paraplégique depuis toujours, Brandon était cloué sur un fauteuil roulant.

Dans son monde intérieur, où il vivait plus souvent qu'à son tour, Preston appelait son cousin le Sac à Merde car, pendant presque deux ans, entre sept et huit ans, Brandon avait eu besoin d'un anus artificiel jusqu'à ce qu'une série d'interventions complexes finissent par résoudre son problème intestinal.

Vu l'ascenseur dont s'enorgueillissait le manoir, les deux étages étaient accessibles au garçon handicapé. Il dormait dans la chambre de Preston, où l'on avait ajouté depuis longtemps un second lit pour les amis de passage.

Ils s'étaient beaucoup amusés. À treize ans, le Sac à Merde possédait un don particulier pour imiter autrui, reproduisant jusqu'au malaise la voix des membres de la famille et des employés de la propriété. Preston n'avait jamais autant ri que ce soir-là. Le Sac à Merde s'était endormi sur le coup d'une heure du matin.

À deux heures, Preston le tuait en l'étouffant sous un oreiller. Le Sac à Merde n'avait que les jambes de paralysées, mais il souffrait d'autres maux qui diminuaient quelque peu la force de la partie supérieure de son corps. Il s'était débattu sans succès.

Se relevant à peine d'une grave inflammation des bronches qui avait traîné, la capacité pulmonaire du Sac à Merde avait de quoi ne pas être au top. Il mourut beaucoup trop rapidement pour satisfaire Preston.

Espérant prolonger l'expérience, Preston avait relâché à plusieurs reprises l'oreiller, donnant au Sac à Merde l'occasion de reprendre son souffle mais pas de crier. Néanmoins, la fin arriva bien trop tôt.

Les draps ayant été légèrement froissés par la faible lutte du garçon, Preston les lissa. Il brossa les cheveux de son cousin, rendant le mort plus présentable. Puisque le Sac à Merde était mort sur le dos, comme il dormait toujours, il n'était pas nécessaire de changer la position du corps. Preston arrangea bras et mains pour donner l'impression d'un trépas tranquille.

La bouche était béante. Preston la referma d'une main ferme, la maintint ainsi, attendant qu'elle se remette en place. Les yeux étaient écarquillés, de surprise sans doute. Il ferma les paupières et les lesta de pièces de vingt-cinq *cents*. Au bout d'une à deux heures, il les ôta. Les paupières restèrent closes. Preston éteignit la lampe et regagna son lit, enfouissant son visage dans l'oreiller avec lequel il venait d'étouffer son cousin.

Il eut le sentiment d'avoir fait une bonne action.

Le reste de la nuit, trop excité pour dormir profondément, il sommeilla et s'éveilla tour à tour.

Bien réveillé, il simula une panne d'oreiller quand, à huit heures du matin, la mère du Sac à Merde, tante Janice – surnommée les Nibards – frappa doucement à la porte de la chambre. Lorsque son second coup resta sans réponse, elle entra, car elle apportait à son fils ses médicaments du matin.

Ayant prévu de faire semblant de se réveiller en sursaut à l'instant où les Nibards pousseraient un cri, Preston fut privé de son grand numéro parce qu'elle n'émit qu'un son étranglé de douleur en s'affaissant contre le lit du Sac à Merde, sanglotant aussi doucement qu'elle avait frappé à la porte.

À l'enterrement, Preston entendit de nombreux parents et amis de la famille dire que c'était peut-être mieux comme ça, que Brandon avait rejoint un monde meilleur maintenant, qu'il était soulagé de ses souffrances de toujours, que peut-être le lourd chagrin de ses parents était plus que contrebalancé par le poids de responsabilité qui leur était ôté des épaules.

Cela confirma sa vision qu'il avait fait une bonne action.

Ses expériences avec les insectes étaient terminées.

Ses jeux mal inspirés avec de petits animaux tiraient à leur fin.

Il avait trouvé sa voie et, qui plus est, sa félicité.

En garçon brillant, premier de sa classe, il se tourna naturellement vers les études et y chercha une plus grande compréhension de son rôle particulier dans l'existence. À l'école et dans les livres, il découvrit toutes les réponses qu'il désirait.

Tout en apprenant, il s'exerçait. En tant que jeune homme très privilégié et très riche, on l'admirait beaucoup pour le travail non rémunéré qu'il effectuait dans des mai sons de retraite, ce qu'il définissait modestement comme « rendre à la société un peu de ce que j'ai reçu ».

À l'époque où il alla à l'université, Preston décida que la philosophie serait son domaine, sa communauté d'élection.

Introduit dans une véritable forêt de philosophes et de philosophies, on lui enseigna que chaque arbre était l'égal des autres, que chacun méritait le respect, qu'aucune vue de la vie et du but de la vie n'était supérieure à aucune autre. Ce qui signifiait qu'aucun absolu n'existait, aucune certitude, aucun bien ou mal universel, rien que des points de vue différents. Devant lui, il y avait des millions de stères d'idées, à partir desquelles on l'invitait à se bâtir la demeure qui lui plaisait.

Certaines philosophies accordaient une plus grande valeur à la vie humaine que d'autres. Elles n'étaient pas pour lui.

Il découvrit bientôt que, si la philosophie était sa communauté, alors l'éthique contemporaine était la rue dans laquelle il désirait le plus habiter. Bientôt, le domaine relativement nouveau de la bioéthique devint un domicile confortable où il se sentit chez lui comme jamais nulle part auparavant.

Il avait ainsi atteint sa position éminente actuelle. Et cet endroit, en ce moment.

Montagnes escarpées, vastes forêts, aigles en vol.

Au nord, au nord, vers Nun's Lake.

Le Trou Noir avait ressuscité. Elle s'installa sur le siège du copilote.

Preston lui fit la conversation, la charma, la fit rire, conduisant avec son habileté habituelle, roulant au nord vers Nun's Lake, mais sa vie intérieure était toujours plus riche que l'autre.

Il revoyait mentalement ses plus beaux meurtres. Il en avait beaucoup plus à se rappeler que le monde n'en avait conscience. Les suicides assistés connus des médias n'étaient que la partie émergée de sa carrière.

En tant que bioéthicien des plus controversés et des plus estimés de son époque, Preston devait se montrer responsable vis-à-vis de sa profession et, donc, ne pas faire preuve d'immodestie. Par conséquent, il ne s'était jamais vanté du nombre de fois où il avait dispensé sa pitié à ceux qui avaient besoin de mourir.

Comme ils filaient vers le nord, le ciel se couvrit de

nuages : de minces linceuls gris, que des cumulonimbus, plus épais, plus sombres, ne tardèrent pas à remplacer.

Avant le déclin du jour, Preston entendait localiser et rendre visite à Leonard Teelroy, l'homme qui affirmait avoir été guéri par des extraterrestres. Il espéra que la météo n'allait pas contrecarrer ses plans.

Il s'attendait à découvrir que Teelroy était un fumiste. Un pourcentage élevé, et consternant, de prétendues rencontres rapprochées n'étaient à l'évidence que des canulars.

Néanmoins, Preston croyait avec ferveur que des extraterrestres visitaient la Terre depuis des millénaires. En fait, il était quasiment sûr qu'il savait ce qu'ils venaient y faire.

À supposer que Leonard Teelroy ait dit la vérité. À supposer même que l'activité alien à la ferme Teelroy soit en cours. Preston ne croyait toujours pas que les E.T. guériraient la Main et la renverraient dansant d'un pied léger.

Il n'avait jamais eu de « vision » de la guérison de la Main et du Bancroche. Il l'avait inventée pour expliquer au Trou Noir pourquoi il désirait ricocher à travers tout le pays en quête d'une rencontre du troisième type.

À présent, tout en bavardant avec le Trou, il vérifia dans le miroir du rétroviseur. Assise dans le coin-repas, la Main lisait.

Comment appelle-t-on déjà un homme condamné à la prison ? *Un mort en marche*. Oui, c'était bien ça.

Visez-moi ça : une petite morte qui lit.

Ses vraies raisons pour rechercher des E.T. et entrer en contact avec eux étaient personnelles. Et n'avaient rien à voir avec la Main. Il savait, cependant, que ses véritables motivations n'enthousiasmeraient guère le Trou Noir.

Toute activité devait peu ou prou tourner autour du Trou. Sinon, elle n'y coopérait pas. Il s'était figuré qu'elle goberait cette histoire d'aliens guérisseurs. De même, il avait été persuadé que, lorsqu'il finirait par tuer ses enfants en affirmant qu'un rayon les avait emmenés dans les étoiles, le Trou accepterait leur disparition avec émerveillement – sans reconnaître le danger qu'elle-même courait.

Cela s'était révélé être le cas. Si la nature l'avait dotée de bon sens, elle l'avait détruit avec méthode. Jusqu'à devenir une débile accomplie.

La Main, c'était une autre affaire. Maligne et maligne et demi.

Preston ne pouvait plus courir le risque d'attendre son dixième anniversaire.

Après avoir visité la ferme Teelroy et évalué la situation, s'il ne percevait pas la moindre probabilité de prise de contact avec des E.T., il roulerait vers l'est jusqu'au Montana, dès le lendemain matin. Sur le coup de trois heures de l'après-midi, il emmènerait la fillette jusqu'au vallon écarté et très ombragé où l'attendait son frère.

Il ouvrirait la tombe et la forcerait à regarder ce qui restait du Bancroche.

Ce serait cruel. Il admettait le crève-cœur de la chose.

Comme toujours, Preston avait la franchise de reconnaître ses fautes. Il ne visait pas la perfection. Nul être humain ne pouvait avoir une telle revendication.

Outre sa passion homicide, il avait pris conscience au fil des années de son goût pour la cruauté. Tuer sans pitié – vite et d'une façon indolore – lui avait procuré au début une immense satisfaction, puis de moins en moins, au fil du temps.

Il ne s'enorgueillissait pas de ce défaut de caractère, mais il n'en avait pas honte non plus. Comme tout un chacun sur la planète, il était ce qu'il était – et devait en tirer le meilleur parti.

Tout ce qui comptait, cependant, c'était qu'il reste *utile* au vrai sens du terme, que sa contribution à cette société déboussolée continue à l'emporter sur les ressources qu'il consommait pour survivre. Dans le plus pur esprit de l'éthique utilitariste, il avait mis ses failles à bon usage pour l'humanité en agissant bien et de façon responsable.

Il réservait sa cruauté strictement à ceux qui devaient mourir, de toute façon, et ne les tourmentait qu'avant de les tuer. Sinon, il contrôlait admirablement sa moindre pulsion perverse. Et il traitait tout le monde – à savoir, ceux qu'il n'avait pas marqués pour la mort – avec bonté, respect et générosité.

En réalité, le monde avait besoin de gens comme lui – et des femmes ! – agissant selon un code moral qui visait à débarrasser ce monde surpeuplé de ses bouches inutiles, de ses bons à rien dont les multiples besoins – si on les laissait vivre – dégraderaient non seulement la civilisation, mais la nature.

Il y en avait tellement de ces bons à rien. Des légions.

Il voulait soumettre la Main à l'exquise cruauté de voir les restes de son frère, parce que sa conviction pieuse que

Dieu ne l'avait pas créée sans dessein, que sa vie avait un sens qu'elle découvrirait un beau jour, le contrariait au plus haut point.

Qu'elle cherche donc cette signification dans le bourbier biologique, plein d'ossements, du cadavre décomposé de son frère. Qu'elle cherche en vain le signe d'un dieu dans la pestilence de cette tombe.

Au nord, vers Nun's Lake sous un ciel qui s'assombrissait.

Montagnes escarpées, vastes forêts. Des aigles perchés, maintenant.

Une petite morte qui lit.

62.

D'après le tableau des estimations de durée de trajet, inséré dans la carte AAA, Micky aurait dû couvrir les six cents kilomètres et quelque séparant Seattle de Nun's Lake en huit heures et dix minutes. Ces estimations prenaient en compte les limitations de vitesse et les plages de repos, ainsi que l'état du réseau routier, plus étroit, qu'elle devrait emprunter après avoir quitté l'autoroute 90 au sud-est de Cœur d'Alene.

Après être partie de Seattle à cinq heures et demie du matin, elle atteignit sa destination à midi vingt, avec une heure et vingt minutes d'avance sur l'horaire. Une circulation fluide, le non-respect des limitations de vitesse et un manque d'intérêt pour les plages de repos lui profitèrent.

Nun's Lake se révéla fidèle à son nom. Un grand lac s'étendait au sud de la ville et un couvent imposant, construit en pierre de la région dans les années 30, se dressait au nord, au sommet d'une colline. Un ordre de carmélites occupait le couvent, tandis que des poissons de diverses appellations méditaient dans les profondeurs du lac ; les habitants se retrouvaient entre un monument au pouvoir spirituel d'un côté et une entreprise de loisirs des plus florissante de l'autre.

Des forêts d'arbres à feuilles persistantes cintraient la ville. Sous un ciel menaçant, de grands pins jouaient les sentinelles de l'orage imminent, pareils à un ordre de religieuses en guimpes et habits verts si foncés dans cette lumière sombre qu'ils paraissaient presque aussi noirs que les vêtements des vraies sœurs du couvent.

Bien que la ville comptât, hors saison, moins de deux mille habitants, un afflux régulier de pêcheurs, de plaisanciers, de campeurs, d'auto-stoppeurs et de fans du jet-ski doublait la population pendant l'été.

Dans un magasin de sports qui vendait tout et n'importe quoi, des vers de terre à la livre jusqu'aux packs de bière, Micky apprit que seuls trois terrains dans la région fournissaient des branchements d'eau et d'électricité pour camping-cars et caravanes de tourisme. Favorisant les campeurs sous la tente, la commune ne consacrait que vingt pour cent de ses sites à ceux qui avaient besoin d'installations. Deux campings privés pour 4 × 4 semblaient tout indiqués pour ceux vivant à la dure dans un certain confort.

En l'espace d'une heure, elle avait visité les trois endroits, demandant si Jordan Banks et sa famille s'étaient enregistrés, certaine que Maddoc ne voyagerait pas sous son véritable nom. Ils ne résidaient dans aucun des trois campings, où ils n'avaient réservé aucune place.

Parce que la stagnation économique avait réduit le budget vacances de certains et parce que, même par des temps meilleurs, la région avait un surplus de campings pour 4 × 4, il n'était pas toujours nécessaire de réserver et il y aurait sans doute encore de la place dans les trois campings quand Maddoc arriverait en ville.

Elle demanda à chaque réceptionniste de ne pas souffler mot de son passage à la famille Banks, au cas où elle se montrerait.

— Je suis la sœur de Jordan. Il ne sait pas que je suis ici. Je veux lui faire la surprise. C'est son anniversaire.

Si Maddoc avait de faux papiers pour corroborer son identité de Jordan Banks, il en avait probablement d'autres sous d'autres noms. Auquel cas, il pouvait déjà se trouver dans l'un de ces campings sous un nom qu'elle ignorait.

Leilani lui avait décrit le camping-car comme un bus Prevost luxueusement reconverti : « Quand les gens le voient rouler sur la route, ils sont tout excités parce qu'ils croient que Godzilla part en vacances. » En outre, Micky avait vu le Dodge Durango bleu nuit garé devant le mobile home voisin de chez Gen et elle savait que Maddoc l'accrochait en remorque du Prevost. Par conséquent, s'il s'était enregistré sous un troisième nom, elle le retrouverait en faisant le tour des campings.

Si ce n'est qu'elle devait connaître un hôte inscrit pour obtenir un laissez-passer de visiteur. Et ce dans tous les campings. Jusqu'à ce que Maddoc s'enregistre sous le nom de Banks ou qu'elle apprenne quelle autre identité il utilisait, elle n'avait aucun moyen d'effectuer cette recherche.

Elle aurait pu louer un emplacement dans chaque camping, ce qui lui aurait permis d'aller et venir à sa guise. Mais elle n'avait pas de tente, ni de matériel de camping. Or, si l'on peut dormir dans une fourgonnette et passer pour une reine du 4 × 4, dormir dans sa voiture vous ravale à l'échelon juste au-dessus du SDF, et on est tout sauf bienvenu.

En outre, son budget était si serré qu'elle ne pouvait rien gaspiller. Si elle localisait Maddoc ici sans trouver l'occasion de récupérer Leilani, elle pourrait être obligée de les suivre ailleurs. Comme elle ignorait où cette quête la mènerait, il lui fallait économiser le moindre dollar.

À moins de retourner aux trois campings à une ou deux heures d'intervalle et d'ennuyer tout le monde, Micky ne voyait qu'une façon de trouver Maddoc peu après son arrivée à Nun's Lake. Il avait fait tout ce chemin pour parler à un homme qui affirmait avoir eu une rencontre du troisième type avec des extraterrestres. Si elle pouvait surveiller la maison de ce type, elle repérerait son gibier quand il lui rendrait visite.

Au magasin de sports, où elle s'était enquise précédemment des campings accueillant les fourgonnettes, elle s'était aussi renseigné sur la célébrité locale ufologue, provoquant un rire de lassitude chez l'employé. L'individu s'appelait Léonard Teelroy et vivait dans une ferme à cinq kilomètres, à l'est de la ville.

Les indications s'avérèrent faciles à suivre ainsi que les panneaux de l'étroite route de campagne ; mais, en arrivant chez Teelroy, elle découvrit qu'on qualifiait l'endroit de ferme en raison de cultures d'autrefois et non de ce qu'on y produisait aujourd'hui. Des clôtures effondrées entouraient des champs où, depuis longtemps, les mauvaises herbes poussaient jusqu'à la taille.

On n'avait pas repeint la grange délabrée depuis des décennies. Le vent et la pluie, la pourriture, les termites et l'abandon avaient dépouillé le bâtiment d'un bon tiers de ses planches, comme si c'était la carcasse d'un mastodonte auquel les charognards avaient arraché la viande de ses côtes. Le faîte branlant du toit suggérait qu'il pourrait s'effondrer si un simple merle venait s'y poser.

Un antique tracteur John Deere, dont la marque vert clair était devenue gris tourterelle, était couché sur le flanc, envahi d'herbes folles, sur l'allée de terre qui menait à la maison. On aurait dit qu'à une époque reculée la terre furieuse s'était rebellée d'être cultivée sans trêve ni repos et, lâchant soudain un enchevêtrement de ronces de son sein, avait piégé le tracteur en action, le saisissant aux pneus et étranglant son conducteur.

Micky n'avait pas eu l'intention à l'origine de rendre visite à Teelroy, seulement de surveiller la maison jusqu'à l'arrivée de Maddoc. Elle la dépassa en voiture et tout de suite, à l'est de la ferme, s'aperçut que le bas-côté nord de la route de campagne était à la même hauteur que les terres qui l'entouraient ; elle avait l'embarras du choix entre plusieurs endroits où reculer sa voiture parmi les arbres et faire le guet depuis une position relativement dissimulée.

Avant même d'en élire un, une inquiétude la saisit : et si Maddoc était déjà venu et reparti ? Si elle lui succédait, elle ferait le guet tandis que Sinsemilla et lui quitteraient Nuns'Lake avec Leilani pour une destination inconnue, non localisable.

Elle avait choisi un itinéraire qui contournait le Nevada, de crainte que la mise en quarantaine de la partie est de l'État par le gouvernement ne s'élargisse jusqu'à englober sa superficie entière, la prenant au piège dans ses frontières. Si Maddoc était passé par le Nevada et n'avait rencontré aucun barrage routier, il avait eu à couvrir moins de kilomètres qu'elle pour arriver jusqu'ici.

Chaque jour, elle avait roulé de longues heures, sûrement plus longtemps que Maddoc n'aurait eu envie de le faire, au volant d'un véhicule tel que son camping-car bien plus difficile à manier. Et elle était certaine que sa Camaro avait tout au long du voyage conservé une vitesse moyenne plus élevée que celle du lourd bus de Maddoc.

Néanmoins...

À la première occasion, elle fit demi-tour et revint à la ferme Teelroy. Elle s'engagea dans l'allée, dépassa la carcasse rouillée du tracteur renversé, ralentit et l'observa de plus près. Elle s'attendait à moitié à entrevoir les ossements blanchis du conducteur étranglé par les ronces qu'elle venait d'imaginer, parce qu'au second coup d'œil, la ferme lui apparut comme un endroit encore plus sinistre – et étrange – qu'à première vue.

Si jamais Norman Bates, psycho de chez *Psychose*, échappé de l'asile et redoutant que la réouverture immédiate de son motel ne facilite les recherches de la police, avait décidé d'appliquer ses connaissances des lois de l'hospitalité à un simple bed-and-breakfast, cette vieille baraque l'aurait enchanté. Le soleil, la pluie, la neige et le vent étaient les seuls peintres qu'avaient connus ces murs depuis vingt ans. Teelroy avait assuré le minimum d'entretien pour s'épargner une mort effroyable lors d'une implosion spontanée de la bâtisse.

Entre la Camaro et l'escalier de la véranda, Micky traversa les vestiges d'une pelouse ; sol nu et touffes d'herbe rabougries. Les marches de bois disjointes craquèrent. Le plancher de la véranda gémit sous son poids. Après avoir frappé, elle recula de quelques pas. En se tenant trop près du seuil, elle semblait prêter le flanc à un Jack l'Éventreur potentiel.

L'atmosphère n'aurait pas pu être plus calme si toute la ferme avait été sous une cloche de verre. Le ciel couleur d'ecchymose avait l'air irrité, comme si, d'un moment à l'autre, il allait se venger durement sur tout ce qu'il recouvrait.

Micky n'entendit personne s'approcher de la porte, mais tout à coup, on en tira le battant vers l'intérieur. Dans l'encadrement apparut une masse formidable sentant le lait suri, avec une figure ronde et rouge tel un ballon d'enfant, et une barbe si hérissée qu'on aurait dit de l'amarante. La salopette et le T-shirt blanc suggéraient qu'un être humain se tenait devant elle, mais cette impression n'était confirmée que par ce qu'elle voyait au-dessus d'un nez rubicond en forme de courge, sillonné de capillaires éclatés. Entre ce nez et un crâne aussi dépourvu de poil qu'une tomate, deux yeux marron noyés dans la graisse confirmaient son humanité, car ils étaient pleins de soupçon, de tristesse, d'espoir et de nécessité.

— Monsieur Teelroy ? demanda-t-elle.

— Oui – qui d'autre ? – y a personne ici à part moi.

De cette masse barbue et malodorante sortait une voix aussi douce que celle d'un enfant de chœur.

— Le Leonard Teelroy qui a eu une rencontre du troisième type ?

— De quelle boîte vous êtes ? fit-il aimablement.

— Boîte ?

Il l'examina de la tête aux pieds et inversement.

— Les vraies gens z'ont pas si belle apparence que vous, mam'zelle. Vous vous z'êtes mal habillée pour tenter de le cacher, mais c'est écrit Hollywood partout sur vous.

— Hollywood ? Je ne suis pas certaine de vous suivre.

Il lança un regard à la Camaro dans l'allée.

— Le tas de ferraille, c'est un détail bien vu.

— C'est pas un détail. C'est ma voiture.

— Les gens comme moi, y sont nés pour des bagnoles comme ça. Quelqu'un comme vous, jolie comme une actrice – elle est née avec la clé d'une Mercedes dans la main.

Il n'était ni bourru ni agressif. Mais il avait des opinions bien arrêtées et, en dépit de son ton suave, une attitude ferme.

Il semblait attendre quelqu'un d'autre. Puisqu'il l'avait apparemment confondue avec cette autre personne, elle tenta de tout reprendre par le début.

— Monsieur Teelroy, je viens juste d'entendre parler de votre expérience avec les ovnis et vous demander...

— Bien entendu que vous êtes venue me demander parce que c'est l'une des plus grandes histoires de tous les temps. C'est une bombe ce qui m'est arrivé. Et je veux bien vous donner tout ce dont vous z'aurez besoin... *après* avoir signé le contrat.

— Quel contrat ?

— Mais j'attends de l'honnêteté de ceux avec qui je fais affaire. Vous z'auriez dû arriver dans votre vraie Mercedes, avec vos vrais vêtements et me dire d'entrée avec quel studio ou chaîne de télé vous êtes. Vous m'avez même pas dit votre nom.

Maintenant elle comprenait. Il croyait que son expérience avec les ovnis serait le prochain Spielberg, où Mel Gibson jouerait son rôle, celui de Leonard Teelroy.

Absolument pas intéressée par la rencontre du troisième type, Micky vit que la méprise lui permettrait peut-être d'obtenir le renseignement dont elle avait vraiment besoin.

— Vous êtes un homme perspicace, monsieur Teelroy.

Rayonnant, il se rengorgea sous le compliment. Son teint d'un rouge peu naturel s'aviva davantage, comme le font les chaudières dans les dessins animés avant d'exploser.

— Je sais ce qui est convenable. C'est tout ce que je demande – rien que ce qui est convenable pour une histoire aussi énorme.

— Je ne peux pas joindre mon patron un dimanche. Demain, je l'appellerai au studio, je discuterai avec lui de la situation et je reviendrai avec une offre tout ce qu'il y a de professionnel.

Il opina deux fois, lentement, comme un gentleman courtois qui donnerait son accord aux aimables propositions d'une dame.

— J'en serais ravi.

— Une question, monsieur Teelroy. Sommes-nous en concurrence ?

En le voyant hausser le sourcil, elle précisa :

— Le représentant d'un autre studio est-il déjà venu ici ce matin ?

— Personne à part vous.

Soudain et de manière visible, il comprit qu'il devait lui laisser l'impression qu'on lui avait fait miroiter d'énormes sommes.

— Mais un bonhomme m'a rendu visite hier – il hésita – un bonhomme d'un grand studio.

Ce pauvre Leonard ne mentait pas très bien ; sa voix enfantine s'enroua, embarrassé qu'il était de son audace.

Même si quelqu'un était passé ici le samedi, posant des questions sur les ovnis, ce n'était pas Maddoc. Au mieux, le Prevost n'avait pu précéder Micky à Nun's Lake que de quelques heures.

— Je vous dirai pas *quel* studio, ajouta Teelroy.

— Je comprends.

— Et y a pas une demi-heure, on m'a passé un coup de fil à cause de tout ça. Le type m'a dit qu'il venait de Californie pour me voir, alors je suis sûr qu'il est dans le même bizness que vous.

Hésitation et enrouement avaient disparu de sa voix. Il ne mentait plus.

— On a rendez-vous bientôt.

— Eh bien, monsieur Teelroy, je suis certaine que vous avez entendu parler des films Paramount – n'est-ce pas ?

— C'est une grosse boîte.

— Très grosse. Je m'appelle Janet Hitchcock – je ne suis pas une parente d'Alfred – et je suis cadre chez Paramount.

Si Maddoc était celui qui avait rendez-vous, elle espérait empêcher Teelroy de parler d'elle d'une façon qui ferait comprendre au maudit médecin qui était passé avant lui. Il n'y aurait désormais plus de référence à une femme anonyme « jolie comme une actrice » dans une vieille Camaro poussiéreuse. Teelroy ne songerait plus qu'à lâcher le nom de Janet Hitchcock de chez Paramount.

— Enchanté de vous connaître, mademoiselle Hitchcock.

Il lui tendit la main, et elle la lui serra avant d'avoir le temps de se demander où il l'avait laissée traîner récemment.

— Je vous rappellerai demain, mentit-elle. On organisera une réunion pour l'après-midi.

Même si l'homme était grotesque, même s'il essayait de lui monter un bateau, même s'il était en plein fantasme, et peut-être dangereux, Micky regretta de lui mentir. Ses soupçons s'étaient dissipés, mais il avait toujours des yeux tristes, implorants. Il était plus lamentable qu'agressif.

Le monde contenait trop d'individus n'ayant de cesse d'achever les blessés. Et elle ne tenait pas à être du nombre.

63.

Curtis, assis sur le siège du copilote du Fleetwood à l'arrêt, regarde par le pare-brise en se demandant si les religieuses vont se risquer à faire du ski nautique avec un orage prêt à éclater. Il est arrivé cet après-midi à Nun's Lake, sous la protection des sœurs Spelkenfelter. Ils se sont installés dans un camping leur offrant une vue sur le lac, encadrée par des arbres.

Au cours des dernières vingt-quatre heures, Curtis n'a aperçu aucune religieuse ni sur le lac, ni en pleine activité sur le rivage. Il est déçu. Lui qui a vu tant de religieuses d'une merveilleuse bonté dans des films – Ingrid Bergman ! Audrey Hepburn ! – il n'en a pas encore aperçu une depuis son arrivée dans ce monde.

Les jumelles lui ont assuré que, s'il se montre patient et vigilant, il en verra des dizaines en habit faire du ski nautique, de la planche à voile et du scooter des mers. Affirmations qu'elles ont ponctuées de petits rires si enchanteurs qu'il en a déduit que les nonnes en train de s'ébattre devaient être l'un des plus charmants spectacles de cette planète.

Après que Curtis leur eut révélé sa vraie nature, vendredi soir, à Twin Falls, Cass et Polly se sont portées volontaires pour être sa garde royale. Il a essayé de leur expliquer qu'il ne descendait pas d'une lignée impériale, qu'il était quelqu'un d'ordinaire comme elles. Enfin, pas *tout à fait* comme elles, étant donné qu'il possède la capacité de contrôler sa structure biologique et de changer de forme pour imiter tout organisme doté d'intelligence et de raison, mais *autrement*, à peu de chose près comme elles, sauf qu'il n'a aucun talent de jongleur, et serait paralysé de timidité s'il devait jouer tout nu sur une scène à Las Vegas.

Elles, de leur côté, plaquent sur la situation un modèle tiré de *La Guerre des Étoiles*. Elles tiennent à le considérer comme une Princesse Leila sans les gros seins, ni la coiffure en macarons. Leur faculté d'émerveillement une fois stimulée, elles passent à la vitesse supérieure. Elles lui disent qu'elles ont rêvé depuis longtemps de ce moment et sont prêtes à consacrer le reste de leur vie à l'aider dans la tâche que sa mère et ses disciples sont venus accomplir ici. Il leur a expliqué sa mission et elles ont compris ce qu'il peut faire pour l'humanité. Il ne leur a pas encore donné le Don, mais il n'y manquera pas. Bientôt. Et cette perspective les enthousiasme.

À cause de la gentillesse qu'elles lui ont montrée et parce qu'il en est venu à les considérer comme ses sœurs, Curtis a d'abord hésité à rester avec elles et à leur faire courir un risque. Depuis sa défaillance du jeudi, il a été Curtis Hammond sans faiblir, dans le moindre détail. Depuis son arrivée en ce monde, il n'a jamais été aussi moins facilement repérable par ses ennemis qu'à présent ; et, d'heure en heure, il se fond de mieux en mieux avec les êtres humains. Pourtant, alors même qu'il ne peut plus être du tout détecté par les scanners biologiques qu'il a passé tant de temps et d'efforts à déjouer, les chasseurs à la fois terrestres et extraterrestres continueront à le traquer. Et si jamais les bandits les plus méchants le trouvent, ceux qui se sont alignés avec lui dans sa tâche – telles Polly et Cass – seront destinés à une mort certaine autant que lui.

Au cours de ces six jours de folie furieuse sur Terre, cependant, il a grandi ; ses deuils terribles et sa séparation d'avec sa propre espèce l'ont forcé à comprendre qu'il ne doit pas se contenter de survivre, pas simplement *espérer* favoriser la mission de sa mère, mais retrousser ses manches et faire le travail. *Faire le travail*. Cela requiert l'aide d'un cercle d'amis solide, un noyau fiable d'âmes dévouées qui ont un cœur d'or, un esprit vif et du courage. Il a beau redouter de devoir assumer la responsabilité de mettre la vie d'autrui en danger, il n'a pas le choix s'il veut se montrer le digne fils de sa mère.

Changer un monde, comme il doit changer celui-ci pour le sauver, a son prix, parfois terrible à payer.

S'il doit réunir des forces pour ce changement, alors Cass et Polly sont les recrues idéales. La bonté de leurs cœurs, la vivacité de leur esprit ne peuvent être mises en doute et, à elles deux, elles ont assez de courage pour prêter main-forte à une section de marines. En outre, leurs années à Hollywood les ont forgées dans l'art de la survie et dans celui du maniement d'armes. Cela s'est déjà révélé utile.

Elles ont amené Curtis à Nun's Lake parce qu'elles y seraient venues de toute façon si elles ne l'avaient pas rencontré. C'était l'étape suivante de leur pèlerinage ovnis, et elles avaient fait un détour par le Ranch Neary quand le gouvernement avait bouclé une partie de l'Utah à la recherche de barons de la drogue que toute personne dotée de jugeote savait devoir être en réalité des E.T. De plus, après l'affrontement violent au magasin du carrefour, elles croyaient plus sage de s'éloigner davantage de la frontière du Nevada qu'en restant à Twin Falls, Idaho.

À présent, après une journée de repos plus que nécessaire, tandis que les jumelles se consultent dans le coin-dînette, étudiant des cartes routières pour décider du meilleur endroit où aller ensuite, Curtis surveille le lac pour y surprendre des nonnes en goguette. Mais de tels plans de campagne pour changer le monde lui occupent l'esprit qu'il a l'impression que son cerveau de dix ans va exploser, même si, sur l'insistance de sa mère bien-aimée, les capacités en ont été augmentées à plusieurs reprises. Projets de sauvetage du monde ou pas, les chiens doivent pisser. Fidèle Vagabonde fait connaître son besoin urgent en grattant à la porte de la patte et en implorant des yeux son frère-devenu.

Quand Curtis gagne la porte pour laisser sortir la chienne, Polly se lève du coin-dînette et lui recommande de rester à l'intérieur, où il sera moins facilement détecté si des agents de l'empire du mal sont dans le voisinage avec des scanners. Il leur a dit qu'aucun empire n'est ligué contre lui. La vraie situation est en un certain sens plus simple et, en d'autres, bien plus complexe, ne se limitant pas à des entités politiques standard. Les jumelles collent au modèle de la *Guerre des Étoiles* néanmoins, espérant peut-être qu'Han Solo et un Wookie vont se pointer en caravane Airstream pour que leur plaisir soit complet.

— Je vais la sortir, dit Polly.

— Personne n'a besoin de l'accompagner, explique Curtis. Je la laisserai sortir seule, mais je resterai avec elle en esprit.

— Le lien garçon-chienne, constate Polly.

— Ouais. Je peux avoir un aperçu du camping à travers ma petite sœur que voici.

— Ça fait tellement Art Bell, dit Polly.

Elle fait allusion au présentateur d'une émission de radio qui donne dans les signalements d'ovnis et autres histoires de contacts avec des aliens. Et elle en frissonne d'excitation.

Fidèle Vagabonde saute du camping-car sur le sol, les deux sœurs reprennent leur conciliabule au-dessus des cartes et Curtis retourne au siège du copilote. Son lien avec sa petite sœur est permanent, vingt-quatre heures sur vingt-quatre, qu'il soit concentré ou non. Actuellement il se concentre.

Le cockpit du Fleetwood, les arbres derrière le pare-brise, le lac sans nonnes au-delà des arbres, tout s'efface de sa conscience. Curtis se trouve à la fois à l'intérieur du camping-car et, avec Fidèle Vagabonde, de plain-pied avec le monde. Elle pisse mais pas tout de suite. À pas feutrés parmi camping-cars et caravanes, elle explore avec bonheur ce nouveau territoire et, quand elle tombe sur quelque chose qui lui plaît particulièrement, elle marque l'endroit d'un bref accroupissement et d'un ruisselet.

Le chaud après-midi se rafraîchit peu à peu alors que les nuages se déversent de l'ouest, descendent sur les pics rocheux et, piégés entre les montagnes, se condensent en nuances d'un gris plus soutenu. Il règne des odeurs de pins, de faines qui tapissent le sol de la forêt, de pluie qui s'annonce.

D'une immobilité mortelle, l'air pèse son poids d'expectative, comme si, en un instant, ce calme d'une profondeur étrange allait exploser en un tumulte furieux.

Partout, les campeurs se préparent à l'orage. On rabat les auvents de toile qu'on arrime solidement. Des femmes plient des meubles de jardin et les rangent dans un camping-car. Un homme ramène deux enfants du bord du lac, tous en maillot de bain et portant des jouets de plage. D'autres gens rassemblent des magazines, des livres, des couvertures, tout ce qui doit éviter d'être mouillé.

Fidèle Vagabonde a droit à des cris d'admiration, à des compliments sans les chercher et récompense chaque expression de ravissement d'un sourire et d'un bref remuement de queue, sans se laisser distraire de ses explorations qu'elle ne cesse de trouver intrigantes. Le monde est un océan infini d'odeurs dont chacune est un courant qui renouvelle des souvenirs complexes, ou promet de merveilleuses découvertes.

Une fois sa vessie un peu soulagée, Fidèle Vagabonde s'élance dans un labyrinthe de véhicules de tourisme, d'arbres et de bancs de pique-nique jusqu'à un camping-car qui se dresse comme un mastodonte prêt à écraser des bataillons dans une grande guerre imminente. Même comparé à l'impressionnant Fleetwood American Heritage des jumelles, l'engin est intimidant.

Sœur-devenue est attirée vers cette caravane conçue pour Zeus, non seulement par son gabarit ou son apparence formidable, mais parce que les senteurs qui lui sont associées la fascinent et la troublent à la fois. Elle s'en approche prudemment, en flaire les pneus, scrute avec prudence les ombres sous le véhicule et arrive enfin à la portière fermée, qu'elle flaire de plus belle.

Dans le Fleetwood, loin physiquement parlant de Fidèle Vagabonde, Curtis est néanmoins inquiet, submergé par un sentiment de danger. Sa première idée, c'est que ce mastodonte comme la Corvette derrière le magasin du carrefour, pourrait bien être plus qu'il ne semble – un engin d'un autre monde.

La chienne a dissipé l'illusion de la voiture de sport et perçu le moyen de transport alien qu'elle dissimulait. Ici, cependant, elle voit la même chose que tout le monde, elle trouve cela déjà bien étrange.

À la portière du camping-car, une odeur acide suggère l'amertume tandis qu'une autre essence évoque la pourriture. L'amertume n'est pas celle du quassier ou de la quinine mais celle d'une âme désespérée. La puanteur n'est pas celle de la chair en décomposition, mais d'un esprit affreusement corrompu dans un corps encore vivant. Pour la chienne, le moindre corps émet des phéromones très révélatrices de l'état d'esprit de celui qui l'habite. Et ici, il y a aussi un relent d'aigreur, qui n'est pas celle du citron ou du lait tourné. Il s'agit d'une peur distillée, supportée depuis si longtemps qu'elle arrache un gémissement de compassion à sœur-devenue.

En revanche, elle n'éprouve aucune pitié pour l'affreuse bête dont l'odeur infecte sous-tend toutes les autres. Il y a dans ce véhicule une créature qui est un volcan de fureur refoulée.

Un cloaque fumant d'une haine si noire et si épaisse que, même si le monstre n'est pas présent actuellement, sa trace caustique brûle à la manière d'émanations toxiques la truffe sensible de sœur-devenue. Si la Mort arpente vraiment le monde, avec ou sans sa robe de bure à capuche et sa faux, ses phéromones ne sont sûrement pas plus terrifiantes que celles-là. La chienne éternue pour débarrasser ses narines de ce remugle piquant, gronde, avant de s'éloigner de la porte.

Fidèle Vagabonde éternue deux fois à nouveau tandis qu'elle contourne l'avant de l'énorme camping-car et quand, sur ordre de Curtis, elle lève la tête vers le pare-brise panoramique, elle voit – en même temps – une jolie petite fille de neuf ou dix ans qui n'a rien d'un lutin, ni d'un vampire. Debout près du siège du conducteur auquel elle s'adresse, elle scrute le lac et le ciel de plus en plus métallique. Sans doute essaie-t-elle de deviner quand l'orage éclatera.

C'est à elle que pourrait appartenir l'amertume mêlant désespoir et peur distillée de longue date qui a poussé en partie sœur-devenue à aller rôder autour de l'inquiétant camping-car. La fillette, à coup sûr, n'est pas la source de la puanteur que la chienne assimile à une âme profondément corrompue. Elle est trop jeune pour s'être laissé contaminer aussi complètement l'esprit. Elle ne peut pas non plus être le monstre dont le cœur est mû par la rage et dont le sang est un flux de haine.

Remarquant sœur-devenue, elle baisse les yeux. La chienne – et Curtis invisible dans sa redoute, le Fleetwood – lève sa truffe vers elle. La queue que remue Fidèle Vagabonde émet un jugement qui se passe de mots.

La fillette est radieuse.

Dans la maison sur roues – la sienne à l'évidence – elle paraît pourtant perdue. Et hantée. Plus que cela. On dirait presque que c'est un fantôme et l'immense pare-brise qui la sépare de la chienne est comme une froide membrane entre le pays des vivants et celui des morts.

La radieuse fillette se détourne et s'enfonce dans le camping-car, s'évanouissant dans la pénombre.

64.

La nature avait repris ses droits sur la terre qui avait été la ferme Teelroy. Le cerf vagabondait où le cheval avait labouré. La mauvaise herbe régnait partout.

Magnifique, sans nul doute, à l'époque, la demeure victorienne, pleine de coins et de recoins, avait été remodelée « gothique » par le temps, les intempéries et l'abandon.

Celui qui y habitait était un crapaud répugnant : Il avait la voix mélodieuse d'un jeune prince, mais l'apparence d'un vivier de verrues. Et de pire encore.

En posant les yeux sur le Crapaud, Preston faillit retourner à son 4 × 4 et rouler plus loin sans demander son reste. Il avait du mal à croire que le récit fantastique de guérison extraterrestre de cet odieux péquenaud serait convaincant. Le type était au mieux un mauvais plaisant et, plus vraisemblablement, le produit mentalement dérangé de générations d'incestes entre « petits blancs ».

Et pourtant...

Au cours des cinq dernières années, parmi les centaines de gens que Preston avait patiemment écoutés raconter leurs histoires de visions d'ovnis et d'enlèvements par des extraterrestres, de temps à autre, les spécimens les moins probants se montraient les plus convaincants. Il se rappela que les cochons servaient à dénicher les truffes. Même un crapaud en salopette pouvait une fois de temps en temps connaître une vérité bonne à apprendre.

Invité à entrer, Preston accepta. Le seuil se révéla marquer la frontière entre l'Idaho de tous les jours et un royaume surréaliste.

Dans le vestibule, il se retrouva parmi une tribu d'Indiens. Certains souriaient, d'autres affichaient de nobles attitudes, mais la plupart semblaient aussi indéchiffrables qu'un Boudha à l'air rêveur ou un géant de l'île de Pâques. Tous paraissaient pacifiques.

Des décennies auparavant, quand le pays était plus innocent, ces statues grandeur nature, sculptées et peintes à la main, se dressaient à l'entrée des marchands de tabac. Beaucoup tenaient de fausses boîtes à cigares, comme si elles vous proposaient de fumer.

La plupart étaient des chefs couronnés de coiffes de plumes, elles aussi taillées dans le bois et peintes à la main comme le reste des costumes. Quelques braves guerriers entouraient leur chef, la tête ceinte de bandeaux ornés d'une ou deux plumes en bois. Parmi ceux qui ne tenaient pas de boîtes à cigares, certains levaient perpétuellement la main en signe de paix. L'un de ces chefs souriants faisait le signe *OK* avec le pouce et l'index.

Deux d'entre eux – un chef, un brave – brandissaient des tomahawks. Leur attitude n'avait rien de menaçant, même s'ils avaient l'air plus sévère que les autres : premiers champions du marketing agressif du tabac.

Deux chefs tenaient un calumet de la paix.

Les Indiens s'alignaient des deux côtés du vestibule long de douze mètres environ. Une bonne vingtaine, au moins.

La majorité était dos au mur, face à face, de part et d'autre de l'étroit passage. Seules quatre statues n'étaient pas dans l'alignement, disposées de biais pour surveiller la porte d'entrée, comme si c'étaient les gardiens de la ferme Teelroy.

D'autres Indiens se dressaient en alternance sur les contremarches de l'escalier, contre le mur qui faisait face à la rampe. Tous étaient tournés vers l'étage inférieur, comme s'ils descendaient assister au pow wow.

— P'pa faisait collection d'Indiens.

Le Crapaud ne se taillait pas souvent la moustache. On aurait dit une frange qui tombait sur les lèvres, les dissimulant presque. Quand il parlait, sa voix mélodieuse perçait cette forêt de poils, aussi mystérieusement qu'un esprit s'exprimant par le visage voilé d'un médium dans une séance de spiritisme. Comme il remuait à peine les lèvres on avait l'impression qu'il ne parlait pas, qu'il n'était qu'une radio organique recevant un signal diffusé par une autre entité.

— Ils valent un paquet ces Indiens, mais j'peux pas les vendre. C'est le truc le plus précieux que m'a laissé mon p'pa.

Preston supposa que les statues avaient sans doute de la valeur en tant qu'objet d'art folklorique. Mais elles ne présentaient pas le moindre intérêt pour lui.

L'art, l'art folklorique surtout, célébrait la vie contrairement à Preston.

— Venez au salon, dit son hôte rougeaud et hirsute. On va discuter de tout ça.

Avec la grâce d'un porc qui titube, le Crapaud se dirigea vers une arche sur la gauche.

L'arche, autrefois ample, avait été réduite à une étroite ouverture par des magazines ficelés en ballots de dix et de vingt, puis empilés en colonnes serrées, se soutenant réciproquement. Avec sa corpulence, il semblait impossible que le crapaud s'y fraye un passage. De façon surprenante, il se glissa entre les piliers de papier compressé sans difficulté, ni hésitation. Après des années de cet exercice quotidien, cette boule de graisse avait sans doute lubrifié les empiètements de magazines de ses corps gras naturels.

À vrai dire le salon n'était plus une pièce, il était transformé en un dédale d'étroits couloirs.

— M'man gardait tous les magazines, expliqua le Crapaud. Moi aussi.

Des tas de revues et de journaux de plus de deux mètres cloisonnaient le labyrinthe. Certains étaient ficelés, d'autres, rangés dans des cartons sur lesquels on avait écrit à la main, en lettres majuscules, le nom des publications. Encastrées entre les contreforts de magazines et de cartons qui les jouxtaient, de grandes étagères de bois croulaient sous des livres de poche, des numéros de *National Geographic*, des piles de magazines à sensation jaunis des années 20 et 30.

Des niches exiguës, au creux de ces excentriques palissades, accueillaient quelques meubles. On avait glissé un fauteuil entre deux piles de magazines où d'autres tabloïds déchirés s'entassaient sur le tissu usé jusqu'à la trame de son siège. Ici, se trouvait un petit guéridon avec une lampe, là, une patère avec huit crochets où étaient accrochés au moins le double de feutres bouffés aux mites.

D'autres Indiens grandeur nature étaient imbriqués dans les cloisons, au milieu du fatras. Deux étaient des femmes. Des princesses indiennes. Ravissantes. L'une fixait l'horizon lointain, solennelle et mystique. L'autre avait l'air dépassée par les événements.

Aucun jour ne pénétrait par les fenêtres au cœur du

labyrinthe. L'ombre s'accrochait partout. Il n'y avait qu'un plafonnier et des lampes aux abat-jour tachés, à pompons, disséminés dans des niches pour trouer l'obscurité.

L'odeur acide du papier journal et des livres de poche jaunissants dominait l'ensemble, tandis qu'une âcre puanteur d'urine sévissait dans des recoins. En dessous : une bouffée de mildiou, des traces d'insecticide en poudre – et le parfum subtil de la chair en décomposition, sans doute celle d'un rongeur mort depuis longtemps et qui n'était plus qu'un résidu de cuir et de fourrure grise enveloppant des os parcheminés.

Preston, qui détestait la saleté, trouvait cette ambiance attirante. La vie n'avait pas droit de cité ici : c'était une maison de la mort.

Les Indiens de magasins de tabac encastrés dans les parois du labyrinthe donnaient à la maison un air de catacombes, comme si ces statues étaient des corps momifiés.

En suivant le Crapaud à travers les tours et détours de cette toile en trois dimensions, Preston s'attendait à découvrir M'man et P'pa Crapaud, bien que morts, installés chacun dans sa niche : leur tenue funéraire flottant largement sur leurs squelettes desséchés ; yeux et lèvres clos, cousus par du fil mortuaire ; oreilles racornies en nœuds tendineux ; peau tavelée et ratatinée, collée aux crânes ; narines dévidant des fils d'araignée tels des panaches de souffle froid.

Quand le Crapaud le fit enfin pénétrer dans une clairière, où l'on pouvait s'asseoir et parler, Preston fut déçu de ne pas y trouver de cadavres de famille, conservés avec amour. Ils tenaient à peine à deux dans cette petite pièce au cœur du labyrinthe. Un fauteuil, flanqué d'un lampadaire et d'une petite table, faisait face à un poste de télévision. Sur le côté, il y avait un canapé recouvert de brocart ourlé d'une frange à pompons.

Le Crapaud prit place dans le fauteuil.

Preston s'avança jusqu'au canapé, le plus loin possible de son hôte. Se serait-il assis plus près qu'ils se seraient retrouvés dans un tête-à-tête d'une intimité intolérable.

Ils étaient entourés par les parois du labyrinthe, faites de magazines, de livres, de vieux 78 tours, stockés dans des caisses de lait en plastique, de piles de boîtes à café vides, pouvant contenir tout et n'importe quoi – boulons, écrous, doigts tranchés, meubles-radios trapus des années 30, entassés, ainsi que d'autres objets en trop grand nombre pour en dresser le catalogue, tous emboîtés, tenus ensemble par le poids, la moisissure et l'inertie, consolidés par des planches et des cales placées à des points stratégiques.

Le Crapaud, comme ses loufoques de m'man et p'pa avant lui, était un obsessionnel de classe internationale. Un roi des chiffonniers.

— Alors, vous proposez quoi ? dit le Crapaud bien calé dans son fauteuil.

— Comme je vous l'ai expliqué tout à l'heure au téléphone, je suis venu vous entendre parler de votre rencontre rapprochée.

— Voilà ce qui se passe, monsieur Banks. Après toutes ces années, le gouvernement vient de me couper ma pension d'invalidité.

— Navré de l'apprendre.

— On m'a accusé de faire semblant depuis vingt ans, ce qui est faux, je suis catégorique.

— Je n'en doute pas.

— Peut-être que le docteur qui m'a fait mon certificat était un spécialiste de ce genre de racket, comme on me l'a dit, et peut-être que j'étais le seul qui souffrait *pour de bon* à avoir franchi sa porte, mais j'étais un authentique handicapé léger, que j'aille en Enfer si c'est pas vrai.

— Qu'est-ce que tout ça a à voir avec votre rencontre rapprochée ? demanda Preston.

Un petit animal d'un rose luisant sortit la tête de la grande barbe broussailleuse du Crapaud.

Preston se pencha en avant, fasciné, avant de comprendre que c'était la langue du bonhomme. Elle glissait le long de ses lèvres, qui avaient tout à gagner à rester dissimulées, peut-être pour les lubrifier afin de faciliter l'émission de tels mensonges.

— Je suis reconnaissant, dit le Crapaud, que des hommes des étoiles à trois yeux soient venus me soigner. Ils formaient une équipe bizarre, y a pas à tortiller, et assez effrayante pour plaire au grand public que vous visez, mais malgré qu'ils soient si effrayants, j'admets qu'ils ont fait une bonne action avec moi. Le problème, c'est que, maintenant, je suis plus l'handicapé léger que j'ai toujours été, et qu'y a plus moyen de récupérer ma pension d'invalidité.

— Quel dilemme ! fit Preston.

— J'ai promis aux hommes des étoiles – solennellement – de ne pas révéler au monde ce qu'ils ont fait ici. Je me sens très mal de briser ce serment, mais la dure vérité, c'est que je dois manger et payer mes factures.

Preston acquiesça.

— Je suis certain que les hommes des étoiles comprendront.

— Bien sûr, ça veut pas dire bien sûr que je leur suis pas reconnaissant de m'avoir ôté mon handicap directo avec ce truc lumineux bleu à eux. Mais tout-puissants qu'ils étaient, ça semble étrange qu'ils aient pas aussi pensé à me donner un don ou un talent avec lequel je pourrai gagner ma vie. Comme lire dans les pensées ou voir l'avenir.

— Ou transformer le plomb en or, suggéra Preston.

— C'est ça qui serait vachement bien ! affirma le Crapaud, frappant d'une main l'accoudoir de son fauteuil. Et j'abuserais pas de ce privilège, non plus. Je me ferais juste le petit tas d'or dont j'ai besoin pour m'en sortir.

— Vous m'avez l'air responsable sur ce plan, fit Preston.

— Merci, monsieur Banks. Je vous en sais gré. Mais tout ça, c'est du bla-bla, pasque les hommes de l'espace, ils ont pas pensé à me favoriser à cet égard. Alors... même si j'ai honte de briser ma promesse solennelle, je vois pas d'issue à ce dilemme, comme vous l'appelez, sauf de vendre mon histoire de déshandicapé par des aliens.

Même si le Crapaud donnait un sens plus profond au *fumiste* que n'importe quel homme politique de récente mémoire, et même si Preston n'avait aucune intention de chercher son portefeuille et d'y pêcher un billet de vingt dollars, la curiosité le contraignit à demander :

— Combien en voulez-vous ?

Ce qui aurait pu passer pour une expression de ruse creusa le front couperosé du Crapaud, lui pinçant le coin des yeux et fripant d'autant plus son nez de beignet poché. À moins qu'il ne subisse une mini attaque.

— Bon, m'sieur, on est tous les deux des biznessmen intelligents, et je vous respecte infiniment comme vous me respectez, j'en doute pas. Quand des gens pareils à nous en viennent à traiter des affaires, je crois pas que ça soit à moi de vous donner mon chiffre. C'est comme qui dirait plus à vous d'ouvrir le marché avec une offre convenable à laquelle, toute considération gardée, je répondrai. Mais en voyant comme vous vous êtes conduit en gentleman avec moi, je vais vous faire la faveur spéciale de vous dire que je sais ce qui est convenable et que ce qui est convenable est un peu au-dessus du million de dollars.

Le bonhomme était complètement dingue.

— Je suis certain que c'est convenable, lui répondit Preston, mais je ne crois pas avoir cette somme dans mon portefeuille.

Avec un rire argentin, presque de fillette, le Crapaud tapa le fauteuil des deux mains. On aurait dit qu'il n'avait jamais rien entendu de plus drôle.

Sûr d'être drôle à son tour, le Crapaud se pencha en avant et lança avec un clin d'œil :

— Au moment venu, j'accepterai votre chèque et un permis de conduire sera pas nécessaire.

Preston opina en souriant.

Dans sa quête de contact avec les extraterrestres, il avait toléré de frayer, au fil des années, avec un nombre incalculable de neuneus et de filous. C'était le prix à payer pour l'espoir de trouver un jour la vérité et la transcendance.

Les E.T. étaient réels. Il avait très envie qu'ils le soient, même si ce n'était pas pour les mêmes raisons que le Crapaud ou les fans des ovnis lambdas. Preston *avait besoin* qu'ils soient réels pour que sa vie ait un sens.

Le Crapaud reprit son sérieux.

— Monsieur Banks, vous m'avez pas encore dit quelle est votre boîte.

— Quelle boîte ?

— Dans un véritable esprit de juste tractation, je suis obligé de vous dire qu'un peu plus tôt dans la journée, Mlle Janet Hitchcock de Paramount en personne m'a rendu visite. Elle me fera une offre demain. Je lui ai dit d'emblée que vous étiez intéressé, sans pouvoir lui préciser quelle était votre boîte, étant donné que je la connaissais pas.

Si les films Paramount avaient envoyé une de leurs cadres à Nun's Lake pour acheter au Crapaud son histoire d'aliens guérisseurs, leur acquisition des droits cinématographiques pouvait passer pour un présage fiable que l'univers allait imploser incessamment sous peu et se compacter instantanément en une boule de matière dense de la taille d'un petit pois.

— Je crains qu'il n'y ait eu un malentendu, fit Preston.

Le Crapaud ne voulait pas entendre parler de malentendus, seulement de traites bancaires à sept chiffres.

— J'vous bazarde pas des conneries, m'sieur. Notre respect réciproque est trop grand pour ça. J'peux vous prouver chaque mot de ce que je dis rien qu'en vous montrant un truc, *un seul truc*, et vous saurez que c'est vrai de vrai, dans le moindre détail.

Il s'extirpa de son fauteuil comme un porc de sa bauge et sortit du labyrinthe en se dandinant par un chemin différent de celui qu'ils avaient suivi en venant du couloir d'entrée jusqu'ici.

— Venez, monsieur Banks, vous verrez !

Preston n'avait pas peur du Crapaud et était sûr que l'homme vivait seul. Même si d'autres membres de ce clan consanguin se tapissaient aux alentours et se révélaient de féroces psychotiques, la perspective de les rencontrer ne le démontait pas.

L'atmosphère de déclin et de dissolution de la demeure contribuait, selon Preston, à son ambiance romantique. Pour un individu si épris de la mort, c'était l'équivalent d'une plage d'Hawaii à la clarté des étoiles. Il avait envie d'en pousser plus avant l'exploration. En outre, bien que le Crapaud jusque-là lui ait paru un imposteur flagrant, sa douce voix claire avait résonné d'un semblant de sincérité en affirmant à Preston qu'il pouvait lui montrer une preuve que son histoire était « vraie de vraie, dans le moindre détail ».

Preston suivit son hôte dans des tunnels de papier, d'Indiens et de mobilier empilé, dans une garenne de magazines de mode, de torchons et de journaux jaunis condensés en matériaux de construction.

Hors de passages anguleux qui s'entrecroisaient, à l'odeur aussi bizarre que les galeries les plus profondes des tombeaux de l'antiquité égyptienne, en contournant une spirale sombre où la respiration bouche ouverte du Crapaud se réverbérait en chuchotis sur chaque surface tel un bruit de scarabées courant dans les murs, ils traversèrent deux autres grandes pièces, identifiables comme espaces séparés uniquement par leurs embrasures. On avait retiré les portes, pour faciliter la circulation dans le labyrinthe. Montants et boutisses étaient enchâssés, comme des étais de puits de mine, dans les matériaux tassés qui formaient ces corridors de baraque foraine.

On avait condamné toutes les fenêtres. Les cloisons du labyrinthe s'élevaient souvent jusqu'au plafond, si bien qu'on ne se rendait pas compte lorsqu'on passait d'une pièce à l'autre. Quant au plancher, en chêne, il était patiné par des traînements de pied, noircis ici et là de curieuses taches qui ressemblaient à des tests de Rorschach.

— Vous allez voir, monsieur Banks, siffla le Crapaud, en se faufilant dans ce dédale, tel un Hobbit monté en graine. Ah, vous l'aurez la preuve, et comment !

À l'instant où Preston se disait à moitié sérieusement que cette maison bizarre n'était qu'un tétraèdre reliant les dimensions entre elles, existant dans plusieurs mondes parallèles, et qu'elle se poursuivait peut-être indéfiniment, le Crapaud le fit déboucher dans une cuisine.

Mais pas une cuisine ordinaire.

Les appareils habituels y figuraient. Une vieille cuisinière en émail blanc – jauni et ébréché – avec des fours côte à côte sous une plaque. Un réfrigérateur bourdonnant qui paraissait dater de l'époque où on l'appelait encore une glacière. Un grille-pain, un micro-ondes. Mais la normalité se bornait à ces appareils-là.

Chaque plan de travail, de sa surface en Formica au-dessous des placards du haut, était bourré de cadavres de bouteilles de bière et de boissons gazeuses, empilées à l'horizontale comme celles d'une cave à vin. Quelques portes de placard étaient ouvertes ; à l'intérieur, d'autres bouteilles vides. Une pyramide de bouteilles occupait la table de la cuisine. La fenêtre au-dessus de l'évier donnait sur une véranda fermée qui semblait contenir des milliers d'autres de bouteilles.

Le Crapaud préparait apparemment tous ses repas sur le plan de travail central – billot de boucher, pareil à une grande île, dans un état indescriptible.

Une porte s'ouvrait sur une volée de marches trop étroites pour qu'on y entrepose des Indiens. Là, avec de la glu, on avait fixé aux cloisons et au plafond de la cage d'escalier des bouteilles de bière vides – la plupart, vertes, d'autres, transparentes – des centaines et des centaines, comme du papier mural en trois dimensions.

Bien que le résidu malté de tous ces contenants se fût évaporé des années auparavant, l'escalier sentait toujours la bière éventée.

— Par ici, monsieur Banks ! On est plus très loin. Vous allez voir pourquoi un million et des poussières est un juste prix.

Preston suivit le Crapaud tout en haut des marches tapissées de verre. Une accumulation de détritus semblable à celle du rez-de-chaussée avait rétréci le couloir du haut.

Ils franchirent des pièces dont on avait ôté les portes. Des annexes du labyrinthe principal, celui du bas, semblaient avoir été ménagées dans cet espace à rallonge.

La chambre à coucher du Crapaud était encore dotée d'une porte. La pièce, au-delà du seuil, n'avait pas été transformée en galeries de fourmilière comme tant d'autres de cette maison. Deux tables de nuit avec lampes de chevet flanquaient le grand lit défait. Une commode, un chiffonnier et une penderie procuraient au Crapaud toute la place pour entreposer ses salopettes.

La menace de normalité était maintenue à distance, cependant, par une collection de chapeaux de paille accrochés à des clous sur chaque mur, du sol au plafond. Des chapeaux de paille pour hommes, femmes et enfants. Des chapeaux de paille de tout style connu, pour tous les usages, de celui du garçon de ferme à celui de la dame qui désire une coiffure convenable pour se rendre à l'église par un chaud dimanche d'été. Ces chapeaux de paille de couleur naturelle ou pastel, à divers stades de détérioration se superposaient les uns aux autres au point que Preston faillit oublier que c'étaient des couvre-chefs et voir dans leurs formes répétées un motif de tapisserie rappelant les parois isolantes d'un studio d'enregistrement ou d'une station de radio.

Une seconde collection encombrait la pièce : des dizaines et des dizaines de cannes, simples ou fantaisie. Des cannes en noyer à embout de caoutchouc et poignée lisse. Des cannes en noyer aux pommeaux marquetés. Des modèles en chêne, acajou, érable, merisier ou inox, certains avec des pommeaux simples, d'autres agrémentés de poignées figuratives en cuivre ou bois sculpté. Des cannes laquées noires à embout d'argent, l'accessoire parfait pour un Fred Astaire en smoking, étaient accrochées à côté des cannes blanches d'aveugle.

Les cannes étaient regroupées dans plusieurs porte-parapluies, mais pendaient aussi de la coiffeuse, du chiffonnier et de la penderie qui, au lieu d'être fermée par des draperies, l'était par des rideaux de cannes qui pendillaient des tringles.

À l'une des fenêtres, le crapaud avait décroché par avance une dizaine de cannes de la tringle, dégageant une partie de la vitre. Il avait aussi à moitié nettoyé le carreau en le frottant de sa main.

Il conduisit Preston jusqu'à ce point de vue et montra la direction nord-est et, au-delà d'un champ en jachère, la route de campagne.

— Monsieur Banks, voyez le bois, après la petite route ? Maintenant, si vous regardez à soixante-dix mètres à l'est de l'entrée de ma ferme, vous apercevrez sacrément bien une voiture garée entre les arbres, là-bas, dit-il essoufflé.

Preston était troublé et déçu. Il espérait que la preuve d'une guérison due à un contact extraterrestre serait un objet alien, non fabriqué manifestement en ce monde, ou des clichés d'êtres étranges à trois yeux – ou enfin, si la preuve était visiblement bidon, quelque chose valant son pesant de rire.

— C'est le tas de ferraille qu'elle a utilisé quand elle est venue la première fois ici, pour faire semblant de pas être une grande pointure du cinéma.

Preston tiqua.

— Elle ?

— Mlle Janet Hitchcock de Paramount, comme je vous l'ai dit, elle est montée de Californie, votre territoire, jusqu'ici. Elle espionne chez moi pour voir qui est *en concurrence avec elle* !

Une paire de jumelles très puissantes étaient posées sur le rebord de la fenêtre. Le Crapaud les tendit à Preston.

Les jumelles étaient grasses au toucher. Il fit la grimace et faillit les repousser avec dégoût.

— La preuve, m'sieur, assura le Crapaud. La preuve que j'invente pas tout ce tralala avec Paramount, la preuve que je suis bien réglo avec vous, de biznesman à biznessman, avec tout mon respect. C'est rien qu'une tache brillante parmi les pins, mais vous verrez.

Curieux, Preston prit les jumelles, qu'il régla sur la voiture dans les bois. Même si le véhicule était blanc, il était dissimulé parmi les arbres très feuillus, enseveli par l'ombre, difficile à discerner.

— Elle était appuyée contre le capot, un peu plus tôt, précisa le Crapaud, à épier l'endroit où mon allée rejoint la route, espérant voir qui vous pourriez être.

La femme ne s'appuyait plus contre la voiture.

Peut-être était-elle rentrée dans l'habitacle, plongé dans le noir. Il n'arrivait pas à distinguer si quelqu'un était au volant.

— Quelle que soit la boîte dans laquelle vous êtes, en Californie, je suis sûr que vous êtes bien introduit dans le monde du cinéma, que vous allez aux mêmes fêtes que les stars, alors vous reconnaîtrez une pointure comme Mlle Janet Hitchcock de chez Paramount.

Une fois qu'il eut repéré la femme, Preston la reconnut aussitôt. Elle se tenait à l'écart de la voiture, moins dans l'ombre, adossée à un arbre, identifiable même dans la lumière noyée de l'orage imminent. Michelina Teresa Bellsong – ex-taularde, apprentie alcoolo, demandeuse d'emploi sans espoir, nièce de la sénile tante Gen, traînée à deux balles essayant de se réformer, épave pétrie de culpabilité cherchant à donner un sens à sa triste et stupide petite vie, sauveuse auto-désignée de Leilani, prête à exhumer Lukipela, tueuse de dragon aveuglée, *pute* inutile, fouinarde et indiscrète.

Sans quitter Micky des yeux, Preston déclara :

— En effet, c'est bien Janet Hitchcock. Impossible d'échapper à une guerre des enchères, monsieur – il avait failli dire *monsieur Crapaud* – monsieur Teelroy.

— Jamais de la vie j'ai machiné ça, monsieur Banks. Je voulais juste que vous sachiez que vous aviez de la concurrence, un point, c'est tout. Je ne demande rien de plus que ce que vaut vraiment mon histoire.

— Bien entendu, je comprends. J'aimerais vous faire une offre aujourd'hui même, avant mon départ, mais je préfère, dans ce cas, proposer le contrat en présence de toute la famille, puisque une somme aussi coquette vous concerne tous. Vous avez une femme, monsieur, et des enfants ? Et vos parents ?

— P'pa et m'man sont morts depuis longtemps, monsieur Banks.

— Navré de l'apprendre.

— Et je me suis jamais marié, mais c'est pas faute d'avoir eu de bonnes occasions.

— Alors, vous vivez tout seul dans cette maison pleine de coins et de recoins ? demanda Preston, les yeux toujours rivés sur la femme au loin.

— Oui, tout seul, répondit le Crapaud. Et même si je suis un célibataire invétéré, je dois avouer que... la solitude me pèse affreusement par moments. Oui, je vis tout seul.

Il soupira.

— C'est une bonne chose, fit Preston, se détournant de la fenêtre et, avec une force sauvage, il frappa le Crapaud en pleine figure avec les jumelles.

Le coup fut suivi d'un craquement liquide, d'un sanglot étranglé et de l'effondrement immédiat du type.

Preston balança les jumelles sur le lit en désordre, où il pourrait les récupérer plus tard.

Accrochées au rebord de la fenêtre, il y avait plusieurs cannes. Il s'empara de celle avec une tête de loup en bronze en guise de poignée.

Étendu par terre sur le sol, le Crapaud leva les yeux, son nez hideux brisé à présent et encore plus répugnant qu'auparavant, sa barbe hirsute constellée de sang, son visage marbré, soudain aussi pâle qu'il était congestionné à l'ordinaire.

Tenant la canne du mauvais côté, Preston la brandit au-dessus de sa tête.

Le Crapaud gisait estourbi, désorienté peut-être, mais alors son regard s'éclaircit, en voyant ce qui lui arrivait. Avec une émotion vibrante et un soulagement évident, il souffla :

— Merci.

— De rien, assura Preston en lui abattant la tête de loup en plein front. Plus d'une fois. Peut-être une demi-douzaine de fois. La canne craqua mais ne se fendit pas.

Une fois certain d'avoir tué le Crapaud, il jeta la canne abîmée sur le lit, près des jumelles. Plus tard, il essuierait les deux objets pour effacer ses empreintes. Il comptait bien finir par mettre le feu à cette grande pile de combustible. Aucun indice ne survivrait probablement aux flammes. Mais c'était un homme prudent.

Rapidement, Preston choisit une autre canne. Un serpent de cuivre poli formait la poignée, incrustée de deux yeux de verre rouge à facettes.

Il réprima une envie insensée de se coiffer d'un élégant chapeau de paille pour courtiser la dame du moment. Outre le service rendu à l'humanité et à notre Mère la Terre, tuer était amusant, mais on ne devait jamais perdre de vue que c'était aussi une affaire sérieuse, pleine de risques que beaucoup de monde désapprouvait.

Il quitta le boudoir du Crapaud mort, longea le couloir de l'étage bourré d'ordures jusqu'à l'escalier tapissé de bouteilles et descendit. Il traversa la cuisine nauséabonde, passa dans la véranda fermée où des milliers de bouteilles luisaient sombrement comme si l'orage qui approchait y était contenu, prêt à être débouché sous peu.

Une fois à l'extérieur, il traversa au pas de course une cour poussiéreuse, semée d'herbes éparses, en prenant soin de maintenir la maison entre lui et l'endroit du bois d'où Mme Bellsong, cette bonne à rien totale, continuait de faire le guet.

Très vraisemblablement, elle comptait le suivre jusqu'à Nun's Lake, en gardant ses distances pour éviter d'être repérée. Une fois qu'elle aurait découvert où il avait garé son camping-car, elle entendait évidemment attendre le moment propice et, saisissant la première occasion, enlever Leilani et l'emmener, loin de l'Idaho, chez Clarissa la Goitreuse et ses soixante perroquets, à Hemet.

Quelle stupide salope ! Des imbéciles, toutes tant qu'elles étaient. Elles croyaient qu'il n'était au courant de rien, mais il savait tout.

Au-delà de la cour aride s'étendait une prairie dont l'herbe lui arrivait aux épaules. Il lui suffisait de se baisser légèrement pour y disparaître. Se dirigeant vers l'est, il plongea dans la végétation composée de laiterons. Le couvert était en outre assuré par des plants de maïs cultivés dans un passé reculé et retournés à l'état sauvage, ils régnaient sur le champ avec un entêtement désordonné.

Il se hâtait, parallèlement à la route lointaine, comptant obliquer vers le nord, traverser la route hors de la vue de Micky, puis virer à l'ouest. Il contournerait par l'arrière Mme Bellsong, la bonne à rien, et l'assommerait avec sa canne-serpent.

Le ciel rougeoyant s'alourdissait à chaque minute, avec des nuages noirs pareils à des poings serrés, lourds d'une puissance cruelle. Ce n'était pas encore le tonnerre, mais il n'allait pas tarder. Bientôt, les éclairs zébreraient le ciel, et la foudre projetterait peut-être de chauds reflets sur le serpent de cuivre, au moment où il frapperait – et frapperait encore. Mais, en dépit des éclairs éblouissants et des grondements à venir, Preston Maddoc savait que le Paradis était vide, que personne n'occupait ces hauteurs pour voir ce qu'il tramait, ni s'en soucier.

65.

L'enfant sans mère est décontenancé, ce qui n'est pas fréquent chez lui. Il s'assied sur l'un des canapés dans le salon du Fleetwood, caressant Fidèle Vagabonde, couchée sur ses genoux, tandis que les jumelles continuent de ruminer sur des cartes routières dans le coin-repas.

Sa formation poussée a doté Curtis d'un savoir considérable sur la plupart des espèces de la Terre qu'il serait susceptible de rencontrer au cours de sa mission. Par conséquent, il connaît beaucoup de choses sur les chiens, non seulement ce qu'il a intégré à partir du nombre étonnant de représentants de la gent canine des 9 658 films qu'il a vus, mais aussi grâce à l'enseignement éclair qu'il a reçu sur la faune et la flore de cette planète.

Sa sœur-devenue a beaucoup de qualités admirables. Et son nez est un véritable atout. Sa forme, sa texture granuleuse et son noir luisant contribuent à sa beauté, mais c'est son odorat l'essentiel – il est vingt mille fois plus sensible que celui des êtres humains.

Si l'énorme camping-car dans lequel il a vu la fillette radieuse contenait aussi des chasseurs du genre de ceux rencontrés au magasin du carrefour dans le Nevada, la chienne aurait détecté leur odeur unique, l'aurait reconnue immédiatement et aurait réagi avec férocité ou une plus grande crainte que celle qu'elle avait manifestée. Lié à sa sœur-devenue, Curtis aurait eu la même conscience des souvenirs du carrefour, des images mentales déclenchées par cette odeur exotique que celle qu'il a quand la chienne tombe sur d'autres odeurs familières.

Fidèle Vagabonde n'est encore pas tombée sur une odeur du genre de celle de la bête immonde qu'elle a flairée autour du camping-car. Il s'agit de quelque chose ou de quelqu'un de l'univers de la chienne.

Ce n'est pas rassurant. Il se souvient de sa réaction face à Vern Tuttle, le tueur en série collectionneur de dents, quand ils l'avaient observé depuis la chambre dans le Windchaser tandis qu'il parlait à son reflet dans le miroir de la salle de bains. Elle avait remué un peu la queue. Si un démon tel que Tuttle ne lui avait pas hérissé le poil, combien pire doit être le monstre humain logeant dans ce nouveau camping-car, ce mastodonte inquiétant ? Il lui a tiré après tout un grondement.

Convaincu que leurs mystérieux voisins de camping ne sont pas des aliens hostiles et n'exigent donc pas une quelconque manœuvre, d'évitement ou autre, de sa part, la prudence serait pour lui de rester en sécurité dans le Fleetwood. Il trouve difficile, cependant, d'être entièrement judicieux ou même prudent alors que le souvenir de la fillette rayonnante continue de le hanter.

Il ne peut se l'ôter de la tête.

En fermant les yeux, il la revoit, droite sur le siège conducteur, penchée en avant, scrutant à travers le pare-brise. Son expression de profonde solitude et de sentiment d'abandon trouve en lui une résonance parce qu'elle exprime des émotions qu'il ne connaît que trop bien, qui renaissent en lui chaque fois qu'il ose s'attarder sur ce qui s'est passé dans les montagnes du Colorado avant même qu'il ne soit Curtis Hammond.

Il prend enfin conscience qu'il ne serait pas le fils de sa mère si la petite fille à l'air blessé lui était indifférente. La prudence n'est pas toujours ce que le cœur commande. Il est ici, après tout, pour changer le monde. Et comme toujours, cette tâche commence par le sauvetage d'une âme, puis de la suivante, puis d'encore une autre, avec patience et dévouement.

Il va du salon au coin-dînette pour expliquer son plan à Polly et Cass, toujours penchées sur leurs cartes. Elles s'y opposent, préférant qu'il reste en sécurité dans le Fleetwood jusqu'au lendemain matin, où ils déguerpiront tous les trois vers Seattle. Une fois là-bas, la population lui procurera un brouillage adéquat et un abri jusqu'à ce qu'il s'incarne vraiment en Curtis Hammond et qu'il produise enfin une signature énergétique banale, impossible à détecter.

Frustré l'espace d'un instant par leur opposition catégorique, il recourt au modèle *Guerre des Étoiles* qui les met le plus à l'aise concernant les récents événements. Il leur rappelle qu'elles sont sa garde royale et que, tout en jugeant à sa juste valeur la vaillance de leur service et en respectant la sagesse de leur avis, un héritier du trône ne peut pas autoriser sa garde à lui dicter sa conduite.

Peut-être comprennent-elles qu'il leur lie les mains avec leur propre corde, pour ainsi dire, car il a nié auparavant être un E.T. de souche royale, mais cette stratégie leur coupe néanmoins le sifflet. Elles continuent à avoir un tel respect sacré de ses origines d'outre-monde et à être si excitées de faire partie de sa mission qu'elles ne lui résistent pas longtemps. Il leur faut choisir entre leur désir de le traiter en altesse souveraine d'une autre planète et celui de le traiter en gamin de dix ans. Elles le comprennent. Alors, elles se téléchargent des mégadonnées réciproquement avec un de leurs coups d'œil Spelkenfelter, poussent un charmant soupir, comme elles seules savent le faire, et se préparent à lui fournir une escorte armée. Même si elles préféreraient que Curtis reste à l'intérieur, elles font preuve d'un enthousiasme tranquille à la perspective de l'accompagner à présent qu'il a affirmé son autorité sur elles. Après tout, elles sont les premières à reconnaître qu'elles adorent l'aventure.

Cet après-midi, elles portent des bottes de cowboy en cuir gravé, des blue-jeans et des chemises western à carreaux bleus avec des cravates-lacets. Si appropriée que soit leur tenue à leur rôle de garde du corps, elle n'a bien sûr pas le côté éblouissant des toréadors à taille basse, des débardeurs, des opales enchâssées dans le nombril.

Les jumelles glissent un sac en bandoulière à l'épaule droite, où se trouve un pistolet 9 mm.

— Tu restes entre nous deux, mon joli, recommande Polly à Curtis.

C'est une étrange façon de s'adresser à lui si elle insiste pour le considérer comme un alien royal. Mais elle lui plaît.

Cass quitte le Fleetwood la première, gardant la main droite glissée dans son sac en bandoulière.

Sœur-devenue suit Cass. Curtis suit la chienne et Polly ferme la marche, sa main droite tenant fermement le pistolet dans son sac, aussi.

Il est à peine plus de trois heures en cet après-midi d'été, on se croirait pourtant en hiver, à l'heure du crépuscule. Le fond de l'air a beau être tiède, la lumière grise imprime le paysage de son sceau glacial, rehausse la trace d'argent givré des aiguilles de pin, plaque sur le lac un mirage de glace.

À l'extérieur, Fidèle Vagabonde prend la tête, suivant la route qu'elle a déjà empruntée, en direction du mastodonte, quoique sans arrêts-pipi cette fois. Il ne reste que quelques rares campeurs. La plupart se sont claquemurés pour se mettre à l'abri de l'orage.

La petite fille radieuse n'est pas revenue à l'avant du camping-car. Curtis n'aperçoit qu'une faible lueur tout au fond du gros véhicule, que filtre le pare-brise teinté, et les reflets de branches de pin et de nuages maussades sur la vitre.

Comme Cass s'apprête à frapper à la portière, Curtis l'arrête d'un « non » prononcé à voix basse.

De même qu'auparavant, la chienne sent que la vilaine bête de l'espèce humaine, qui loge dans ce camping-car, ne s'y trouve pas en ce moment. Elle détecte à nouveau deux présences, la première produisant à la fois l'odeur amère d'une âme au désespoir et la puanteur phénoménale d'un esprit profondément corrompu. La seconde est celle d'une personne qui, ayant enduré depuis si longtemps la peur, est imprégnée d'une anxiété chronique, bien que totalement dépourvue de désespoir.

Curtis en conclut que le cœur troublé par la peur est celui de la fillette qu'il a aperçue plus tôt à travers le pare-brise.

La présence corrompue est si peu ragoûtante que la chienne retrousse les babines dans une mimique proche du dégoût, autant que sa truffe le lui permet. Si sœur-devenue pouvait froncer suffisamment le museau pour cracher, elle le ferait.

Curtis n'est pas certain que cet objet de dégoût représente une menace. Peut-être cela révèle-t-il, cependant, que la peur qui écrase la petite fille ne perturbe absolument pas la personne en question.

Encadré par les jumelles, qui surveillent le terrain de camping alentour, Curtis pose les mains sur la portière du camping-car. Au micro-niveau où la volonté l'emporte sur la matière, il ressent un courant électrique de bas voltage, semblable à celui du système d'alarme du Fleetwood, que les jumelles branchent chaque soir. Chaque courant est relié à un interrupteur. Si le flux de bas voltage est de l'énergie, l'interrupteur est mécanique, partant soumis au pouvoir de la volonté. Curtis a une forte volonté. L'alarme est enclenchée, ensuite elle ne l'est plus.

La portière est verrouillée, ensuite elle ne l'est plus. Il

l'ouvre tranquillement et jette un coup d'œil dans le cockpit : désert.

Il grimpe deux marches, puis il est à l'intérieur.

Il ne se retourne pas lorsqu'il entend une des jumelles siffler sa désapprobation.

Une seule lampe éclaire le salon. L'un des canapés a été rabattu pour servir de lit.

Assise sur le lit, elle écrivait rapidement dans son journal. Une jambe est pliée, l'autre, raide, est prise dans une prothèse métallique.

La petite fille radieuse.

Concentrée sur son texte, elle n'entend pas l'ouverture de la portière et ne s'aperçoit pas tout d'abord que quelqu'un est entré et se tient en haut des marches.

Sœur-devenue suit Curtis, se faufile entre ses jambes pour mieux regarder cette vision bardée d'acier.

Le mouvement attire l'attention de la fillette qui relève la tête. Et Curtis lance :

— Tu brilles.

66.

Après avoir reculé la Camaro sous le couvert des arbres, Micky resta un moment, appuyée à la voiture, à surveiller l'embranchement conduisant à la ferme Teelroy à une centaine de mètres de là. Trois véhicules passèrent au cours des dix minutes suivantes ; ce qui lui donna l'occasion de déterminer qu'elle serait trop loin pour distinguer si Maddoc était venu seul dans le Durango, même si elle arrivait à identifier le véhicule. Elle s'écarta cinquante mètres plus à l'ouest.

Moins de vingt minutes plus tard, postée derrière un arbre, elle aperçut le Durango qui approchait en provenance de Nun's Lake. Quand le 4 × 4 ralentit pour prendre à droite l'allée des Teelroy, Micky vit que le conducteur était seul : Preston Maddoc.

Elle rebroussa hâtivement chemin vers l'est et reprit position à l'abri des pins, près de la Camaro. De là, elle n'avait pas une vue assez distincte de la façade de la ferme pour assister à l'accueil que réserva Leonard Teelroy à Maddoc dans la véranda. En revanche, le Durango était visible. Quand il redémarrerait, elle aurait le temps de sauter dans sa voiture, et de suivre Maddoc jusqu'à Nun's Lake, à une distance qui n'éveillerait pas ses soupçons.

Elle avait espéré, irrationnellement, qu'il amènerait Leilani avec lui, auquel cas elle se serait faufilée jusqu'à la ferme dans l'intention de mettre le Durango en panne en espérant que, dans la confusion qui en découlerait, elle aurait une chance d'enlever la fillette, avant que Maddoc ne s'aperçoive de sa disparition.

Cet espoir irrationnel n'avait pas été comblé. Elle avait le choix entre attendre ici et suivre Maddoc ou retourner à Nun's Lake demander après lui – ou Jordan Banks – aux trois terrains de camping.

Elle redoutait, si elle revenait en ville, de ne pas obtenir de renseignements précis auprès des bureaux des campings. Maddoc pouvait avoir utilisé un nom qu'elle ignorait ou peut-être n'avait-il pas enregistré son camping-car du tout, le garant temporairement dans un lieu public, n'ayant pas l'intention de passer la nuit à cet endroit. Alors, tandis qu'elle irait d'un réceptionniste à l'autre, à sa recherche, il pourrait écourter sa poursuite des extraterrestres à la ferme Teelroy, accrocher son camping-car au Prevost et prendre la route. En revenant à Nun's Lake avant Maddoc, Micky risquait de le perdre et ce risque avait beau être réduit, elle ne comptait pas le courir.

Étant donné sa brève rencontre avec Leonard Teelroy, Micky ne s'attendait pas à ce que Maddoc passe beaucoup de temps avec lui. Teelroy était un excentrique, un escroc transparent cherchant à se faire du fric, et pas qu'un petit paquet. Son histoire de guérisseurs aliens n'était guère susceptible d'envoûter le Dr Fatalitas bien longtemps, en dépit de ce qui avait lancé Maddoc sur la piste des ovnis, il y avait plus de quatre ans et demi de ça.

Pourtant cinq minutes s'écoulèrent et le 4 × 4 ne bougea pas de la ferme.

Ce petit répit permit à Mickey de réfléchir, et elle se rendit compte qu'elle n'avait pas téléphoné à tante Gen. Ayant quitté Seattle à une heure indue, elle aurait réveillé Geneva en l'appelant du motel. Elle avait eu l'intention de le faire d'une cabine à Nun's Lake, mais à peine arrivée, elle s'était lancée dans la recherche de Maddoc en oubliant tout le reste. Gen devait être inquiète. Enfin, si tout se passait bien, Micky pourrait l'appeler plus tard dans la journée d'un restoroute quelconque dans l'État de Washington, avec Leilani à ses côtés attendant de lui dire bonjour et de lui balancer une vanne sur Alec Baldwin.

Aussi gris que du fer par endroits, le ciel pesait assez lourd pour arracher un souffle anxieux à l'après-midi immobile. La journée d'une chaleur agréable commença à fraîchir. Tout autour de Micky, les arbres frissonnèrent et murmurèrent sous le vent. Des oiseaux telles des flèches noires, seuls ou par formations, regagnaient leurs carquois dans les branches de pins. Avec force battements d'ailes, ils disparaissaient parmi les rameaux, prédisant à coup sûr l'imminence de l'orage.

Se tournant pour suivre une horde de moineaux, Micky découvrit Preston Maddoc. Une canne s'abattait.

L'instant d'après elle se retrouva par terre, sans avoir pris conscience de sa chute, des aiguilles de pin et de la terre plein la bouche, incapable de recracher.

Elle observa un scarabée rampant à quelques centimètres de son nez, tout à ses affaires, se désintéressant d'elle. Vu ainsi, il semblait énorme. Et derrière lui, une pomme de pin aussi haute qu'une montagne la dominait.

Sa vision se brouilla. Elle cligna des yeux pour l'éclaircir. L'infime battement de paupières libéra une clef de voûte dans son crâne et de grands blocs de souffrance la terrassèrent. Ainsi que les ténèbres.

67.

Curtis Hammond voit d'abord la fillette avec ses propres yeux et ne perçoit pas le rayonnement qui émanait d'elle quand elle avait regardé à travers le pare-brise.

Puis sa sœur-devenue grimpe les marches et se faufile entre ses jambes. À travers les yeux innocents de la chienne, yeux qui ont conscience en permanence de la Présence espiègle à la périphérie, la fillette est radieuse, lumineuse, éclairée de l'intérieur.

D'emblée, la chienne l'adore ! Elle n'en reste pas moins timidement à l'arrière, presque comme elle pourrait le faire, saisie d'une terreur respectueuse, si la Présence espiègle l'appelait auprès d'Elle pour lui lisser le poil et lui gratter le dessous du menton.

— Tu brilles, déclare Curtis.

— Tu marqueras pas des points avec les filles si tu leur dis qu'elles transpirent, répliqua-t-elle.

Elle parle doucement tout en jetant un coup d'œil vers l'arrière du camping-car.

Curtis, en garçon ayant participé à des opérations clandestines dans plus d'un Univers, pige au quart de tour ce genre de signaux. Et il baisse le ton.

— Je n'ai pas voulu dire que tu transpirais.

— Alors tu faisais une allusion grossière à ça ? demande-t-elle en tapotant sa prothèse en acier inoxydable.

Seigneur, il avait marché dans une bouse encore une fois, métaphoriquement parlant. Pourtant, il commençait à se trouver meilleur dans le domaine des rapports humains. S'il n'arrivait pas à la cheville de Cary Grant dans quasiment tous ses films, il l'emportait en revanche sur Jim Carrey dans *Dumb et Dumber* ou dans le *Grinch*. Et maintenant, patatras.

Soucieux de rattraper son faux pas, il lui assure :

— Je ne suis pas un vrai Gump.

— Je n'ai pas pensé que tu en étais un, lui dit-elle en souriant.

Ce sourire le réchauffe et fait fondre complètement sœur-devenue, qui s'approcherait de la fillette rayonnante, se roulerait sur le dos, les quatre pattes en l'air pour exprimer sa complète soumission si sa timidité ne l'en empêchait pas.

Quand la fillette hausse le sourcil en regardant derrière Curtis, il jette un coup d'œil par-dessus son épaule et aperçoit Polly qui a gravi l'escalier sur ses talons. Même si elle est encore une marche plus bas, elle réussit à voir par-dessus sa tête à lui. Aussi redoutable d'aspect qu'elle est ravissante malgré son flingue caché, ses yeux couleur flamme de gaz sont devenus bleu glacier. À en juger par la dureté avec laquelle elle examine l'intérieur du camping-car puis la fillette, son expérience hollywoodienne lui a appris à être implacable ou à jouer la dure-à-cuire de façon convaincante.

Un mouvement à la fenêtre qui perce le mur du salon, en face du lit de la petite fille, attire l'attention de celle-ci et de Curtis. Cass a trouvé dehors quelque chose sur quoi grimper, peut-être un tonneau à ordures renversé ou une table de pique-nique, qu'elle a traînés près du camping-car. Sa tête s'encadre dans cette fenêtre. Comme sa sœur, elle a l'air aussi redoutable que Clint Eastwood plissant les yeux style vas-y-mets-moi-de-bonne-humeur.

— Wouah, s'exclame doucement la fillette, délaissant son journal et retournant son attention vers Curtis encore une fois. Tu voyages avec des Amazones.

— Rien que deux, précise-t-il.

— Qui es-tu ?

Parce qu'il voit la fillette briller en la regardant à travers les yeux de la chienne et qu'il sait ce que signifie son rayonnement, il décide qu'il doit se montrer de premier abord aussi franc avec cette personne qu'il l'a été, au final, avec les jumelles. Ainsi, il répond :

— Je m'appelle Curtis Hammond.

— Et moi, Leilani Klonk, répond-elle, balançant sa jambe à prothèse comme un contrepoids pour se hisser en position assise au bord du canapé-lit. Comment as-tu fait pour couper l'alarme et déverrouiller la porte, Curtis ?

Il hausse les épaules.

— La volonté sur la matière, au micro-niveau où la volonté l'emporte.

— C'est exactement comme ça que je fais pousser mes seins.

— Ça marche pas, réplique-t-il.

— Peut-être que si. J'étais carrément concave avant. Au moins maintenant, je ne suis que plate. Qu'est-ce que tu viens faire ici ?

— Changer le monde, dit Curtis.

Polly pose une main sur son épaule pour l'avertir.

— Non, ça va, dit-il à sa garde royale.

— Changer le monde, répète Leilani, jetant à nouveau un œil vers l'arrière du camping-car avant de se mettre debout. T'en as eu l'occasion jusque-là ?

— Ben, je commence à peine et c'est un boulot de longue haleine.

De sa main qui a l'air vraiment différente, Leilani désigne un visage joyeux peint au plafond, puis les poupées vahinés qui ondulent des hanches sur les tables voisines.

— Tu changes le monde en commençant par *ici* ?

— Selon ma mère, toutes les vérités de l'existence et toutes les réponses à ses mystères sont présentes afin qu'on les voie et les comprenne dans tous les incidents de notre vie, en chaque endroit et ce, que nous soyons puissants ou misérables.

Montrant à nouveau le plafond et les poupées, Leilani ajoute :

— Ou ringards ?

— Ma mère a une sagesse pour nous aider à traverser n'importe quelle situation, crise ou perte. Mais elle n'a jamais rien dit sur la ringardise, ni pour ni contre.

— C'est elle, ta mère ? demande Leilani, en faisant allusion à Polly.

— Non, ça, c'est Polly et ne lui demande jamais si elle veut un cracker. J'ai accepté d'en manger pour elle. Celle qui regarde à la fenêtre, c'est Cass. Quant à ma mère... ben, t'es déjà allée dans l'Utah ?

— Ces quatre dernières années, je suis allée partout sauf sur la planète Mars.

— Tu n'aimerais pas Mars. Il n'y a pas d'air, il fait froid et c'est chiant. Mais en l'Utah, dans un relais routier, tu as déjà rencontré une serveuse du nom de Donella ?

— Ça ne me dit rien.

— Oh, tu t'en souviendrais, c'est certain. Donella ne

ressemble en rien à ma mère, puisqu'elles ne sont pas de la même espèce, bien que maman aurait pu lui ressembler trait pour trait si elle était *devenue* Donella.

— Bien sûr, dit Leilani.

— Tant qu'on y est, je pourrais ressembler à Donella, moi aussi, sauf que j'ai pas un volume suffisant.

— Le volume, répéta Leilani, compatissante. C'est toujours un problème, hein ?

— Pas toujours. Mais ce que j'essaie de dire, c'est qu'à sa façon, Donella me rappelle ma mère. De belles épaules d'armoire à glace, un cou à faire exploser tous les cols, des doubles mentons de taureau engraissé. Majestueuse. Magnifique.

— Je préfère déjà ta maman à la mienne, dit Leilani.

— Ce serait un grand honneur pour moi de la rencontrer.

— Fais-moi confiance, lui conseille la fillette rayonnante, ça n'en serait pas un. C'est pour ça qu'on chuchote tous. Elle est terrifiante.

— J'ai compris qu'on avait une conversation clandestine, réplique Curtis. Mais comme c'est triste que la raison en soit ta mère. Écoute, je crois ne pas t'avoir dit que je suis un extraterrestre.

— Ça, c'est une info, tombe d'accord Leilani. Dis-moi autre chose...

— Tout, lui promet-il, parce qu'elle brille.

— Tu es un parent d'une certaine Geneva Davis ?

— Pas si elle est de cette planète.

— Eh bien, elle l'est, je suppose. Mais j'aurais juré que t'étais un de ses neveux.

— Et elle, je serais honoré de la rencontrer ? demande Curtis.

— Oui. Et si ça devait arriver, j'aimerais bien être une mouche sur le mur.

Ils s'entendaient si bien que sa dernière déclaration le plonge soudain en pleine confusion.

— Une mouche sur le mur ? Tu es une polymorphe, toi aussi ?

68.

En contournant la ferme Teelroy jusqu'à la voiture de la Reine Salope dans les bois, Preston eut le temps de réfléchir et de modifier son plan initial.

D'abord, en se dirigeant à l'est à travers le champ d'herbes folles et de plants de maïs épars derrière la maison, il avait commencé à penser à elle comme à la Pocharde. Mais ça ne sonnait pas de façon satisfaisante. Lady Foie Pourri ou Miss Beurrée étaient tous deux plus drôles, mais ne collaient toujours pas. Il ne pouvait pas l'appeler les Nibards, même si c'était applicable, car il s'en était déjà servi pour tante Janice, la mère de Cousin Sac à Merde, sa première victime. Au fil des années, il s'était servi des plus intéressantes parties de l'anatomie féminine pour donner de petits noms à d'autres femmes. Consentant à en réutiliser un s'il pouvait l'affubler d'un nouvel adjectif plaisant, il avait aussi épuisé la plupart de ceux en conjonction avec des termes anatomiques. Il s'était finalement arrêté sur la Reine Salope, en se fondant sur le peu de détails, révélateurs néanmoins, qu'il connaissait concernant sa faiblesse pour les hommes qui se servaient d'elle et sur la probabilité qu'on avait abusé d'elle dans ses jeunes années : les reines, après tout, sont nées pour tenir leur rang.

On ne pouvait trop exagérer l'importance de choisir le nom qui convenait. Le sobriquet devait être amusant, bien entendu, mais aussi descriptif avec exactitude et dévalorisant pour la personne, suffisamment pour la déshumaniser, quel que soit son sexe. Ces deux dernières exigences étaient affaire de morale. Pour remplir son devoir de dégraisser le monde, et par ce biais de le préserver, un bioéthicien utilitariste devait cesser de considérer la plus grande partie du troupeau comme des personnes telles que lui. Dans l'univers intérieur de Preston, seuls les individus *utiles*, dotés d'une substance digne de l'humanité et d'une qualité de vie supérieure, portaient le même nom que dans le monde extérieur.

Donc, tuer la Reine Salope. Telle était sa mission en quittant la ferme et ça l'était toujours quand il s'était faufilé derrière elle, à travers les arbres. Mais chemin faisant, il avait changé d'avis sur la façon de la tuer.

En ayant fini avec la canne à tête de serpent, Preston la jeta sur le siège arrière de la Camaro. Les clés de la Reine Salope étaient sur le contact. Il s'en servit pour ouvrir le coffre.

Il la traîna, sur le tapis d'aiguilles de pin et de végétation pourrissante, jusqu'à l'arrière de la voiture.

Dominant ces agissements, le ciel s'assombrit davantage encore. Les cumulonimbus formaient un barrage prêt à se rompre et à se déverser. Le vent, mime habile, organisait la débandade d'une horde invisible de taureaux écumants parmi les arbres avant de les faire pourchasser par des meutes de chiens fantomatiques haletants. Les rodomontades et l'odeur de l'orage imminent excitaient Preston. La Reine Salope – attirante, flasque, encore tiède – le tentait.

Le sous-bois offrait une couche sauvage et le vent hululant parlait à la brute cruelle dans son cœur.

Avec une honnêteté dont il se glorifiait, il reconnaissait pleinement qu'il hébergeait cette brute en lui. Comme tout être né d'un homme et d'une femme, il ne pouvait prétendre à la perfection. L'admettre faisait partie de la pénétrante auto-analyse à laquelle chaque bioéthicien devait se soumettre pour obtenir la crédibilité et l'autorité d'établir des règles selon lesquelles autrui devait vivre.

Il avait rarement l'occasion de se livrer à une violence sans retenue. En général, pour éviter d'être emprisonné, il s'en était tenu dans ses assassinats aux injections massives de digitoxine et aux étouffements en douceur, à provoquer des embolies gazeuses...

Les récents et rudes efforts fournis à cause du Crapaud et de la Reine Salope l'avaient revitalisé et revigoré énormément. En effet, Preston Maddoc était *excité*.

Malheureusement, il n'avait guère de temps pour la passion. Il avait laissé son 4 × 4 devant la ferme. Un cadavre assommé à coups de canne gisait vautré dans la chambre où s'alignaient les chapeaux, attendant qu'on le découvre. Même si seuls des handicapés mentaux et des monstres de foire étaient susceptibles de visiter le Crapaud pour un médianoche, Preston devait éliminer toute preuve compromettante le plus tôt possible.

Dans le genre preuve, la Reine Salope se posait encore plus là. Il la souleva et la balança dans le coffre de la Camaro.

Du sang frais teintait ses mains. Il ramassa une poignée d'aiguilles de pin sur le sol. En les roulant doucement entre ses paumes et ses doigts, il ôta les plus grosses taches et sécha ce qui ne voulait pas s'en aller facilement.

Puis, au volant, hors des bois, sur la route, jusqu'à l'allée et au-delà du vieux tracteur renversé.

Il se gara près du Durango, devant la ferme.

Hisser la Reine Salope hors du coffre se révéla plus difficile que de l'y jeter.

Du sang brillait sur le tapis de sol où elle avait été étendue. Un instant, la vision de ces taches paralysa Preston.

Sa mise en scène prévoyait de faire croire que cette femme avait été brûlée vive avec le Crapaud, dans la ferme. Bourré d'un mur à l'autre de papier entassé, d'Indiens en bois et autre combustible sec, accéléré par quelques litres d'essence judicieusement répandus, le brasier serait si intense qu'il ne resterait pas grand-chose des corps ; même les ossements seraient largement consumés, ne laissant pas ou peu d'indices que ces morts avaient eu une autre origine que l'incendie. Des trous perdus comme Nun's Lake ne possédaient le potentiel ni policier ni médico-légal pour déceler des meurtres aussi parfaitement camouflés.

Il allait devoir s'occuper des taches dans le coffre. Plus tard. Il lui faudrait aussi essuyer d'autres parties de la voiture pour éliminer ses empreintes digitales. Chaque chose en son temps.

Alors que le vent fouettait les démons de poussière qui le précédaient de leurs gambades, il transporta la Reine Salope dans ses bras : à travers la pelouse, dans la véranda, par la porte d'entrée, dans le couloir du rez-de-chaussée, où les Indiens en sentinelle offraient leurs cigares, au-delà des grands chefs en bois, souriant à celui qui lui faisait le signe *OK* avant de s'enfoncer dans le labyrinthe.

Une fois dans ces catacombes, il choisit l'endroit. Et il procéda aux préparatifs nécessaires.

Ce fut l'affaire de quelques minutes. Et il se retrouva au volant du Durango.

Pendant son trajet de retour à Nun's Lake, le vent giflait le 4 × 4 comme s'il le poussait en avant, soufflait et hululait à sa vitre comme s'il apportait une approbation enthousiaste aux hauts faits qu'il avait accomplis et des conseils concernant ce qui lui restait encore à accomplir.

Étant donné les derniers développements, il n'était plus question d'attendre le dixième anniversaire de la Main pour s'occuper d'elle. Et il ne pouvait même pas attendre qu'ils retournent sur le lieu de sépulture du Bancroche dans le Montana, bien que le garçon en décomposition ne se trouvât qu'à une demi-journée de là.

La ferme Teelroy offrait un excellent décor de substitution pour le dernier acte de la triste et inutile existence de la Main. Bien entendu, il ne serait pas en mesure de la forcer à affronter, toucher, embrasser et se coucher près des restes de son frère avant de la tuer, comme il rêvait de le faire depuis plusieurs mois. Il regrettait de se voir refuser ce souvenir délicieux et revigorant. En revanche, le labyrinthe avait l'avantage d'être assez isolé pour qu'il ait le loisir de torturer la Main à sa guise, sans craindre qu'on ne l'interrompe. Et l'architecture même de la bizarre construction du Crapaud procurait un cadre idéal à la terreur. Le temps que Preston avait passé seul dans la forêt du Montana avec le Bancroche avait été un bonheur absolu – pour imparfait que fût l'homme qui l'éprouvait. Le jeu avec la Main serait un bonheur double, triple. Et une fois terminé, malgré la cruauté de son plaisir, il tirerait satisfaction – et même une certaine fierté tranquille – d'avoir en un seul jour exterminé trois lamentables bouches inutiles, préservant les ressources qu'elles auraient consommées dans les années à venir, épargnant aux individus utiles le spectacle de leur déchéance et, par ce biais, accroissant la somme totale de bonheur en ce monde.

69.

L'alien polymorphe venu sauver le monde avait l'aspect d'un gentil garçon. L'air moins rêveur qu'Haley Joel Osment, il avait un visage doux et de charmantes taches de rousseur.

— Dans tout l'univers connu, il n'y a que deux espèces de polymorphes, lui apprit-il avec sérieux. J'appartiens à l'une d'elles.

— Félicitations, lui dit Leilani.

— Merci, m'dame.

— Appelle-moi Leilani.

Il s'illumina.

— Appelle-moi... ben, tu pourrais pas le prononcer, étant donné la façon dont fonctionne la langue des humains, alors appelle-moi simplement Curtis. Tu sais, ce sont les deux plus anciennes espèces de l'univers connu.

— Quel pourcentage connaît-on de l'univers ? demanda-t-elle.

— D'après certains, quarante pour cent, d'après d'autres plus près de soixante.

— Ça alors, je croyais que ça dépassait pas quatorze à seize pour cent. O.K., alors tu es venu pour améliorer le monde ou plutôt pour le détruire ?

— Seigneur, non, les gens de mon peuple ne sont pas des destructeurs. Ça, c'est l'*autre* espèce de polymorphes. Ils sont mauvais et ne cherchent qu'à servir l'entropie. Ils adorent le chaos, la destruction et la mort.

— Donc, étant les deux espèces les plus anciennes... c'est un peu comme les anges et les démons.

— Plus que ça, fit-il avec un sourire aussi énigmatique que celui du dieu-soleil au plafond. Ça ne signifie pas qu'on soit parfait, Seigneur, non ! Pour ma part, j'ai volé de l'argent, du jus d'orange, des saucisses et un Mercury Mountaineer, mais j'espère – et j'en ai bien l'intention – donner des compensations. J'ai crocheté des serrures et j'ai pénétré dans des lieux qui n'étaient pas chez moi, j'ai conduit un véhicule à moteur la nuit sans allumer les phares ni attacher ma ceinture, j'ai menti un nombre incalculable de fois, même si ce n'est pas le cas en ce moment.

Le plus drôle, c'était qu'elle le croyait. Elle ne savait pas trop *pourquoi*, mais il avait l'air crédible. Ayant passé toute son existence avec des fourbes, elle avait développé une oreille absolue quand il s'agissait de différencier les notes aigrelettes du mensonge de la musique de la vérité. En outre, elle avait passé la moitié de sa vie à être trimbalée un peu partout en quête des E.T. et si bidon que la grande majorité des rumeurs se fussent avérées une fois sur place, elle avait néanmoins été imprégnée du concept de visiteurs d'un autre monde dont, inconsciemment, elle était venue à accepter la réalité – si insaisissables fussent-ils.

Et voici qu'elle se trouvait face à face avec un authentique cadet de l'espace, qui, pour une fois, n'était pas né ici-bas.

— Je suis venu, parce que ma chienne m'a averti que tu étais en détresse et en grand danger, reprit le garçon.

— De mieux en mieux.

Plantée entre les jambes de Curtis, la tête légèrement inclinée, l'adorable Fidèle Vagabonde leva timidement les yeux en fouettant le sol de sa queue.

— Mais je suis aussi ici. Parce que tu es rayonnante.

De seconde en seconde, Curtis lui paraissait de plus en plus l'égal d'Haley Joel Osment.

— Tu as besoin d'aide ? demanda-t-il.

— Mon Dieu, oui.

— Qu'est-ce qui ne va pas ?

En s'écoutant parler, Leilani s'aperçut que ce qu'elle lui racontait – et ce qui restait à lui raconter – était presque aussi incroyable que son affirmation à lui d'être d'origine extraterrestre et elle espéra que, lui aussi, possédait une oreille absolue pour séparer le mensonge de la vérité.

— Mon beau-père est un assassin qui va me tuer bientôt, ma droguée de mère s'en fiche et je n'ai nulle part où aller.

— Maintenant, si, lui dit Curtis.

— Ah bon ? Où ça ? Je ne raffole pas des voyages interstellaires.

De la chambre à l'arrière de l'*Alizé*, avec son instinct infaillible pour gâcher la bonne humeur du moment, la vieille Sinsemilla appela : « LaniLaniLaniLaniLaniLani ! », hululement couineur. « Arrive ici, dépêche ! Lani, viens, j'ai *besoiiin* de toi ! »

La voix de la chère Mater était si criarde et sinistre que Polly, l'Amazone derrière Curtis, tira un flingue de son sac et en braqua le canon vers le plafond, en état d'alerte, prête à s'en servir.

— J'arrive ! cria Leilani, voulant à tout prix empêcher l'apparition de sa mère. Puis, plus doucement, elle ajouta à l'endroit de la délégation alien : « Attendez-moi ici, je m'en occupe. Les balles n'auraient sans doute aucun effet, même si elles étaient en argent. »

Soudain, Leilani fut terrifiée ; sa crainte n'avait rien à voir avec l'anxiété sourde qui l'accablait chaque jour de sa vie, car elle était aussi aiguë que le scalpel à lame de rubis dont sa mère se servait parfois pour s'auto-mutiler. Elle redoutait que Sinsemilla, surgissant de la chambre, ne se retrouve parmi eux en tourbillonnant comme la *méchante sorcière de l'Ouest* ou ne les pourchasse dans une crise de hurlements, expulsant tout le courant emmagasiné lors de sa thérapie par électro-chocs dans des crépitements de fureur et qu'en un instant, elle ne mette fin à tout espoir – ou autrement, ne se fasse abattre par une blonde alien canon, spectacle auquel Leilani ne tenait pas non plus à assister.

À peine avait-elle dépassé le canapé-lit de trois pas qu'une idée stupéfiante, au point qu'elle faillit perdre l'équilibre, s'imposa à elle. Leilani s'immobilisa. Son regard navigua de Cass, de l'autre côté de la fenêtre, à Curtis, à Polly derrière lui, et se reposa sur Curtis avant qu'elle ne retrouve son souffle :

— Vous connaissez Lukipela ? demanda-t-elle.

Le garçon haussa les sourcils.

— C'est le nom hawaiien de Satan.

— C'est mon frère, expliqua-t-elle, le cœur battant la chamade. C'est son nom à lui aussi. Luki. Vous le connaissez ?

Curtis fit un signe de dénégation.

— Non. Je devrais ?

L'arrivée opportune des extraterrestres, même sans soucoupe volante ni rayon de lévitation, était bien assez miraculeuse comme ça. Elle ne devait pas s'attendre à découvrir que la plus grande perte de ses neuf dures années n'en était pas du tout une. Même si, chaque jour dans le monde, elle voyait à l'œuvre la grâce et la charité divines, ressentait leur puissance et survivait toujours *via* la force qu'elle y puisait, elle savait que toute souffrance n'était pas soulagée dans cette vie, car ici-bas, les êtres avaient le libre arbitre de se soutenir comme de s'anéantir mutuellement. Le mal était aussi réel que le vent et l'eau ; Preston Maddoc était à son service et tous les espoirs fervents d'un cœur de fillette ne pouvaient défaire ce qu'il avait fait.

— LANILANILANILANI ! Lani, j'ai *besoiiin* de toi !

— Attends-moi, chuchota-t-elle à Curtis Hammond. S'il te plaît, attends-moi.

Elle gagna aussi vite que sa jambe gauche handicapante le lui permettait l'arrière de l'*Alizé* et, franchissant la porte entrebâillée, entra dans la chambre.

70.

Le long de la route de campagne, des prairies luxuriantes frémissaient sous le vent, mais il n'y avait pas de cercle dans les blés, et aucun motif compliqué dans l'herbe au passage de Preston.

Le ciel avait beau devenir de plus en plus bas et d'aussi mauvais augure que dans des films sur les prises de contact avec les aliens, aucun vaisseau mère ne se matérialisa hors des nuages menaçants.

La quête de Preston d'une rencontre du troisième type ne prendrait pas fin ici en Idaho, comme il l'avait espéré. En effet, il pourrait passer les années de vie qui lui restaient à voyager à la recherche de cette expérience transcendante, de la confirmation que, croyait-il, les E.T. lui donneraient.

Il était patient. Et en attendant, il faisait œuvre utile – qui se poursuivait maintenant avec la Main.

Consciente que le temps lui était compté, la Main avait cherché à s'échapper du piège. Elle avait noué des liens inattendus avec la Reine Salope et sa siphonnée de tante et, en découvrant le pingouin de Tetsy à la place du couteau dans le matelas, avait dès lors élaboré des stratégies pour combattre Preston ou lui échapper quand il s'occuperait d'elle.

Il était au courant de tout parce qu'il lisait son journal.

La sténo codée qu'elle avait inventée pour ses écrits était habile, en particulier pour quelqu'un d'aussi jeune. Si elle avait eu affaire à tout autre qu'à Preston Maddoc, ses secrets auraient été bien gardés.

Intellectuel jouissant d'un grand respect auprès d'amis et d'admirateurs dans de nombreuses disciplines et dans plusieurs universités célèbres, il était entré en contact avec un mathématicien du nom de Trevor Kingsley, spécialiste de cryptographie. Plus d'un an auparavant, ce créateur – et briseur – de codes secrets avait déchiffré, grâce à un logiciel sophistiqué d'analyse, le journal de la Main.

Une fois en possession d'une transcription d'une page du journal, Trevor s'attendait à ce que le job soit fait en un quart d'heure, car telle était la durée moyenne requise pour décrypter n'importe quel code imaginé par quelqu'un démuni de connaissances importantes en diverses branches de mathématiques supérieures ; en comparaison, des systèmes d'encodage plus ingénieux exigeaient des jours, des semaines et même des mois pour les pénétrer. Au lieu de quinze minutes, et en utilisant son meilleur logiciel, Trevor en avait mis vingt-six. Impressionné, il avait voulu connaître l'identité du créateur de ce code.

Preston n'arrivait pas à comprendre ce qu'avait de si impressionnant le fait que le code eût résisté à l'analyse, onze minutes supplémentaires. Il ne révéla pas le nom de la Main et passa sous silence leur lien de parenté. Il avait déclaré avoir trouvé le journal sur le banc d'un jardin public et avoir éprouvé une vive curiosité à son sujet à cause de son contenu apparemment mystérieux.

Trevor avait ajouté que le texte de la page-échantillon était « amusant, acerbe, mais plein d'un humour bon enfant ». Preston l'avait lu et relu ; tout en étant soulagé de découvrir que rien n'y exigeait d'apporter des rectificatifs à sa fable d'origine, il n'y avait rien vu qui prêtât à sourire. En fait, à l'aide de la bible de traduction que Trevor lui avait fournie, Preston avait secrètement étudié la totalité du journal – quelques pages chaque matin pendant que Leilani prenait sa douche, d'autres fragments quand l'occasion se présentait – et n'y avait trouvé aucune ligne amusante, d'un bout à l'autre. Depuis un an qu'il jetait un œil à la dérobée aux gribouillages m'as-tu-vu de la fillette, aucune des observations qu'elle avait notées ne lui avait arraché le moindre sourire. En fait, elle s'était révélée une petite maligne à l'esprit mesquin, irrespectueuse, ignorante, et aussi laide intérieurement qu'extérieurement. Il était évident que Trevor Kingsley avait un sens de l'humour dégénéré.

Ces tout derniers jours, alors que le texte du journal révélait que la Main tirait des plans pour se sauver, Preston fit des préparatifs soigneux pour venir à bout facilement de sa résistance quand il serait prêt à l'emmener sur un lieu de tuerie convenablement solitaire. Il ne savait ni quand ni dans quelles circonstances il pourrait avoir besoin de la maîtriser et, même s'il était sûr qu'elle ne parviendrait pas à lui résister, il ne voulait pas lui donner une chance de crier et d'attirer peut-être l'attention de quelqu'un qui interviendrait en sa faveur.

Depuis le vendredi où ils avaient quitté la Californie en direction de l'est, il transportait un sachet Ziploc, plié dans la poche revolver de son pantalon. À l'intérieur, il y avait un gant de toilette imbibé d'un anesthésique maison, fabriqué en combinant des doses d'ammoniaque et de trois autres produits chimiques domestiques. Dans l'œuvre de sa vie, il avait utilisé cette préparation pour donner un coup de pouce à quelques suicides. Une fois inhalée, elle provoquait instantanément l'évanouissement ; une application soutenue entraînait insuffisance respiratoire et destruction accélérée du foie. Il comptait utiliser cet anesthésique uniquement pour désamorcer toute résistance et provoquer un état d'inconscience car, comme arme du crime, elle était trop clémente pour l'exciter.

Nun's Lake était à un kilomètre et demi de là.

71.

Parmi la literie en désordre, la vieille Sinsemilla, vêtue d'un sarong à motifs hawaiiens, était adossée à des piles d'oreillers. Elle avait arraché les pages de son exemplaire abîmé de *Sucre de pastèque* et éparpillé ces confettis chargés de spiritualité sur le lit et le plancher.

La figure écarlate, sillonnée de larmes, toute tremblante, elle pleurait de rage.

— Quelqu'un a bousillé mon livre, un salopard, un *monstre* malade l'a complètement niqué ; c'est pas bien, c'est pas *juste*.

Leilani s'approcha prudemment du lit, à l'affût de cartons d'animalerie ou l'équivalent.

— Il y a quelque chose qui ne va pas, maman ?

Avec un juron hargneux qui marbra son visage de taches rouges, Sinsemilla saisit des pages arrachées sur les draps froissés et les expédia en l'air.

— On l'a pas bien imprimé, on s'est gourré, tout est à l'envers, on l'a fait rien que pour *m'emmerder*. Cette page-ci à la place de cette page-là, plein de paragraphes intervertis et de phrases à l'envers. Ils ont pris une chose belle et ils en ont fait un ramassis de *conneries*, parce qu'ils veulent pas que *je comprenne*, ils veulent pas que *je pige le message*.

Ses pleurs cédant la place à d'affreux sanglots, elle se roua les cuisses de coups de poing, encore et encore, suffisamment fort pour se faire des bleus. Et peut-être se frappait-elle parce qu'à un certain niveau, elle comprenait que le problème ne venait pas du livre, mais de son entêtement à découvrir le sens de la vie dans un volume si mince, à exiger le beurre et l'argent du beurre, à acquérir des lumières aussi facilement qu'elle s'évadait chaque jour grâce à ses cachets, poudres et autres injections.

En temps ordinaire – aussi ordinaire que tout temps pouvait l'être à bord de l'*Alizé* – Leilani se serait montrée patiente avec sa mère, aurait assumé le rôle ingrat qu'on attendait d'elle dans ce genre de drame, lui fournissant sympathie, réconfort et petits soins, lui ôtant son angoisse comme un cataplasme apaise une plaie. Mais en cet instant extraordinaire, où son espoir perdu lui avait été rendu par des moyens fantastiques, peut-être même mystiques, elle n'osait pas gaspiller cette chance en étant ligotée encore une fois par les exigences affectives de sa mère ou par son propre désir d'une réconciliation mère-fille qui ne pourrait jamais avoir lieu.

Au lieu de s'asseoir sur le lit, Leilani resta debout et lui dit sans s'apitoyer :

— Qu'est-ce que tu veux ? De quoi tu as besoin ? Qu'est-ce que je peux te donner ?

Elle ne cessait de répéter ces questions simples tandis que Sinsemilla se vautrait dans l'auto-apitoiement et dans une victimisation manifeste.

— De quoi tu as besoin ? Qu'est-ce que je peux te donner ?

Leilani gardait un ton détendu et insistait parce qu'elle savait que ni marque de sympathie, ni petit soins ne calmeraient sa mère, qui, comme toujours, se tournerait vers ses drogues pour y puiser une consolation.

— De quoi tu as besoin ? Qu'est-ce que je peux te donner ?

Son obstination paya quand Sinsemilla – toujours en larmes, mais boudeuse au lieu d'être en colère – s'affala contre les oreillers, la tête ballante :

— Mes médocs. J'ai besoin de mes médocs. J'ai déjà pris des trucs, mais c'était pas des médocs. Ça m'a fait flipper. Ça devait être du mauvais shit. C'était censé m'envoyer derrière Alice dans le terrier du lapin blanc, mais ça m'a fait flipper et je me suis retrouvée dans un trou de serpent à la place.

— Quels médocs tu veux ? Où ils sont ?

Sa mère montra la coiffeuse encastrée.

— Le tiroir du bas, le flacon bleu. Des médocs pour chasser les serpents de ma tête.

Leilani trouva les pilules.

— Tu en veux combien ? Une ? Deux ? Dix ?

— Une maintenant. Une pour plus tard. Car y aura un plus tard. Maman a eu une sale journée. Un jour plein de serpents. Tu sauras pas ce que c'est les problèmes tant que t'auras pas été ta maman.

Il y avait une bouteille de lait de soja parfumé à la vanille sur la table de nuit. Sinsemilla se redressa et avala la première pilule avec le lait. Elle posa la seconde sur la table de nuit avec la bouteille.

— Tu veux autre chose ? demanda Leilani.

— Un nouveau livre.

— Il t'en achètera un.

— Pas cette *saleté* de bouquin-là.

— Non. Un autre.

— Un bouquin qui veut dire quelque chose.

— Oui.

— Pas un de tes bouquins bêtas d'hommes-cochons, non plus.

— Non. Pas un de ceux-là.

— Tu deviendras bêtasse à force de lire ces livres bêtas.

— Je n'en lirai plus.

— Tu peux pas te permettre d'être laide *et* bêtasse.

— Non. C'est vrai.

— Tu dois admettre que t'es foirée.

— Oui, c'est ça.

— Ah et puis merde, fiche-moi la paix. Va lire ton bouquin bêta. Quelle importance ça a ? Rien n'a d'importance de toute façon.

Sinsemilla roula sur le flanc et remonta ses genoux en position fœtale.

Leilani hésita, se demandant si elle voyait sa mère pour la dernière fois. Après ce qu'elle avait enduré, après avoir grandi pendant toutes ces lugubres années dans le rigoureux désert de Sinsemilla, elle aurait dû ressentir au moins du soulagement, à défaut de joie. Mais il n'était pas facile de se couper des quelques racines qui vous rattachaient au sol, si pourries soient-elles. La perspective de la liberté avait beau l'exalter, l'existence d'une amarante, ballottée çà et là, au gré des vents capricieux du destin avant de sombrer dans l'oubli, ne représentait toutefois pas un avenir si merveilleux.

Leilani murmura trop doucement pour que sa mère l'entende *Qui va prendre soin de toi ?*

Elle n'avait jamais imaginé qu'une telle préoccupation lui traverserait l'esprit quand l'échappatoire si longtemps désirée se présenterait enfin. Il était étrange que tant d'années de cruauté n'aient pas endurci le cœur de Leilani, comme elle l'avait longtemps cru, il était prouvé maintenant qu'elles l'avaient rendu tendre, la laissant capable de compassion même pour ce pitoyable déchet. Quelque chose qui ressemblait à du chagrin lui monta à la gorge et son cœur se serra en un nœud gordien de douleur dont les causes étaient si complexes qu'il lui faudrait très, très longtemps pour le trancher.

Elle battit en retraite de la chambre. Elle passa dans la salle de bains, puis dans le carré.

Retenant sa respiration. S'attendant à ce que Curtis et Polly soient partis.

Ils l'attendaient. Ainsi que la chienne dont la queue fouettait le sol.

72.

Micky n'avait pas parcouru plus de deux mille cinq cents kilomètres pour mourir. Elle aurait très bien pu le faire chez elle en compagnie d'une bouteille, en prenant son temps, ou encore en emplafonnant à grande vitesse sa Camaro contre la butée d'un pont si elle était pressée d'en finir.

En reprenant conscience, sa première idée fut qu'elle *était* déjà morte. Des murs inconnus l'entouraient, ne ressemblant à rien de ce qu'elle avait vu à l'état de veille ou dans ses cauchemars. Des armatures qui n'étaient pas métalliques, ni lisses, enveloppaient l'espace de leurs courbes, paraissant organiques à sa vision brouillée, comme si elle était Jonas dans le ventre de la baleine, déjà au-delà de l'estomac du Léviathan et emprisonnée dans un anneau de son intestin. L'air infect puait le moisi, la pourriture, l'urine de rongeur, vaguement le vomi, la bière répandue sur un plancher de bar bien avant la naissance de Micky, la fumée de cigarette condensée en résidu aigre et dominant le tout – et davantage encore – un relent acide de décomposition. Un court instant, celui de cinq à six rapides battements de cœur, elle se crut morte, car c'était ce à quoi l'Enfer pourrait ressembler s'il ne se révélait pas aussi grandiloquent qu'on le représentait dans les livres et les films, si au lieu de ça, l'Enfer était moins feu que futilité, moins soufre et brasier qu'isolement, moins tortures physiques que désespoir de l'âme.

Puis sa vision s'éclaircit, celle de l'œil gauche. Comprenant que ces parois étaient formées de sacs-poubelles et de ballots de magazines, elle sut où elle devait être. Pas en Enfer. Dans la ferme Teelroy.

Elle n'aurait pu avoir l'intuition d'un intérieur pareil

quand, tout à l'heure, elle se trouvait dans la véranda, côté façade, en train de parler avec Leonard Teelroy. À présent, toutefois, elle déduisait de ce qu'elle avait sous les yeux l'identité de son occupant.

Outre les autres arômes de ce riche pot-pourri odorant, elle sentit celui du sang. Ainsi que son goût sur sa langue, quand elle humecta ses lèvres.

Il lui était difficile d'ouvrir l'œil droit car du sang coagulé collait ses cils. En essayant d'essuyer le sang, elle découvrit que ses mains étaient ligotées serré aux poignets, devant elle. Elle était couchée en chien de fusil sur un canapé tapissé de brocart élimé et moisi. En face du canapé, il y avait une télé et un fauteuil.

Une douleur, supportable, l'élançait du côté droit du crâne ; mais quand elle leva la tête, l'élancement devint plus violent, la douleur un supplice et elle songea un instant qu'elle allait s'évanouir. Puis la torture s'atténua jusqu'à un niveau tolérable.

En tentant de se relever, elle découvrit que ses chevilles étaient ligotées aussi solidement que ses poignets et qu'une longe d'un mètre, reliant ses chevilles et ses poignets entravés, ne lui permettrait ni de s'étirer ni de se lever de toute sa hauteur. Elle balança ses deux jambes d'un seul tenant, planta ses pieds sur le sol et se percha au bord du canapé.

Cette manœuvre déclencha un nouveau paroxysme de migraine qui lui donna l'impression qu'un côté de son crâne gonflait et dégonflait à répétition comme un ballon. Ça lui était familier ; elle appelait ça la tête des teufs, celle du lendemain ; c'était simplement pire qu'à l'ordinaire, et au lieu des remords habituels elle éprouvait une colère froide. Elle n'avait rien à voir avec celle lui ayant si longtemps servi de prétexte à l'isolement, c'était une rage concentrée sur Preston Maddoc.

Il était devenu pour elle le démon incarné, et peut-être pas seulement pour elle et peut-être pas seulement dans un sens métaphorique. En réalité, au cours des tout derniers jours, une nouvelle perception du mal s'était ancrée en Micky : il lui semblait que le mal chez les hommes et les femmes n'était – ce qu'elle aurait farouchement nié autrefois – que le reflet d'un Mal plus grand et plus pur qui arpentait le monde et le travaillait de façon détournée et subtile.

Quand la douleur diminua à nouveau, elle se pencha

en avant et frotta son œil plâtré de sang contre son genou, essuyant les caillots gluants de ses cils à son jean. Sa vision n'était pas diminuée, le sang ne provenait pas de l'œil mais d'une estafilade à la tête, qui suintait peut-être encore, sans que le saignement soit abondant.

Elle écouta la maison. Plus elle attendait que le silence soit rompu, plus il s'intensifiait.

En toute logique, Leonard Teelroy avait été tué. Et il avait vécu seul ici. Et à présent, la maison était le jardin d'enfants de Maddoc. Elle ne cria pas à l'aide. La ferme se trouvait en rase campagne et en retrait de la route. Aucun voisin ne l'aurait entendue. Le maudit médecin était allé quelque part. Il reviendrait. Tôt ou tard.

Elle ignorait ce qu'il comptait lui faire exactement, pourquoi il ne l'avait pas tuée dans les bois, mais elle n'avait pas l'intention de s'attarder dans les parages pour avoir l'occasion de le lui demander.

Il avait improvisé ses liens avec des cordons de lampe. Des fils de cuivre gainés de plastique souple.

Étant donné le matériau dont ils étaient formés, les nœuds n'auraient pas dû être aussi serrés qu'ils l'étaient. Quand elle les examina, Micky s'aperçut que ces chaînes de fortune étaient habilement et fortement entrelacées, utilisant le moins de nœuds possible – et que chacun d'eux avait été soudé à la chaleur. Le plastique avait fondu, enchâssant les nœuds en grumeaux durs, déjouant toute tentative de les défaire, rendant impossible de relâcher les cordes en les étirant et les assouplissant avec obstination.

Son attention revint au fauteuil. Sur la table près du fauteuil, un cendrier débordait de mégots de cigarette.

Maddoc s'était sans doute servi du briquet à gaz de Teelroy pour faire fondre les cordons. Peut-être l'avait-il abandonné derrière lui. Ce qui avait été soudé par la chaleur pouvait être fondu entièrement, – et elle serait libérée, pour peu qu'elle s'attelle à la tâche avec prudence.

Elle avait les mains trop étroitement ligotées, pour tenir un briquet et en appliquer la flamme aux nœuds de ses poignets sans se brûler. On pouvait s'attaquer, en revanche, à ceux de ses chevilles à moindre risque.

Elle se laissa glisser du canapé, limitée dans ses mouvements par la longe entre chevilles et poignets, et se tint voûtée, les genoux légèrement repliés. Le cordon qui lui retenait les chevilles n'avait pas assez de mou pour qu'elle puisse marcher ni même traîner les pieds et, en essayant de sautiller, elle perdit l'équilibre et tomba, manquant se cogner la tête contre la table près du fauteuil, mais heurtant le plancher avec un choc qui lui ébranla les dents.

Si elle n'avait pas évité la table, elle se serait facilement brisé le cou.

Gisant sur le flanc, Micky se tortilla sur le sol comme un serpent, cherchant le briquet près du fauteuil, derrière lui.

Au ras du plancher, la puanteur était plus prégnante que plus haut, au point qu'elle en sentait le goût sur sa langue. Elle dut lutter contre son haut-le-cœur.

Un crac-boum-crac, assez fort pour secouer la maison, lui fit pousser un cri alarmé, car l'espace d'un instant, elle crut avoir entendu une porte claquée, à toute volée – signe du retour du démon en personne. Puis elle comprit que c'était un coup de tonnerre.

L'orage qui menaçait venait d'éclater.

*
* *

Pénétrant dans Nun's Lake au volant de sa voiture de location, après avoir roulé vers le sud depuis l'aéroport de Cœur d'Alene, Noah Farrel appela Geneva Davis sur son portable. Quand Micky avait téléphoné à sa tante le matin même avant de quitter Seattle, Geneva avait dû lui apprendre que son stratagème culotté à trois cents dollars pour attirer l'infortuné privé dans son jeu avait marché et qu'il était en route pour l'Idaho. Il voulait que Micky l'attende au lieu d'aller de l'avant, mal préparée. Geneva avait dû dire à sa nièce, sur les instructions de Noah, de la rappeler une fois à Nun's Lake pour laisser le nom d'un petit restaurant du coin ou d'un autre point de repère où il pourrait la retrouver dès son arrivée. Mais quand il eut Geneva au bout du fil pour connaître le lieu du rendez-vous, il découvrit que Micky n'avait pas plus appelé ce matin de Seattle que de Nun's Lake.

— Elle doit être là-bas à l'heure qu'il est, se tourmenta Geneva. Je ne sais pas si je dois seulement m'inquiéter ou bien être malade d'inquiétude.

*
* *

La radieuse petite fille fait confiance aux inconnus avec une rapidité surprenante. Curtis soupçonne que quiconque brille comme elle doit posséder une perspicacité exceptionnelle lui permettant de percevoir, en profondeur, si les personnes qu'elle rencontre ont en gros de bonnes ou de mauvaises intentions.

Elle n'emporte ni valise ni effet personnel, comme si elle ne possédait rien en ce monde sauf ce qu'elle porte sur le dos, comme si elle n'avait besoin ni de souvenirs ni de bons vœux pour rompre avec son passé et pour toujours – même si elle n'oublie pas son journal intime qui est sur le lit. Elle le récupère avant de s'approcher si près de Curtis et de Fidèle Vagabonde que, à travers la chienne, il *ressent* la chaleur de son glorieux éclat.

— Mère fait son grand numéro d'accro défoncée à l'acide. Elle est vraiment dans le rôle, dit doucement Leilani. Elle pourrait bien ne pas s'apercevoir de mon départ jusqu'à ce que j'aie publié peut-être vingt romans et gagné le prix Nobel de littérature.

Curtis est impressionné.

— Vraiment ? C'est ce que tu prévois qui t'arrivera ?

— Quitte à prévoir, autant prévoir un gros truc. C'est ce que je dis toujours. Alors, raconte-moi tout, Batman, tu as sauvé *d'autres* mondes ?

Curtis est émoustillé qu'on l'appelle Batman, en particulier si elle a en tête l'interprétation qu'en donne Michael Keaton, le seul Batman digne de ce nom. Il tient néanmoins à être honnête.

— Non, pas moi. Mais ma mère en a sauvé quelques-uns.

— Ça tombe sous le sens que le nôtre écope d'un novice. Enfin, je suis sûre que tu t'en tireras très bien.

La confiance de la fillette – si peu méritée qu'elle soit – fait rougir Curtis de fierté.

— Je ferai de mon mieux.

Fidèle Vagabonde quitte les jambes de Curtis pour Leilani, qui se penche pour lui caresser la tête.

En vertu du lien garçon-chienne, Curtis manque tomber dans les pommes, balayé par le puissant raz de marée émotionnel de sa sœur-devenue face à Leilani. Elle est aussi enchantée qu'une chienne peut l'être – ce qui est beaucoup dire, étant donné que la gent canine est née pour être enchantée autant qu'elle l'est pour enchanter.

— Comment sait-on qu'un monde a besoin d'être sauvé ? demande Leilani.

Évitant l'évanouissement, Curtis répond :

— C'est évident. Il y a plein de signes.

— Bon, on part d'ici aujourd'hui ou demain? demande Polly, qui vient de se hisser dans le camping-car.

Elle s'écarte pour laisser sœur-devenue, Leilani et Curtis la précéder jusqu'à la porte. La chienne bondit hors du camping-car, alors que la petite fille radieuse descend les marches avec précaution, plantant sa jambe valide en premier, puis balançant celle à la prothèse à côté ; elle vacille mais retrouve aussitôt l'équilibre.

Descendant au côté de Leilani, sentant la chienne frissonner à nouveau devant l'odeur mauvaise, persistant autour du camping-car, Curtis s'étonne :

— Où est ton beau-père, l'assassin ?

— Il est allé voir un homme au sujet d'un alien.

— Un alien ?

— C'est une longue histoire.

— Il va revenir bientôt ?

Son joli visage s'assombrit soudain tandis qu'elle examine le camping ombragé, où le vent qui s'est levé fait pleuvoir des averses d'aiguilles en secouant les hautes branches des pins.

— D'un moment à l'autre peut-être.

Ayant abandonné son poste sur la poubelle renversée près du camping-car, Cass les rejoint pour surprendre cet échange, qu'elle trouve manifestement perturbant.

— Tu peux courir avec ce machin qui te plombe, mon chou ? demande-t-elle à Leilani.

— Je peux aller vite, mais pas autant que vous. Loin ?

— D'ici à l'autre bout du camping, dit Cass, pointant le doigt par-delà des dizaines de camping-cars et caravanes de tourisme, toutes claquemurées en prévision du mauvais temps, de chaudes lumières brillant aux fenêtres.

— Je peux y arriver facilement, leur assure Leilani, se mettant à boitiller à vive allure dans la direction indiquée par Cass. Mais je peux pas être au maximum de ma vitesse tout le long.

— D'accord, dit Polly, avançant avec Leilani, si on fait ce truc dingo...

Cass saisit Curtis par une main et l'entraîne comme s'il risquait autrement de partir dans la mauvaise direction, à la manière des Rain Man ou d'un vrai Gump ; et tout en allant vers l'est, elle complète le texte de Polly dans l'un de leurs duologues fragmentaires :

— ... *si on le fait vraiment* en risquant d'être poursuivies...

— ... comme kidnappeuses...
— ... alors, faut qu'on se...
— ... magne le cul.
— Curtis, tu cours devant avec moi, lui ordonne Cass, ne le traitant plus maintenant en altesse extraterrestre mais en banal petit garçon. Aide-moi à faire fissa. Faut qu'on taille la route le plus vite possible, orage ou pas orage, et qu'on mette le cap direct sur la frontière de l'État.
— Moi, je reste avec toi, Leilani, dit Polly.
Répugnant à s'éloigner de la fillette, Curtis freine des quatre fers et résiste à Cass, juste le temps de lancer :
— Ne t'inquiète pas, tu aimeras les Spelkenfelter.
— Oh, lui assure Leilani, je n'aime rien tant qu'une bonne Spelkenfelter.
Cette réponse excentrique engendre chez Curtis de multiples questions.
Cass lui refuse toute manifestation supplémentaire de sociabilité en le cinglant d'un « *Curtis !* ». Le ton de sa voix ressemble assez à celui de sa mère les trois fois où il lui avait déplu.
Des éclairs transpercent le ciel. Les ombres épineuses des pins tressautent sans cesse sur le sol illuminé, sur les flancs des camping-cars et des caravanes, comme si elles fuyaient ces fourches célestes ou le rugissement du tonnerre qui les pourchasse deux secondes plus tard.
La chienne sprinte jusqu'au Fleetwood, Cass adopte une allure qui donne à penser qu'elle a du sang canin dans les veines, et Curtis la suit où son devoir l'appelle.
Il ne se retourne qu'une seule fois : la fillette rayonnante avance en se balançant sur sa jambe à prothèse plus vite qu'il ne s'y attendait. Ce monde est aussi intense que n'importe lequel de ceux que Curtis a déjà vus et bien plus éblouissant que beaucoup, mais même parmi les innombrables splendeurs de cet endroit, même à côté de la fabuleuse Polluxia, Leilani Klonk est le point focal de cette scène. On dirait qu'elle traîne le monde entier derrière elle comme s'il n'était que sa cape.

*
* *

Une carte de détective privé provoquait à coup sûr de vives réactions, partout dans le pays, peu importe l'État qui l'avait délivrée. Plus souvent qu'à leur tour, des femmes qui, un instant plus tôt, vous avaient regardé sans vous voir vous jugeaient *soudain* un individu mystérieux, au pouvoir magnétique. Des milliers et des milliers de romans policiers, d'épisodes de feuilletons-télé et de films à suspense étaient le pinceau magique dotant d'un vernis romantique plus d'une verrue.

Même si le réceptionniste au bureau du camping n'avait pas battu des cils de désir quand Noah lui avait présenté sa carte, il avait manifesté, comme la plupart des hommes, un vif intérêt et une sorte d'envie amicale. La cinquantaine, il avait le bas du visage plus large que le haut et un corps à l'avenant, comme si sa vie ennuyeuse, en le rendant difforme, l'avait plombé plus efficacement que la pesanteur ne le ferait jamais. Il entendait jouir par procuration de toutes les sensations qu'il soutirerait à Noah. Le convaincre que des vaches chantent l'opéra serait plus facile que de l'amener à croire que le travail d'un détective privé se réduisait à un défilé d'enquêtes barbantes sur des maris infidèles et des employés malhonnêtes. Lui savait de *source sûre* que c'était un tourbillon de gonzesses canon, de fusillades cool, de bagnoles rapides et de grosses enveloppes bourrées d'argent liquide. Il posait plus de questions que Noah, non seulement sur l'affaire en cours, mais aussi sur la vie tout court. Ce dernier lui répondit par des mensonges flagrants ; il décrivit cette enquête comme la recherche terriblement rasoir de plaignants-clés potentiels d'un recours collectif en justice contre une grande société, dont le dernier délai légal pour l'intenter était si proche qu'il devait poursuivre les gens jusque sur leur lieu de vacances tout en agrémentant ses antécédents professionnels de détails renversants et aventureux totalement fabriqués.

L'employé obligeant lui confirma que Jordan Banks avait loué un emplacement de premier choix au camping, un peu plus tôt dans l'après-midi. Le numéro d'immatriculation et la description du camping-car – un bus Prevost reconverti – correspondaient aux infos que Noah avait obtenues, grâce à ses contacts dans la police, auprès du service des cartes grises de Californie. Bingo.

L'employé reconnut aussi Micky quand Noah lui montra la photo que sa tante lui avait confiée.

— Ah ouais, tout à fait, elle est passée aujourd'hui, avant l'arrivée de M. Banks, en demandant s'il s'était déjà inscrit.

L'inquiétude fit se raidir Noah qui se redressa de toute sa hauteur. Si jamais Maddoc savait qu'elle avait posé des questions sur lui...

— C'est sa sœur, poursuivit l'employé. Elle veut lui faire une surprise pour son anniversaire, alors je lui ai pas soufflé mot de sa venue quand il s'est inscrit plus tard.

Ses yeux devinrent soupçonneux.

— Dites, vous croyez que c'est sa sœur ?

— Absolument. Est-ce qu'elle est repassée depuis l'arrivée de M. Banks ?

— Nân. J'espère qu'elle reviendra avant la fin de mon boulot. C'est un régal pour les yeux, cette fille.

— J'ai besoin d'un permis visiteur ? demanda Noah.

— C'est pas aussi facile. S'il n'a pas laissé votre nom, ce qui est le cas, je dois envoyer là-bas un de mes gars, à l'emplacement soixante-deux et lui demander si je dois vous faire entrer. Le problème, c'est que le premier est malade et que l'autre pète les plombs de faire le boulot pour deux. Faudrait que j'aille moi-même poser la question pendant que vous attendez ici.

Le premier éclair de l'orage à venir brilla derrière les fenêtres du bureau et un énorme coup de tonnerre fit trembler les carreaux, épargnant à Noah la peine de pêcher un billet de cent dans son portefeuille et de rejouer la scène archi rebattue de toutes les fictions policières.

— J'aime pas trop quitter mon poste pendant l'orage. J'ai des responsabilités, moi. Et puis merde, vous êtes presque un flic, de toute façon, s'pas ? dit l'employé en clignant de l'œil.

— Presque, acquiesça Noah.

— Allez-y alors. Avancez votre voiture, je vous lève la barrière.

*
* *

Le premier éclair, déchirant le ciel à grand fracas, n'avait pas libéré la pluie pour autant. Une minute ou presque s'égrena avant qu'un autre, plus brillant que le premier, faisant sauter l'espagnolette du ciel, n'ouvrît grand la fenêtre à l'orage.

Des gouttes de pluie éparses, grosses comme des grains de raisin, criblaient le chemin qui desservait de nombreux emplacements ; elles le martelaient avec une telle force qu'elles se dispersaient en minuscules gouttelettes sous l'impact.

La vitesse de Leilani n'était plus ce qu'elle était. Sa jambe de robot, malgré son aspect redoutable, avait été saisie d'une crampe plus tôt que prévu, peut-être parce que la fillette avait très peu marché ces tout derniers jours où ils avaient été sur la route. Elle avait perdu le mouvement sans à-coups de la hanche, nécessaire pour avancer d'un bon pas et avait du mal à retrouver le rythme.

Le prélude de la symphonie de la pluie ne dura que quelques secondes avant qu'un Niagara ne déverse ses chutes en cascade sur le camping, concert entièrement composé de tambours en fureur. L'averse tomba si dru que, même sous la voûte des arbres, les branches aussitôt saturées ne procuraient que peu de protection.

Leilani tenta de protéger son journal en le plaquant contre son corps, mais le vent la fouettait de ses rideaux de pluie et elle en vit noircir la couverture rigide, gorgée d'eau. Elle était déjà trempée jusqu'aux os, aussi mouillée que si elle avait nagé tout habillée et cela ne la protégeait pas du tout de serrer son cahier sur sa poitrine.

Posant la main sur l'épaule de Leilani et se penchant tout près pour se faire entendre malgré le rugissement de la pluie et le tonnerre qui déboulait maintenant par salves, Polly cria :

— On est plus très loin ! C'est ce Fleetwood, à trente mètres !

Poussant le journal entre les mains de Polly, Leilani lui répondit :

— Prenez ça ! Passez devant ! Je vous rattraperai !

Polly répéta qu'elles étaient presque à destination ; mais Leilani avait beau le savoir, elle ne pouvait pas avancer aussi vite que Polly à cause des crampes de sa jambe, douloureuses à présent, et parce qu'elle était incapable de faire retrouver leur rythme normal à ses hanches - malgré ses efforts - et parce que le chemin de terre - huilé généreusement pour tasser la poussière - s'avérait glissant quand il était mouillé, ce qui aggravait ses problèmes d'équilibre. En dépit de son insistance, de sa volonté d'être une jeune mutante dangereuse chaque jour que Dieu fasse, elle n'en demeurait pas moins une fillette handicapée dans une situation pareille, que cela l'exaspère ou pas. Elle remit son journal entre les mains de Polly, le ventre noué à l'idée que la pluie s'infiltre entre les pages et en diluant l'encre, rende difficile sinon impossible de déchiffrer son code complexe ; le ventre noué parce que, sous sa couverture, il y avait des années de souffrance, pas seulement des récits concernant Sinsemilla et le Dr Fatalitas, mais tant de souvenirs détaillés de Lukipela qu'elle ne pourrait pas se remémorer parfaitement. Ces pages contenaient des observations et des idées qui l'aideraient à devenir écrivain, à devenir *quelqu'un*, à prendre sa vie informe et à lui imprimer un sens et un but ; il lui semblait que, si elle perdait ses quatre cents pages écrites serré de son expérience extrêmement condensée, si elle permettait qu'elles soient réduites à des taches et des traînées illisibles, alors sa vie aussi n'aurait plus de sens. Sur un certain plan, elle savait cette crainte infondée, mais ce n'était pas celui sur lequel elle opérait, aussi remit-elle le journal entre les mains de Polly en lui criant « *Prenez ça, gardez-le au sec, c'est ma vie, MA VIE !* » Peut-être cela parut-il fou à Polly, et à vrai dire, ça l'était, complètement dingue, mais celle-ci dut percevoir sur le visage ou dans les yeux de Leilani quelque chose qui l'effraya, la secoua, l'émut, pour, qu'à peine à vingt-cinq mètres du Fleetwood, elle accepte le journal et tente de le fourrer dans son sac et pour que, n'y parvenant pas, elle se mette à courir. Le ciel, un océan se déversant ; le vent, tourbillon et cris d'une dame blanche. Leilani dérapait et glissait, chancelait et trébuchait, mais continuait à boitiller en avant, se propulsant vers le Fleetwood, s'en remettant autant au pouvoir de la pensée positive qu'à ses jambes. Polly piqua un sprint sur dix mètres, ralentit, jeta un regard en arrière ; il lui restait quinze mètres à couvrir jusqu'à la caravane, elle n'avait plus rien de fringant, réduite au fantôme grisâtre d'une Amazone, estompée par les rideaux successifs de la pluie. Leilani lui fit signe d'aller de l'avant – « Allez, allez ! » – et finalement Polly se retourna et continua à courir. Polly n'était plus qu'à dix mètres du camping-car, Leilani à vingt, chaque mètre étant un saut de gazelle pour la femme et un véritable combat pour la fillette, au point qu'elle se demanda pourquoi elle n'avait pas appliqué le pouvoir de la pensée positive à la guérison de sa jambe tordue avec la même détermination qu'au développement de ses seins.

*
* *

Micky, couchée sur le sol, était à moitié convaincue qu'elle *voyait* la puanteur fétide tournoyer comme un faible brouillard vert-jaune à quelques centimètres au-dessus des lames du parquet.

Elle cherchait le briquet à gaz sans le trouver. Après moins d'une minute consacrée à cette tâche, elle examina plus longuement les murs bizarroïdes qui la dominaient et comprit que se servir du feu pour défaire ses liens représenterait un plus grand danger qu'une brûlure superficielle de son épiderme. Pieds et poings liés, à peine capable d'avancer plus efficacement qu'une chenille géomètre, elle n'osa pas risquer d'allumer sans le vouloir un immense brasier.

Alors qu'un second coup de tonnerre ébranlait le jour et que la pluie martelait le toit, elle scruta les murs, cherchant un article quelconque dans les immondices qui puisse lui être utile. Seules les boîtes de café étaient prometteuses.

Maxwell House. Quatre rangées de grosses boîtes de deux kilos, chaque rangée faisant six boîtes de largeur, étaient encastrées entre des colonnes de ballots de journaux ficelés, avec d'autres piles en dessous et au-dessus. Un couvercle en plastique fermait chaque boîte.

Personne ne garderait ici vingt-quatre boîtes *intactes* de Maxwell House plutôt qu'à l'office. Les gens conservaient les boîtes de café vides pour y ranger des choses. Teelroy qui, apparemment, n'avait rien jeté de toute sa vie, qui avait fait de sa maison un musée excentrique, digne d'un chapitre de manuel de psychologie, n'avait sûrement pas laissé vide un seul de ces vingt-quatre récipients.

Micky s'éloigna petit à petit du fauteuil, dépassa la télé, atteignit la collection de Maxwell House, se mit à genoux à grand-peine et agrippa fermement l'une des boîtes de la plus haute des quatre rangées. Elle hésita à l'extraire du tas, redoutant de provoquer l'effondrement soudain du mur entier et de se retrouver ensevelie sous une tonne de détritus en décomposition.

Après avoir étudié l'échafaudage et évalué sa stabilité, elle choisit de passer à l'action, comprenant qu'elle n'avait pas d'autre possibilité. La boîte parut d'abord aussi inamovible qu'une pierre cimentée dans un rempart. Puis, elle branla un peu entre le bloc d'imprimés compressés au-dessus et la seconde rangée de boîtes en dessous. Elle bougea, glissa et se libéra.

Toujours à genoux, la boîte coincée entre les cuisses, Micky s'attaqua au couvercle récalcitrant. Avec le temps, le plastique s'était collé à l'aluminium. Micky, frustrée, eut du mal à trouver une prise, et finit par l'arracher.

Une centaine de petits croissants pâles, allant du blanc au jaune sale, se répandirent sur le sol autour de ses genoux, avant qu'elle cesse de pencher la boîte. Celle-ci contenait des milliers de mini quartiers de lunes que Micky contempla un instant avec effarement, non parce qu'elle n'identifiait pas ce que c'était, mais parce qu'elle avait du mal à saisir dans toute son ampleur l'obsession de Teelroy pour l'accumulation. Des rognures d'ongles, des mains et des pieds : *des années* de collecte.

Ils ne venaient pas de la même personne. Certains étaient plus petits que d'autres et brillaient de vernis à ongles : ceux d'une femme. Peut-être toute la famille avait-elle apporté sa contribution dans les années passées, quand ce pauvre Leonard en manque et aux yeux désespérés n'était pas seul à vivre ici. Une obsession remontant à plusieurs générations.

Elle posa la boîte de côté, en libéra une autre. Trop légère. Il était peu vraisemblable qu'elle contienne quelque chose d'utile pour elle. Elle l'ouvrit quand même, avec effort.

Des cheveux. Des boucles de cheveux gras.

Quand Micky fit sauter le couvercle d'une troisième boîte, une bouffée de calcium s'en échappa, une sorte d'odeur de coquillage marin. Jetant un œil à l'intérieur, elle poussa un petit cri et lâcha la boîte.

Elle roula sur le sol en y disséminant une dizaine de minuscules squelettes d'oiseaux blancs, aussi fragiles que du sucre filé. Ils étaient trop petits pour être d'une autre espèce que des perruches ou des canaris. Les Teelroy avaient eu des perruches, c'était évident, et chaque fois que l'un de leurs chers petits oiseaux mourait, ils avaient détaché, Dieu sait comment, la chair et les plumes des os, conservant ces restes blanchis et cassants pour une... pour une quoi ? Une raison *sentimentale* ? Les os friables s'émiettèrent alors que les squelettes se répandaient par terre et les crânes, pas plus gros que des tomates-cerises, rebondirent en s'entrechoquant avec le cliquetis de dés difformes.

Peut-être avait-elle trop vite écarté l'idée qu'elle était morte et en enfer. Cet endroit avait sûrement été une sorte d'enfer pour Leonard Teelroy et, évidemment, pour tous les autres Teelroy qui l'avaient précédé.

Ces boîtes de café ne lui livreraient rien d'utile.

Il n'y avait pas de pendule dans cette abominable pièce, pourtant Micky entendait un tic-tac quelque part, égrenant le compte à rebours du retour de Preston Maddoc.

*
* *

Agrippant le journal détrempé par la pluie, Polly atteignit le Fleetwood, ouvrit la porte, grimpa à l'intérieur, marqua un temps d'arrêt sur le seuil, se retourna pour encourager Leilani à se presser – et s'aperçut que la fillette avait disparu.

Comme elle venait de débrancher les prises d'eau et d'électricité, Curtis contourna l'avant du camping-car à l'instant où Cass, bien installée à la place du conducteur, démarrait.

— Y a un problème ! cria Polly, lançant le journal dans le salon avant de replonger, hors du Fleetwood, sous les trombes d'eau.

Elle examinait le camping balayé par la pluie, engourdie d'incrédulité. La fillette était juste derrière elle. Polly avait jeté un coup d'œil par-dessus son épaule et Leilani se traînait à moins de cinq mètres ; Polly avait atteint le Fleetwood en *cinq secondes* maxi, bon Dieu ; et pourtant, la fillette n'était *plus là*.

*
* *

Même si les essuie-glaces avaient du mal à venir à bout des torrents qui ruisselaient sur le pare-brise, Noah pilota sa voiture à travers le terrain de camping et repéra l'emplacement soixante-deux sans difficulté, tout en se demandant si, tel Noé, il n'aurait pas dû louer une arche plutôt qu'un coupé.

Il resta bouche bée devant le camping-car de Maddoc, mastodonte qui lui parut de la taille d'un restoroute lambda. Il se dressait sous ce déluge pareil à un galion surgissant des brumes d'une mer soulevée par la tempête ; à côté, la Madza de Noah avait des airs de bateau à rames, voguant au creux de la vague et contre le vent, à tribord du grand navire.

Il avait eu l'intention de reconnaître l'emplacement soixante-deux et de découvrir un endroit d'où le surveiller, le temps d'analyser la situation. Il dut renoncer, néanmoins, à ce plan, en apercevant la portière du Prevost, grande ouverte, face à l'orage.

Le vent clouait la portière au flanc du véhicule. La pluie cinglait l'intérieur du cockpit et, pendant la minute d'observation de Noah, personne ne vint refermer.

Quelque chose clochait.

*
* *

La foudre dénuda ses dents luisantes dans le ciel et son reflet mordit le miroir asphalté de la route de campagne.

Nun's Lake se trouvait à trois kilomètres derrière Preston, la ferme à peine à un kilomètre et demi devant lui.

La pluie avait beau l'avoir complètement lavé, il se sentait sale. La nature désespérée du moment avait exigé qu'il touche la Main, y compris les parties les plus difformes de sa personne, sans avoir la chance d'enfiler une paire de gants.

À moins qu'il ne découvre des gants de travail dans la maison Teelroy, il lui faudrait la retoucher, et pas qu'une seule fois, avant la fin de l'après-midi, ne serait-ce que pour la transporter dans le cœur crasseux de la partie salon du labyrinthe, où il avait laissé la Reine Salope. Une fois là, il l'attacherait au fauteuil, ainsi, elle serait aux premières loges pour assister au meurtre de son amie.

Quant à la Main, elle mourrait dans le fauteuil, dès qu'il aurait assouvi les besoins de sa brute intérieure en lui faisant subir un nombre satisfaisant de sévices. Il était né pour ça, elle aussi. L'un comme l'autre n'étaient que des rayons brisés de la roue de la Nature qui écrasait, bêtement, tout sur son passage.

Il pourrait effectuer ces tortures sans toucher directement la Main, à l'aide d'instruments imaginatifs. Par conséquent, dès qu'il l'aurait attachée, il se savonnerait vigoureusement les mains avec une eau assez chaude pour l'ébouillanter. Il se sentirait propre alors, la nausée lovée dans son estomac s'apaiserait, et il serait en mesure de profiter pleinement de sa tâche si vitale.

L'éventualité que le Crapaud ne possédât pas de savon l'inquiéta, puis, il lâcha un bref éclat de rire qui claqua comme un aboiement. Si négligé que ce crétin barbu ait été, il semblait évident qu'il devait avoir des *milliers* de lamelles de savonnettes, soigneusement rangées, voire cataloguées.

Reprenant lentement conscience, la Main gémit doucement sur le siège près de lui. Elle se redressait, maintenue par la ceinture de sécurité, la tête affalée contre la vitre de la portière.

Le sachet plastique Ziploc se trouvait sur le tableau de bord, plié sans être fermé. Conduisant d'une main, il en retira le gant de toilette imbibé d'anesthésique et en recouvrit le visage de la fillette.

Il ne voulait pas le lui appliquer en permanence de crainte de la tuer trop vite et trop miséricordieusement.

Ses gémissements diminuèrent, cédant la place à un murmure anxieux ; son hideuse main cessa de se contracter sur ses genoux ; mais elle ne retrouva pas son immobilité précédente. Une fois exposé à l'air, l'anesthésique maison qui imbibait le gant avait commencé à s'évaporer et la pluie avait contribué à le diluer davantage ; Preston avait pourtant remis rapidement le gant en place après son premier usage.

Il regardait sans cesse dans le rétroviseur, s'attendant à y voir miroiter des phares à travers les écheveaux d'argent de la pluie.

Il était pratiquement sûr que l'orage l'avait dissimulé fort à propos à des observateurs éventuels, lors de sa capture de la Main. Même si d'autres campeurs, aux fenêtres de leurs caravanes, avaient entrevu quelque chose sous ce sinistre éclairage et malgré les trombes d'eau, ils l'avaient sans doute interprété comme quelque chose d'aussi innocent qu'un père récupérant son enfant en maraude et l'emportant à l'abri, au milieu du tonnerre et des éclairs.

Quant aux deux femmes et au garçon de ce Fleetwood, il n'avait aucun indice de qui ils étaient ni de ce qu'ils avaient fabriqué dans son camping-car. Il ne croyait pas qu'il s'agissait de complices de la Reine Salope, car si elle était venue à Nun's Lake avec du renfort, elle n'aurait probablement pas planqué toute seule dans les bois pour surveiller la ferme.

Quels qu'ils fussent, ils n'auraient pu franchir le système d'alarme à moins que le Trou Noir ne les ait fait entrer. Quand Preston était parti pour la ferme Teelroy, il avait dit à cette garce stupide de garder l'*Alizé* bien bouclé.

Dans le passé, elle lui avait toujours obéi – c'était dans leur contrat. Elle en connaissait les conditions, les paragraphes, sous-paragraphes et autres clauses, aussi bien que s'ils avaient existé sous forme écrite. C'était un bon contrat pour elle, un accord de rêve, lui assurant une fortune en drogues et une qualité de vie qu'elle n'aurait pu avoir autrement, lui garantissant la destruction énergique et sans rémission à laquelle elle aspirait ardemment. En dépit de sa folie avérée – de sa folie, de sa vénalité et de sa maladie – elle avait toujours respecté sa part du marché.

De temps à autre, bien sûr, le Trou se bourrait de tant de substances chimiques contre-indiquées qu'elle ne se souvenait pas plus du contrat que de qui elle était. Ces abîmes de complaisance arrivaient rarement de si bonne heure mais presque toujours le soir, où il se débrouillait d'ordinaire pour être présent et la manœuvrer grâce à une bouffée de ce même anesthésique maison si jamais les paroles ne suffisaient pas à la calmer, ou à un léger déploiement de force physique.

Il ôta le gant du visage de la fillette et le jeta sur le plancher au lieu de s'embêter à le remettre dans le sachet hermétique. Elle gémissait toujours en roulant sa tête contre le dossier. Le but était atteint : ils arrivaient à l'embranchement de la ferme Teelroy.

*
* *

De violentes rafales soufflant des quatre points cardinaux succédèrent au vent dominant et elles bringuebalèrent la portière du Prevost qui claquait à toute volée. Mais personne ne se précipitait pour la fermer.

Trempé dès les premières secondes pendant sa course de la voiture au camping-car, Noah Farrel y entra prudemment, sans se donner la peine de frapper. Il grimpa les marches, se tint derrière le siège du copilote. Il écouta la porte taper dans son dos et le martèlement fou de la pluie sur le toit métallique, à l'affût d'autres sons qui pourraient l'aider à analyser la situation et n'entendit rien d'utile.

Un canapé-lit déplié occupait les trois quarts du salon. La lumière d'une lampe tombait sur trois poupées tahitiennes, deux immobiles et la dernière roulant des hanches, et éclairait le visage peint au sourire rêveur du plafond.

Si on ne tenait pas compte de la lumière du jour, qui

déposait sur les carreaux une couche grise de cendres mouillées, la seule source d'éclairage venait de l'arrière du véhicule, par la porte ouverte de la chambre. La lumière était d'un rouge tamisé.

Samedi après-midi, en quittant Geneva Davis pour effectuer d'ultimes recherches sur Maddoc et boucler sa valise, puis à nouveau ce matin au cours du vol jusqu'à Cœur d'Alene et pendant son trajet jusqu'à Nun's Lake, Noah avait retourné dans sa tête de nombreuses approches du problème, chacune dépendant des diverses circonstances qu'il trouverait en arrivant. Aucun de ses scénarios n'incluait *cette* situation-là, cependant, et après toutes ces belles ruminations, il fut contraint d'improviser.

D'abord, il lui fallait choisir entre avancer en silence ou signaler sa présence. Il opta pour la seconde solution. Simulant la voix d'un joyeux campeur, il cria : « Salut ! Y a quelqu'un là-d'dans ? » N'obtenant pas de réponse, il passa doucement devant le canapé-lit et se dirigea vers le carré. « J'ai vu votre porte ouverte malgré la pluie. Je me suis dit qu'il y avait un problème. »

D'autres poupées tahitiennes sur la table du coin-repas. Sur le comptoir du carré.

Il jeta un coup d'œil vers l'avant du Prevost. Personne ne l'avait suivi.

Les éclairs se succédaient, et les fenêtres s'éclairaient de lueurs vacillantes, comme un écran de télévision, d'une mauvaise réception. Des visages fantomatiques, tissés d'ombres, grouillaient aux carreaux salis de pluie et regardaient à l'intérieur du camping-car. On aurait dit des esprits s'efforçant de se brancher de leur plan d'existence à celui-ci grâce au pouvoir de transmission de l'orage. Le tonnerre éclatait et, une fois que son dernier grondement avait résonné à l'autre bout du ciel, une vibration grêle s'attardait dans la coquille métallique du camping-car, comme les faibles voix stridentes d'entités spectrales.

Tout en s'avançant vers l'arrière, Noah cria une fois encore :

— Ça va, voisin ? Personne n'a besoin d'aide par ici ?

Dans la salle de bains, des Tahitiennes se dressaient de part et d'autre du lavabo.

Noah hésita sur le seuil de la chambre, dont la porte était ouverte. Il cria encore, sans recevoir davantage de réponse.

Il franchit le seuil, quittant la salle de bains pleine d'ombres pour la lumière cramoisie de la chambre, obtenue en voilant les lampes de corsages rouges.

Près du lit en bataille, elle attendait, très droite, la tête emmanchée sur un cou gracile, comme une dame titrée qui se serait levée pour accorder une audience à un inférieur. Elle portait un sarong aux dessins éclatants. Elle semblait ébouriffée par le vent, mais elle n'était pas sortie sous l'orage, car elle n'était pas mouillée.

Ses bras nus étaient ballants et, bien que son visage fût un masque serein, comme celui, paisible, d'un bouddhiste en méditation, ses yeux étaient aussi affolés que ceux d'un animal enragé. Il avait déjà vu ce genre de contraste, et souvent dans sa jeunesse. Sans avoir l'air « déspeedée » aux amphés, elle marchait à une substance plus puissante que la caféine.

— Vous êtes hawaiien ?

— Non, m'dame.

— Pourquoi cette chemise, alors ?

— Pour mon confort, répondit-il.

— C'est toi, Lukipela ?

— Non, m'dame.

— Ils t'ont aspiré avec leur rayon ?

Pendant son long voyage vers Nun's Lake, alors qu'il échafaudait des plans, Noah n'avait en aucun cas prévu de révéler ses intentions à cette femme, ni à Preston Maddoc. Mais Sinsemilla – facilement identifiable, d'après la description de Geneva – lui rappelait Wendy Quail, l'infirmière qui avait tué Laura. Sinsemilla ne lui ressemblait pas, mais dans son visage serein et son regard vif d'oiseau, il détectait une suffisance, une autosatisfaction et une auto-*adoration* que l'infirmière, elle aussi, avait arborées comme l'aura d'une sainte. L'attitude de la femme, l'atmosphère du lieu, le bruit de la portière avant claquant au vent, attisaient le feu de son instinct à lui. Il soupçonna que Micky et Leilani étaient quelque part, et qu'elles étaient en danger.

— Où est votre fille ? lui demanda-t-il.

Elle fit un pas en avant vers lui, tangua, s'immobilisa.

— Luki, mon bébé, ta maman est toute contente que tu sois guéri bien comme il faut et puis que t'aies grandi à toute allure dans ta nouvelle incarnation, que tu sois allé là-bas dans les étoiles et que t'aies vu plein de choses cool. Maman est bien contente, mais ça lui fait peur que tu reviennes ici comme ça.

— Où est Leilani ? insista-t-il.

— Tu vois, maman a des nouveaux bébés qui vont venir, de jolis bébés différents seulement dans la tête, pas comme toi, tu étais différent, avec tes hanches toutes mal foutues. Maman va de l'avant, Luki mon bébé, maman va de l'avant et elle veut pas que ses nouveaux bébés jolis, ils aillent traîner avec ses vieux bébés tout tordus.

— Maddoc l'a emmenée quelque part ?

— Peut-être que t'as été sur Jupiter et qu'on t'a guéri là-haut, mais t'es encore tout tordu à l'intérieur, le petit infirme que t'étais est encore comme un ver dans ton esprit, et mes nouveaux bébés jolis verront le triste et le tordu en toi, pasque c'est des bébés *vraiment magiciens* et qu'ils ont des pouvoirs psychiques absolus.

Jusque-là négligemment posée sur sa hanche, la main droite de Sinsemilla se ferma en un poing. Noah sut qu'elle tenait une arme.

Quand il recula d'un pas, elle se rua sur lui. Elle leva son bras droit et tenta de lui balafrer le visage avec un scalpel, peut-être.

La lame affilée décrivit des arcs de cercle devant ses yeux, luisant d'une lueur rouge, manquant l'aveugler d'une entaille.

Il para l'attaque en se penchant, puis il lui attrapa le poignet du bras droit.

Le scalpel qu'elle tenait de la main gauche, ce qu'il n'avait pas prévu, le piqua à l'épaule droite, – un vrai coup de chance. Elle aurait pu le balafrer au lieu de le frapper, lui ouvrant la gorge et lui tranchant l'artère carotide.

Sa blessure lui occasionna plus une tension qu'une douleur. Plutôt que de lutter pour la désarmer, quand elle se mit soudain à cracher et à hurler comme une belle diablesse, il lui fit un croc-en-jambe en la repoussant en même temps.

Dans sa chute, elle se cramponna au scalpel qu'elle lui avait planté dans l'épaule et l'arracha de sa chair. La douleur remplaça la tension.

Elle atterrit sur le lit et rebondit aussitôt sur ses pieds, non sans grâce, avec le ressort énergique d'un diablotin hors de sa boîte.

Noah tira le .38 de son étui, fixé à sa ceinture au creux de ses reins, sous sa chemise. Malgré sa répugnance à se servir du revolver, il était encore moins enthousiaste à l'idée d'être découpé comme une dinde de Noël.

Il ne s'attendait qu'à un surplus de ce qu'elle lui avait servi jusque-là, à un supplément de divagations irrationnelles, à une tentative encore plus résolue à lui refaire le portrait ; mais elle le surprit en jetant de côté ses armes blanches et en se détournant de lui. Elle alla à la coiffeuse. Il s'avança résolument dans la pièce au lieu de battre en retraite, car il redoutait qu'elle ne cherchât une arme de poing. Au lieu de quoi, en marmonnant, elle s'approcha avec des flacons de pilules, en laissa échapper quelques-uns, en balança d'autres avec colère, mettant le tiroir à sac jusqu'à ce qu'elle trouve ce qu'elle cherchait.

Comme si elle avait oublié Noah, elle revint s'asseoir sur les draps en désordre de son lit, parmi les pages déchirées et froissées d'un livre. Elle croisa les jambes comme une jeune fille attendant l'arrivée de ses amis pour une pyjama-partie, jeta la tête en arrière et partit d'un rire insouciant. En ouvrant du pouce le flacon de pilules, elle psalmodia d'une voix mélodieuse : « Je suis une chatte rusée, je suis une brise d'été, je suis des oiseaux en plein vol, je suis le soleil, je suis la mer, je suis *moi* ! » L'une des pilules tant désirées dans sa main, elle laissa les autres se répandre sur la literie. Levant enfin les yeux vers Noah, elle lança :

— Va-t'en, va-t'en, Luki, mon bébé, y a plus de place pour toi, ici.

Puis, comme si elle n'avait jamais versé son sang, elle se mit à balancer sa tête d'avant en arrière, en agitant ses boucles emmêlées, et reprit sa chanson : « Je suis une chatte rusée, je suis une brise d'été, je suis des oiseaux en plein vol... »

Noah battit en retraite, retraversa la salle de bains à reculons, surveillant la chambre éclairée de rouge, tenant fermement le pistolet dans sa main droite et de la gauche, tâtant sa blessure à l'épaule. Pour vive qu'elle fût, la douleur n'était pas intolérable ; et le sang dont le plastron de sa chemise était imbibé ne venait pas des artères. Elle n'avait sectionné aucun vaisseau important, transpercé aucun organe vital. Son plus grand problème serait le risque d'infection – à supposer qu'il sorte vivant d'ici.

Tandis que Noah reculait dans le carré, la femme poursuivit sa mélopée, célébrant la merveille qu'elle était. Voilà qui rassura Noah : elle n'avait pas quitté le lit où il l'avait laissée.

En atteignant le coin-repas, il se tourna, comptant fuir sans égard pour sa fierté.

Un jeune garçon, une blonde sculpturale et un chien se tenaient dans le salon ; cela avait beau ressembler au début d'une blague genre le curé, le rabbin et le pasteur, Noah ne sourit pas du tout. Le garçon avait des taches de rousseur, la blonde un pistolet neuf millimètres et le chien, une queue touffue qu'au bout d'un instant, il se mit à remuer avec une telle vigueur qu'elle éclaboussa les deux murs du camping-car de son fardeau de pluie.

*
* *

Les Indiens, éternellement en attente, gardiens dépourvus de pouvoir, le regardèrent porter la Main dans la maison. Il la jeta sur le sol du vestibule à l'entrée du labyrinthe.

La porte s'était rouverte après qu'il l'eut fermée du pied. Il la verrouilla.

Il exprima un peu d'eau de ses cheveux, qu'il lissa en arrière de son visage.

La fillette gisait pareille à un monticule dégoulinant. La prothèse luisante se détachait en saillie de ce tas informe. L'avorton n'avait pas retrouvé ses esprits. Elle marmonnait, soupirait – et rotait, ce qui dégoûtait autant Preston que si elle s'était pissé dessus.

Il sentait la saleté microscopique de cette petite bonne à rien d'infirme lui ramper sur les mains, grouiller entre ses doigts.

Tout en la transportant, à contrecœur, depuis le Durango, il en était arrivé à la conclusion qu'il ne pourrait passer avec elle le temps qu'il s'était alloué. Les deux femmes et le garçon du Fleetwood étaient un facteur inconnu. Il ne parvenait plus à imaginer qu'il jouirait d'un long moment d'intimité, ici dans le Royaume Fou de Teelroy.

Maintenant, il lui faudrait tuer la Reine Salope avec moins de raffinement que prévu. Il n'avait plus le loisir d'une violence délicieusement retardée. Devant la fillette, il achèverait son amie aussi rapidement qu'il écraserait le crâne d'un rat d'un coup de pelle.

L'avorton essaierait d'éviter de regarder ce spectacle. Aussi devrait-il non seulement la ligoter au fauteuil, mais lui immobiliser la tête et lui écarquiller les yeux avec du gaffeur pour qu'elle ne les ferme pas.

Preston pourrait se risquer quelques minutes, une poignée seulement, à torturer la fillette. Puis il la laisserait attachée et mettrait le feu tout en s'éloignant du cœur du labyrinthe où elle mourrait, la télé éteinte. Nul épisode du feuilleton *Les Anges du Bonheur* ne viendrait lui remonter le moral pendant les dernières minutes de son existence.

En s'en allant, il lui raconterait les souffrances de son frère. Il lui demanderait où était son Dieu d'amour maintenant qu'elle avait besoin de Lui, si son Dieu n'était pas en train de jouer au golf avec les anges ou de piquer un roupillon. Il la livrerait à la fumée et aux flammes. Il la laisserait en train de hurler sans personne pour l'entendre sauf des Indiens de boutique à cigares.

Au fil des années, en aidant à mourir de nombreux candidats au suicide et d'autres qui ne l'étaient pas, il avait découvert primo qu'il avait en lui une brute qui prenait du plaisir à une violence extrême, secundo qu'il était plus exaltant de tuer des jeunes que de dépêcher des vieux. Les maisons de retraite étaient de mornes terrains de jeux, comparées aux nurseries. Il ignorait pourquoi il en allait ainsi ; il savait seulement que c'était vrai pour lui, et cela suffisait. Après tout, la vérité objective n'existe pas, elle n'est que subjective. Comme nombre de bioéthiciens en conviennent, aucune philosophie n'est supérieure à une autre. La morale n'est pas que relative. La morale n'existe pas. *L'expérience* est relative, et l'on ne peut juger celle des autres si l'on a choisi un chemin de vie qui diffère du leur. Approuvez mon plaisir à tuer des êtres jeunes et je donnerai poliment quitus à votre passion pour le bowling.

Il n'aurait pas les heures de tête-à-tête avec la Main auxquelles il aspirait depuis si longtemps. Si cruelle que fût la déception, elle était supportable grâce à la grossesse du Trou et aux deux, trois, voire davantage, moutards qu'elle portait, plus contrefaits que la Main et le Bancroche, tous demandant plus au monde qu'ils ne pourraient jamais espérer lui rendre. Pour l'année à venir, il avait garanti son œuvre, arrangé ses plaisirs avec brio ; la félicité serait au rendez-vous.

La Main papillotait, l'œil trouble, reprenant conscience. La fillette était encore groggy et désorientée, Preston se cuirassa pour la déplaisante tâche de la transporter jusqu'au salon, au cœur du labyrinthe. Il toucha l'avorton, frissonna, la souleva et l'emporta dans le labyrinthe, à travers les circonvolutions du cerveau collectif de la famille Teelroy, modelées par les détritus, les moisissures et autres crottes de rat.

Là où l'attendaient télé et fauteuil, le sol semblait avoir été témoin d'une cérémonie vaudou : des os d'oiseaux étaient éparpillés dans ce qui avait dû être un motif significatif avant qu'on ne l'ait dispersé d'un coup de pied ; des mèches de cheveux répandues ; des rognures d'ongles jetées comme du riz sur tout le reste.

La Reine Salope s'était enfuie.

Attachée solidement, laissée inconsciente et seule à peine vingt minutes – *vingt minutes !* – le temps que Preston roule jusqu'à Nun's Lake et en revienne avec la Main, cette épave, cette éponge imbibée de vodka s'était néanmoins débrouillée pour tout foutre en l'air. Mais tout foutre en l'air était bien le seul talent que possédaient les bonnes à rien de son espèce.

Elle n'avait pu aller bien loin. Sa voiture, dont les clés cliquetaient doucement dans la poche de Preston, était toujours garée dans l'allée. Elle gisait probablement à proximité, dans le labyrinthe, toujours ligotée et incapable de se déplacer rapidement.

Il déposa la Main sur le fauteuil. Crispé de dégoût, il détacha sa prothèse et la lui retira de la jambe. Si elle retrouvait ses esprits avant son retour, elle ne pourrait pas se déplacer plus vite que la Reine Salope.

Preston emporta la prothèse avec lui. Ça faisait une bonne massue.

*
* *

L'Indien à coiffure rouge et blanche, fièrement dressé entre deux piles imposantes de *Saturday Evening Post* n'offrait pas de cigares, il brandissait un tomahawk.

Micky s'agrippa à lui pour se relever. Ses chevilles étaient liées si serré, avec à peine quelques centimètres de jeu entre les cordons, qu'elle n'arrivait à avancer que d'à peine un centimètre chaque fois. Mais elle n'avait qu'une petite distance à couvrir.

Juste en face du chef indien, un recoin dans la paroi du labyrinthe abritait une table ronde où était posée une lampe à abat-jour en verre jaune, en forme de cloche. Une tête d'angelot de bronze souriant fixait l'abat-jour à la tige de la lampe. Les pieds et les mains ligotés et par-dessus le marché ficelés ensemble, Micky avait d'abord eu l'intention de poser délicatement la lampe par terre, afin de s'en servir plus facilement. Après réflexion, elle la balaya de la surface de la table avec son bras.

L'abat-jour se fracassa et l'ampoule aussi, plongeant cette partie du labyrinthe dans une pénombre plus profonde. Des éclats de verre tintèrent et cliquetèrent en tournoyant sur le sol.

Un instant, Micky s'immobilisa, aux aguets. La lampe en se brisant avait produit un vacarme perturbant dans cette maison silencieuse comme un tombeau. Elle s'attendait presque à entendre des pas lourds et menaçants, à être assaillie par un gardien du labyrinthe, sorti tout droit des *Contes de la Crypte*, un zombie bureaucrate livide, revêtu d'un linceul en lambeaux, furieux d'avoir été interrompu dans ses agapes de scarabées morts. Mais si un gardien du labyrinthe surgissait, il excéderait en noirceur les inventions les plus sombres des scénaristes de la *Crypte*, car ce serait Preston Maddoc qui, malgré son apparence débonnaire, abritait le père de tous les monstres en son sein.

S'accroupissant dans l'ombre, elle explora le sol avec précaution, trouva quelques éclats assez gros, les testa prudemment sur son pouce et en trouva un assez pointu. Quand elle s'assit sur la table, celle-ci supporta son poids.

Sciant avec le morceau de verre, Micky s'attaqua d'abord à la longueur de cordon électrique reliant les entraves de ses poignets à celles de ses chevilles. Le plastique se fendit facilement et l'entrelacs de fils de cuivre offrit à peine plus de résistance que la gaine.

Restée souple grâce à l'entraînement physique auquel elle s'était scrupuleusement soumise en prison, elle hissa ses pieds sur la petite table et s'attaqua aux boucles de cordon qui les entravaient. Au bout de quelques minutes, ils étaient délivrés. Alors qu'elle s'efforçait de résoudre la quadrature du cercle : à savoir comment tenir le côté tranchant du verre pour l'appliquer au mieux sur ses liens sans se taillader les poignets, elle perçut de faibles sons, ailleurs dans la maison. Puis un bruit sourd et fort, suivi d'un claquement de porte.

Maddoc était de retour.

*
* *

Affalée dans un fauteuil défoncé, Leilani ne savait où elle se trouvait, ni comment elle avait atterri là ; même si ses pensées demeuraient floues, elle ne nourrissait toutefois pas l'illusion qu'une bonne allait apparaître d'un moment à l'autre avec une théière d'Earl Grey et une assiette de petits gâteaux.

Où qu'elle puisse être, l'endroit avait une odeur plus nauséabonde que le pire des bains purgatifs de la vieille Sinsemilla. En fait, la puanteur était si répugnante que c'était peut-être ici qu'on avait expédié et entreposé, année après année, les toxines extraites de la chère Mater. Peut-être que ces miasmes donnaient une idée de ce que sentirait la génitrice de bébés-magiciens si elle n'avait pas régulièrement évacué ses péchés en faisant trempette.

Leilani se glissa jusqu'au bord du fauteuil, se leva – et tomba. La pestilence à ras du plancher la poussa à se ressaisir et à se concentrer pour chasser les brumes qui lui obscurcissaient le cerveau.

On lui avait retiré sa prothèse. Elle avait été à quelques pas de la liberté, d'un Fleetwood plein d'extraterrestres. Un garçon, une chienne, des Amazones et la perspective de grandes aventures sans méchants hommes-cochons. Et maintenant, ça. La main du maudit médecin était évidente là-dedans. De minuscules crânes d'oiseaux la contemplaient de leurs orbites vides.

*
* *

La nature inutile de la Main, sa lamentable dépendance, sa profonde corruption génétique imprégnaient chaque surface plane, courbe ou creuse de la prothèse aussi sûrement que les bactéries grouillent sur celles des toilettes publiques.

De par son éducation supérieure, Preston savait bien que l'inutilité et la dépendance de la fillette étaient des qualités abstraites qui ne laissaient aucun résidu sur les choses qu'elle touchait et que sa corruption génétique ne pouvait se transmettre comme une maladie virale. Néanmoins, sa main droite, celle qui tenait la prothèse, devenait collante de sueur et tandis qu'il errait dans le labyrinthe à la recherche de la Reine Salope, il devint convaincu que les hideux résidus de la fillette se dissolvaient dans sa transpiration, s'infiltraient profondément en lui par le biais de ses pores traîtres. À ses meilleurs moments, sa sueur ne le dérangeait ni plus ni moins que l'urine, la morve et autres produits repoussants de son métabolisme, mais dans le cas présent, au fur et à mesure que sa main devenait plus visqueuse, son antipathie pour la fillette enfla jusqu'à un dégoût extrême, le dégoût jusqu'à une haine nourrie de bile noire – indigne d'un bioéthicien tel que lui. À chaque pas qu'il faisait dans les boyaux puants du labyrinthe, pourtant, ce qu'il *savait* devenait moins important que ce qu'il *ressentait*.

Les mains toujours liées, tenant le méchant éclat de verre devant elle comme une hallebarde, Micky se faufila jusqu'à un croisement de galeries, le dos collé à une paroi du labyrinthe, la tête levée, à l'affût du moindre bruit révélateur. Elle se déplaçait aussi silencieusement et furtivement que le brouillard, ce qu'elle avait appris dans son enfance quand, prévenir de nouveaux attentats à sa pudeur signifiait éviter l'un des mauvais garçons de sa mère en se transformant en fantôme vivant, silencieux et invisible.

Elle ne s'arrêta pas pour scier les liens de ses poignets, parce que cette tâchc délicate prendrait du temps, quelques minutes du moins, et la distrairait inévitablement. Elle était saint George dans l'antre du dragon où ce dernier rôdait, en éveil.

Au coin, elle marqua une halte. Le passage suivant, croisant à angle droit celui où elle se trouvait, se poursuivait à droite et à gauche. Elle ne tenait pas à essayer de découvrir Maddoc l'œil et l'oreille aux aguets. Elle se rappela avec quelle audace il avait envahi la maison de Geneva, furtif et souple comme un renard, quelques nuits seulement auparavant ; elle ne le sous-estimait pas.

L'opinion qu'elle avait de lui se vérifia immédiatement quand elle l'entendit soudain pousser un juron : sa voix s'éleva à quelques mètres d'elle à peine, du côté gauche, à l'angle, où il s'était tenu en retenant sa respiration. Mais alors, dans un accès apparent de colère incontrôlée, il jeta sur le plancher quelque chose qui y tomba avec un bruyant entrechoc et qui, dans sa dégringolade, vint reposer à l'extrémité de la galerie où s'abritait Micky, à quelques centimètres de ses pieds : la prothèse de Leilani.

S'il suivait le même chemin que l'appareil métallique, ils seraient aussitôt face à face et la survie de Micky tiendrait à sa capacité de lui enfoncer l'éclat de verre dans un œil sous l'effet de la surprise. Si elle ratait son coup, ne lui entaillant que la joue ou le front, il profiterait de l'avantage que lui donneraient ses mains liées pour l'achever avec une promptitude brutale.

Micky retint son souffle. Elle attendit. Elle se déplaça sans bouger les pieds. Elle se tourna face au croisement, le bout de verre prêt.

Elle portait une Timex classique, bon marché sans composants digitaux, il n'y avait que de l'horlogerie à l'ancienne dans le boîtier. Elle aurait juré qu'elle entendait le *tic-tic-tic* du mécanisme denté grignotant le temps. Ses sens étaient tellement aiguisés qu'elle le percevait, ce qui ne lui était jamais arrivé jusqu'à présent.

Le lancer fracassant de la prothèse ne fut suivi d'aucun effet. Aucun bruit ne révéla l'approche ou l'éloignement de Maddoc. Seul régnait le silence plein d'expectative d'un serpent lové, sans sonnettes.

Son cœur battait la chamade. Son corps vibrait comme le sol sous un martèlement de sabots.

Malgré le tumulte de son cœur, malgré la pluie qui tambourinait sur le toit elle savait pourtant qu'elle entendrait le premier bruit qui déchirerait le silence, si imperceptible soit-il.

Attendre ici encore une minute ? Deux minutes ? On ne pouvait pas attendre éternellement. Quand on reste immobile trop longtemps, on vous découvre. Les fantômes, vivants ou non, doivent être insaisissables, constamment en mouvement.

Elle se pencha en avant, s'exposant le moins possible, tendit un côté de la tête, jeta un œil prudent.

Maddoc avait bougé. La galerie suivante, à droite et à gauche, était déserte.

La prothèse prouvait qu'il avait amené Leilani ici. Et qu'elle n'était pas encore morte, car Maddoc n'aurait pas retiré la prothèse de son cadavre. La fillette était vivante, il la lui avait enlevée avec la froide intention de la handicaper davantage.

Un dilemme cornélien se posait : laisser la prothèse ou tenter de l'emporter ? Il serait plus facile de sortir Leilani, vivante d'ici, si elle tenait sur ses deux jambes. Mais l'appareil risquait de faire du bruit quand Micky tenterait de le ramasser. En outre, les mains liées, elle ne pouvait à la fois porter facilement la prothèse et manier avec efficacité le morceau de verre comme une arme.

Micky se baissa. Et elle s'empara de l'appareil : avec sa prothèse, Leilani serait plus rapide, aurait le pied plus sûr et serait aussi moins effrayée. Elle la souleva lentement, soigneusement. Il y eut un faible tintement et un cliquetis.

Tenant la prothèse contre elle pour amortir un surcroît de bruit, elle se releva.

Comme Maddoc était trempé, Micky voyait par où il était parti et d'où il était venu. Le plancher nu, usé depuis belle lurette, ne retenait pas d'eau en surface mais absorbait les pas de l'homme, avec des empreintes sombres pour résultat.

Elle était sûre qu'il avait dû laisser la fillette à l'endroit où se trouvait la télévision, là où il avait ligoté Micky un peu plus tôt. En effet, la piste y menait, mais Leilani n'y était pas.

*
* *

Des bouteilles, partout des bouteilles, et pas un seul génie dedans, ni de message destiné à être jeté à la mer. Elles ne contenaient que du résidu sec de bière ou de soda, qui, en dépit de son ancienneté, dotait la véranda fermée, à l'arrière de la maison, d'une odeur à faire froncer le nez.

Poignardé, mais valide, Noah avait contourné en hâte la maison avec Cass et trouvé la porte de la véranda non cadenassée. Leurs armes dégainées, ils entrèrent.

Les cinq kilomètres de trajet depuis Nun's Lake n'avaient pas suffi à Noah pour piger les antécédents des jumelles. Tout en sachant que c'étaient des ex-meneuses de revue fascinées par les ovnis, il demeurait plus que perplexe devant leur attitude crâne et leur arsenal.

Sans les avoir vues tirer ni l'une ni l'autre, mais en se fondant sur leur façon tout à fait professionnelle de manier une arme à feu, Noah se sentait aussi à l'aise d'avoir Cass pour coéquipière qu'il l'avait été avec n'importe lequel de ses coéquipiers flics pendant ses années de service.

Le plancher de la véranda gémissait sous le poids d'une collection de bouteilles qui, consignées à cinq *cents* pièce, permettrait aux propriétaires l'achat d'une belle automobile à poser sur des parpaings dans le jardin en façade. Quand Noah, en tête, emprunta un étroit passage, les bouteilles émirent une musique féerique.

La porte entre la véranda et la cuisine était fermée à double tour. Si l'on pouvait faire sauter facilement le premier verrou avec une carte de crédit, le second, de sûreté, ne se rendrait pas devant un bout de plastique.

Ils devaient supposer que Maddoc les avait entendus

arriver malgré le vent, la pluie et le tonnerre, à moins qu'il ne les ait vus arriver. Une fois à l'intérieur, il serait important d'être silencieux, en revanche ça ne l'était pas pour s'engouffrer dans la maison.

Les bouteilles qui empiétaient des deux côtés l'empêchaient d'avoir les coudées franches, mais il donna un grand coup de pied dans la porte. Malgré l'onde de choc dans son épaule blessée, il balança un nouveau coup de pied, puis un troisième. À moitié bouffé par de la pourriture sèche, le montant s'effrita autour de la serrure et la porte vola.

*
* *

Trois coups ébranlèrent la maison. Preston sut tout de suite que son espoir de prendre – ne serait-ce que le plus bref plaisir – avec la Main venait de s'évaporer à l'instant.

La Reine Salope n'aurait pas fait tant de bruit. Elle était dans la ferme, cherchant une issue tout en s'efforçant de ne pas attirer l'attention sur elle. Au cas improbable où elle aurait déjà retrouvé son chemin dans le labyrinthe, elle n'aurait pas eu besoin de faire un tel boucan pour sortir.

Preston n'avait pas entendu de sirènes et personne n'avait crié *Police !* Pourtant, il ne se berça pas d'illusions en imaginant qu'un cambrioleur aurait, par hasard, choisi cet instant précis pour forcer l'entrée. Non, quelqu'un était venu l'arrêter.

Renonçant à sa recherche de la Reine Salope avant même de l'avoir entamée, il revint sur ses pas, impatient d'atteindre le fauteuil sur lequel il avait laissé la Main. Il pouvait encore avoir le temps d'étrangler cette vilaine petite garce, même si un contact si intime devait lui soulever l'estomac, puis profiter du labyrinthe pour s'esquiver. Il ne pouvait permettre qu'elle tombe sous la protection d'autrui, après tout, car si elle arrivait finalement à convaincre quelqu'un de l'écouter, elle serait le seul témoin à charge contre lui.

*
* *

Polly veut que Curtis reste dans la voiture de location de Noah, mais une altesse intergalactique n'en fera toujours qu'à sa tête.

Curtis veut que Fidèle Vagabonde reste dans la voiture, et il triomphe facilement là où Polly a échoué car sa sœur-devenue est une bonne chienne.

Le jardin dépourvu d'herbe a viré à de la boue qui colle à leurs semelles. Ils pataugent dans de profondes flaques alors que la foudre tombe sur un pin dans un champ voisin, à trente mètres de là : une oriflamme de feu flotte brièvement à travers les branches avant que le déluge ne l'éteigne et qu'un coup de tonnerre assez fort pour annoncer l'Apocalypse n'ébranle le jour. Tout est si *extraordinaire.*

Sur la véranda, quand Polly essaie d'ouvrir la porte et la trouve fermée, elle tire le pistolet de son sac en disant à Curtis de reculer.

— Ce serait chouette de faire sauter la porte, objecta le garçon, mais c'est plus facile à ma façon. Et Maman dit toujours que la stratégie la plus simple est toujours la meilleure.

Posant légèrement ses deux mains sur la porte, il lui intime l'ordre de s'ouvrir de toute sa volonté, et au microniveau, où ça compte, les molécules de cuivre du verrou préfèrent soudain se trouver *là* plutôt qu'*ici*, être dans la position ouverte que fermée.

— Je peux apprendre ça ? demande Polly.

— Non, fait-il en poussant la porte vers l'intérieur.

— À moins d'être un garçon de l'espace comme toi, hein ?

— Chaque espèce a ses talents, répond-il, en lui permettant d'entrer la première, l'arme dégainée, parce qu'en fait, elle le pousse de côté sans lui laisser le choix.

Des momies s'alignent le long du couloir du rez-de-chaussée. Des momies d'Indiens, embaumées en position debout, revêtues de leurs plus beaux atours de cérémonie.

À l'arrière de la grande maison, Noah ou Cass abat la porte à coups de pied et, quelques secondes plus tard, ils apparaissent à l'extrémité du couloir, bouche bée devant les momies.

Après leur avoir fait signe de vérifier les pièces de leur côté Polly lance à Curtis :

— Par ici, mon mignon.

Il la suit dans des chambres plus intéressantes que tout ce qu'il a vu depuis son arrivée en ce monde mais – Seigneur – ça ressemble à coup sûr au genre d'endroit où des tueurs en série se réuniraient treize à la douzaine pour se remémorer les atrocités qu'ils ont commises.

*
* *

Si Leilani n'était pas dans la pièce de la télévision, l'empreinte de ses pas humides s'y attardait ainsi que celles, plus anciennes, de Preston Maddoc, à demi effacées. Micky vit aussi où la fillette avait chancelé, était tombée, s'était relevée, en laissant la trace de ses vêtements trempés.

Micky suivit cette piste d'une courte galerie à une autre, puis en contournant un second angle aveugle, se déplaçant bien plus vite que la prudence ne le recommandait, terrifiée que la fillette ne se cogne à Maddoc.

Ce salopard l'avait amenée ici pour la tuer, c'était clair. Tout comme Micky. Il ne pouvait plus attendre d'être au Montana. Pas avec les complications que Micky avait apportées à ses plans.

La maison trembla sous trois coups brefs et sonores. Il ne s'agissait pas du tonnerre. C'étaient des coups forts. On aurait dit que quelqu'un avait frappé le bâtiment avec un marteau géant.

Ce bruit terrorisa Micky, parce qu'elle n'avait aucune idée de sa source. Étaient-ce des coups de grâce d'une espèce ou d'une autre ? Maddoc triomphait-il ? Leilani était-elle morte ?

Puis Micky tourna un autre coin et la fillette fut à deux mètres devant elle s'appuyant d'une main contre la paroi du labyrinthe, elle boitait mais avançait avec détermination – une frêle silhouette néanmoins imposante, – la tête droite, les épaules rejetées en arrière, elle avait une attitude résolue.

Sentant une présence, Leilani regarda par-dessus son épaule. Lorsqu'elle aperçut une fidèle amie, elle eut une expression de joie que Micky n'oublierait jamais, dût-elle vivre cinq siècles et Dieu choisirait-il de lui retirer tous ses autres souvenirs dans sa vieillesse. Tous ses autres souvenirs, il pouvait les prendre si ce jour venait, car celui-là seul la soutiendrait, même à l'heure de sa mort.

*
* *

Quand il découvrit que la Main n'était plus dans le fauteuil où il l'avait laissée, n'était nulle part dans l'annexe télévision, Preston mit le feu au labyrinthe.

Pour parachever les souffrances qu'il souhaitait lui infliger, il avait toujours eu l'intention d'abandonner la fillette encore vivante afin qu'elle passe dans la terreur les derniers instants de sa vie en se voyant encerclée par les flammes et en se sentant asphyxiée par la fumée. Si la première cruauté lui avait été refusée, il pouvait encore avoir le plaisir de se tenir dehors sous la pluie et d'entendre ses cris, tandis qu'elle titubait et rampait, égarée, impuissante, dans le dédale en feu.

Les ballots de journaux et de magazines fournissaient le meilleur des combustibles. Le baiser passionné du briquet provoqua une réaction enflammée immédiate. Les publications étaient tassées de façon si compacte au bas des cloisons, presque comme des briques, qu'elles brûleraient pendant des heures.

Il fit le tour de l'espace exigu, approchant le briquet du papier en une-demi douzaine d'endroits. Il n'avait jamais tué par le feu jusque à présent sauf quand, petit garçon, il torturait des insectes en lâchant des allumettes sur eux dans un bocal. Les flammes qui léchaient les parois de leurs langues brillantes le mirent aux anges.

En découvrant le fauteuil vide, Preston avait remarqué que les empreintes de l'avorton formaient des dessins, mêlées aux siennes. Il les suivit, s'arrêtant brièvement tous les trois, quatre pas pour approcher le briquet des cloisons sèches comme de l'amadou.

*
* *

Elles n'avaient pas le temps de pleurnicher, mais elles pleurèrent tout de même, si peu désireuses que soient des dures à cuire du genre de Micky et de la dangereuse petite mutante de donner à qui que soit cette satisfaction.

Les larmes ne ralentirent pas Leilani qui, à l'aide du morceau de verre jaune, coupa les nœuds de cordon électrique entravant les poignets de Micky. Il lui fallut à peine trente secondes pour y arriver et bien moins pour fixer la prothèse autour de sa jambe.

Au moment où elles reprenaient leur progression, les flammes s'embrasèrent ailleurs dans le labyrinthe. Leilani n'apercevait pas encore le feu, mais ses reflets léchaient le plafond, comme une meute de caméléons brillants fouettant le plâtre de leurs queues.

N'avoir peur de rien, l'adage des surfeurs. Ouais, bien sûr. N'empêche, quand remontait la dernière fois où ces mecs-là avaient dû s'inquiéter d'être brûlés vifs alors qu'ils négociaient une grosse vague ?

Elles repartirent par où elles étaient venues, mais remarquèrent simultanément les empreintes humides et, sans en discuter, arrivèrent à la même conclusion : Preston suivrait la piste aussi sûrement que Micky l'avait fait.

À vrai dire, il n'était pas plus difficile de trouver le chemin de la sortie, qu'elles empruntent une direction ou l'autre. Ni plus facile.

Déjà, au plafond, des salamandres de feu disparaissaient derrière des masses de fumée qui, d'abord propulsées vers le haut par l'appel d'air, ne tarderaient pas à se déverser dans le labyrinthe en épais nuages étouffants.

Micky passa un bras autour de Leilani, la soutenant et, ensemble, elles progressèrent aussi rapidement que sa jambe de cyborg les y autorisait. Croisement après croisement, elles tournaient à gauche ou à droite ou bien continuaient tout droit si l'option existait, choisissant par instinct – ce qui les mena bientôt dans une impasse.

*
* *

Deux des trois titres universitaires de Preston avaient trait à la philosophie ; par conséquent, il avait suivi de nombreux cours de logique. Il se rappelait l'un d'eux, consacré en partie à la logique des labyrinthes. Quand des mathématiciens ou des logiciens de formation concevaient ces puzzles en trois dimensions, en faisant appel à tout leur savoir et leur astuce pour induire en erreur, le résultat était d'habitude un labyrinthe dans lequel peu de monde retrouvait son chemin de façon opportune et où des guides devaient aller secourir un certain pourcentage de challengers frustrés. Par ailleurs, quand la conception du labyrinthe n'était due ni à un mathématicien ni à un logicien – mais à des gens ordinaires – ces derniers, plus banalement, suivaient un plan étonnamment prévisible car sa conception découlait de l'instinct plutôt que d'une élaboration intelligente ; évidemment, gravée dans toute psyché humaine existait une affinité pour un plan de base qui manquait rarement de faire valoir ses droits dans la conception d'un labyrinthe. Peut-être était-ce celui du réseau de grottes et de galeries dans lequel avait séjourné la première grande famille de l'humanité ; peut-être le plan de cette toute première habitation humaine s'était-il imprimé dans nos gènes, représentant le confort et la sécurité chaque fois qu'on le recréait. Ce mystère intriguait tout autant les psychologues que les philosophes, même si Preston n'avait jamais passé beaucoup de temps à ruminer la question.

Sans être banal au sens courant du terme, le Crapaud de la Ferme Teelroy, si l'on comparait ses modes de pensée à ceux d'un mathématicien issu d'Harvard, devait être jugé banal sans contredit. Ayant suivi le Crapaud dans ce labyrinthe une fois, sans se demander s'il était conforme à la conception classique, Preston soupçonna après coup qu'il l'était.

En suivant le plan, d'après ses lointains souvenirs de ce cours, il mit à répétition le feu aux piles derrière lui, assurant pour l'essentiel ses arrières. Procédant de la sorte, alors que le premier filet de fumée grise envahissait les galeries de cette garenne, une suie noire plus épaisse devant bientôt lui succéder, et que des vagues de chaleur lui soutiraient déjà une sueur délétère, il parvint à l'impasse où la Main et la Reine Salope s'étaient piégées elles-mêmes.

Il n'aurait pas emprunté ce couloir, mais en passant devant en hâte, il les aperçut du coin de l'œil. Quand il revint sur ses pas et leur coupa la retraite, la femme et la fillette se recroquevillèrent dans leur cul-de-sac, toussant et le dévisageant en plissant des yeux à travers les voiles de la fumée qui descendait, redoutant clairement ce qu'il allait faire.

Il s'enfonça dans l'impasse, les forçant à reculer plus loin. Puis à mi-parcours, il repartit en avant, en faisant démarrer plusieurs foyers des deux côtés.

On se serait cru au bon vieux temps. Des insectes dans un bocal.

*
* *

Quand le feu fait soudain son apparition et grandit à une vitesse explosive, Polly veut plonger aussitôt dans le labyrinthe, croyant peut-être trop à sa propre image de superhéroïne sans cape.

Curtis la retient.

— La petite est là-dedans, lui rappelle-t-elle, comme s'il était un tel Gump qu'il avait oublié la raison de leur présence ici.

— Et Cass, et Noah – ils ont pu aller trop loin de l'autre côté pour revenir en arrière.

— Vous allez retourner sur vos pas avant que la fumée soit trop épaisse pour qu'on distingue les traces que j'ai laissées.

À chaque tournant, il avait marqué les cloisons avec le rouge à lèvres de Polly : FRAISE GIVRÉE disait l'étiquette sur le tube.

— Je trouverai les autres.

— *Toi*, s'écrie Polly, incrédule, parce qu'elle a beau savoir que c'est un E.T., elle sait aussi qu'il n'est qu'un petit garçon et vulnérable avec ça, malgré tout ce qu'il lui a dit. – Mon mignon, tu vas pas aller là-dedans tout seul. Et même, tu vas pas y aller *du tout*.

— Je peux pas m'imaginer fiche la frousse à une Spelkenfelter, lui assure Curtis, mais promettez-moi que non.

— Qu'est-ce que tu racontes ? demande-t-elle, partageant son attention entre lui et le brasier devant eux.

Il le lui montre en cessant d'être Curtis Hammond, ne reprenant aucune des formes de son répertoire, mais celle sous laquelle il est né, incarnation qui lui permet de se déplacer plus vite que sous celle de Curtis et avec des sens plus aiguisés. C'est un sacré spectacle, même si c'est lui qui le dit.

Il ne serait pas surpris que Polly s'évanouisse. Mais, c'est une Spelkenfelter, et elle a beau chanceler, elle ne tombe pas. En fait, revenant en flash-back à la partie de l'histoire qu'il leur a racontée à la fin de leur repas chinois, à Twin Falls, elle s'exclame : *Par Tous les Sacro-Saints Vivants !*

*
* *

Micky, au fond de l'impasse, n'avait pas envie d'affronter Preston Maddoc, primo à cause de sa très grande force, secundo à cause du briquet. Il s'en servirait probablement pour mettre le feu à ses vêtements.

Des flammes bouillonnaient au-dessus des cloisons au bout du couloir. En une minute, les foyers d'incendie se nourrissant avec voracité joindraient les deux côtés, créant un mur mortel infranchissable.

Le brouillard de fumée s'épaississait de seconde en seconde. Leilani et elle toussaient. Déjà, une âcreté lui brûlait la gorge. Bientôt, elles ne pourraient plus respirer à moins de se coucher sur le sol. Dès l'instant où elles seraient obligées de se baisser pour chercher de l'air frais, elles seraient pour ainsi dire perdues.

Elle se retourna vers le fond du cul-de-sac et tenta d'arracher journaux et magazines dont il était constitué, espérant creuser un tunnel jusqu'à une autre galerie que les flammes n'avaient pas encore atteinte. Les ballots de publications étaient tellement entassés qu'elle n'arriva pas à en prendre.

D'accord. Très bien. Il fallait faire dégringoler tout ça. Cette saloperie était simplement empilée là, pas vrai ? Rien n'était cimenté. Rien n'était renforcé.

Pourtant, quand elle poussa à nouveau la palissade, celle-ci lui parut aussi solide qu'une construction datant des Pharaons. En haut de certaines galeries, elle avait remarqué que les cloisons du labyrinthe avaient toujours deux, et parfois trois, piles d'épaisseur, avec des feuilles d'aggloméré ou de contre-plaqué entre les couches. Peut-être existait-il davantage de soutènement que l'œil ne le percevait. Elle mit toute sa force dans une poussée. Sans succès. Puis elle essaya d'ébranler la paroi, s'y attaqua en rythme, poussant, s'arrêtant, recommençant, avec l'espoir de faire tanguer les immondices. Peine perdue.

Se tournant face à Maddoc par-delà les flammes, elle attira Leilani à son côté et rassembla tout son courage. Elle ne voyait plus d'autre possibilité que de se ruer vers l'entrée, de sortir avant que les flammes ne leur bouchent le passage, et d'essayer de mettre Maddoc hors d'état de nuire. Il fallait le bousculer, tenter de lui filer un coup de pied en pleine tête s'il tombait – parce que si *elle* tombait, lui, il n'hésiterait pas.

*
* *

Le papier murmure quand il brûle en grande quantité. Il crépite, il grésille, il siffle aussi, mais il *murmure*, comme s'il divulguait les secrets qui y sont imprimés, donnait des noms, citait des sources.

Preston prit conscience qu'il s'était trop attardé dans la fumée et la chaleur quand le papier en feu se mit à murmurer les noms de ceux qu'il avait tués.

L'air vicié restait respirable. Cependant, avant même que la fumée ne devienne assez dense pour obstruer ses poumons, il serait assailli par les toxines mortelles vomies par le matériau qui brûlait, gaz invisibles comparés aux remous de suie, pas moins dangereux pour autant. La fabrication du papier exigeait de nombreux produits chimiques que le feu libérait et transformait en poisons encore plus efficaces.

S'il entendait les noms de ceux qu'il avait tués, il avait inhalé assez de substances toxiques pour débloquer. Il avait intérêt à sortir d'ici avant de perdre son sens de l'orientation.

Il hésita, cependant, parce que la vue de la Main et de la Reine Salope, piégées dans l'impasse, l'excitait au plus haut point. Il espérait qu'elles fuiraient l'épreuve des flammes avant que leur seule échappatoire ne se referme à jamais. Peut-être apprécieraient-elles mal le moment et, surprises par le déplacement du brasier, s'enflammeraient-elles comme des traînées de poudre – spectacle qu'il détesterait manquer.

La pute vodkaïnomane attira la fillette contre elle. Elle semblait vouloir lui faire un bouclier de son corps quand elles tenteraient leur percée, comme si quelques cicatrices de brûlure de plus ou de moins pouvaient enlaidir la Main davantage.

Ex abrupto, de leur côté, une partie des piles s'effondra sur le sol entre elles et Preston, libérant des gerbes d'étincelles comme des lucioles, et de grosses mites moires de cendres de papier. Elles ne pourraient plus sortir sans patauger jusqu'au genou dans des décombres ardents.

Leur destin scellé, la femme et la fillette reculèrent au fond du cul-de-sac.

Elles avaient encore trois minutes à vivre, cinq au grand maximum, avant que la fumée n'inonde les lieux de son flux étouffant et qu'elles ne deviennent deux torches vivantes. Preston n'osait pas attendre le dernier acte de peur d'être piégé dans la maison avec elles.

La déception pesait de tout son poids sur son cœur. Leurs affres finales, dont il aurait été un témoin de première main, lui auraient causé un plaisir extrême et auraient ajouté à la somme totale de bonheur dans le monde. À présent, leurs morts seraient à peu près aussi inutiles que leurs vies.

Il se consola à l'idée de la fournée que le Trou Noir cuisait dans son four.

Alors que Preston se détournait, les laissant toutes deux à la merci des flammes, la femme se mit à crier au secours à pleins poumons. Excité par la note de désespoir de ses supplications, il s'attarda encore un instant.

Un cri lui répondit, s'élevant d'ailleurs dans le labyrinthe, qui le fit tressaillir. Il avait oublié les trois coups sonores, apparemment ceux de quelqu'un forçant une porte – preuve supplémentaire que l'air pollué influait déjà sur ses pensées, lui obscurcissait le jugement.

Encouragée, la femme poussa de nouveaux cris, faisant de sa voix une balise de détresse.

Un autre cri lui répondit, dominant la psalmodie rapidement croissante d'une multitude de langues de feu, et à la gauche de Preston, à trois mètres environ, un grand type en chemise hawaiienne surgit à l'embouchure d'une autre galerie. Armé d'un revolver.

Avec un manque d'égards choquant pour la bioéthique, ce fils de pute tira sur Preston. Ils ne se connaissaient pas ; aucun d'eux ne possédait les renseignements nécessaires pour juger de l'utilité de l'autre pour le monde ; pourtant, ce salopard appuya impitoyablement sur la détente sans hésiter une seconde.

En voyant l'inconnu lever son arme, Preston comprit qu'il devrait se projeter en arrière et sur la droite ; mais il était plus un homme de réflexion que d'action, et avant qu'il ait pu faire un mouvement, l'impact de la balle le punit de son hésitation. Il chancela, tomba, roula sur le ventre et crapahuta loin du tireur, loin du cul-de-sac où la femme et la petite fille attendaient le bûcher, tourna à un angle, s'enfonça dans une autre branche du labyrinthe, choqué par l'intensité de sa douleur, pire que tout ce qu'il avait connu jusque-là ou s'était attendu à endurer.

*
* *

— On arrive ! hurla Noah à Micky et à la fillette. Tenez bon, on va vous sortir de là !

Le brasier qui ne s'était allumé que quelques minutes auparavant avait gagné l'avant de la maison à une vitesse surprenante. N'ayant jamais soupçonné que des forces inquiétantes étaient à pied d'œuvre dans le monde, n'ayant jamais eu un seul cheveu dressé sur la tête en voyant un film d'horreur, Noah Farrel ne pouvait s'empêcher de penser que cet incendie était *différent*, qu'il était vivant en quelque sorte, conscient, rusé. Qu'il arpentait le labyrinthe avec une étrange idée derrière la tête, cherchant plus que du simple combustible pour nourrir son insatiable appétit. Il savait que les soldats du feu ressentaient parfois la même chose, qu'ils l'appelaient la Bête. Alors que les flammes sifflaient dans sa direction, qu'en provenance d'autres corridors plus lointains et directement concernés s'élevait ce qui ressemblait à un grognement, un rugissement, un caquètement guttural, la Bête semblait un nom approprié.

La porte de la véranda et la porte entre la véranda et la cuisine avaient été laissées ouvertes quand Cass et lui étaient entrés par effraction. On avait retiré les portes intérieures depuis très longtemps. À présent, l'atmosphère surchauffée de la maison cherchait la fraîcheur du jour derrière la collection de bouteilles, le courant d'air aspirait fumée, cendres et charbons ardents dans le labyrinthe et attirait l'incendie vers une réserve plus riche en oxygène.

En grande partie, le brasier restait confiné dans les pièces à l'avant de la maison. Ce ne serait très bientôt plus le cas.

Avec des traînées de sang humide suintant de sa blessure au scalpel, Noah avait laissé des repères sur les cloisons de journaux empilés le long du chemin qu'ils avaient suivi. Il avait peur, s'ils ne revenaient pas bientôt sur leurs pas, que la fumée ne masque ces signes cramoisis.

Il plissait des yeux à l'entrée de l'impasse où, un instant plus tôt, Maddoc était posté. Elle faisait trois mètres de long. Les premiers mètres des deux parois étaient en feu. Par terre, un tas de débris enflammés barraient l'entrée. On ne pouvait atteindre par ce côté Micky et la fillette, visibles derrière un rideau de flammes.

Cass empoigna Noah par sa chemise hawaiienne et elle le poussa sur le côté, en lui montrant qu'une seule des cloisons qui flanquaient le cul-de-sac montait jusqu'au plafond de deux mètres cinquante. L'autre, commune au corridor parallèle que Noah et elle venaient d'emprunter, était plus basse de cinquante centimètres.

Revenant dans ce passage, d'où il avait surgi avant de tirer sur Maddoc, Noah rengaina son revolver et laissa Cass lui donner un coup de main. Grande et forte, elle l'aida à se hisser au sommet de la barrière les séparant de l'impasse où Micky et la fillette étaient prisonnières.

En montant, très attentif à la stabilité des piles, Noah était prêt à sauter au premier signe que son ascension menaçait de faire s'effondrer les détritus sur celles-là mêmes qu'il espérait sauver. Cette construction n'était pas aussi solide qu'un mur en béton, mais elle ne se dérobait pas sous lui.

Au sommet, dans l'étroit espace entre les piles et le plafond, les pieds dépassant au-dessus de la galerie où Cass attendait, le torse plaqué sur le haut de la cloison, il se retrouva dans une fumée plus épaisse qui – même si elle était loin de l'aveugler – lui irritait les yeux et lui tirait des larmes cuisantes. Mieux valait retenir sa respiration le plus longtemps possible. Réduire au minimum la somme de saloperie qu'il avalait. Il ne pouvait, cependant, effectuer toute l'opération d'un seul souffle.

Dans la Vallée de l'Ombre. À chaque seconde, plus proche de la Mort.

La douleur, tel un buisson de ronces, labourait de ses épines la blessure du scalpel. Il lui fit presque bon accueil dans l'espoir qu'elle l'aiderait à compenser l'effet anesthésiant des émanations, à rester éveillé.

Il s'avança, avec prudence mais rapidement, jusqu'à ce qu'il puisse jeter un coup d'œil dans l'impasse. À un mètre sur sa droite, le feu s'attaquait frénétiquement au plancher avant de se nourrir des parois verticales du cul-de-sac. La chaleur le fit grimacer, il sentit la sueur raidir la peau de son bras droit et sécher en un éclair.

La portion de cloison juste en dessous de lui n'avait pas encore pris feu. Au moment même où Noah apparut et tendit les deux bras, Micky leva les yeux, la respiration sifflante. Son visage était à moins de cinquante centimètres de celui de Noah, le profil droit taché de sang séché qui lui collait les cheveux à la tempe.

Sans hésiter, Micky souleva Leilani et Noah déduisit, d'après son expression crispée, que cet effort déchaînait des tribus de mini démons qui enfonçaient leurs mini fourches dans sa tête blessée.

Il saisit la fillette, la hissa jusqu'à lui. Elle s'efforçait de l'aider le mieux possible, s'accrochant à son épaule gauche comme au barreau d'une échelle, agrippant le sommet de la cloison. Tirée d'en haut, poussée d'en bas, elle se tassa entre Noah et l'angle du cul-de-sac dans le vide enfumé sous le plafond.

En sentant Leilani le dépasser en se contorsionnant, en direction de la galerie où Cass l'attendait pour la faire descendre, Noah glissa ses mains sous les aisselles de Micky, qui suivit l'exemple de la fillette. Elle était plus lourde que l'enfant et personne ne la poussait par en dessous. Elle prit le plus d'élan possible en s'appuyant sur la cloison une fois, deux fois, trois fois. Et chaque fois, Noah sentit les tas frémir sous eux. À présent il retenait son souffle, non seulement pour inhaler un minimum de fumée, mais dans l'attente que la paroi vacille et s'effondre, enterrant Micky dans le cul-de-sac en flammes à moins qu'elle n'écrase Cass, Leilani et lui-même dans la galerie qu'ils essayaient d'atteindre.

Consciente du danger, elle se faufila aussi vite que judicieusement devant lui, telle une anguille, traversant le sommet large de cinquante centimètres de la palissade.

À la droite de Noah, le feu mordait à belles dents dans les piles : l'incendie avait gagné une trentaine de centimètres depuis qu'il avait grimpé là-haut.

En reculant, Noah se cogna la tête contre le plafond. Il s'immobilisa alors que la masse compacte tremblait sous lui et attendit qu'elle se stabilise une fois de plus. Puis il se laissa tomber dans la galerie, rejoignant les autres en sécurité.

En sécurité comme sur le *Titanic*. En sécurité comme à Hiroshima en 1945. En sécurité comme en Enfer.

L'opération de sauvetage avait pris une minute et demie au maximum, mais les conditions avaient notablement empiré entre-temps. La nuit semblait être tombée à l'avant du labyrinthe, sauf que ce n'était pas la nuit, plutôt un tsunami d'eau fuligineuse, suspendu en un arrêt magique du temps, puissant et agité de remous intérieurs, sans avancer encore. Des veines de feu rouge s'ouvraient dans cette épaisse noirceur, saignaient un instant, se refermaient tandis que de nouvelles veines se rompaient ailleurs. Et ici, l'atmosphère écœurante faisait pression sur lui, plus lourde de mauvais présage que de fumée, prégnante du sentiment que des forces formidables s'accumulaient rapidement et sans contrainte. Des pages noircies de vieux magazines, réduites à des flocons de cendres, planaient paresseusement vers eux dans les airs, comme des raies pastenagues cherchant leur proie et des grands bancs de minuscules poissons-lampions nageaient au-dessus d'eux s'éteignant parfois d'eux-mêmes quand ils entraient en collision avec les cloisons du labyrinthe, mais allumant ailleurs de nouveaux petits foyers, pas encore attirés vers le bas, vers cheveux et vêtements qu'ils pourraient bientôt trouver très à leur goût. La fournaise exigeait son prix de sueur graisseuse tout en parcheminant la bouche de Noah, lui fissurant les lèvres et lui desséchant le bord des narines.

Ils toussaient tous en s'éclaircissant la gorge, ils éternuaient et sifflaient comme des asthmatiques, expectorant de la salive noire et du flegme gris.

— Hors d'ici, *tout de suite* ! s'exclama Cass en ouvrant la voie, suivie de Leilani et de Micky.

Le dernier de la file, le .38 dégainé au cas où Maddoc aurait encore quelque chose à prouver, Noah aperçut une lueur d'incendie palpiter vers l'arrière de la maison, là où ils n'avaient rencontré personne à leur entrée. Peut-être pourraient-ils le contourner par là.

*
* *

Tournant après tournant, à travers les circonvolutions du labyrinthe, comme s'il explorait la surface d'un cerveau, Preston choisit sa route selon sa compréhension du schéma classique de labyrinthe, imprimé dans la mémoire de la race humaine et auquel recouraient immanquablement tous les concepteurs amateurs. Peut-être le Crapaud, en dépit des apparences, n'était-il pas banal après tout – un sous-homme semblait plus probable – ou peut-être les souvenirs anciens de ce que Preston avait appris dans ce cours de logique étaient-ils imparfaits, car il semblait n'aller nulle part et il soupçonnait que plus d'une fois, revenu sur ses pas, il avait recroisé son chemin.

On pouvait en rejeter le blâme sur la blessure par balle, qui le vidait peu à peu ou sur la qualité de l'air, plutôt que sur une mémoire déficiente ou sur l'échec du Crapaud à entrer en contact avec son être primitif interne. Le Trou Noir s'inquiétait fréquemment de la qualité de l'air de la planète qui ne cessait d'empirer, victime des assauts continuels des barbecues, des vaches flatulentes, des 4 × 4 et des blocs désodorisants de salles de bains et de tant et tant de choses encore. L'air par ici était devenu aussi dégoûtant que dans un vomitorium. Il contenait probablement plus de toxines chimiques psychotropes que le Trou n'en gardait dans sa réserve entière de drogues. Le Trou, ce bon vieux Trou, aussi cafouilleuse qu'elle pouvait être, avait parfois raison sur un ou deux points. Preston planait, un trip dû aux produits chimiques du papier-journal, exacerbé par la chaleur et par le mince brouillard de fumée qui dotait vaguement ces catacombes aux Indiens en bois de l'atmosphère d'une fumerie d'opium, bien que l'odeur ne fût pas aussi agréable et qu'aucune natte ne fût fournie à ceux qui avaient fumé la pipe et se sentaient défoncés, comme il avait l'impression de l'être, de plus en plus, à chaque pas.

Il s'efforçait de déterminer laquelle de ces concrétions de récif corallien d'ordures était entassée contre un mur extérieur de la maison, car des fenêtres s'ouvraient derrière ces piles, des fenêtres offrant une échappée et de l'air frais, du moins un air aussi frais qu'il pouvait l'être dans un monde où régnaient les barbecues.

Malheureusement, il lui était impossible de rester concentré sur cette tâche. Si à un moment, il recherchait fébrilement des fenêtres dissimulées, l'instant suivant, il le savait, il se retrouverait devant un déconcertant et complexe point de jonction de galeries, à marmonner, à cracher sur ses chaussures. Cracher. Dégoûtant. Tant d'*humeurs* dans le corps humain. D'humeurs nocives. Il en était malade. Il en était malade... et puis il se mit à scruter prudemment chaque angle, ne recherchant plus des fenêtres, mais ces mystérieux extraterrestres, sacrément sournois, qui lui échappaient depuis des années.

La majeure partie de son existence, il n'avait pas eu besoin de croire à une intelligence supérieure. La sienne propre lui paraissait aussi supérieure qu'on pouvait l'espérer. Mais il était un penseur profond, un philosophe et un universitaire respecté dont la vision du monde avait été modelée – et pouvait être remodelée – par d'autres universitaires, l'élite de l'élite, dont la valeur pour la société (selon son estimation et en général, selon la leur, aussi) était d'une importance incomparable. Cinq ans plus tôt, en découvrant que certains physiciens des quanta et des spécialistes en biologie moléculaire s'étaient mis à croire que l'univers offrait des preuves abondantes, même incontestables, d'un dessein intelligent, et que leurs rangs grossissaient lentement, sa confortable vision du monde en avait été ébranlée, trop profondément perturbée pour lui permettre de faire fi de cette information et de continuer ses tueries allègrement. Certes, il continuait à tuer, mais sans allégresse. Il ne pouvait accepter l'hypothèse d'un Dieu quelconque parce qu'elle était trop limitative ; elle ressuscitait cette vieille histoire du bien et du mal, de la morale dont la communauté éclairée des bioéthiciens utilitaristes avait grandement réussi à purger la société. Un monde créé par une intelligence supérieure, ayant empreint l'existence humaine d'un but et de signification, était un monde dans lequel Preston ne voulait pas vivre ; c'était un monde qu'il rejetait, car il avait toujours été et serait à jamais seul maître de son destin, seul juge de sa conduite.

Par bonheur, au cœur de cette crise intellectuelle, Preston était tombé sur une citation très utile de Francis Crick, l'un des deux savants à avoir reçu le prix Nobel pour la découverte de la structure en double hélice de l'ADN. Lors d'une crise personnelle, Crick avait atteint un stade où il ne croyait plus que, sur un plan scientifique valable, on puisse se prononcer en faveur de l'évolution au moyen de la sélection naturelle. Toute vie, même au niveau moléculaire, était d'une complexité si irréductible qu'elle plaidait en faveur d'une conception intelligente, ce qui convainquit Crick (lui aussi, peu porté sur ce bizness de Dieu) que toute forme de vie sur Terre – la flore, la faune, l'ensemble de l'écosystème – avait été créée non par Dieu, mais par une race d'aliens d'une intelligence et aux pouvoirs incompréhensiblement vastes, une race qui pourrait bien avoir créé aussi cet univers-ci et d'autres.

Des extraterrestres.

Des créateurs de mondes extraterrestres.

De *mystérieux* créateurs de mondes extraterrestres.

Si cette théorie satisfaisait Francis Crick, lauréat du Nobel, elle était bien assez bonne pour Preston Claudius Maddoc. Il n'était guère plus probable que des créateurs de mondes extraterrestres se soucient de ce que leurs créatures faisaient de leur vie, au sens moral du terme, que le premier gamin neuneu pourvu d'une fourmilière sous globe se soucie si les individus qu'elle abrite se comportent bien, selon un code de conduite établi par leurs tout petits ego.

En fait, Preston avait une théorie pour expliquer pourquoi une race d'aliens d'une intelligence et aux pouvoirs incompréhensiblement vastes sillonnait l'univers en créant des mondes et en les ensemençant d'infinies variétés de vie, intelligente ou autre. C'était une bonne théorie, une belle théorie, une théorie *brillante*.

Il savait qu'elle était brillante, purement géniale, mais se tenant là à cracher sur ses chaussures, il ne s'en souvenait plus, ne se rappelait pas un seul mot.

Cracher sur ses chaussures ? Dégoûtant.

Il ne devrait pas s'attarder à cracher sur ses chaussures alors qu'il n'avait pas encore trouvé de fenêtre. Les fenêtres de n'importe quelle maison étaient disposées selon certains schémas classiques, remontant à l'Âge de Pierre et plantés dans la mémoire de la race humaine, donc elles devaient être faciles à trouver, même dans cette bizarre fumerie d'opium pleine de coins et de recoins.

Des fenêtres. Des fenêtres camouflées. Découvrir l'une de ces fenêtres mystérieusement camouflées. Très probablement, un extraterrestre se trouvera derrière, un grand sourire sur son visage de créateur de mondes.

Il avait pigé leur truc. Il savait ce qu'ils fabriquaient. Ce ramassis de vieux schnocks à l'intelligence et aux pouvoirs incompréhensiblement vastes.

Sa théorie – oui, il s'en souvenait maintenant – sa *brillante* théorie était qu'ils créaient des mondes et y semaient la vie parce qu'ils prenaient leur pied avec la souffrance des espèces qu'ils créaient. Prenaient leur pied pas nécessairement au sens d'*avoir des orgasmes*. C'était une théorie brillante, pas vulgaire pour deux sous. Mais ils nous ont créés pour mourir, pour mourir par dizaines de milliards au fil des siècles, parce que notre mort leur profitait, leur fournissait quelque chose doté de valeur. Peut-être une forme d'énergie était-elle libérée chaque fois que périssait une créature, une énergie indétectable par les capacités humaines, qu'ils utilisaient pour propulser leurs vaisseaux-spatiaux et faire fonctionner leurs grille-pain ou qu'ils absorbaient personnellement pour s'assurer la vie éternelle. Oh, c'étaient des utilitaristes suprêmes, bioéthiciens jusqu'au bout des ongles, nous créant pour nous utiliser à leur profit, et utilisant chacun de nous à fond sans rien gaspiller.

Dégage, Francis Crick. Dégagez, vous tous les lauréats faiblards du Nobel. L'académie ne lui décernerait pas simplement le prix tant convoité, mais lui attribuerait toute la Suède, pour peu qu'il prouve sa théorie.

Cherchant à y parvenir, Preston avait passé les derniers quatre ans et demi à ricocher aux quatre coins du pays, d'un lieu d'apparition d'ovni à l'autre, rencontrant des masses de raptés par les aliens, partout, des trous perdus de l'Arkansas à Seattle, à la majesté des montagnes violettes, à travers la plaine fruitière, désirant être enlevé par un rayon et avoir une chance de faire part de sa théorie aux créateurs de monde incompréhensiblement intelligents en personne, en salopette et chapeau de paille, ce qui était la raison de sa venue à Nun's Lake, uniquement pour être à nouveau déçu, uniquement pour finir en manque d'une fenêtre, à cracher sur ses genoux.

Cracher sur ses genoux ? Quel acte répugnant. Avant de dire ouf, il allait pisser dans son pantalon. Peut-être que c'était déjà fait.

Pourtant, en dépit de sa méticulosité, c'était la vérité : il se tenait ici dans un drôle de coin d'un drôle d'endroit, à se racler la gorge à répétition et vigoureusement et à se cracher sur les genoux d'infâmes caillots de flegme noir. Il divaguait aussi à voix haute sur sa théorie. Profondément humilié de s'entendre délirer comme un SDF alcoolo, il ne pouvait néanmoins pas se taire parce qu'après tout, profonde analyse intellectuelle et rumination philosophique étaient l'essence même de son travail. C'est ce qu'il *faisait*. C'est ce qu'il *était*. Analyseur, ruminateur, tueur. La seule chose dont il lui fallait peut-être être gêné, c'était qu'il s'était parlé tout seul à voix haute... mais il comprit alors qu'il n'était pas seul, après tout.

Il avait de la compagnie.

Le linceul de fumée se retirait comme une marée grise et l'air dans le voisinage immédiat devint pur, et dans cette soudaine clarté s'approcha un visiteur d'une apparence extraordinaire. Il avait à peu près la taille de la Main, ne ressemblant à rien de ce que Preston ait jamais vu ou rêvé auparavant. Félin, mais pas comme un chat. Canin, mais pas comme un chien. Couvert d'une fourrure blanche, lustrée comme l'hermine, mais une fourrure qui semblait parfois du plumage, oui c'était certainement *tout à la fois* de la fourrure et des plumes – et ni l'un ni l'autre, pourtant. Des yeux ronds et dorés, grands comme des soucoupes, des yeux lumineux et transparents qui, en dépit de leur beauté, le frappaient de terreur, même s'il comprenait que le visiteur ne lui voulait aucun mal.

Quand il parla, il ne fut pas surpris, bien que sa voix – celle d'un jeune garçon, assez mélodieuse pour le chœur de Vienne – ne fût pas celle qu'il attendait. Évidemment, il avait écouté son délire, car il lui dit :

— Il y a un problème avec cette théorie. Si des aliens

d'une intelligence incompréhensible ont créé ce monde et tout ce qu'il contient – qui a créé les aliens ?

Preston à court d'idées n'eut rien d'autre à suggérer qu'une boule gluante de flegme noir.

La marée grise le submergea à nouveau de son flot, tandis que le visiteur se retirait dans la pénombre, se dissolvait en une blancheur floue, s'éloignait avec une dernière lueur d'or lumineux, la seule fois où Preston jeta un coup d'œil derrière lui.

Il éprouva un sentiment de perte inexprimable à son départ.

La chose avait été le fruit de son imagination, bien entendu, né de sa perte de sang et des émanations toxiques. De tels fruits s'exprimaient rarement. Ce dernier avait parlé, même si Preston n'arrivait pas à se souvenir de ce qu'il avait dit.

La lueur de l'incendie s'estompa, masquée par une brume de plus en plus épaisse. Évidemment, trop de pipes étaient allumées dans cette vieille fumerie d'opium.

D'un recoin lointain provenait un son singulier, un *brououououm* prolongé. Puis à nouveau : *brououououm*. Et une troisième fois *brououououm*. On aurait dit des dominos qui s'effondraient l'un sur l'autre au ralenti. Sinistre.

Il sentit sa mort venir. Une vague. Une obscurité soudaine, absolue. Et pas d'air, rien que de la suie que ses poumons cherchaient à emmagasiner à la pelle.

Preston Maddoc hurla dans cet oreiller noir, hurla de terreur en comprenant que son heure était venue de fournir un peu d'énergie au vaisseau spatial.

*
* *

BROUOUOUOUM...

Le dernier de la file, se dirigeant vers l'arrière de la maison, vers le feu là où il n'existait pas plus tôt, Noah regarda, avec inquiétude, derrière lui, dans la direction d'où ils venaient et où glissaient dans l'air, telles des raies pastenagues, des pages de magazines noircies, des bancs de poissons-lampions. Et il vit le tsunami noir en suspension déferler tout à coup en avant à travers le labyrinthe. Et il cria comme il l'avait fait quand sa tante Lily avait tiré sur lui, tant d'années auparavant.

Brououououm...

Les parois du labyrinthe s'écroulaient, des tas de ballots de journaux et d'autres ordures tombant sur les cloisons proches d'eux, déclenchant de nouveaux écroulements.

Brououououm...

Le sol fut ébranlé par le troisième effondrement, qui s'avéra le dernier pour l'instant, mais le tsunami poursuivait sa progression, se précipitant vers eux, raz de marée asphyxiant si dense qu'il étouffait la voix de l'incendie qui continuait à faire rage derrière lui.

— Couché tout le monde ! cria Noah.

Ils ne pouvaient pas distancer ça, seulement se laisser tomber sur le sol, presser leurs visages contre les lames de parquet bien usées en espérant que quelques centimètres cubes d'air seraient comprimés sous le nuage noir.

Ici, maintenant. Oh, mon Dieu. Une obscurité aussi profonde que celle des grottes et des cryptes. Et seulement un mince filet d'air acide même au ras du plancher. Puis de plus en plus mince et acide. Et puis plus d'air du tout, et puis...

La marée noire mollit, se dissolvant loin d'eux, jusqu'à ce qu'ils se retrouvent tous ensemble blottis dans une éclaircie miraculeuse, où l'air était aussi doux que celui d'une forêt vierge, dénué de la moindre senteur de suie. Le tsunami de fumée se ruait toujours sur eux, au-dessus d'eux, plus loin qu'eux, leur procurant ce refuge impossible, cet œil de calme au milieu du tumulte.

Et vers eux, sortant de la masse aveuglante, s'avança une créature d'une beauté si suffocante que Noah serait tombé à genoux devant elle s'il n'avait pas déjà été prosterné. Aussi blanche qu'un frais manteau d'hiver dans un désert immaculé, l'entité arrivait, nullement souillée par la tempête de saleté qu'elle avait traversée. Les yeux d'or, énormes et lumineux, qui auraient dû terrifier Noah en raison de leur étrangeté et de la franchise de leur regard, n'instillaient pas la peur, cependant, mais éveillaient un sentiment de paix. L'intuition plus forte que tout que son visiteur le voyait comme jamais personne ne l'avait vu auparavant, scrutait le secret de son cœur et ne s'offensait pas de ce qu'il y découvrait le remplissait d'humilité. Nulle terreur, nulle peur ne le troublait, à peine une crainte révérencieuse ; à la place, une joie dont il n'avait pas eu conscience d'être le réceptacle, qui était restée toute sa vie en cage dans sa poitrine, volait maintenant en liberté.

Se relevant lentement, il considéra avec stupéfaction Cass... Micky... Leilani. Elles étaient sous le coup des mêmes émotions qui l'avaient submergé. L'instant était magique, comme un envol de colombes, mais ces ailes étaient celles de Noah, les ailes de l'extase pure.

Si l'être enchanté était survenu tel un léopard, il se tenait debout maintenant comme un homme, à peine plus grand que Leilani, de qui il s'approcha et à laquelle il s'adressa, incroyablement, avec la voix d'un jeune garçon. En fait, peut-être bien celle de Curtis Hammond :

— Tu brilles toujours autant, Leilani Klonk.

— Toi aussi, répondit la fillette.

— On ne peut pas te briser.

— Je suis née brisée.

— Pas dans ton cœur.

La petite fille fondit en larmes et Noah – avec Micky et Cass – s'avança vers elle. Il ne savait pas ce qui se passait ne comprenait pas comment cette entité magique et Curtis Hammond formaient une seule et même personne, mais le joug de son désespoir perpétuel avait été levé et, pour l'instant, il n'avait pas besoin d'en comprendre davantage, mis à part que le monde avait changé pour lui, et pour toujours. Noah effleura l'épaule de Leilani. Cass toucha le bras de Noah, et Micky prit la main rabougrie de la fillette entre les siennes.

Les yeux d'or les regardèrent à tour de rôle avant de se baisser vers Leilani encore une fois.

— Pas dans ton cœur, répéta l'apparition. La souffrance ne peut pas t'entamer. Le mal n'a pas de prise sur toi. Tu feras de grandes choses dans ta vie, Leilani Klonk, de grandes et merveilleuses choses. Et chuis pas en train d't'raconter des conneries à la pelle, non plus.

Leilani éclata de rire à travers ses larmes. Intimidée, comme embarrassée par ce qu'on venait de dire à son sujet, elle détourna les yeux de son sauveteur enchanté, cilla devant l'océan de suie et de fumées bouillonnant au sommet de leur bulle protectrice et lança :

— Eh dis donc, garçon de l'espace, pas mal le coup de la fumée.

— Elle n'est faite que de fines particules de matière. Au micro-niveau, où la volonté l'emporte, je peux déplacer certaines de ces particules d'où elles sont là où je veux qu'elles soient. À vrai dire, ça fait beaucoup moins de molécules que dans un verrou. C'est un petit truc. Je n'en ai que trois, à vrai dire, tout petits, mais qui rendent bien service.

— Mieux que Batman, fit Leilani.

Le sourire de l'apparition se révéla aussi lumineux que ses yeux.

— Wouah, merci. Mais c'est un truc qui réclame plein d'énergie, ça consomme un tas de saucisses et de *moo goo gai pan*, alors on ferait mieux de sortir d'ici.

À travers une tempête de fumée et de feu, ils se déplacèrent dans de l'air frais et pur en suivant les signes de sang que Noah avait laissés pour jalonner le bon chemin.

Le long de galeries périlleuses autour d'une spirale en colimaçon, dans la cuisine, sous la voûte de bouteilles vides...

Un ciel gris à couper le souffle, les belles nuances d'argent poli et d'argent patiné. La pluie, la pluie tombant avec moins de force qu'à leur entrée, la pluie comme Noah ne l'avait jamais sentie auparavant : pure, fraîche, vivifiante.

Polly attendait dans le jardin, tenant les vêtements et les chaussures trempés de Curtis Hammond. Trempée elle aussi, maculée de boue, échevelée, elle souriait comme une imbécile heureuse, sans se soucier de l'orage.

Aussi gracieuse que l'eau courante, sa fourrure blanche paraissant repousser la pluie, l'apparition aux yeux d'or se dirigea vers Polly et récupéra les vêtements du garçon qu'elle tenait, puis elle se tourna, dévisagea tous les présents qui, saisissant enfin l'allusion, lui tournèrent le dos en bloc pour ménager sa pudeur.

Un instant, ils restèrent silencieux, encore abasourdis, luttant pour bien prendre la mesure de l'énormité de leur expérience, puis Leilani pouffa. Sa gaieté contamina les jumelles, Micky et même Noah.

— Qu'il y a-t-il de si drôle ? demanda l'apparition.

— On t'a déjà vu tout nu, fit Leilani à travers ses rires.

— Non, pas quand je suis Curtis Hammond.

— En tout cas, c'est sympa d'apprendre, fit Leilani, que t'es pas le genre d'alien ringard qui, venu sauver le monde, se croit obligé de montrer son cul à tout le monde.

*
* *

Comme ils quittent la ferme Teelroy dans leurs deux voitures, seules de minces volutes de fumée s'échappent de sous l'avant-toit, de quelques fissures apparemment. Après quoi, la tempête de feu à l'intérieur de la maison se met à faire exploser les fenêtres et de grands plumets noirs s'élèvent en bouillonnant à travers la pluie.

Ils atteignent la route et se dirigent vers Nun's Lake sans croiser personne.

En quittant son déguisement humain puis en le réintégrant, l'orphelin a réinstauré la tension biologique d'origine qui facilitait sa traçabilité au cours des premiers jours mouvementés où il était Curtis Hammond. Pendant un moment, si jamais les plus méchants bandits reprennent leurs recherches radar, son signal énergétique unique sera détectable et vite reconnu.

Dès leur retour au Fleetwood, ils doivent lever le camp et bouger, sans s'arrêter. Bouger, c'est brouiller les pistes, et cetera, mais il regrettera de quitter Nun's Lake sans avoir vu de bonne sœur faire du ski nautique, de la planche à voile ou de la course en scooter des mers. Peut-être qu'une fois le monde sauvé, ils reviendront ici en visite, car dans cet avenir meilleur, les religieuses auront le cœur plus léger et seront d'humeur à s'amuser.

Il vérifie par la lunette arrière de la Camaro que Polly et Cass suivent toujours dans la voiture de location de Noah. Oui, Polly est au volant et Cass, à son côté, armée du fusil. Aucun doute n'est permis : elles ont leur sac sur le siège, près d'elles, ouvert pour qu'il soit plus facile d'accès.

Si jamais il perd les jumelles, ses sœurs fabuleuses, il aura le cœur brisé au-delà du supportable et, par conséquent, il ne doit jamais les perdre. Jamais. Il n'a déjà subi que trop de pertes.

Micky conduit la Camaro et Noah est devant, près d'elle. Leilani partage la banquette arrière avec Curtis, Fidèle Vagabonde couchée entre eux. Épuisée après cette journée mouvementée, la chienne roupille.

Ils roulent en silence, chacun plongé dans ses pensées, ce que Curtis comprend parfaitement. Parfois communiquer est facile, parfois difficile et parfois encore se passe de mots.

Le temps qu'ils arrivent au campement, la pluie s'arrête. Les pins lavés de frais sont d'un vert ensorcelant ; on a enfilé des diamants à leurs branches gracieuses ; les troncs saturés d'eau et les rameaux noirs comme du chocolat abritent des oiseaux qui chantent et des écureuils qui furètent après l'orage. C'est un monde exquis, que l'orphelin aime éperdument.

Pour atteindre le Fleetwood, ils doivent passer devant

le Prevost et, en approchant du véhicule qui a servi de prison à Leilani, Curtis en aperçoit d'autres, garés auprès. Les gyrophares en action sur le toit de la voiture de police ne réussissent pas à oblitérer la beauté des arbres en arceaux, mais lui rappellent que, tout exquis qu'il soit, ce monde est mû par la turbulence. Il n'est pas en paix.

Un agent en uniforme, près de son véhicule, fait signe à Micky de passer, de continuer à rouler.

Une ambulance se tient prête, son hayon ouvert à l'arrière.

Deux infirmiers, de part et d'autre d'un brancard, l'escortent le long du sentier, à travers les flaques, jusqu'à l'ambulance.

Une femme est étendue sur le brancard. Même si Curtis ne l'a jamais vue, il sait qui ce doit être.

Pour sa propre sécurité et probablement celle de ceux qui veulent l'aider, la mère de Leilani est sanglée à la civière. Elle se débat avec rage contre ce qui l'entrave, en s'efforçant de s'en libérer. Secouant sauvagement la tête, elle maudit les infirmiers, les badauds et pousse des cris vers le ciel.

Leilani détourne les yeux, baisse la tête, fixe ses mains croisées sur ses genoux.

Entre eux, sur la banquette, sa sœur-devenue n'a pas été tirée de son somme par le spectacle devant le Prevost. Son flanc humide se soulève et retombe lentement au rythme de sa respiration.

Alors que la Camaro dépasse l'ambulance, Curtis tend la main et prend celle, difforme, de la fillette sur ses genoux.

Elle lève des yeux voilés de chagrin.

— Chhhhhh, fait-il en posant la main de Leilani contre le flanc de la chienne endormie et en la recouvrant de la sienne.

Chaque monde a ses chiens ou l'équivalent, des créatures qui prospèrent en étant de bons compagnons, des créatures qui ont un degré d'intelligence supérieur, quoique pas le plus élevé, et donc des désirs assez simples, tout en ayant besoin de garder leur innocence. Leur intelligence et leur innocence combinées leur permettent de servir de passerelle entre ce qui est transitoire et ce qui est éternel, entre le fini et l'infini.

Des trois petits trucs dont dispose Curtis, le premier est l'aptitude d'exercer sa volonté à un micro-niveau, là où la volonté l'emporte. Le deuxième, c'est l'aimable don de former le lien garçon-chienne. Le troisième, celui d'apprendre le deuxième à tous ceux qu'ils rencontrent et c'est par le biais de ce troisième-là qu'il peut sauver un monde.

— Chhht, répète-t-il et, tandis que Leilani ouvre de grands yeux, il l'emmène avec lui dans les rêves de la chienne.

Pour ceux qui désespèrent devant l'absence de sens et de but de leur existence, pour ceux qui affrontent une solitude si terrible qu'elle leur a flétri le cœur, pour ceux qui sont dans la haine parce qu'ils méconnaissent le destin qu'ils partagent avec l'humanité entière, pour ceux qui dilapident leur vie dans l'auto-apitoiement et l'autodestruction parce qu'ils ont perdu la sagesse salvatrice avec laquelle ils sont nés, pour tous ceux-là et bien d'autres, l'espoir réside dans les rêves d'une chienne, où la nature sacrée de la vie peut être clairement éprouvée sans le filtre aveuglant des besoins, des désirs, de l'avidité, de l'envie et de la peur infinie des humains. Et ici, dans des champs et des bois de rêve, le long des rivages de mers de rêve, avec une conscience profonde de la Présence espiègle logée en toute chose, Curtis est en mesure de prouver à Leilani ce qu'elle a seulement osé jusque-là espérer être vrai : à savoir que, même si sa mère ne l'a jamais aimée, Quelqu'un l'a toujours fait.

73.

Fidèle Vagabonde passe en sprintant devant les doubles portes ouvertes du bureau, un jouet en caoutchouc de couleur vive entre les dents. Elle est talonnée de près par deux golden retrievers appelés Rosencrantz et Guildenstern, Rosie et Jilly en abrégé.

Ici, dans son bureau, Constance Veronica Tavenall, bientôt ex-femme de Jonathan Sharmer, membre du Congrès, est assise derrière un merveilleux Chippendale marqueté de motifs chinois. Elle écrit dans son chéquier.

La dame rappelle à Curtis Grace Kelly dans des films comme *La Main au collet*. Elle s'arrange pour être à la fois glamour et digne, royale et chaleureuse, avec la grâce d'un cygne. Elle n'est pas aussi imposante, majestueuse et magnifique que Donella, la serveuse du relais routier, mais en fait personne ne l'est.

Noah se baisse pour ramasser les cartes abandonnées par terre, près du canapé, mais Mme Tavenall lui dit :

— Non, non. Laissez-les comme elles sont. Exactement comme elles sont, un moment.

Un peu plus tôt, opérant sous les directives de Curtis, sa sœur-devenue avait retiré tous les cœurs d'un paquet mélangé. De la truffe et de la patte, elle les avait mis en ordre du deux à l'as.

Rosie repasse dans le couloir et franchit la porte du bureau, en tirant sur le jouet – fait de cordelettes tressées rouges et jaunes avec un gros pompon à chaque bout – et voici venir Fidèle Vagabonde, agrippée à l'autre extrémité. Ils se grognent après, chacun tentant de faire lâcher prise à l'autre, mais sans cesser de remuer la queue.

Mme Tavenall détache un chèque, qu'elle pousse vers Curtis. Son écriture est précise et agréable à l'œil, calligraphiquement parlant.

En lisant le montant du chèque, Curtis émet un léger sifflement.

— Seigneur, madame Tavenall, vous êtes sûre que vous pouvez vous le permettre ?

— C'est pour les deux camping-cars, dit-elle. Il faut qu'ils soient du tout dernier modèle parce que, après tout, vous allez y passer un bon bout de temps.

Le premier sera pour Micky, Leilani et tante Gen. Le second pour Noah, Curtis – et pour Richard, qu'il n'a pas encore rencontré.

Polly et Cass sont déjà motorisées, grâce à leurs divorces hollywoodiens, obtenus sur leur insistance après que leurs maris producteurs – Julian et Don Flackberg – eurent tué un scénariste. Les frères Flackberg, gueulards réputés, régnaient sur leurs employés par la terreur – même s'ils ne gueulaient jamais après les stars de cinéma, les critiques ou les jumelles. D'après Cass les deux frères ont toujours été gentils avec sa sœur et elle, et même Polly reconnaît que c'étaient de gros nounours à la maison. Julian et Don n'avaient jamais tué de scénariste avant que le scénariste les eût attaqués avec succès pour rupture de contrat. Au fil des années, Julian et Don avaient rompu des centaines de contrats, des milliers peut-être, en toute impunité, et pour leur défense, ils avaient plaidé, des larmes dans la voix, la folie passagère, qui avait résulté du choc de voir fouler aux pieds leur système de valeur dans les affaires.

Curtis se demande s'il ne devrait pas commencer à sauver le monde à Hollywood.

Sur le seuil, Fidèle Vagabonde puise une détermination nouvelle et entraîne Rosie et le jouet dans le couloir. Le contrat tacite entre eux repose sur un amusement mutuel et aucun ne penserait à le rompre.

Pendant plusieurs semaines, Curtis et sa nouvelle famille seront constamment en mouvement, jusqu'à ce qu'il devienne pleinement le Curtis qu'il désire être et qu'on ne puisse plus l'identifier grâce à la signature biologico-énergétique unique que ses ennemis extraterrestres – et peut-être le FBI – peuvent détecter.

Par la suite, les plus méchants bandits continueront à la rechercher, mais leurs moyens seront moins efficaces. Ils travaillent sur ce monde depuis un certain temps et ne voient pas d'un bon œil qu'on interfère dans leurs plans, qui sont l'antithèse de ceux dont Curtis a hérité de sa mère. Le combat a commencé.

Ses quatre nouvelles sœurs, sa tante Gen, son frère Noah, son frère Richard, qu'il n'a pas encore rencontré, sa sœur-devenue et lui resteront des romanichels très longtemps, parce que, même une fois qu'il ne sera plus détectable, il sera plus en sécurité s'il reste en mouvement et travaille en secret. En outre, le boulot exige de voyager fréquemment : on ne peut pas sauver le monde entier d'un bureau à Cleveland.

De temps en temps, pas souvent mais sûrement, en faisant le Don des rêves d'une chienne, il rencontrera des gens qui, ayant une fois reçu ce pouvoir de lui, seront capables de le transmettre, comme lui. Les uns et les autres s'en iront dans leur caravane personnelle partager le Don avec beaucoup d'autres de par le monde, par monts et par vaux, sur chaque continent.

La première de toutes, c'est Leilani. Elle ne s'en ira pas de son côté avant de nombreuses années, mais le temps viendra. Elle brille.

Mme Tavenall fait glisser trois nouveaux chèques à la surface du bureau et cette fois, Noah émet un petit sifflement.

— Je les ai postdatés à un mois d'intervalle, dit-elle. Utilisez-les quand vous aurez besoin d'argent pour les dépenses courantes.

Elle jette un coup d'œil à l'ordinateur sur son bureau et sourit.

De là où il est assis, Curtis n'aperçoit pas l'écran, mais il sait ce qu'il y a dessus. Un peu plus tôt, suite au tour de cartes, perchée sur le fauteuil de la dame, un stylet entre les dents, Fidèle Vagabonde, influencée par Curtis, avait tapé : JE SUIS UNE BONNE CHIENNE. J'AI UN PROJET MAIS J'AI BESOIN DE FONDS.

— Le temps que vous utilisiez ces trois chèques, ajoute Mme Tavenall, nous aurons établi un plan de financement à long terme.

— Je ne sais comment vous remercier, dit Noah.

— C'est moi qui dois vous dire merci, insiste-t-elle. Vous avez changé ma vie deux fois, à présent... et cette fois, d'une façon que je n'aurais jamais imaginé possible.

Ses yeux s'emplissent de ces belles larmes humaines qui n'expriment ni l'angoisse ni le chagrin, mais la joie. Elle se les tamponne ainsi que les joues avant de se moucher dans le Kleenex.

Curtis espère un son énorme de corne de brume, aussi

drôle que celui poussé par Meg Ryan dans *Quand Harry rencontre Sally* mais Mme Tavenall ne fait quasiment aucun bruit. Elle est si discrète et distinguée. Il se demande si ce serait un bon exemple de sociabilité que de demander un Kleenex et ensuite de feindre de se moucher en imitant l'énorme son de corne de brume pour l'amuser.

Avant que Curtis ne résolve ce problème épineux, Mme Tavenall jette son Kleenex dans une corbeille à papier, se lève de sa chaise en s'efforçant de refouler ses larmes.

— L'autre problème est peut-être plus difficile à résoudre. Il ne s'agit pas simplement de remplir un chèque, déclare-t-elle.

— Son oncle et sa tante sont légalement ses tuteurs, dit Noah, mais je suis quasiment certain qu'ils renonceraient volontiers à leurs droits. Ils l'ont parqué dans ce foyer après la mort de ses parents et ne sont jamais allés le voir. Il les embarrasse. Je crois que le problème sera... financier.

— Les salauds, s'indigne-t-elle.

Cela choque Curtis un peu, jusqu'à présent, il avait l'impression qu'elle est trop grande dame pour connaître le sens de ce genre de mots.

— Eh bien, continue-t-elle, j'ai de bons avocats. Et peut-être, que je réussirai à leur faire du charme à ces gens-là.

— Vous ! s'exclame Curtis. Ah, madame Tavenall, traitez-moi d'porc et mettez mon bacon au saloir si vous pouvez pas les noyer sous votre charme comme bon vous semble.

Elle éclate d'un rire un peu bizarre et le traite d'adorable garçon. Et au moment où il va lui rétorquer qu'il n'a jamais été le malfaisant sal'ment culotté, viens qu'j't'crache dans l'œil, que certains l'ont accusé d'être, Jilly pénètre en courant dans le bureau, un chiffon blanc dans la gueule, poursuivi par Rosie et Fidèle Vagabonde.

Apparemment, Jilly s'est senti laissé en dehors quand le jeu a viré au tir à la corde pour deux. Il a trouvé ce chiffon et a réussi à convaincre ses camarades que c'est un meilleur jouet. Maintenant, il le leur faut, le leur faut, leur faut, faut, faut.

— Jilly, ici ! ordonne Mme Tavenall, à qui Jilly obéit aussitôt, frétillant de plaisir en s'approchant de sa maîtresse. Donne-moi ça, espèce de cabot idiot.

Privés de leur amuse-gueule, les trois chiens s'affalent sur le tapis, haletant d'avoir joué, se souriant mutuellement.

— Depuis que le membre du Congrès s'est révélé être ce qu'il était, explique Mme Tavenall à Noah, j'ai jeté beaucoup de choses. Je n'ai vraiment pas envie de souvenirs. Jilly a dû récupérer ça dans les ordures.

Le chiffon n'en est pas un, en fin de compte, mais un T-shirt. Sur lequel sont imprimés cinq mots et un point d'exclamation, dont le point est un petit cœur vert.

Curtis, qui lit les mots sur le T-shirt, se souvient de l'homme auquel Fidèle Vagabonde a volé une sandale sur l'autoroute dans l'Utah :

— « L'amour c'est la réponse ».

— C'est vrai, je suppose, fait Mme Tavenall, même quand des gens qui ne le pensent pas le disent.

Curtis Hammond se lève de son fauteuil en secouant la tête.

— Non, m'dame. Si on parle de *la* réponse, alors c'est pas ça. *La* réponse, tout le tremblement, est bien plus complexe que ça. L'amour tout seul est une réponse facile, et les réponses faciles sont ce qui conduit d'habitude les mondes à leur ruine. L'amour est *une partie* de la réponse, bien sûr, mais seulement une partie. L'espoir en est une autre, comme le courage, la charité, le rire et *voir* vraiment les choses, par exemple le vert des pins après la pluie ou la façon dont le soleil couchant transforme une prairie en verre d'or filé. La réponse a tant de parties que l'on ne pourrait pas toutes les faire tenir sur un T-shirt.

*
* *

Le temps passe comme il le fait toujours, et la caravane s'installe à la fin d'un après-midi de printemps dans un camping au bord d'une rivière paresseuse, où des saules impriment des ombres en filigrane sur l'eau murmurante.

L'heure du dîner approchant, ils apportent des couvertures, des paniers chargés de mets délicieux et de nombreux jouets pour chiens sur une berge herbue où chantent les grenouilles et où des papillons ocre, comme du cuivre vieilli, dansent dans le soleil.

Polly est suivie de sa Diane, une belle labrador noire. Cass a son Apollon, un magnifique labrador sable, en remorque.

Puis vient Noah avec un gros vieux clébard idiot du nom de Norman ; quant au cocker, Coccinelle, c'est la sœur-devenue de Richard Velnod alias Rickster.

Tante Gen, Micky et Leilani sont accompagnées de Pim, Pam, Poum. Ces trois golden retrievers sont en fait trois chiennes, mais c'est tante Gen qui les a baptisées.

Pim, Pam et Poum proviennent toutes de refuges de golden retrievers. Par le passé, elles ont toutes les trois été maltraitées, négligées, abandonnées, à présent ce sont des chiennes heureuses, avec un pelage lustré, une queue tonique et des yeux expressifs.

Tous ces chiens, sauvés de la fourrière ont aussi un passé douloureux. Certes, on ne le dirait pas à les voir poursuivre une balle, sauter après un Frisbee et se tortiller joyeusement sur le dos dans l'herbe, les quatre pattes en l'air en une joyeuse et absolue célébration de la Présence espiègle.

Curtis, bien sûr, a sa sœur-devenue. Même si tous ces chiens racontaient des histoires passionnantes s'ils pouvaient parler, celle de Fidèle Vagabonde est sûrement – et sera toujours – la plus passionnante de toutes.

On joue aussi à des jeux sans les chiens, bien que Leilani exige que la course en sac soit exclue. Rickster et Curtis jouent quelques parties de *Qui est le Gump*, un jeu de leur invention. Le but consiste à révéler un acte de suprême imbécillité que l'on a commis ; le vainqueur est le joueur, selon le jugement d'un tiers, qui a fait la chose la plus bête. Parfois, Leilani et Curtis y jouent et c'est tante Gen qui arbitre. Tou le monde aime y jouer, mais ils jouent rarement ensemble ; ils veulent tous se retrouver en tête à tête avec Curtis. Ce qui fascine Rickster, non seulement comme participant mais en tant que co-inventeur du jeu, c'est que d'habitude Curtis gagne, même s'il est un E.T., a bénéficié d'un téléchargement direct de mégadonnées dans le cerveau et s'il est sans conteste le plus intelligent d'eux tous réunis.

Ici, sous les saules de la rivière, après le dîner, une fois la nuit tombée et la danse des lucioles prenant le relais des papillons de jour, les membres de la famille se réunissent autour d'un feu de camp pour retracer leurs existences respectives, comme ils le font la plupart du temps le soir, car chacun d'eux a vu, fait et ressenti tellement plus de choses que les autres. C'est aussi en partie le but de *Qui est le Gump ?* – se connaître mieux. La mère de Curtis disait toujours que mieux l'on connaît les autres, mieux l'on se connaît soi-même, et que c'est dans le partage le plus complet des diverses expériences, qu'on apprend la sagesse d'un monde. Et, grâce à ce partage, l'on apprend le plus important – le caractère unique, précieux, irremplaçable de chaque vie. C'est par cette découverte que l'on acquiert l'humilité nécessaire pour vivre bien sa vie, avec grâce et gratitude pour le souffle qu'on nous a donné.

Sa mère lui manque terriblement et sa perte laissera un vide dans son cœur pour le reste de son temps dans cette vie, même si son souvenir ne le quittera pas. Quand ces jours-là finiront et qu'il la rejoindra... Seigneur, qu'ils auront de choses à partager.

Parmi d'autres, tante Gen parle ce soir, l'air d'une jeune fille à la lueur du feu. D'autres soirs, elle a raconté des histoires sur sa vie avec son mari bien-aimé, disparu depuis dix-neuf ans maintenant ; mais à cette occasion, elle leur parle un peu de son enfance passée non loin d'une rivière semblable à celle-ci, ombragée de saules, éclairée de lune, coulant devant eux dans la nuit. L'histoire est fort dramatique : son méchant beau-père, un prédicateur, a assassiné sa mère et tenté aussi de tuer Geneva et son frère à cause du magot caché par son père. La plupart de ceux qui sont rassemblés ici comprennent vite que ce n'est pas arrivé à tante Gen, qu'il s'agit du scénario de *La Nuit du chasseur*, où Robert Mitchum tient le rôle principal. Personne ne soulève le lièvre, parce que tante Gen raconte trop bien l'histoire, avec tellement de sentiment. Quand elle s'aperçoit que son histoire n'est pas vraie mais due au fait qu'on lui a tiré dans la tête, elle ruse avec eux et, plutôt que de corriger son récit, elle glisse des éléments du *Faiseur de pluie* avec Burt Lancaster, puis des personnages et des ressorts de l'intrigue d'*Un Flic à la maternelle* avec Arnold Schwarzenegger. Bientôt, ils passent un sacré bon moment.

Les rires et la présence de tant de chiens aussi merveilleux encouragent inévitablement de temps en temps une visite des autres occupants du camping. Épuisés d'avoir trop joué, la plupart des chiens dorment. Bien que la famille ne soit pas au travail pour l'instant, ils saisissent toujours l'occasion pour transmettre le Don. Si bien, qu'avant qu'ils ne se retirent, bien après minuit, le nombre de gens réunis autour du feu est monté jusqu'à sept, et il y a eu des larmes, mais des larmes de joie, et sept vies ont été changées à jamais, pour le meilleur.

Une fois qu'ils ont pris connaissance des rêves des chiens, Micky pose aux nouveaux-venus la devinette que tante Gen lui a apprise. *Qu'est-ce qu'on trouve derrière la porte, qui n'est qu'à une porte du Paradis ?*

À ce jour, Curtis est le seul à y avoir répondu correctement du premier coup, et ce soir, les sept nouveaux venus passent à la longue près de la vraie réponse, mais aucun ne gagne un cigare.

Leilani donne la réponse selon Geneva, que tout le monde dans la famille peut réciter au mot près. « Si ton cœur est fermé, alors tu ne trouveras rien derrière cette porte pour éclairer ton chemin. Mais si ton cœur est ouvert, tu trouveras derrière cette porte des gens qui, comme toi, cherchent et tu trouveras la *bonne* porte avec eux. Aucun d'entre nous ne peut se sauver tout seul ; nous sommes les instruments de salut les uns des autres et seul l'espoir que nous donnons à autrui nous élève de l'ombre à la lumière. »

Le temps passe comme le fait le temps et au feu de camp succède un tas de braise. Humains et chiens s'en vont à regret au lit.

Curtis excepté, les deux dernières à partir sont Micky et Leilani. Pim, Pam, Poum sont rentrées avec tante Gen. Le camping est à deux cents mètres environ de cette aire de pique-nique et Micky éclaire la route avec une lampe tempête qu'elle lève haut. La femme et la petite fille marchent main dans la main dans une obscurité qui ne les effraie ni l'une ni l'autre. Le murmure de leurs voix et de leurs rires étouffés flotte jusqu'à lui : c'est la seule musique importante. Si on était dans un film, dont Curtis serait le metteur en scène, il en ferait la séquence finale : une femme et une petite fille, qui se sont sauvées mutuellement, s'éloignent de la caméra vers un avenir radieux dont elles sont les artisans. Le film s'appellerait *Rédemption*. En ayant vu 9 658 et quelques, il sait que dans cette séquence finale, pendant qu'elles s'éloignent, l'écran serait envahi par un fondu noir ; cependant, comme on est dans la réalité, aucun fondu noir ne viendra effacer Micky, ni Leilani qui poursuivront leur route à jamais.

Curtis reste en arrière pour éteindre les braises ardentes avec l'eau de la rivière et pour disperser les cendres. Il ne le fait pas immédiatement. Il demeure assis, sa sœur-devenue à son côté, rien qu'eux deux, transportés par le mystère des étoiles et de la lune d'une perfection de perle, tous deux jouissant du *bien-fondé* de toutes choses.

Il n'est plus Curtis Hammond, il l'est *devenu*. Ce monde lui est destiné et il ne peut en imaginer de meilleur ni de plus beau. Seigneur, il est un Gump, d'accord, mais il trouve assez bien sa voie malgré ça.

Un tourbillon de vent soulève soudain des feuilles tombées, elles dansent lentement autour du feu qui couve sous la cendre jusqu'à frôler Curtis. Et le vent expire en un souffle après les avoir plaquées sur le visage du garçon. Les feuilles s'emmêlent à ses cheveux, pendent à ses oreilles, il en crache une qui s'est glissée dans sa bouche.

Les chiennes rient. La plupart du moins, et celle-là est toujours prête à s'amuser. La Présence espiègle doit l'aimer encore plus qu'Elle n'aime les autres de son espèce, et Elle voit en Curtis non seulement un sauveur de monde mais le parfait repoussoir de Ses plaisanteries.

À une porte du Paradis,
Chaque jour, chaque heure, on vit.
À une porte du Paradis,
Mais il nous est interdit
D'ouvrir la porte du Paradis
Et d'y entrer quand on le choisit.
À une porte du Paradis,
La clé, nous l'avons pour la perdre aussi.
À une porte du Paradis,
Mais, ah, que l'entrée a son prix.

– Le Livre des Chagrins Comptés –

NOTE DE L'AUTEUR

La bioéthique utilitariste, telle qu'elle est décrite dans *La dernière porte* n'est malheureusement pas le fruit de mon imagination, mais une vraie menace pour nous et nos proches. Cette philosophie incarne l'essence inhumaine du fascisme, exprime le mépris de la liberté individuelle, des faibles et des handicapés qui a, par le passé, marqué le totalitarisme sous toutes ses formes. Un jour, nos grandes universités seront requises de se racheter de la honte d'avoir honoré et aidé à répandre les idées des bioéthiciens qui justifieraient et faciliteraient la mise à mort des handicapés, des faibles et des vieillards.

Par un heureux hasard, alors que je terminais ce roman, Encounter Books a publié un ouvrage offrant la meilleure étude de la bioéthique utilitariste, destinée au grand public, que je connaisse. Si, pour votre propre sauvegarde et celle de ceux que vous aimez, vous désirez en savoir plus sur le sujet que je ne l'ai développé ci-inclus, je vous recommande vivement *Culture of Death : The Assault on Medical Ethics in America* de Wesley J. Smith. À sa lecture, les cheveux se dressent sur la tête plus qu'à celle de n'importe quel roman.

Pour la seconde fois de ma vie (la première remontant à mon travail sur *Regard Oblique*) j'ai écrit un roman tout en écoutant la musique singulière et magnifique de feu Israel Kamakawiwo'ole. Quand j'ai cité Bruddah Iz dans ce précédent ouvrage, quelques milliers de lecteurs m'ont écrit afin de partager mon enthousiasme pour sa musique porteuse de vie. Parmi ses six CD, mes préférés sont *Facing Future, In Dis Life* et *E la E*. L'œuvre d'Israel est disponible chez The Mountain Apple Company. P.O Box 22373, Honolulu, Hawaï 96823. Ou encore sur le Web à www.mountainapplecompany.com.

Ce volume a été composé
par Nord Compo

Impression réalisée sur CAMERON
par BRODARD ET TAUPIN
La Flèche
en août 2004

Édition exclusivement réservée aux adhérents du Club
Le Grand Livre du Mois
15, rue des Sablons
75116 Paris
avec l'aimable autorisation des Éditions J.-C. Lattès

Imprimé en France
Dépôt légal : août 2004
N° d'impression : 25472
ISBN : 2-7028-8908-5